W0418639

17

ECKHARD HENSCHEID

DIE MÄTRESSE DES BISCHOFS

Roman

Zweitausendeins

1. Auflage als Zweitausendeins-Taschenbuch Nr. 17, April 2010.

Copyright »Die Mätresse des Bischofs« © 1978, 2003;
»Erläuterungen« © 1986, 2003
by Zweitausendeins, Postfach, D-60381 Frankfurt am Main.
www.Zweitausendeins.de

Alle Rechte vorbehalten, insbesondere das Recht der mechanischen, elektronischen oder fotografischen Vervielfältigung, der Einspeicherung und Verarbeitung in elektronischen Systemen, des Nachdrucks in Zeitschriften oder Zeitungen, des öffentlichen Vortrags, der Verfilmung oder Dramatisierung, der Übertragung durch Rundfunk, Fernsehen oder Video, auch einzelner Textteile.
Der gewerbliche Weiterverkauf und der gewerbliche Verleih von Büchern, CDs, CD-ROMs, DVDs, Videos, Downloads, Streamings oder anderen Sachen aus der Zweitausendeins-Produktion bedürfen in jedem Fall der schriftlichen Genehmigung durch die Geschäftsleitung der Zweitausendeins Versand Dienst GmbH in Frankfurt am Main.

Lektorat: Ekkehard Kunze und Martin Weinmann, Wiesbaden.
Foto auf der Umschlagseite 3 von Anika Köhne.
Umschlaggestaltung: Heine/Lenz/Zizka Projekte GmbH, Frankfurt.
Satz und Herstellung: Dieter Kohler GmbH, Wallerstein.
Druck und Bindung: CPI – Clausen & Bosse, Leck.
Printed in Germany.

Dieses Buch gibt es nur bei Zweitausendeins im Versand, Postfach, D-60381 Frankfurt am Main, Telefon 069-4208000, Fax 069-415003.
Internet www.Zweitausendeins.de. E-Mail Service@Zweitausendeins.de.
Oder in den Zweitausendeins-Läden 2 x in Berlin, Düsseldorf, Frankfurt am Main, Freiburg, 2 x in Hamburg, Hannover, Köln, Leipzig, Mannheim, München, Nürnberg und Stuttgart.
Oder in den Zweitausendeins-Shops in Aachen, Augsburg, Bamberg, Bochum, Bonn, Braunschweig, Bremen, Darmstadt, Dortmund, Dresden, Duisburg, Erfurt, Essen, Gelsenkirchen, Göttingen, Gütersloh, Herford, Karlsruhe, Kiel, Koblenz, Konstanz, Ludwigsburg, Marburg, Mönchengladbach, Münster, Neustadt an der Weinstraße, Oldenburg, Osnabrück, Speyer, Trier, Tübingen, Ulm, Wuppertal und Würzburg.
In der Schweiz über buch 2000, Postfach 89, CH-8910 Affoltern a. A.

ISBN 978-3-86150-917-2

I

»Weil dieser schöne Wahnsinn
das schönste Leben ist.« (Tieck)

Es ist ja nun wirklich die große Frage, ob der Sinn des Lebens, das Glück dieser Erde eher in der Betrachtung und in der Besitznahme einer nackten Frau besteht oder vielmehr in der jahrelangen und zähen Beobachtung zweier älterer Brüder, noch dazu fremder. Viel spricht für das erste, einiges humanistisch Philosophische auch für das zweite – bzw. es ist so, daß das Zerbrechen und Zerstieben von sich'ren, guten, festbewährten Wertaxiomen gerade uns Männer auf dem Scheitelpunkte des Lebens nicht verschont, ach ja, es ist, als ob der Atem schliefe, das Auge tränte und das Ohr sich schlösse vor höllischem Behagen. Die plötzliche Abwesenheit dessen, was abendländische Kultur einen Leitgedanken, Sinnstiftung nennt, ich habe sie vor vielleicht drei Jahren erstmals an mir wahrgenommen, und simultan und damit in Interdependenz eine Indifferenz, eine Indolenz, eine Intransigenz, eine Insuffizienz, eine Intoxikation, überhaupt ein ganzes »In«-Bataillon samt Kopfknistern bis zur wimmernden Betäubung – –

– – lauwarm, bös und schaurigschön: Die Wolken zieh'n dahin, sie zieh'n auch wieder her, gleich darauf sitze ich ganz wundersamerweise im Kurorchester, wieder ein wenig später liege ich im Bett, ich wache auf drei Stunden nach Mitternacht, das Herz klopft wild und wie entfesselt, ohne daß ich doch im entferntesten die Empfindung hätte, gleich sterben zu müssen, sondern alles braucht seine Zeit ... ich tappe in die Küche, mische mir einen Brei aus eiskalter Milch und Cornflakes, löffle ihn schön still benommen, lese dazu noch einmal die Unfall- und Obszönitätsmeldungen in der herumliegenden Tageszeitung, die Taten des Salzbarons Adi oder den Einsatz des neuen Killer-Satelliten, krabble ins Bett zurück, mit nichts weniger als einer Frau im Sinn, die Ehefrau interessiert mich schon gar nicht, die liegt taub und friedlich nebenan und träumt von Dietmar Schönherr, weil sie es selber nur zum »Landsherr« gebracht hat – nein, nicht daß ich mich damals nach den beiden Brüdern geradezu gesehnt hätte, aber warum sollte ich nicht inständig an sie denken, gerade sie, bevor ich mit dem Abklingen meiner heute sogenannten Midlife-Crisis (hahaha! Ich kreisle schon seit meinem 21. Lebensjahr so mittelmäßig herum!) an überhaupt nichts mehr dächte, sondern nur noch, nach Greisenart, frisch und fröhlich vor mich hin verwitterte, dem Grauen zu, dem letzten lakigen, getroffen vom Schlaganfall der Seele, Beute eines geistlosen Deus absconditus, simsalabim, dessen chimärische Umrisse zu erkennen mir dann nicht einmal mehr in der Gestalt der holden Brüder erlaubt war; die Brüder waren gewissermaßen meine letzte, meine allerletzte Chance gewesen ... aber ich will nicht länger um den heißen Brei herumreden:

Einzugestehen ist hier nämlich fürs erste eine grobe, feiste Lüge, eine glänzende und gleißende Lesertäuschung. Denn keineswegs – Flucht nach vorn – von einer »Mätresse des Bischofs« handelt mein Buch (woher denn? die sind doch sogar zu dumm, sich so was zu halten!) – sondern tatsächlich und jetzt ohne Flunkerei von der Beobachtung, Beschreibung und Ausdeutung zweier älterer Brüder, trostlos oder, je nachdem, tröstlich häßlichen sogar, und wen sollen diese beiden Iberer-Brüder schon groß interessieren? Nun, und so bin ich eben auf den rettenden Ausweg mit dem Bischof und seiner mausgrauen Geliebten verfallen, nachdem mir mein ursprünglicher Arbeitstitel »Zwei Jahre Iberer-Forschung« der Sache zwar wahrhaft angemessen, aber schon gar zu harmlos und das Publikum einschläfernd erschienen war. Eine Zeitlang habe ich dann auch mit der den Proust-Leser gefügig machenden Version »A la recherche des Frères Iberer« in Gedanken gespielt oder auch »A la recherche des Iberer-Brüder« oder ganz wild gescheckt »A la recherche of Iberer-Brothers in Dünklingen« – doch mit einemmal senkte sich der prickelnd-schlagende Einfall mit dem Sex-Bischof über mich, kurioserweise beim Betrachten eines

Zeitungsfotos des wie gesalbt glänzenden neuen Münchner Erzbischofs Ratzinger im Dünklinger Volksblatt gestern nachmittag. Tatsächlich spielt der Bischof in meinem psychologischen Roman nicht die geringste Rolle, mal abgesehen davon, daß wir letzten Endes doch alle mehr oder weniger Opfer des Klerus sind und seines mörderischen Menschen- und Seelenverschleißes, der mich wohl auch auf die Brüder leitete. Der Titel – er ist also nichts als eine Vignette, Tribut an die leidig ennuyierende Sexualsucht unserer modischen Druckproduktion und diese zugleich bitter decouvrierend. Denn auch Alwins Schäferhundprozeß und die synchrone Demuth-Affaire hätten ja als Kauflocktitel kaum getaugt, und jedenfalls ist es doch ganz schön, daß ich den Sexualtrick gleich auf der dritten Manuskriptseite eingestehe. Leserbetrug nichtsdestoweniger? Nun, das meine ich auch, aber ein heute ganz normaler und ordinärer. Von Joycens »Ulysses« bis hin zu Machwerken wie »Die Angst des Tormanns beim Elfmeter« wölbt sich die Kontinuität des modernen Leser-Titelbetrugs, und wenn Reizwort-Ridikülitäten wie die vom »Arbeiter, der unter die Intellektuellen gefallen ist« straflos verbreitet werden dürfen, dann werde ich mit meinen zwei kardinaldämlichen Schmonzetten ja wohl auch dürfen. An ihnen haftet ja immerhin der rostige Charme des Antiquarischen und Ekklesialen zugleich, und das noch schnuckeligere »Maitresse« habe ich mir ja sogar fast selbstlos versagt.

Kurz, in einer Zeit der allgemeinen Volksübertölpelung, der schleichenden, nein rasenden Idiotisierung des öffentlichen Lebens und des ohnehinnigen Wurstseins von Allem und Jedem bestehe eben auch ich auf meiner Chance. Ich habe nun lange genug zugeschaut!

Worum es mir geht: um Aufklärung für möglichst 1 Million Leser, d. h. Käufer; wie sie schon Goethe im Falle des »Werther« gefordert, gekriegt und als Norm festgelegt hat. Wenn nur jeder 60. Deutsche sich mein Buch aufschwätzen läßt, bin ich hochzufrieden. Und ich meine, dafür sollte mir jedes Mittel recht sein. Ich bin jetzt 48 Jahre und muß, ihr Herren Rezensenten und Richter über literarische Integrität, an meinen Lebensabend denken! Goethe muß es wissen. Die Botschaft aber, an der mir liegt, ist über jeden Zweifel erhaben. Wie wunderahnend tippt doch schon Fouqué mein großes Thema an! Der Dichter spricht: »Die *brüderlichste Innigkeit* fand und findet noch jetzt, da beider Locken ergrauen, zwischen ihnen statt. Es ist etwas Herrliches um *liebevolle Treue,* so durch ein Halbjahrhundert fest unter allen wechselnden Stürmen und Strömungen des Geschicks nach dezennienlanger Trennung stets wiederum *aufleuchtend* in jugendlicher Frische.«

Ach, Brüder, ja, in jugendlicher Frische treu, wenn's nur bei mir so wär' geblieben auch, und doch und doch, kommt Zeit, kommt Rat...

So muß ich denn, traurig, aber entschlossen, als fast alter Mann über den Sex-Humbug noch ein paar Markstücke herauslocken, denn nicht nur konveniere ich thematisch mit keinerlei Moderichtung, auch stilistisch befinde ich mich zum gegenwärtig herrschenden After-Geschmack so ziemlich in Opposition. Doch schließlich ist der inferiore Titel ja nur transzendierendes Mittel zum sehr edlen Zweck, die Menschheit sanft zum eitlen Golde zu verführen, zu meinem Herzen, zu den Brüdern auch vor allem – – und endlich, darauf bestehe ich, habe ich mein Skript mit der schlagartigen Einführung einer nackten Frau ja doch halbwegs pikant eröffnet und insofern nicht gar zuviel versprochen. Eine zweite und doppelte Leser-Narrung? Naja schon; aber daran kann man immerhin schon lehrreich ablesen, wohin einen sogar die verlogensten Überschriften treiben, stehen sie erst baumfest da. Und ich will auch gern mal sehen, ob dergleichen Konzessionen an den vulgären Publikumsgeschmack nicht zwischen den romanlich erheblichen Partien hie und da als würzige Pointen sich wiederholen lassen. Denn Brüder hin und her: Wir haben sie doch, zumindest in einer sehr frühen Entwicklungs- und Erkenntnisphase, alle, mal ehrlich, ganz gern gehabt, diese rosa Nackedeis mit ihrem barocken Schenkelgeschäker und ihrem serensinistren Brüstegewackel, ihrem verblasenen, hören Sie mir doch auf! –

– doch jetzt endgültig zu den Brüdern! Es ist eine so dünn- wie schwerblütige Geschichte, die es nun einigermaßen funkelnd zu halten gilt.

*

Die Brüder also: Genau vermöchte ich heute gar nicht mehr zu bestimmen, wann ich ihrer inne ward. Vermutlich wohnten sie zuerst und lange Zeit nur in meinem Unterbewußtsein, und erst allmählich arbeiteten sie sich in die bewußte Verstandesregion vor, bis ich sie anfangs gewissermaßen als – sehr unter Vorbehalt gesagt – Kuriosität wahrnahm: Zwei Männer um die 50 Jahre, vielleicht auch etwas jünger, welche immer und ewig gemeinsam durch die Hauptstraße Dünklingens gingen, so die längere Achse des Ei-Stadtkerns durchstreifend. Jawohl, zwei nicht mehr junge, aber auch (dieser Eindruck formte sich früh) irgendwie alters- und zeitlose Gesellen, die offenbar eng zusammengehörten, sich aber nur soweit ähnlich sahen, daß es sowohl Brüder als auch na sagen wir Deutsche schlechthin sein mochten.

Im übrigen, um nochmals darauf zu rekurrieren, ich bin allerdings noch keineswegs sicher, ob meine beiden Reizwörter »Mätresse« und »Bischof« wirklich so reizend sind, daß sie die Leute zum ohnmächtigen Geldausgeben hochreißen. Eigentlich, fürchte ich, dürfte ihnen das kaum gelingen, mich z. B. reizen meist allenfalls noch Wörter wie »Hopp«, »Zack«, »Aua«, »Stefania Sandrelli«, »Junge Union« oder eben »Iberer-Brüder« bzw. »Fink« und »Kodak« – doch ich will nicht vorgreifen. Aber nur Mut! Man kann die Einfalt in Gestalt der Reizwörteranfälligkeit unserer Zeit gar nicht hoch genug taxieren – und loben! Ja, denke ich daran, daß Unsinn wie »Aspekte«, »Impulse«, »Titel, Thesen, Temperamente«, »Tabu«, »Soziale Frage« und »Sensible Wege« (überhaupt: »sensibel«! Jeder Knüppel versteht sich heutzutage als »sensibel«, wo nicht gar als »sensitiv«!) – daß all das Zeug glatt durchgeht und seine Kassen füllt, dann habe ich Anlaß, mich zu beglückwünschen. Und wenn die Leute sogar auf ein trüb und doppelt lüsternes »Klassenliebe« hordenhaft, ja hammelhaft hereinfallen (sicherlich hätte auch Alwin, läse er anderes als Hemingway, von soviel sozialistisch-laszivem Schmäh beweihräuchert, zugegriffen) – dann bin ich jetzt doch sehr zuversichtlich, daß auch meine episkopale Skandalnudel ihre Gönner findet, doch doch, das glaube ich schon.

Aber zurück – ach Gott, wenn ich vom Schimpfen nur nicht dauernd so müde würde! – zu den Brüdern.

Weil ich selber gern und oft und offenen Auges durch unser liebes Dünklingen streife, diese und jene Sehenswürdigkeit zu erhaschen bzw. überhaupt etwas zu sehen, deshalb wurde ich – es war im Frühsommer vor zwei Jahren – auch recht schnell gewahr, daß die beiden erwähnten Männer immer wieder um dieselbe Zeit des Wegs kamen, fast eilig vorüberschritten, um alsbald wiederaufzutauchen. Nicht ganz eindeutig war dabei zunächst, ob das Ganze mehr eine Arbeit, z. B. einen Botengang, darstellte – oder doch eher eine Art Spaziermarsch. Früh schon entschied ich mich gefühlsmäßig für das zweite und sah, weil dies Gehen nach fast sonnenphysikalischen Gesetzlichkeiten ablief, auch bald viel klarer. Die beiden Geheimnisvollen mußten vom oberen Stadtteil kommen, von der östlichen Rundung der Ellipse, vom östlichen Brennpunkt, sie durchfurchten gemeinsam die Ellipsenachse, unsere Hauptstraße von Dünklingen, am westlichen Ellipsenende machten sie offenbar kehrt und schritten die Achse in konträrer Richtung retour.

Zweitens leuchtete mir, ganz durch Eigenforschung, immer tiefer ein, daß die Männer diesen Hin- und Herweg mit rätselhafter Zuverlässigkeit und Präzision jeweils samstags zwischen 11 Uhr und 11 Uhr 30 sowie zwischen 18 und 19 Uhr absolvierten, am Sonntag zwischen 10 Uhr 30 und 11 Uhr, am Abend dann zwischen 17 und 18 Uhr. Der Hin- und Herweg durch unser Stadtei dauert, erledigt man ihn zügig-entschlossen wie die beiden Männer, etwas mehr als 15 Minuten.

Und drittens erinnere ich mich von Anfang an, daß die beiden unbekannten Männer einzeln und zusammen einen fast erschreckend häßlichen und verwesungsanfälligen, aber doch auch angenehmen, ja erwärmenden Gesamteindruck hinterließen, ja buchstäblich hinter sich herzogen.

Naja, der Anfang, die Initialzündung meines nachmaligen Faibles für die beiden Männer, ist gar nicht leicht festzumachen. Gehen, wie gesagt, hatte ich sie wahrscheinlich schon immer gesehen, weil ich ja auch schon praktisch ewig in diesem lächerlichen Dünklingen lebe. Eine glückliche Stunde nenne ich die, welche mir die beiden Unbekannten endgültig ins Zentrum meiner Gedanken, Sehnsüchte und Lebenseinsichten rückte – glücklich trotz der bösen Enttäuschung, die viel später folgen sollte.

Ganz grob gesagt, gab es dann zwei Phasen. In der ersten nahm ich die Männer bewußt und neugierig wahr, in der zweiten wartete ich auf sie, suchte sie, fand sie.

Und von einer endlichen dritten Phase, der ich bis heute keinen Namen zu geben wüßte, handelt – damit ist's auch unwiderruflich raus – mein Epos. Lassen wir es sinnvoll im Mai beginnen – so wie ich grundsätzlich gegen Romananfänge im Herbst bin. Das Logische des Zyklischen alles Kreatürlichen sollte man nicht mutwillig sprengen.

Die Männer waren gleich groß und offenbar fast gleich alt. Nach den ersten Gesamteindrücken von Häßlichkeit und einer gewissen erbarmungswürdigen, aber auch sogleich tröstlich kalmierenden Dicklichkeit, ja Aufgeschwemmtheit registrierte und sammelte ich bald luzidere Details. Der vielleicht eine Idee ältere Mann hatte rötliche, schüttere Kräuselhaare – der andere war mehr dunkel (aber auch nicht ganz einwandfrei) und trug ein besonders ruhiges, ja frommes Gesicht auf dem nicht ganz so rundlichen Körper. Der Ältere schien mir von Beginn an lebhafter und irgendwie trotz aller Ausgewogenheit des Ganzen unleugbar formal dominierend.

Zusätzlich leicht beklemmend, ja sogar zunächst verärgernd, war eine dritte Erkenntnis, die sich bald eröffnete: Ab und zu ging auch ein dritter und wiederum etwa gleichaltriger und gleichgroßer, nicht ganz so aufgequollener Mann mit den beiden einher. Die Gesetzesmäßigkeit seiner Begleitschaft war indessen ohne Hilfsmittel ebenso wenig zu analysieren wie seine Stellung den beiden Hauptpersonen gegenüber. Die Gehordnung jedenfalls verriet ebenso wenig wie die gleichverteilte Qualität z. B. der Anzüge, welche alle drei auch im Hochsommer bevorzugten. Mal wurde dieser dritte, der sich prima vista durch einen besonders inhaltslosen, ermüdeten Gesichtsausdruck hervortrat, in die Mitte genommen, mal marschierte er links, mal rechts – auf diesem Gebiet herrschte augenscheinlich die seltsamste Anarchie. Auch dieser Dritte mochte so an die 1 Meter 70 messen – ich würde sagen: er genau 170 Zentimeter, der jüngere Mann 168, der ältere 169. Auch der Dritte war wohlig rund, neigte aber wohl nicht ganz so katastrophal zur Dicklichkeit.

Dünklingen ist übrigens ein recht tragbares Stück Altdeutschland, eine insgesamt nette, richtiggehend mittelalterliche Stadt mit meines Wissens jetzt 12 800 Einwohnern, gottseidank so verschnarcht, schrumplig, ja von Kleinsäuberlichkeit zerfressen, daß sie deshalb sogar vom drohenden Tourismus weitgehend ausgespart blieb – das hätte noch gefehlt! Wir haben weißgott schon genug mit uns zu tun!

Von einem »Ei« oder einer »Ellipse« habe ich oben im Zusammenhang der Gestalt Dünklingens gesprochen, seiner prägenden Altstadt jedenfalls – ich hätte auch von einem Kreis reden können, einem freilich sehr abgeplatteten, wie erst kürzlich wieder ein Vogelschau-Foto im »Volksblatt« anscheinend voll Stolz zeigte. Und es war auch ursprünglich sicher ein Kreis angepeilt gewesen, aber dann war's gerade, als ob unsere Vorfahren dabei gestört worden wären, als ob irgendwelche Verwehungen, Denkschwächen, Unachtsamkeiten und Unkontrollierbarkeiten ihnen den kugelrunden und wehrhaften Plan doch noch im letzten Moment entzaubert hätten – möglicherweise wußten sie mit dem Zirkel noch nicht recht umzugehen (die meisten Dünklinger können es wahrscheinlich heute noch nicht ordentlich, obwohl es da jetzt so etwas Hehres wie eine »Mittelpunkt-Mittelschule« gibt ...) – vielleicht überfiel sie auch plötzlich die abergläubische Angst vor allzu hybrider Perfektion; jedenfalls, sie ließen ihre schöne Kugel also vom Süden und Norden her gleichsam breit treten – der

Effekt: der wohlerhaltene Mauerring der Stadt schwebt heute so akkurat zwischen Kreis und Ei, daß man mit der nötigen Empfindsamkeit ganz aufgeregt davon werden könnte, gefördert dadurch, daß es in dieser Stadt ja sonst entsetzlich wenig Aufregendes gibt, o Gott, was für ein von Gehaltlosigkeit geradezu heulendes und gackerndes Nest!

Man sollte das vielleicht mal untersuchen, ob die Unentschiedenheit einer Stadtform die Einwohner so negativ und am Ende sogar defätistisch prägt, wie ich das zuweilen bin und damals war ... aber, mein Gott, leben muß man überall.

Kreis hin, Ei her – ziemlich genau in der Mitte von beidem, im Schatten der rücksichtslos ragenden, in keinem Verhältnis zur Einwohnerzahl stehenden katholischen St. Gangolf-Stadtpfarrkirche, ist mein Stammkaffee angesiedelt; dort, im altgediegenen Café Aschenbrenner, hatte ich das fragliche Männer-Duo bzw. -Trio nicht nur schon mehrfach vorbeilaufen oder besser vorbeiwalzen sehen; dort empfing ich eines Sonntagvormittags im Juli auch erste und, ach, so folgenreiche Aufklärung aus dem Munde eines gewissen Albert Wurm.

Albert Wurm, vermutlich altgedientester, beständigster und mit Sicherheit bestinformierter Stammgast des Café Aschenbrenner, saß, »Bild am Sonntag« lesend, an meinem Tischchen, zitterte die fünfte oder siebte Tasse Bohnenkaffee in sich hinein und ließ zuweilen hingerissen die gelben Finger über die Tischglasplatte tippeln; die Sonne schien ohne Arg, soeben hatte es zur Halbelfuhr-Messe geläutet – da marschierten sie vorbei, diesmal wieder drei Mann stark. Ich atmete mutig durch.

»Herrgottsakrament!« rief ich lässig und deutete etwas fahrig zum Fenster hinaus: Ich möchte nur zu gern mal wissen, wer die drei Männer da seien.

»Wer?« Es riß Albert Wurm hoch, und die Zeitung senkte sich. »Was?« Und Wurm, im twenartig karierten Freizeit-Janker und schwarzen Rollkragenpullover, sah mir wach, aber so elend in die Augen, als ob ich an dem Kaffeeunwetter in seinem Körper schuldig wäre.

»Die drei da!« wiederholte ich heiter und erregt und deutete nochmals.

»Die drei?« Wurms Blick hatte die drei Männer erfaßt. »Die kennst doch!«

Ich verneinte, leis schauernd. Jetzt entschied sich so allerlei.

»Der Fink und der Kodak«, sagte Wurm flink, beäugte mich gefährlich und schnorrte eine Zigarette Informationshonorar. »Die zwei Brüder, Gott nei! Die kennst doch!«

Nein, lachte ich, fast zu krampfhaft beschwörend.

»Freilich kennst die«, beharrte Albert Wurm: Mit denen hätte ich doch »als Kinder bzw. Kind im Stadtgraben auch Fußball gespielt, dortmals zur Zeit, wo an sich der Stein Harry der King war!« Jetzt sah mich Wurm noch schamloser an: »Der Fink war jeden Tag da, der Kodak, der Ältere, fast jeden Tag!«

Etwas Glimmendes, nein Graupelschauerartiges fuhr mir bei dieser Rede in die Seele, und Albert Wurm mußte es rascheln gehört haben:

»Fink und Kodak«, beschwor er nochmals heizerische Spannung und wiegte lauernd seinen scharfgeschnittenen Blondgraukopf.

Unordentlich bestellte ich einen Kaffee.

»Mit Zitrone!« rief Wurm der Bedienung nach. Jetzt kam eine Menge durcheinander, bis die rat- und sogar etwas hoffnungslose Bedienung kapiert hatte, daß ich einen Kaffee, Wurm aber einen Tee mit Zitrone kriegte. Er hatte in der hektischen Knisterei einfach den »Tee« vergessen.

»Und vier Stückl Zucker!« schrie Wurm jetzt noch explosiv zur Theke hin, um dann, rapid an mich gewandt, überwältigend fortzufahren:

»Fink und Kodak – die alten Iberer-Buben!«

»Iberer-Buben?« Es war schon fast zuviel verlangt, den süßverwegenen Klang hier erstmals auszukosten und doch gelassen zu erscheinen. Wurm mußte erneut etwas gemerkt haben:

»Iberer-Buben«, unkte er nach, und dann in voller Klassizität: »Iberer.«

Betont ganz maßlos auf der ersten Silbe. Der kalte Schmelz der

Wurmschen Greifenaugen! Ich kratzte mich am Kopf. »Und der dritte?«

»Wer? Der dritte?« Wer war eigentlich nervöser? Wurm oder ich?

Naja, der dritte, der soeben mit den »Iberer-Buben« (sagte ich erstmals!) vorbeigegangen sei!

»Stauber – – oder Müller – –«, jetzt zeigte Albert Wurm deutliche Schwächen, »halt: Igel? Nein, der Igel war ein anderer, das war der Tormann, nein, ich mein' schon: Stauber …«

Ein Freund? Oder was?

Wurm zuckte die Schultern und saugte Tee an. Dann wägend: »Prima Fußballer an sich.« Das war offenbar eine Bilanz.

Pusselig, nein: kuschelig war mir geworden, jetzt wollte ich noch mehr wissen, auf Gedeih und Verderb!

Albert Wurm entzog seinen Kopf der hereinfallenden Sonne. Er, Wurm, berichtete Wurm und gab wendig ein Cognäkchen in Auftrag, habe auch oft mitgespielt, er und sein Freund Jim. »Gott nei«, die Iberer-Brüder seien dortmals – »die waren vielleicht 15, wir 12« – nicht die besten Fußballer im Dünklinger Stadtgraben gewesen, »der Wähner Alex hat effektiv schon in der Reserve von Inter gespielt«, aber, Wurm fachierte wie fächelnd mit dem linken Arm, »an sich die besten Techniker. Und vor allem«, keuchte Wurm wie unter Erinnerungsballast, faltete die Stirn zum Gesetzbuch und äugte durchtrieben einen unschlüssig im Kaffeehaus herumgrasenden Backfisch an, »fair!« Jetzt schüttete er den Weinbrand in den Zitronentee – was mochte es in diesem Magen heute rebellieren! »Immer fair! Waren alle zwei Dribbler – mit Köpfchen!«

Tatsächlich klopfte Albert Wurm mit dem gewinkelten Zeigefinger gegens Hirn, der Finger rutschte aber irgendwie ab und prallte an das riesige Ohr. Er hatte zu exzessiv Kaffee getrunken. Jetzt lag das Kinn fast auf der Tischplatte auf, so sehr trieb es Wurms Nerven herum – im Gesicht geisterten weh-große Vergangenheit und aktuelle Utopie des gelebten Lebens durcheinander, verbanden sich zur Synthese vom Weltbürgertum von Haus auf, vom Kaffeehaus an sich – – da strichen, offenbar auf dem Rückweg, die Iberer-Brüder und »Stauber« wieder am Fenster vorbei. Wurm kriegte es nicht mit, ich sah ein paar brenzlige Sekunden scheinbar gleichgültig zum Fenster hinaus – und weg waren sie wieder.

Manchmal werden auch von uns Alten im Leben Entscheidungen noch verlangt. Sollte ich mich Albert Wurm weiter offenbaren? Jawohl. Wenn schon, denn schon!

Das sei nämlich, säuselte ich, komisch: Diese Iberer-Brüder sehe man nämlich immer gemeinsam und zur gleichen Zeit miteinander durch Dünklingen hin- und wieder herlaufen. Ich kicherte ein wenig fiebrig; daß ich schon die genauen Uhrzeiten wußte, verschwieg ich Albert Wurm doch lieber.

»Aha!« Wurm lächelte neugierig, diabolisch und dankbar, klopfte sich mit den Handkanten gegens Zwerchfell. Das sei ihm auch schon irgendwie aufgefallen: »Oft zu zweit oder zu dritt!«

»Immer!« fiel ich fast schon selig ein.

»Oder immer«, lachte Wurm, aus welchem Grund auch immer, höhnisch – hatte er mich doch schon bei meiner verbotenen Leidenschaft ertappt?

»Ehrlich«, knispelte ich hilflos nach.

Wurm sandte einen melancholisch energischen Blick gegen die goldfarben stuckierte Kaffeehausdecke und seufzte – sein Backfisch hatte sich schon wieder getrollt.

»Ja, Stauber«, glaube er, wiederholte Wurm, heiße der dritte. »Und wie g'sagt: prima, exzellente Fußballer – und das war dortmals selten. Lauter Bolzer!« Er kam jetzt von selber, mein alter Freund Albert Wurm:

Finks Spezialität sei es gewesen, erläuterte Wurm wie verantwortungsbewußt, den Ball als Rechtsaußen immer den Stadtgrabenwall hinauf zu treiben und den gegnerischen Verteidiger dadurch auszutricksen, daß er den Ball den Wall hoch und am Verteidiger vorbeigeschoben habe, gleichzeitig weitergelaufen sei, den zurücktrudelnden Ball erwartet und aufgenommen habe und so frei aufs Tor, zwei Kastanienbäume, zugestrebt sei, »ganz locker!«

Locker vermengselte Albert Wurm seine zehn Wurstfinger ineinander, als ob er sie auswinde, geradezu lustig. Vielleicht hatte ihm der Tee wirklich geholfen.

»Der Kodak, der andere, der Ältere«, fuhr Wurm fort, dagegen sei »an sich Mittelfelddirigent« und »ein ganz feiner Ballverteiler mit exzellenter Ballaufnahme von Haus auf« gewesen – außerdem habe er eine ähnliche Technik perfektioniert wie Bruder Fink: Angreifende Gegner habe er nämlich – und hier kicherte Wurm herzhaft und wie a posteriori schadenfroh – durch das Kicken des Leders gegen die Stadtmauer, welche den anderen Spielfeldrand gebildet habe, leerlaufen lassen, »wie du's beim Eishockey gegen die Bande hast, dort ist's ja effektiv erlaubt. Bzw. nicht erlaubt, sondern – klar! – Technik! Hähähä!«

Fürs erste erschöpft, mit sich zufrieden und mit seiner Vergangenheit eins, stieß Albert Wurm lokomotivenhaft Zigarettenqualm in die Tiefen des Café Aschenbrenner.

Ein wenig beklommen, aber mehr noch gerührt hatte ich gelauscht, aufgekratzt in mich versunken. Unglaubliche, unabsehbare Perspektiven hatten sich aufgerissen. Der Rubikon war überschritten. Jetzt wurde es ernst.

»Alle zwei, wie g'sagt, primär Techniker!« faßte Wurm nochmals zusammen.

Albert Wurm ist übrigens ein recht kommoder, netter, ja honetter Mann – und dazu und fast schamlos schon mit einer Annette Wurm verheiratet, eine Tochter soll auch da sein. Offenbar beruflich kaum geforderter Vertriebsleiter des Dünklinger Volksblatts, dem er als Ex-Werkstudent gleich die Treue gehalten und sich über zwei verstorbene Chefs hinweg glücklich eine Karriere gebastelt hatte, ist dieser damals 48-, heute exakt 50jährige sicherlich der hemmungsloseste Kaffeehaushocker unseres Bezirks – und als Presse- wie Privatmann mit Material natürlich wohl ausstaffiert. An sich einst Student für Maschinenbau in Erlangen, war Wurm dortmals mehr oder weniger wider Willen auch in politische oder scheinpolitische Kaffeehauskreise hineingeraten, fatalerweise, obwohl von Haus auf rechts daheim, scharf linke. Eine Zeitlang, hieß es, habe Wurm das nicht recht mitgekriegt, erst als man ihn als Zeuge gegen Strauß in den Fibag-Prozeß hineinziehen habe wollen, habe er, Wurm, berichtet er noch heute, die Umsicht besessen, sich von solchen Demagogen zu distanzieren und in seine Heimat, unser knüppliges, nettes Dünklingen, zu retirieren.

Hier hält der seither in Antlitz und Gesinnung etwas mehr in die Breite geratene Mann nicht nur spielend dem romanisch-romantisch Konservativen und Kaffeetrinkerischen die Treue – von seiner alten Aura des Brisanten zehrt er noch immer: in jener Studentenzeit war Wurm nämlich einmal mit dem Filmschauspieler Jean Paul Belmondo verwechselt worden, das hatte sich dann natürlich bis Dünklingen herumgesprochen, und obwohl Wurm seit mindestens zehn Jahren eigentlich mehr Rudolf Prack gleichsieht, langte die einstige Imago bis heute immerhin dazu, praktisch die ganze hiesige Frauensphäre wenigstens virtuell zu beherrschen, anders gesagt: das Wissen um die gesellschaftlichen Abgründe des Sexuellen, das sich in Albert Wurms ruhelos flackernden Augen und Stirnrunzeln manifestiert, treibt und trieb ihm zwar kaum je wirklich, effektiv eine unserer trägen Dünklingerinnen zu, aber es könnte durchaus sein, daß alle insgeheim von ihm träumen, träumend seiner visuellen Dämonie mondänen Damenfangs sich hingeben und seiner vielwissend virilen Befehlskraft, seiner kraftvoll schlummernden.

Denn Albert Wurm ist heute für meine Begriffe ein Nachfahr, ja Ausbund jenes klassisch-romanischen Ideals des fast berufslosen Höflings und Honnête-Homme des Salons, der Intrigue und des »Découvrir l'intérieur« um jeden billigen Preis, freilich im Rahmen von Commodité und Bonne Compagnie, insgesamt wohl der gefälligste Habitus, in dem unsere ehemaligen Frondeure sei's der Uranfänge der Studentenrevolte, sei's der jungsozialistischen Wühlarbeit ihr Verbleiben in dieser stagnierenden, umsturzunfähigen Sozietät als Bourgeois Gentilhomme legitim zu nutzen wissen – –

– – Herrgott, was phantasiere ich da Nebelschwaden zusammen! Jedenfalls war und ist Albert Wurm ein vergleichsweise zivilisierter Mensch in unserer schwer verlumpten Zeit, obwohl sein Auge, genaugenommen, nichts weniger als französisch und belmondisch wetterleuchtet, sondern, sah man nur naiv hin, glatt dünklingisch und bauernschlau. Mir persönlich ist er übrigens ab ovo durch einen kleinen pikanten Skandal verbunden, ich hatte nämlich dem einst sehr mittellosen Wurm vor 25 Jahren 50 Mark geliehen, sie nie mehr wiedergekriegt und nach etlichen schriftlichen Zahlungsaufforderungen ihm den Gerichtsvollzieher nach Erlangen auf die Bude geschickt. Der hatte aber, schrieb er mir dann, nichts Pfändbares vorgefunden – so daß ich doppelt der Dumme war. Tempi passati – reizvoll aber, daß Wurm auch seit der Zeit, da er zu etwas Geld gekommen ist, keine Anstalten macht, die alte Schuld zu begleichen – ich warte bis heute, daß *er* kommt, er wartet vielleicht, daß *ich* komme und das Geld erneut moniere – so daß wir seit vielen Jahren in einer Art wechselseitigem Belauerungsverhältnis leben – und vielleicht, blitzt mir erst jetzt bei dieser Niederschrift, war Wurm sogar der Ansicht, durch seine Iberer-Auskünfte sei die alte Schuld aber auch restlos abgegolten!

»Kodak – Kodak war vielleicht ein bißl stärker wie der Fink!« Wurm wippte mit den braunen Pirschhalbschuhen auf den Teppich ein. »War der, praktisch, Spielmacher.«

Versunken schrak ich ein wenig hoch: »Aha?«

»Und heut' alle zwei noch ledig.« Ein harter Übergang. Frech und bohrend äugte Wurm mich an und schob ein Zuckerstückchen in den dicklippigen ausgreifenden Mund.

»Ledig?« Freude züngelte so kribbelnd, daß ich, überrascht, kaum an mich zu halten vermochte.

»Ledig.« Mutlos ließ Wurm die aufgenommene Zeitung wieder sinken, ein schwer auslotbares Schulterzucken. »Soviel ich weiß. Alle zwei. Von Haus auf!«

»Und – Vornamen? Wurm?« O Gott, was eine Frage!

»Praktisch«, Wurm zuckte die Achseln, »immer nur Fink und Kodak. Was anderes hat man dortmals, Gott nei, nie g'hört!«

»Naja.« Was hätte ich sonst sagen sollen? Wurm äugte mich wieder massiver an. Manchmal scheint es mir, als wolle dieser Mann seine Charakterlaufbahn gewissermaßen nach seinem schmählichen Namen modellieren, um über jene diesem die Ehre zu geben. Obgleich er von Schiller kaum hat läuten hören.

»Jedenfalls die letzten sechs Jahre ledig – sonst wüßt' ich's!« Über Wurms einsatzfreudiges Gesicht huschten plötzlich die Gespenster universeller Hoffnungslosigkeit. »Gott nei! Jetzt heiraten die nimmer!«

»Sososososo ...« Ich versuchte, den Spieß umzudrehen, Wurm seinerseits auflaufen zu lassen. Sah ihn sinnend an. Elegant wich dieser aus:

»Lissy!« Ein blasses Gesicht beugte sich gleich drauf über ihn. »Hör zu, du bringst mir ...«, wie ein Dressman sah er jetzt aus und drein, plötzlich streichelte sein Zeigefinger der Bedienung sogar aus der Distanz von zehn Zentimetern über die Brust, »ein ... eine Mineralwasser und ein Kaffee Hag und einen – Madeira! Gell! Aber nicht den von dortmals, sondern den anderen! Gelle!«

Begeistert über diese Bestellung, rieb sich Wurm erneut die Hände. Die Bedienung sputete sich; mehr konnte sie von einem einzelnen Gast wirklich nicht verlangen.

»Aber nur ein Achtele!« Wurm deutete nervös, ja erregt auf seine leere Kaffeetasse. »Achtele! Lissele!«

Ich brach auf, von Albert Wurm mit einem langen Stechblick auf die Nachmittagsbahn geschickt. Verblüfft erspähte ich beim Abgang, daß von den acht Jugendlichen im Kaffeehaus sieben Weizenbier vor sich stehen hatten, auch die Mädchen. Na bitte! In zehn Jahren würde dies Etablissement nur noch, zähe Citoyens und Sudfreunde wie Albert Wurm und mich zu ehren, »Café« heißen! So was!

Ich war ein wenig matt, erst ein frischer Wind, der durch Dünklingens Hauptstraße fächelte, brachte mir die neue Wahrheit wieder ins Hirn:

Brüder waren es also, Brüder und Fußballer. Und Techniker.

Danke, Albert Wurm, das genügte fürs erste. Das andächtige Glitzern in meinem Herzen kam jetzt wieder. Ein Schäferwölkchen tanzte mit. Ob Wurm schon etwas ahnte?

War ich damals schon – »verzaubert«? Ich, der rationalitätsfreundlichste Einwohner Dünklingens?

*

Ich, Siegmund Landsherr – es wird Zeit, ein bißchen über mich auszupacken. Mein Lebensweg ist ein wenig kraus und krumm, im wesentlichen doch trivial. Das Dümmste ist wohl, daß ich sage und schreibe verheiratet bin, in eine Ehe hineingeraten, unnötiger als Pontius ins Credo; davon später. Dünklinger Kindheit, Abitur schenke ich mir gleichfalls, ebenso die Flattrigkeiten der Studentenzeit in Saarbrücken, Florenz und schließlich in Göttingen. Kurz, es war ein alles in allem gescheitertes Chemiestudium, gescheitert wegen vollkommener Ungeeignetheit, gescheitert insofern allerdings nicht, als ich von Haus aus sowieso am liebsten Rancher in Texas geworden wäre – aber ich bin, mit meinen knapp 167 Zentimetern, einfach zu klein dazu, das spürte ich wohl schon zu Zeiten der Reifeprüfung. Der Kopf hätte gepaßt: er ist bullig, kantig und meist purpurn wie ein Abendrot, weiß Gott!

In die Enge getrieben, wurde ich deshalb mit 36 Bibliothekssekretär an der Provinzialbibliothek Dünklingen, mein Unglück war, daß ich dort, am eigenen Arbeitsplatz, von einem späten Bildungshunger beseelt, so viele Bücher stahl, daß es mit der Zeit auffiel. Es waren auch viele Rara und Pretiosa darunter, und genaugenommen weiß ich bis heute nicht genau, ob ich die Dinger nur aus Bibliophilie entwendet habe oder mit dem Hintergedanken, sie später doch zu versilbern.

Das ging dann sehr drollig her. Nach zwei Jahren etwa erst kamen sie mir drauf – und eines Nachts (!) waren sie angerückt, zwei Mann hoch, zwei grüne Polizistenschnäbel, mit einer Art Hausdurchsuchungsbefehl in den Fäusten – ich habe damals furchtbar lachen müssen, als die beiden Grashüpfer vor meiner Wohnungstür standen. Ich gestand sofort, wollte im Überschwang den beiden Entlarvern sogar gleich den ganzen Bücherpacken aufhalsen – und wurde natürlich vom Amte gefeuert.

Immerhin rührt aus dieser Episode meine durchaus überdurchschnittliche, erst in den letzten Jahren nachlassende, belletristisch-philosophische Belesenheit. Heute noch vermöchte ich weite Teile der Gegenwartsliteratur, ließe man mich nur, absolut kompetent abzukanzeln.

Man verschwieg, unterdrückte seinerzeit den Skandal, wohl um innerhalb der Bevölkerung keinen Argwohn gegen die Ämter und offiziellen Stellen zu stiften – aber mein schöner Posten war halt weg. Eine Zeitlang tat ich erst gar nichts, dann ließ ich mich von meiner Schwiegermutter dazu beschwatzen, Klavierstunden zu annoncieren – niemand meldete sich – doch in der Folge dieser winzigen halbherzigen Zeitungsanzeige wurde ich jetzt plötzlich – Kurmusiker. Nämlich Pianist, genauer Reserve-Pianist im Trinkheilbad in Dünklingens Nachbarstadt Bad Mädgenheim.

Das heißt: ich wurde in unregelmäßigen Abständen als Ersatz für Urlaubs- und Krankheits-Vakanzen eingesetzt, vor jeweils 100 bis 500 gottverfluchten Kurgästen am Piano meine Künste zu zeigen, wie ich sie 30 Jahre vorher als Pennäler am musischen Erasmus-Gymnasium erlernt und in Göttinger Studentenlokalen vervollkommnet hatte.

Na bravo! Gerufen und eingesetzt wurde ich z. B. auch dann, wenn der etatmäßige Klavierspieler bei ausgefallenen PièCen die Hammond-Orgel zu traktieren hatte – es gab da etwa ein besonders verwegenes Arrangement unseres Kapellmeisters Dr. Egon Mayer-Grant, nämlich ein Potpourri aus »Traviata«, bei dem Mayer-Grant für das schluchzende Duett Alfred-Violetta ein Spielchen zwischen (sic!) Viola (er selber!) und Hammond-Orgel ausgeklügelt hatte, grauenhaft, sündhaft, ein wahrer Popanz – – aber was soll's? Mein beschämender Beruf wirft doch ein schönes Salär oder richtiger Taschengeld ab und beschert mich hin und wieder sogar mit allerlei anthropologischen Betrachtungen. Denn ist es nicht wunderbar, ist es nicht atemberaubend und herzzerknitternd, daß ein erwiesenes Raubtier wie der Mensch, zwingt man ihn erst dazu, plötzlich angesichts von ein paar hundert Siechen so namenlos zarte und inhaltslose Sachen dahergeigt und klimpert wie die Toselli-Serenade, den Daisy-Walzer von Dacre, die Tyrolienne »Souvenir d'Ischl« – oder gar den Nabucco-Chor? Daß eben dazu eine Gruppe älterer, mit allen Warzen und Furunkeln des Lebens belasteter Männer sich zusammenrottet, Männer, die ja einst Erhebliches im Sinne trugen und durchzuführen wild entschlossen waren! Daß sich diese edlen trüben Tassen aber jetzt schrecklos einem Rudel alter Schachteln, meist vergaunert bis in die Bandscheibenschäden, aussetzen, freundlich lächelnd den abgefeimtesten Blödsinn anzuleiern?

»Va, pensiero, sull' ali dorate«! Ist das nicht schon ganz pervers und engelsgleich? Tatsächlich weine ich am Klavier oft zähneknirschend vor mich hin ...

Gottseidank fällt mein Einsatz meist nur fünf- sechsmal im Monat an. Daneben aber erteilte ich damals auch wirklich eine Klavierstunde wöchentlich, nämlich an meine Nichte Conny – – der Rest ist goldene Freizeit! Ich hatte es geschafft, schon mit 46 Jahren! Pro forma ein Berufstätiger, dem Ansehen nach ein netter Herr in den besten Jahren: so strolchte ich, so trieb ich mich herum oder besser: umeinander – rücksichtslos, brutal, zum Äußersten entschlossen, eine exzeptionelle Erscheinung, ein freier Mann in einem freien Land!! Und wenn ich in den Spiegel schaute, so glänzte mir ein sehr roter, mächtiger Quadratschädel mit etwas borstenartigen Haaren und einem schönen goldgelben Schnauzbart entgegen, unweigerlich einer leicht verschrumpelten, aber doch adretten Hundsrobbe, einer karibischen Mönchsrobbe, vielleicht sogar einem Walroßbullen ähnlich.

Immerhin, das alerte Air des alternden und weise gewordenen Tieres verleiht mir im Verein mit meinen moosgrünen, leicht stechenden, klug fragenden Augen und den schön anliegenden Ohren etwas durchaus Stattliches, ja Weltläufiges, jedenfalls Passables, doch, soweit bin ich sehr zufrieden. Um aber hier ganz offen zu sein: Chemie – das war mir seinerzeit doch vielleicht einfach zu plebejisch gewesen. Um Himmelswillen, jeder, der heute mit einem roten Lackmuspapier in der Hosentasche herumrennt und nicht weiß, wohin, nennt sich doch heute »Chemiker«, die Berufsperspektiven sollen auch nicht die besten sein – und schon

Tschechow in (sic!) »Der gescheite Hausknecht« weiß es sehr genau: »Das sind doch keine Menschen, das sind irgendwelche Chemiker, schweinische.«

Eben! Sehr richtig beobachtet! Dann schon lieber Hausknecht und die künstlerische Demimonde!

Doch dann rückten ohnedies die Brüder an, wild entschlossen, mich herumzukriegen. Vermutlich sah ich es von Anfang sternenklar. Kühlen Kopfes, durchaus nicht unbedacht schlitterte ich in das Abenteuer meiner Lebensmitte, hähähäh!

*

Mit mir zusammen in einer nahezu patrizierhaften altstädtischen Sechszimmerwohnung lebten damals meine Schwiegermutter Monika Winterhalder und meine Frau Kathi, geborene Winterhalder, gewesene Eralp.

Eine durchaus dubiose Wohngemeinschaft, obgleich nach außen hin alles glattging. Die beiden Frauen besorgten die Menage, ich aber machte mich dünn oder aber tätigte allerlei Handreichungen und Verrichtungen in der Küche, – ich schwebte gewissermaßen unauffällig auch irgendwie mit. Kathi war seinerzeit 35, sehr gut erhalten, ein paar Jahre früher hatte ich sie sogar noch, die alte Plage, hin und wieder begehrt. Aber all das ist heute so unendlich weit entfernt ... Unsere Ehe ist kinderlos, natürlich, und wir sind es beide hochzufrieden. Kathi war und ist ein gemütsarmes Fernsehlämmchen. Ihr bißchen Seele schlüpft allabendlich in den merkwürdigen Kasten, verliert sich in ihm und geht dann irgendwann einmal getröstet zu Bett. Vor vielen Jahren hatte sie ein beschwerliches Erlebnis im Ausland gehabt und – doch das ist jetzt alles zu kompliziert, ich entfalte das in aller Ruhe ein andermal.

Mit meiner damals 72jährigen Schwiegermutter Monika kam ich gleichwohl allerbestens zurecht. Sie war vor etwa fünf Jahren, nach dem Tod ihres Mannes Hans, eines Bierbrauers, von Eichstätt zu uns nach Dünklingen gezogen, vielleicht sogar mit der fast selbstlosen Absicht, sich wechselseitig das Unglück zu erleichtern, und es war ein guter Schritt gewesen. Monika war damals, vor zwei

Jahren, eine kugelige, niedliche Person, halb Grande Dame, halb Provinzmütterchen, seit dem Tod ihres Mannes auf fast reizende Weise leicht verwirrt. »Wo nur der Hans wieder bleibt«, seufzte sie manchmal weh zum Küchenfenster hinaus und mußte gleich darauf selber lachen. Sonst war Monika Winterhalder tüchtig, quirlig, oft resolut – in unserem ehelichen Witzkabinett ein Labsal, ein Halt. Daß zwischen ihrer Tochter und mir nichts mehr stimmte noch je zu reparieren sein würde, übertünchte sie meist kunstreich – und noch graziöser vergaß sie es einfach. Trotzdem, in diesem Punkt tat sie mir leid, aber mein Gott...

Immerhin, unser kleiner Haushalt im zweistöckigen Bürgerhaus »Am Schelmensgraben« war auch aus einem zweiten Grund obskur und ist es noch heute, ein Ärgernis, wäre eins geworden, hätte die Bevölkerung nur unsere wahren Verhältnisse geahnt; ich meine die ökonomischen. Die Schwiegermutter bezog eine solide Rente – ich aber bezog nichts außer meinen schwachen Einkünften als Reservemusiker und dazu exakt 20 Mark monatlich als Klavierpädagoge, ein Spottpreis für vier Stunden Unterricht monatlich, wie gesagt für Conny, die kleine Nichte. Das war alles. Der Rest aber bezahlte sich aus einem schmächtigen Vermögen, das mir vor sieben Jahren fast gleichzeitig eine winzige Erbschaft und, peinlich genug, ein auch nicht gerade bedeutender Lottogewinn eingebracht hatten. Davon zehrten wir drei, genossen sogar bescheidenen Wohlstand, ein dreifach dunkel verschwiegenes Einverständnis – und das Ende war damals schon abzusehen und würde rücksichtslos sein.

Tatsächlich ahnte die Dünklinger Bevölkerung von alldem nichts, erst jetzt erfährt sie's leider, leider, aber jetzt ist es schon egal – und in der die Stadt beherrschenden Mittelschicht genoß ich, der ich nichts Öderes als eine Art männlicher Gouvernante war, sogar einige Attraktivität, ich denke, kaum als Kurmusiker, vielmehr als Pädagoge. In Wirklichkeit war auch dies erbärmliche Lehramt nur ein aus der Not geborner Einfall meiner gleichfalls in Dünklingen lebenden und keineswegs bemittelten Schwester Ursula, einer früheren Studienrätin. Ich weiß heute, daß sie mir die kleine und pianistisch anstellige Conny nur deshalb zum Unterricht ins Haus geschickt hat, damit irgendwie stimmte, was protzig auf einem Schild vor meiner Haustür stand:

»Siegmund Landsherr – Klavierlehrer (privat)«

*

Meine nächste »Begegnung« (so nenne ich dies mal mit Vorbehalt) nach Albert Wurms Einführung war bereits geplant und ausgezirkelt. Es war ein Sonntag, wohl Ende Juli, um 10 Uhr 15 stand ich vorm Café Aschenbrenner, im Sportanzug und getarnt durch eine Sonnenbrille, schneidig, als ob ich Gottes Sonnenschein genösse – um 10 Uhr 50 endlich schwangen sie sich heran; wieder war der dritte Mann »Stauber« dabei, diesmal in der Mitte.

Der Kleidung der drei habe ich damals, im ersten Rausch, noch wenig Aufmerksamkeit geschenkt – zuerst galt es deutlicherer physiognomischer Einsichten. Ich schaute, was das Zeug hielt; was ich in der Eile schauen konnte: »Kodak«, der ältere Bruder, schien sich heute eindeutig als Häuptling abheben zu wollen. Seine Haare – alle drei waren hutlos – könnte man als »weißblondrot« beschreiben; sie überlagerten ein aufgequollenes, schon ahnbar tödliches Gesicht mit tanzenden Sommersprossen und schweinsmäßig gewölbten Lippen. Kodak (ach wie süß schlängelt sich der Name schon aus dem Kugelschreiber!) – Kodak stach auch insofern deutlich aus der Gruppe hervor, als sein Kopf beim Gehen rhythmisch auf- und niedernickte – so der Horizontalen des Stadtmarsches gleichsam die Vertikale zu vermählen.

»Finks«, des jüngeren Bruders, Kopf war weniger spektakulär, wäre vielleicht alleine und ohne Kodak sogar in der Menge untergegangen, die an diesem Tag hin und her schwärmte: unergründlich, was so eine kleine Stadt alles an Menschenmaterial auf die Beine zu bringen die Macht hat, rief nur die Stimme des Herrn oder des Sommerschlußverkaufs! Finks Haare scheinen mir irgendwie dunkelblaugrau, das Gesicht würde ich als »gelbsuchtockern« charakterisieren – nach dieser Begegnung war ich gar nicht mehr sicher, ob mir die Bruderschaft ohne Wurms Bericht als erwiesen erschienen wäre. Erstmals schloß mein Wohlwollen auch zur Gänze »Stauber« ein. Zwar den Brüdern deutlich subordiniert, gefiel mir heute ganz besonders »Staubers« flotte, ewiggleich hingepappte graublonde Haartolle über der niederen Stirn, und wie schön war nicht sein diesmal schon schmerzlich gelangweilter, ja entsagungsvoll biederer Blick! Als ob ihm das Dünklinger Leben schon bis zur Neige das grüngraue Unheil aufgehalst hätte, das aus dieser kleinen Stadt allzeit mühelos herauszuquetschen ist! Ich beschloß, diesem Mann 50 Jahre zu geben, Kodak bis auf weiteres 49, und Fink sah mir ganz nach 48 aus.

Angenehm ruhig blickte, spähte ich den dreien nach und steckte mir einen Kaugummi in den Mund. Die Worte »gediegen-verstaubt« fielen mir als Geh-Gesamteindruck ins Hirn – und auch insofern fügte sich Albert Wurms Namensvermutung ja ausgezeichnet...

Nach knapp einer Viertelstunde walzten sie wieder an – ganz sicherlich war der Dünklinger Bahnhof ihre unumstößliche Wendemarke. Deutlich führte Kodak Gruppe wie Wort, ich sah es jetzt von schrägvorne. Fink und »Stauber« lauschten aufmerksam, womöglich ergriffen, ja »Stauber« machte sogar den Eindruck, als ob er ein wenig schliefe, weil ihm Kodaks Worte ohnedies zu erhaben seien. Sie kamen fast bedrohlich auf mich zu, passierten mich – noch eine halbe Minute Rückansicht, dann hatte die Straßenkrümmung alle drei verschluckt.

Ich verdrückte mich nach rückwärts ins »Aschenbrenner«, alles zu überdenken. Was mochte es mit den Namen »Fink« und »Kodak« auf sich haben? »Und erst Iberer«, murmelte ich erschreckend kräftig vor mich hin. War »Stauber« ihr Beschützer? Ein Sekundant? Ja, war das nicht wirklich ein übernatürlich schönes Komplott, waren das nicht mindestens die vernichtendsten Gestalten ihrer Kriegsjünglinge-Generation – –?

Rätsel über Rätsel. Rätselhaft auch, was mich trieb dortmals. Reine Neugier? Forscherdrang? Oder mehr schon? Eben – Trieb?

*

Die Brauerei-Gaststätte »Zum Paradies«, angeschmiegt an Dünklingens gelbliche Ringmauer, dort, wo der Stadtverkehr durch das 420 Jahre alte Schaufler-Tor in einen Autobahnzubringer einmündet, – dieses Lokal führt seinen Namen sehr und doppelt gar zu Recht. Friedsam, heiter, gemütvoll, ja sogar gefühlvoll und gefühlsinnig – das wären die Vokabeln, die ich in einen Reklameprospekt schriebe, – aber an so was denkt Karl Demuth, der Pächter, gottseidank mitnichten.

Das »Paradies«, Mittelteil eines ehrwürdigen Baukomplexes, zu dem auch eine Pfarrkirche St. Sebastian und eine Art Studienseminar gehören, das »Paradies« zählt zu den auch im Dünklinger Raum selten werdenden Lokalitäten, die den beseligend ruhigen Restaurationsstil der Jahrhundertwende scheint's mühelos in unsere, ach, auch gastronomisch gar so böse Zeit herübersalviert haben. Alte Schwärmerei macht mir das Schildern schwer. Der Gaststättenraum prangt vierschiffig, das meines Erachtens gotische Gewölbe wird von sechs prächtigen Traßsäulen gestemmt. An den Wänden und an der Decke des tiefen, geruhsam atmenden Saales hat es allerlei ritterlich-chevalereske, freskenartige Ölpinseleien und bunte Szenen aus dem Land- und Trinkleben, auch so manches launig Kriegerische, und das scheint gut so, denn ganz offenbar deckt das den der Humanität (wie man hört) leider angeborenen Bosheitshaushalt der Gäste auf das befriedigendste – an Lärm, Streit und Exaltationen in diesem Gasthaus kann ich mich lange nicht erinnern, ja bei einigem guten Willen kann man hier auch rudimentäre Einflüsse wie re-säkularisierten Clublebens aufspüren.

Schön ist das Ganze, schön der grüne Kachelofen trotz Dampfheizung, schön der Gardinen weißliche Reinheit, niedlich über den länglichen Saal verteilt hängen viele Kunstblumenkränzlein – der einzige wirkliche Fehler, den Karl Demuth in seinem Reich zuläßt, ist ein Nischchen in der neuen Holz-Wandverschalung, hinter dessen schmiedeeisernem Gitter ein kleiner geschnitzter Nachtwächter posiert und ins Horn bläst, peinvoll angeleuchtet von drei Lämpchen. Nichts ist eben ganz vollkommen.

Nomen mahnt hier wahrhaft omen: Tatsächlich verkehren im »Paradies« so gut wie ausschließlich Menschen, die dem Tod bereits versiert ins Auge sehen, gewappnet, gefaßt, gemach, aber eigentlich mehr der Metamorphose, der Verklärung, nun – eben dem Paradiese. Ja, eine wahre Enklave altherrlicher Herrlichkeit, eine rechte Apotheose der Biedermännerei, ein Refugium, ein Residuum, ja Refektorium der schon Gezeichneten, eine tolle Heimstätte derer zwischen 35 und 95. O Gott! Eine Aureole von lamettös verbrämter Vor-Seligkeit scheint weihrauchartig auf dem Saal zu schweben, die edle Raffinerie spiritueller Wollust ist hier Gast – und auch wenn sich alle unheilige Zeit mal ein Trupp Junger hierher verirrt, das große Kommando haben stets die Alten, in deren unterer Hierarchie auch Nachwachsende wie Albert Wurm und ich schon wohlgelitten sind, gewissermaßen als Leviten des sanft-entschlossenen Lebensabends.

Wir treffen uns hier offiziell einmal wöchentlich, sozusagen heimlich schauen vor allem unsere Ganzalten aber praktisch jeden Tag mal kurz herein, unter irgendeinem Vorwand Geselligkeit klammheimlich suchend. Es gibt uns seit wohl acht, neun Jahren, ein Kreis bei platter Betrachtung mehr als philiströser Art, sah man aber bedachtsamer hin, so entging auch dem Übelmeinenden schwerlich das philanthropisch antibourgeois trutzhaft Militante, der durchaus linksliberale Grundzug, der – ja seraphisch-serapionsbrüderhafte Elementargeist davidsbündlerischer Prätention – um mich einmal so penetrant auszudrücken ...

Das einzig wirklich Junge in diesem Lokal stellt die Bedienung Vroni, ein blonder Engel von seltener Lakaiensanftmut, mit dem ich sogar vor vier Jahren eine kleine, verschwiegene, ja stille Passion teilte – bitte, wenn's zuhause eine so korrupte Ehe auszutragen gilt wie die meine, wird man ja wohl mal die Blicke schweifen lassen dürfen ... Zumal es bis heute keine Mitwisser gibt ...

Ja, Vroni ist schon ein Inbild von Botticelli-Madonna oder besser Magdalena und Dienerinnensinn! Zwickt sie einer von uns Alten mal irgendwohin (und daran lassen wir es hin und wieder nicht fehlen!), dann erntet er dafür fast so was wie – Dank. Der stille Vorwurf von Vronis gerümpftem Näschen im Verein mit ihren niedergeschlagenen Augen geht dann offenbar dahin, daß wir zwar weitaus nicht so schön waren wie sie – daß sie uns aber wohl oder übel aufgrund irgendeines undurchschaubaren Pakts der Bekennenden Kirche bestehen, ja manchmal sogar semisexuell gewähren lassen mußte.

Dabei wäre dieser 22jährige Morgenstern in jeder Weltstadt wenn nicht als Diseuse, so doch als Stripperin und Prostituierte groß herausgekommen! »Männer!« grunzte uns Karl Demuth einmal nachdenklich zu, als dergleichen am Tisch erörtert wurde, »macht bloß nicht den Fehler und sagt ihr's! Damit ist euch nicht geholfen – und mir nicht!«

Und stieß weihevoll geschlossenen Augs Zigarrenqualm aus der Nase.

Karl Demuth ist irgendetwas zwischen 40 und 60 und 2 Meter 03 groß, wirkt aber wie 2 Meter 20. Ein wahrlich deutscher Mann! Sein Phlegma hätte für fünf gereicht, sein vollends gestaltlos über die steifschwarze Flanell-Hosenfahne hängender Bauch für immerhin zwei. Wie bei Antrodemus-Sauriertieren ist der Kopf etwas zu klein, der Korpus gar zu unabsehbar geraten – so schleppt sich das Elend durch sein »Paradies«, greift hie und da zu den Spielkarten, erteilt kurze Befehle und fördert sonstwie die Geselligkeit. In seinen linken Arm sind ein Dünklinger Stadtwappen eintätowiert sowie die Worte:

TOD DEN VERRÄTERN!

Demuth soll einige Zeit in der Fremdenlegion gewesen sein; vielleicht (niemand hat ihn noch danach gefragt) meint er damit aber auch meinen Schwager Alwin Streibl – es ist dies eine bejahrte, heute noch nicht ganz geklärte eklathafte Geschichte mit einem Kartenspiel um hohe Einsätze im Hinterzimmer des Café Central, damaliges Stammlokal Streibls, das Demuth wohl auch als Gast und Inspizient hin und wieder besuchte – und kurz und krumm, im Verlauf des Spiels muß der ehemalige Boxer Streibl den langen und unordentlich kiebitzenden Demuth wohl zu Boden geschlagen haben – und der Effekt der uralten Unerquicklichkeit: Lokalverbot für Streibl im »Paradies«.

Ich hatte Demuth später, Gnade für Streibl zu erwirken, mehrfach von dessen heimlicher Reue erzählt; indessen, Karls von langjähriger Behaglichkeit zerfurchtes Gesicht hatte sich jeweils rasch die Züge des gar zu Bedenklichen geliehen:

»Alwin? Ich mag ihn ganz gern. Ehrlich! Aber ich hab ihm die rote Karte zeigen müssen. Für immer. Ein Sicherheitsrisiko.«

Hinter Demuth wirkt noch so gut wie unsichtbar eine Art Gattin in der Küche, sowie ein alter, drahtiger und wieselflinker Schankkellner »Bepp«, der aber wohl nur sekundär den Zapfhahn bedient und die Fässer rollt, der in Wirklichkeit vielmehr und vor allem als Karls Leibwächter angestellt ist; wie mir einer unserer Alten, Alois Freudenhammer, schon vor Jahren gesteckt hatte:

»Der Karl ist feig«, hatte Freudenhammer geseufzt, »feig wie eine alte Sau.«

Eine hohe greisenfromme Einkehrstätte wahrlich zwischen Dom und Klause, ja eine Domkaschemme wär' es wohl zu nennen – freilich, für diesen ersten Abend im »Paradies« muß ich den Leser hinsichtlich eines glanzvollen Berichts über unser Alten-Leben und -Wirken enttäuschen. Es war zum Tagesausklang meines jüngsten Iberer-Erlebnisses, wir waren nur eine kleine Honoratiorengruppe gewesen mit den üblichen erträglichen Gesprächsmaterialien, wenn ich mich recht entsinne, war es um Rüstungsbegrenzung und um den Neubau unseres Dünklinger Hallenbads gegangen, der ausgerechnet unsere Veteranen heftig zu interessieren hatte, Iberer-versonnen hatte ich ausnahmsweise nicht recht zugehört, unverständlich früh hatten mich meine drei greisen Freunde Freudenhammer, Kuddernatsch und Bäck verlassen, als ob alle drei am Montagvormittag Bedeutendes zu erledigen hätten – derlei reden sich ja unsere Rentner immer wieder gerne ein.

Ich saß noch ein wenig herum, sah »Bepp« beim Gläserspülen zu, überdachte den morgigen Tag und träumte weiter über den Namen »Iberer«. Ob das auch der richtige Name war? Gab es in unserer Region nicht noch so was wie – Hausnamen? Wie furchtbar wäre, wenn die beiden in Wirklichkeit »Schmidt« oder gar »Karajan« hießen! Abgeschmackt! Aber auch »Mayer-Grant« würde nicht koinzidieren, wäre wieder gar zu prickelnd. Nein, »Iberer« war für die beiden wirklich der einzige Name, Form und Inhalt voll in Deckung ... Wenn es aber wirklich ein Hausname war – und das hätte ja Wurm an sich von Haus auf wissen müssen –, welcher Sinn möchte hinter ihm lauern? Vielleicht daß es ursprünglich »Überer« hieß, daß sie ein Haus »über« einem anderen hatten, ja daß sie letztlich »über« allem und jedem thronten ... daß sie andererseits falsch betonte Spanier seien? Nein, das kam mir schon gar zu spanisch vor und ...

Das »Paradies« war schon fast leer. Die hohen Fenster standen offen, lau flutete die Luft herein. Karl machte sich als Gläsereinsammler etwas Bewegung, ein vergessenes, nicht mehr junges Liebes- oder sonstwie solidarisches Paar flüsterte ab und zu verhohlen in der Ecke. Am sogenannten Infantilentisch, rechts von der Eingangstür, saß jetzt nur noch ein unbekanntes einsames Bäuerchen und starrte stumpfäugig und mit besinnungslos gebleckten Zähnen gegen ein Wandgemälde, das den Rekordtrunk des Bürgermeisters Nusch vor Tilly zeigte, ach ja, ach ja, große süße Ruhe schimmelte überm Land, widerwillig summte ich die Schumann-Weise: des-c-des-es-as-f – –

Der von mir und Albert Wurm gelegentlich so genannte Infantilentisch – auch Lebensverweigerer- oder Resigniertentisch wurde er betitelt – besteht hier im »Paradies« sozusagen abseits der Altenkultur, er setzt sich in der Regel zusammen aus allerlei Gemüsehändlern, Kuhhirten, Wanderburschen, Tagwerkern, Versicherungsvertretern, Stallknechten und anderen schlechten oder jedenfalls nicht ganz regulären und heimischen Personen, auch fast unkenntliche Frauen hat es hin und wieder darunter, – dieser Resigniertentisch scheint mir im übrigen, zumindest in deutschen Gasthäusern, eine ziemlich feste Größe zu sein oder zu werden, wenn nicht eine fixe Idee: daß nämlich allüberall gleich rechts neben der Eingangstüre die besonders geplagten Opfer der Einfalt, des psychosozialen Auseinanderfallens und der existentiellen

Gedrücktheit Platz und zueinanderfinden, ja daß sie es, Fremde unter Fremdlingen, innerhalb dieser unregelmäßig wechselnden Gruppe sogar zu etwas kümmerlichem Ansehen bringen, sich allein dort jedenfalls, Geschlagene unter Geschlagenen, den Mund aufzumachen trauen…

»Heimgehen!« herrschte Karl mit bodenlosem Baß den Landmann jetzt von hinten an.

»Was? Wä! Wer?« knarzte es erschrocken zurück. Doch bald hatte der Kleine kapiert, rappelte sich hoch und verschwand tadellos und gar nicht unzufrieden mit dieser Verabschiedung.

Man sollte das mit dem Infantilentisch vielleicht künftig etwas amtlicher aufziehen und den jeweils ersten rechten Tisch in jedem Gasthaus zum Erniedrigten- und Beleidigtentisch erklären, um so, via Gemeinschaft, die Lebenskatastrophen unserer (nach den Camping-Wohnwagen-Anhängern!) Ärmsten wenigstens im Ansatz zu mildern.

Freilich, man darf sich diese Katastrophalen auch wiederum nicht gar zu erbarmungswürdig vorstellen. Hatten sich die Infantilen und Regressiven erst einmal zusammengesetzt, schwerfällig kennengelernt und Vertrauen zueinander gefunden, dann ging es an diesem doch eigentlich despektierlichen Tisch oft recht munter und sogar beneidenswert zu – zu unserem Honoratiorentisch herüber drangen dann oft sehr verwegene Rufe und Paraden und Kakophonien, aus denen meist kämpferische und immer gleichbleibende Partien wie »darf man sagen, darfst sagen, du, he!« oder »wenn er das machen tät' tun« herausblitzten und andere ausdrucksuchende Rudereien mehr. Einmal, an einem besonders untröstlichen Nachmittag, habe ich, aus reiner Neugier, auch am Infantilentisch Platz genommen und dabei fortschreitend erregt einem Diskurs zwischen einem Holzhändler und einem auswärtigen Hochmastelektriker gelauscht, es ging damals darum, ob man von Dünklingen aus nach Stuttgart mit dem neuen Porsche 80 Minuten brauche oder ob das auch in 70 zu schaffen sei. Nach gut und gerne 90 Minuten war das noch immer nicht geklärt. Als ob sie Schuld und Sühne in einem Aufwasch, ja mit Genuß abbüßen wolle, hatte Vroni, die Kellnerin, über dies nachmittägliche Geraune und Gekeife hinweggeäugt, nachdenklich schmuck an die angrenzende Theke gelehnt.

Sie heißt übrigens, die Impertinenz jungfräulich zu steigern, Veronika Herr – und sie war jetzt auch verschwunden, ohne mich Grübelnden eines Blickes zu bescheren. Genau dies, dessen erinnere ich mich, brachte mich jetzt, da sich Karl auf ein letztes Feierabendschwätzchen zu mir setzte, direttissima wieder auf das neue Interessenfeld. Es war mit Sicherheit eine Eingebung. Ob er, Karl, vielleicht die – mein Herz tickerte wieder rascher, das kannte ich jetzt schon – Iberer-Brüder kennte?

»Iberer?« Ein Röhren wie graue Vorzeit. »Freilich!«

Die Elektrizität der neuen Enthüllung, so muß man sich das vorstellen, wuchs dadurch ins fast Inflammierte, daß Karl mit dem zweiten trägen Wörtchen in geradezu verschlingender Weise sein riesiges Maul zum Gähnen aufriß. Erst bei der Wiederholung kam es ziviler:

»Iberer-Buben. Klaro!«

»Wieso? Woher?« Nach Melisse duftete der Saal, jetzt wußte ich's!

»Iberer. Freilich, das sind die, wo immer beim Segelfliegerclub ...«

»Segelfliegerclub?« Nein, nach Kamille!

»... nein, halt! Das waren ja die Graf-Brüder. Jetzt: die Iberer«, Karl gähnte, verhaltener, abermals und betrachtete wegwerferisch seinen »Tod den Verrätern«-Arm, »das waren doch die, was am Germania-Platz immer Fußball gespielt haben – und Ministranten waren s' auch!«

»Nicht Germania-Platz, sondern im Stadtgraben!« Ich glaube, ich habe regelrecht gekeucht.

»Oder Stadtgraben«, beruhigte mich Karl glatt.

»Ministranten?« Ein Rudel spätmittelalterlicher Mäuse zog durch mein Hirn.

»Ministranten.« Karl Demuth machte seinem kleinen Leibwächter ein kryptisches Zeichen. Dann gehörte er wieder mir:

»Ja, wie war jetzt das?« Er, Demuth, wisse es jetzt auch nicht mehr so genau, »ewig her«, schnarrte Karl zeitlos und packte zum Denken seine Schneckennase, – doch, jetzt erinnere er sich mit Sicherheit »jawohl!«, daß diese beiden Brüder immer früher nach der Fronleichnamsprozession hier im »Paradies« mit den anderen Ministranten von St. Sebastian Bratwürste gegessen hatten, »jeder sechs Stück, damals, wie der Kaplan Durst noch Ministrantenpfarrer war, der was jetzt« – jetzt trommelte Karl im Polonaisen-Rhythmus auf den Tisch –

»Iberer-Buben ... Iberer-Buben! Jawohl! Jawohl! Du hast recht! Jawohl, im Stadtgraben Fußball!« – jetzt falle es ihm wieder ein, »jeden Tag! Jeden Tag!« Es kam mit Grabesstimme, hohl klang es wie »Doch«. Im Wirtshausradio tönte jetzt, zur Mitternacht, das Deutschlandlied.

Ich schnaufte benebelt. Ob er, Karl, redete ich aufs Geratewohl, vielleicht – auch mitgespielt habe?

»Nie! Keinen halben Meter!« Ein Ächzen. In Demuths Stimme furchte sich die Bitternis des ewig schlechten Magens. »Wo denn! Öh! Ich hab im Akkordeon-Club gespielt!«

»Fußball!« Ich wagte ein Scherzchen.

»Nichts! Akkordeon und Kontrabaß!« Der Mann wunderte sich um diese Zeit über nichts mehr; im Radio wechselte die Musik über zur Bayernhymne; Karl stand auf, wackelte hinüber an die Theke zu seinem Leibwächter, kriegte von diesem wortlos einen Schoppen Wein im Halbeliter-Bierglas und rutschte abermals an meine Seite.

»Akkordeon und Kontrabaß, öh. War eine Klasse-Zeit.«

»Und die Iberer-Buben«, jetzt war ich schon recht frech, »haben auch mitgetan ...?«

»Akkordeon und Kontrabaß, freilich ...«

»Die Iberer-Buben?«

»Nein!« Karl griff mich rauh am Arm, seine Wangen sackten so durch, daß sie die Augen ins leicht Chinesische verzogen. »Nicht die Iberer-Buben! Ich! Die Iberer-Buben haben Fußball gespielt. Ich hab s' oft mit dem Ball in der Hand laufen sehen. Waren gleich groß fast und schön gewachsen. Und die Bratwürst' haben ihnen geschmeckt, die Ministranten haben s' ja gern gehabt, die Bratwürst'! Du bist ja Klavierspieler – aber warst du nicht auch einmal bei den Ministranten? Ah, was red' ich! Beim Akkordeonclub? Nach meiner Zeit?«

»Die Iberer-Buben«, antwortete ich stur heiter, »waren nicht dabei, oder? Karl?«

»Die Iberer-Buben, nein. Immer Fußball. Die Iberer-Buben, klaro! Freilich! Bratwurst!«

Es kam etwas bewußt-, aber nicht gedankenlos. Es war dies eine so beschwingte Finalmusik in meinen Ohren, daß ich heute weiter nichts mehr hören wollte. Noch während die Bayernhymne auf ihr Ende zurollte, stand ich knüpplig vor der »Paradies«-Pforte. Der Wirt hatte mich hinausgeleitet.

»Jetzt gibt's ja keine Fronleichnamsprozession mehr«, grollte Karl, »geht ja nichts mehr zusammen. War Klasse früher! Jeder von den Ministranten hat sechs Stück Bratwürst' verdrückt mit Kraut. Jedes Jahr!«

Wir standen in der Eingangstür. Im Garten wucherte Jasmin verblüht. Aus einer späten Laube drang Gekicher. Etwas verloren suchte ich nach Wörtchen:

»Morgen? Karl? Wieder? Ist was los bei dir?«

»Jeden Tag! Jeden Tag wird's eins!« Es rief aus Brunnentiefe wie in großer Not. Gab's nicht sogar ein Echo?

»Jeden Tag – es ist ein Kreuz!«

Schattig mäßig drohendes Dünklingen! Eisenhutbestücktes, bratwurstverdrückendes, fußballspielendes, ministrantenfreundliches! In der Manier eines Country-Gentleman schwangen meine kurzen Beine vorwärts – nichts wie heim! Zum Reflektieren. Bald würde ich meine Aktivitäten im Kurorchester erlebnisüberlastet einstellen müssen. Das war sie ja, die lang gesuchte Einheitsfront des Okzidents, die Trinität aus Heimat, Sportgeist, Bratwurst heiligfromm! Mene tekel upharsin! Ich war schon auf der rechten Fährte! Die Sehnsucht geistert überall, das Unaufhörliche, das Verwuchern und Umschlingen der Geistseelen im Unauffindlichen, Unwiederbringlichen und Unschamhaften des triumphal vor sich hin schwefelnden Geistesverfalls – mit anderen Worten:

Blümlein fein rosig
Mägdlein viel moosig
In Leibes-Schlund
Such-such den Grund
Artiges Knäblein
Schürze dein Stäblein.

Der Leser entschuldige bitte: regelmäßig, leider, beim Schreiben – auch von Briefen, Geschäftspost etc. – überfällt mich so ein lyrisch-rhapsodischer, beschämenderweise auch unverkennbar pornografischer Koller, dessen Ursache sich mir ganz entzieht. Ich wollte auch schon mal mit meinem Hausarzt darüber sprechen, aber der würde sicher nur lachen und sagen, das mache nichts, das hätten alle Manisch-Depressiven so an sich. Na, ich weiß nicht – der Leser entschuldige aber bitte nochmals, ja?

Hoffnungsschwanger kam ich heim.

*

Mein Schwager Alwin Streibl ist zweifellos ein großer Ungut, aber als Auskunftsquelle hin und wieder und trotz aller Einschränkungen eine ideale Ergänzung zu Albert Wurm.

Das mag verwundern, wenn man erfährt, daß dieser etwas eigene Herr – 52 zählte er damals – nominell Auto- bzw. Gebrauchtautoverkäufer ist, freilich in einer etwas verräterischen Firma, gleichzeitig aber und seit ich ihn kenne – Kommunist; möglicherweise ein eher privater, jedenfalls wüßte ich heute noch nicht genau, daß und wo Streibl organisiert oder sonst aktiv wäre, obwohl ab und zu noch das Wort von einer Versammlung oder Resolution fällt – ich mag aber nicht mehr dringlicher nachhaken, ich habe das Gefühl, es ist ihm nicht recht, und unabhängig davon habe ich es mir, das nehme ich gleich mal vorweg, nämlich auch längst versagt, Ordnung und System in die Vita dieses Angeheirateten zu bringen.

Ein zweites kommt nämlich hinzu. Genau habe ich auch dies nie begriffen, aber weil Streibl angeblich einst für die DDR in Westdeutschland spioniert, es dann aber (vorübergehend?) wieder aufgegeben hat, aus offenbar diffizilen Gründen, wird er heute, soweit ich es verstanden habe, vom ostzonalen Staatssicherheitsdienst, vom KGB und vom westdeutschen Verfassungsschutz wohl gleichzeitig verfolgt oder beobachtet oder beschattet oder so ähnlich, und man weiß nie genau, wer ihm gerade am heftigsten nachsetzt, ja, ab und zu klingt es, als ob Streibl deshalb auch schon eingesessen habe, aber ich möchte auch das mal offenlassen – – noch wichtiger, möglicherweise, ist dies, daß Schwager Streibl sich als leidenschaftlicher Freund der schönen Künste versteht oder immerhin ausgibt, der amerikanischen Short-Story vor allem, und hier wiederum angeblich und trotz – und dies ist nun wirklich ein sehr nachdenkliches Kapitel –, trotz allem Kommunismus – Ernest Hemingways. Er, Hemingway, war und ist Streibls Leitstern oder, um es mit einer Metapher aus seinem Brotberuf auszudrücken, Leitplanke, an der Streibls Leben von jeher und immer wieder betontermaßen, lässig, ja fast heroisch entlangplänkelt – wie gesagt, ich habe und hatte es damals auch diesbezüglich schon aufgegeben, Logik und Sinn des Wesens Streibl völlig zu begreifen, zumal auch noch Dinge wie Schwerkriegsbeschädigung, Lastenausgleich und allerlei Gerichtliches das Bild stark verdüstern. Der Leser wäre aber gut beraten, mir hierin nicht zu folgen. Mag sein, er ist mit größerer analytischer Schärfe begabt als ich, mag sein, daß ich im vorliegenden Fall bereits der bekannten Betriebsblindheit unterliege und, mit Streibl zu reden, »das Ei des Columbus, um Gotteswillen, vor meinen Augen nicht sehe und den Goldonischen Knoten zerschlage, der Marx konnt' es noch, aber heut' hat das jeder, aber wo! Es ist der Kapitalismus, er macht uns krank, er macht uns fertig!«

Möglich. Wahrer scheint mir, offen geseufzt, daß ich das Wesen Streibl seit längstens 1968 nicht mehr begreifen – will.

Meine Zwillingsschwester Ursula, eine einstige Lateinlehrerin, nimmt an dem verquollen-chimärischen Treiben ihres Ehegemahls wohl nur insoweit Anteil, als sie dem auf solche Weise gewissermaßen systemüberwindenden Prügel Menschen im Lauf der Jahre und scheint's widerstandslos sieben Kinder schenkte, heute zwischen, meines Wissens, 3 und 18. Nur einmal, nach dem fünften Kind, hatten beide für fast sechs Jahre ausgesetzt – was sie da getrieben haben, möchte ich nie erfahren; schließlich mußte es dann noch zweimal sein – das reinste, wunderbar geistlose Kinderwahnsinnsheim, natürlich in einer Sozialwohnung, von Streibl gegründet vermutlich mit der Perspektive, irgendeins der Kleinen würde ihn schon später wenn nicht ernähren, so ihm doch bei seinen Agentenschwänken lauschen. Ich meine, es wirft ein fahles Licht auf die Autobranche, daß sie heute schon auf so verschwimmende Gestalten wie meinen Schwager Alwin zurückgreifen muß.

Den ich übrigens sehr mag. Und so trüb die politischen Visionen, so kränkelnd meines Erachtens seine Träume von einer sozialistisch gelenkten Salonexistenz seines Gustos – so beschlagen ist der Schwager meist, selbst in Detailfragen, was lokales Personal anlangt. Ich traf den üppigen Mann Anfang August beim täglichen Schlendrian durch Dünklingens neueingerichtete Fußgängerzone. Zwei Zentner drückten auf ein Ausruhbänkchen. Alwin sah aus wie ein sehr großer und sehr beleibter Biber, aber gleichzeitig irgendwie wie eine Hummel. Er band sich die Schnürsenkel, Schweiß rann übers kugelrunde Gesicht, und schnell schoben die Finger eine Tablette zwischen die Lippen. Es war ein staubtrockener Sommerabend.

»Ah«, grüßte Alwin versponnen, »Siegmund!«

Er steckte schnell sein Tablettenschächtelchen weg, und wir zwei sahen uns musternd in die schwiegerlichen Augen.

»Ist dir – wohl nicht recht gut, Alwin?«

»Warum?« Klagend, als ob er kurz vorm Losheulen wäre. »Sag!«

»Du – schwitzt so, Alwin!«

»Aber wo, aber wo!« Sichtbar versuchte er's sofort mit weher Ironie, er ahnte vielleicht, daß ich mich drüber freute: »Ich könnt' heut', hör zu, den großen Meister – Ernie! – selber niederschlagen!«

Er meinte Hemingway und spielte auf seine Boxer-Vergangenheit in Dünklingen an. Ich lächelte beifällig, und Alwin schlug sich mit Humor gegen die Brust: »Hemingway, hör zu, ich weiß nicht, warum du ihn ablehnst, pardon, er schreibt so schön, so schlicht, ein wunderbar schlichtes Deutsch, ah! Ich komm grad aus der Orthopädischen Abteilung vom Krankenhaus ah! Wegen meinem Sohn. Wegen der Rehabilitierung von meinem Sohn. Dem Alwin, du kennst ihn ja!«

Was mit dem kleinen Alwin denn sei?

»Um Gotteswillen, du weißt es doch, er ist Legastheniker, yeah. Legasthenie, hör zu, ist heut' kein Problem der Kinder, sondern der Lehrer. Jetzt wird er in der Schule geschnitten, ein kleiner Depp halt, ein Depperl, jetzt hab ich ihn zur Generalbeobachtung ins Krankenhaus, den Dr. Schränker kenn ich ja gut vom VdK her, der kümmert sich drum aah!«

»Legasthenie«, sagte ich versonnen sorgend.

»Es ist, hör zu, erblich, um Gotteswillen!« versicherte Alwin eifrig, »der Dr. Schränker ... der Alwin kann nichts dafür!«

Soso. Mir fiel vorerst nichts ein. Der Schwager schwitzte noch immer und redete, ich merkte es wohl, recht eigentlich teilnahmslos an mir vorbei. Wie überkorrekt zupfte er an seinem weißen Hemd mit langen Ärmeln herum.

Ob er, Alwin, kurz mit ins Café Aschenbrenner gehe? »Weizen!« lockte ich schelmisch.

»Aber immer, ein schönes frisches Weizen ...«

Es kam sanft und traurig, aber sehr erleichtert. Ja, wie gesagt, vermutlich ist seit Jahrzehnten nicht mehr ganz klar, was Schwager Alwin eigentlich noch auf dieser Welt will, noch was er soll – eins aber scheint mir zuverlässig immerhin, solider als seine kommunistischen Träume, eherner selbst als seine zärtliche Liebe zu Hemingway. Das einzige, was in diesem schütteren Leben heute unrüttelbar feststeht, ist Streibls Vorliebe, ja Leidenschaft für – Weizenbier. Er trinkt und trank nie gar zu viel. Doch hat er so zwei, vier, sechs Halbeliter jeweils in der Wampe, dann verwechselt er schleunigst dies Biergefühl, ja vielleicht den Biergenuß, das

Weizen selber mit seiner politisch-kulturellen Mission, dann hält er sozusagen den Sozialismus als Schnee auf dem Kilimandscharo schon für gekommen, Lenin für einen Großwildjäger und sich selber letztlich für den unbesiegbaren Autospitzenverkäufer Francis Macomber. So kann sich eben ein betagter Hitlerjunge manchmal über Jahrzehnte täuschen und über Wasser halten, ja ich neige heute sogar zu der Ansicht, daß auch Alwins Kindersegen in mehrfacher Weise mit dieser Weizenpassion korreliert, auch in der Weise, daß man, sollte alles in die Brüche gehen, später zumindest mit einem dieser Kinder – Weizen trinken könnte.

»Weizen«, lockte ich verführerisch mit sanftem Brio. »Aber immer!« rief Alwin frohgemut. Man brauchte ihn nur zu erinnern.

Das »Aschenbrenner«, um dies nachzutragen, zahlt heute unserer stillosen Epoche natürlich viel Zoll, wer gutmütig genug ist, kann in ihm trotzdem noch Spuren der k. u. k. Wiener Griensteidl-Noblesse entdecken, ja selbst des Hof-Conditormäßigen. Die weinroten Komfort-Vorhänge erinnern gewissermaßen an Brokat, von der Decke baumelt etwas Lüsterhaftes, ein eingenischter Säulentisch stellt eine Art Not-Lesekabinett dar, es liegen da Teile der internationalen Presse und ein paar Bildungsjournale herum; oft sieht man, wenn er nicht gerade vitalere Interessen pflegt, Albert Wurm fahrig darin herumstöbern. Alwin Streibls Blick dagegen streichelt jeweils forciert tragisch und klassenbewußt eine gerahmte kolorierte Kreidelithographie der Berliner Märzkämpfe von 1848 – doch, soweit hat dieses Café schon eine gewisse Dignität bewahrt. Sogar Häkeleien gibt es unter den Tisch-Glasplatten noch – ein vorzüglicher Rahmen für mich und den Schwager.

Alwin saß gut einen Kopf größer als ich, ein wohltuendes Gefühl von Geschütztheit überlagerte mich. Etwas bleich und weihevoll Gesalbtes ging heute wie meist von diesem Schwagerkerl aus, aber auch das Killer-Image eines wohlrasierten Orang-Utans wußte Alwin massig auszutrumpfen. Er war eine durchaus imposante, zugleich aber irgendwie immer knapp vom Umfallen bedrohte Erscheinung.

»Au fein«, weinte er beseligt nach dem ersten Weizenbierschluck.

Bei Schwager Alwin bedurfte es keiner schleichenden Vorreden und Koketterien. Er wußte viel – dachte aber über den Hintergrund der Fragen selten nach, und wenn, dann souverän meist in die falsche Richtung. Dreist beschrieb ich ihm die Iberer-Brüder.

Den Namen kannte er auf Anhieb nicht, also beschrieb ich nach Kräften weiter. Noch ein Schluck Weizen, dann funkte es:

»Freilich kenn ich die, um Gotteswillen!« Alwin riß den kugelrunden Kopf hoch und wie hemingwayisch gerissen den kreisrunden Schleckermund auf. »Jetzt, wo du's sagst, um Gotteswillen!« – ein beglückter kleiner Schluck Weizen – »denen hab ich sogar einmal, vor 23 Jahren, am Pferdemarkt schräg gegenüber gewohnt! So? ›Iberer‹ heißen die? Iberer ... ich hab sogar in ihre Wohnung schauen können, selbstverständlich ...«

Jetzt ließ ich mich gehen. Was er da gesehen habe, frug ich hell begeistert.

»Iberer«, wich Alwin gedanken- und weizenselig aus und lächelte ohne jeden Erinnerungsschmelz, »zwei Brüder, jawohl, yeah! Grüßen tun sie mich heute noch – ganz devot!« Und jetzt, mit pointiertem Salbungs-Lächeln: »Yeah! Sie respektieren mich heut' noch als den Herrscher des Pferdemarkts!« Hier spitzte Alwin sogar sein Mäulchen in meine Richtung: »Ich war damals noch nicht mit deiner Schwester verheiratet, da war ich noch Boxer, yeah!« (War er denn schon beschwipst?) – »Fink und Cognak, jawohl – ich hab ah gar nicht gewußt, daß die Iberer heißen. Iberer ... so ... du, ich trink noch ein Weizen, noch ein Weizen, yeah, ist doch so nett ...«

Das »Yeah« hatte Alwin Streibl sich erst seit einiger Zeit angelernt, hörbar, um Hemingway zu gefallen, auch »shit« ließ er in letzter Zeit häufig einsickern, – aber eins ließ ich ihm doch nicht durchgehen:

»Kodak – nicht Cognak!« Ich setzte sogar eine ernste Miene auf; jetzt, bei der Niederschrift, würde ich Alwin gern ein 5-Mark-Stück dafür geben.

»Wie?«

»Kodak!«

»Pardon?« Alwin war heute ein rechter Mühsam.

»Ko-dak!«

»Richtig! Kodak. Fink und Kodak. Iberer. Nett … war ja sogar so ein Blech-Schild überm Hauseingang: ›Iberer‹. Ich weiß nimmer, was es war, eine Bäckerei oder eine Zuckerbäckerei, und hintenraus eine Sarghandlung – Schatzi, zwei Weizen!«

Wehmütig schwebendes Singen war Streibls Stimme eigen, bildete seine Grundkadenz. Das selige Lächeln auf seinem Gesicht gedieh immer breiter und zum Mitfeiern aufforderischer. Weniger glücklich war der strenge Rechercheur – denn da triefte und triftete ja nun allerhand durcheinander.

Ob die Brüder allein gewohnt hätten, oder wie? Ich war, erstmals, schon ganz kühler Forscher, das Herzkribbeln der ersten Iberer-Stunde war verschwunden.

Alwin hatte die Frage wieder nicht verstanden. Ob damals, vor 23 Jahren, auch Eltern dagewesen seien?

»Aber wo!« Jetzt schmiegte sich Alwin galant meiner ernsten Miene an: »Aber wo! War doch die Mutter da, die Mutter …«

Eine Mutter? Jetzt flackerte es doch wieder unterm Herzen!

»Jaah – yeah« (beinahe hätte er's vergessen) – »die Mutter. Ich hab s' nie gesehen, aber die Leute haben's gesagt. War eine 4-Zimmer-Altbauwohnung am Pferdemarkt, hintenraus die Sargtischlerei, am Fenster links und rechts Geranienstöcke, nett. Und die Buben sind ja heut' noch so freundlich. Zwei freundliche Buben. Grüßen mich immer! Pardon, du entschuldigst mich!« Landjunkerlich schraubte der Schwager sich hoch: »Ich muß, ich hab so eine schwache Blase …«

Zwei freundliche Buben! Ich ertrank schon wieder in Kribbeligkeit; Alwin kam zurück; erneut gab ich einer schon zärtlichen Laune nach. *Wie* sie denn grüßten?

»Wie meinst, Schwager?« Vermutlich war diese Frage schon zu diffizil für den sprachliche Nuancen wenig achtenden Hemingway-Herrn, außerdem fuhr jetzt aus dem Café-Hintergrund unglückliches Backfisch-Gekreisch dazwischen. Alwin räkelte den Kopf nach rückwärts, so sah ich diesmal das Profil Weizen ansaugen, und mir wurde von alledem plötzlich – ganz schlecht. Ich riß mich aber am Riemen.

»Grüßen die«, jetzt ging ich aufs Ganze, »grüßen die ›Herr Streibl‹ oder wie?«

»Aber wo!« Jetzt hatte er's. »›Servus, Alwin!‹ sagen die!« Streibls Qualligkeit weichte erneut in üppige Lieblichkeit hinüber, arglos an der Hüfte lagerten die Fäuste, die einst Demuth trafen. »Ich mag's gern – wie, sagst du, heißen die jetzt wieder? Ah? Jawohl! Die Iberer-Buben. Alle zwei! Um Gotteswillen!«

Uff – das war ein Kampf! Aber er hatte Dank verdient, der Schwager. Begann ich also übergangslos seine Kinder zu loben, meine Neffen und Nichten: Die kleine Conny mache ja am Klavier sehr schöne Fortschritte – »na bitte!« rief Alwin dazwischen –, sie spiele jetzt auch schon einige von Schumanns Waldszenen ganz brav und »den abgrundwehen todtraurigen ›Abschied‹«, redete ich plötzlich ganz geschleckt, um ein wenig vor Alwin zu prunken, den meistere sie besonders artig. Sogar die leichte f-moll-Sonate Beethovens habe sie jetzt intus, erstaunlich, wie das Kind den humanen Atem Beethovens schon erfasse und –

»Um Gotteswillen«, fiel Alwin unverhofft ein, mutig und etwas zag zugleich, »Siegmund, hör zu, Siegmund, Beethoven war ein Klassenkämpfer, ein Klassenkämpfer, aber« – jetzt folgte ein nachdenkliches Bäuerchen – »pardon, sie haben ihn gedrückt, er hat noch keine materialistische Dialektik gehabt, Siegmund, du weißt es doch so gut wie ich, Siegmund!«

Streibl hatte seine beiden Hände flach und besinnlich parallel auf den Tisch gelegt. Als ob er als Kommunist nichts zu verbergen habe.

»Beethoven«, dozierte ich vernebelter, »war dann am höchsten, wenn er am pathosfernsten, am unprätentiösesten komponierte. In der Achten Sinfonie, im Erzherzog-Trio …«

»Erzherzog … ah«, sang Streibl sentimental, wie einer entfernten vorrevolutionären Kultur nachtrauernd. Pause.

»Nein, wirklich, sie spielt gut – die Conny!«

»Und die Conny spürt es auch. Ich hab s' in unserem Sinne erzogen, er war antischi … er war vorweggenommener Klassenkämpfer aah! Prosit! Schwager!« Stolz und Anerkennung fordernd, wedelte Streibl mit dem Kopf in Richtung auf die 48er-Lithographie: »Beethoven … ah … prost!«

Alwin, wie gesagt, ist kein Trinker, neinnein, obwohl es hin und wieder so aussehen möchte. Ich glaube heute, ihm schmeckt auf dieser Welt einfach nichts mehr außer Weizenbier, ja vielleicht ist er einfach zum Weizenbiertrinken auf die Welt gekommen. Und so ein gewaltiger Querkopf er ist, Streibl ist ein guter Vater, so daß tatsächlich seine Kinder ganz erstaunlich richtige Menschen zu werden versprechen. Ich hatte sie schon lang nicht mehr auf einem Haufen gesehen und fragte Alwin nach ihnen aus:

»Du kennst sie ja, Siegmund. Die Älteste ist die Claudia, die hat jetzt einen Gänger, einen Freund, ah! Aber ich«, er lächelte wie koboldig auf mich ein, »hau sie schon noch umeinander! Dann kommt die … Caroline, Caro, dann … die Conny, die kennst ja, dann der Dings, der Alwin, dann kommt die jüngere von den Mäderln, die Sabine, Sabinerl, dann die – – manchmal, ach Gott, komm ich nicht mehr auf den Namen, ich weiß bloß noch den Spitznamen, ›Käferl‹ heißt die, ich – komm nicht drauf – Claudia, nein, war schon – glaubst, ich weiß es schon wieder nimmer – ›Käferl‹ heißt's, jawohl yeah, aber wie heißt jetzt die wirklich? Conny … Sabine …Caro … ah … ich kann dir's nicht sagen!«

Auch das Überreiche-Vater-Spiel gehörte offenbar in Alwins kommunistisches Repertoire. Ich schlug ihm vor, doch zuhause anzurufen und seine Frau zu fragen.

»Ich möcht' nicht, Schwager, ich werd' abgehört, ich möcht', mußt verstehen, bitte, hast Verständnis«, der schwere Kopf wippte spielerisch flehend, aber ernst, »ich möcht' meine Frau nicht fragen jetzt, deine Schwester ist noch sensibler als du. Ich zahl dir, hör zu«, jetzt wurde die Stimme extrem weich, »lieber ein – schönes frisches Weizen, ja? ja?«

Wieviel Uhr war es eigentlich? Und *wo* wohnten angeblich die

Iberer? In einem Zuckerbäcker-Sargfabrikhaus am Pferdemarkt? Jetzt wurde ich kindisch. Dann riefe eben *ich* an!

»Aber du«, Alwin wölbte beide Lippenschichten erbärmlich bittend nach unten, »sag meiner Frau nicht, daß ich dich beauftragt hab! Sonst – sonst«, eilends formierte sich Männerfrohsinn im Gesicht und man sah die pure Vulgarität heraufziehen, »sonst läßt sie mich, hör zu, sonst läßt sie mich – pardon! – drei Tag' nicht, die alte Schickse! Höh!«

Wie abwehrend hatte der Schwager-Faun seinen angewinkelten Arm gegen mich gehoben, als pariere er meine verdienten, aber gar zu humorlosen Hiebe, doch jetzt wollte ich es, neugierig-berauscht oder was, wissen. Nein, ich würde die Kleine selber fragen, das »Käferl«.

»Aber sei anständig!« flehte mir Alwin fast prustend nach, als ich zum Café-Telefon marschierte, »erzähl ihr keine ...«

Wahrscheinlich meldeten sich bei mir warme Onkel-Gefühle. Ich war plötzlich ganz scharf drauf, »Käferl« zu sprechen. Es wurde aber sehr kompliziert.

»Streibl«, meldete sich eine Piepsstimme.

Hier sei der – Onkel Siegmund (ich war mit den ersten Worten schon verknautscht, allerhand schwarze Gedanken umflorten den Kopf) – der – wolle das »Käferl« sprechen, »mit ihm reden und ...«

»Am Apparat!« Es kicherte neugierig und geschmeichelt.

»Jawohl!« Jetzt wurstelte ich schon ganz hilflos und raufte mir durchs Haar: Und ich wolle wissen, wie sie, meine Nichte, heiße bzw. den Namen ...

Jetzt kicherte Käferl wie verächtlich.

Nein, ich wisse es eben nicht!

»Freilich weißt es!«

Nein!

»Käferl!«

»Naja schon, aber wie – richtig?« Ich schämte mich wie ein beim Kirchenraub Ertappter. Fünf Meter vor mir machte jetzt Alwin komisch beschwörende Zeichen. Da verstand ich überhaupt nichts mehr. Wußte nicht mehr, mit wem ich redete. Mit meiner Frau? Mit der Staatskanzlei? Eine schmerzlos wütende Pause war entstanden.

»Glaub mir, ich fühle gleiche Triebe«, wollte ich schon flüstern – dann sagte ich: »Gnädige Frau?«

»Käferl halt!« Pause. Dann kicherte wieder was.

»Manuela? Hermann?« Es wurde gelblich-lila vor den Augen. Die Stadt, in der ich lebte, wußte ich auch nicht mehr. Die rapide Angst vor Tod und Nichts und – Goppel. Goppel! Goppel-Land? Wer war am anderen Ende? Das Weltall schwieg. Da legte ich vernichtet auf.

Erst als ich Alwin wiedersah, wurde das meiste wieder klar. Der Schwager schuf Erlösung und sofort.

»Hast du's gesprochen? Mir ist's jetzt auch wieder eingefallen: ›Simone‹ heißt's, um Gotteswillen! Mein Käferl ah!«

Ich forderte den noch immer feixwilligen Kommunisten auf, sofort mit mir das Café zu verlassen. Jetzt wußte ich es genau. Ich war nicht mehr ganz einwandfrei. Hatte zu hoch gepokert. Im Kopfe ward es weicher, doch der Schrecken dröhnte nach.

»Kinder ah!« In der Art eines Herrenreiters hatte Alwin sich erhoben. »Mein einziger Halt. Bitte, mach keinen Gebrauch vom Alwin seiner Legasthenie, keine Indiskretion ah … Kinderaugen! Ist doch so nett, aah!« Das Streiblsche »Ah!« war eine vollkommene Synthese aus lastender Erdenpein und weizenbiersicherer Erlösungsnähe.

Ein Gedanke, der mich fast wieder heiter machte.

Mir sei schlecht, beteuerte ich, Alwin zum Ernst zwingend, gleichwohl; wir gingen jetzt sofort heim.

»Aber ja«, der Schwager stieg auch darauf bereitwillig ein, »sofort, pardon … gern … shit, ah!«

*

Die Tage huschten dahin, die Hunde trotteten durch die Gassen, aber am Horizont blinzelte es. Es häufelte sich:

Es waren also Fußballer, Techniker, Ministranten, Bratwurstesser, freundliche Buben mit einer Mutter; ihre Tage verlebten sie am Pferdemarkt. Und samstags und sonntags gingen sie nach vorgeschriebenen Zeiten je zweimal durch Dünklingen. War das nichts? Mit Spannung sah ich dem nächsten Auslauf entgegen, Samstag 11 Uhr würden sie ja wieder aufmarschieren.

Aber ich nutze die Tage des Wartens, dem Leser nähere Einblicke in meine Verhältnisse, mein Verhältnis zu meiner Frau zu geben, zu Frauen überhaupt. Nun, die Hälfte der Menschheit hat eben Pech gehabt. Sie ist als Frauen auf die Welt gekommen – und hat ihre einmalige Chance ein für allemal versäumt. Was für einen wundersamen Stiefel ich doch jederzeit daherreden kann! Deshalb ist es vielleicht doch besser, ich rede zuerst über meine Finanzen.

Vorne habe ich über meine Honorare aus der Kurmusik und aus Klavierstunden berichtet, lächerliche Beträge alles in allem. Die Versicherung, ich führte gleichwohl ein ganz bequemes Privatleben, verliert an Unglaubwürdigkeit, wenn ich hier nachtrage, daß es noch eine dritte Quelle gibt, wenn schon nicht das Haushalts-, so doch mein Taschengeld aufzubessern:

Ich lebe, wenn ich das juristisch richtig sehe, von – passiver Erpressung; und damit ist's auch raus.

Es fließen da seit 10 Jahren jeden Monat 200 Mark auf ein für mich in Dünklingen eingerichtetes Sonderkonto, abgeschickt aber werden sie von einem ehemaligen Chemie-Kommilitonen, und die ganze Geschichte siedelt praktisch in grauer Vorzeit – sie ist mir auch sehr unangenehm, aber irgendwie fühle ich mich zu matt, dem Ganzen ein Ende zu machen. Was lag da an? Ein Chemiestudent namens Heinz Hümmer hatte einst in Göttingen einem Einbruch in ein Pelzgeschäft zugesehen, über die Autonummer die Verbrecher ermittelt und damals dann pro Monat meines Wissens etwa 1000 Mark Erpressungsgeld bezogen, zu Beginn auch einige Nerze, die er, sein Studium zu bezahlen, gleichfalls weiterveräußert hatte. Dieser Heinz, allzu vertrauensselig, wahrscheinlich auch von einem unglücklichen Stolz beschwingt, hatte mir damals aber von dem gelungenen Gaunerstückchen erzählt, war etwas später ein hohes Tier in der Wirtschaft geworden und hätte seinen

Jugendbock sicher längst vergessen, – wenn ich ihm nicht eines Tages im Scherz, wirklich im Scherz, ein Briefchen geschrieben hätte des Inhalts: 200 Mark im Monat, wirklich nur 200 Mark, würden mir heute als entlassenem Bibliothekssekretär ganz gut über die Runden helfen. Und übrigens besäße ich auch eine kleine verräterische Tonband-Kassette, und mein Konto sei soundso ...

Atemlos hatte ich auf den Monatsersten gewartet, und ecco, plötzlich hatte ich (jetzt kommt alles auf, jetzt ist alles aus ...) 200 Mark! Mir war wirklich etwas unsauber zumute, als ich das Geld abhob, auch war das mit dem Tonband reiner Bluff gewesen, aber gewagt ist gewagt – und tatsächlich, alles ging gut, und ermordet bin ich bis heute nicht worden. Möglicherweise war es nicht ganz Rechtens, was ich da tat und noch tue, aber wahrscheinlich hat der inzwischen zu Glanz und Reichtum gekommene Hümmer das Ganze längst vergessen, und das Geld tröpfelt eben so weiter für mich – aber ich halte meine verräterische Überweisungs-Belege für alle Fälle griffbereit im Nachtkästchen. Und der alte Heinz möchte sicher seine Karriere nicht gefährden, was ich sehr ratsam und hochanständig finde. Sicher, die schönste Art des Gelderwerbs ist es nicht, aber wenn ich bedenke, daß sich meine Apanage damit auf etwa 600 Mark im Monat steigert, was mir ein Leben in durchaus achtbaren Verhältnissen, ja eine gewisse Lebensart sogar erlaubt, dann möchte ich die eingespielte Geschichte jetzt auch nicht plötzlich abbrechen.

Nein, eigentlich nicht.

*

»Wer? Der Kennedy war kein guter? Präsident?«

»Der Carter wird's schon – was meinst du, Wurm? – richtig machen!«

»Der Morgenthau-Plan? Bandscheiben!«

»Ein Kennedy ist er nicht. Der Carter.«

»Wer? Ein Kater? Kartenspielen willst, Bäck? Ja?«

»Wer! Wer! Der Dings – der – andere!«

»Aber meine Herren ...!«

»Wandern willst, Wilhelm?«

»Der Kennedy war –«

»Was?«

»Ford? Ford war nichts.«

»Der Kennedy hat die Apartheid beseitigt! Jawohl!«

»Der Kennedy war schon ein Hund! Alter demokratischer Geldadel!«

»Saubere Frisur, die Vroni!«

»Du wirst halt bald in der Zeitung als Sex-Gangster stehen. Das kannst dann selber schreiben, was, Wurm? Der Kennedy hat den Negern schon gezeigt – wie's geht!«

»Aber der Robert!«

»Was? Gestorben? Gestorben ist er?«

»Was ist denn eigentlich mit dem Fred? Warum er nur, Gott nei, immer wieder so spät kommt?«

»Der kommt schon, Wurm! Sei nur du nicht so nervös!«

»Wer? Jefferson? Mit den Kennedy – kommt man ganz durcheinander!«

»Wie heißt jetzt der Geschäftsführer, der neue, von der Zulassungsstelle? Salzl – Holzapfel?«

»Was ist er? Hochstapler?«

»Der Fred, Wurm, der kommt schon!«

Jeden Freitagabend fand damals wie heute im »Paradies« eine Art Herren- oder auch Honoratiorenabend statt – wir saßen, wie gesagt, auch sonst oft und oft in diesem Lokal, aber der Freitag war doch irgendwie besonders, hervorgehobener, fast feierlicher.

Den Kristallisationskern dieser im allgemeinen sanften Veranstaltungen und unseres geselligen Kreises überhaupt bildeten und bilden seit je drei alte Herren, drei, ich erwähnte es schon, wahrhaft schwere, ja betäubende Patriarchen, drei unendlich treue Herumhocker, drei fast rauschgifthaft schöne Greise – kurz, eine Humanistenriege vom alten Schlag der Extraklasse, eine Veteranenvorhut der – – naja, ich werde sie halt vorstellen müssen.

Sie treten so gut wie stets gemeinsam auf. Es ist dies zuerst ein gewisser Paul Bäck, meines Erachtens 72 Jahre, ein Schöngeist und Städtischer Amtmann i. R., verheiratet immer noch mit einer hohen Rotkreuzdame und zweifellos eine der gewaltigsten Schlafmützen im Dünklinger Raum, obwohl er Richard Strauss noch persönlich gekannt haben will; ja, Bäck behauptet sogar, Strauss habe ihn einst bei einer Probe in München Teile der Alpensinfonie dirigieren lassen. Strauss muß gewußt haben, was er tat, denn allerdings gemahnt Bäck, obwohl meiner Schätzung nach 182 Zentimeter groß, stark an ein Alpenmurmeltier. Freilich auch verblüffend an einen Tapir, was wohl irgendwie mit seiner empfindlichen Hasenscharte zusammenhängt.

Der zweite Hauptträger ist ein wohl gleichaltriger Wilhelm Kuddernatsch, verwitwet, ein ehemaliger Revisor, ein äußerlich vertrockneter, innerlich täglich mehr erblühender, ja erglühender Greis. Innerhalb der Gruppe stellt er so etwas wie den ausgleichenden, integrierendsten und wohl auch hausmausartigsten Part vor – abendelang hört man oft nur vermittelnde Reden und Tips wie »Meine Herren, darf ich dann bitte« oder »Paul, du hast den Dünklinger Kulturpreis längst verdient!« – und die Gläser seiner Nickelbrille funkeln vor Pikanterie. Kuddernatsch, bleich, fast haarlos und wohl nur 156 Zentimeter klein, ist zweifellos der Sachteste und Schutzbedürftigste der Gruppe – obwohl er eigentlich und unweigerlich auch den schopenhauer-vergeistigsten, ja mephistophelischsten Eindruck macht. Vor allem, wenn er, ach, so lieblich lächelt und sein Goldzahn blitzt!

Den Schwerpunkt, Fluchtpunkt, Brennpunkt des Veteranen-Triumvirats aber bildet der freiberufliche 76jährige Beerdigungsreporter Alois Freudenhammer, ein Mann von unabdingbar hoher Gesittung, ein wahrer Tannenbaum an Würde, ein Greis von obeliskhaft bestrickender, 185 Zentimeter hoher Wucht und Junggeselle obendrein, eine Koryphäe, die uns letztlich alle beherrscht. Etwas noch in seiner Adlerhaftigkeit Warmes strömt von Freudenhammer und seinen Zigarrenstumpen aus, richterlich-lemurenhaft umweben ihn, obwohl zur Tarnung eingekleidet in allerlei trachtenähnliches Gewand, die tollsten Jenseits-Diesseits-Correspondencen – gerade Bäck, wenn er nicht dauernd schliefe, müßte dieses Steinerne-Gast-Mäßige längst ins Auge gesprungen sein, das uns alle seit Jahr und Tag so unergründlich warm umstreicht.

Möglich, daß dieses Fluidum entscheidend mit Freudenhammers Schaffen zusammenhängt. Der fast athletische Greis betreut nämlich seit 25 Jahren – und immer freiberuflich-unangreifbar! – die Personalspalten unseres Heimatblättchens mit dreifach ehrenden Berichten, etwa im Zuge anfallender Geburtstage und Ehrenjubiläen – vor allem, allem voran aber mit der regelmäßigen Rubrik »Wir standen an offenen Gräbern«. Es sind dies kleine, gelegentlich auch ausgreifende Glossen über stattgehabte Bestattungen, die Freudenhammer allesamt mit seinem Fahrrad oder aber telefonisch wahrnimmt. Nämlich, wie ich heute weiß, in einem Kellerraum des Dünklinger Volksblatts – als zweites Recherchierinstrument dient Freudenhammer ein Neues Testament in der Ausgabe von 1894, wie ich inzwischen selbst gesehen habe. Es sind dies schöne, klar formulierte, fast zarte Texte, auf die angeblich unsere Stadt als einzige im ganzen Land nicht verzichten mag und die sogar hohes Ansehen genießen, bis in politische Stellen hinauf – freilich kommt es hie und da auch zu einem gewissen Naserümpfen, denn gelegentlich schleichen sich in Freudenhammers Texte schon leise Befremdlichkeiten – wenn ich gut heimkomme vom »Paradies«, werde ich zum Beschluß des Abends und des Kapitels zwei oder drei vorstellen. Vielleicht räume ich den Glossen, ihren Autor angemessen zu ehren, sogar ein kleines Extra-Kapitel ein ...

»Fredl, setz dich nur!« beschwichtigte sofort Kuddernatsch.

»Und du? Graue Eminenz!« Eilig suchte Fred ihn auszustechen.

»Hähähä!« lachte Albert Wurm.

»Alois! Totengräber der Meisterklasse!« Das war ich.

»Salve!« sagte Alois Freudenhammer.

»Carter und Kennedy kannst nicht vergleichen«, meinte Bäck zu Kuddernatsch. »Der eine ist Republikaner, der andere ...«

Ein leisschöner Sommerabend. Berberitze sprenkelte den Anmarsch. Als ich ins »Paradies« schlich, waren von den Unsrigen außer den drei Greisen schon der stets äußerst geschäftige Fotograf Fred Wienerl und Albert Wurm versammelt, außerdem, als einer der unregelmäßig fluktuierenden Gäste, ein Gernot Brändel, den ich nur flüchtig kannte, ein alter Frauenarzt und Schachspieler aus dem Spezialkreis Albert Wurms, ein Mann mit ausdruckslosem Pferdegesicht, der bei seinen Besuchen meist wenig zu Wort kam noch kommen wollte. Fred Wienerl war gerade fünfzig Meter vor mir ins »Paradies« gehastet. Er zählt zu den Gelittenen – obgleich nicht höchst Geachteten. Von Natur aus mit einem gemütvoll runden Ollenhauer-Gesicht begabt, war der emsige 59jährige Kaufmann vor ein paar Monaten dazu übergegangen, dieses durch einen buschigen Backenbart zu verschärfen, ja zu aktualisieren (wie übrigens dauernd seinen Foto-Laden!) – das Ergebnis war, daß er seither wie eine Legierung von schwer pariserischem Filou und Molukkenkakadu aussieht. Doch jeder, wie er meint! Hinter der Theke ließ sich kurz und sorgenreich, zwei Meter hoch, Karl Demuth sehen.

»Kennedy – der Robert und der John!« wehrte sich Kuddernatsch.

»Und der Ted!« ergänzte Bäck. Das Gespräch nahm mählich Formen an.

»Du, Fredl, Fred! Ich hab heut' deine Frau getroffen«, bot sich Alois Freudenhammer an, »die hat gesagt, du bringst dich in deinem Laden noch um vor Arbeit! Braucht's das?«

»Und Wichtigtuerei!« flüsterte ich.

»Die sind dann alle drei ermordet worden«, sagte Bäck.

»Wer?« fragte Wurm. Herr Brändel kriegte dunkles Bier.

»Alle drei Kennedy!« erklärte Bäck. Er saß im graugestreiften, Kuddernatsch im schwarzen Greisenanzug da.

»Ich wüßt' nur zwei«, parierte Freudenhammer und legte die Hand auf den Tisch. »Der Bob und der – andere!« In diesem Augenblick fielen mir meine Brüder wieder ein.

»Der John, Gott nei, der John!« Das war wieder Wurm.

»Und der dritte?« lockte Kuddernatsch. Treuherzigkeit belebte das kältlich fahle Gesichtchen.

»Hat selber – einen Mord begangen!« eilte Bäck.

»Richtig«, stieß Wurm nach, »ungefähr 1958. Oder 64! Weil ich dortmals beim Hellerbrand Franz in Weizentrudingen ...«

»In Untermiete gewohnt hab!« sagte ich.

»Zwei sind nur ermordet worden«, Freudenhammer zog Bilanz, »der dritte – der dritte –«

»... effektiv mit der Annette mich verlobt hab, wie g'sagt«, vollendete Wurm.

»Kann theoretisch noch Präsident werden!« Erstmals meldete sich Gernot Brändel. Vorsichtig trank Bäck.

»Aber nur«, ergänzte Albert Wurm, »theoretisch!«

Wie auch immer, über unserem Sieben-Mann-Tableau lag jetzt eine starke Flut von Rauch und Kraft und Schummerlicht. Rasch wälzte Wohlwollen sich hindurch, griff Platz und Raum. Es war ein Ecktisch, den wir besaßen. Gemeinschaft ist alles. Im Lokal war's sonst recht ruhig, ein paar noblere Leute aßen Sauerbraten und Blaukraut. Die Fensterläden hingen längst geschlossen. So friedsam war es, daß man irgendwo ticken hörte. Waren es unsere Stimmen? Fast unmerklich rückten die alten Köpfe zusammen und rösteten zu bäckerblumenhafter Anmut hinüber, Genien der aufreizendsten Hockrigkeit. Da hatte natürlich sogar das feinste der Feinsliebchen nichts mehr zu bestellen oder doch wenig, Vroni, die sich zum Kreuzworträtsellösen hinter den Kachelofen verdrückt hatte, trutzig, ein stiller Vorwurf für das ganze Lokal, ja für die Menschheit. Gott weiß, wie das noch gehen wird ...

»Wo ist denn eigentlich der Wirt, der ... Karl?« Alois Freudenhammers tiefsinnige Augen suchten Demuths Länge.

»Der wird halt seine Steuererklärung machen«, sagte Bäck sehr schiefmäulig. »Oder seine Speisekarte von gestern«, sagte fröhlich Kuddernatsch, »abschreiben. Abschreiben!« Feine Vibrationen machten die quakig-schnarrende Stimme gut erträglich.

»Oder seine – Hausaufgaben«, stolpriger Fred Wienerl.

»Lauter very important persons, lauter very important persons!« Gedrückt jammerte Bäck aus seiner Ecke.

»Oder vielleicht schreibt er«, das war Brändels windige Gurgel, »keine Steuererklärung, sondern Steuerhinterziehung!«

»Mußt grad du sagen!« Mit Verve versuchte Wurm, das Tempo zu forcieren. »Mußt grad du sagen!«

»Meine Herren, ich muß doch«, vermittelte warm und früh schon Wilhelm Kuddernatsch, »sehr bitten...«

»Der Karl hinterzieht nichts.« Freudenhammer wirkte jetzt sehr ernst. Meine Alten waren warmgelaufen. Die Essensgäste hatten sich verzogen. Wir waren fast allein mit uns. Die Kennedy-Brüder waren ein glücklicher Ausgangspunkt. Sollte ich schon direkt auf *meine* Brüder steuern?

»Der verzieht«, schnurrte ich trübe, »höchstens seine Frau – und die nicht oft!« Unvorsichtiger trank Kuddernatsch vom Bier.

»Oder die Vroni, hähähä!« steigerte Albert Wurm massig und intriganzbereit. Das schöne Kind hatte seinen Namen gehört, neugierig-beleidigt sah es flugs zu uns herüber. Ich sah sehr rasch weg.

»Der Karl? Der Karl hintergeht seine Frau?« Bäck, der grämliche Mann, hatte über dem Pfeifenstopfen wieder einmal nicht aufgepaßt.

»Der Karl? Niemals!« Freudenhammer sprach sehr jovial und doch beherrschend. Wie ein Nasenbär starrte Brändel.

»Vor einer Woche«, changierte Wurm die Richtung tänzerisch, »hab ich dich mit'm Alwin gesehen. Warum – kommt er denn nicht zu uns?«

»Ins ›Paradies‹ – geht er nicht, sagt er«, sagte ich ziemlich mundfaul. Sie wußten genauestens den Grund.

»Ins ›Paradies‹ doch nicht!« Nicht ohne Rankünе echote Kuddernatsch – und schaute auch recht spitzbübisch.

»Warum denn nicht?« Wurm fragte launig. Sie kannten alle die Affaire, die alte weltberühmte Geschichte. Sie hatten sie hundertmal gehört, sie wollten sie noch einmal hören. Na bitte:

»Er hat sich doch damals am Karl vergriffen, der Alwin«, ich ließ die Spannung steigen, »hat den Karl verprügelt...«

»Vergnügt hat er sich mit ihm?« Kuddernatschs verschütteter Humor schlug flink ein Bläschen.

»Verprügelt hat er ihn, der Alwin – ist ja – Gott nei – ein alter Boxer!« Das war jetzt wieder, kundig, Wurm.

»Boxen kann er!« sagte Bäck. »Vor 20 Jahren hab ich ihn in der Bierhalle Halbschwergewicht gesehen ...«

»Wenn er sonst nichts kann«, ergänzte Wurm kalt.

»Das war damals beim Kartenspielen im Café Central mit dem Pohl Ulf und dem Sturm Detlev«, ich spielte mein verwandtschaftliches Wissen aus, »weil kein Trumpf zugegeben worden ist.«

»Der Alwin gibt – nie Trumpf zu!« Dies, immer heiterer, rief Wilhelm Kuddernatsch. Fast zu bildhaft hauchte Lampenlicht ihn lebensspendend an. Der Adamsapfel hüpfte wild. Feiner Trubel schwang mit drein. »Pohl Ulf und Sturm Detlev«, sann Wurm für einen Intriganten viel zu sentimental, »die dortmaligen Watter-Könige von Dünklingen ...«

»Naja«, führte ich tändelnd weiter aus, »und dann hat er ihn umgehaut – mit einem Schlag – sagt er, der Alwin. Das war natürlich der Fehler!«

»Das war, das ist«, beeilte sich neuerdings Kuddernatsch, »da ist natürlich nicht nur ein Mann umgeflogen, da ist, da sind«, er wußte etwas, naseweis lechzend wollte er es unterbringen, »da sind 2 Meter umgefallen!«

»2 Meter fünf!« Das war Bäck. Es sprühte Funken.

»Ein Nimbus!« Trefflich präzisierte Freudenhammer.

»Hähähä!« freute sich schäbig Albert Wurm, und Bäck, der Gute, schlief fast wieder ein.

»Seitdem«, faßte ich gedrückt zusammen, »geht der Alwin nimmer her.«

»Der Karl – läßt ihn nicht«, mutmaßte Kuddernatsch brillant. Die Brillengläser glänzten froh. »Im Boxen ist er nämlich ein – guter Kommunist!« Der Alte ächzte rosiger.

»Weil er«, das wußte wieder Fred sehr aufgewühlt, »ein Sicherheitsrisiko ist – sagt der Karl! ›Zu unberechenbar!‹ sagt Karl!«

»Ein Sicherheitsrisiko«, faßte Kuddernatsch noch einmal weißzüngig zusammen. Es war mir schon bekannt. Streibls Renommée war hier nicht allzu hoch.

»In der Gasfabrik«, berichtete beweglich Gernot Brändel, »wird jetzt umgebaut.«

»2 Meter fünf umgehaut«, sagte Bäck plausibel.

»Wer?« Das war Wurms schlaumeierisches Späßchen, »der Kuddernatsch?«

»Ich hau niemand um«, wehrte Kuddernatsch sich wirbelnd, fast bestürzt.

»Naja, du bist ja – früher bei der Stadt gewesen«, spielte Freudenhammer umsichtig mit ihm. Leichter, aber fester Lebenswille strich durch Demuths Saal. Stirnrunzelnd saß Wurm.

»Aber nicht beim Gas!« Zwei kuddernatschische Augen schwammen ängstlich-heiter.

»Sondern?« Ich fragte glitschig, fast der Iberer vergessend.

»Beim Wasser!« Kuddernatsch war stolz.

»Beim Wasser, beim Wasser...«

»Bei der Wasserstoffbombenforschung Dünklingen-Stadt«, scherzte Bäck Paul geisteskrank. Der Stachel treuer Freundschaft löckte wider.

»Hähähähä!« Wurms Gelächter zauberte durch Arglist. Was wußte er eigentlich über Vroni?

»Bei der Wasserstoffbombe hast du gedient, Wilhelm«, hastete Fred Wienerl, »gib's nur zu!«

»Du hast doch Chemie studiert, Siegmund«, charmierte Kuddernatsch ausweichend mich, »was hältst du eigentlich von der Wasserstoffbombe?«

»Rosenstock-Katakombe?« rief ich irritiert. Diesmal war es nicht gescherzt.

»Wilhelm«, ging hier Freudenhammer integer dazwischen, »der Dachs Otto vom TV – kandidiert jetzt der wieder? Oder macht er einen Rückzug?«

»Nichts. Wir haben heut' nachmittag im ›Aschenbrenner‹ Schach runtergeklopft«, korrigierte Albert Wurm prächtig und deutete auf Dr. Brändel, der jetzt am allergefaßtesten wirkte. Brändel – ich habe so etwas in meiner heute 48jährigen Karriere noch nie gesehen – trank Bier und Kaffee immer gleichzeitig; nicht, was noch Spuren von Sinn ergeben hätte, zuerst Bier und später Kaffee, sondern jeweils – pfui Teufel! – zuerst einen Schluck

Kaffee, sofort schales Bier drauf, dann wieder umgekehrt. Typisch Arzt!

»Wer hat gewonnen?« Schlagartig dachte Freudenhammer um.

»Remis, praktisch…« Wurms Miene verriet die Ambivalenz aller Existenz. Dazu nickte Bäck nicht minder.

»Was heißt ›praktisch‹?« Freudenhammer schien besorgt.

»Remis«, beharrte Albert Wurm, »an sich!«

»Remis«, wiederholte Freudenhammer vielsinnend, »wir haben als junge Burschen auch viel gespielt. Meistens spanische Eröffnung. Ist am schönsten…«

Spanisch! Hinterm Ausschank war Karl Demuth aufgetaucht. »Männer!« brüllte er vorsichtig, »alles klar?« Ein Schwarm Gedanken wehte über seinen Kopf. Frl. Vroni trat zu uns. Ein bißchen neidisch schien sie schon. Ich habe mir neulich sagen lassen, der Hauptzorn unserer Frauen – und sogar gerade der »aufgeklärtesten«! – auf uns Männer sei wesentlich und wissenschaftlich nichts anderes als Neid – Neid auf solche Männerbünde, auf das Patriarchische, Patriarchatsprunkende überhaupt! Das machen sie uns nicht nach! Und nichts geht ihnen so garstig an die frechen Nieren wie die Tatsache, daß sie dabei ewig ausgesperrt bleiben! Und eins mußte man sagen: während alle Welt (und wiederum vor allem die der Frauen!) wild *durcheinander* redet – hier wurde *nacheinander* die Meinung getauscht!

»Remis…« Kuddernatsch schien enttäuscht. »Warum gewinnt nicht einer? Sonst hat's doch keinen…«

»Damit du was zum Auslachen hast!« Ich durchschaute Kuddernatschens Gedanken. Vroni verschwand wieder. Still trinkend sah man jetzt Bäck, gedenkend seiner Ideale, der gebrochenen.

»Warum? Siegmund?« Kuddernatsch tat unschuldig, versteckte die Augen hinterm Brillenreflex der Lampe.

»Wenn der eine verliert«, erklärte ich ihm sanft, »kannst du den auslachen, wenn der andere verliert, den anderen. Unentschieden paßt dir nicht, Wilhelm! Gib's zu, Wilhelm, Wilhelm, gib's zu!«

»Der Kennedy Edward hat jetzt«, sagte Freudenhammer leicht bewegt, »nach Auskunft der Demoskopie 36 Prozent in der Wählergunst!« Noch immer verlegen ruderte Kuddernatsch, wehrte meine Attacke mit zwei Handflächen ab.

»Wenn heut' Wahlen wären!« Wurm sprach hastig: »Wenn!«

»Edward Kennedy.« Spät, aber rechtzeitig war es auch Bäck klargeworden.

»36 Prozent!« wiederholte Freudenhammer dringlicher. »Der Carter, liest man, hat bloß 29. Ob jetzt das was wird?«

»Über Indien liest man auch viel!« Lieblich ging auch meine Rede.

»Ein Subkontinent im Wandel«, sagte Brändel kühn.

»Handel im Wandel«, seufzte Kuddernatsch gebrechlich. Idyllenfreuden webten.

»Im Orient«, erklärte Freudenhammer ungreifbar, »im Orient geht's überhaupt so zu. Was will er denn, der Kronprinz Fahd?«

»Bäck! Bäck!« schäkerte jäh Fred Wienerl, »Bäck, du hast heute wieder deinen traurigen Blick, deinen sexy-traurigen Blick. Die Vroni ist schon ganz ...«

»Wiefern? Wieso?« Verschreckt suchte Bäck die herrlich klaren Augen Freudenhammers. Auch Kuddernatsch bebte sogleich mit dem Freunde.

»Der Paul ist immer traurig«, sprang er in die Bresche und kramte frevelhaft nach einer Pointe, »weil er, weil er jetzt immer ...«

»Der Weltmeister ist jetzt wieder ein Russ'«, Freudenhammer sprach bedeutend, »schreibt er sich nicht Karpov – oder wie?«

»Und der Herausforderer ist«, es war abzusehen, daß auch Kuddernatschens nächstes Tänzchen mißlang, »ist der – der Wurm!«

»Oder der«, Wurm, überraschend erheitert, zog eine tastend insinuierende Grimasse, »Brändel!« – –

– – der reine gottselige Himmelsfrieden, die alte deutsche Redlichkeit, geheizt mit Schabernack und Unverstand. Der Leser denke nicht, daß ich derlei zu meiner persönlichen Erbauung niederschreibe – so gülden heimatlich das Geplätscher in der Wirklichkeit ist, so elend strengt das Geschäft der Chronik an, die überzeugende Dekoration dieser Karawanserei schlechthinniger

Zauberhaftigkeit inmitten unserer hetzenden Seelen-Kaschubei, genannt Bundesrepublik Deutschland. Nicht glaube der Leser auch, daß das Gespräch im Laufe des Abends an Dramatik im herkömmlichen Sinn gewonnen hätte – hätte mir nicht ein fast zufälliger Blick auf den edel an seiner Virginia knabbernden Freudenhammer den schieren Übermut visionär in den Mund gelegt:

Bäck spielte mit seiner Strickweste. Wurm eifrig mit dem Kaffeelöffel Brändels. Fred schien vom Tagewerk zu verschnaufen. Bleicher lachte Kuddernatsch so vor sich hin:

»Du, Alois, apropos Kennedy-Brüder und spanisch, ist dir«, es war gegen elf Uhr, in mir dröhnte plötzlich die Lebenslust des geschliffenen Privatmanns, »ist dir eigentlich – von den Beerdigungen her oder so – eine Frau Iberer bekannt?« Da war es wieder, das Herzsirren!

»Wer?« Alois Freudenhammer sah mich besinnlich an. Der schattige Mann reckte aufhorchend das Haupt.

»Eine Frau – eine – alte Frau Iberer?«

»Meine Herren«, ging hier fatal Wilhelm Kuddernatsch dazwischen, »ich möchte doch hier nicht immer von alten Frauen ...« – doch mein Sirenengesang hatte Freudenhammers Ohr längst erreicht:

»Der alte Iberer, richtig«, jetzt umhüllte mich Freudenhammers warmtiefer Blick, »der alte Iberer? Ein Hilfsarbeiter war er, der ist ... der ist doch im Mai 48 dann für tot erklärt worden – aber die Frau, seine Frau – die – Irmi, die müßt' noch dasein, die müßt' noch gesund ...«

Traf mich ein kleiner Schlaganfall der Lust? – Hätte ich Freudenhammer gern das ehrwürdige Kinn gestreichelt?

Innerhalb seiner Beerdigungs-Reporter-Tätigkeit, zitterte ich mich lustig ihm entgegen, habe er, Alois, die Frau jedenfalls noch nicht ...

Jetzt hatte auch Albert Wurm etwas mitgekriegt. Die Augen suchten zwischen mir und Freudenhammer.

»Neinnein! Nie! Die müßte meines Erachtens«, holte Alois Freudenhammer mit schon schmerzender Bedächtigkeit aus,

»noch ganz gesund sein, die Irmi, ich hab s' erst vor sieben oder acht Jahren ...«

»Wer?« platzte nun Wurm und fixierte mich schmutzig-interessiert, »die alte Frau Kodak – ah: Iberer?«

»... erst vor sechs oder sieben Jahren«, ließ Alois Freudenhammer pastos es weiterrollen, »nichts tot! Müßt' leben! Eine ganz feine kleine Frau ...«

»Wer?« Jetzt wurde Fred hellwach. »Alois?«

»Zwei Buben soll sie haben. Hat die nicht zwei Buben?« Gewaltig hatte Freudenhammer seinen Körper jetzt in meine Richtung gerückt.

»Und wenn schon – dann im Opernhaus«, vertat sich Bäck erneut. Doch machte das nichts mehr.

»Jaja, zwei Buben!« Ich trieb es ganz gelassen, hoffentlich durchschaute Albert Wurm diese meine Krise nicht. »Sind Fußballer!«

»Und Modell-Eisenbahner!« Das war überraschend und betrübt Paul Bäck!

»Ach nie!« Wurm ging sofort mit Händen und Füßen dazwischen. Es entstand ein kleiner erregter Tumult, und am Ende stellte sich heraus, daß Paul die zwei Iberer-Buben mit zwei »Nübler-Buben« im Alter von 25 und 29 verwechselt hatte.

»Paul«, Wilhelm Kuddernatsch verschonte den Freund nicht im mindesten, »du mußt schneller trinken, das schärft das Gehör!« spottete er vollends heimwehsüchtig.

»Und macht überhaupt scharf«, versuchte es ganz geistlos Albert Wurm. Nein, der Mann schien keine Gefahr für meine Forschungen.

»Iberer, Iberer ...« Fred machte sich wichtig. Der Name komme ihm so bekannt vor.

»Die alte Frau Iberer«, flügelrauschend nahm Alois Freudenhammer den Faden nochmals auf und faßte schwer zusammen: »Jawohl, die hat viel mitmachen müssen damals mit der Altstadtsanierung am – wie heißt der Platz hinter der Versuchsbrauerei? – am –« »Pferdemarkt?« Hingestrichelt jubilierte ich.

»Pferdemarkt, jawohl!« Freudenhammer sah mich respektierend an. »Pferdemarkt! Seit je! Jetzt ist ja nichts mehr. Seit 1952 ist nichts mehr im Pferdehandel…«

Alwin Streibl war sofort Abbitte zu leisten. Ganz hatte ich dem Schwager nicht getraut. Jetzt war es ausgemacht. Zwei Mann konnten sich nicht irren.

»Der Reitverein…«, rief Bäck sehr spät.

»Männer!« rief Karl Demuth und machte aufbrechende, aufräumerische Zeichen.

»Iberer, Iberer…« Fred wand sich wie in selbstzerreißerischer Selbstbefragung noch immer, »woher kenn ich …?« Kuddernatsch war aufgestanden, seine irdische Hülle wankte leicht. Freudenhammer saß noch sinnend, rieb den Tisch:

»Iberer«, sann er gelassen, setzte den moosgrünen Cordhut auf den Kopf, und es klang süß wie ein Psalm, »sie war, richtig, eine geborene Bruckschlegel, dann hat sie gelernt, dann hat sie geheiratet. Irmi, jawohl, ja was ist das! Und dann waren zwei Buben da.« Jetzt glitt es sanft ins Mondscheinhafte über: »Zwei Buben, jawohl, die müßten alle zwei noch leben. Der eine war ein bißl älter, der andere ein bißl jünger…«

Die prächtigste der Sommernächte ritt mich heim. Dünklingen schlief, aber seine Alten spannen scharf die Fäden. Allen voran ich. Der rundlich schwarze Himmel strickte ein bestickendes Adagio. »Iberer!« Plötzlich mußte ich grinsen. Gong! Da war ein Scherzo draus geworden, mit mehr Eulenaugen als Sternlein. Flageolett-Seufzer sirrten durch den Stadtwall-Park. Drunten lag der Graben. Dort hatten sie einst Fußball gespielt.

*

Versprochen ist versprochen. Voilà – drei erste Proben Freudenhammer – zur Introduction:

> af. Im 66. Lebensjahr verstarb der frühere Maschinist Herr Johann Schuster. Er wurde in einem langen Trauerzuge, dem sich auch ehemalige Kollegen von der Firma Bauerschmid angeschlossen hatten, zu Grabe ge-

leitet. Die kirchliche Einsegnung verbunden mit herzlichem Beileid und gutem Trost für die Angehörigen hielt Stadtpfarrer Herbert Durst von Gangolf. Im Namen der guten Kollegen wurde Johann Schuster ein Kranz zuteil.

af. Im Unteren Friedhof wurde die aus Gotteszell stammende verstorbene Installationsmeisterswitwe Frau Therese Flierl im 83. Lebensjahr in einem von der Fahne des christlichen Müttervereins St. Anton eröffneten sehr langen Trauerzuge zu Grabe getragen von Kooperator Ewald Felkl festlich eingesegnet. In seiner Traueransprache legte Felkl Wert auf den Trost aus den Worten der Liturgie: »Gelobt sei der Herr, unser Gott, der uns Erlösung gebracht!«

af. Eine unübersichtlich große Trauermenge folgte neulich im katholischen Friedhof dem Sarge, der Manfred Mühleisen barg, den im Alter von 23 Jahren verstorbenen Konditor, dem bei einem tragischen Unglücksfall auch seine Verlobte Karin zum Opfer gefallen war, die allerdings in Weizentrudingen bestattet wird. Er wurde im Friedhof zu Grabe geleitet von Pfarrer H. Durst. Durst stellte in diesem Zusammenhang die Frage, warum dieses geschehen mußte, in den Mittelpunkt seiner Traueransprache und verwies dabei auf den kreuztragenden Herrn, der sich zur Erlösung geopfert hat. Auch der Tod des Mühleisen sei Vorsehung. Die Anteilnahme des Geistlichen galt nun den Hinterbliebenen, die um einen guten Sohn trauern. Für sie fand er Trostworte und ein Fürbittgebet.

*

Apropos Beerdigungen, Psalmen, Kooperatoren, Bischöfe und – Mätressen: Heute stand doch tatsächlich im Dünklinger Heimatblatt ein breit sich wälzender Bericht über den Empfang des neubestallten Bischofs Ratzinger in seiner Diözese München-Ramersdorf. Es habe da, hieß es, sogar »Hochrufe« und allerlei »Glockengeläut« gegeben, und der dortige Domkapitular habe zu Ratzinger – wortwörtlich – gesagt, sein, Ratzingers, »eigentlicher Mittelpunkt« sei »jeweils dort, wo sich Menschen von Glaube, Hoffnung und Liebe bestimmen lassen«.

Naja. Das Verwegenste aber war ein dazugehöriges sehr wacklig verwaschenes Foto, auf dem Ratzinger wahrhaftig in der Manier eines Cassius Clay oder eines Gewichthebers geradezu unkeusch beide Arme hochreißt, woran der Text anknüpft: »So groß war der Jubel, als der künftige Erzbischof empfangen wurde.« In Wirklichkeit jubelt freilich niemand außer dem Bischof selbst, nur links von ihm schauen zwei Kommunionkinder ziemlich verschreckt auf den festlich-durchgedrehten Mann, und im Hintergrund begutachtet ein altes Bauernweib mit schwarzem Kopftuch verschlafen und selig den imposanten Schreihals.

Ob das schon die Mätresse war...?

Indessen, ich möchte mich hier nicht dem landläufigen und apodiktischen Spott über Kirche und Klerisei hingeben. Ich meine, jeder Dummkopf redet heute klug daher, daß innerhalb der Heiligen Mutter der Ofen längst aus sei, daß der Saftladen nur noch ad infinitum unterm Signum barbarischer Volksverdüsterung vor sich hin verwese. Ich halte das – für vorschnell geurteilt. Es komme man mir auch nicht mit dem Max Horkheimerschen Theorem, daß absterbende Kulturen noch einmal wie wild um sich schlügen – und hier eben buchstäblich Bischöfe! –, bevor sie endgültig verschimmelten. Gleichfalls der schiere Fingerzeig auf die allerdings eingeborene Heuchelsucht unseres Volks fruchtet bei mir nicht mehr viel. Eingeschworener, bewährter Agnostiker von Haus auf, neige ich seit Jahren – und dies ist nach der Sub-Erpressung eine weitere schwere Konfession – immer mehr, und obgleich vor zehn Jahren aus der Kirche ausgetreten, zu der Vermutung, daß das Katholische gerade heute und wider alle Vernunft noch einmal seine Chance hat und zu haben hat, jawohl! Was bleibt denn ohne diesen charmanten Spuk? Aufklärung? Daß ich nicht lache! Neuer Massenbetrug! Nein, ich denke, man muß den Verband schon in Wort und Tat stützen und – freilich nicht im Sinne der bleichgesichtigen Reformer! – emporrichten – – schon um Funktionen wie die Alois Freudenhammers zu retten, schon damit der Bischof was zu jubeln hat, – schon damit *ich* ein bißchen lachen und weinen kann, wenn ich Lust habe – – –

Der Kurkapellmeister Egon Mayer-Grant, ein Mann meines Alters, gleicht sehr dem jüngeren Klaus Kinski, fesselt wohl deshalb auch Teile der laborierenden Frauenwelt und führt im übrigen seinen Doppelnamen so legitim, daß ich eine Zeitlang sogar dachte, der »Grant« sei ihm, so wie ehedem »Ludwig« das »Fromme«, als Auszeichnung angehängt worden. Bei Frühkonzerten ist unser Chef immer fröhlich und aufgekratzt, bei den 16-Uhr-Nachmittagsmusiken wirkt er meist schon angekratzt und angekränkelt – und namentlich am Abend, bei den Serenaden im Bad Mädgenheimer Pavillon oder in der Aula der Kurwandelhalle, da ist es oft ganz furchtbar, und bei den letzten Noten verzerrt sich gar das Antlitz christushaft vor Schmerz und Grant. Aber siehe – am nächsten Morgen sprüht die Sonne schon wieder musikalische Funken um Haarbüschel und Nase herum – und erst am Nachmittag wird's zyklisch kritisch wiederum.

Mayer-Grants Anruf erreichte mich am Samstag um halb 8 Uhr – ich hätte schleunigst nach Bad Mädgenheim zu kommen, der Etat-Pianist Knopp sei am Morgen nervenkrank geworden.

Die Matinee dort beginnt um 8 Uhr 30 und dauert bis gegen 10 Uhr ohne Zugaben. Die Iberer-Brüder waren für 11 Uhr anberaumt – wahrhaftig, erstmals seit meiner letzten Chemieprüfung vor genau 22 Jahren geriet ich unter Druck, ja buchstäblich in die Mühle zwischen Pflicht und Neigung. Vor Aufregung schnitt ich eine lustige Grimasse.

Meine Schwiegermutter war damals die einzige, die bei uns das Autofahren beherrschte, und dies mit einiger Leidenschaft, auch wenn sie leider über keinen eigenen Wagen verfügte, sondern diesbezüglich mit einer Freundin aus der Nachbarschaft ein Abkommen getroffen hatte. Meist chauffierte sie mich nach Bad Mädgenheim, wartete dort in einer Konditorei und holte mich, sofern ich nicht mit dem Bus zurückfuhr, wieder ab.

Ein heiterer Frühherbstmorgen. »Alles einsteigen!« rief Mayer-Grant wie stets seit sieben Jahren, »die musikalische Post geht ab!« – und dann schwang er den Stock, so glücklich und entspannt, als ob er der kranken Bagage zu unseren Füßen den erwartbaren Tod als letztlich unwichtig verhökern wollte, wir gaben eine Fantasie aus »Lucia di Lammermoor«, den »Pariser Einzugsmarsch«, die »Berceuse de Jocelyn« von Godard, den Kußwalzer von Arditi, »Des Steirers Heimweh« von Egghard, Suppés »Leichte Cavallerie« und zuletzt einiges schwer Albernes von Paul Lincke und Paul Abraham, die Kranken in der morgendlich flunkernden Wandelhalle schlürften ihr fades Gesundheitswässerchen, ich klimperte aus Erregung einige Partien sogar in Stakkato-Oktaven und erfand ein paar triviale Triller, – alles war gerade wie eine mächtige und bodenlos abgeschmackte Verjüngung.

Das Korn stand hoch und blitzend. Gern trällerte die Lerche – oder war's ein Fink? Fast berauschend rauschte die runde Monika zurück nach Dünklingen, zuerst summte sie, dann fingen wir zu singen an, zuerst den Jägerchor, dann »Roll me over«, eingondelten wir im Duett aus »Carmen«, und Schlag 11 Uhr saßen wir im Aschenbrenner. Mir war so taumelig, daß ich der lieblich geröteten Monika-Matrone sogar ein paar fast libidinöse Redensarten hinschnurrte – und die beiden Iberer-Gestalten erst im letzten Augenblick am Fenster vorbeirunzeln sah.

11 Uhr 07: Kodak trug einen beigen Feincord-Anzug, den ich noch nie an ihm gesehen hatte; Fink den mir schon vertrauten ockerbraunen Gabardine. Fink lächelte heute fast vieldeutig, Kodaks schrundig-gewölbte Lippen traten im Halbprofil herrlicher hervor denn je, bei Fink fiel mir erstmals die Sanftheit der Augen, genauer: der Augenbrauen auf, ich taufte sie sofort »treulich«. Der Gang? Ich würde es so beschreiben: Fink schritt fast neutral-vorwärtswillig, gutmütig schnellten die Waden nach Westen – Kodak aber, der Ältere, trat auf mit einer irgendwie aus dem Kreuz geschleuderten Kraft und Wucht – ganz als ob der

Ältere den noch zaudernden Jüngeren, den Vertreter gewissermaßen der skeptischen Generation, maßvoll, doch unnachgiebig nach vorne peitschen wollte – aber wohin?

Um 11 Uhr 24 kamen sie zurück, das Ziel vor sich, die Mutter Irmi, in der Altbauwohnung am Pferdemarkt, vielleicht mit Sargschreinerei im Hinterhaus – ich wußte ja schon alles. »Stauber« fehlte. Schien es mir nur so, als ob die beiden plötzlich recht ermattet seien, daß sie die Beinchen vorsichtiger wirbelten? Stand nicht wirklich das Heimweh in ihre wabbelnden Gesichter geschrieben?

Das Mütterliche! Ich war plötzlich so von Laune, von Capriccio-Gesinnung überwältigt, daß ich mit Monika einen richtiggehenden ausladenden Frühschoppen veranstaltete, die alte Dame genoß es sichtlich, hielt auch solide mit und flüsterte erst gegen 14 Uhr:

»Mein lieber Sohn, mein lieber St. Neff!«, sie schnaufte wirklich angeschlagen und knetete mich kurz am Schenkel, »wenn du mit einem alten Weib schon so Sprünge machst, dann«, sie überlegte, »dann sollten wir jetzt auch – tanzen!«

»In diesem tödlichen Café Affenschänder«, grunzte ich wohlig, »ist Tandem-Tanz tabu!«

»Ach was!« Monika lachte wie ein Schmetterling, »wir sind doch keine Beamten mehr, sondern Zigeuner! Dann tanz ich eben mit dem Wurm!« zwitscherte sie fröhlich, denn dieser Herr zwängte soeben seinen französisch-dünklingischen Kopf ins nachmittägliche Café-Geschehen. Schließlich zwang ich meine Schwiegermutter nach Hause, wir mußten uns beide auf ein Nickerchen langlegen, und ich war noch lange Zeit recht vergrätzt auf mich. So was sollte nicht vorkommen!

»St. Neff« – ja, da wäre noch etwas Hanbüchenes nachzutragen, etwas doch sehr Dummes, aber es muß wohl sein. »St. Neff« paßt gut in den Rahmen meiner wunderlichen Verhältnisse, es ist dies eine Art Geheimsprache, ein Code zwischen mir und der Schwiegermutter – meine Frau kennt den idiotischen Namen zwar auch, macht aber, unlustig wie sie nun mal ist, keinen Gebrauch von ihrem Wissen. Der Name rührt daher, daß ich vor etwa vier Jahren angeblich einmal mit einem Riesenschwips von einem Richtfest heimgekehrt sein und die beiden fernsehenden Frauen schwer schmunzelnd mit den Worten »So, jetzt ist er wieder da, der St. Neff!« begrüßt haben soll. Sie, die Schwiegermutter, erzählte mir dann am andern Tag, sie habe mich auch gleich gefragt, was das mit dem »St. Neff« zu bedeuten habe – allein, ich, Neff, hätte es nicht gewußt, sondern immer nur gekichert und rätselhaft geschmunzelt und beteuert, ich sei nun einmal »der St. Neff«. Ob das ein Heiliger sei oder was, habe sie, Monika, wissen wollen – ich aber hätte es auch nicht gewußt, hätte aber betont, daß das »kein konkret-aktiver Heiliger« sei, – sondern »ein negativistischer« bzw. »eben ich, St. Neff«.

Selber konnte ich mich an überhaupt nichts entsinnen, schaute aber recht geheimnisreich-wissend drein usw. und versuchte das Ganze gewissermaßen ins Heiter-Nichtige zu transportieren. Immerhin heiße ich bei meiner Schwiegermutter seither hausintern, und wenn die Gelegenheit sich ergibt, »St. Neff«, ja es ist dies gewissermaßen ein Signal äußerster Vertraulichkeit zwischen dieser alten Dame und mir. Und hin und wieder revanchiere ich mich seither auch dadurch, daß ich diese mollige Patronin dann »Stefania Sandrelli« tituliere, was nur scheinbar noch weniger Sinn hat. Des Rätsels wahrscheinliche Lösung: Stefania Sandrelli ist bekanntlich eine ausgezeichnete, äußerst ansprechende Filmschauspielerin, mit wunderbar blondbraunen Haaren, einem divinischen Botticelli-Näschen und schwärmerisch toscanischen Grübchen der unwiderstehlichsten Art; da ich nun aber diese Stefania Sandrelli zu Zeiten ganz maßlos und unerträglich aus der Ferne verehre, versuche ich mich offensichtlich von dem sehnsüchtig-illusorischen Affenzirkus dadurch zu kurieren, daß ich meiner Schwiegermutter sozusagen als Vertreterin der geschlechtlichen Ambivalenz respektive Meta-Position mit diesem teuren Namen huldige. Eine sicherlich gute Technik, Romantik und Alltag zur Einheit zu schmieden.

»St. Neff« – ich weiß bis heute nicht, was für einen komischen Heiligen ich mir da eingeredet hatte. Neff – Nepomuk? Nein, all das gab wenig Sinn. Es ist mir auch recht peinlich und ich bin sehr dafür, daß die Schande nicht aus dem innersten Familienbereich dringt – aber um der Luzidität der Romanpsychologie Genüge zu tun, will ich sie hier nicht unterdrücken. Nein, ich kann es mir um so weniger erklären, als ich seit meinem 20. Lebensjahr im Zuge des Chemiestudiums als, wie gesagt, Agnostiker das katholische Brimborium ächte, ja verfolge, was ich nur kann, oder jedenfalls tat ich das zur Zeit der Neff-Geburt – aber man soll die höheren Zufälle nie verleugnen: Alles Irdische hat schon irgendwo seinen Sinn, die Wirklichkeit ist ja ein wunderliches System von Signalen, Winken, Zeichen und Botschaften, fragt sich nur oft, für was.

Aber vielleicht würde ich ja wirklich mal – – ach was!

*

Meine Iberer-Erkundungen waren auch fortan von Glück begleitet. Schon der nächste Alten-Abend im »Paradies« warf mich wieder unverhofft weit nach vorn. Zuerst teilte mir – eingebettet in Albert Wurms jetzt schon lästig-interessierten Blick – Alois Freudenhammer zwischen nachgrübelnden Zigarrenpaffern mit, er habe neulich in seinen »Unterlagen« nachgeschaut, jawohl, die alte Frau Iberer habe vor vier Jahren ihren 70. Geburtstag gefeiert – wozu er, Freudenhammer, seinerzeit auch herzlich gratuliert und vor allem im Namen der beiden Söhne Glück und Gesundheit gewünscht habe.

»Beziehungsweise im Kreise der zwei Söhne und zwei Töchter«, sagte Freudenhammer, und ich erschrak schon fürchterlich, aber: »Nein!« korrigierte sich Freudenhammer nochmals, »nein, halt! Der zwei Söhne!«

»Fink und Kodak«, bestätigte Albert Wurm und schaute mich hochinteressiert an.

»Jawohl!« funkte hier Fred Wienerl, übrigens als emeritierter Pressefotograf hin und wieder Kollege Freudenhammers, wie besessen dazwischen und erblühte, »und ich weiß jetzt auch Bescheid! Ich war mir doch neulich sicher, daß ich die Namen kenne, du, jawohl!, mein Langzeitgedächtnis!« – und Fred trompetete jetzt so triumphal, als ob er schon lange keine Gelegenheit mehr gehabt hätte, sich auszuweinen –: Die beiden Brüder kämen nämlich »immer« in seinen Fotoladen – seine, Freds, Frau habe die Namen sofort wiedererkannt – das seien sogar Stammkunden, die »lassen immer ihre Filme entwickeln« und trügen sich jetzt sogar mit dem Gedanken, eine Filmkamera zu kaufen – habe seine, Freds, Frau gesagt, »zu Weihnachten wahrscheinlich. Hah!«

Vorsichtiger riß ich die Augen auf und nahm mich zusammen. Wußte Albert Wurm nicht schon zu viel? Und Fred sprach schon mit seiner Frau darüber …

Was auf den Fotos drauf sei, fragte ich wie tändelnd.

»Keine Ahnung, du, Siegmund! Keine Ahnung!« flötete Fred und verdrehte wichtig die Lippen, das mache immer seine Frau. »Keine Zeit, keine Zeit für Kinkerlitzchen!« Die Frau habe auch gesagt, daß diese Iberer immer zu zweit ankämen. Und sehr nette Männer seien, sagte Fred, und der Stolz blähte ihn noch affiger auf.

Sollte ich ihm ein Dankes-Schnäpslein spendieren? Kuddernatsch lächelte gleichfalls interessiert und rieb die alte Augenbraue. Er war heute mit einem neuen gelben Panamahut gekommen, es war sein Glanztag. Friedsam döste Bäck. Freudenhammer schmauchte ernst, als würde hier unser aller Geschick behandelt. Ich riß mich zusammen – und ließ weitere Scheuklappen fallen: *Wer* von den beiden Brüdern im Film-Genre die Verhandlungen führe?

»Was?« fragte Fred verstört zurück, zu Recht. Einem Leguan glich Wurm jetzt seltsam.

»Wer«, ich zauderte heiß, »im Fotoladen – ich meine: mit deiner Frau redet?«

»Fink oder Kodak?« half mir Alfred Wurm. War das nun geschliffenste Durchtriebenheit oder schon sehr dumm?

»Oder – verstehen«, faßte ich entschlossen nach, »alle zwei was von – der Materie?«

Er frage morgen gleich seine Frau, versprach mir Fred beflissen. »Gleich morgen früh! Gebongt!«

»Von der Materie«, imitierte mich ernst seufzend Alois Freudenhammer und holte zu einem schwer einsichtigen Scherzchen aus, »der Fred ist Fotograf, weil er Materialist ist, der Materialismus aber ist die Krankheit unserer…«, – doch jetzt passierte schon das nächste Wunder:

Albert Wurm, seltsam glühend und vielleicht sogar schon leicht betrunken, begann ungebeten, noch einmal die Fußball-Laufbahn der Iberer-Buben zu skizzieren – offenbar war ihm da in den letzten Tagen Neues eingefallen –, und ich erfuhr, daß die Iberer-Buben dortmals sogar von Inter Dünklingen umworben gewesen seien, »für die 1. Jugend. Meßmann Rudl, Schaller Manfred, Bierl Jonny und die ganze Miedehof-Bande waren dabei, ein Talentschuppen« – aber die Iberer-Buben hätten damals »immer« gesagt, sie spielten »lieber« – Wurm suchte nach einem Wort – »sie spielen lieber privat an sich!«

»Na also«, brummte Alois Freudenhammer sensationell, ich aber rief ganz ausgelassen: »Warum, Wurm? Wurm, warum?«

»Wegen den an sich Auswärtsspielen«, verkündete Albert Wurm feierlich und zeigte in ungeheuer schnellen Intervallen die gelbgerauchten Zähne – und bei seinem nächsten Satz kam mein Geist noch gewaltiger ins Schleudern: »Die haben die Mutter, Gott nei, nicht allein daheim lassen wollen, die war ja dortmals schon Witwe. Bzw. effektiv war's so, daß der Fink praktisch schon gewollt hätt', aber der Kodak hat ihn nicht lassen. Der Kodak war der primär bessere Techniker und Raumaufteiler, wie – der Hölzenbein heut!' Der Fink war der klassische Flügelflitzer!«

»Grabowski!« rief ich feurig.

»Charly Dörfel«, raunte wehmutsatt Alois Freudenhammer, »war der Beste!«

Wenn es Lügen bzw. Phantasiefrüchte gibt, die der Wahrheit überlegen sind kraft der ihnen innewohnenden Humanität, dann hatte Albert Wurm soeben eine solche geboren, und Alois Freudenhammer hatte sie eingesegnet.

»Die Iberer«, etwas unpassend mischte sich Fred erneut in den schwer metaphysischen Qualm, »ich wußte lang nicht, du, daß das Iberer sind! Bis mir's meine Frau vorgestern flüstert, hah!«

»Die alte Frau Iberer«, knarzte Alois Freudenhammer jetzt auf Bäck Paul ein, der all dem recht ratlos, ja erbarmungswürdig beigewohnt hatte, »sie wohnt schon seit 1932 in Dünklingen. Ich hab's schon lang nimmer selber gesehen, wird halt auch krank sein. Aber zwei Kinder müssen dasein, die müssen jetzt auch schon groß sein!«

Welch ein rosenfarben-schwerkorrupter Funzel-Abend! Die ganze gottverlotterte Altherrenmannschaft redete über den Tabernakel des Zentral-Mysteriums, jeder wußte was, und keiner wunderte sich drüber – am wenigsten offenbar Albert Wurm, den ich schon so gefürchtet hatte, dessen rumorende geheimnis- und skandalösitätengräberische Potenz ich seit der Inauguration der ganzen Iberer-Andacht schon so sehr verwunschen hatte! Ja, waren denn hier alle mit Blindheit geschlagen, und ich, St. Neff, der einzige Erleuchtete? Der ab sofort machen konnte, was er wollte!

Was Wurm anlangt, so löste sich das Rätsel wenigstens teilweise beim Zahlen. Da stellte sich nämlich heraus, daß Wurms Bierdeckel nicht nur einseitig vollgekritzelt war – Vroni hatte sogar umblättern müssen, um auf der anderen Seite des Unfugs die zweite Runde zu notieren. Selbstzufrieden kicherte deshalb Wurm in sich hinein und schnippte sogar vital mit den Fingern. Vorsichtig fragte ich ihn, was dieses unmäßige Gekritzel zu bedeuten hätte.

»Bin ja auch schon seit 12 Uhr da, im ›Paradies‹!« parierte Wurm und kicherte erregter. Der Sinn war klar. Dieser großartige Informant – er hatte einfach einen Bombenrausch! Und ich hatte ihn schon als meinen Entlarver besorgt!

Trotzdem, beharrte ich – deshalb – aufgemöbelt: so etwas hätte ich noch nie gesehen: 1¼ Seiten des Bierdeckels vollgeschrieben! Nachdenklich sah und hörte die schöne Vroni, graziös den Leib vom Stand- aufs Spielbein hin und her verhätschelnd und sich mit der rechten Zehe die linke Wade streichelnd, unserem Feierabendgeschäker an sich zu.

»Nö nö!« wagte sich Wurm jetzt gar ins Berlinerische, »Gott nei, der Gott Oskar hat dortmals in Dings, in …« (jetzt setzte kurz der Geist ihm aus) »in Tegernsee« (jawohl, ausgerechnet in Tegernsee) »in zwei Stunden effektiv alle zwei Seiten voll gehabt, hähähä! Sternhagelvoll!« (War das ein Wortspiel, oder schon verschärfte Ohnmacht?) »Und der war an sich nur zwei Stunden drin im Bräustüberl!«

Was er, Wurm, denn da heute alles verzehrt habe? Wahrscheinlich fragte ich das, um mein Iberer-Glück etwas zu zerstäuben.

»An sich lauter Kleinigkeiten!« rief Wurm und verteidigte seine an sich blütenweiße Weste. »Zuerst Tee mit Milch, dann Tee mit Rum, dann einen Sherry, Zigaretten zweimal, einen Stumpen, ein Mineralwasser, ein Libella, ein Nährbier, dann zwei Weizen, dann vier Kaffee, dann…« (er überlegte, war aber doch wohl flotter im Kopf als vermutet) »dann einen Preßsack, dann drei Pils, dann einen Cognak, dann – hähähä!«

Na, hoffentlich hielt dieser Corpus dursticus noch eine Zeitlang dem »Paradies« die Treue! – –

Am nächsten Morgen, um – unglaublich! – 8 Uhr rief es bei mir an. Es war Fred.

»Hör mal, Siegmund, du bist doch interessiert an diesen Guys … Iberern, ja?«

»Ja – wie? – schon!« Ich war erschrocken schon fast blitzmunter. Dieses Iberer-Tempo – wurde mir bald zu scharf!

»Meine Frau – weil du gestern danach gefragt hast, du – die flüstert mir grade, wenn die in den Laden kommen, dann redet immer der Ältere, der Jüngere kommt nur immer mit und schaut. Und – hörst du mich? Ich hab noch 'nen Blackout im Kopf! Von gestern abend! – sie sagt, so eine Art Pfadfindergruppe oder so ist meist auf den Bildern mit drauf, ja? Und Sightseeing! Okay? Aber komm doch mal vorbei und frag die Tante selber!«

»Klar, Fred, besten Dank, ich komme!« Und geistesgegenwärtig: »Was ist denn ein Blackout?«

»Du, weißt du, Siegmund, so ein…«

»Hirnschwurbel, meinst du, Fred? Hirnschwurbel, ja? Ich komme Fred, ich komme!«

Und wäre sicher auch jetzt gleich hingelaufen. Eine Pfadfindergruppe! Es lief jetzt wie geschmiert! Jetzt gab's kein Halten mehr. Und Kodak hieß ganz sicher deshalb »Kodak«, weil »Kodak« seine Kamera, seine Traumkamera vielleicht...

Ein neuer Anruf tauchte ins Champagner-Frühstück. Es war Alwin, säuselnd lästerlich wie selten. Ob ich – »hör zu, ich kann mich auf dich verlassen, ich hab Vertrauen zu dir, nicht nur als Schwager, du bist loyal, ich kann am Telefon nichts, es bleibt unter uns, yeah?« – nicht sofort zu ihm in den Auto-Supermarkt kommen könne? Es gehe gewissermaßen, wenn ich dies seltsam hemingwayferne Lacrimosa recht verstanden habe, um Leben und Tod.

Streibls Auto-Supermarkt ist ein etwa 20 mal 30 Meter großes eingezäuntes Gelände, einen Steinwurf außerhalb unseres Stadteis. Knapp ein Dutzend merkwürdig anwidernde Personenwagen, meistens gehobene Mittelklasse und unterschiedlichen Fabrikats, stehen immer drin, dazu hin und wieder ein Motorrad. Eingesäumt ist das Grundstück durch zweimal einen Bretterzaun und zweimal Maschendraht. Das Ganze fällt leicht ab, am oberen Ende, in einem kleinen weißen Flachdach-Häuschen, residiert Alwin, als Verkaufskraft eines gewissen Rolf Trinkler, von dem man wenig weiß. Seitlich des Chalets, unter einem Vordach, steht ein großer Wagenheber, hinter der Hütte aber wächst ein Eisengestänge mit einer großen Holztafel aus dem Boden, darauf steht auf schwarzem Grund »Auto-Supermarkt«. »Auto« gelb, »Supermarkt« rot geschrieben.

Die Hüttentür war verriegelt. An einem Band hing ein Schildchen: »Komme gleich wieder!?!«

Ich setzte mich auf das Steintreppchen zur Hütte. Eine großzügige Hundehütte. Friedhofsstille im Supermarkt. Ein Frühherbstwindchen graste über das Gerümpel. Trinkler oder Streibl? Wer mochte sich das »!?!« einfallen haben lassen? Hemingwayisch war's ganz sicher nicht. Es hupte flott im Osten. Alwin kam mit einem dicken, etwas gebrechlichen schwarzen Mercedes in die Hofeinfahrt geschlichen. Noch ein geschmeidiger Schlußkreisel, und er stand. Täuschte ich mich, daß Streibl während der Arbeitszeit eine etwas gerissenere Miene aufhatte als sonst? Ein Hauch nur, aber unleugbar.

»Hör zu, du entschuldigst, Schwager, ich war noch beim ADAC und bin beim Lastenausgleichsamt aufgehalten worden, ich hab's dem Dr. Knobloch versprochen, er hat versprochen, daß er's jetzt durchzieht ...«

»Servus, Alwin«, sagte ich. Streibl nahm das Schild von der Tür und wir traten ins Büro. »Und sonst?«

»Ein göttlicher Morgen!« sagte Alwin weh und hieß mich Platz nehmen.

Das Büroinnere des Supermarkts besteht aus einem orangeroten Telefon, einem Wimpel »Inter Dünklingen« am einzigen Fensterchen, einem Wasserboiler über einem Spülbecken und, an der Wand, einer Kiste großer Schrauben. Dazu ein Kirschholz-Schreibtisch, ein gelber Rolläden-Schrank, zwei cosmosblaue Muschelsessel und noch etliche geringfügige Gegenstände. Ich war schon öfter hier gewesen. Neu schien mir heute ein riesiger »Wüstenrot«-Kalender, gleich neben dem Fensterwimpel.

Alwin zwängte sich hinter den Schreibtisch, quoll in seinen Stuhl, notierte auf einem Merkzettel etwas in Steno und begann dann stimmlich fast neutral:

»Hör zu, Schwager, aber die Sache ist leider brandaktuell – dich belastet sie überhaupt nicht, aber wo! Aber mir tut's entsetzlich gut, ah!«

Warme Dünste schienen aus allerlei Körperöffnungen zu wehen. Alwin sah mich flehend an, fuhr aber sachlich fort:

»Du weißt es doch, ich hab mir, ich bin zu 62 Prozent schwerbeschädigt, ich hab mir im Kriege eine multiple Hirnverletzung zugezogen, ich hab jetzt meinen Ausweis nicht da – sie wollen's nicht anerkennen, fürs Arbeitsamt bin ich eine Nummer wie jede andere, ich kauf und verkauf Autos – schau, ich bin, um Gotteswillen, ein alter Mann ...«

Spätestens hier zog in Streibls Stimme der Menschheit Jammer wieder seine Kreise. Nach etwa zehn Minuten war mir halbwegs klar, daß ich demnächst vor irgendeinem Gericht für Streibl den

»Pfleger« abgeben sollte, auf daß irgendwie dessen im Zuge seiner Kriegshirnverletzung angestrebte vorzeitige Rentenzahlung bzw. Nachzahlung beschleunigt würde. Bzw., soviel kapierte ich, Alwins noch vollends nachzuweisende Hirnbeschädigung würde diese Rente sehr beschleunigen, ich, in meiner Eigenschaft als Pfleger Alwins, solle seine Verletzung vor Gericht gewissermaßen glaubwürdiger gestalten, sanktionieren, fördern.

»Mir tät's gut, Schwager«, Glücksvisionen schimmerten in Streibls gelbem Bernstein-Auge, »unendlich gut!«

Seltsam, meine morgendliche Fred-Iberer-Aufgekratztheit flatterte sofort auf die Pflegschaft über. Vorsichtig immerhin fragte ich Streibl, was ich als Pfleger so alles zu tun hätte.

»Ich bin dein Pflegling«, beruhigte mich Alwin, »du kannst Anträge für mich stellen, du bist nichts als ein besserer Vormund – aber keine Bange, Schwager, für meine eventuellen Schulden«, goldener Humor sprang auf, »bist du natürlich nicht verantwortlich. Da bist du aus'm Schneider, aber wo!«

»Aha«, sagte ich ehrfürchtig.

»Hör zu«, fuhr Alwin fort, »rauch ruhig, pardon, ich kann dir momentan gar nichts anbieten. Zuständig ist an sich das Vormundschaftsgericht, aber hör zu, Schwager«, er säuselte jetzt wieder untertonreicher, »wegen der sozialfaschistischen Regierung, wie wir's gegenwärtig haben, das Familiengericht. Es ist praktisch nur eine Ergänzungspflegschaft und du ...«

Das rote Telefon schellte. Alwin griff unheimlich schnell zu, rief schmalzig »Autosupermarkt Trinkler, Streibl«, kniff abwehrbereit die Augen zusammen, sagte »Ich rufe Sie zurück!« und legte wieder auf. Sah mich steinerweichend an und sang: »Hör zu, ich war nie Nazi, ich war Hitler-Pimpf und ab 47 Marxist. Der Marxismus ist meine Heimat. Was wir heute haben, um Gotteswillen, ist der Neofaschismus. Das Vormundschaftsgericht gehört jetzt zum Amtsgericht. Leute, von denen sie wissen, daß der Verfassungsschutz hinter ihnen her ist, sind heute bei Gericht weg vom Fenster, du weißt es doch so gut wie aah!«

War er erregt? Kurz vor dem Einnicken? Er drehte den dicken

Kopf und sah mit heiter-gequälter Freundlichkeit zum Fensterchen hinaus auf den Autohaufen.

»Der Materialismus ist meine Heimat. Früher oder später wirst du auch draufkommen, auf Marx. Du bist ja noch so jung, dir geht's ja pfenniggut, yeah…«

Noch vor zehn Minuten hatte es mich, klopfenden Herzens, zu Fred getrieben. Jetzt ließ ich mir extra Zeit, die Kodak-Fink-Glut via Pflegschaft noch zu schüren.

Aber man könne doch, hub ich wägend an, den heutigen staatsmonopolkapitalistischen Bonner Staat nicht mit den Nationalsozialisten vergleichen. Ich schaute Streibl bittend in die Augen.

»Auschwitz«, säuselte Alwin hart dazwischen, »Auschwitz, hör zu, Siegmund, aber wo! Auschwitz ist noch immer in uns!« Und damit rutschte er endgültig mehr ins Pomadige; Weizenbiersehnsucht tönte ihm die Augen glänzend. »Ich bin heute, ich bin eine arme Sau, ich bin heut' Sozialist in einer materialistischen, pardon: aah in einer kapitalistischen Wirtschaftsordnung. Schau!« rief Alwin wund und deutete zum Fenster hinaus, »Großkonzerne machen doch alles, was sie wollen, schau mich doch an, Siegmund, hör zu, du mußt heut' dialektisch denken, ich bin marxistischer Dialektiker – man zwingt mich im Westen dazu. Ich nütze die Schwächen des Systems voll aus, aah! Schau, lauter Fahrzeuge, mir tut's weh, wenn ich sie verkauf, denn es ist Judaslohn. Und wenn ich«, er wachte jetzt anscheinend wieder auf und wechselte rasch ins rüstig Aufmunterische, strahlte mich geradezu an, »wenn ich nur 3000 Mark Rentennachzahlung krieg, fahren wir zwei nach Italien. Yeah! Ich drück's durch – und du, du bist so gut und hilfst mir dabei, brauchst ja fast nichts tun! Du bist ja auch ein Roter, oder? Gib's doch zu! Schwager!«

Ob ich in fünf Jahren, mit 52, auch so elegisch singen würde? Wie hatte es meine Schwester nur zwanzig Jahre mit diesem Belkantisten ausgehalten! Aber Italien – war eine originelle Idee. Hatte ihn der bleiche Ascona 1600 vor dem Fenster drauf gebracht?

»Du siehst es ja selber, mein sozialistisches Gewissen wird jeden Tag auf einen Prüfstand…«

Erneut schellte das Telefon.

»Autosupermarkt Trinkler, Streibl?« Die Augen fuhren lauschend in die Höhe.

»Yeah – Aaaah! – O je!« –

»Ferdl! Ferdl, hör zu!« –

»Nein. Nein, nicht im 1. Programm. Im 2. Programm. Aber wo! Eine nette Sendung. Wunderhübsch! ›Plaudereien aus der Plattenküche‹! 20 Uhr im 1. Programm.« –

»Der will mich fertigmachen! – Aber, hör zu, er ist mir nicht gewachsen! Niemals! – Ah!« –

»Ja – yeah! – Versteh' dich schon! – Im 1. Programm! Grüß die Hanni, Ferdi, Ferdl, ich tät' sie gern wieder einmal sehen bei einem schönen frischen Weizen in Prohof!« –

»Du alter Saubär! – Ah! – Ferdl! Pardon, sei mir nicht bös, ich hab Kundschaft bei mir.« –

»Servus du! – Behüt dich Gott! – Grüß die Hanni! – Aaah!« Alwin hatte mir mehrfach verwandtschaftsinnig zugezwinkert.

»Der Ferdl«, erläuterte er mir heiter, »der Vorsitzende der CB-Ortsgruppe, ein netter ...«

»CB-Ortsgruppe?«

»Citizen Band«, sagte Alwin anerkennend, »eine neue Funk-Kontaktgruppe ah! Sie funken rum, sie helfen der Polizei, um Gotteswillen, sie sind sozial engagiert, yeah, man muß es anerkennen ...«

Zähneknirschend nahm ich einen schnellen Anlauf; ich hatte seine letzten Worte vor dem Telefonat nicht vergessen.

»Aber übrigens, Alwin«, ich schnaufte, »ich helf dir zwar gern, aber ich bin – sei mir nicht bös! – weder Roter noch Linker, noch Sozialist, noch sonstwas!«

»Aber wo«, tat mir Alwin sofort schäkernd schön, »du bist der geborene Rote!«

»So?« Italiens Stiefelumriß schwächte meinen Kopf.

»Der geborene Theoretiker! Wie Lenin!«

Er meinte es ganz ernst jetzt. Der ernsthafte Unsinn, im Verein mit Alwins singender Süßigkeit, verdrängte jetzt sogar eindeutig das Eingedenken der Iberer-Buben. Mein Blick streichelte den Schwager mit ehrfürchtiger Liebe. Beschwörend innig lechzte Alwin retour. Zart atmend brummelte ich aber, daß »Dialektik im Sinn von Marx und Hegel« kein »Zwang«, sondern »Naturgesetz« sei, und »in Ordnung also«, fuhr ich ratlos fort, als mich Alwins Auge traf.

»Hör zu, du hast recht«, beruhigte mich Streibl immer beseligender in den säuselnden Vormittag hinein, »du hast vollkommen recht. Aber schau! Ich hab sieben Kinder!«

»Die hat dir niemand geschafft!« Mimte ich Zornigkeit? War ich wirklich leise ungehalten?

»Aber wo! Schau, Siegmund«, jetzt lächelte er fast unwiderstehlich, »Kinder! Kinder sind doch so was Nettes! Das Prinzip Zukunft!« Er setzte, wie um mich nicht zu überfordern, eine deutlich schalkhafte Miene auf: »Ich, Alwin, immer voll drauf auf die Alte, ist ja doch deine Schwester. Alwin, hab ich mir gedacht« – und jetzt zeigte er sogar ganz niederträchtig-spitzbübisch die Zunge – »Alwin, hab ich mir gedacht: Laß spritzen, yeah!«

»Das ist ja«, plänkelte ich etwas undurchschaubar, »hochgradig dialektisch und systemkritisch!«

»Aber wo! Aber woher! Systemimminent! Systemimminent! Dialektik ist doch, Siegmund, du weißt es doch selber, in der Liebe wurst. Es ist Natur! Schau, ich bin ...«

»Pfleger also?« nuschelte ich flugs loyal. Und stand langsam auf, den Abschied vorzubereiten.

»Schau, Schwager, ich bin bloß mehr ein halber Mensch. Die Hundlinge wollen nicht zahlen. Ich hab meine Rente verdient. Sie könnten mir's doch geben!« Streibl hatte sich jetzt gleichfalls erhoben, streckte mir die Hand entgegen. Erinnerte er heute nicht an einen Boogie-Woogie-Tänzer der fünfziger Jahre? »Du machst einfach meinen Pfleger, wir machen's nächstens schriftlich, ich besorg das Formular. Du sagst einfach den Ganoven vom Gericht, der Streibl ist blöd, ein Depperl – ich werf sofort dem Richter die Papiere runter auf den Boden, und du sagst einfach, ich bin blöd. Und ob's vielleicht gut ist, daß ich dem Richter eine stier?

Hä?« Der Schwager sah mich beifallheischend an. »Meinst? Könnt' nicht schaden! Yeah?«

»Also, Alwin«, Jammer zischte, holperte durchs Herz, es war schon sehr zum Lachen, »bis dann.«

»Verwandte«, er war mit vor die Tür getreten und hielt sich am Geländer der winzigen Treppenveranda fest, »müssen doch zusammenhalten!« Er rief es forderischer, fast verklärt zugleich. »Oder?« Er klopfte mich am Rücken. »Bist doch auch ein Kämpfer!«

Ich sagte alles zu und schwang mich recht verschaukelt zu Fred Wienerl weiter.

Einen »emeritierten Presse-Fotografen«, sehe ich gerade, habe ich Fred oben genannt. Natürlich muß es »pensioniert« heißen. Aber da sieht man wieder, welche Konfusion schon das kleinste Häppchen Iberer-Freude selbst in den an sich vernünftigsten Köpfen anrichtet! Im übrigen stimmt »pensioniert« auch nicht – hin und wieder bastelt Fred schon noch für unser Blättchen Bilder; offiziell aber haben sie dort längst einen anderen, wobei Fred selbst zu seiner Glanzzeit nur so etwas wie eine Behelfslösung war, weißgott, als Leser des Dünklinger Lokalteils konnte man sich davon täglich überzeugen! Hier war ein Gesicht mal grad an entscheidender Stelle abgeschnitten, dort sah man statt des Ministers nur dessen dünnen Schatten – und als Fred, folgt man einem schadenfrohen Bericht Albert Wurms, einmal von einem tödlichen Verkehrsunfall nur eine leere Straße mit zwei pinselnden Polizisten stolz angeschleppt hatte, hatte der Verleger, Dr. Sechser, von dem Mitarbeiter genug und war Manns genug, Fred kaltzustellen. Was Fred anfangs sehr geschmerzt hatte, dann aber war er den Unseren gegenüber mit der Überraschung herausgerückt, das passe ihm sowieso, er wolle ohnehin expandieren, neue Märkte und Käuferschichten erschließen usw. –

Tatsächlich, der mollige Fast-60jährige hat heute noch immer einigen Innovations-Mumm in den Knochen! »Bei Fred« ist der kleine, agile Laden in der Oberen Holdergasse ausgewiesen – eine flockige Lösung, denn sicherlich, wie ich Fred kenne, war ihm einst die Betitelung »Fotoladen Fred Wienerl« als zu wenig flott, ja verräterisch erschienen. Ja, flott sollte es in Freds Kommerzsphäre zugehen, jugendlich »swinging«, wie auch der dröhnend weinrote und neuerdings mit allerlei Sternzacken aufgeputschte Markisenvorbau über den beiden Schaufenstern unterstrich, flott und boutiquenneckisch – letzten Endes wollte Fred wahrscheinlich einfach eine Diskothek draus machen.

Mit solchen Ideen trug er sich damals schon – die Arbeit erledigte großteils Frau Heidi.

Sie betreute auch jetzt den Laden, Fred war über alle Berge. Ein freundliches, zeitloses dünnes Wesen voll dicker Geldgier, doch ganz ohne Freds Gehüpfe. Mein Kopf war von Alwins Sensationen her noch immer etwas belämmert, ich zögerte, wie ich taktieren sollte – Heidi Wienerl kam mir zuvor. Ach ja, Fred habe am Telefon wieder alles falsch gesagt, wußte sie, und war offenbar längst und voll in mein Interesse eingeweiht, auch sie! – naja, das stimme also, daß der ältere der Iberer-Brüder der »Hauptkunde« sei, der auch alle Einkäufe erledige. Die Bilder, erzählte Frau Wienerl freiwillig, holten sie immer zu zweit ab, die Fotos gemacht habe jeweils auch meist der »größere« der Brüder, »der ist, die sind seit mindestens sieben Jahren Stamm bei uns!«

Frechheit siegt. »Wissen Sie«, sagte ich, »der Ältere, der heißt nämlich Kodak, jetzt haben wir im Spaß, jetzt hab ich, haben wir uns gedacht...«

»Nein«, Heidi Wienerl lachte erstaunlich argfrei, »hat mich der Fred auch schon gefragt. Nein, keine Kodak! Die haben eine Zeiss-Ikon-Contaflex mit Wechseloptik, aber nicht bei uns gekauft! Bei uns gekauft hat der Größere vor einem Jahr eine Polaroid 82 als Zweitkamera. Als Altstadtfest-Sonderangebot. Aber fotografieren tun sie meistens mit der Zeiss. Zufrieden?«

»Pfadfinder?« fragte ich vor Schreck.

»Nicht Pfadfinder«, fuhr Heidi Wienerl aber ganz gemütlich spendabel fort, »die Pfadfinder sind ja die ganz Kleinen! Der Fred kann halt nicht richtig zuhören, der Zappelkönig! Nein, die Brüder machen immer so – Männergruppen am Wochenende und manchmal im Urlaub und auf Ausflug. Der Größere hat's mir mal erklärt – ich kann mich nicht genau entsinnen – ach doch, Kolpingsfamilie! Kolpingsfamilie! Und – noch etwas: mit ›Marien‹. Marienkon – –«

»Marianische Männerkongregation!« half ich glücklich strahlhaft. O Gott!

»Wie? Genau! Marien-Kongregation! Das kann – das muß es gewesen sein, dochdoch!« rief Frau Wienerl, um ganz kundenbesorgt fortzufahren: »Aber ich kann mich noch genau erkundigen, wenn Sie wollen!« – aber jetzt äugte die Frau doch für Augenblicke so gerichtsmäßig, daß mir wieder angst und bange wurde. Sollte ich ihr einen Scheck … Schweigegeld …?

»Neinnein, Frau Wienerl, bestimmt nicht nötig! Ist ja nur so ein – Interesse gewesen. Besten Dank dann! Und sonst? Der Fred?« Ich beeilte mich erschrocken, aber auch erheitert. »Kommt jetzt seltener ins ›Paradies‹! Hat halt jetzt auch viel …«

»Ach, der alte Vogel!« rief Frau Wienerl, »soll doch nicht so aufmischen! In der Tankstelle sitzt er dauernd …«

Umsichtig trollte ich mich hinaus. Hatte sie – ausgerechnet eine Frau! – mich doch durchschaut? Lief die polizeiliche Fahndung schon?

In Freds Schaufenster hatte es schwarzrotgelbe Aufkleber. Genau die Farben von Alwins Auto-Supermarkt. Gab's nicht noch was in dieser Kombination? »pluspreisgruppe« stand auf den Aufklebern. Neben Hochzeits- und Kommunionsfotos prangte ein vielleicht sogar russischer Samowar. Ich ging, um nachzudenken, ganz strikt langsam.

Wußte die Frau etwas? Oder stand die ganze Stadt im sanften Banne schon der Iberer?

Dünklingen! Engbrüstiges, spitzgiebeliges, lebenheuchlerisches – lebenhauchendes! Festung der gediegensten Verschwiegenheit des zartesten Liebesrumorens! Plötzlich war mir danach, schnaubenden Herzens den ganzen städtischen Salat und Zeiss-Ikon-Contaflex-Misthaufen zu umarmen. Wie überraschungsreich Kodaks Botschaften waren! Und ich war bald Pfleger von Alwin! Was wollte ich mehr?

Schwungvoll tändelndes Wohlwollen machte die Beinchen rascher vorwärts tippeln. Aus den Gassen wälzten sich dicke Wolken der Kauflust. Na bravo! Fred? Tankstelle? Eine neue Fusion? Mein königlicher Elan schwand erst, als ich auf einer Art Terrasse, direkt am Autobahnzubringer, viele junge Leute Weizenbier trinken sah. Es war Mittagszeit und herbstlich warm geworden. Hm. Ohne Frage. Sie verzehrten ihren braunen Saft deshalb am staubigsten Straßenrand, damit ihnen der Dreck gleich doppelt dummacherisch in den Magen stieß. Das war die Dialektik. Ich würde demnächst den Rentner und Weizenbier-Schwager danach fragen müssen:

»Aber wo? Du kannst ihnen keinen Vorwurf draus machen? Weizen ist doch so frisch? Es bringt den Klassenkampf nicht vorwärts – schadet aber auch nicht? Ist doch so nett? Aber wo? Keine Dialektik?« – –

*

»Beobachtung, Beschreibung und Ausdeutung zweier älterer Brüder«, so habe ich es vorne in meiner Exposition genannt. Gut. Was aber, noch einmal, trieb mich dazu? Neugier? Forschung? Zuneigung? Wollte ich mit den Iberer-Brüdern »etwas erleben«? Etwas Extraordinäres? Das Urteil möchte ich fürs erste dem Leser überlassen und seiner Majestät. Ich weiß es ja selbst heute nicht immer genau. Ob es mich damals schon zum Aufschreiben drängte? Mit Sicherheit nicht – der Leser lasse sich, bitte, nicht täuschen. Mein Gedächtnis ist beinahe lächerlich stark. Doch um so berechtigter ist dann die Frage nach meinen nachmaligen Motiven, Bericht zu erstatten in Form des Romans. Nun, sehe ich von der natürlichen Freude an Geld und Ruhm ab, wie sie vorne angedeutet wurde, dann möchte ich – auch diesbezüglich vorerst passen. Noch darf ich meine Motive nicht vollends enträtseln – und bitte um Geduld! Basta! Gleichwohl vermag ich hier immerhin schon zu versichern, daß sie die lautersten sind – oder doch fast lauter. Warum denn nicht? Warum nicht ich? Ich denke, gerade ein stiller Mann wie ich könnte dazu ausersehen sein,

Deutschland dereinst wenn nicht die politische, so doch die geistige Einheit wiederzugeben!

Dringlicher scheint mir, an dieser Stelle, und mit sehr unguten Gefühlen, endlich schlüssigeren Einblick in meine Ehe zu geben, darauf hat der Leser wahrlich sein Recht. Nun, meine Ehe ist, in gewisser Weise, in durchaus repräsentativer Weise von solidem stählernem Mittelmaß – ach, Blödsinn, ich will Sie nicht länger mit meinem Gewäsch aufhalten, also noch einmal:

Meine Frau, meine sogenannte Frau Kathi ist, das muß der Neid ihr lassen, eine sehr reputierliche, ja immer noch bildhübsche Zarte und Rotblonde und eine – man staune! – türkische Witwe! Tatsächlich, »Honig des Halbmonds« habe ich sie einst sogar im Überschwang betitelt, in feiner Verbrämung des üblich-üblen »Honigmonds«, und damals war mir wohl auch, ich leugne es nicht, danach gewesen …

Aber ich muß noch weiter ausholen:

Kathi war einst in die Türkei aufgebrochen, obwohl ich sie ein Jahr vorher schon kennengelernt und umworben hatte, aufgebrochen, um dort, sie zählte gerade 18, eine Ehe einzugehen, mit einem, ja, ich schäme mich für sie, Gastarbeiter. Das Scheitern folgte selbstverständlich auf dem Fuße. Ihr türkischer »Gatte«, ein Mann namens Arkoc Eralp, hat sie dann nämlich nach sechs Jahren Ehe verlassen, schmählich verlassen, der kranke Mann vom Bosporus (hähähäh) starb plötzlich am Sumpfdotterfieber, nein, pardon, im Ernst: bei einem Kurdenaufstand, soviel ich weiß – und was kümmert das mich so genau! –, obwohl Kathi, ihm zu gefallen, sogar zum muselmanischen Glauben übergetreten war.

Jedenfalls war sie dann von Izmir wieder abgeschoben worden, nach Eichstätt zu ihren Eltern – und dort auch direkt in meine Arme, denn ich hatte gehört, daß sie wiedergekommen war. Wir haben dann rasch geheiratet, neun Jahre ist es jetzt her, o weh, das heißt, ich glaube, ich war ihr damals noch recht gut, auch sie mimte wohl zuerst eine gewisse Anhänglichkeit, doch bald nach unserer Übersiedelung in meine Wohnung nach Dünklingen wurde klar, daß alles nur Grimasse war, ganz ordinäre, daß all ihre

Gedanken dem Fernsehapparat galten, und da sitzt sie seither und schaut hinein und ...

Aber ich will das nicht weiter ausführen – wen interessiert der Ehekram! Und merken Sie, wie affig dabei mein Ton geworden? Wie unmännlich schnecklig? Es kommt auch noch einiges andere Unerklärliche hinzu – vielleicht gerate ich gelegentlich darauf zurück – seit Jahren jedenfalls ist unsere Ehe praktisch tot. Aber ich hatte ja nach vier Ehejahren Stefania, die zu uns gezogen war und alles knapp zusammenhielt – und dann kamen ohnedies die Brüder und zogen ihre Kreise, ertränkten alles Leide ...

Was soll's? Mein Gott, die Liebe hat halt bunte Flügel!

Aber, um dies noch zu erwähnen, diese Gattin scheint mir oft nicht solid das Programm, sondern buchstäblich fernzusehen, in die Ferne, wie in großer Verbissenheit. Vielleicht nach Eichstätt? Acapulco? Meine Schwiegermutter sah seinerzeit auch nicht wenig fern – aber wieder ganz anders. Nach meinem Eindruck nahm sie das Fernsehen nicht eigentlich als Novum und Bereicherung in ihrem Leben wahr, sondern gewissermaßen als selbstverständlichen Blödsinn, den ihr jemand auferlegt hatte, über dessen Sinn und Vormarsch nachzudenken jedoch sich nicht lohnte ...

Sonderbarerweise ist Kathi durch ihre Fernseh-Verstocktheit kaum gezeichnet, aus Trotz sieht sie so munter und fröhlich aus wie ein Teenager, den ich einst so – –

Schluß! Ineptes Thema! Doch – rätselhaft nochmals –: mir ist der Gattin Fernsehen sehr recht, erspart so vieles, hilft so manches leichter zu ertragen. Auch wenn ein vitaler Mann wie ich mit 48 bzw. 46 noch längst nicht über alle Berge ist. Bzw. war. Herrgott noch mal! Das Schreiben macht ganz windelweich verwirrt – – –

Kathi Landsherr, verwitwete Eralp. Hahaha! Obwohl, offen gestanden, wäre ich ein rotblonder Wuschelkopf wie sie, ich auch viel lieber einen niedlichen und aufrechten Türken heimführen würde als einen von uns deutschen Sauköpfen!

Aber wie wär's dann mit Alwin? Und vor allem mit den Brüdern selber seltenschön ...

O Gott! Dieses Epos' krausschlüpfrige Schlingen! Lieb' ist wie Wind, rasch und lebendig, ruhet nie, das ist sie. Wer's nennen könnte, schelmisches Kind – –

Ruhe!

*

Meinem Hause gegenüber wohnt seit jeher ein sehr alter Mann. Er steht werktags täglich von 9 bis 18 Uhr vor seiner eigenen Hofeinfahrt und sieht auf das gemächliche Leben im Schelmensgraben – und dies trotz seiner vermutlichen 82 Jahre noch immer im hellblauen Holzarbeitertrikot und im blaugrauen Schurz. Ein glatter Verzweiflungsakt: Wie überhaupt, nach meinen Beobachtungen, viele unserer Methusaleme ihre grobe Untätigkeit und noch gröbere Überzähligkeit durch allerlei aufsehenerregende Mätzchen wie Arbeiterkittel, Overall und Proletenmütze tarnen zu müssen meinen – eine fatale Mißidee, gezeugt aus Dreistigkeit und Scham zugleich. Mein Mann verrät sich freilich schon durch seine Hände, die immer und ewig beidseitig in den Hosentaschen stecken, wahrscheinlich mit dem Säckchen spielen und jedenfalls den arbeitsemsig gewinkelten und oft wie eine Schublade hin und her gehenden Mund schwer Lügen strafen.

Der alte Nichtsnutz unternimmt jetzt auch keinerlei Anstrengung mehr, alles zu verschleiern – noch vor Jahren ertappte ich ihn immerhin dabei, wie er einmal in seiner Hofeinfahrt einen ganzen Nachmittag lang einen Pflocken mit einem Beil zuspitzte, auch einen Holzbock hatte man ihm dafür hingestellt – immer spitzer wurde das Stück und ausgefeilter, am Abend aber war es der Alte leid und er warf sein Werk überdrüssig hinter sich auf einen Haufen Bauschutt.

Nun aber, seit heute vormittag, ist von meiner Romanbüro- und Lauerstellung hinter dem Wohnstubenfenster aus ein ganz neues Schauspiel zu beobachten. Neben dem Greisen, dem ja schon der Speichel vor Untätigkeit aus dem Munde rann, hing plötzlich ein handgemaltes Schild »Frühkartoffeln zu verkaufen«. Mein Gott! Wunderbar! Wahrscheinlich hat irgendeine Tochter oder barmherzige Muhme das Schild einfach deshalb appliziert, damit der Alte nicht gar zu perfid herumstünde! Ja, die neue Funktion muß den Kittel so glücklich beschwingt haben, daß er sogar mit dem nachmittäglichen Einsetzen des Regens stehenblieb und weiterharrt. Ist er gar schon tot? Ahnest du den Schöpfer, Welt?

Und ich?

Ich hatte die Iberer – und ich hatte eine Funktion vor mir: Pfleger. Also was soll's? Was aber, noch einmal, die normalgeschlechtliche Liebe anlangt: Ich will die menschliche Ausstrahlung von Bedienungen wie der schönen Vroni nicht zu gering veranschlagen. Aber jede Mode hat ihr natürliches Ende. Wahrscheinlich ist es damit einfach so wie mit den Olympischen Spielen. Niemand interessieren sie mehr, aber alle machen noch irgendwie mit. Und spätestens 1984 ist alles aus. Zurück zur Handlung – auch der Alte ist verschwunden und ins Bett gebracht.

Am folgenden Freitagnachmittag stand ich schon wieder in Freds Foto-Laden. Erst drinnen stellte sich heraus, daß dies ein Fehlgriff war. Anscheinend verwirrte mein verunglücktes, iberer-scheeles Grinsen mich selber, denn plötzlich wußte ich nicht mehr, warum ich hier herumstand, erst nach Sekunden blinkte es wieder. Fred, das wußte ich, war unterwegs. Sollte ich Frau Heidi rückhaltlos beschwatzen, mir schleunigst die letzte Fuhre Iberer-Fotos vorzulegen? Ein sofort kreislaufschwächender Einfall. Sie vergewaltigen, wenn sie mir verspräche, mir die Bilder zu überantworten? Ich verdrückte mich schnell, noch bevor die Alte kam. Auch spürte ich plötzlich eine Zerrung an der Wade. Blutleere Nebelhexen. Nein, man durfte noch nicht gar zu frech wursteln...

Am anderen Tag war es wieder so weit. Anscheinend fuhren sie nie in Urlaub. Wann aber machten sie ihre Fotos? Ihre unerreichbaren?

Ich sah die Iberer-Buben bis zum Spätherbst viermal wöchentlich, zweimal samstags, zweimal sonntags. »Stauber« war etwa jedes dritte Mal mit von der Partie – die Gehordnung wechselte etwa so:

Kodak – Fink – »Stauber«
Fink – »Stauber« – Kodak
»Stauber« – Kodak – Fink

Nein, sie gaben zwar Hinweise, Winke, Deuts – aber ganz ließen sie in ihr Brüder-Rätsel niemand blicken. Ich würde warten müssen. Zeit hatte ich ja.

Kurz vor Allerheiligen, das Wetter war immer noch fast sommerlich, kam ich theoretisch einen starken Schritt weiter. Bereits um 10 Uhr postierte ich nahe der St. Gangolfskirche. Um 10 Uhr 35 rückten sie an. Ich versteckte mich rasch hinter dem gewaltigen Sedansbrunnen »Zur Erinnerung an den herrlichen Feldzug«. Ich lauerte ihnen auf wie ein Gymnasiast seiner Herzallerliebsten. Die Luft schimmerte bräsig türkisfarben, aber die alten Iberer-Buben schritten durch sie hindurch, als wollten sie mit dem heidnischen Naturzauber ab sofort noch energischer aufräumen als in all den Jahren zuvor. »Stauber« fehlte. Fink und Kodak trugen heute erstmals und sehr vorsorglich formlos sackende dunkle Mäntel und sogar Hüte, als wüßten sie genau, daß der Winter nicht zu vermeiden war, allen Unkenrufen, allem Sonnengeflirr, allem modischen Firlefanz zum Trotz – und da, am 30. Oktober, hatte ich es erstmals begriffen. Es war die wärmende Kraft des »Erfreulich-Katholischen«, des »Trotz-allem-noch-immer-Katholischen«, des »Beseligend-harrend-Katholischen« mit marianischer Hobby-Kamera in gottferner Zeit. Dies exakt war es, was die Brüder schreitend verströmten und verträufelten; eine Kraft, die, so ward es mir altgedientem Agnostiker auf einmal licht und klar, als einzige sich sogar der Drohung des Sarges gewachsen zeigt – der übrigbleibende Bruder würde die Beerdigung ja ganz sicher filmen.

Eine Lustfuhre schlich durch meinen Leib. Meine herbstlichen Haudegen und Hebammen einer großen, stillen, frommen Leidenschaft! Was ich jetzt brauchte, war ein Bohnenkaffee. In der Nacht, im Halbschlaf, schämte ich mich ein wenig, wie albern mein Leben bisher war. Aber jetzt, mit den Iberer-Buben, konnte mir natürlich nichts mehr passieren.

Vier Wochen später, ich kam vom Kurkonzert aus Bad Mädgenheim; an diesem Abend hatte ich im Mittelteil sogar ein großes Bravour-Solo hingelegt, die problematische Caprice héroique »Réveil du Lion« von Kontski. Den fahlen Beifall noch im Ohre, so trottete ich von der Bushaltestelle nach Hause. Der erste keusche Schnee war gefallen, während wir schamlos vor uns hin gefiedelt hatten. Ganz feucht und dünn fächelte er über der knolligen Stadt mit ihren possierlichen Bürgersteigen und backpfeifigen Kanaldeckeln. Da passierte es schon: Plötzlich wechselte eine große pechschwarze Katze über die fast wesenlose Schneedecke, sie kam aus einer Gartenpforte auf der linken Straßenseite, und verschwand in einer Haustür auf der rechten. Es war wie eine Epiphanie. Gleichzeitig aber – es ging auf 1 Uhr – sah jetzt aus einem offenen Fenster des Hauses, in dem die Katze untergetaucht war, ein eisgrauer Vorstehhund zum Fenster heraus auf die Katze, ganz reglos und wie tot hing er im Rahmen, die Beine aber hatte er übers Fensterbrett geschwungen. Es war die Baader-Meinhof-Bande und die Sympathisanten-Szene!

Jawohl!

Starr vor Freude über die abgöttische Schönheit des Bildes, langte ich zu Hause an, braute mir ein Milch-Flocken-Shake und einen goldgelben Tee. Schlug das Dünklinger Volksblatt auf und las:

> af. Aus Obersauheim stammte der katholische Rentner und Federviehzüchter Herr Karl Hopp. Er verstarb mit 76 Jahren und wurde auf dem unteren katholischen Gottesacker im Friedhof zu Grabe gesetzt. Den kirchlichen Teil übernahm Pfarrer Mötschl, kurz nachdem er von seiner Krankheit jetzt genesen ist. Mötschl nahm das Gebet, den Segen, sowie Beileids- und Trostesworte für die Hinterbliebenen und den Stammtisch »Irlbacher« vor. Erwähnung fand Joh. 16–21: »Ich will den Vater bitten, und er soll Euch einen andren Tröster geben, daß er bei Euch bleibe ewiglich.« Hopp hatte ein gutes und dankbares Leben geführt. Er war immer mit allem zufrieden.

Hm. Ja, was denn nun? Waren wir jetzt katholisch oder ein Emmentaler? Oder beides? Hoffentlich erfror der Hund nicht! Der Gute nahm die Sache zu politisch, gar zu ernst. Meine Tränen blieben schön trocken. Ich preßte sie gegen die Bettwurst. Ach, Gott, führ uns liebreich zu Dir!

II

»Das wunderbare Sehnen
dem Abgrund zu« (Hölderlin)

So gesprächig der Rückblick auf entscheidende Etappen unseres Lebens zu machen pflegt und so wichtig uns selber auch jeglicher Umstand darin vorkommt: so darf man doch wohl nicht annehmen, daß dem folgsamen Leser mit einer umständlichen Erörterung aller geringfügigen Vorfälle und Zustände aus jener Zeit gedient sein könnte. Soviel will ich hier aber immerhin arrondierend nachschicken, daß unsere Mietwohnung im Schelmensgraben zu einem Hause gehört, das wohl den »besseren« der Stadt zuzuschlagen wäre. Das Erdgeschoß hat der Besitzer, der Rechtsanwalt Freiherr von Dobbeneck, kürzlich an eine Schnell-Wäscherei vermietet, wir behausen in der ersten Etage eine fast feudale Suite. Über uns logiert noch eine passable Eisenbahnerfamilie, in der Dach-Mansardenwohnung sitzt eine Rentnerin, die sich zuletzt viel mit ihrem Enkel, einem letal leberkranken Gymnasiasten, abgab. Der ist inzwischen verstorben.

Ein strammes, rosa-lila Bürgerhaus aus angeblich dem 17. Jahrhundert, es soll hier sogar mal vorübergehend eine Truppe Franziskaner untergebracht gewesen sein. Eine schwere korbbogige Eichenschmucktüre, zwischen ihr und dem Treppenhausfenster winden sich noch Reste von fließendem Stuck – gehemmte Ahnung eines Rokokoschlößchens. Ein jedenfalls respektables Haus, gemütvoll, kompakt, fast stolz, von geduckter Abwehrbereitschaft, sieht man mal davon ab, daß es mit der Zeit zumindest innerlich, unmerklich, fast holzwurmhaft immer mehr verkommt; dagegen kann auch der fixe Wasch-Salon wenig ausrichten. Oft bin ich überzeugt, im Keller wüten 1000 Ratten.

Eine Sechs-Zimmer-Wohnung, wie erwähnt, ein Schlafgemach gehört der Schwiegermutter, eins der Frau, ich selber schlafe in einem Raum, den ich hin und wieder euphemisch »Studiersalon« nenne. Dort befindet sich in einem Alkoven meine Schlafstelle, dort steht auch das fatale Klavier, das ich einmal wöchentlich, bei Connys Lektionen, hingelagert in meinen sepiabraun-ockernen Liebling, meinen Fauteuil, manchmal auf die noch bequemere Chaiselongue, wohl oder übel anhören muß. Außerdem gibt es in dieser komischen Kartause (Gott! Meine alte Vorliebe für Alliterationen, wie gräßlich!) noch einen richtiggehenden Sekretär in »English quality«, mit einer eingebauten, freilich lang schon ruhenden Pendeluhr und zwei kuriosen (jetzt erst recht!) Kartuschen »1801« und »1939«. Das linke obere Schubfach barg und birgt seit je mein Taschengeld.

In einer Art Vestibül steht eine Art Bibliothek herum, gesäubert längst von ihren Diebsbeständen, ererbt aber von meinem Vater, der in Dünklingen meines Wissens eine Art halboffiziöser Heimatforscher oder dergleichen war – daher, wer weiß?, auch mein schriftstellerisches Blut, das mir bis vor ein paar Wochen allerdings gar nicht aufgefallen war. Dann ist da ein sogenanntes Fremdenzimmer, das recht ausgeräumt und unappetitlich wirkt – uns besucht ja auch schon lange niemand mehr. Ein schmales Bad wird noch mit Holz und Kohlen beheizt, die Küche liegt gegen den Hinterhof hinaus, von dort geht es dann weiter auf einen recht hübschen efeuüberdachten Altan – von hier aus kann man sich manch neugierigen Blick über unser Dünklingen verschaffen. Sehr witzig! Und das sollte eine Stadt sein!

Gottseidank verstehe ich ja nicht viel von Möbeln resp. Stilgeschichte noch scheren mich beide viel, aber ich glaube, in diesem unserem Interieur ist vom Frührokoko bis zum sogenannten »rustikalen Gemütlichkeitsstil«, vom Empire bis zu »Möbel Hess« alles vertreten – und das ganze sich überlappende Unheil sieht sogar sympathisch, wohlproportioniert, fast würdig aus – der sichere Instinkt meines Vaters, von dem alles stammt; ich habe auch noch nicht einen Streich ändern lassen. Viel Strauchartiges, Blumentopfiges steht und hängt überall herum, von Monika und Kathi gemeinsam betreut, und im Wohnzimmer haben die beiden hinter dem Fernsehkasten gar so etwas wie einen Wintergarten aufgebaut.

Aber auch mein »Studiersalon« explodiert gewissermaßen immer von Grünheit und sommers auch von allerlei Buntem, ich, im Fauteuil lagernd und mich neugierig umsehend, wundere mich immer wieder mal über diese faustdicke (und noch einmal, hahaha!) Fauna und bin an bösen Tagen sogar versucht, den Fauxpas zu begehen und angesichts der ganzen faulen Faucherei von meinem Faustrecht Gebrauch zu machen und alles in den Schelmensgraben zu feuern. (So!)

Aber natürlich bleibe ich schön ruhig.

Ferner besitze ich einen Wandvorleger im Sezessionsstil, eine Konsole mit allerlei Nippes, z. B. eine schwarz-rote Flohhupfer-Fußballmannschaft von Eintracht Frankfurt – sowie einen schöngerahmten Druck der bekannten zartlieblichen Madonna mit Kind, ich glaube von Piero della Francesca, mit der sanften Toscana-Landschaft im Hintergrund. Aber das genügt auch zur ersten Einführung. Ach ja, und ein länglicher Spiegel mit Goldrahmen hängt noch in diesem Séparée, just neben der Tür zum Wohnzimmer. Ich stand vor allem damals, vor zwei Jahren, oft davor, studierte mich – und paßte genau hinein. Also ein Rancher hatte der dadrinnen einmal werden wollen. Meine Kleinseligkeit, meine Kleinserl-igkeit – St. Neff! Und jetzt wackelte er im Zimmer umeinander und sah dann peu à peu zum Zimmer hinaus, auf den nahen St. Gangolfs-Kirchturm, auf alte zahnlose Männer mit Frühkartoffeln und auf willenlos walkendes Wolkengewirk.

Soweit dies.

*

Wollte ich die Iberer-Brüder eigentlich persönlich »kennenlernen«? Der Gedanke kam mir erstmals in der Silvesternacht, beim häuslichen Feste, beim Betrachten des landesüblichen Feuerwerks mit seinen euphorischen Blasen und Kringeln. Nein, nicht im mindesten, stellte ich sofort fest. Warum nicht? Warum – auch?

Nun, der punschreiche Abend (mit Streibl und Ursula als Gästen) hatte mich einfach zu müde gemacht, dieser raffinierten

Frage weiter nachzuhängen. Ahnung gab mir immerhin sogleich den Satz ein: »Es ist einfach netter so.« Würde das neue Jahr ein Iberer-Jahr werden? War nicht schon das alte eins gewesen? Wie? Hatte ich ihnen nicht schwer schon zu danken? Sollte ich ihnen eine Glück- und Segenswunsch-Karte schreiben? Anonym?

Eine gewisse anmutige Blutleere im Hirn trieb mich zu Bett.

Um aber bei dieser anämischen Gelegenheit erneut auf den Bischof und seine Mätresse zurückzukommen: natürlich weiß ich, daß mir die beiden keineswegs 1 Million einbringen, weder Leser noch Markstücke zum Kaugummiholen. Aber ich meine, selbst wenn es nur tausend sind, die darauf hereinfallen, bin ich ja schon zufrieden. Denn das müssen schon die Dümmsten überhaupt sein – und solche Prachtexemplare habe ich wirklich gern unter meinen Lesern, dochdoch, es ist dies ein fast komisches Gefühl von Herrschaft –

– und ich darf also an dieser Stelle alle Käufer, die sich durch den Porno-Titel blenden ließen, ganz herzlich noch einmal gesondert begrüßen. Wie? Was höre ich da? Ich höre einige dieser Herrschaften und Kameraden entgegnen, sie hätten sich zwar tatsächlich den geilen Bischof aufoktroyieren lassen – inzwischen aber so viel Gefallen an der Hochkunst, an der Romanpsychologie und eben an den Iberer-Brüdern gefunden, daß sie den verliebten Bischof ab sofort vergessen möchten. Nun, das hört man gern. Aber jetzt will ich mal nicht! Jetzt möchte ich, der Chef im Ring, mal eine kleine Verschnaufpause machen, der Laszivität zu ihrem Recht zu verhelfen, ich, der Berichterstatter, habe ja auch meine höchstindividuellen, ja vielleicht snobistischen Neigungen, und – Brüder hin und her – ich glaube, ich glaube wirklich: mir ist jetzt zum Abschluß dieses Arbeitstages wieder sehrsehr nach einem meiner kleinen freudlos-pikanten »lyrisch-pornografischen Ticks« zumute, von denen ich ja vorne schon gesprochen, nach meinen piccolo prosodischen Pretiosa und parenthetischen Parerga, für die ich ja schon pauschal Pardon erbeten. Ja, ich habe sogar begründet, warum diese papillaren Papillons ins Romangeschehen hineinmüssen, warum ich die selten stupiden Sekretelchen stehen

(»stehen« – hahaha!) lassen muß, mag es auch ungezogen sein, mag auch mancher »bessere« Leser den Kopf schütteln – ich denke doch, daß zumindest die Bischöfe unter meinen Lesern dergleichen am liebsten fressen:

Kotige Lotte
Lose Kokotte
Geile Kokette
Krösige Grete
Wartet, ihr Luder,
Bis ich euch puder!

So – das genügt auch. Handwerklich solid gefertigt, fraglos. Jetzt ist mir leichter. Und nun abermals zum Wesentlichen.

*

Nein, ich möchte nicht durch Übertreibung und Stilisierung den Realismusgehalt meines Erfahrungsberichts beschneiden. Im anlaufenden neuen Jahr, ich erinnere mich genau, ließ der erste tolle Iberer-Schwung plötzlich etwas nach, möglicherweise wollte sich meine Seele gewissermaßen Entlastung nach den ersten Stürmen gönnen, vielleicht war es auch eine Art biorhythmisches Tief, was ich da durchschritt – jedenfalls, einmal, Mitte Januar, zog ich mich mit einer Migräne ins Bett zurück, so daß ich die Iberer erstmals ein ganzes Wochenende lang nicht sah, am nächsten Wochenende gastierte unser Kurorchester im Harz, die Woche darauf hatte ich geschäftlich nach Brügge und Malmedy zu verreisen –

– es war aber genau in dem Augenblick, als der Zug wieder in Dünklingen einschlich, da kamen sie erneut in der Erinnerung hochgeschwallt, mächtiger als die Fontäne, die sommers den Bahnhofsvorplatz wässert, es war wie ein Sprühregen von Frühlingsahnung, das Herz knisterte wieder in alter Frische – ein kühner, lichter, rascher Plan – – und schon am nächsten Samstag passierte es. Gedeckt vom abermaligen Mittagstrubel der Einkaufshetze nahm ich mir ein Herz und – stieg den Brüdern wild entschlossen nach.

War's Sensationsgier? War es die sehr humane Einsicht, daß man etwas tun müsse, sollte überhaupt noch etwas geschehen? Es war ein diesig verkommener Wintertag. Ich stand zwischen St. Gangolf und Café Aschenbrenner, trug einen abwehrbereiten Wintermantel und hatte meine Ernst-Thälmann-Kappe auf, – und schon kamen sie angedonnert, drei Mann stark – gottseidank! Die Vielfalt der Personen und mithin der Gespräche minderte das Risiko, daß ich entlarvt würde!

In gut zehn Metern Abstand schloß ich mich an. Etwas Milchkaffeebraunes trug Fink heute am Leibe, Kodak etwas Kombiniertes unterm Mantel; »Staubers« Aufzug habe ich verschwitzt. Alles ging sehr gut. Die Iberer schauten sich nicht ein einziges Mal um, nur »Stauber« warf einmal einen Blick nach hinten, aber dieser Blick strahlte so kompromißlos von Gedankenabwesenheit, daß nicht die mindeste Gefahr bestand.

Ich hatte recht gehabt. Unglaublich! Genau vor dem Eingang des Bahnhofs, der die östliche Ellipsenrundung abgibt, machten sie schlagartig kehrt, pausen- und bedenkenlos, als ob das nun einmal das Gesetz sei, nach dem sie ausgesandt waren, – ich aber schritt rüstig und mit kurzen, nur leicht wackligen Beinen an den drei Zurückwalzenden vorbei, sah fest in den Boden, marschierte wie in Hypnose in die kleine Bahnhofshalle, las – zur Sicherheit – kurz den Fahrplan, machte gleichfalls kehrt und wackelte erneut den dreien hinterher.

Jetzt erst, beim Schreiben, fällt mir ein und auf, daß der Rückmarsch ja viel bedrohlicher war! Denn jetzt, nachdem ich mich ihnen ja schon gezeigt hatte, konnte mich Kodak, folgte ich seiner Truppe erneut, ja sofort überführen, weil ja die Wahrscheinlichkeit meines Rückwegs hinter ihnen ungleich unwahrscheinlicher als die Wahrscheinlichkeit des Hinwegs erscheinen mußte, falls die drei – –

Dummheit siegt. Alle wirklichen Pioniere stehen eben unter ihrem Panier. Der Rück-Hinterher-Marsch verlief ohne Komplikationen, ja er brachte sogar einen unverhofften Höhepunkt, insofern, als nach dem Passieren des Marktplatzes, etwa auf Höhe des Eichamts, plötzlich »Stauber«, der auf der linken Seite des Bürgersteigs zur Straße hin ging, am Randstein leicht strauchelte, wankte und sogar ein bißchen mit dem linken Arm ruderte. Worauf – es war ganz wunderbar! – ihn des zentralen Kodak Arm wie spielerisch unter die Mantelschulter packte und ordentlich auf den Bürgersteig zurückzog. Fink hatte das Ereignis überhaupt nicht bemerkt, sondern war als Rechtsaußen zügig und regelmäßig weitergegangen.

Dann kam die große Entscheidung an der anderen Ellipsenkrümmung: Würden die drei auch diese noch exakt mitnehmen? Oder schon vorher seitwärts in den angrenzenden Pferdemarkt einbiegen? Oder gar – daran hatte ich bis dahin überhaupt noch nicht gedacht! – über die Stadtmauerbrücke »Stegerl« hinweg noch ein wenig ins Vorstadtgebiet hineinpendeln, in Neubaugebieten herumstreifen oder dergleichen Unästhetisches? Nein, mein gewissermaßen ex origine hochentwickeltes Iberer-Gefühl bestätigte sich aufs vollkommenste. Sie gingen genau bis zum querstehenden Krankenhaus der Barmherzigen Nonnen, schwenkten von dort nach links ab, walkten ein paar Meter die Stadtmauergasse hinein und verschwanden hinter jener Kurve, an der die Gasse unmittelbar in den Pferdemarkt übergeht.

Weg waren sie.

Traurig und prächtig, nein: pfiffig stand ich am Ziel und sah zwei Kindern zu, die spielten Federball. Alwin Streibl hatte also nicht gelogen – sie wohnten noch dort. Noch immer, ihr Leben lang, das wußte ich in diesem Augenblick seherisch. Und »Stauber« wohnte gegenüber? Wohnte er im Iberer-Haus? War er zum Schweinebraten eingeladen? Aufgetischt von Irmi Iberer, 74 Jahre?

Jetzt erst begann ich zu ahnen, was mir bei aller visionären Kraft noch alles mangelte, bevor ich behaupten könnte, den Iberer-Komplex zu beherrschen und somit ad acta legen zu dürfen. Aber wie viel sollte ich forschen? Wie weit dürfte ich vordringen?

Ein hartes Arbeitsjahr, es stand mit Sicherheit bevor.

Eine Woche später landete ich im Zuge meiner Recherchen einen Doppel-, einen Dreifach-Coup – nein, eigentlich führte er direkt ins Unendliche. Der Geist hatte mir die Idee eingeblasen, Schwager Alwin für Sonntag 9 Uhr ins »Aschenbrenner« zu laden, »die Sache mit deiner Rente noch einmal durchzugehen«. Streibl traf korrektest ein, unkte etwas von einem Hund, der irgend jemand im Supermarkt »beim Poussieren« gebissen habe, vor innerer Getriebenheit vermochte ich aber nicht genau zuzuhören – außerdem mußte ich darauf achten, daß Alwins Weizenbiere um 10 Uhr 15 bezahlt seien, auf daß wir schnellstens aufbrechen könnten. Sowie die Brüder um 10 Uhr 35 das Café erreicht hatten, drängte ich Alwin zügig ins Freie und schleppte den schweren Mann den Iberern nach.

Fink und Kodak waren es diesmal, »Stauber« pausierte. Während Alwin plapperte (war es das psychiatrische Gutachten, wovon er redete, war es der poussierende Hund, beides?) – währenddessen gelang es mir, mich den Iberern ein paarmal bis auf drei Meter zu nähern. Wind pfiff durch die noch wintertrübe alte Stadt. Es war ein sehr gutes Arbeitsklima. Bei der riskanten Kehrtwendung der Brüder kam es zum Eklat:

Ich bin etwas ratlos, wie ich das Doppel- und Dreifachereignis korrekt darstellen soll. Vielleicht so: Als die Iberer-Brüder vom Bahnhofseingang zurückprallend den Schwager und mich passierten, hörte ich

1. ganz genau, wie Kodak zu Fink sagte: »Da war früher ein anderer Wind!«

2. fiel mir in diesem Augenblick erst ein, daß die Iberer den Schwager Alwin, den ich eigentlich nur als Deckung engagiert hatte, kannten und doch rechtmäßig jetzt als Herrscher des Pferdemarkts mit »Servus, Alwin!« begrüßen müßten

3. geschah dies nicht, sondern Fink sah an dem redenden und gewandt die Nase runzelnden Kodak vorbei den nachweislich unübersehbaren Alwin Streibl ernst und eindringlich und ohne auch nur die Spur von Erinnerung, geschweige denn Gruß an

4. aber sah Alwin beide Brüder neugierig an, sagte: »Der Dr. Schränker steht, um Gotteswillen, auf meiner Seite« und zog keine zwei Sekunden später seinen Hut in Richtung auf eine jetzt

gleichfalls dazwischenkommende jüngere Frau mit einem Kinderwagen: »Ah, Frau Zangl! Schöne Grüße daheim aaah!«

Im nachhinein hört sich derlei fast mathematisch gelassen an. In Wirklichkeit war ich so vernebelt, daß sekundenlang sogar Verzweiflung, ein kurzer Vergeblichkeitsrausch eben angesichts meiner Verwirrung hochloderte – und ich die neuerliche Verfolgungs-Geherei aus Schwäche beim »Aschenbrenner« abbrach. Worauf sich meine Verwirrung noch einmal steigerte, denn Alwin nahm ohne jede Widerrede hin, daß ich ihn schon wieder ins Kaffeehaus drängte.

»Ein Weizen schön frisch, Fräulein! Du auch, Siegmund? Zwei Weizen, Fräulein!«

Die Weizenbiere kitzelten stark die niederwärtsgeschlagenen Augen. Ich biß die Zähne zusammen, ein gar zu schummriges Wohlgefühl einzudämmern. Alwin ächzte fröhlich »Aah!«, zum Denken entspannte ich die Gesichtsmuskeln zu einem Schafsgesicht.

»Da war früher ein anderer Wind!«

Wo? Im Bahnhof? Beim Bahnhofspersonal? Am Sonntag in Dünklingen? Im Stadtgraben beim Fußball? In Alwins Hirn? War der Fall Iberer – ein Fall Alwin? Die Brüder kannten ihn nicht, er kannte sie nicht – das war klar. Aber es stimmte ja trotzdem Alwins Pferdemarkt, und Freudenhammer hatte ja längst sogar die Mutter und die Sarghandlung bestätigt – und vor Wochenfrist hatte ich es eigenäugig gesehen! War dieser Schwager Telepath? Redete aus ihm der KGB? Der Weltgeist? In der Maske Ernie Super-Hemingways? Wurde diese Krankheit vom Vormundschaftsgericht nicht anerkannt? War der Kommunismus vielleicht doch, allem Anschein zum Trotz, erst richtig im Kommen und – Dünklingen die Kommandozentrale? Meine Entgeisterung stimmte mich plötzlich rotzfrech. Jetzt oder nie!

»Alwin, du kennst doch die Iberer-Buben!«

»Aber ja«, flüsterte Alwin abwesend und summte überirdisch, »ich sag dir's doch!«

»Aha«, lachte ich laurig-glückselig.

»Warum lachst? Nette Buben!« Und summte erneut neutral: »Ich hab s' erst neulich wieder gesehen!«

»Du, Alwin, was ich sagen …«, jetzt wurde mir ratlos hingerissen weißlich vor den Augen, »der Dr. Schränker … hat der …«

»Aber ja«, sirrte Alwin, lächelte bleich und strich sich über das bekümmerte Haar, »der steht zu mir.«

»Der Dr. Schränker … schmeckt das Weizen?«

»Aber yeah!« Gleich würde er wieder ins andere Leben überwechseln! Ein Kaugummi zum Weizen? Nein! Ja.

»Sind wir gute Freunde?« Es war die blitzblanke Hoffnungslosigkeit, was aus mir stotterte.

»Pardon!« Alwin rülpste niedlich und hielt sich die Hand vors Mäulchen, sein Bauch atmete ruhig. »Es ist, es ist …«

»Wie?« fragte ich schärfer, schon leise malträtierend.

»Es ist«, begann Alwin erneut und wie schwebend, »wie die Brücke zu einem früheren Jahrhundert.« Daß ausgerechnet ein Hemingway-Fan so singt! Selig, aber schmerzlich tönte die Stimme jetzt: »Um Gotteswillen …«

»Was?« fragte ich schmachtend.

»Da – alles …« Fast wortlos hob der Agent die treuen Augen zur Decke des Cafés. Die war mit allerlei beigerosigen Schnörkeln und Jugendstilrosetten geziert. Meinte er das? Sekunden stand der Atem still. Auf der Straße schrien gedämpft drei Burschen herum.

»Da war früher ein anderer Wind!« flüsterte ich, wahrscheinlich hoffend auf eine Erscheinung.

»Du sagst es«, seufzte Alwin, und er sah aus wie eine Kaulquappe im Anzug, »Gott! O je! Ich darf gar nicht an die Zeit denken, wo die Mieruch-Brüder da ihren Frühschoppen gehalten haben, ach Gott …«

»Mieruch-Brüder?«

»Handballer. Ach, waren das begabte Handballer! Ah! Der Heinz in der Mitte, der Arnulf links …«

Er sah wie tödlich auf den Platz hinaus. Ich sicher auch.

»Wann – müssen wir – Alwin! – wegen deiner Rente zum Gericht?« Ich zwang mich zu irgendeinem bleichen Schein von Sinn.

»Manchmal«, antwortete Alwin noch mutloser, »Siegmund, glaub ich selber, daß ich ein Depp bin…«

Meine Augen klappten sechsmal auf und zu. Ich strich am Schnauzbart. Streibl lächelte weher. Ich stotterte zart:

»Da, Alwin, mach dir nichts draus. Das glaubt jeder…«

»Ah«, antwortete der Agent ein bißchen ungläubig.

»Wir machen«, heiterte ich mich und ihn, »doch nur einen kleinen Betrug wie alle…«

»Aber wenn's dann«, jammerte mein Schwager sehr weich, »vom Arzt bestätigt wird? Schau, Siegi, zu dir hab ich Vertrauen. Ich bin heute beim Arbeitsamt nicht mehr zu vermitteln. Ich bin einmal an einer Ecke gestanden und hab auf einen Bekannten gewartet, auf den Sauber Gerd, den Stecher von der Zahnweh Marianne ah – sie haben dann behauptet, ich hätt' Schmiere gestanden. Ich wollt' auf einen politischen Prozeß hinaus, aber sie haben mich zum Depperl gemacht. Ein Depperl ist nichts Schlimmes, ach Gott, nichts Schlimmes, aber wo! Der Kapitalismus braucht seine Depperln, jetzt verkauf ich für ein Trinkgeld, für ein Judasgeld Autos. Ich bin ein Opfer des Systems…«

»Arafat«, grummelte ich starr, um es nicht mehr ertragen zu müssen. Reichten denn, um Gotteswillen, die Brüder nicht!

»Arafat«, antwortete Alwin unverhofft, »sie wollen mich erledigen. Es ist Sippenhaft. Aber«, zärtlich, als ob er sich für die letzten gar zu desperaten Minuten entschuldige, tappte er mich am Ärmel, »wir scheißen ihnen was – wir fahren nach Italien!«

»Immer!« rief ich murmelnd, jetzt schoben die Brüder schon wieder den Knödel in den erwartungsvollen keuschen Mund, »ich mach deinen Pfleger … immer…«

»Schau«, sagte Alwin, »der Trinkler zahlt mir praktisch nichts, der Hund poussiert mit dem Fotografen-Affen, ich bin mehr am Gericht als im Büro. Wir fahren nach Italien, um Gotteswillen, du machst meinen Pfleger. Ich krieg' meine Rentenzahlung, mein Zertifikat, das Arbeitsamt kann nachschauen, shit, aaah! Ich bin nicht vermittelbar, ich bin nicht vermittelbar…«

*

»Da war früher ein anderer Wind!«

Noch einmal: Heute, in der Retrospektive zweier Jahre, sehe ich natürlich viel klarer. Damals, daran erinnere ich mich gut, wurden die ganzen bigott-katholischen Iberer-Kapriolen wohl von einem schweifenden Gefühl getragen, das ich heute am ehesten als die »Erwartung eines großen demi-erotischen Firlefanz« bezeichnen möchte, ja, so würde ich heute sagen – aber auch damals dachte ich wohl schon etwas Ähnliches zusammen. Klar war gar nichts, o nein, aber wenn man sich schon einmal entschlossen hat, angesichts des Mode-Materialismus, der grassierenden Gefühlsferne unserer aufgeregt albrigen Zeit zwei knapp 50jährigen Brüderschläuchen die Ehre zu geben; also – sagen wir mal mit äußerster Vorsicht, keineswegs sensu strictu et proprio und auf die Gefahr hin, falsch verstanden zu werden – einem platonischen Eros: dann stellen sich natürlich Konsequenzen ein und unübersichtliche Fragen. Durfte man ihnen denn nachlaufen wie gewöhnlichen Frauenzimmern? Brauchte es das überhaupt? Sollte man sie eher stehend, sitzend beschauen? Durfte man auch das nicht? Zwei Brüder, die nicht das mindeste ahnten, die einen solch ungebetenen Interessenten mit Sicherheit kalt oder doch katholisch kernig abserviert hätten – hatten sie doch schon sich selber!

Zwei Brüder in Eintracht verbunden, rücksichtslos gegen die Stürme der Zeit! War es nicht aberschön! War es im Lauf der Weltgeschichte dort, wo die Liebe die einsamsten Höhen erklommen hatte, nicht schon immer so gewesen? Aber sicher! Der Ex-Bibliothekar in mir konnte mir da nur rechtgeben! Waren sie nicht märchenhaft schön, diese wunderseligen Brüderpaare! Von den gloriosen Wilhelm und Jacob Grimm angefangen! Sie komme soeben vom »unschuldsvollen Haus« der Brüder Grimm, berichtet Bettina von Arnim am 4.11.1819 atemlos aufgewühlt Savigny, »wo der Geist der Treue sich überschwänglich offenbart. Von Rührungen bin ich nicht leicht angefochten«, verwahrt sich Bettina, aber in diesem Fall sei sie einfach »noch durchdrungen von ihrem Seelenadel und göttlichen Gewissen«. Geist, Treue, Unschuld, Haus, Seelenadel, Gewissen, gar – Göttlichkeit! Ist es nicht allerliebst?

Und noch 1851 erinnert sich Bettina gegenüber Moritz Carrière richtiggehend andächtig: »Wilhelm und Jacob haben viel für Deutschland getan; beide haben mit großer unverfälschter Pietät an ihrem heiligen Einfluß festgehalten!«

Soweit Bettina, aber dann erst Joseph und Wilhelm von Eichendorff, welche dortmals in Berlin immer und ewig gemeinsam auftraten und Furore machten – »sehr gutmütige und herzige« Herren, wie Clemens Brentano erschüttert an (sic!) eben die Brüder Grimm berichtet, die Brüder Eichendorff, verstärkt übrigens hin und wieder noch durch einen gewissen Graf Loeben, so daß sich für mich sogar die Frage stellte, ob »Stauber« nicht auch ein geheimer Graf sei! Doch gedenken wir hier lieber still Jean Pauls unsterblichem Brüderpaar Walt und Vult, Robert Schumanns Eusebius und Florestan, der Brüder Kennedy, der Brüder Fritz und Ottmar Walter, Jochen und Bernhard Vogel, der Brüder Seeler, der Brüder Dörfel, der Brüder Siemens, der Brüder Curie, der Brüder Mieruch, der Serapionsbrüder des erlauchten E.T.A. Hoffmann! »Den verklärten Brüdern Stolberg« – verklärt! – widmet wiederum Fouqué seinen Roman (sic!) »Der Verfolgte« – (sic!) –, und ist nicht in höchstem Maße herzverzehrend, daß Italo Calvinos berühmtes Brüderpaar das geerbte Häuslein gemeinsam und nicht etwa im Verein mit zänkischen Weibern versaufen will? Wirft es uns nicht geradezu um, wenn Italo Svevos Brüderpaar Mario und Giulio gemeinsam in einem finsteren Loch haust, gemeinsam den Tücken Triests trotzend, der eine Fabeln erfindend, der andere bei ihrer Lesung einnickend? Und dann endlich – Dostojewski! Bei Dostojewski war das Brüderwesen schon gar so explosiv, daß es gleich drei sein mußten: »Siehst du, Alescha«, steckt Iwan dem Brüderchen beim Mittagessen in einem Wirtshaus, »ein russischer Mensch zu sein ist an sich schon nicht gerade eine geistreiche Sache.« Ist das nicht ein unsterblicher, ein außerterrestrisch schöner Satz? Wie ihn niemals eine Frau aus Iwan herausgekitzelt hätte! Denn Frauen kitzeln ja meines Wissens nur immer in sich hinein … (mhh!)

Allein Fasolt und Fafner sowie die Brüder Hoeneß sind Ausnahmen. Der Nationalspieler verachtete den Bruder aus der Zweiten Bundesliga: »Der schafft die Bundesliga nicht!« Jetzt spielen sie trotzdem beide in der Bundesliga. So soll es sein. Vielleicht finden sie sich auf diese Weise doch noch. Auf der Basis von Tor- und Raffgier …

Nun also die Iberer-Brüder. Hätte ich sie in Ruhe lassen sollen? War es gewissermaßen schon Hybris, was ich da mit ihnen anstellte? Ja, warum denn? Durfte ich denn kein kleines bißchen Liebe mehr haben, kein Herzknistern, gar keine Anhänglichkeit?

Jeder Mensch braucht eine Bezugsperson, wie es heute heißt. Die herkömmlichen versagen. Auf die Brüder war Verlaß. Eine überzeugende Lösung. Chacun à son goût!

Außerdem möchte ich gern mal wissen, was das für ein kulturgeschichtliches Phänomen ist, daß unser Dünklinger Bürgermeister Löblein und der Landrat Dr. Schutzbier jeden Tag je zwei-, dreimal ihre dicken Köpfe aus der Zeitung strecken! Na gut, die Zeitung muß voll werden … und je größer und garstiger die Köpfe, desto schneller wird sie voll, indessen …

Doch lassen wir das.

Ob vielleicht Kodaks erste Kamera – das Kommunionsgeschenk? – eine Kodak gewesen war? Und der kleine nachmalige Fink war als erster vor das Objektiv gesetzt worden? Mit dem Versprechen, aus dem Kasten käme ein Vögelchen, und der kleine spätere Fink hatte entzückt »Fink!« gerufen und sich so seinen Namen …

Nein, das gab noch wenig Reim. Oder hatte Kodak aus Enttäuschung, daß der blöde Kommunionspate die Kodak nicht gekauft hatte, war Kodak deshalb auf Zeiss-Ikon übergewechselt und …?

Ach, Brüderrätsel, mürb zermürbendes!

*

Das Schwänzlein mag die Gattin nicht
Die Eichel noch viel minder
Das Bäuerchen muß schmelzen kalt
So meidet's kleine Kinder.

Anfang Februar. Ein verrußter Vormittag. Kälte schepperte, die Gangolfskirche wieherte geradezu vor Überzähligkeit, ich hatte einen absolut arbeitsfreien Tag. Mit Wurm eine Partie Karambolage spielen? Ich schaute lieber ein wenig »Bei Fred« vorbei. Ich konnte ihn ja beispielsweise fragen, wie das Geschäft so gehe, was »pluspreisgruppe« sei, was eigentlich eine Zeiss-Ikon-Contaflex mit Wechseloptik koste. Leben ist ein Hauch nur – aber wir wollen ihn fett spüren.

Ja Pfeifendeckel. Wechseloptik! Fred, hinterm Ladentisch, es sah ganz jämmerlich aus, hatte über die linke Gesichtshälfte und über Teilen der Nase zwei riesige Pflaster geklebt. Beschwörend reckte er mir die weißen Ärmchen entgegen.

»Du! Gut, daß du kommst, Siegmund! Natürlich, du kannst nichts dafür!«

Kläglich deutete Fred auf beide Wangen. »Aber, wenn du nochmals zu wählen hättest und dir einen Schwager aussuchen könntest, du, dann würde ich dir raten ...«

In meinem Kopf hakte es ziemlich fix. Das mußte jene Hundebiß-Geschichte sein, von der Alwin bei der letzten Iberer-Verfolgung Andeutungen gemacht hatte. Ja, es war schon eine wechselseitige Verschwörung! Krabbelte man in allerlei Rauchschwaden des Dünklinger Getriebes herum, stieß man von allen Seiten auf die Brüder – hatte man aber dezidiert die Brüder im Visier, in diesem Fall ihren wunderbaren Fotoapparat, dann wurden dem armen Kopf ganz andere Sensationen zugespielt! In diesem Fall rundete es sich sogar zum Kreis. Und selbst wenn ich es nicht schon selber gewollt hätte – sollte man, mußte man bei dieser reziproken Akkumulation von Geistesabenteuern nicht krank werden? O Rastelli der Brüderkunst?

»Und du kannst«, schnaufte Fred und schloß, wahrscheinlich sinnlos, eine Schranktür ab, »deinem sozialistischen Boxer-Schwager ruhig sagen, das Lokalverbot im ›Paradies‹ ist hochverdient! Wenn er wieder kommt, komm ich nicht mehr, das garantiert dir Fred, du, das ist nicht mein Stil!«

Ich nahm in einem Korbsessel Platz. Was war geschehen?

Soweit ich Freds Klagen verstanden habe, war er vor Wochenfrist im Auto-Supermarkt erschienen, angeblich einen Mercedes 200 Diesel »anzuschauen«. Jedenfalls sitze er, Fred, gerade gemütlich in Streibls Büro, die Tür sei offengestanden, da sei plötzlich ein Schäferhund hereingekommen, den er, Fred, jetzt für seinen eigenen Hund gehalten habe, der ihm nachgesprungen sei – er, Fred, habe dem Hund auch sofort »Jimmy« zugerufen, ihn zu kraulen versucht und seinen Kopf an die Schnauze des Hundes gehalten – da habe nun der Hund aber ihn, Fred, ganz überraschend mitten ins Gesicht gebissen, so daß er, Fred, »ohnmächtig umgefallen« sei.

Eine junge Frau betrat Freds Laden, verlangte ein »Lotto-System«, bekam eine Art Büchlein in die Hand, zahlte dafür 1 Mark 20 und verschwand wieder.

Später, klagte Fred sofort laut weiter, habe sich dann »natürlich« herausgestellt, daß der Hund das Tier des Supermarktchefs Rolf Trinkler gewesen sei – das zufällig auch »Jimmy« heiße! Streibl habe ihn, Fred, notdürftig verbunden, er, Fred, habe nun – »du, ich hätte vor Schmerz noch immer heulen können« – von Streibl Schmerzensgeld verlangt, da habe Streibl gesagt, die Firma sei diesbezüglich nicht haftpflichtversichert – nur sofern er, Streibl, in der Arbeit beschädigt werde, laufe eine Versicherung. Nun habe er, Fred – »ich war vor Schmerz wie blöd! Ich kann theoretisch tollwütig werden« –, Streibl mit einer Anzeige gedroht, weil das mit dem Hund pure Absicht gewesen sei – und er, Fred, könne jederzeit beweisen, daß sein Hund aufs Haar genauso aussehe! Da habe Streibl ihn, Fred, gepackt und »praktisch aus dem Supermarkt geschmissen, du!«

Wie zum Beweis rief nun Fred seinen Hund, der auch von irgendwoher aus dem Hinterhalt in den Laden trottete und sogar schuldbewußt dreinschaute.

»Jimmy!« rief Fred dem Tier weinerlich zu, rückte an seiner Brille und verrückte zwei Kameras in einer Vitrine, in der wiederum mehrfach der Aufkleber »pluspreisgruppe« zu lesen war, »was machst du für hirnverbrannte Sachen!«

Ob der Hund ihm häufig nachlaufe?

»Nie!« rief Fred gewaltig, »niemals!«

Ob eine Gegenüberstellung der Hunde bereits stattgefunden habe, fragte ich mit exaltierter Andacht.

»Nie!« beharrte Fred offenherzig, und seine silbergrauen Intelligenzlerhaare wölbten sich, »weißt du, du, ich möchte die Sache natürlich nicht anwaltlich machen, obwohl mein Anwalt mir dazu rät, der zieht nächste Woche in die Ziegelgasse um, aber ist nicht mein Stil, du! Aber 500 Mark müßte doch der Saftladen spucken können! Die verdienen sich doch dumm und dümmer! Und ich hab immer noch Lähmungen!«

Hochbeschwingt versprach ich Fred, am Nachmittag auf Streibl einzuwirken, Trinkler könne ja auch nicht an einem aufsehenerregenden Prozeß gelegen sein und – dem Hund auch nicht, murmelte ich gotisch.

»Genau!« heulte Fred begeistert.

Natürlich wollte ich sofort zu Alwin. Um meine Widerstandskraft zu erproben, ging ich indessen erst langsam geradeaus, dann zur nahen Redaktion des Dünklinger Volksblatts. Um diese Zeit könnte, ja müßte er an der Abfassung sein. Ich hatte ihn noch nie am Arbeitsplatz erlebt. Vielleicht war in der laufenden Ereignishetze gerade sein Wort von Wert! Eine Sekretärin im Parterregeschoß wies mich auf meine Anfrage hin wortlos die Kellerstiege hinunter.

Ich sah ihn sofort. Es gab da im Keller zwei Zimmer mit Glastüre, in einem saß Alois Freudenhammer und telefonierte. Sah mich und hieß mich gestisch an seinem Arbeitstisch Platz zu nehmen.

»Herr Pfarrer? Herr Pfarrer, kann ich …?« –

»Jawohl! Brav!« –

»Ich kann also schreiben, Herr Pfarrer, daß sie eine …?« –

»Wie bitte?« –

»… gute Frau ist? Gute Frau?«

Auf dem Arbeitstisch, vor mir, lag ein Papierbogen, feinst mit Schreibmaschine vollgeschrieben. Den griff ich mir:

> af. Im Alter von 67 Jahren wurde die aus Venedig stammende, seit 1943 verwitwete Frau Fanny Schanderl, geborene Schreiner, vom Herrn gemäß unermeßlichem Ratschluß in die Ewigkeit abberufen. Im oberen Katholischen Friedhof fand sie ihre Ruhestätte. Kooperator Felkl gedachte der Schanderl, die eine gute, immer beliebte Christin gewesen ist und entbot den Hinterbliebenen seine Anteilnahme zum Verlust der Mutter und Urgroßmutter. Im Namen des VdK und von Herrn Giesiebl wurde Fanny Schanderl je ein Kranz zuteil.

Freudenhammer telefonierte noch immer schweigend, schob mir aber jetzt eine Schachtel Brasil-Zigarren zu. Ich war sehr versucht, hinter »VdK« mit dem Bleistift »sowie Alwin Streibl und die Fan-Gruppe Hemingway« zu schreiben, ließ es aber, um Alois keine Scherereien zu machen. Las weiter:

> af. Unerwartet schnell, aber gut vorbereitet durch ein gutes Leben, verstarb der Schneider Herr Georg Schneider. Jetzt wurde er eingesegnet durch Kaplan Mötschl von Herz Jesu und verabschiedet von einer Trauergemeinde, seine ewige Ruhe. Schneider war zwar schon zu der Zeit seines Todes 83 Jahre alt, und dennoch überrascht die Schnelligkeit seines Heimgangs. Die Trostworte des Geistlichen galten den Hinterbliebenen, die mit Schneider viel verloren haben. Auch alte Kameraden aus Linz und St. Pölten standen am offenen Grabe.

»Eine sehr gute Frau? Herr Pfarrer?« Freudenhammers Finger spielten mit dem Einmerkbändchen des Neuen Testaments neben der Schreibmaschine. Eine längere Pause trat ein.

»Zweites Vatikanisches Konzil, jawohl ja!« –

»Sie, das letzte Vatikanische Konzil, Sie, das – mein ich – wie? – war nichts Geschei – – was meinen S'?« –

»Aber selbstverständlich – Wie? – Jawohl! Lukas 2, 1. Äh? Haha! Machen S' keine Witze, Herr Pfarrer!«

Wieder eine schwebende Pause. Ich zündete meine Zigarre an und hatte plötzlich die größte Lust, meine Füße auf den Schreibtisch zu stemmen:

> af. Im Friedhof von Ziegetsdorf gab eine Trauergemeinde dem aus Mädgenheim gebürtigen, im Gnadenalter von 84 Jahren verstorbenen Bundesbahngehilfen i. R. Herrn Josef Dotz das Geleite zum Grabe. Stadtpfarrer Wegener von Ziegetsdorf (vorher: Paulaner) hielt die Einsegnung dieses Mannes, der seiner vor 16 Jahren verstorbenen Gattin nachgefolgt ist. Der Geistliche charakterisierte Dotz als gerechten Manne, um den nun sechs Töchter trauern. Mit der Gattin waren dem Vater seinerzeit auch schon zwei Söhne in die Ewigkeit vorausgeeilt. Wegener konnte deshalb am Grabe mit Recht die Worte des greisen Simeon sprechen: »Nun lässest du Herr deinen Diener scheiden, denn meine Augen haben das Heil geseh'n.« Der Kirchenchor sang unter der Leitung von Alois Sägerer »Die Stund' ist uns verborgen«.

Wahrhaftig, sogar die Apostrophe stimmten! Und hier?

> af. Im 54. Lebensjahr starb der treue …

»Jawohl, ja. Tschau, Herr Pfarrer! Ja, ich komm schon wieder mal zu Ihren Schulungskursen. Ich bedanke mich, auf Wiederhören! Tschau, jawohl! Wie? Tschau!«

Alois Freudenhammer drehte sich elegant zu mir. Er trug eine dunkelbraune Wollweste und einen gesprenkelten Selbstbinder.

»Was führt dich zu mir – in die Katakomben?«

Wenn ich das gewußt hätte! Alois half mir galant aus der Patsche – und aufregend genug:

»Den Fred haben s' gebissen, gell! Recht geschieht ihm! Was mischt er sich auch immer ein! Du willst was über die Frau Iberer wissen, stimmt's? Ich hab an dich gedacht. Ich hab vor einer halben Stunde mit ihrem Beichtvater telefoniert! Der meint, sie kränkelt zwar und kann nimmer ausgeh'n, aber noch nichts Ernstes. Noch nicht!« Prachtvoll, erzengelhaft zog Freudenhammer die Stirn in Falten. »Aber der Pfarrer meint auch, daß sich die Söhne um sie kümmern. Die braucht nicht einmal eine Pflegerin. Sind doch sowieso alles Luder! Siegmund!«

»Alois, du – ich wollte eigentlich – –« Vorübergehend wurde mir wieder etwas schlecht, »was ist – dann da mit dem Fred eigentlich?«

»Ein nervöses Ding ist er!« Es kam wie ein Hochgericht. »Was treibt er sich da beim Streibl 'rum! Dem alten Schläger! Der haut den Karl zusammen, der haut auch noch den Fred ins Grab! Der soll daheimbleiben, bei seiner Frau, der soll aufpassen auf seine Frau – die alten Böck' tun schon kein gut, und die alten Geißen erst recht nicht!«

Iberer. Sollten mich die beiden – in geheimem Auftrag? – in den Wahnsinn treiben? War es schon eine Verschwörung aller gegen mich? Alois Freudenhammer hatte meine Gedanken erraten:

»Die kann noch alt werden. Die kann noch ihre zwei Söhne überleben. Und sonst, Siegmund? Was macht die Musik?«

Gegen 14 Uhr entfachte ich die dritte Zigarre. Um halb 4 Uhr erst endete unser kryptisches tête à tête. Freudenhammer schaffte mit dem Fahrrad seine Schriften in die Setzerei.

Zur Einstimmung und Festigung zugleich kaufte ich eine Packung »Wrigley's Juicy Fruit Chewing Gum«. Ganz seltsam »Überer« hatte Freudenhammer sie betont. Sie standen vielleicht sogar über ihm, waren der Grabesgefahr entzogen und...

Im Hof des Auto-Supermarkts lungerten zwei perserartige Menschen von vermutlich 18 und 28, sie deuteten fröhlich auf einen silbergrauen Chevrolet Corvette. Ein Hund war diesmal nicht zu sehen. Im Fensterchen des Büros lichterte die früh sinkende Sonne. Daß in diesem Backofen überhaupt ein Mensch saß! Niemand hätte es vermutet. Ging das nicht gegen allerlei Menschenrechts-Konventionen ...? Ich klopfte möglichst hemdsärmelig.

»Herein, wenn's kein Schneider ist!«

»Alwin?« Ein schmelzender Tag!

»Au fein!«

Ich war im richtigen Moment gekommen. Schwager Alwin saß ganz leger am Schreibtisch und zählte, mir sanft entgegenbleckend, Zahlen offenbar zusammen, Insignien des Dünklinger Alltagsbetrugs. Baldriantropfen der Kampfeslust perlten auf seinem rosa schwankenden Haupt mit dem straff nach hinten geschmissenen Schwarz-Grauhaar, die Nase war ein Pudding von Geschlagen-, aber nicht Vernichtetheit. Der Demuths Nimbus einst zerstört – fast trug er einen Glorienschein.

»Um Gotteswillen, Schwagerherz, komm nur 'rein!« Es war die reine fröhliche Qual. Das »Schwagerherz« war völlig neu.

Ich brachte sofort und irgendwie fast drohend mein Hundeanliegen vor: »Unerfreuliche Geschichte!«

»Um Gotteswillen, der wollt' mich 'reinlegen, der wollt' mich 'reinlegen, aber wo!«

Ich saß verklausuliert im Muschelsessel und rauchte schon wieder eine Zigarre. Hatte es faustdick hinter den Ohren. Sah freundlich fragend dem Schwagerherz ins Auge.

»Shit, er will Geld, Geld will er, der Fred, aber wo, der will Geld, um Gotteswillen« – beim Reden machte er eine klitzekleine Siesta – »der will die Firma kaputtmachen, ich weiß es, schon seit 1972, der will selber Auto verkaufen. Spioniert hat er! Aber er ist mir nicht gewachsen. Der Hund, der Jimmy, um Gotteswillen, der hat recht getan und hat ihn anständig gebissen!«

Aber Fred sei doch als Auto-Kunde, als Interessent dagewesen, grummelte ich schnörkelig. Das derbe Sonnenlicht tat weh und wohl.

»Aber wo!« Alwin psalmodierte zäher. »Der hat doch schon ein Auto! Den alten 2 CV hat er, aber wo! Ein Schluck Cognak? Was poussiert er mit dem Hund? Der Hund hat recht ...«

»Zweitwagen«, murmelte ich spitzfindig. Fern grüßte das Wibblingertor, sein wulstiger Stamm, seine hübsche runde Haube.

»Abgekartetes Spiel! Schmerzensgeld will er, Schmerzensgeld! Ich will auch Schmerzensgeld, Siegmund, seit 1945!« Die Stimme schwoll erheblich. »Riesen-Watschen kriegt er, yeah! Ich hau ihn krankenhausreif, wenn er noch einmal auftaucht, wenn er mich insavo ...«

Aber Fred sei doch – ich hatte eine Eingebung, wahrhaftig! – nur wegen dem Karl gekommen. »Der hat zwischen dir und dem Karl vermitteln wollen!« rief ich echt feurig, »damit du wieder ins ›Paradies‹ ...!«

»Karl? Hau ich auch krankenhausreif. Meine Kinder! Hau ich auch krankenhausreif! Karl! Um Gottes! Hab ich schon krankenhausreif gehaut, er weiß es! Siegmund, glaub mir's! Ich möchte manchmal die ganze Mannschaft im ›Paradies‹ lauwarm aus halber Höhe anbrunzen! Anschiffen! Der Kuddernatsch, der bucklige Krüppel! Die ganze Mannschaft! Lauter Dreck!«

Er vergaß sogar das »shit«. Es war fast hehr. Er hatte innerhalb von einer Minute jegliche Beherrschung verloren, wütete wie Hemingways Meer. Es war ein Naturschauspiel. War er knallhart betrunken? Ob ich da auch dazugehöre, fragte ich. Etwas schwermütig. Ein Räuspern äußerte so etwas wie Pikiertheit. Ob meine Leiden mit Alwin so etwas wie Strafe für die Iberer-Hybris waren?

»Du nicht! Du weißt es!« Rauhe Stimme. »Du bist anständig. Du weißt es. Du bist koscher.« Die letzten drei Wörter ganz kalmierend. Ich folgte erneut einer Inspiration. Ob er, Alwin, »vielleicht etwas Neues über die Iberer« wisse?

»Aber wo!« Begütigend. »Ich seh doch schon seit drei Wochen niemand mehr. Bloß meine Kinder. Alle möcht' ich halbhoch lauwarm volle Pulle anpissen! Volle Pulle!« Wieder tauchte er entschlossen ins Besinnungslose. »Lauter Schleimscheißer! Reaktionäre! Lauter Schmierlappen! Lauter – Schweine!«

Wem drohte hier die Tollwut? Ich starrte vor mich hin und unterdrückte ein überraschendes Lächeln. Es war einfach Dialektik. Die Perser im Autohof waren verschwunden. Schienen es geahnt zu haben. Hier wurde zu Wichtiges verhandelt, als daß diese kindischen Orientalen dazwischenquatschen durften.

»Lauter bourgeoiser Dreck!« Der Schwager hatte sich erhoben. An seiner Bombenhaltung sah ich, daß er völlig nüchtern war. Glatt wusch er sich die Hände.

»Aber wenn«, behutsam ließ ich ein neues Impromptu steigen, »wenn dein Chef, der Rolf, dem Fred das Schmerzensgeld zahlt, dann ... hat der Fred vielleicht« (»keine Schmerzen mehr«, wollte ich schon sagen, aber:) »das Geld für den Zweitwagen beieinander. An sich verkauft er ja ganz schöne Fotoapparate an Männer und Brüder und ...«

»Der Hund, der Demu ... pardon: der Jimmy«, sagte Streibl, »der kennt seine Leute, um Gotteswillen! Es ist ein Fall von Tierhalterhaftung«, sprach er jetzt sehr ruhig, »das Amtsgericht ist zuständig.« Und setzte sich bequem.

»Warum?« Mir fiel nichts andres ein.

»Erst ab 3000 Mark«, sagte Alwin und zwickte wie lebenssatt die Augen mit den Zeigefingern gegeneinander, »schreitet das Landgericht ein, das schafft er nicht.«

Jetzt fiel mir wieder etwas ein.

Wo denn der Hund jetzt sei?

»Am Gardasee«, sprach Streibl leicht, »beim Rolf. Gestern ist er gefahren.«

»Das mit der Pflegschaft«, grübelte ich jetzt rücksichtslos, »geht meinerseits klar. Ich unterschreib's dann, wenn« (»der Hund aus Italien zurückgekommen ist«? Nein:) »wenn der Trinkler Rolf dich einigermaßen entlasten ... äh: entbehren kann.«

»Au fein!« rief Alwin, jetzt brauchte ich doch bald einen Cognak, »ich sag dir dann sofort Bescheid, ich ruf dich sofort an, Schwager, du bringst alle Dokumente mit, du brauchst bloß ein Foto, ein Lichtbild, das hast ja, wenn's dann soweit ist, geb ich dir die weiteren Instruktionen!«

Hoffentlich vergaß er meine Lüge mit dem »Paradies«! Sie würde alles noch viel düsterer machen!

Ob er, Alwin, fragte ich trotzdem, nicht trotzdem wieder mal ins »Paradies« kommen möchte? Ich vertraute nochmals meinem Einfall, versuchte einfach, die gelöstere Stimmung auszunutzen. Unter Alwins Schreibtisch ratterte plötzlich ein Wecker los.

»Aber wo!« überlächelte Alwin den Wecker und schien jetzt ganz heiter, »ich müßt' – hör zu, ich hab den Wecker gestellt, damit ich meine Tropfen nicht vergeß – hör zu, ich müßt' den Karl ja noch mal zusammenhauen!«

»Oder den Hund auf ihn hetzen!« Mich riß es einfach mit. Jetzt war der Wecker mit dem Lärmen fertig.

»Oder den Hund auf ihn hetzen!« rief Alwin Streibl keck und sonnig, kam hinter dem Tisch hervorgewalzt und schritt ein paarmal bullig stenzartig um mich herum. »Komm halt öfter vorbei, Siegmund, hör zu, ich würd' mich freuen, ich bin ja« – er dachte nach und machte eine kleine, meiner Ansicht nach fiestaartige Schnute: »Ich bin ja auch so einsam da, heut' den ganzen Nachmittag keine Sau, shit, komm halt öfter vorbei ... au fein?«

Ich sagte es ganz fest zu. Schwang mich hinaus und rannte zum Aushang des Dünklinger Volksblatts zurück. Stand plötzlich im Regen und las:

> af. Im hiesigen Friedhof gab eine große Trauergemeinde der aus Fürth/Bayern stammenden und hier ansässig gewesenen Handschuhmeistersgattin bzw. Witwe Frau Maria König das Geleit vom offenen Grabe. In der Aussegnungshalle gedachte Pfarrer Durst der Entschlafenen. In seiner Traueransprache baute Durst auf Schriftworte des Apostels Jakobus auf, die ihm immer am liebsten gewesen seien: »Selig sind, die erduldet haben...«! Maria König hatte, bevor sie mit 98 verschieden war, schwer zu leiden gehabt. Die Trostworte des Pfarrers galten mithin dem 79jährigen Sohn, mit dem Maria Glenz seit ihrer Witwenschaft wie früher zusammengewohnt hatte.

Wer war eigentlich der Redakteur dieser Gnadenzeitung? Anscheinend – shit! – arbeitete Alois Freudenhammer hier vollkommen unabhängig...

> af. Im 84. Lebensjahr wurde die aus Dünklingen gebürtige Frau Zorn vom Herrn über Leben u. Tod in die ewige Heimat heimgeleitet. Sie wurde im Oberen Friedhof durch Kaplan Springinsfelder von St. Josef ein-

> gesegnet. Kirchenchormitglieder unter Direktion von Chorregent Sägerer sangen ein stilles Grablied. Kränze wurden am Grabe niedergelegt. Ein stiller Tag. Im Namen der Bahn war Herr Giesiebl als Delegierter gekommen.

War das nicht schon Hemingway? Es rann durch die Adern wie feuriger Whisky, yeah! Wie würde Alois die Sätze bei mir drechseln? Ob die beiden Iberer wohl gleichzeitig stürben? Au fein? »Au fein« war gleichfalls neu in den gottesleugnerischen Unkenrufen. War er von »yeah« und »shit« zum Deutschtum zurückgekehrt? »Au fein«, das bedeutete nichts anderes als gar nichts und die tiefe Ruhe in Gott, dem Herrn, den gestern Pfarrer Durst zum Grabe leitete und …

> af. Im oberen katholischen Friedhof fand nach langer Krankheit, obwohl ihn die Ärzte schon lange aufgegeben hatten

… das selige Weizenbier, um Gotteswillen, aber bedeutete die lauwarme Liquidation von Gott und Ärzteschaft, Auschwitz hin und Autosupermarkt her, das Weizenbier half auch dem Hund Jimmy auf die Sprünge, damit …

> und nun doch heimgegangenen Herrn Alfons Grabowski, ein Mann von erst 57 Jahren, seine Ruhe. Die kirchliche Einsegnung im Rahmen eines Fürbittgebets für alle, die nach Grabowski folgen werden, erstattete Kooperator Felkl von St. Gangolf. Von einer Traueransprache wurde aus bestimmten Gründen abgesehen.

… vielleicht Neuberger oder Nickel, der vielleicht brillanteste Doktor Hammer, dereinst die Nachfolge Grabowskis übernehmen könnte, im Tor aber steht Pfarrer Durst und verwandelt das ganze Gelump in die Asche der Verdammten. Von Furien geschmeichelt lief ich wieder zu Fred, Bericht zu erstatten, hoffentlich würden mir jetzt die Iberer nicht in die Quere kommen, aber es bestand ja keine Gefahr, es war ja erst Freitag, wunderbar, wunderbar – –

– zu einem Rapport kam es aber trotzdem nicht, weil Pflaster-Fred gerade äußerst heftig zu seinem Auto rannte – und mir im wie vom Teufel getrimmten Davonrauschen noch lustig zuschrie, vor einer Stunde seien die Iberer-Buben bei ihm im Laden gewesen, hätten zwei Filme abgegeben, und bei dieser Gelegenheit habe der »Große« erzählt, daß sie beide in der Leopold-Hütte arbeiteten.

»Frühschicht! Frühschicht!« schrie Fred wie besessen, »heute abend im ›Paradies‹! Ich hab es aus ihnen herausgekitzelt, herausgekitzelt, du! Heute abend im ›Paradies‹! Was hast du bei Streibl erreicht?« Und lachend schwappte das Auto weg.

Ich stand ein paar Sekunden wie versteinert. War dann versucht, bei Freds Frau Hilfe zu suchen, die jetzt offenbare Durchschautheit zog mir die Füße unter Alwin weg – da aber verwandelte sich plötzlich Freds Holdergasse in etwas überaus Seltsames:

Ich kannte den Mann, das wußte ich vom ersten Anblick an. Es war der denkbar häßlichste Einzelmann, den Gottes Auge je erblickt hatte. Er war eine Ausgeburt, ein Traum der Vorhölle. Aus der Erinnerung schälen sich ein weinroter Trachtenjanker, etwas Knickerbockerartiges und etwas Strumpfiges in Hellblau. Als der Mann – er mußte aus einer der kleinen Haustüren oder Mauernischen gehuscht sein – stehenblieb, sich eine Zigarette anzündete und in sein vor Blödheit um Gnade fletschendes Gesicht schob, hatte ich es:

Hering. Jawohl, Hering.

Der Mann zählte meines Erachtens 55 Jahre. Er war so verlassen, so herzsprengend häßlich dumm, von dummer Häßlichkeit heimgesucht, daß er einfach von der Sozialfürsorge leben *mußte.* Ich wußte, daß er Hering hieß – und ich wußte noch im gleichen Augenblick, daß dieser Mann zu einer erheblichen Gefahr für die Iberer werden konnte. Ich stand und suchte nach einem Wort. Einem Wort, das ich mir selber zuflüstern könnte. Zuckerrüben, nein: Gelberüben fiel mir ein – und – ich weiß nicht, nach welchem Gesetz – das war es. Ich wußte, daß ich als Kind bei diesem Mann Gelberüben gekauft hatte!

Nein, er hatte sich nicht geändert, überhaupt nicht, ganz und gar nicht – hier war nie ein anderer Wind gegangen. Es war nur das Häßlicherwerden des immer schon Häßlichen. Jetzt rauchte er seine Zigarette, damit war offenbar sein Lebenssinn für die nächste Stunde erfüllt. Er strich langsam auf Freds Laden zu und schaute auf die im Fenster aufgebahrten Geräte. O Gott! Daß alle Unbeschreiblichen dieser Welt Fotoapparate kaufen mußten – mußten!

Mußte man nicht doch wieder beruhigt lächeln …?

Doch dann, nachdem Hering endlich rauchend weitergestolpert war, dem Fronfestgraben zu, streifte es mich wie eine – ja wie eine ferne, aber tödliche Drohung. Da wußte ich es endgültig. Dieser Mann war eindeutig noch häßlicher, verbauter, gedrückter und katastrophenberauschender als die beiden Iberer-Buben zusammen! Er war – attraktiv.

Es zog in meinem Hirn, tatsächlich. Wankte ich? Nein, man durfte Gott nicht versuchen. Jetzt hatte die Stunde der Bewährung geschlagen, der Treue bis zum Grabe.

St. Neff, sei wachsam! Jeden Tag! Der Versucher war nahe.

Tod den Verrätern!

*

Ist es Ihnen wohl schon je, viellieber Leser, so recht traurig in die Seele gefallen, wie wuschelig es sei, daß das quengelnde Rad der Zeit sich immer weiter dreht, daß bald das zuunterst gekehrt wird, das ehemals hoch oben krähte? So fährt Ruhm, Glanz, Verstand und sogar die allerrationalste Philosophie hin, wie alberne Abendwolken, die hinterm silberblauen Fußballplatz niederflügeln und aber nur noch schwachen alwinischen Schimmer hinter sich lassen: die Nacht tritt schnöd und säuerlich heraus, die schwarzen Heere der Verrottung ziehen unter Fernsehdämmer auf und ab, und der letzte Sinn erlischt furchtsam; Durst führt durch den Straßenbalg, kein Hausbewohner ahnt mehr was, herrisch formiert sich die Weizenbiertrinkerfront der Stadt unterm Schutz des ADAC, KGB und VdK. Im Winkel sitzt wohl ein Hündchen in sich vernebelt und sieht im Widerschein des Magistrats ein Bild der ewigen Hasenscharte; ihm dünkt, es höre schon die Posaunen blöken, und wie ein kühler Wind durch die Blätter schnauft und alle Blumen der Wiese aus ihrem stillen Beischlaf kitzelt. Es vergißt sich selbst und nickt stillweinend ein, indem längst auch der Supermarkt im Schlafe grunzt. Dann kommen die Pornobilder über dich, dann siehst im Glanz den Hering du, die wohlbekannte Heimat, über die wunderbar gilbe Gestalten schreiten, Brüder schimmeln empor, die du nie gesehen, sie scheinen zu sprechen ohne menschlichen Sinn, doch Liebe, Vertrauen zu drechseln. Wie fühlt sich die Welt befreundet, wie schaut sie mit zartem Wohlwollen die Brüder heut' an! Die Büsche flüstern dir trällernde Worte ins Ohr, indem du vorüberschleichst, fromme Lämmer im Kopfe dir singen, die Quelle scheint mit schlankem Murmeln den Doktor zu rufen, Herrn Eisenbart, frisch quillt das Hartgeld dem Boutiquen-Foto-Fred zur Freude, eine Invasion des Militärs kündigt sich an, in Trinklers Garten aber grünt es empor zu den Iberer-Knaben …

Ach, ich bin doch ein Faselhans. Zur Sache:

Fred saß schon mit Kuddernatsch, als ich im »Paradies« eintraf. Er mußte auf mich gewartet haben, ließ mich gar nicht erst Platz nehmen: »Wenn du sie sehen willst, du, die Iberer-Brüder«, er zwickte das linke und dann das rechte Auge zu, »wie sie in die Arbeit fahren, die fangen um 7 Uhr an! Dann mußt du dich also um halb 7 an den Radweg an der Morbacher Straße stellen, Siegmund! Dann kommen sie vorbei, okay?«

Freds Indiskretion im Verein mit seiner offenbar pathischen Automatik des Fehlverhaltens wurde langsam schwer tolerabel. Linkisch genug gab ich einen Frankenwein in Auftrag. Wir waren erst zu dritt, aber am Infantilentisch vorne ging es schon sehr lebhaft zu. Ich schnaufte. Einem der Armen war wohl die liebliche Vroni ins Auge gefallen und er versuchte, sie für den ganzen Tisch zu gewinnen. Nein, einen selbstischen Eindruck machte dieser schale Mann im Regenmantel nicht. Aber irgendwas wollte er halt von Vroni.

Woher er, Fred, das wisse? Daß die Brüder mit dem Rad in die Frühschicht führen? Jetzt siegte doch meine Neugier, eine Art »Dunkelsehnsucht« würde ich sie heute nennen. Kuddernatsch war auch als Zaungast nicht gar zu gefährlich.

»Siegmund!« rief Karl Demuth braunschwarz aus dem Hinterhalt, »für euch ist eine Postkarte angekommen. Postkarte! Aber kein Liebesbrief, leider, leider!«

Es war ein sehr tiefenreiches Höhnen. Gleichzeitig wurde das Lämpchen über unserem Honoratiorentisch angeknipst, so daß ich gleich dreifach wohlig erschrak.

»Du, ich hab sie einfach gefragt! Die fahren, sagen sie, auch im Winter mit dem Fahrrad. Die sind hart. Die brauchen keinen Werksbus – sagt der Große.«

Eigentlich war es ein Segen, daß mir Demuth nun die Postkarte vor die Augen hielt. Denn zweifellos hätte ich sonst fragen, ganz harmlos, nein: nachdenklich fragen müssen, was ich mit dieser Auskunft anfangen solle, was mich das angehe?

»Da, ihr Hunde!« lachte Karl.

Auf der Titelseite der Postkarte war ein großer schwarzer Wolfshund abgebildet, mit heraushängender Zunge und sehr törichten Augen. Hinten aber stand in Versalien:

ICH WARNE EUCH! REAKTIONÄRE SCHWEINE
WERDEN AUSGEROTTET!
DIE RACHE WIRD KÖSTLICH SEIN!

Es war unverkennbar *nicht* Streibls Handschrift. Und der zudem schwarze Hund bewies gar nichts. Das konnte ein zufälliges Zusammentreffen sein. Hatte Streibl eins seiner Kinder schreiben lassen? Hing das alles mit dem Auftauchen Herings zusammen?

»Dreiviertel 7 Uhr, Siegmund! Da rauschen sie an dir vorbei!« Freds Kopf, nun hell im Licht, lachte lebensfroh, doch ohne Ränke.

»Die Postkarte …« Ich schüttelte den Kopf. »Paradies, Wienerl, Freudenhammer, Landsherr und Co«, lautete die Anschrift!

»Was willst du mehr?« Fred Wienerl war einfach ein Esel!

»Ein Psychopath«, flüsterte in der Hoffnung auf irgend etwas mein Mund. Wer weiß, wie das Ganze noch ausgegangen wäre, hätte nicht mit Autorität Alois Freudenhammer unsere Suite beschritten, ihm auf dem Fuße folgte Albert Wurm. Der äugte wissend, rieb die Hände. Bestellte stehend noch Kamillentee. Freudenhammer klaubte aus einer Plastiktüte einen Fotoapparat und drückte ihn Fred in die Hand:

»Ich verlaß mich auf dich, mein Kleiner – bis Dienstag!«

»Montag, immer!« rief Fred keck, ja bübisch, »sobald ich aus Stuttgart zurück bin!«

»Wenn bei Capri die rote Sonne im Meer versinkt ...«, summte Freudenhammer beherrschend und setzte sich. Kalvarienmäßig schüchtern näherte sich Vroni dem Alten. Der entzündete eine kavaliersmäßige Zigarre.

Sinnend rieb ich mir die roten Augen. Hunde, Pflegschaft, Irmi, der Weg zur Leopold-Hütte, Hering, die Postkarte, nochmals ein Hund – allzu viel war heute über mich gestülpt worden. Meine Schwindelexistenz war unrettbar unterminiert. Wahrscheinlich von Fred im Verein mit Alwin. Der Hundestreit war ein Scheingefecht, ein Komplott, mich zu ruinieren. Hering aber war der Mörder –

Der Anblick Vronis half nicht weiter. Was sollte sie mir noch? Nein, ich wollte die Instinktlosigkeit so vieler alter Männer nicht auch noch kopieren und – –

Wahrscheinlich hätte der Abend mich sehr still und versonnen gesehen, hätte nicht Bäck nach einer Stunde überraschend einen Gast an unseren Tisch geschleppt, einen recht interessanten, wenngleich eigenwilligen Menschen.

»Vive le Kaiser!« rief der Fremde noch im Stehen und mit hoher Stimme, klopfte dreimal auf den Tisch und verbeugte sich sogar ein wenig. Anscheinend hatten wir den Scherz nicht richtig aufgefaßt, denn nun rief er: »Der Kaiser ist tot! Es lebe der Kaiser!« Sodann stellte er sich jedem einzelnen mit »Krakau außer Diensten« vor.

Und nahm Platz.

»Mein alter Freund Bäck«, rief Krakau freudig, »mon ami Bäck hat mich en passant schon aufgeklärt über Sie, meine Herren, ich beglückwünsche Sie zu Ihrer Tafel! C'est délicieux! C'est…«

Allmählich stellte sich heraus, es handele sich hier um einen alten Gymnasialfreund Bäcks, den pensionierten Fliegergeneral Krakau, der aus Bad Tölz, seinem Altersruhesitz, angereist war, mit Bäck vergangener Tage zu gedenken.

»Zackzack!« rief der General munter, »mon ami Bäck et moi!«

»Dann setz dich nur her«, brummte Alois Freudenhammer bestürzend laut und sah dem General minutenlang äußerst forschend in die Augen. Als wäre er nicht sicher, ob es diesen auch wirklich gab…

Krakau, selbstverständlich in Zivil, nämlich einem knapp sitzenden, tundragrünen taillierten Westenanzug, dem ein weißblau gerauteter Selbstbinder etwas recht Sportives verlieh, war ein kleiner, strammer, sogar etwas knüppeliger Herr in Bäcks Alter. Irgendwo wirkte er sofort wie eine kompakte, höchst krachmacherische Leiche auf Sprungfedern, und sehr ungleich Bäck schien er gleichzeitig durchglüht von geradezu knisternder, ja explosiver Daseinsfreude. Sein erstes Bier trank er wahrhaft im Zack-Zack-Stil weg, und gleichfalls in bester militärischer Tradition gab er sofort eine Runde Weinbrand in Bestellung. Übrigens hatte er einen kleinen hübschen Schnauzer wie ich, und er lispelte sogar ein wenig.

»A votre santé!« rief Krakau laut und ließ es scharf klingeln, und als Freudenhammer vorsichtig mit »General! A la vôtre!« parierte, war der Kleine so glücklich, daß er sogleich noch eine Runde springen ließ. Meine Sorgen verflogen schneller.

»Ex multae causae sunt!« piepste Krakau schnell mitgerissen und drehte sich sitzend fast im Kreise, »je vous en prie!«

»Adolf«, ängstigte sich Bäck ein bißchen. Stolz und angenehm überrascht aber zeigte sich hinter dem Tresen Karl Demuth und legte froh den Arm um den Schank-Kellner »Bepp«.

Wir waren wohl alle ein wenig unsicher, wie ein richtiger General zu behandeln sei, auch und gerade Albert Wurm zappelte sehr flackernd mit seinem Feuerzeug herum, er und ich hatten ja den Krieg noch nicht mitgemacht, und Kuddernatsch zum Beispiel konnte sich sicher nicht mehr erinnern. Er wirkte am allerängstlichsten.

»Die Eisenbahnverbindungen«, erbarmte sich also Freudenhammer kernig, »von Tölz nach Dünklingen werden auch nicht die besten sein, General? Jetzt voriges Jahr war erst ein Reservistentreffen in Dünklingen!«

Achtsam sah er den General an.

»Cher!« rief der General sofort eifrig, »die Bundesbahn müßte d'après mon opinion noch viel stärker rationalisieren! Keine sentimentalen Rücksichten! Zackzack! Privatwirtschaftlich wäre es ein Verbrechen, un crime, eine Strecke wie die nach Dünklingen noch weiter zu unterhalten, n'est-ce pas? Die Linie war vollkommen leer, parfaitement unterrepräsentiert!«

»Maginot-Linie«, hauchte ich gleißnerisch.

»Technologie!« Der General lispelte schärfer, auch sprach er vor allem das »i« ungewöhnlich süß aus, jetzt kriegte er von Vroni ein zweites Bier, »wir haben ein Wissenschaftsministerium, Messieurs! Es nennt sich sogar ›Forschungsministerium‹! Und was passiert? Eh bien? Was passiert seit Jahren? J'accuse! Santé!«

»Meiner Ansicht nach, Adolf«, drängelte sich Bäck pflichtbewußt an die Flanke des Freundes, »schaut's in allen Ministerien so aus. Warum hat denn der Leber weichen müssen? Aus dem Verteidigungsministerium …?«

»Meine Rede, mon vieux!« keuchte etwas ruhiger der General, »Leber war évidemment ein überragender Verkehrsminister! Absolument! Solche Leute stellt Bonn heute kalt! Als nächster wird Vogel gehen! Das Justizressort war bisher noch für alle ein Fallbeil!« rief Krakau frivol, »c'est vrai!«

»Clausewitz wär' halt besser«, sagte ich schon koketter und merkte, wie die Kümmernisse des Tages vollends dahinschwanden.

»Die Todesstrafe«, fuhr Krakau wieder schärfer fort, »ist abgeschafft. Dabei mag es bleiben. Ich bin, en effet, kein Henker. Pas du tout! Aber das Thema Todesstrafe ist deshalb noch nicht vom Tisch! Jamais!«

»Die Todesstrafe, jawohl«, wiederholte Kuddernatsch fahrig, traute sich aber dann seine Meinung doch nicht zu sagen, wahrscheinlich war sie auch wirklich gar zu schlecht durchdacht. »Prost, meine Herren!«

»Du bist doch Sozialdemokrat, Wilhelm«, wunderte sich bedächtig Freudenhammer zottig, »dann bist du doch gegen die Todesstrafe!«

»Was heißt Sozialdemokrat?« jammerte Kuddernatsch überführt und schielte geniert nach Krakau »ich wähle je nach politischer … Du weißt es doch! Alois …«

»Was weiß ich?« Ingrimmig haderte Freudenhammer mit dem Freund, sah ihm gewissenhaft ins Auge.

»Was wir heute erleben«, keuchte der General kategorisch nach Art eines Chef-Schiedsrichters, »mon Dieu, es ist die Meinungsfreiheit, die totale Meinungs- und Informationsfreiheit! Liberté de pensées!«

»Die kann nicht gutgehen beim Militär.« Erstmals meldete sich Fred. Ritterlich schief sann jetzt Bäck.

»L'homme est né libre«, beteuerte Krakau fast verderbt, »et partout il est dans les fers!«

»Witzleben«, raunte ich gewissenlos.

»Die allzu große Demokratisierung der Bundeswehr belastet effektiv die Offiziere!« Das war Wurm, äußerst gestelzt.

»C'est intéressant!« Krakau holte groß aus, und das Gesicht des Greisen schimmerte sogar wie Rosé-Wein, »man greift heute toujours das Axel-Springer-Imperium an und vergleicht es mit dem Hugenberg-Konzern … bien sûr …«

»Baron Stauffenberg«, murmelte ich planlos.

»… aber qu'est-ce que vous voulez?« Der General sah uns an: »Eh?«

»Deutschland den Deutschen«, dachte ich stur.

»Gefährdet ist tout de même die Freiheit der Verleger!« rief der General und ließ reizend seine Grübchen wackeln. »Der einzelne Redakteur ist der Freie! Springer vermag die Pressefreiheit nicht zu zerstören, c'est impossible! Zerstört wird die Pressefreiheit von der Technologie, die keine Rücksicht auf den Menschen nimmt! A votre santé!«

»Aber Gott nei!« bekräftigte Albert Wurm und sah bedrohlich Fred ins Haar. Bäck fiel etwas Zigarrenasche in den Rheinwein rein, trank er sie eben mit. Erstmals fiel mir auf, daß Kuddernatsch nur am Kopf vergeistigt wirkte; nach unten, auf den Hosenbund zu, wurde das Ganze immer breiter und weicher. Warum aber trug dieser General eigentlich keine Lorgnette, kein Monokel, nicht wenigstens ein Glasauge?

»Liberté«, faßte Krakau fürs erste feurig zusammen, »ist immer die Freiheit der anderen. Un mot Heinemanns. Je suis kein Sozialdemokrat, je vous en prie, aber ce mot, mon ami«, wandte er sich an Albert Wurm, »sollten wir à tout prix beherzigen! A toute heure! Tout comprendre c'est tout pardonner!«

»Ich bin kein – kein eingeschriebener Sozialdemokrat – warum denn, Paul?«

Kuddernatsch verteidigte sich noch einmal bebend. Die Angst vor dem General machte ihn förmlich vibrieren. Doch Freudenhammer kam behend zuvor:

»SPD ist heute ohne weiteres wählbar«, er wandte sich gewissenhafter an den General, »sie ist für die NATO, General, sie war für die Wiederaufrüstung, sie stellt heut' – glaub ich – sogar den Ressortminister!«

»Absolument«, antwortete Krakau kühler, und jetzt wurde er schon verheerend von Kuddernatsch angestrahlt, »die SPD verfügt heute über einige zuverlässige Leute! Très bien, très bien! C'est adorable ...«

»Gneisenau«, lachte ich leichthin. Wie schön wäre es, wenn Alwin jetzt mitrudern und vielleicht sogar den KGB ins Geschehen werfen könnte!

»Auch bei uns, bei uns in Dünklingen!« traute sich leise Kuddernatsch, und Wurm nickte heftiger: »Im Parlament, Gott 'nei!«

»C'est étonnant!« bestätigte Krakau und rauchte wie entrückt, »honni soit qui mallarmé ...«

Am Infantilentisch war die letzten Minuten über eine gewisse Unruhe aufgekommen, ja es war, noch während der General sprach, sogar recht laut geworden:

»Ich hab kein Geld!« rief ein dicker Mensch, »drum schau ich morgen Fernsehen!«

»Wir haben heute, on écrit, 37000 Tote jährlich Unfalltote!« rief der General kühn, »ich bitte vous, mon cher!« bellte er Fred an, »Völkermord im Alltag, Paul! Suicide!«

»Die hat nie«, lachte ein Infantiler laut und begeistert, »die hat nie Geld!«

»Eine Stadt comme Ihr cher Dünklingen«, klagte der General schärfer, »wird jährlich wegradiert, dem Erdboden gleichgemacht! Scandaleux!«

»Im Fernsehen«, drang's herüber, »ist da morgen was?«

»Immer was!« antwortete der Dicke. Er beugte sich zur Seite. Es war eine alte Frau. Ich hatte sie den ganzen Abend über von hinten für einen Mann gehalten.

»Dünklingen«, sagte Bäck vorbildlich zu Krakau, »hat bloß 12000 Einwohner!«

»Geld ist, darf man sagen, Macht«, kam es vom Infantilentisch, »und wenn du dir heut' ein Moped kaufst tust ...«

»13000«, verbesserte Kuddernatsch riskant.

»Cela m'étonnerait!« wunderte sich Krakau, »30000?«

»Ich sag nichts, ich quietsch' bloß. Ha! Und dann zieh' ich mich aus. Bei mir weiß ich's hundertprozentig, darf man sagen!«

»Noch nicht 13000«, beharrte Bäck barsch, verletzt sah er den kleinen Kuddernatsch an. Gedankenschwerer richtete Freudenhammer den Blick auf Krakau.

»Im Himmel, Erwin!«, jetzt war die alte Schratin aufgestanden, beugte sich über den Tisch und klopfte einem vierten Teilnehmer zärtlichrührend auf die Wange, »da ist nicht schön. Da bist allein! Allein bist! Sakramentsakrament!«

»Parbleu!« schrie Krakau feuriger, »l'enfer, c'est les autres!«

»Aber Paul, aber meine Herren!« eilte sich Kuddernatsch und sah Bäck flehlich-verhaspelt an.

»So hast auch recht!« lachte es massiert von den Resignierten herüber. »Äh! Öh! Wirtschaft!« schrie die gleiche scharfe Stimme.

»General«, Freudenhammer hatte geduldig Ruhe abgewartet, dann wollte er es nochmals wissen, »Sie waren ehemaliger General der Jagdflieger. Darf man fragen, ob es sich dabei um den Jagdverband 44 handelt, der meiner Erinnerung nach mit dem Messerschmitt Turbo Me 262 ausgerüstet war?«

»Chéri«, antwortete Krakau, »laissez le ›General‹. Je m'appelle Krakau.« Der Gast schien jetzt sehr besinnlich geworden: »Wir sitzen, mon bon, alle im selben Boot. Messieurs! Wir leben in einer Zeit der allgemeinen égalité, der Massenkulturen, – andere nennen's Demokratie, à quoi bon?« Glubschäugig gichtig lief Krakaus Blick den reizenden Konturen Vronis nach.

»Demokratie«, lächelte Kuddernatsch andächtig, »wir sind zufrieden«. Alois Freudenhammer aber unternahm einen letzten bergigen Anlauf:

»Demokratie, Krakau«, sagte Freudenhammer nachdenklich, »mag für Offiziere ihren Wert haben, aber ob's für die Mannschaft hinhaut? Unteroffiziere? Man hat's mit der inneren Führung versucht, aber was war?«

»Tout comme chez nous...«, lispelte Krakau leichthin.

»Innere Führung«, sann heiter Kuddernatsch, als ob er gar zu skeptisch sei.

»Die innere Führung hat nur dann Sinn«, schaltete sich Bäck benommen ein, »wenn alle mitmachen und...« Bäck versandete, schämte sich und nuckelte an seiner Hasenscharte.

»Innere Führung«, echote noch einmal verwehend Kuddernatsch. Eine verheerende Spannung war plötzlich entstanden.

»Graf Baudissin!« rief ich da ungeheuer laut und lehnte mich zurück, damit nichts passierte: »Graf Wolf von Baudissin!«

»Graf Wolf von Baudissin!« Krakau sah mir fesselnd, wie in großem militärischem Schmerz in die Augen. Die Spannung schlug in Stille um. »Graf Baudissin. Sie legen mir das Wort in den Mund!« Aller Augen wandten sich jetzt uns zu, der General aber fuhr fort: »Graf Wolf von Baudissin – einer unserer Besten. Ein

Mann, wie ihn die Nation sich nur wünschen kann, wie er ihr alle Jahrhunderte aber nur ein-, zweimal vergönnt ist. Einer unserer«, der General senkte immer mehr die Stimme und lispelte nun gar nicht mehr, »Besten, einer unserer besten Shakespeare-Übersetzer! Wer kennt nicht seine wunderbare Übersetzung von ›Measure for Measure‹, seine reizende von ›Much Ado about Nothing‹, seine sprudelnde von ›The Comedy of Errors‹ – und endlich sein Meisterwerk, seine hinreißende von ›Love's Labour's Lost‹! Meine Herren, ich frage Sie!«

Der General hatte sich sogar wie andeutend halb erhoben. Er sah uns der Reihe nach wie prüfend an, setzte sich wieder. Wir alle warteten gespannt, fast furchtsam. Bei Bäck mischte sich in den Stolz über den Freund sichtbar die Sorge, daß dieser nun aber auch schon das Äußerste an Konzentration abverlangte.

»Graf Wolf von Baudissin«, fuhr Krakau leiser und doch wie schwellend fort, »indessen war nur Übersetzer, Mittler eines noch Größeren, meine Herren – Shakespeares! Shakespeare war der Dramatiker seiner Zeit. Unsere Zeit wartet und wartet auf ihren Shakespeare. Wir leben«, sprach Krakau unangefochten und fast hehr weiter, »in einer unglaublich faszinierenden Zeit, vielleicht sogar in der faszinierendsten Zeit aller Zeiten. Was aber, meine Herren, ist das Faszinierendste an unserer Zeit? Überhaupt?«

Wie todesbereit hatte der General die Stimme wieder angehoben, sah sich im Kreise um. Niemand wußte es. Iberer? Dachte ich vorsichtig.

Am Infantilentisch war es wie übernatürlich still geworden, ja die Zeit selber schien atemlos zu harren.

»Das Faszinierendste an unserer faszinierenden Zeit, meine Herren«, eröffnete uns Krakau fast ton- und wie selbstlos sein Geheimnis, »das sind, meine Herren, und nun passen Sie auf, die wirklichen – Geiseldramen! Etwas ganz unheimlich Faszinierendes! Und noch keiner, keiner unserer hochbezahlten Dramatiker hat sie noch für die Bühne bewältigt. Und dabei wäre es so einfach! Drei Personen! Kleine Bühne, fast kein Bühnenbild! Drei Personen! Zwei Geiselnehmer, eine Geisel! Der Rest ist Psychologie! Klassische Psychologie. Zackzack! Ich sage nur: Zwei Geiselnehmer, eine Geisel!«

Wir alle hatten zuletzt wie unter übermächtiger Anspannung dem General gelauscht. Auch Krakau selber schien jetzt am Ende erbarmungswürdig erschöpft. Eine tiefe Denkpause trat ein. Schwärzer tauchte Herings Bild allwieder vor mir auf. Gegen ihn mußte man etwas tun, ihn zu bannen, mußte ich den Brüdern bei der Fahrt zur Arbeit nachfolgen.

»Ja dann!« sagte ich, ohne zu fackeln. Es war, als ob meine Worte die Unseren von einem schweren Bann befreiten.

»Man müßte«, traute sich als erster Fred, »mehr Zeit haben, um die alten Kisten wieder zu lesen und … Othello …«

»Meine Herren«, erkühnte sich als nächster Kuddernatsch nach ein paar weiteren Sekunden, »darf ich stellvertretend für alle … unseren verehrten Gast …«

»Charmant, charmant.« Krakau, offenbar selber von seiner großen Last gelöst, gab eine Runde Schlehenfeuer in Auftrag und sah dabei äußerst zotig an Vroni empor: »Mon enfant, ich würde es mir als großes plaisir, wenn es … unserem Vergnügen … mon enfant charma …!«

Der Satz fiel ihm nicht mehr ein. Gleißnerisch aber spitzte der General das Mündchen. Er piepste und lispelte jetzt wieder wie zuvor.

Artig holte Vroni noch ein Gläschen und gab dem Greis stehend die Ehre.

»Charmant …«, wiederholte Krakau inniger und rankte den Blick liebäugelnd an der jungen Brust empor: »Délici …!«

»Prost, Paul!« Auch Kuddernatsch liebäugelte jetzt freier mit dem Busenfreund, »auf … Baudissin!« Bäck schien sich wieder ein bißchen zu grämen, es war aber nicht klar, über wen. Freudenhammer sah recht gedrückt drein, aber wie immer hoheitsvoll. Er kratzte sich wie abwartend am Arm.

»Messieurs!« Krakau wollte sichtlich für seinen Erfolg bei Frauen bewundert werden, »Sie sehen: absolument comme-il-faut! Vive la vie – vive la … la … l'amour …«

»La petite fleur différence«, half ich. Für Sekunden mußte man glauben, der General stürbe vor Wonne vor unser aller Augen hinweg.

»N'est-ce pas?« Krakau widmete Vroni weitere huldvolle, ja schon dummdiebische Blicke, hob sogar den Becher, »wie der Pole sagt … auf das, was … vive l'amour toujours!«

Zwei Geiselnehmer, eine Geisel. Er hatte es trotzdem auf den Begriff gebracht. Und ein alter Theoretiker wie ich war nicht draufgekommen!

Die Unsren schienen ab sofort sehr locker, wie ausgelassen fast.

»In der DDR«, Bäck zog kaum den Kopf mehr ein, »straffes Regime!«

»Alois, wenn du noch was trinkst«, Kuddernatsch suchte verschämt den Freund, »trink ich auch noch was …«

»Straff!« wimmerte auch Krakau: »Mon Dieu! Pour leurs beaux yeux …«

Vroni hatte sich wieder entfernt.

»Der Numerus clausus und die Berufsverbote …«, hörte man plötzlich Fred, »wie war's denn in Weimar, zu Weimars Zeiten?«

»Was wir heut' haben, Gott nei«, das war kriechend Wurm, »ist primäreffektiv die Neutronenbombe!«

»Hodenstoßkatastrophe, Wurm?« sann ich halbwach. Drei Infantile brachen lauthals auf.

»Où est la femme?« rief Krakau köstlich und orderte sogleich Champagner.

»Aber meine Herren!« ächzte sehr glücklich Kuddernatsch. Er war zweifellos der beste »Aber-meine-Herren«-Rufer unserer herrenlosen Zeit.

»Charmant«, hörte man später den General nochmals zwitschern. »Pardonnez-moi …«, murmelte er gleich drauf selbstvergessen, »quelle beauté …!«

Wenn ich etwas wirklich dumm finde, dann Generäle, die so fürchterlich schlecht französisch daherparlieren. Ich verabschiedete mich, so gut und schleppend es ging. Nippte nochmals vom lauwarmen Sekt.

»Ah, quel plaisir«, hörte man noch unter der Tür Krakau krähen, »d'être soldat ...!«

Wahrscheinlich wackelte ich ziemlich, als ich nach Hause watschelte. Geisel und Geiselnehmer – das war das Gesetz, nach dem wir der inneren Führung der sozialen Demokratie nach angetreten. An sich verabscheue ich Militärs aus Herzensgrund. Dieses Gespenst aus Bad Tölz! Aber was war das, was trotzdem so süß und innig ins Gemüt mir geströmt war, ins heute bereits so viel erschütterte? Nach Hering – noch eine Warnung? Eine Ent-Warnung? Sollte ich versuchen, darauf zu warten, mich nochmals in Vroni zu verlieben?

Bevor es zu spät war! Verlorene Liebesmüh?

Ah, ich sah alles noch sehr gut! Braun moppelten Stadttürme durchs Stahlbadblau. Blattloses Geäst, aus den schneeigen Schießscharten schwefelten die Nebel-Sylven, der Wehrgang zwischen Schaufler- und Immlertor schämte sich still einer libellenhaft zarten Fernsehantenne. Da war früher ein anderer Wind. Im kalten Dunkel versuchte ich nacheinander lüstern, andächtig und dann spitzbübisch dreinzusehen. Es half nichts. Mußte ich also tatsächlich 6 Uhr früh aufstehen, die Buben gemeinsam zur Hütte fahren zu sehen – erstmals außerhalb der Zeit, außerhalb des Stadteis, auf hohem ungeschützten Fahrrade, Hering zu trotzen, den General zu widerlegen ...

Ecrasez l'infame!

Die Nacht klirrte, schepperte vor Windstille und Kalauerhörigkeit. Es war zum Davonlaufen und lud zum Bleiben ein, ewig, ewig. Na, wenigstens hatte der erzdumme General von den Iberern selber nichts mitgekriegt. Und mich mit Arreste bestraft. Da lob ich mir dennoch die Wehrmacht! Die hat wirklich von nichts Ahnung! Geschweige denn Gegenwart.

Bald würde es Frühjahr werden.

*

Am nächsten Vormittag – Samstag vor Septuagesima – schlich ich ihnen fast hautnah nach, die freieste immerhin aller Geiseln, jetzt war schon alles eins. Beide trugen dunkelgraue Hüte und etwas lichter graue Mäntel. Ich selber hatte mich diesmal unter einer Zipfelmütze recht ulkig getarnt, außerdem vertraute ich einem alten Fahrtenanorak in laubfroschfarbenen Mimikrytönen. Erst auf der Straße merkte ich, wie ich aussah. Der Anorak reichte mir bis an die Knie jener Füßchen, die jetzt eigentlich einen Rancher über die Maisfelder von Texas hätten tragen sollen.

Nein, Alwin hatte heute nicht mitschleichen dürfen – irgendwie wußte ich bereits beim Erwachen, daß er die sinistre Postkarte doch geschrieben hatte. Nicht daß ich ihm das übelnahm, um Gotteswillen, nein, aber bestraft mußte der alte Hansdampf schon ein wenig werden.

Unbarmherzig schob ich mich, eine Art aufdringlicher Schleppenträger hoher Souveräne, an das Brüderpaar heran. Auf der Höhe des »City-Imbiß – Würstl Grill«, gegenüber dem Helfricht-Barockerker, hatte ich schon Erfolg. Es war ganz deutlich zu hören:

»Die Tankstelle hat jetzt auch ...«, so wehte es mit an Sicherheit grenzender Wahrscheinlichkeit aus dem Mund Finks nach hinten – noch eindeutiger aber Kodak war es, der darauf antwortete:

»... das war wahrscheinlich wegen der Zufahrt!«

Und Kodak hatte gleichzeitig einen zornigen Kringel in die Luft gemalt.

Es waren mittelhohe, etwas kratzige und zugleich schmalzige, ja ganz leis eunuchenhafte Stimmen. Sie sprachen ein moderiertes Tempo. Schon vor der großen Bahnhofskehre traf mich die nächste kleine Himmelfahrt. Das erregte Schulterwippen verriet eindeutig Kodak als den Sprecher:

»Kriegsdienst? Hat er nicht Kriegsdienst geheißen?«

Mir wurde leicht übel oder schwindelig oder bezuckert, und ich scherte aus der Verfolgertruppe aus. Mein Entschluß stand fest, und am darauffolgenden Mittwoch, 4. März, war es soweit. Um halb 6 Uhr ratterte der Wecker, ich zog mich sorglich warm an, um 6 Uhr 20 stand ich an dem Radweg, den mir Fred beschrieben hatte und der zur Leopold-Eisenhütte führte. Hinter mir erwachte silberfahl eine Allee mit vielen rauhreifglitzernden, schattenhohlen Büschen. Die waren wichtig.

Ich wartete, gähnte verhalten. Schön war das, wahrhaftig! Morgenkühle, scheckig, kräuselte sich wohlig über Herz und Verstand und machte die letzten Schrauben locker. Sollte ich mein Haustürschild in »Klavierpädagogik-Detektei« umbeschriften? »Objektforschung«? Gottseidank war ich nicht im klirrenden Januar drauf verfallen bzw. dahin gestoßen worden, sondern erst mit Beginn der Milde. Jedem ist sein Schicksal auferlegt, niemand weiß Bescheid. Und was konnte man auch schon um 6 Uhr 30 früh Besseres tun als zwei arbeitswilligen Holzköpfen bei der Ausfahrt ins Werk zuzuschauen?

Verliebt sah ich den Busch-Reif an.

Um 6 Uhr 44, nach dem dritten Tageskaugummi, kamen zwei des Wegs geradelt, sie mußten es sein und sie waren es. Rasch umfing mich das feuchte Gebüsch. Wenn jetzt ein Streifenpolizist unterwegs gewesen wäre, er hätte mich zur Personalkontrolle mit auf die Wache schleppen müssen, ich aber hätte als prophylaktischen Namen »Stefan Knott« angegeben. Oder »Jimmy Carter«? Hatte ich überhaupt meine Papiere mit mir? Das Reif-Gefeuchtel kitzelte mich im Gesicht, aber ich sah heldenhaft geradeaus. Wenn ich jetzt an Herzschlag stürbe? Würde man mich in einem Verbrechergrab ohne Witwen-Rente verscharr – –

Kodak radelte voraus, Fink fünf Meter hinterher und in der Beinhaltung nicht ganz synchron. Es war nicht recht klar, ob der Wulst an beider Bäuchen von weiter fortgeschrittener Dickheit herrührte oder von einem wärmenden Kissen, das sich die beiden jeweils in den Leib geschoben hatten. Auf dem Kopf trugen sie einheitlich Schüttelkappen, wie man sie um 1944, zur Zeit der Reichsgründung, hatte. Kriegsdienst. Die Gesichter waren durch schalartige Lappen ziemlich verdeckt, aber deutlich schnurgeradeaus gehalten.

Die Fahrräder habe ich nur unscharf wahrgenommen. Rennräder waren es mit Sicherheit nicht, auch wäre mir keine Gangschaltung aufgefallen. Sie hatten überhaupt nichts Verwegenes. Ich weiß nicht, warum, aber heute bin ich sehr sicher, daß es »Miele«-Räder waren.

Jetzt stieß die nahe Eisenbahn einen vielsträhnigen Pfiff aus, gleichzeitig hörte man, wie auf der anderen Straßenseite in einer Baracke ein Radio angekurbelt wurde: Familie Kriegsdienst?

Als die Buben auf ihrem Radweg weit genug entfernt waren, wagte ich mich stillbenommen aus meinem Versteck. Sah ihnen nach, bis eine Hausmauer sie verschluckte. Wie mir so wohl war, so wohl! Es fing an, vor dieser prächtigsten Welt sanft mich zu graulen. Aber wie schön wäre es erst gewesen, wenn ich die beiden beim Klingeln gehört hätte! Oder daß sie sich aus Spaß wechselseitig angeklingelt hätten ... in dieser heiligen Märzensfrühe ...

Zirpten Zikaden? Nein, war ja noch Winter ...

Geile geile Geisel. Jetzt kam im Kopf wieder etwas Bänglichkeit auf, krabbelte, trottete auf die Wollust zu, und ich trottete Richtung Heimat. Wenn sie mich gestellt hätten! Alwin engagiert und mir über diesen Riesen-Kinnhaken verpaßt hätten! Wenn mich – schon mußte ich wieder grinsen – Kodaks seismographischer Blick aus dem Gebüsch herausgezaubert hätte! Wäre dann alles aus gewesen?

Das Küchenfenster im Schelmensgraben war schon hell. Jetzt griffen sie langsam zu Hammer und Sichel, dem Sheriff Alwin und seinem Sozialismus zu dienen. Kathi schlief noch, aber Stefania Sandrelli war schon auf – seit Kathi in den letzten Tagen kränkelte, besorgte sie allein die ganze verlumpte Menage. Und plötzlich wußte ich es: Wenn alle um diese Zeit schon auf sein würden, würde heute auf der Welt ein anderer Wind gehen! Jawohl!

Schwiegermutter wunderte sich, daß ich schon in voller Montur zurückkam, normalerweise schlummre ich bis 9 Uhr. Wir frühstückten und begannen dann, 66 zu spielen. Als das zu langweilig wurde, trabte ich, eigenartigerweise wieder in meinem Laubfrosch-Tarnanorak, in die Stadt.

General Krakau entging ich dennoch nicht. Ich lief ihm im Tchibo in die Arme, es gab ja schon kein Fluchtloch mehr, und mir war alles recht.

Der General schien sogar schon eine Kleinigkeit getrunken zu haben, denn nicht nur rutschte ihm wieder sein Jägerhut mit Gamsbart vom Schnurr-Kopf, er zeigte heute auch gelblich glänzende Augen und klopfte sich mehrmals mit der linken Handkante gegen den rechten Puls.

»Niedliches Städtchen, sehr niedlich, mein Freund«, lispelte Krakau los und packte meinen Arm, »wie schade, daß es heute wieder südwärts geht, ha! In den Süden! Tölz – die Pforte des Südens!«

Im »Tchibo« herrschte schon Hochbetrieb – wie ich von Wurm wußte, gab es da sogar mehrere Stammtische, und an so einem Frauenstammtisch hörte man jetzt auch Bruchstücke schweinischer Witze.

»Sie besuchen uns wieder?« fragte ich den General engagiert.

»Worauf Sie sich verlassen können, Freundchen!« Im Übereifer steckte Krakau eine Zigarre an, wurde aber von der Tchibo-Frau darauf aufmerksam gemacht, daß dies verboten sei. Der General schien sich einen Moment lang nicht ganz schlüssig zu sein, ob er kämpfen oder resignieren solle, er seufzte schließlich laut und schnippte dann mit kessem Schwung die glimmende Zigarre zur Tür hinaus. Wenn jetzt Samstag gewesen wäre, und die Zigarre hätte die Brüder getroffen! Was für eine unsterbliche Begegnung wäre das geworden!

Krakau saugte mehrmals an seiner leeren Tasse. »Bäck ist auf den Ämtern«, lispelte er fast mysteriös, »und mich ruft Tölz. Es waren wunderschöne Tage in Dünklingen. Dieses Hochmittelalter! Sie sind verheiratet, Kamerad?«

Der rundliche Herr wirkte heute im braunmelierten Blouson und in der braunen Kniebundhose trotz Trachtenhut und wiederum weißblau gerautetem Binder konziser, militärischer noch als neulich. Ich nickte triste und ließ ein wenig die Zunge um den Mund kreisen. Seitlich hörte man einen Witz, der von dem Wortspiel »Gen Italien« handelte. Krakau ruckelte an seinem Hosenbund, rollte inflammiert die Augen und ging vollends zum Hurra-Stil über:

»Meine Gratulation! Zu Ihrer Stadt!« Er lispelte kapriziös. »Ganz wundervolle junge Frauen, ah! Wohin das alte Auge krei – streift, ein wahres Frauenwunder! Und auch als Stadt!« Er modelte an seinem Kopf herum und stellte superb die Beine breit.

Jetzt reichte Fink sicher die Thermosflasche mit Tee an Kodak weiter. Oder schon den Steinkrug? »Sie müssen, General«, sagte ich möglichst pretiös, ich stockte, errötete, aber es kam jetzt einfach über mich, »Samstagmorgen oder -abend oder Sonntagmorgen oder -abend unser Stadtei durchstreifen«, hier schwand mein letzter Biedersinn, »denn dann, General, erstrahlt Dünklingen erst in seiner ganzen Iberer-Pracht!«

»Ich habe Frauen gekannt«, lispelte der General degoutant, »Damen gekannt, von denen …«

»Frauen«, ging ich möglichst ennuyiert dazwischen, denn der General ließ bereits gar zu aimabel die Augen durch den Tchibo-Laden kullern, »sind natürlich … auch in Ordnung!« Ich meisterte zur Entspannung eine espritreiche Grimasse zur Zimmerdecke. »Aber, General, mal ehrlich – da gibt's doch noch was, General!«

»Jede Frau ist eine Gottesfeier!« Der deliziöse Mann sah jetzt sehr elanvoll, ja enragiert gegen den seitlichen Tchibo-Frauen-Stammtisch, der dort immer mehr hochzüngelnde Lärm schien ihm zum Teil sogar zu gefallen, auch war ein spektakulär blond aufgepludertes Gift jetzt hinzugekommen. Aber ich gab nicht auf:

»Sie müßten, Krakau«, säuselte ich pikant und degagiert, »erst einmal die Männer unserer Stadt unter die Lupe nehmen, aber natürlich nicht un peu und en passant, sondern – passionellement!«

»Hahaha!« Der General wieherte maliziös à la manière de notre alten Kavalleristen. »Ich besorge noch zwei Schälchen, ja? Kaffee regt den Kreislauf an und ab – und plötzlich sinken wir ins kühle Grab! Hahaha!«

Freudenhammer hatte schon recht gehabt, als er den General so mißtrauisch fixierte. Ein sonderbarer Gast – fürwahr! Eben ging Pfarrer Durst am Tchibo vorbei und äugte schmerzlich durchs Fenster. Krakau schwankte zwei Tassen an und knöpfte sich den Binder auf.

»Frauen«, rief er dolorös und rückte mir wieder näher auf den Pelz, »sind wie Versprechen, die sie und wir nie einlösen!«

»Wie Heinemann sagt«, sagte ich sérieusement, »aber wie heißt es in Ihrem Lande, General? Na? Liberté, Egalité und – und?« Sollte ich ihn embrassieren?

Krakau schlürfte formidabel, kam aber nicht drauf.

»Fraternité! Wir haben in Dünklingen, mon General, ausgesprochen schöne, liebliche, ja gracieuse Brüderpaare – wirklich! Réalité! Und besonders eines – eines! – sollten Sie sich ruhig – ruhig! calmement! tranquillement! silencieusement! – anschauen. Eines besonders! Particulièrement!«

Jetzt war ich aber doch sehr erschrocken.

»Schwul?« fragte Krakau kurz und schneidig. Aus seinem Gesicht war jede Ferkelei verschwunden. Der kleine Mann nahm Stillgestanden-Haltung an:

»Wie bedauerlich für Sie!«

»Und dann«, lachte eine Frau mit Blumenkopftuch seitlich auf, »ist der Vertreter in den Abort reingefallen!«

»Verheiratet?« fragte Krakau.

»Eben«, flüsterte ich. Linkerhand ging eine Sirene los.

»Ich habe es schon vergessen«, sagte Krakau tonlos, »es gibt solche Fälle, da die Natur sich selber schändet. Gott allein kann hier befinden.«

»Nicht schwul!« hauchte ich, »es ist Kriegsdienst!«

»Es soll Ihr Geheimnis bleiben«, versprach mir der General flüsternd und trank seinen Kaffee aus. Schmerzlich aber verzerrten sich seine Lippen.

»Es ist wie«, ich war wieder mutiger geworden, »Ihr Grundriß vom Geiseldrama. Zwei Geiselnehmer, eine Geisel!«

Der General sah mich verständnislos an. »Geisel!« beschwor ich nochmals. Krakau konnte sich an nichts dergleichen entsinnen. Wirklich, er war ein sonderlicher Generalissimo!

»Das Grunddrama unserer Zeit!« umgarnte ich ihn geradezu. Der General schüttelte den Kopf. Ich trug ihm seine eigenen Gedanken vom vergangenen Freitag vor.

»Alles Psychologie!« bat ich abschließend.

»Interessant!« antwortete der General, der sehr gnädig gelauscht hatte, proper und zog seinen Binder stramm, »aber ich werde sie für mich gewinnen, ja, das werde ich! Kamerad, Sie sind Berufsklavierspieler, wie mir Bäck berichtet. Bäck macht es nicht mehr lange, ich weiß es!« Echte Tränen glitzerten plötzlich in Krakaus Augen, aber er riß sich schon wieder am Riemen. »Sie sind Berufspianist. Ich lade Sie ein nach Tölz, und wir werden vierhändig spielen. Mozart, Schubert, die Militärmärsche, Beethoven. Es gibt keine größere Offenbarung als die Diabelli-Variationen vierhändig! Der Atheismus hat keine Chance. Und ich werde sie für mich gewinnen! Jede Frau ist eine Gottesfeier!«

Zum Abschied steckte sich Krakau nochmals eine Zigarre an, wurde aber von der Tchibo-Frau erneut daran gehindert. Der General schlug sich daraufhin wie besessen vor den fast grün lich gewordenen Kopf und warf auch diese Zigarre auf die Straße hinaus. Er kam zum Tischchen zurück, und wir schritten gemeinsam zur Türe. Er hatte noch kürzere Beine als ich!

»Mein Freund, betrachten Sie sich als eingeladen. Ich komme wieder! Ich bin ein alter Mann. Aber die Liebe höret nimmer auf!«

Im gleichen Augenblick betrat Pfarrer Durst den Tchibo-Ausschank.

*

Und während alldem hatten Fink und Kodak das Eisen längst geschmiedet, solange es noch warm war. So war es richtig. Ein Schritt vorwärts zur Lösung des Terroristenproblems. Während wir alten Pornografen herumtapern, arbeiten diese katholischen Wurzen wenigstens noch ein bißchen.

Der Frühling aber kam wieder, der zweite.

Offen gesagt, nach der Begegnung am Fahrradweg ließ ich es, was die Brüder anlangt, wieder etwas langsamer angehen, ließ es wieder etwas schleifen. Man durfte sie nicht gar zu sehr strapazieren, gar so usurpieren. Ich sah sie damals, im März, meist nur zweimal, oft nur einmal wöchentlich vom »Aschenbrenner« aus, es gab offenbar momentan auch nichts Neues, nichts Kitzelndes, Weiterführendes, Ergreifendes – ja, und ich war's ganz zufrieden so, denn in jeder Bindung braucht es auch Phasen der Erholung, der Meditation und –

Mein ungeheurer Schwengel
Ist ein gar dunkler Engel
Noch gibt er Ruh, der Aff,
Noch ist er morsch und schlaff,
Doch wird er erst mal wach,
Dann, Frauen, guten Tach!

– kurz, einmal hatte ich die Iberer wegen einer Matinee versetzen müssen, ein andermal wegen eines Symposions in Würzburg, zu dem mich Dr. Brändel eingeladen hatte – um so zarter hatte es mich plötzlich an einem Samstagabend im April wieder in den Bannkreis der Brüder gedrängt, ich hatte mich nachmittags extra aufs Ohr gelegt, um ganz frisch zu sein, sanfte, fast sinnenfreie Sehnsucht zitterte auf, zitherheimlich, lauschig, Nähe suchend –

– die Strafe aber folgte wortwörtlich auf dem Fuße. Rollte hinter mir her. Um 16 Uhr 30 war ich losgegangen, um 16 Uhr 45 war es schon passiert; ich sah mich wie von ungefähr um – und:

Sah etwas – Großartiges:

Diesmal plumpste mir der Name sofort und mit Wucht ins Hirn: Kohl, jawohl, Kohl. Kohl. Ich kannte sie mit vier Jahren. Ich wußte auch sofort, wo sie herkamen, wenn sie da wohnten, wo sie immer gewohnt hatten, und da wohnten sie noch, das wußte ich auch. Ich wußte gleichfalls, wohin sie gingen, wenn sie dahin gingen, wo sie seit hundert Jahren an Samstagnachmittagen hingingen. In den Rosenkranz.

Man konnte sie Nachbarn nennen. Oder auch nicht. Ich hatte sie seit 30 Jahren nicht mehr wahrgenommen. Aber ich hätte wissen müssen, daß es sie noch gab. Was hätten sie denn sonst tun sollen, als daß es sie ewig einfach gab?

Die Sonne war kräftig und warf violettschwarze, deutlich ausgeschnittene Schatten. Trotzdem ist nicht leicht zu beschreiben, was ich in der Eichenforststraße, hundert Meter vor der kleinen Liebfrauenkirche, sah:

Voraus ging die Großmutter. Sie war die absolut höchste Person, männlich vierschrötig, mit einem schwarzen Hut auf dem haarlosen Kopf, der Rest aber war in irgendwie buntartige, fast irishafte reichfarbene Lappen eingekleidet, um welche sich andererseits etwas wand, das wie eine Häkelstola dreinsah. Trotz solcher Einbußen war die Großmutter die mit Abstand ansehnlichste Person der Gruppe. Ein Scheibenwischer vor den Augen hätte mir sicher sehr geholfen; aber eins sah ich doch: diese Großmutter schritt auch am gehaltvollsten aus, ja sie hinterließ deutlich den Eindruck einer unangefochtenen Führerin. Sie, die nach meinem blitzartigen Überrechnen mindestens 90 sein mußte, schleppte neben sich ihren Enkel, den Sohn Kohl, den man auf 42 schätzen durfte. Er war ein Kretin. Sein käsiger Wasserkopf gleißte vor Verblödung und Unschuld, vielleicht sollte man ihn einer abgeschälten Birne vergleichen, vielleicht auch einem ins Große explodierten Schabtierchen. Ich erinnere mich außerdem genau, daß dieser Sohn Kohl, obwohl wir erst April schrieben, seine Augen, ja praktisch seinen ganzen Kopf hinter einer Sonnenbrille verbarg, wohl um wie christlichsozial das Ärgste an Schrecken zu verheimlichen.

Er war zwei Köpfe kleiner als die Großmutter. Mutter und Tochter, die in etwa vier Meter Abstand folgten, waren etwa gleich groß, siedelten größenordnungsmäßig zwischen Großmutter und Sohn und erreichten wohl auch zusammen die Größe eben dieser beiden zusammen. Wieder etwas hinterdrein kam der Vater dahergekrochen – im nachhinein erscheint er mir irgendwie größenlos, gleichsam ohne körperliche Ausdehnung. Er mochte, wie die Mutter, etwa 68 zählen, die Tochter mochte auf die 50 zugehen.

Bekommen sie schon keine geile Mätresse vorgesetzt, dann wollen meine Leser doch wenigstens dieses Quintett zur Kenntnis nehmen. Ich berichte den Vorfall aber nicht etwa nur deshalb, meine Leser zu bezaubern – ich selber war hingerissen, ja mir war in Wahrheit lüstern und – penetrant zugleich geworden. Heute, bei der Niederschrift, sehe ich nur noch den Gesamteindruck von aschgrauer Nachtschwärze (wenn das Paradox gestattet ist), der auch die teilweise bunte Großmutter mit einschloß. Der Schwärze aber korrespondiert im verflimmernden Erinnerungsfoto eine gewissermaßen fünfmalige natürliche Gelbsucht mal Gedunsenheit. Und wenn ich es noch einmal in ein Oxymoron kleiden darf: Als Gruppe kamen sie des Wegs wie schwarzmutierte Galápagos-Schildkröten. Mein heller Schock aber, das ahnte ich sofort, verdankte sich der Tatsache, daß ich etwas vergleichbar Gelbschwarz-Verschimmeltes, Tödlich-Todesheiliges noch nie erblickt hatte – gleichzeitig aber fast freudvoll wußte, daß ich es vor 30 Jahren schon einmal gesehen hatte, daß es sich in den letzten 30 Jahren aber nicht im mindesten – verschlimmert hatte!

Wie bei Hering!

Und das war der Punkt, das war das Prinzip Hoffnung!

Von einer bestimmten gelben Schwärze ab konnte es gar nicht mehr gelber und schwärzer kommen!

Ich stand und schaute – und wußte, wie nur jemand weiß, der sich einmal mit Chemie eingelassen hat: Die fünf Kohls waren konkurrenzlos. Sie waren, einzeln und als Team, Opfer und – Gesegnete der Katholizität. Der Katholizität von Geburt an, sie hatten es nie anders gewußt, die Kraft des römischen Papstes hatte sie von Haus aus verschweißelt und verdammt – und, auch dies ahnte ich sogleich, ihnen nachstarrend – sie waren gut dabei gefahren. Das Äußerste an katholischer Verludertheit war ihnen gut bekommen – ja der Segen der Ecclesia triumphans hatte sogar noch ein kleines optisches Zauberwerk zuwege gebracht: die schwarzgekleidete Truppe der zweiten und dritten Generation, das waren die geistlichen Herren, die Prälaten der unteren Hierarchie, die Großmutter aber in ihrer bunten Tracht schritt als hermaphroditischer Bischof voran – –

Jawohl, sie schritten – ich wußte es von der ersten Sekunde an, und es gibt keinen Anlaß zur Stilisierung – auf das Liebfrauenkirchlein zu, wie sie es immer gemacht hatten, wenn Samstagnachmittag das Glöcklein peitschte. Ich brauchte ihnen nicht einmal zu folgen. Ich hätte die Augen schließen können und hätte gesehen, daß und wie sie auf die kleine Tür zuschritten und dann voll hineinplumpsten.

Zur Beruhigung, zur Kopfankurbelung, kaufte ich eine Rolle Drops. Kaugummi allein reichte hier nicht.

So mancher Medizinprofessor oder moderne Dramatiker hätte sich nach diesem Quintett die Hände abgeschleckt, es sofort für seine Vorlesungen, für sein Theater engagiert. Für mich galten andere Interessen. Für mich ging es einfach darum, äußerste Besonnenheit zu wahren. Sicher, die Kohls lagen zum Beobachten näher und bequemer als die Iberer, sie wohnten in meiner Nachbarschaft, sie gingen langsamer als die Brüder, ihnen war auch das Kainszeichen der Heiligkeit schon überdeutlich an die schwarze Kluft geschrieben – für den, der ihnen nachfolgen wollte, operierten sie schon außerhalb jeder Entdeckungsgefahr – aber – –

Nieselregen klopfte beschwichtigend auf den St. Neff-Ballon. Sie waren verschwunden, von der Kirche geschluckt. Dies selber – war es! Was mir so gefiel! Was mich so aufpeitschend besänftigte! Eine Ampel stand auf »grün«. Blieb ich also stehen. Als sie auf »rot« sprang, fiel ich munter auf die Straße. Es war keineswegs meine Absicht. Sondern geweihter Wille.

Sie hatten ein Milchgeschäft. Meines Wissens seit 1848. Klar, so sahen sie auch aus. Es rundete sich alles. Es war die fromme Milch der Gottesmutter persönlich.

Das Milchgeschäft lag ganz in der Nähe des Schelmensgrabens. Fünf, sechs Straßenecken, da sah ich es schon:

MILCHHANDLUNG
H. KOHL

Es war die gleiche Schrift wie vor 42 Jahren, eine kerzengerade, wenn ich es recht verstehe, Intarsienschrift, schwarz auf – ich schwöre! – gelbem Grund. Der Regen war stärker geworden. Oder trieb es mir Tränen in die Augen? Ich trat vorsichtig näher und lugte in die schmächtige Auslage. Ich mußte laut lachen und lache jetzt am Schreibtisch abermals. Fünfzehn Milchflaschen, Literflaschen, standen in Reih und Glied. Davor standen je fünf Beutel

Rottaler fettarme Milch links – und fünf Beutel Kakaotrunk rechts. Das war es, das Zugeständnis an die Jetztzeit.

Das war es, das Tückische, das Zeckige, ja Zickige. Längst war klar, die Kohls, als Erscheinung und Institution, waren, nach Hering, die zweite große Prüfung geworden. Die Versuchung des Ganz Anderen. Der Herr in der Wüste war standhaft geblieben, hatte sich mit Heuschrecken begnügt, hatte sich nicht durch Heringe und süße Milch hereinlegen lassen, auch nicht durch Kakaotrunk. Obwohl – man müßte es tatsächlich mal mit Kakao probieren … aber daß die fünf Kohls wie das Domkapitel höchstselbst auftanzten – das war das Infame, das Infernalische, war der Trick … indessen die Iberer doch gleichsam durch Fotoapparate humanisiert – –

Schon wieder mußte ich lachen. Meckern. Wie aber, um Gotteswillen, sollte denn dann die dritte, die schwerste der Prüfungen aussehen?

Die fünf Kohls konnten jeden Moment aus dem Rosenkranz zurückrollen. Ja, wahrhaft, ein Rosenkranz-Rollkommando! Ich machte, daß ich wegkam. Trudelte nach Hause, sah kurz Stefania und Kathi beim Fernsehen zu und zockelte unter einem Regenschirm ins »Aschenbrenner«. Den Iberer-Aufmarsch hatte ich endgültig verpaßt – lächerlich spielend abgelenkt durch fünf Kohls. Zum dritten Male mußte ich lachen, ich sah ihr Bild wieder vor mir. Nein, die Brüder hätte ich heute gar nicht mehr sehen wollen, der Tag war schon entweiht – durch Gottes Mannschaft persönlich! Herrgott, war das ein Durcheinander, Sakramentsakrament!! Redet so ein gestandener Agnostiker des Wegs – pardon, mon General: daher …?

Ob die Brüder überhaupt bei strömendem Regen gleichfalls ihre Bahn zögen? Zweimal bei Tröpfelregen hatte ich sie schon betrachtet – rätselvollerweise nie bei wildem Regen. Hm. So was. Sie waren eben das schöne katholische Wetter selber, indessen das Kohl-Quintett mehr den schildkröten-knappenhaften Leidenszug Christi – –

Heiland, mein Kopf!

Im »Aschenbrenner« saß Albert Wurm und hechelte mit Kopf und Armen auf eine erstaunlich junge Frau ein. Daß es so was auch noch gab! Ich nahm etwas entfernt Platz, halbherzig spitzte ich dennoch aufmerksam durch den Fenstervorhang, biß auf die Lippen, daß es weh tat.

»Praktisch, Frau Öller, müssen Sie verstehen, daß wenn Ihr Mann effektiv im Verhältnis zu Ihnen ein anderes Verhältnis eingeht, dann ...«

Obwohl Wurm sich um gedämpftes, wie rauh-anzügliches Sprechen mühte, drang dies und jenes an mein Ohr, das Café war ziemlich leergefegt.

»Ein Mann, Gott nei, da kenn ich tausend ähnliche Fälle, wenn er das zweite Mal mit einer Frau faktisch wieder unter einer Bettdecke bzw. zwischen Tisch und Bett ...«

Eigenartig, wie konservativ symbolisch der Himmel sich verhält. Ein Wetter hatte sich endlich zusammengerottet. Geistlos goß es quer durch Deutschland, bis zur tauben Seelenverfinsterung. Sturm wirbelte den Regen hin und her, blies da nicht ein Totenglöcklein? Die Kohls aber, geschützt durch die Macht des Rosenkranzes – –

Brr! Ich durfte nicht dauernd an sie denken!

»Und immer und immer wieder hab ich's erlebt!« Ich spitzte ein wenig zur Seite. Wurm fuhr mit der Pseudo-Belmondo-Nase emphatisch auf die Frau zu und verknäulte wie unter Lebenseinsatz alle zehn Finger ineinander. Die Frau sah etwas dämlich aus und lauschte scheint's sehr interessiert. Eine rechte Kleinstadtpomeranze.

Ich hatte beide Arme parallel auf den Tisch gelegt. Das »Aschenbrenner« sah aus wie ein Sterbekämmerchen. Erst nach einer halben Stunde bequemte sich Wurm kurz an meinen Tisch.

»Hab morgen keine Zeit zum Billard!« Fröstelnd spürte ich um so brenzliger Wurms junge Lebens- und Liebesglut. »Ich muß praktisch schon nach der Arbeit zum Steuerberater nach Weizentrudingen!« Wurm rieb vital die äußeren Handflächen aneinander, es war praktisch die Umkehrung einer Gebetshaltung. »Hab dich heut' übrigens stehen sehen an der Gott nei – na, wie heißt's? – Liebfrauenkirche, hähä!«

»Hm?« murmelte ich weinerlich und machte mich heim. Sah minutenlang faktisch in meinen großen Spiegel, fand nicht, was ich suchte, geriet in eine unermeßliche Rage und mopste mich unter die Decke.

Verfluchter Wurm! Warum sandte der, Gott nei, Herr immerzu Katholiken als Prüfungen für die Hauptkatholiken wider die werdenden? Warum schlief ich faktischpraktisch nie bei meiner Frau? Oder wenigstens bei meiner Schwiegermutter!

Ça ira! Jetzt galt es Treue.

Noch einmal, wie belämmert, rauschte vorm bleichen Fenster minutenlang Regen auf und nieder. Pelikanen hatten sie auch entfernt geglichen, sehr alten Eismeerläufern, die wunderbar – –

Nieder mit Verrat! Treue bis zum off'nen Grabe Freudenhammers!

*

Albert Wurm – ihm war um seinen 50. Geburtstag herum eine offenbar besonders fruchtbare Phase vergönnt. Zuerst wohl mit jener Frau Öller, die er da unter meinen Augen ehelich beraten hatte, was sie natürlich erst recht in eine Ehekrise hineingetrieben haben soll; dann aber gleichzeitig mit einer 45jährigen Beamtenwitwe Dagmar Klicko, die aber ihrerseits noch von einem Richter Asmus gefördert wurde, einem, wie es hieß, sehr jähzornigen Herrn, inzwischen war wohl auch Frau Öller wieder auf Distanz gegangen, so daß endlich beide Affairen in schöner Eintracht mangels Masse wieder vertröpfelt waren.

»Die Daggi, Gott!« lancierte Wurm mit verbissener Wehmut und für einen Drahtzieher und Ehebrecher gar zu brav, nimmersatte Sehnsucht nach der Belle Epoque nagte an seiner Wange, »die Daggi war mehr ein Kumpel. Nei!« klang es automatisch nach.

»Und weniger Pumpel«, spottete damals etwas befremdlich Alois Freudenhammer und seufzte verachtend. Wurm seinerseits – –

– – doch ich muß die epischen Zügel aber sofort straffer ziehen. Ich bin nämlich überzeugt, ich leide an – Krebs. Zehenkrebs.

Es klingt natürlich lächerlich und unglaubwürdig und es ist auch sicher nicht die vornehmste Todesart. Aber ich fühle seit Tagen in meinem linken kleinen Zeh einen so entsetzlich bohrenden, ziehenden, tiefsitzenden, ja tiefsinnigen Schmerz, daß ich jeweils auf dem Zenit, dem Wendepunkt des Wehs halbwahnsinnig zu werden drohe! Ich habe schon Bäder, Einreibungen, Streichelungen vorgenommen – nichts. Habe den tückischen Zeh sogar schon beschworen, beschwatzt – für die Katz. Der Schmerz ist ausschließlich auf diesen kleinen linken Zeh lokalisiert, der Rest des Körpers ist kerngesund und kugelrund wie eh und je – aber das ist ja gerade das Erschütternde! Die scheinbare Harmlosigkeit gemessen am ausladenden Gesamtorganismus im Verein mit diesem absurden, ja sogar skurrilen Stechen und Pressen und Sengen und Brennen – ganz als ob der Teufel selber in diesem Fleischgnom hausierte! Ich fühle, ich werde sterben, hoffe aber inbrünstig, meinen Roman vorher noch einzusegnen. Und wenn ich jetzt hin und wieder stilistisch schlampe und schludere, dann appelliere ich an die Nachsicht meiner Leser – es ist nur der Zeh, der mich aus den Satzrhythmen zwingt, die sonst so kernig und sämig –

Ah! Oh! Weh geschrie'n! Da ist es wieder! Iaahaha …!

Ah, jetzt läßt es wieder nach. Aah! Mit Alwin zu reden! Gut, daß ich kein Rancher geworden bin, ich fürchte, ich hätte die Härte des Steppenlebens nicht ertragen, verzärtelter Intellektueller, der ich nun einmal bin … Aber so sehe ich mich denn zu fliegender Hast beim Schreiben gezwungen, dem Tod noch schnell ein Schnippchen zu schlagen, durch seinen ärgsten Feind, die künstlerische Schöpfung, gegen die er sich nicht wehren kann, ebensowenig wie die Gesellschaft, die bisher so wenig von Dünklingen wußte noch wissen wollte, nun aber nicht mehr anders kann, so daß ich zur Hoffnung Anlaß habe, auch in die Geschichte unseres Fremdenverkehrs einzugehen, ja als Fixstern zu arrivieren! Doch bitte ich meine Leser ein weiteres Mal um Nachsicht, dafür, daß ich ab sofort auf Naturschilderungen – nächtliches Dünklingen,

Dunkelgewirk! Duckgemäuer, mondig Gelink! – ebenso verzichten muß wie auf ausgefeilte meditative Partien. Der Tod ist, man weiß es, ein rascher Gesell, läßt nicht mit sich spaßen – und sollte mein Werk Fragment bleiben, tragisches, sollte ich nicht mehr dazu kommen, stilistische Glättungen zu erledigen noch Korrektur zu lesen, dann tut es mir – –

Aaah! Uuuh! Ahimè! Jetzt ist es wieder da, die Brutstätte des Teufels, ooooh!

Krebs. Einwandfrei. Wer hätte das gedacht. Ich lege mich für eine Stunde aufs Klavier. Strafe muß sein.

Ja, Treue bis zum Grabe, weiß Gott. Ich sah die Iberer im April 17mal bei ihrer Promenade durch die Stadt und da capo, immer vom Marktplatz aus oder vom »Aschenbrenner«. Der Versuchung, um dieser legitimen Leserfrage zuvorzukommen, endlich das Iberer-Haus am Pferdemarkt zu inspizieren, gar nächtens, widerstand ich, widerstehe ich bis heute. Warum? Ich weiß es nicht, nein wirklich nicht. Aber war denn nicht alles Häusliche der frei schweifenden Liebe abhold? Nun, die Iberer schweiften ja andererseits gar nicht, sondern – stiefelten kerzengerade! Begreife es, wer kann, ich nicht – die Brüder jedenfalls hatten mich erneut und ganz! Eine heftige Zeit, ich erinnere mich ihrer gerne.

Hering sah ich in diesem Monat zweimal. Einmal stand er vor einer kleinen Tankstelle, die sich neuerdings »Motor Center« nennt, und sah offenbar beim Tanken zu – das andere Mal schob er mit einem Handkarren eine Kiste Bier den Galgenberg hinauf. Dieser Vorgang nahm viel von Herings Bedrohlichkeit. Das Bierziehen säkularisierte sein unleugbares Championat im Einzel-Häßlichsein in etwas doch recht Alltägliches. So verhutzelt und vergaunert wie er fahren doch pro Tag Hunderte von Dünklingern durch Stadt und Land und ziehen Bier hinter sich her. Diesem Kerl war durchaus zu widerstehen!

Dachte ich.

Gefährlicher, lockender, irisierender, das wußte ich, waren nach wie vor die fünf Kohls, ihre Gruppen-Kompaktheit, ihre schon katastrophale Katholizität, ihre käsig-milchige Evidenz. Ich ahnte, ja wußte es und hütete mich wohl, an Samstagen, wenn das Glöcklein läutete, ihren Rosenkranzspuren zu folgen. Ein braver Entschluß, ich muß mich loben. Aber wann würde, das besorgte ich damals schon, gleich wie beim Herrn in Sinai oder Gobi oder was weiß ich, – eine dritte, noch gräßlichere Versuchung anstehen?

Bedächtig wie nur ein klavierspielender Farmer schlürfte ich damals den Iberern (oder heißt es: den Iberers?) nach und entgegen, ihre Wunder zu schauen. Und wurde süß belohnt. Die kluge Beschränkung auf die Herzens-Iberer bescherte mir so etwas wie einen zweiten, fast noch zarteren Iberer-Frühling. Das Herz klopfte, das Hirn trällerte christlicherotische Mätzchen, so soll es sein – und vom Zehenkrebs weit und breit noch keine Spur. Wie war ich selig, rotzfrech und putzmunter!

Trotzdem, am Himmelfahrtstag war es, da wußte ich plötzlich nicht mehr, wie man »Chargon« (Umgangssprache) schreibt; einen vollen Tag lang lief ich unentschieden zwischen »Jargon« und »Chargon« herum – für »Jargon« sprach ja wohl sehr das gassen- und gossenhafte Wortbild, für »Chargon« aber noch mehr das »Chargierende«, »Changierende«, auch das »Charismatische«. Ich hütete mich wohl, im Wörterbuch nachzuschauen, das bringt keinen Segen – und heute bin ich ausreichend sicher, daß »Chargon« die richtige Version ist, Bibliothekar bleibt eben doch Bibliothekar. Und daß ich also das Gröbste meiner damaligen partiellen Schwäche eigendenkerisch überwunden habe.

Ende Mai begann mir Schwager Alwin wieder sehr zu fehlen. Gar zu einseitig hatten mich die Brüder vereinnahmt – fast inhuman, das will ja selbst der Papst nicht! Der Nachmittag war hochsommerlich, der mich auf den Auto-Supermarkt steuern sah. Sanft blauer Himmel malte die Friedsamkeit der Welt, aber durch die offene Tür des Büro-Hüttchens sah ich es genau. Alwin saß pudelnackt hinterm Schreibtisch. Ich machte mit dem Kies ein paar Knirschgeräusche. Streibl hörte sie wohl, erhob sich und streifte sich rasch eine weinrote Trainingshose über das weißstrotzende Bein- und Bauchgewabbel.

(Oh-oh-oh! Der Zehenkrebs! Verflucht!)

Mit meinem Eintritt war auch schon ein grünblauer Trainingspullover dran und ein Zahnstocher im Mund. Der Schwager ließ ihn professionell händlerisch und zugleich im besten skeptischen Yankee-Stil kreisen und fieseln.

»Aaahah!« begrüßte er mich, »Siegmund, aaaahaaaah!«

Wir lächelten uns an. So lang hatte er das »Ah«, leicht gackernd, noch nie ausgehalten. Hatte er solch eine Freude an mir? Wie ohnmächtig lächelten wir uns weiter an. Als ob wir uns wechselseitig unsers Daseins schämten – und ebendeshalb lächelnd uns aufeinander stützten.

Ich hatte in der Hektik versäumt, mir einen Besuchsgrund einfallen zu lassen. Hätte ich je einen gehabt, ich hätte ihn wieder vergessen. Schließlich fragte ich einfach wie launig und arglos:

»Alwin?«

»Aaahaaah!« schnurrte Alwin noch gedrückter, wieder etwas gluckenhaft und wie geschwollen, aber nun, in dieser wohlig kitzligen Situation, fiel mir wieder ein, daß draußen zwischen den Autos ein Interessent herumgehe. Geschwind deutete ich zur offenen Tür hinaus.

»Aber wo!« Alwin lächelte konkreter, seufzte, schnarrte aber dann wie weitherzig auf: »Ist nur der Wollack Walter. Der gehört nicht zu unserer Klientel. Mein Vertrauensmann bei der Zulassungsstelle, ein alter Freund, wir kooperieren, wir konvenieren« – das sprach er seltsam französisch aus – »wir konvenieren optimal, grüopff-aahaaah!« – das war wohl ein künstlicher Schluckauf, der Gemütlichkeit anzeigen sollte – »komm, Siegmund, geh mit raus, ist draußen ja so schön warm, ich schwitz wie eine vietnamesische Sau, pig … aaah – hör zu, ich wollt' dich sowieso anrufen, jaaah, wegen deiner Identität, wegen deiner Unterschrift, wegen deiner Einverständniserklärung beim Vormundschaftsgericht …«

»Als dein Pfleger?« rief ich fest und glücksübersät. Ich hatte es fast vergessen!

»Aber wo«, rief Alwin fast hochgemut, »du machst meinen Pfleger, du unterwanderst, du unterschreibst, dann bist du legimitiert vor Gericht für mich … schau, ich muß ja meine Reputation vorantreiben, es geht ja auch um deine Kinder, um deine Nichten und Vettern, meine Rehabilitation, grüöpff-aaaah ...!«

»Aber gern!« rief ich erquickt und schläfrig, wir verließen die Hütte und begannen, sonnig besonnt zwischen den Autos hin und her zu wandern, und Alwin ergoß sich weiter in den wärmsten und ausführlichsten Phrasen schwiegerlicher Zuneigung. Ein Koloß an Weihe und sommerlicher Gesalbtheit. So hatte ich's gern.

»Also, Servus, Alwin!« rief Walter Wollack, »das geht dann in Ordnung!«

»Bring Geld mit von der Stadt, die hat's!« rief Alwin heiter-keß und legte den ballonförmigen Kopf wie verabschiedend sehr apart schief, doch dann fiel ihm noch was Branchentypisches ein: »Und wenn du auf den OB einen Scheck fälschen mußt, Walter, ah!«

Wehes Gluckergeräusch echote leis kratzend nach. Wollack hob die Hand, Alwin die seine – und was dann noch geschah, habe ich noch nie gesehen: Um die Gepfeffertheit seiner Ironie zu unterstreichen, reckte Streibl die putzige Zunge aus dem Weizenmund und rollte sie wie einen kleinen Wasserfall nach unten ein. Ich habe das seither hundertmal vor dem Spiegel probiert – es will und will mir nicht gelingen, ja wahrscheinlich ist es sogar physikalisch unmöglich ...

Die Sonne sengte und senkte sich weiter, und an Alwins Trainingsanzug bildeten sich Flecken. Die Weizenbierbäcklein schaukelten vor munterer Lebenslast, bald würde der ganze Kerl unter meinen Augen vor Kummerlust sich selbst auflösen, im Verschmelzungsprozeß von Ernest Hemingway, Staatssicherheitsdienst und Gebrauchtwagenverwesung.

»Ich steh, Siegmund«, eröffnete Alwin und scharrte mit dem rechten Bein, Blick demütig zur Erde, »so unter Streß, daß ich nicht einmal mehr Weizen trinken kann. Ich war gestern bei meinem Steuerberater, dem Kreisrat Krespel, aaah! Und hab Miete bezahlt. Der wohnt gleich an der Polizei. Der tät' einen Prokuristen suchen, yeah, aber er überredet mich nicht, er schafft es nicht. Er kann mich«, jetzt lächelte er stärker, »nicht reinlegen, aber wo ...«

Was das für ein Sportauto sei, fragte ich Alwin verlegen verzückt und deutete auf eine orangegelbe Gerätschaft, die es gewiß nicht verdient hätte, länger unter dieser Sonne zu stehen, so verhurt sah sie aus.

»Betrug«, erwiderte Alwin sehr lässig, »ein Betrugs-Fahrzeug. Auf Kommission. Der Besitzer will uns betrügen, wir betrügen ihn und den nächsten Kunden. Schau, Siegi, ich bin ein Opfer des Systems. Ich paß mich an. Die normative Kraft des Praktischen – der Marx, der Hegel sagt's, wie's ist … Kein Weizen! Um Gotteswillen! Dextrose hilft mir auch nichts mehr, ich hab praktisch nichts mehr von meinem Leben. Magenschleimhautsyndrom aah. Schau, Siegmund, ich betrüg' das System, aber ich betrüg' mich nicht selber. Ich möcht' noch ein bißl was von meinem Leben haben. Wenn ich's nicht mach, macht's ein anderer, shit.«

»Was tun?« zitierte ich galant Lenin. Zitterte vor stiller Abartigkeit. Streibl kriegte es nicht mit.

»Was tun. Wir können heut' abend bei mir ein schönes frisches Weizen trinken. Oder zwei. Schau, freut sich ja«, Streibl sang jetzt sehr schubertianisch, »deine Schwester auch, wenn wir daheim was trinken, ist doch so nett. Schau, der ist's auch oft langweilig, wenn ich mit dir abends in den Kneipen rumkugel, um Gotteswillen, Frauen sind doch auch unterdrückt …« Ich wunderte mich keineswegs. Sehr schwach wandte ich dennoch ein, wir beide hätten aber in diesem Jahr noch keine dreimal außer Haus gezecht.

»Du sagst es«, antwortete Alwin feurig entgegenkommend, »wir sollten viel öfter was miteinander unternehmen ah!« Durch sein rundes Gesicht spazierten jetzt wieder nacheinander Triefsinn, Ahnung von Seligkeit und hemmungsloser Lebensekel.

»Schau, Alwin, du bist Sozialist«, tröstete ich Streibl, »du bist … orthodox, du hast wenigstens einen politischen Standort. Ich dagegen bin Revisionist«, flimmerte ich behutsam weiter, ich hatte keine Ahnung, was ein Revisionist sei, ich sah mich eher als Reservisten, »was meinst du?« fragte ich, »ich müßt' mich jetzt auch mehr um einen politischen Standort bemühen.« Eine Schwalbe stieg hoch auf. »Oder?«

»Siegmund, schau, hör zu, Siegmund, im Westen, Siegmund, in Westdeutschland, in der, Siegi, BRD« – na endlich! – »in der BRD als Kommunist, als dialektischer Materialist bring ich heut' in der BRD kein Bein mehr auf den Boden in der BRD, auf die Erde ah! Sie wollen mich jeden Tag intimidieren, intimidieren wollen sie mich, aah! Auf den Boden wollen sie mich!«

Mein Herz war wieder schwer geworden. Bis vor einigen Jahren hielt ich ja auch Marx und diese ganze Arbeiterbewegung für brauchbare, respektable, ja heroische Einrichtungen – ach, wie sauer ward's mir mittlerweile, dran zu glauben! Ich lächelte aber krisenfest:

»Wieso intimidieren?«

»Intimidieren aah!« Streibl stieß mit den Füßen eine leere Konservendose fort. »Schau, ich erleb's jeden Tag. Schau, ich bin damals vor 25 Jahren vernommen worden, weil ich, behaupten sie, Schmiere gestanden hab, für'n Lotter Ferdl. Der Ferdl ist eine ganz arme Sau, ach Gott, er muß sogar seine Mutter auf den Strich schicken, um Gottes ...!«

»Wie alt?« fragte ich, ich weiß nicht, warum.

»Der Ferdl?« Alwin reckte den Kopf hoch, als habe er einen Kunden rascheln hören.

»Nein, die Mutter!«

»70. Die dürft jetzt 73 sein. Alles, was aus der Strafanstalt kommt, rennt zur alten Lotter, die macht dann die Füß' breit und läßt sich für 6 Mark pimpern. Ist eine arme Sau, der Ferdl ...«

Was das, fragte ich wie abwesend, für eine »Schmiere« gewesen sei? Hatte ich etwas Ähnliches, aber auch ganz Anderes, nicht neulich schon ...

»Lohnkasse wollt' er ran, eine arme Sau«, Streibl säuselte sturer, »sie haben ihn dann geschnappt, ich bin freigesprochen worden, ne bis in idem – ich bin eigentlich nur wegen Ferdl hingegangen, da hab ich deine Schwester noch gar nicht gekannt, um Gotteswillen. Ich wollt' einen politischen Prozeß, auch für'n Ferdl. Aber da haben sie nicht mitgemacht, der Landgerichtspräsident ist ein berüchtigter Nazi gewesen, er ist in Nürnberg auch vom

Hauptankläger … Es war ja auch nur, schau, wegen deiner Schwester und wegen deiner Kinder, pardon: deiner Nichten. Sollen's einmal besser haben als du!«

Ein Hubschrauber flog über uns hinweg, ich lächelte verschäkert zu ihm auf.

»Yeaah, sei mir nicht bös, wenn ich dir«, jetzt lächelte Streibl außerordentlich besonnt und wie von langer Hand vorbereitet, »die Wahrheit sag: Was bist denn, Siegmund? Ein Musikant. Ein vergammelter Musikant und Chemiestudent, wie alle – deine Freiheit hast, aber als Bibliothekar hast auch kein gut getan. Na? Musikant! Sei offen zu dir selber, Schwager. Eine arme, eine ganz arme Sau!«

Wie partisanenkampfsatt verjagte Alwin eine hartnäckige Fliege von seiner Wange.

Natürlich, eigentlich hätte mir ja das Messer in der Hosentasche aufgehen müssen. Tat es aber nicht. Was weiß ich, warum nicht. Wahrscheinlich die Verzauberung durch materialistisch dialektische Kaufmannsschaft mal hoher Schwagerliebe. Sagte ich also nur möglichst kühl lächelnd, mit möglichst geducktem Humor, ich sei, »mit Hemingway zu reden, geschlagen, aber doch keineswegs vernichtet!«

»Hemingway, hör zu, Siegi«, sagte Streibl wehend, »Ernie Hemingway, hör zu, war ein großer Schriftsteller. Ernie, Siegi hat unsere Zeit in einer schönen schlichten Sprache behandelt. Und Ernie, Siegmund, war auch Verlierer. War ein guter Verlierer, aber wo, er hat's bewiesen in allen seinen Werken. ›A Farewell to Arm‹, ›Fiesta‹, ›For Whom The Bell‹ … ein guter Verlierer, ein guter Lapp, ein guter Dichter ah!«

Literatursoziologen unter meinen Lesern sollten einmal überdenken, auf welch sumpfig-trüben Boden Hemingways scheinbar so trockene Prosa heute gefallen ist, vielleicht auch schon in ihrer Glanzzeit fiel. Ein Doktorandenseminar würde ich anregen, zu untersuchen, warum sie gerade in den zerknautschtesten Seelen heute noch ein fruchtbares Plätzchen findet. *So* übel war der Mann ja nun wirklich nicht, *das* tut mir nun doch fast leid für ihn.

»Spioniert hat er?« fragte ich aber frech-dumpfig. »Ernie Hemingway? Weiß ich gar nicht!«

»Um Gotteswillen! Ernie nicht! Ernie hat das System – mit Mitteln des Systems bekämpft. Der VdK … der … Verfassungsschutz hat mir schon wieder eine Warnung zukommen lassen, ich soll's sein lassen«, lässig tätschelte Alwin jetzt ein Autodach, und wir wandelten weiter, »aber was will er denn? Der Automarkt, yeah, ist heute voll von Spionen, du weißt es doch!«

Jetzt erschienen drei Teenager an der Pforte des Supermarkts und kicherten unerklärlich auf Alwin hin. Sie winkten und riefen etwas. Alwin hielt seine gekrümmte Hand spielerisch ans Ohr und rief dann ruchlos:

»Mädele, ihr müßt, Mädele, ihr müßt sofort heim! Hier bei mir ist der gefährlichste Pimperer von ganz Dünklingen!«

Die Teenager kreischten etwas Fröhliches zurück, dann verschwanden sie wieder.

»Achja, die kommen oft vorbei«, seufzte Alwin nur leicht verfranst, »nette Mädele …«

Der kapitale Mensch hatte sein pfiffigstes Gesicht aufgesetzt, den Mund ironisch leicht geöffnet. Er ließ sich jetzt ächzend auf ein Steinmäuerchen nieder, von dort blinzelte er ins Wesenlose. »Voll von Spionen«, jammerte er klösterlich. Natürlich war er der Autor der Postkarte!

»Fremdenlegionen«, dachte ich zärtlich. Demuth vor Augen. Vielleicht war's auch wirklich nur der Reim.

»Ah, Spionen«, antwortete Alwin geistesgegenwärtig und preßte nach Agentenart die dicken, trotz der Hitze kirschigen Lippen aufeinander. »Schau, ein Pole, mein Nachbar, das wird dich interessieren, ein Spitzbub, er war V-Mann, mein Nachbar, ein Pole, ich bin sein Vertrauensmann beim Sozialgericht, ich bin der einzige Mensch, der ihn versteht«, schluchzte Alwin schon ganz entnervend, »der ihn versteht, den er versteht, der einzige, den ich versteh, aah, der ihn versteht, shit …«

Erschöpft starrten wir beide ein wenig vor uns hin. Sollte ich nach der Postkarte recherchieren? Nach der Pflegschaft? Nach dem Fortgang der Hundeaffäre? Auch die Iberer kämen in Frage. Ich entschloß mich, den Ärmsten jetzt mit der ganzen Härte jenes Gesetzes zu schikanieren, nach dem wir alle auf den Plan getreten. Es war eine momentane gutartige Eingebung. Ich fragte Streibl, was er davon hielte, zusammen dem »Liederkranz Dünklingen« beizutreten.

»Aber ach wo!« trällerte Alwin besinnungslos, horchte dann aber auf und hauchte fast tändelnd: »Warum?«

Es war das erste rationale Wort, das ich von meinem Schwager seit zwei Stunden gehört hatte. Ich seufzte gleichsam auf, schwamm aber nicht im mindesten:

»Weil dann«, schelmierte ich fest, »unsere juristischen Belange besser vertreten werden können ...« Jetzt wäre mir doch beinah schwindelig geworden.

»Du meinst, Siegmund, wegen der Sopranistin, der Frau Krautwurst? Die mit dem Rechtsanwalt rummaust? Dem Steinl Fiffi aaah?« Alwin säuselte sehr verträumt: »Das hilft nichts, mir hilft nichts, der hat mich damals kalt abblitzen lassen bei der Entlastungszeugennehmung, damals ... das Gelump ...« – jetzt aber riß es den schweren Kerl plötzlich hoch:

»Pardon, du entschuldigst, Schwager«, er winkte äußerst manieriert in Richtung Hütte, »du entschuldigst mich, Schwager, aber mein Chef ... pardon ... wir gehen ja dann zu mir ...«

Er streichelte mich zum Abschied schnell am Arm und schwang sich, fast elegant, leichte Invalidität andeutend, dem Backofen-Büro zu, vor dem ein Alfa vorgefahren war. Ihm entstieg ein Mann mittleren Alters, noch viel dicker als Alwin, dazu eine platinblonde Frau, deren geradezu brennende Häßlichkeit sofort im herumdösenden Chrom blitzte.

»Mein Chef, der Rolf!« rief mir Alwin, sich putzig wendend, noch wendig zu und breitete dann die dicken Arme zu einer symbolisch übertriebenen Begrüßungsgeste für das Betrügerpaar aus.

»Vom Gardasee zurück?« hörte man ihn freudig servil würgen, »bonjour, bonjour!«

»Ich wart' dann bis zum Feierabend!« rief ich unschön hinterher. Und setzte mich erneut aufs Mäuerchen zum Nachdenken. Die Sonne war fast weg, Maikühle strich hernieder. Na, wenigstens hatte ich jetzt etwas Luft!

Die blonde Grabennymphe im roten Hosenanzug bekam, selbst aus der Entfernung war es gut zu sehen, äußerst feurig courtoise Blicke und Schlenkereien Alwins ab, indessen Trinkler sich bückte, zwei Autos zu prüfen. Dann verschwand das Trio in der weißwinzigen Zitadelle des Betrugs.

Ich hatte noch immer nicht die geringste Ahnung, warum ich Alwin zugesagt hatte, mit in seine Wohnung zu kommen. Zum Schutz? Vor der Iberer-Sehnsucht? Der Kopf tat mir weh von Alwins Schleckereien, ich war eine arme Sau. Aber letztlich fühlte ich mich pudelwohl. Ob wohl heute ein Wagen verhökert worden war? Abendhauch pendelte schläfrig herum, die Sonne bereitete ihren westlichen Ballzauber vor – – aber ich wollte ja wegen des Zehenkrebses keine Naturpikanterien mehr zum besten geben – –

Um 18.35 Uhr stand Streibl reisefertig neben dem Paar, dann winkte er mir glänzend. Wie man eben kleinen Verwandten winkt.

»Der Trinkler Rolf«, sagte er rund und heiter.

»Trinklein?«

»Aber wo, nicht der Trinklein! Trinkler Rolf! Der Libero – meinst? Bringt zur Zeit eine gute Form. Ach, tut der Eintracht so gut! Hat jetzt geheiratet!« Das zweite vernünftige Wort heute schon aus dem Mund des Schwagers. Ich würde schnell neue Dämonien anstiften müssen!

»Ade!« rief Alwin noch einmal zu Trinkler und seiner Braut zurück. »Ich kümmer' mich morgen sofort um die Wiederzulassung. Vielleicht haben wir Fortüne! Ade!«

Die wenigen Meter zu Alwins altem roten Volkswagen waren ein Vergnügen. Sein Gang! Der wiegende Stenzschritt! War er nicht wie ein politisches Programm fast? Die Liaison von notwendiger sozialistischer Gesellschaftskritik und gleichwohl hoher Lebenskunst! Mit einer Prise Nostalgie gar!

Streibls Fünf-Zimmer-Wohnung befindet sich im sechsten

Stock eines neugebauten Hochhauses an der Stadtperipherie. Als wir Alten ankamen, waren von den sieben Kindern vier zu sehen. Ich übergab eine Schachtel Pralinen für den ganzen Segen. Meine Schwester lag auf dem Sofa längs und schlief.

Der Schwager plumpste schnell in einen gleichfarbig marineblauen Polstersessel, ein Elfchen hüpfte sofort auf seinen Bauch, legte seinen kleinen dünnen Arm um den Vater und blieb dort glücklich den ganzen Abend. Es war das Käferl Simone, mit dem ich einst so beschämend telefoniert.

»Alwin«, rief Alwin dem 12jährigen zu, »leg für den Onkel die Oper aus der Neuen Welt auf, der ist Musikant, der Onkel! Du kennst doch die Schallplatte! Hinterm Fernseher steht's!« Streibl, versiert, wandte sich mir zu. »Du erlaubst, Schwager, aus der Neuen Welt. Ach, ich hör's so gern, von Smeternach, an Weihnachten, jedes Weihnachten hören wir's zur Bescherung unterm Christbaum!«

Wahrscheinlich war es für mich am rentabelsten, hier einfach sturheil weiterzuscherzen, die nachmittägliche Unholderei neu anzuheizen.

»Der Ernie«, ich kraulte mich am Bart, zog die Brauen hoch und nickte Richtung Grammophon, »würd's aber nicht so gern sehen – und hören!«

»Wer?« fragte Alwin gemächlich und goß fächelnd Weizen ein. Die wonnige Stimme!

»Hemingway!« Beinahe hätte ich »Kriegsdienst« gesagt!

»Aaah«, lächelte der mächtige Mann automatisch und moosig, doch auch wachsam.

»... würd' er nicht gern hören!« Ich deutete dringlicher auf den Plattenspieler.

»Was denn, Schwager?« Alwin fragte wie entfernt und anscheinend schon etwas warm im Kopf.

»Die Sinfonie aus der Neuen Welt von ...«, ich nahm mir ein Herz, »Dvořák!«

»Aber wo!« Käferl schaute stolz auf den Vater und wurde dafür am Kopf getätschelt, »kannst nicht sagen, Siegi! So eine feine, schöne Musik – wir hören's jedes Jahr unterm Christbaum, deine Schwester auch, schau, die hat auch studiert ... jedes Jahr zur Bescherung, wenn's draußen schneit ...« Er schwelgte in schönen Erinnerungen, drückte das Kind fester.

»Der Dvořák«, sinnierte ich zweigleisig, »ist schon ein ganz feiner Komponist, aber ...« Da kam auch schon das erste Adagio angedudelt.

»Ach Gott, so schön ...!« jaulte Alwin stärker.

»... aber er ist halt sehr – un-hemingwayisch!«

Alwin blickte fragend erstaunt, ja fast gekränkt.

»Hemingway – Hemingway schreibt so schlicht und einfach wie – genau wie die Musik – pardon, Siegi, du bist Profi, ich bin Laie in der Musik, korrigier mich, korrigier' mich, wenn ich unrecht hab! Korrigier mich!«

»Naja, die Musik ist doch – die Oper da ist doch eher – romantisch-sentimental, während Hemingway ...«

»Hemingway«, sang Alwin bekümmert, aber selig, »ist nüchtern, aber – auch sentimental. Der hat schon Gefühl. Kann man doch sagen – oder, Schwager? Nüchtern – und ein bißl sentimental? Läßt mir das, pardon, durchgehen? Ich war an keiner Universität, aber ich weiß es genau so wie jeder Professor!«

Käferl schien zu spüren, daß der Vater stark in die Enge getrieben wurde, denn es schaute mich fast feindselig an und schmiegte sich stärker. Die 11jährige Sabine saß jetzt auf dem Sofa zu meiner Schwester Füßen. Der kleine drahtige Legastheniker Alwin II hockte auf dem Boden und las ein – sic! – Western-Bilder-Heft. Conny war verschwunden. An der Wand hing kein Marx, kein Lenin, sondern ein Gebirge im Abendrot, pardon: mit Alpenglühen. In Öl.

»Hemingway, hör zu«, nahm Streibl, hörbar seiner selbst wieder sicherer, den Faden erneut auf, »ich wüßt' heut' keinen Äquivalenz! Es gibt nichts Besseres, yeah, nicht im Westen, nicht im Osten. Was willst mit Böll? Ich hab Lenz gelesen – es sagt mir nichts. Hemingway hat die, hat der Tragödie des modernen Menschen Gestalt verliehen, um Gotteswillen!«

Nein, es war schon alles richtig geordnet. Es wäre ja doch fatal, sogar ungerecht, wenn in einem so prächtig großen dicken Menschen auch noch Geist hauste – dafür waren eben wir Kleinen da!

»Hemingway«, fuhr Alwin sehr gelassen fort, »ist für unsere Zeit, was Shakespeare für die seine war. Er hat unsere Tragödie und – Siegi! – die Tragikomödie unserer Zeit gestaltet. So menschlich, so menschlich, ach Gott!«

Es stand zu fürchten, daß er wirklich weinte. »Smeternach«, hatte ich an sich fragen wollen, »Geisel« lag mir auf der Zunge. Ich fragte aber dann doch rücksichtsvoll:

»Shakespeare?« Wie Käferl dem Vater, so schmiegte ich mich einfach dem Orkus an.

»Hemingway, hör zu, Schwager, gell, Schatzerl?« – er lächelte Käferl an – »war nicht der Größte. Um Gotteswillen, an Shakespeare kommt er nicht ran! Kommt keiner vorbei. Aber wo! Shakespeare war – menschlicher! Aber Hemingway – Hemingway ist wie die Bibel, wie –«

»Wie die Bibel?« Ich stütze den Kopf in beide Hände.

»Einfach wie die Bibel, wie die Bibel, Zeile für Zeile wie die Bibel – –«

In diesem Augenblick erwachte, vielleicht hatte Alwins schwellendes Singen sie aufgeweckt, meine Schwester. Blieb aber liegen, rieb die Augen, schüttelte den Kopf aus, erkannte mich, überlegte ein paar Sekunden und sagte: »Ach, der Siegmund!« Weder freudig noch traurig. Sah ein paar weitere Sekunden in ihrem Wohnzimmer herum, wer alles da sei, ein bißchen neugierig, aber doch vor allem unlustig, dann rollte sie sich auf die andere Seite und schlief wieder weg. Sabine zu ihren Füßen löste offenbar ein Kreuzworträtsel, sehr brav. Ich wiederhole, es waren zum Teil reizende, allesamt wohlerzogene Kinder.

»Sleep well, honey!« rief Ursulas Gatte leise und warm und nippte schwärmerisch an seinem Weizenbier. »Meine Frau ist ein armer Wurm«, jammerte er fröhlich hiobhaft harrend, »tut sie nicht inkommodieren, Kinder, laßt sie schlafen, sie hat's verdient, ist ja eine arme Sau! Gell, Käferl?«

Ich hatte die Zügel zuletzt etwas schleifen lassen. Ich mußte es wieder weniger gemächlich angehen.

»Aber jetzt, Alwin, wo das mit deiner Rente ...«

»Trink nur, Schwager, vergiß dein Weizen nicht!« Der menschlich besorgte Tonfall gehörte zu seinen besten!

»Aber jetzt, wo's bald mit deiner Rente in Ordnung geht«, ich war etwas ziellos, »hat dann deine Frau ... auch mehr Zeit, daß sie – Hemingway liest!«

Die Zimmeruhr schlug etwas mit halb.

»Sie ist Voll-Humanistin«, Alwins Stimme heischte Anerkennung, »sie hat's wegen der Kinder aufgegeben«, jetzt heischte sie um Mitleid, »hör zu, Hemingway«, der geliebte zweite Satz seiner Oper, das Präriegeflüster, war endlich angebrochen, »ist heut' praktisch der Pedant zu Shakespeare! Sein – Statthalter! Er war sein Vorläufer ... aah!«

Ich spionierte nach rückwärts. Meine Schwester Ursula. Mindestens sieben Male hatte sie sich diesem sozialistischen Weizenbier-Killer hingegeben, wahrscheinlich 7000 mal. Hm. Kein Wunder, daß sie jetzt ratzen wollte. Sollte ich Streibl eröffnen, daß General Krakau noch immer auf der Suche nach einem Pedanten für Shakespeare sei?

»Deine Rente«, eröffnete ich erneut und heilignüchtern, um ein schwaches Mitleid zu vertreiben, »wann wird's akut mit ...«

»Ich hab dir's noch gar nicht erzählt«, parierte Alwin lässig, »ich hab seit zehn Tagen ein Angebot, ich soll, ich kann Korrespondent werden von der Agenta-Versicherung in Weizentrudingen, ich hab mich mit dem Generalvertreter unterhalten, mit dem Dr. – aah! – Cieplic, der sagt ...«

»Was ich dich fragen wollte, Alwin, was macht jetzt – eigentlich der Fred, was macht dem Fred seine Partei wegen der Hundesache? Tut sich schon was?« Abscheulich zirpte Smeternach.

»Was willst mit dem Fred?« Die Stimme zog leicht an. »Ich kann den Namen nicht mehr hören! Er wollt' uns reinlegen. Ein Versager. Was macht er denn? Er wohnt noch immer in der alten Bruchbude in der Holundergasse! Er hat das Geschäft vor 15 Jahren von seiner Schwester geerbt, und heut' hat er sich noch immer kein Haus gekauft. Ein Versager, ein Versager, shit!«

»Hemingway?« Obwohl mir schwindelte, blieb ich stur. Wer war hier eigentlich der Täter, wer das Opfer? Geisel – Geiselnehmer? »Hemingway – war der nicht auch Korrespondent beim –?«

»Er war auch Korrespondent«, seufzte Alwin und die Sorge des Hausvaters machte dem jetzt reinsten Vergnügen Platz, »ich hab alle seine Werke gelesen, dutzendmal gelesen, immer wieder gelesen, seine Biographie, alle Essayismus, ich hab alles in meinem Bücherschrank stehen, es ist was fürs ganze Leben aah!« In diesem Augenblick wußte ich auch, warum ich hier bei Alwin herumsaß: Je sämiger Alwin daherredete, desto sicherer wurde ich, indem ich herumsaß, meiner Treue zu den Brüdern. Desto besser trotzte ich den Drohungen Herings und der Kohl-Maffia! Klar! Man mußte sich nur eine Geisel einfangen und selber den Geiselnehmer machen!

»Aber Alwin«, ich nahm ihn deshalb sofort schärfer in die Zange, »das Terroristenproblem löst ihr Kommunisten auch nicht. Oder? Es gibt« – bin ich wirklich so ein Affe? – »keine Patentlösung gegen den Terrorismus!«

»Terrorismus«, lächelte Alwin satt. Er machte es ganz kurz. Das war gefährlich. Käferl war an seiner Brust eingeschlafen. Wunderschön! Daß nur nicht ihr Vater auch gleich –

»Eure Molotow-Cocktails!« nahm ich ihn schärfer ins Gebet, »machen die Welt auch nicht friedlicher!«

»Siegmund«, versetzte Alwin warm, »der Kalte Krieg wird nicht von uns geschürt, sondern von den Kalten Kriegern im Westen, von den Neofaschisten und Kapitaleignern. Schau, der Golo Mann sagt's neulich ganz schlicht, ganz richtig im Fernsehen: Was wir heute haben in der BRD, ist Bürgerkrieg. Jeder ist gegen jeden, jeder, du weißt es doch so gut wie ich, will den anderen ausbeuten! Der Kalte Krieg«, Alwin trank sein Glas zur Neige, »der Kalte Krieg ist nicht unsere Erfindung. Deutschland hat sich unter Adenauer in die Abhängigkeit von Adenauer, von Amerika begeben, in die Abhängigkeit der US-imperialistischen Großkonzerne gebracht. Du tust mir weh, wenn du mich danach fragst, du weißt es doch selber!«

»Und euer Auto-Supermarkt?« Ich lispelte buschig wie der General Krakau.

»Auto-Supermarkt! Wir kaufen und verkaufen! Hör zu, Siegi, Freiheit, Revolution ohne Produktionsmittel ist – volkseigene! – ohne volkseigene Produktionsmittel ist heut' Konterrevolution! Der Sozialismus kommt, wir können warten, um Gotteswillen, wir können warten. Du erlaubst?«

Mopsartig freundlich meine Genehmigung erwartend, schenkte sich Streibl ein neues Weizenbier ein. Lehnte sich zurück und tätschelte sein schlafendes Kind.

»Wir können warten, ach, können wir gut warten!«

Inzwischen walkte die Platten-Rückseite von Dvořák-Smeternach. Der Orkus war orgiastischer geworden. Ich war wieder etwas verärgert, aber auf angenehme Weise, denn letztlich hatte sich nur meine Theorie bestätigt. Streibls Konzept war klar und stichhaltig, ich spürte es nun sinnenhaft. Er nahm einfach beherzt den juristisch-dialektisch-materialistischen Krembembel auf sich, schrecklos und zäh, um dann eines späteren Tags zum Lohn nur noch langsam Weizenbier trinken zu müssen, mit Hemingway zu träumen und von der Kampfzeit zu schwärmen. Das war er, der lange Weg durch die Instutitionen, pardon: Institutionen. Und da sage noch einer, unsere Kommunisten wüßten nicht, was sie wollten! Durch Dick und Dünn hindurch den gewaltlos-befriedeten Dämmerschoppen zum sicheren Kinderzeugen!

»Jeder wird früher oder später Marxist«, sann Alwin heiter, »du wirst es, Schwager, noch früh genug merken, wenn …«

Ich ging auf die Toilette. Von dort stahl ich mich in Streibls Zimmer. Von einem Buch, von Ernie und Marx, gar von einem Bücherschrank war nichts zu sehen. Nur ein Heft »Jerry Cotton« lag auf dem herzförmigen Sofakissen, daneben eine Sportzeitung. Im Wohnzimmer gab es aber auch keinen Bücherschrank!

»Hemingway«, ich wollte noch nicht aufgeben, »was ich sagen wollte, Alwin, deine Rente, was … müssen wir da …«

»Meine Rente – pardon, Schwager, ich komm gleich drauf zurück, du, Alwin!« Alwin wandte sich so knackig an seinen Sohn, daß Käferl kurz erwachte, die Oper aus der Neuen Welt hatte sich ausgetobt, »geh, hol uns noch drei-vier Weizen von der Meiler-Wirtschaft, der Wirt kennt dich ja. Sagst ihm einen schönen Gruß vom Papa, er soll's aufschreiben! Alles zusammenschreiben! Hast verstanden?«

Klein-Alwin klaubte sich vom Boden hoch. Der Ton des Papas war sanft, duldete aber keine Widerrede. Der Junge sah mich – beschämt, enttäuscht? – an. Wenn aufgeschrieben wurde, kriegte er kein Botengeld. Ich zückte, von einem guten Geist beraten, einen 20-Mark-Schein. Gab ihn dem Kleinen.

»Dann nicht aufschreiben!« rief der Senior, »aber hätt's doch nicht...«

»Der Rest ist für dich«, sagte ich, und dann, weil ich mich meines Onkelgehabes schämte: »Und wenn der Papa noch Durst hat!«

Der Junge sah auf den Schein, ziemlich durcheinander, wahrscheinlich hatte er schon errechnet, was er für 15 Mark Restgeld Westernhefte kriegte.

»Die gehören dir!« bestätigte der große Alwin mit großer Inbrunst. Der Junge war schon unter der Tür, da schrie der Alte nach: »Wie sagt man, Alwin! Saukopf!«

»Dankschön!« piepste das Kind artig.

»Aha«, rief Alwin der Große, und wandte sich dann gestenreich pardonierend an mich: »Dank dir, Schwager, der Trinkler zahlt mich erst übermorgen aus, ich bin momentan insolvent, er läßt mich oft warten. Er bescheißt mich, wo er kann, um Gotteswillen! Du entschuldigst, daß ich meinen Sohn hart anfaß, er muß sich«, Streibl lächelte mich waidwund an, »an den kapitalistischen Verhaltenskodex gewöhnen. Er ist heut' schon ein richtiger Kommunist, ein Klassenkämpfer«, Streibl schalmeite inniger, »deine Schwester hat ihn gut erzogen!«

Meine Schwester schlief noch immer. Sie träumte offenbar gelassen. Sobald sie erwachte, würde er sie wieder mit Bravour überwältigen.

Späte Gedanken hechelten durcheinander. »Deine Rente«, sagte ich machtlos, aber achtbar.

»Siegmund, du kümmerst dich zuviel drum. Der Ding – der, Alwin, der Gerichtsmediziner, um Gotteswillen, mir fällt jetzt ad hoc der Name nicht ein« – Alwin kratzte sich zur Nachhilfe am feurigen Geschlecht – »der Professor Wohlgemut hat mir gestern geschrieben, aus Würzburg, Wohlgemut, wegen meiner« – Immunität? – »wegen meiner psychischen Generaluntersuchung, das Attest läuft zu 95 Prozent nach unseren Interessen, er steht auf meiner Seite, schreibt er mir, wegen« – Hemingway-Verehrung? – »wegen seinem Vater, war ein ähnlicher Fall, der wollte auf Schizophrenie klagen, den hat dann der« – alliierte Kontrollrat? – »der Erlanger Universitätsprofessor Gutermuts reingelegt, aber sie konnten's revidieren – ach Gott, Schwager, wir kommen durch, wir kommen damit durch, der Konrektor – Weizmann macht uns den Schriftsatz – mach dir keine Sorgen! Aber wo!«

Da brachte Klein-Alwin das Bier und kriegte einen großen, überzeugten Schluck ab. Wie niedlich das Unheil in den Kindern sich fest- und fortsetzte! Käferl schlief mit offnem Munde, schnaubte süß und schuldlos.

»Gutermuts«, war ein Wort zuviel gewesen; »Frankenstein« hätte ich gelten lassen. Aber Alwins Schnurren hatten ihren Zweck erfüllt. Welchen? Welchen auch immer. Mit dem Taxi sank ich steif nach Hause.

»War nett, Siegmund!« sang Alwin ein letztes Mal steil auf, »man kann ja so viel klären, wenn man sich zum Reden Zeit nimmt! Grüß deine Frauen! Grüß schön!«

Der Taxifahrer glich Hering. Aber nicht so, daß ich mich wirklich erschrocken hätte. Im Schelmensgraben riß ich mein Salonfenster auf, sah hinaus, erblickte nichts, sah lange in den goldenen Spiegel, dann wieder zum Fenster hinaus. Ach, wer da doch mitreisen könnte! Dann hackte ich noch ein wenig auf dem Piano herum. Herum? Aber wo! Umher.

Meine beiden Frauen schliefen längst.

*

Naja, ich müßte den Leser nun endlich und präzis über meine Frau aufklären, über mein Verhältnis zu ihr, der Geduldige hat es längst verdient. Doch – nochmals – wo anfangen, wo enden? Mein Sexualkreuz begann, als ... Nein, die Wahrheit zu sagen, bilde ich mir ja, trotz aller gegenläufigen Beteuerungen durch geschundene Greise, fest ein, daß diese Sexualität eines schönen stillen Tages, sagen wir mit dem 50. Geburtstag, schlagartig, klammheimlich und seelenruhig wieder aus unserem Körper- und Geisteshaushalt verschwindet, nutzlos wie sie vor 35 Jahren hereingeflittert ist – verschwindet, als ob nie etwas gewesen wäre! – und es war ja auch praktisch nichts, oder? Und daß der Mensch dann erst zu voller Gutmütigkeit jenseits der sogenannten Psychoanalyse aufläuft! Dann kann auch der Bischof seine blöde Mätresse wieder zum Teufel schicken, und darum werden auch, wie kürzlich eine Repräsentativuntersuchung erwies, die hohen geistlichen Herrn so überdurchschnittlich alt, haha! Ah! Oh! Da kommt der Zehenkrebs wieder und vergiftet mich, aah, mit Alwin zu weinen, aaaaah!!

Dieser Krebsunfug! Und immer bei den komplemp – pardon: bei den kontemplativen Passagen! Als ob er's darauf abgesehen, daß ich keinen vernünftigen Gedanken über Kathi zuwege bringe!

Ob man sich einfach fest einbilden sollte, daß es den Tod gar nicht gibt? Daß alle scheinbar jahrmillionenfach bestärkte Erfahrung realiter nur kantisch-parmenidische Sinnesgaukelei ist? Ob das die Rettung wäre?

Kathi – na, was tat sie damals schon? Fernsehen und Trübsal blasen. Trauerheuchelnd – sah sie fern!

Was mich damals, wenn überhaupt, beschwerte, war nicht so sehr der dissolute Zustand meiner heiteren Wohngemeinschaft, der konnte wegen mir ewig so weiterwatscheln – sondern vielmehr die schopenhauerisch gesprochen negativistische Sexualkonzeption meiner gesamthaushaltlichen – – ach, ich mag's gar nicht zuende denken!

Nichtsdestoweniger, es wäre falsch anzunehmen, daß ich selber, damals 47, schon jenseits des Jordans gestanden hätte – meiner Berechnung nach hatte ich ja noch drei Jahre Frist, bevor es endgültig den Ganges hinabrauschte – und da fiel mir denn eines Tags im Frühsommer auf, daß ausgerechnet bei unserer eigentlich verwahrlosten Dünklinger Post abwechselnd drei sehr schmucke Mädchen herumsaßen und all das krause Zeug erledigten, das ihnen nun mal nach dem Willen des Ministeriums auferlegt war.

Bei einem Spaziergang mit dem damals für ein Monat – angeblich wegen Urinbeschwerden! – krankgeschriebenen Albert Wurm war es, als ich beiläufig Konsequenzen zog. Ich machte Wurm, der mir von meinen Bekannten am vergleichsweise interessiertesten schien, auf das Wunder aufmerksam, wir streunten auch gleich ins Stadtpostamt – und bald stellten wir fest, daß uns vor allem der Teenager sehr zusagte, der durch ein Kärtchen als »Frl. Zillig« ausgewiesen war und der ebenso ernsthaft wie elektrisierend mit den verdammten Zahlkarten und Telegrammformularen herumzauberte. Albert Wurms aufmerksam hervorquellende Abstauberaugen betasteten das Innere des Postamts nach möglichen Gefahren für unsere Abenteuer, dann schubsten er und ich uns vielsagend in die Hüften, kicherten nach Herzenslust, endlich aber nahm ich mir ein Herz und zitterte mich an das Postfräulein heran, zehn 50er-Briefmarken zu verlangen. Jetzt merkte ich, daß ich kein Geld bei mir hatte, winkte Wurm hinzu und erklärte ihm die Sachlage. So war auch Albert Wurm eingeführt – und leider mehr als das, denn nicht ich, aber Albert Wurm empfing von Frl. Zillig einen eindeutig helldunkel beschwörenden Blick im Schlafzimmerstil – gegen einen Belmondo von Dünklinger Edition ist eben ein schlichter Farmer mit Seehund-Flair machtlos.

Albert Wurm und ich tigerten dann tagelang ins Postamt und verlangten von Frl. Zillig mal eine Sondermarke, mal ein Postsparbuch-Antragformular – und während Wurm mehr mit den Leguanaugen operierte, versuchte ich mein Heil in gutformulierten halblauten Frivolitäten. Wirklich, wir gingen mit Bedacht ans Werk, kriegten über einen gemeinsamen Bekannten und Postangestellten namens »Post-Edi« sogar in Erfahrung, daß seine junge Kollegin »momentan vakant« sei, und tatsächlich schien Frl. Zillig bald ein gewisses Gefallen zumindest an einem von uns zu finden, so daß Hoffnung durchaus bestand. Zwei Wochen später – wir kamen gerade von meiner Bank, und ich hatte befriedigt festgestellt, daß die Bestechungssumme wieder tadellos eingetroffen war – gingen wir aufs Ganze. Wir kauften von Frl. Zillig eine Postkarte, setzten uns ans Post-Schreibtischchen und flunkerten wild drauf: »An Frl. Zillig c/o Postamt Dünklingen« und dann: »Zwei alte Verehrer, die schon immer alles miteinander gemacht haben und es gut mit Ihnen meinen. Dick und Doof«.

Hochzufrieden mit unserem Vorwitz, blinkte ich Albert Wurm an, der drehte sich sehr französisch in den Hüften um und um, wir warfen unser Werk in den Briefschlitz und verließen den Schalterraum, große Erwartungen in den Köpfen. Leider ward mein Komplice zwei Tage später wieder gesund geschrieben und mußte lediglich als Vertriebschef mit der Post weiter Verbindung halten. Allein aber traute ich mich nicht mehr aufs Postamt – Frl. Zillig würde auch sicher bald einen jüngeren Verlobten finden. Das war denn das Ende unserer kleinen Doppel-Affaire. Gut so. Schließlich waren Albert Wurm und ich reife, verheiratete Männer.

Viel liebes Dünklingen! Waren wir nicht das zierlichste Spießergezücht des Kosmos? Sollte ich etwa auch den Iberern dergleichen Kärtchen schreiben? Skandal! Bluejeans lassen sie bei der Post jetzt schon zu!

Nein, mit den Brüdern Iberer, den geschlechtsfernen, verlängerte sich in diesen matten Sommertagen eine Entwicklung, die ich, analog den herkömmlichen Formen, als eine Phase der gereiften stillen Liebe charakterisieren würde. Die Bedrohungen Hering und Kohl waren fürs erste abgewehrt, ich hatte mich bewährt, hatte keineswegs das Lager gewechselt – obgleich ich hier und heute zugebe, daß mich oft Samstag 17 Uhr, wenn das Rosenkranzgebimmel losging, schon eine starke Macht in Richtung Liebfrauenkirche treiben wollte, das Quintett, das unbezahlbare, zu betrachten, zu besichtigen. War es also letztlich doch eine Art Vorsicht, Reserve gegen allzu gewagte Tollerei und katholische Flausen, die mich von diesen gar zu kompakten Elendsträgern abhielt? So daß ich fliehenden Verstands und trotz allem wieder ins

»Aschenbrenner« wackelte, die bewährten Fink und Kodak mit und ohne »Stauber« vorbeizärteln zu sehen? Als Bestätigung dessen, daß alles in Butter und trotz der Neutronenbombe praktisch nichts zu befürchten war...?

Die Iberer – und Alwin als Steigerung durch Polarität. Tertium non datur!

Damals erwog ich ganz kühl, meine Passion zu rationieren, zu stabilisieren auch. Ja, es war eine stille geruhsame Leidenschaft, ein sommerliches Eintauchen in die Taufbeckenkühle der Bewährung, der Weihe durch Solidarität im Spirituellen. Göttlicher Plato! Der Fortschritt war einfach nicht hinwegzudiskutieren. Nicht ohne leises Gruseln, aber doch dominierend gelassen, ja, heiter, vielleicht bestätigt zudem durch die Streiblschen Sinnverwehungen, nahm ich damals wahr, daß mir der Sinn des sog. Geschlechtsverkehrs weitgehend schon sehr aus dem Gesichtskreis entschwunden war. Es mußte ja wohl, so lautete damals, wenn ich darüber sann, die Quintessenz die sein, daß das Ganze, diese merkwürdige Hypothese oder Hypothenuse, in der Befriedigung über die gelungene Verkeilung zweier (wie geistreich!) verschieden konstruierter Körper begründet sei, sogar im Sinne der Schopenhauerschen Theorie von den Mängelwesen, die sich erst verschränkt pudelwohl fühlen. Jeweils zehn Sekunden später dämmerte mir bei solchen fast ätherischen Gedanken dann, daß es ja nach unserer Schulweisheit eher der Wunsch nach, die Hoffnung auf den sog. Orgasmus sei bzw. sein könnte. Wirklich? War das nicht eher trauriger Schein? War den Beteiligten immer so ganz unzweideutig klar und gegenwärtig, was sie da nun eigentlich erstrebten? Ja??

Oder war doch mein erster Einfall der richtigere? Daß es eben ganz schön ist, in einer Zeit, in der sonst kein Deckel mehr auf seinen Topf paßt, das Gelingen einer tadellosen Verzahnung an sich selber zu bestaunen?

Aber mußten sich das erwachsene, härtegestählte Menschen – Geistträger! – denn immer und immer wieder zum Beweis vorführen? Muß man denn immer und immer einen Bienenstich in sich hineinlöffeln, um zu wissen, daß es schmeckt – oder auch nicht! Na, ich weiß heute noch nicht recht, weiß der Teufel.

Ich will das Problem für die spekulationsfeindlichen unter meinen Lesern etwas einfacher darstellen: Vielleicht ist es nur Gewohnheit und war ursprünglich eher Zufall, Randprodukt menschlichen Sinnens, daß die Teile ineinandergesteckt werden. Vielleicht ist es Anachronismus, Atavismus – man hört heute so viel gerade davon! Vielleicht haben die Menschen im Zuge ihrer konfusen Historie vergessen, daß sie sich die Teile auch ganz woanders hinstecken können – zum Beispiel auf den Hut!

Wenn seit Newton und Einstein unser gesamtes Weltbild sich fortlaufend ändert – warum sollte ausgerechnet auf diesem Sektor der Schöpfer seiner Menschheit keine neuen Rätsel aufgeben – – ohne daß – es der Bischof notwendig gleich mitkriegt!?

Wieder anders war es bei Streibl. Der steckte das Glas sich in den Mund, und heraus kam nichts dabei – aber sieben Kinder. Na eben. Bzw. naja ...

Aufgewühlt durch derlei fade erregende Räsonnements, passierte mir aber jetzt etwas sehr Dummes. Ich entdeckte nämlich gerade damals, daß ich – eben im Zuge solcher Gehirneskapaden! – meine Fernsehgattin auch wieder ein wenig mochte, ja ein paar Tage lang sogar rauh begehrte! Aber auch dies Debakel leuchtet ja ein: Man mußte ja gewissermaßen abendlichen Abschied nehmen, die Chance ein letztes Mal regen Kopfes wahrnehmen, bevor dies vegetative, evolutionär überfällige Psychosomasexual-System für immer dahinschwände! Ich übersann sogar, wie ich diese taube Türken-Remigrantin dahingehend beschwätzen könnte, mir seit langer Zeit wieder einmal zu Willen zu sein, – da ereignete sich, ich führte scheint's wirklich ein aufregendes Leben, schon wieder etwas Aufregendes, ja Verstörendes:

Es war außerhalb des Samstag-Sonntag-Turnus, einen Tag nach Mariä Himmelfahrt, Freitag, 14 Uhr. Ein Hundstag. Kodak trug braune Shorts, krummbeinig stand er unter den Arkaden an der Ecke Hauptstraße-Bühlgasse; Sandalen hatte er an, bleich schimmerten Schenkel und Waden; Fink trug eine weite, sandfarbene lange Sommerhose und ein wahrscheinlich geblümtes kurzärmeliges Hemd. Zwischen den beiden aber, von meinem Betrachterplatz geradezu eingesäumt von ihnen, standen zwei sehr kleine, ziemlich breite, ja dicke und – ja unaussprechlich häßliche, nein, vielleicht eher nichtige Frauen. Nichtige, kaum mehr als solche erkennbare Frauen. Wiederum wußte ich es sofort. Das waren entweder katholische Pfarramtsangestellte oder zwei im Umkreis der Kirche tätige Frauenkongregations-Mitgliederinnen.

»Mitgliederinnen«! Der Leser spürt sehr genau, wie sehr es mein Denkzentrum heute noch beutelt. So ist es, jetzt bei der Retrospektive vielleicht sogar rüttelnder als damals. Damals war es das böse Wort »Sauerei«, das mir sofort zuflog, das mir buchstäblich in die Parade grätschte – vermutlich habe ich das richtige Wort »Katastrophe« eilends und schlicht abgedrängt.

Die ältere der Frauen trug etwas Grau-Lappiges, Kleidhaftes. Die jüngere, und das hätte mir rechtzeitig zu denken geben müssen, etwas deutlich Schilfgrünes, wahrscheinlich sogar ein Kostüm. Die Alte hatte den Graukopf eingezogen, die jüngere aber lächelte gehaltlos wie ein Hausmarder, sah nach links, nach rechts, in den Boden. Ja, genau, sie hatte richtiggehende Stöckelschuhe am Leib und vertrat sich mit diesen kaum merklich die Beine. Ihr Haar war, ich schwöre es, kaffeebraun.

Ich starrte feist auf das Orakel. Die staubige sandfliederbraune Häßlichkeit des stehenden Vierer-Konzils explodierte gleichsam in sich selber, sprühte Funken und verkrustete zu kalter Angst:

Die Mutter Irmi konnten beide nicht sein!

Nein!

Man hätte Physiologie studieren müssen. Ich gab einen kurzen lokomotivartigen »Hü«-Ton von mir, durch die Atemröhre kitzelte haltlos schmerzlose Weinerlichkeit aus dem Zwerchfell empor. Eine Rotzglocke von Benebeltheit hing im Hirn, blinkte vor Arroganz und paddelte begeistert auf und ab. Ich fuhr mir über die Nase, schloß die Augen und sah den General. Wacklig war mir in den kurzen Beinchen. Drehte mich um, öffnete die Augen und sah jetzt den ganzen betörenden Auflauf im Schaufensterspiegel:

Kodak lachte deutlich, schwungvoll, sieghaft – Finks Blick aber schwärmte selig von den dreien weg in Richtung auf St. Gangolf: gerade als ob er die Überfreude dieser wahnsinnigen Begegnung schon nicht mehr ertragen könne und nur durch des Bruders guten Humor noch senkrecht auf den Beinen sich zu halten vermöchte.

Wo war »Stauber«? Was für eine Unsinnsfrage! Aber es hätte mir schon seit Wochen auffallen müssen! Immer seltener war er mitmarschiert! War er desertiert? War er geschaßt worden? Graf Stauber – meine Rettung! War ich erledigt?

Staubwolken von Verblödung umrieselten mich noch immer. Ich starrte ins Glas. Das Schaufenster war mit Damenslips belegt, auf deren tödlicher Weiße Dinge wie »Love«, »St. Tropez«, »Sweet baby«, »Amour«, »J'attends«, »embrasse« bzw. Pfeile, Herzchen und Gesichter aufgestickt waren. Wollte ich die Vierergruppe nicht sehen, mußte ich mich darein versenken. Ich wäre wahrscheinlich noch lange gestanden, das Komplott aus Realität und Reflexion zu bestarren, schwach in den Knien, noch schwächer im Geiste, hätte es nicht plötzlich hinter mir geklingelt:

»Siegmund?«

Ich drehte mich um. Fast hatte ich's gewußt. Es war Alois Freudenhammer, knorrig stehend im Fahrrad, mit einer deutlich nagelneuen Bundhose – auf dem Klappsitz aber saß ein etwa siebenjähriges, sehr blondes Mädelchen mit geschwungenem Näschen und – unendlich verehrungswürdigen Sommersprossen. Fröhlich und ernsthaft blinzelte es in den Sommerdunst. Umkratzt von Schmierlappigkeit glaubte ich einen Moment lang, ich müßte vergehen.

»Ich komm grad vom Hauptfriedhof. Hab mir gedacht, nimmst die Kleine mit. Mein Enkelkind! Stupsi! Damit s' auch was sieht!«

Sicher mißlang sie, meine freundliche Grimasse, so läppisch, daß sogar Stupsi es merkte. Ich sah wie mutig nach links. Das Iberer-Schreck-Quartett – weg war es! Es mußte in die Bühlgasse geflüchtet sein.

»Siehst ein wenig blaß aus, Siegmund!«

Freudenhammer runzelte alles mögliche. »Machst zuviel Musik, man sieht's!«

Geruch von Bratwurst, Marzipan und Verwesung stöberte in der Straße. Das kleine Mädchen lächelte mich mit halboffenem Mund vorsichtig an. Es hatte Fransenhaare um Stirn und Schultern, über das Ohr aber pendelten links und rechts lustige Zöpfe. Überall lungerten heute Katastrophen und Herzverkrümmer. Dieses Näschens Himmelfahrt!

»So, die Stupsi«, sagte ich kümmerlich und grinste. Da tauchte hinter dem lieblichen Kinderschopf etwas Verheerendes auf. Es war Hering. Zuerst sah ich sein gürteltierartiges Idiotenprofil. Es war zum Speien und war doch so wahr. Er stolperte an uns dreien vorbei, es waren verschieden lange – Hölzer, die er unterm Arm trug, dabei lachte er wie wutverzerrt still ergeben vor sich hin, plötzlich machte er kehrt, sah das Kind an, das immerfort nur mich ansah – und jetzt verschwand Hering in einem Geschäft, seitlich des Damenwäscheladens, ein Geschäft, das ich mein Leben lang noch nicht wahrgenommen hatte und über dem »Schießsport-Center« stand. Weg war auch er.

»Stupsi«, jammerte ich. Sie trug ein rotes Kleid mit weißen Tupfern.

»Eine sehr gute Beerdigung heute, exzeptionell«, rief Freudenhammer wie leichthin, »ich geh sonst selten persönlich hin. Der Konrektor Weizmann. Er hat's verdient. Er hat gern botanisiert und ist ins Kino. Normal tut's das Telefon.«

»Der Todesbote …«, dachte ich.

»Schreiben? Schreiben tu ich's erst morgen. Eine Platzfrage. Morgen steh'n schon vier Beerdigungen im Blatt. Im Sommer weht's die Leute weg, daß man Angst haben möcht'!« Freudenhammer kletterte auf den Sattel. »Wir zwei fahren ins Schwimmband, ein Eis essen. Tät'st du mitwollen, Siegmund?«

Natürlich kam ich mit. Ich hatte Angst vor Hering. Von Weizmann zu schweigen. Furcht vor den Frauen. Auch der General drohte. Weg wollte ich, dieser Platz war ganz exzeptionell verwunschen.

Gegenüber starrte auf einmal ein Zollamt. Giftblau der Himmel. Bleiernes Getümmel – Türme, Giebel, keine Wolken! Das Sieden des Hirns, Sausen des Ohrs. Webstuhl der Zeit. Es war glattes Spießrutenlaufen angesichts des Endes, das auch Stupsi nicht –

Freudenhammer wollte mit dem Rad am Bahnhofsplatz vorbeifahren, mir ein Taxi zu schicken.

»Festhalten, Stupsi!« Freudenhammer trat in die Pedale, beugte sich nach hinten. »Daß wir uns nicht verlieren!«

»Opa!« rief Stupsi vergnügt und barfuß, »aber tu bloß nicht so wild fahren wie grad!«

»Alles nach Straßenverkehrsordnung!« rief Freudenhammer fast licht und stemmte sich ab.

»Oder schick' mir doch kein Taxi! Alois!« rief ich nach. Der alte Mann stoppte kurz, überlegte, aus welcher Richtung der Wind ihm seinen Namen zugetragen haben mochte, dann hatte er es. Drehte den Kopf und hielt beide Hände an den buschigen Mund:

»Taxi? Kein Taxi? Entscheiden Sie sich! Ich lehne jede Verantwortung ab.«

»Taxi! Bzw. kein Taxi! Keins!« Aus mir krähten schon Trompeten der Verzweiflung. »Ich komm zu Fuß dann nach!« Weg, was das Zeug hielt! Jeden Moment konnte Hering aus dem Verdammnis-Center treten und mich überwältigen. Schießen und schlachten –

Zum Zeichen, daß er mich verstanden habe, hob Freudenhammer den rechten Arm. Stupsi zog eine lustige Nasenschnute zu mir retour.

Lief ich aus der Stadt? Peitschte das Böse mich vorwärts?

Die Luft stand still und schwer erträglich. Das Schwimmbad lag in einem Wäldchen, zwei Meilen vor Dünklingen. Die Vororthäuschen stierten wie von Sinnen. Man durfte sie nicht ansehen. Freies Gelände. Die Sonne brannte nun ekstatisch, Verschwörergluten schwärten übers Land. Getreide lag tief, glühend, schäbig – Kriegsdienstzeit. Schwerblaues Ochsenmaul verzehrte sich nach Stupsi, klar! Ein Kolonie-Kleingärtner brummte mit dem Moped vorbei, zog beim Fahren den Hut über die Stirn, als ob er zum Letzten entschlossen sei. Sehr schwarzer Verbrennungsgeruch, verfluchte Chemie! Eisenschlackenbrocken glitzerten uralig am Wegrand, dazwischen sprenkelnd unschuldige Margeriten sowie ein lila Geblüm, das ich aber nicht kannte. Der Vogel Greif saß geduckt auf der Eiche und hackte Kleinholz aus den Vorräten Herings und der beiden Pfarramtsteufelinnen. Mir ging's so gottserheiternd schlecht, daß ich nur noch das Wort »Anemonen« denken konnte – schon bei dem Wort »Erika«, das ich sonst mag, wurde mir wieder schwindelig. Die Marter der Versündigung. Unterwürfig zog mein Seehundskopf sich ein. Madonna clara! Dann fiel ich sogar buchstäblich zur Seite. Linkerhand in einem Drahtzaungehege hauten 60 Schäferhundtrottel mich an. Ich krabbelte wieder hoch, da waren's doch nur sechs. Wäwäwä! Äwäwä! Kwäkwä! »Tierheim« stand auf dem Schild der Eingangspforte. Ach ja, ach ja – o weh, o weh! Aua! Aaah! Und jetzt auch noch der wirkliche leibhaftige Zehenkrebs! Schwärzeste der Schwermutshöllen! Noch eine abgefeimte Wegkrümmung – ein bübischer Parkplatz – und schon erlösten mich die quakenden Stimmen des Schwimmbads.

Krebswut, laß auch du bald nach, ich warte. –

Weg ist sie!

Alois Freudenhammer winkte mir wie ein Sanitäter. Stupsis Haar war blond wie Orangen. Sie strahlte abwechselnd den Opa und mich an, ich erholte mich recht schnell. Löffelte, wie Alois und Stupsi, ein großes Mischeis und machte mir's bequem, mit dem Kinde rücksichtslos zu flirten. Was die Brüder können, kann ich auch. Der Fotograf Fred, hörte man gleich drauf Freudenhammer knorrig tadeln, werde, so verlaute, demnächst eventuell seinem Foto-Laden eine Porno-Foto-Abteilung angliedern.

»Der soll nur so weitermachen«, eisern dräute Freudenhammer und schleckerte sein Eis zu Ende, »dann hat er seine Frau gesehen! Eine so anständige Frau, und er, der Depp, macht so ein Ami-Zeug!«

»Er ist halt noch jung«, beschwichtigte ich. Feiles Gesindel in Badetrikots feilschte an unserem Tisch vorbei, aber ich war schon wieder zu Kräften gekommen, in Stupsis Schutz.

»Ein Hanswurst ist er, ein ganz trauriger!« Selbst, ja vor allem, im Schwimmbad blieb Freudenhammer ein Mann von polizeiähnlicher Anmut und Würde. Hering hatte keinen Stich zu hoffen.

»Opa, du? Was ist dann ein Porko?« Stupsi wollte es wissen. Ich gähnte schon vor Entzücken. Diese Sommersprößlein rund!

»Ein Porno!« Freudenhammers Miene ward tiefsinnig.

»Was ist dann ein Porno?« Stupsi lachte innig. »Opa, sag halt!« Sie hatte blaue Augen, die Zunge wischte schlau das Eis rundum vom Mund.

»Du – bist ein Porno!« sagte Freudenhammer furchend knochig, sah vergrübelt drein. Hinter runzeligen Augen wohnten Güte, Fahrradlust und – gleichfalls hoher Sex?

In dubio pro reo.

Eine Weide fächelte über uns, elektrisch grünlich, heilsam für die Seele. Ich flitterte mit einem Näschen. Der Schleier des Blattwerks spielte mit Stupsis Sommersprossen Fangermännchen.

»Wäre schön«, sann ich widerstandslos gelackt, »wenn wir drei später … wieder mal hierher fahren könnten!« Lachte schwächlich, sah vertrauensvoll an Freudenhammer auf und ab.

»Ist ja«, sagte Stupsi, »gar nicht wahr!« Sie schob die Unterlippe vor wie leichthin zürnend.

»Der Fred gefällt mir nicht«, sprach Freudenhammer schartig, »er wird bald 60 und hat keinen Standpunkt!« Ein hoher Adel schwamm in Stupsis Auge flunkernd.

»Du mußt ihm halt Leviten lesen, Alois!« Studentenmäßig saugte ich an einem Stumpen, »in Klausur!«

»Es wird nichts nützen«, sprach der Greis, »ihm fehlt der Charakter! Und du, Siegmund, schon dich ein wenig, du bist mir zuviel auf der Achse! Du hast doch ein Klavier daheim!«

»Schwimmbad«, ich hauchte kühn, denn ich war selig, »ist auch ganz schön. Wir drei – auf einen Haufen!«

»Morgen wieder, Opa?« bat das Kind. Ein leiser Abendwind kam auf.

»Bis an mein selig Ende«, dachte ich.

»Ich kann morgen unmöglich«, sagte Freudenhammer, bat um

Haltung, »ich hab zuerst diamantene Hochzeit, Zeitvogel in der Walzengasse, dann muß ich zum Pfarrer Durst, der will mir seine Beat-Platten vorspielen, sagt er. Hat heut' recht schön gesprochen am Grab. Ich hab ihn nicht genau verstanden, den Schrecken des Todes, mein ich, hat er drangenommen. Recht vernünftig, für seine Verhältnisse. Er ist nicht der stärkste am Grab. War trotzdem eine sehr gute, großartige Beerdigung!« Stupsi kicherte überwältigt und kriegte noch ein Eis. Wind fingerte in ihrem Schopf.

Vier Beerdigungsberichte, hatte er verkündet, würden morgen im Volksblatt zu finden sein. Und heute? Ich zog mich sofort in mein Studierzimmer zurück; zwei Vorboten:

> af. Eine ansehnliche Gemeinde folgte im oberen Friedhofe dem Sarge, in dem die sterblichen Reste der aus der Speyerer Gegend gebürtigen im 81. Lebensjahre jetzt verstorbenen Oberkellnerswitwe Frau Victoria Zwack zu Grabe getragen wurden und von Kooperator Springinsfelder zur Grabesruhe konsekriert worden waren. Der kirchliche Teil, verbunden mit Trostworten, galt einem Fürbittgebet, die ihren Geschwistern den Haushalt geführt und von der diesseitigen Welt Abschied nehmen gemußt hatte. Ein Schlaganfall hatte ihrem Leben, als sie vom Einkaufen zurückgekommen war, ein jähes Ende gesetzt.

Gemütsrevolution! Wen, Himmelherrgott, wollte ich denn nun! Die Brüder? Das Freudenhammer-Bäck-Kuddernatsch-Triumvirat? Stupsi? Hering und die Kohl-Bande? Alwin Streibl unverzagt? Frl. Zillig? Mich? Oder am Ende gar die Türkenwitwe! Hahaha! Oder, noch dümmer, vielleicht den General! Klar! Je fester das Band zu den Iberern sich schloß, desto amouröser umklammerte, ein wahres Liebestauen, meine Seele auch die schönen Satelliten! Das war der Trick!

> af. In einer von Liedern des Lehrerinnen- und Lehrergesangsvereins umrahmten Trauerfeierlichkeit wurde der aus Sigmaringen stammende im 90. Jahre gestan-

dene Oberlehrer Herr Konstantin Kres, der älteste Mann im Lehrer- und Lehrerinnenverband, jetzt zu Grabe getragen. Kooperator Peter Knott als Gastpfarrer von Bad Mädgenheim verrichtete die Einsegnung und wußte den Mann zu würdigen, der

Aber – im Tauziehen dieser wirbelnden Einzelleidenschaften und Sehnsuchtsgruppen saß ich immerhin und immer nach den Gesetzen des Königsmechanismus am längeren Hebel – Blödsinn! Vielleicht muß man es physikalisch ausdrücken: die Iberer und ich waren der Kardinalvektor, während alles andere nur das Kräfteparallelogramm verstärkte. Oder am besten war vielleicht hier doch ausnahmsweise die chemische Metapher: Die Iberer und moi bildeten die konzentrische Lösung, die anderen

in seiner aktiven Zeit 34 Jahre lang Gutes getan, der so alt geworden war, daß man ihn, wie der Geistliche sagte, als eine »reife Frucht« für die Ewigkeit betrachten könnte. Trotzdem sei es Kres nicht vergönnt gewesen, sein Lebenswerk zum Abschluß zu bringen, ein gutes Niveau unter den Schülern aufzubauen. Ein Kranz der Lehrerschaft galt der 65jährigen Treue

waren die Enzyme der toxisch katholizistischen Emulsion aus Fink-Kodaks fotografischer Lauge und meiner pygmaliäischen Säuernis bzw. zusammen waren wir der Sauerteig der Welt, – aber diese – – diese zwei Frauen wollte ich partout nicht mehr sehen! – –

»St. Neff!« Meine Schwiegermutter war leise hinter mich getreten. Sie sah ein wenig bleich aus. »Du siehst«, sagte sie fragend, »ein wenig blaß aus!«

zur Schule, der Kres zeitlebens die Treue gehalten hatte.

»Stefania Sandrelli!« säuselte ich schnell überwältigt. Sie gehörte ja auch noch in die Satelliten-Liste!

»Der – wie heißt er wieder? Alwin«, Stefania ließ sich fühlsam am Klavierhocker nieder, »hat angerufen. Du sollst dich bei ihm melden.«

»Na also«, sagte ich und strahlte sie an. »Alles klar!«

»Du solltest dich schonen«, sagte Sandrelli, »du schaust bald aus wie – der Wurm!«

Wahrhaftig, den hatte ich auch noch vergessen. Aber ich blieb bei meinem Lebensstil. Noch wackligen Gemüts, war sofort Alwin dran. Es war ein feuchttristes Fanal, was mir aus dem Telefon entgegenfuhr.

»Aber wo! Nichts Ernstes!« rief Streibl wohlig wimmernd ins Gerät, »hätt' nicht pressiert. Eine Lappalie! Nicht lapidar! Aber wo! Aber wo!«

»Was: aber wooh!« Schön, daß ich fast richtigen Zorn zusammenkratzte. »Ich sollt' dich doch anrufen! Oder?«

»Aber wo!« rief Alwin verstockt oder sogar mutig, »ich hab nur zum Alwin, meinem Sohn, ›Aber wo‹ gesagt, weil er mich gefragt hat, ob er noch Bier holen soll, ein Mißverständnis, Schwagerherz, sei mir nicht bös, ich muß«, flott glitt er ins Zutrauliche, »ich muß dich unbedingt sprechen wegen meiner Repressalien, ich hab Instruktionen gekriegt, der … Staatssicherheitsdienst hat mir … eine neue zweite, ich …«

»Warnung?« Der Ton war noch grimm, aber schon flogen mir kampflos die silbernen Spatzen der Lüsternheit um die Ohren – und dann wurde ich ganz schmeichelnd sanft, ja trivial: »Wo brennt's denn, Alwin?«

»Schwager, hör zu, ich bin so fix und fertig, daß ich jetzt sieben Weizen getrunken hab, hätt' ich nicht tun sollen, sieben Weizen von der Nachbarin, sie hat's – sie wollen mich fertigmachen, ah! Sie wollen –«

»Du bist ja, Alwin, offenbar – fix und fertig!« Sentimentaler Blödmann, tat mir plötzlich Alwins Herz weh – so was gibt es also auch –

»Fix und fertig!« freute sich Alwin wie ein Schneekönig, »die Brüder, der Staatschefdienst will mich fix und fertig machen – meine Existenz vernichten, meine Kinder, ach meine Kinder«, sang Alwin hysterischer sich selber tröstend, »womit haben sie's verdient!«

Er war vollkommen weg.

Wir telefonierten noch lange und immer verschwiemelter. Immer unerklärlichere Sanftheit durchsang mich. Es war nicht herauszukriegen, was passiert war. Ein Agent war angeblich vom Supermarkt bis in die Wohnung 100 Meter hinter ihm hergegangen. Genau der Abstand, der in den Schulungskursen drüben angelernt werde. Vor Unkeuschheit bibbernd wurde der Abend zur Nacht.

»Alwin«, sagte ich endlich und fast ohne Gemeinheit, »du solltest jetzt noch zwei Weizen trinken und dann – deiner Frau was Gutes tun. Nichts wie«, Dreckspatzgesinnung zuckte in die Lippen, »nichts wie drauf!«

»Aber wo!« rief Alwin heiter schwiegerlich verkreischt, »fall ja runter! Aber morgen pack ich's, morgen pack ich's ...!«

Weicheres Wohlbehagen hatte in meiner Lungengegend Platz genommen. Später vergoß ich sogar ein paar schmalzige Tränen. Lachte muschelförmig in mich hinein und konnte nicht dagegen anmauscheln. Mich beschlich der Verdacht, daß ich vielleicht der Welterlöser sei ...

Wie unser Gespräch geendet hat, weiß ich nicht mehr. Ich schmierte mir ein Streichwurstbrot, schob einen Kaugummi nach und rollte mich ins Bett. Stupsi. Was so ein lustiger Schwachkopf wie ich alles erlebt in diesem unflätigen sibirischen Nest! Alwins dummes edles Herz! Recht hatte er, der Streibl-Schwager! Ich wette mit unserem für diesen ganzen völkischen Zirkus verantwortlichen Bundeskanzler jeden Betrag, daß man in diesem Lande heute überhaupt nichts mehr anderes tun kann, als sich systematisch zum Tiroler zusammenzusaufen – es sei denn, man wollte zum Terroristen werden – – oder es sei denn, es sei denn, eine übergeordnete, ja überirdische Gnadeninstanz hätte einen dazu auserkoren, zwei katholische Brüder zu beobachten, in Freud und Leid, Ach und Krach, Schmach und Weh, Schmäh und Bäh, ach Gott, was redet da mein St. Neff im Halbschlaf wieder Schräges zusammen, statt nebenan die lüsterne Gattin zu besteigen – –?

Geht nicht. Würde ja gleichfalls herunterpurzeln ...

Ich stieg wieder aus dem Bett und spähte aus dem Fenster. Nein, alle zu lieben war unmenschlich. Man mußte sich schon auf zwei konzentrieren. Oder drei vielleicht. Trauliche Dächer, zierliche Kamine, bärige Wolken brummelten drüber. Quietschentzückt durch den Sternenhimmel, erwog ich, wie man Alwin und Albert Wurm in Gegenspionage aufeinandergaukeln könnte. Schwagerherzig wurstelte ich die Hand in die Wange. Der Nabel ist der lässigste Körperteil. Unberührt von den primären und sekundären Teilen zieht er seine Kreise. Großmut betörte mich, den stärksten, souveränsten, solventesten, stringentesten Seelenverkäufer, der Dünklingen jemals beherrscht! Meine Kohl-Hering-Grillen hatte sie schon verjagt. Hieß es »die« oder »das« Stupsi?

Der Tag verlosch in schöner Andacht. Flugs und fröhlich schlief ich ein. Träumte beglückt, daß ich bei den Olympischen Spielen 1534 im 800-Meter-Endlauf trotz meiner Watschelbeine Sechster geworden war, in einer Klassezeit! Siegmund Schweinshirt mischte also wacker weiter mit!

Frühstücksfreuden sehr geschwind: auf dem Glanze will ich fahren von dem Strömen selig blind:

> af. Mit 68 Jahren wurde die aus dem naheliegenden Mädgenheim kommende Anwärterin Evamaria Zorn vom Herrn heimgeholt und im Zentralfriedhof zur ewigen Ruhe geleitet. Kooperator Felkl, gerade von einer Krankheit genesen, verabschiedete sich von ihr ebenso wie die kleine Trauergemeinde. In der Traueransprache kam der Wunsch des Geistlichen nach einer ewigen Ruhe zum Ausdruck.

Weit von euch treibt mich der Wind: Guten Tag, mein Hausgesind!

> af. Im hohen Alter von 94½ Jahren, aber bis zuletzt noch unerwartet gesund, holte der Herr des Todes die Frau Anny Loy jetzt heim. Sie wurde im Friedhof beigesetzt. Stadtpfarrer Durst segnete sie ein. Vier der Angehörigen standen am Grabe. Anny L. hatte ihren be-

liebten Gatten Herbert schon 1917 wegen eines Kriegsleidens verloren und dann die Erziehung und Bildung der Kinder ganz alleine besorgt. Durst dankte der toten Mutter dafür. Er empfahl sie dem Gebete aller. Namens eines Pensionistinnengremiums legte Herr Giesiebl stellvertretend einen Kranz nieder.

Tausend Stimmen schlagen lockend: Flammend hoch Aurora weht!

af. Im Friedhof Lasern wurde das beim Fußballspielen zutot gefahrene Mädchen Gabrielle Tscheff beigesetzt. Eine unübersehbare Menschenmenge hatte sich eingefunden. Die bedrückten Eltern standen am Grabe. Der Geistliche meinte, Gottes Wille sei oft Schicksal oder, wenn man so wolle, Fatum. Heute wisse man, daß die kleine Gabrielle in der Ewigkeit gut geborgen sei.

Und das Wirren munter bunter wird ein weizenwilder Fluß! Wie würde Alwin Streibls Epitaph aussehen? Viel zu spät, mit 58 Jahren, verließ uns jetzt der Spitzenagent Alwin Streibl. Das Weizen hatte er immer gern gemocht, aber …

af. Im Alter von 67 Jahren verstarb der ledige Bauführer Oskar Eibenstock und wurde im Friedhof von seiner Tante und zahlreichen Freunden der Erde zurückgegeben. Eibenstock hatte zu Lebzeiten als ein lustiger Mann gegolten, der sich gern in kameradschaftlichem oder geselligem Kreise aufhielt und bewegte. Der die Einsegnung vornehmende Kaplan Herr Peter sagte am Grabe: »Wir wissen weder den Tag noch die Stunde …« Unter Leitung von Alois Sägerer sang der Chor das Lied vom Guten Kameraden. Die Tageslosung aber hieß: »Fürchte dich nicht, ich habe dich erlöst, ich habe dich bei deinem Namen gerufen, du bist mein.« Die Trauerfeier fand allgemein guten Anklang. Ein Kranz kam vom Vermessungsamt.

Eibenstock, Eibenstock. Hatte ich den nicht auch gekannt? In geselligem Kreise?

> af. Im Zentralfriedhof wurde gleichzeitig die aus Weltenkommen kommende im 80. Lebensjahr verstorbene Frau N o r g e r l aus der Altstadt zu Grabe getragen. Eine große Trauergemeinde verabschiedete sich von Frau Norgerl, die hier sehr bekannt ist. Der geistliche Würdenträger sagte, sie sei eine Frau gewesen, die gewußt habe, was sie wollte. Nun habe sie der Tod ereilt. Daran schloß sich ein Fürbittgebet. Auch Herr Giesiebl legte einen Kranz nieder. Frau Norgerl schien eine gute Frau gewesen zu sein.

Und Irmi wieder nicht dabei. Wie schön! –

Es schellte. Es war ein Herr, nein, nicht Eibenstock, sondern Grundlinger oder ähnlich. Es war der städtische Feuerwehr-Abgabe-Eintreiber. Gut gelaunt bat ich den noch jungen Mann in den Salon. Er nahm unsicher Platz und teilte mir im Lauf der Minuten unwiderleglich mit, ich schuldete der Stadt seit drei Monaten 40 Mark Zwangsabgabe. Inzwischen seien es mit Gebühren 44 Mark. Sofort blickte Grundlinger schuldbewußt in den Boden.

»Feuerwehr?« rief ich bedächtig. »Da ist früher ein anderer Wind gegangen!«

»Früher?« fragte der Mann ungläubig, »ich bin nicht von der Feuerwehr, ich kann's Ihnen nicht sagen.«

»Hier sind 50 Mark.« Ich zauberte sie aus dem Hosensack und warf sie ihm zu. »Der Rest ist für Sie! Kaufen Sie sich eine Unterwäsche oder einen anderen Stecken!«

Der Mann grabschte nach dem Schein, verfehlte ihn aber und kroch zu Boden. Jetzt tat er mir leid. »Cognak?«

»Nicht um die Zeit«, raunte der Beamte artig, quittierte die Zahlung, blieb aber in seinem Sessel haften. Ich ließ es darauf ankommen. Nahm die Zeitung und ging Freudenhammers Todesbotschaften noch einmal durch. Spitzte über den Zeitungsrand und erkannte, daß die Augen des Beamten verstohlen, aber leidenschaftlich in Richtung auf unsere entfernt liegende Fernseh-Programmzeitschrift wanderten.

»Dann ist ja alles klar«, sagte ich kalt, ohne von meiner Lektüre aufzublicken.

»Ohne weiteres«, griente der städtische Notabel unkonzentriert, sah aber weiter wie sehnsüchtig gebannt auf das Fernseh-Journal. Ich las scheinbar weiter in meinen Leichen herum, behielt ihn aber im Auge. Die Zeit verstrich. Naja, sollte er eben hier wohnen bleiben, der Herr Feuereintreiber, dann waren wir eben vier und Kathi hätte endlich einen –

»Sie«, sagte der Feuermann plötzlich und endete die summlockende Vormittagsstille, »Sie, darf ich?« Bittend sah er mir ins Auge.

»Aber ja«, sagte ich. Ich wußte überhaupt nicht, was er wollte, ahnte es aber. Blinkerte mit den hochblondbraunen Wimpern.

Raubtierartig griff mein Mann nach der Fernseh-Zeitschrift, blätterte und hatte es endlich gefunden. »Ehrlich Klasse!« stöhnte er, »ich hab's doch geahnt!«

»Was?« brummelte ich widrig. »Wenn Alwin mit den Brüdern in den Kriegsdienst muß?«

»Morgen abend! 21 Uhr 30! 2. Programm! Ein bunter Abend mit Katja Ebstein und Christian Bruhn! Toll! Zack! Ich freu mich, ich freu mich!«

Zwei Minuten später war er weg. Auch meines Bleibens konnte hier nicht länger sein. Weltabgewandt ins Fäustchen grinsend stürmte es ins Blaue, Wurm entgegen. Billard spielen. Abends dann Bad Mädgenheim: »Si j'étais roi«, »Rêve angélique«, »Leichte Cavallerie«. Wie freut' ich mich der nächsten Zeitung! Sie mußte Klarheit bringen!

Alwin – oder Freudenhammer?

> af. Im Waldfriedhof bei Dünklingen erfolgte ein herrlicher Trauerzug – das fürstliche Paar von Harburg war ebenfalls repräsentiert – dem Sarge, in dem der aus Dünklingen gebürtige Herr Konrektor Weizmann lag,

ein Mann von erst 70 Jahren. Die katholische Einsegnung hielt ein Pfarrer von hier. Ehrende Worte und einen Kranz widmeten dem treuen Diener im Namen des alten Fürsten und des Hofmarschallamtes Herr v. Eisenschenk, ebenfalls von hier. Darnach war Weizmann in seltener Pflichttreue und Eifer über 40 Jahre seiner Herrschaft ergeben gewesen. Herr Eisenschenk nannte diesen einen Mann von untadeliger Bescheidenheit. Es wurde auch gesagt, daß der Konrektor den zweiten Weltkrieg noch mitgemacht habe und erst spät heimgekehrt sei. Ein anderer Redner meinte, man stelle sich oft die Frage, warum es gerade unsere Besten immer so zeitig treffe. Es war ein ausgesprochen leuchtender Sommertag, als die sterbliche Hülle Weizmanns versenkt wurde. Was wunder, daß sich mehr als sonst üblich Trauergäste aus nah und fern eingefunden hatten, ihm, dem hochangesehenen Toten, die letzte Ehre zu erteilen. Auch Repräsentanten der Schule und des Schulamts bescherten Kränze, im Namen der Landesregierung wurde ein Bukett übersandt. Solche Beerdigungen halten sich im Gedächtnis!

Schade. Alwin mußte Konrektor Weizmann als Helfershelfer streichen – da war nichts mehr zu machen.

Glanzäugig wartete ich im Schatten von St. Gangolf. Geübter Brüder-Nimrod, sah ich sie aus tausend Metern. Um 11 Uhr 40 kamen sie dahergewalkt. Eskortiert von »Stauber«, und natürlich ohne Frauen!

Kodak: noch ferkelrosiger als sonst schien er mir, abgebrühter, gereifter, strotzender, für den kommenden Herbst hatte er sich jetzt schon etwas Wärmendes zugelegt, eine Art Trench-Mantel in sisalfarbenem Popeline. Fink trug sein mir wohlbekanntes Kombiniertes, blickte sehr ergänzend drein, »Stauber« schleppte sogar eine Aktentasche mit sich her – und da! Auf Kodaks Rücken hing – erstmals – die Kamera! Zeiss-Ikonomine Dei!

Saugendes Entzücken, rollend durch des Kopfes Grollen, nobligе Gefühle, sich im Äther schlängelnd. Meine Logenbrüder der Hin- und Widerheit! Ich mußte sogar lachen! Diese ranzigen Runkeln! Diese braunen Spätkartoffeln! Diese zwei unsterblichen Knollenblätterpilze! Diese grausam gichtigen Gurken, diese krachenden, klebrigen kodakfinkischen Krautköpfe, diese kamerагestählt kugelrunden! Mit Graf »Stauber« in der Mitte! Welche infernale Harmonie des fotografisch fraternalistisch Walzenden! Des – ja, so kann man's sagen – »furunkelhaft sehr-treu-Katholischen«! Terra incognita amoris! Eine Woge von Hingezogenheit schwallte mich ins katholische Lager. Meine Herzens-Iberer!

Plötzlich stand ich in St. Gangolf. Äh? War ich wirklich schon katholisch? Das heiß ich Proselyten machen! Per Saecula Saeculorum! Amor intelletualis schweifte, Düfte weit und breitgefächert. Ecctlesia im Anzug – die Brüder in der Avantgarde von allem!

Von was? Erst nach zehn Minuten schärften sich Gedanken. Sie kamen um so schärfer und lauteten wortwörtlich: »Man muß immer gut aufpassen, damit es nicht mißlich wird, jawohl!«

Ging wieder an die frische Luft. Welche unermeßliche Kaufkraft in diesem Dünklinger Pöbel steckte, es war wie im Bierzelt! Wahrscheinlich waren sie alle von der Schönheit der Iberer aufgepeitscht! Schwirrten durcheinander! Das Wetter prickelte ins Herbstige. Mir zog etwas in der Seele herum, aber es war nichts. Mund auf, Kaugummi rein. Ich stieg nach Hause, mich auf Bruhn und Ebstein vorzubereiten. Ach ja, ach weh! ¿De dónde venis, amore?

*

Niemand weiß Bescheid.

Was ich aber lang schon sagen wollte: Das einzige, was mich an dieser unserer Schöpfung wirklich stört, was ich ihr vorwerfe, was mich ängstigt, das ist ihre zugleich unfaire und unappetitliche Größe und Erhabenheit! – ansonsten wäre ich's zufrieden. Ihr Zug ins Große und Monomanische – er ekelt mich, er peinigt mich, er macht mich einfach unwohl. Ich meine, bis zur Sonne hätte es doch auch gereicht! Natürlich ist de facto jetzt nicht mehr viel zu machen und zu ändern, aber – könnte man nicht einfach per Dekret, könnte man nicht einfach durch beschwichtigende Losungen bestimmen, das Sonnensystem sei schon das Äußerste, der Mond das Zweitgrößte und das Sternenzelt dahinter lauter kleine und harmlose Kometen als Dekor…?

Das Ganze wäre ja dann doch noch immer riesenhaft genug!

Aber, um darauf zurückzukommen: Fest steht ja wohl heute zweifelsfrei, jedenfalls jenseits der allerödesten Kathederphilosophie, daß der Aufwand des Geschlechtsakts kein Nonplusultra, kein Zweck per se sein sollte, sondern Vorwand, die sog. Wollust zu erreichen, sofern alles gutgeht. »Das glaube ich wohl«, freute sich noch Goethe am 21.10.1823 gegenüber Eckermann, »es ist alles als wie ineinander gekeilt.« Dem Weimarer gefiel noch die Sache als solche – heute denken wir wohl etwas anders darüber, aufgeklärter und utilitaristischer zugleich: Unbewußt haben wir Modernen dieses Ziel der Ergießung anscheinend dann schon im Auge, wenn wir uns anschicken, die eigentlich unsinnigen Vorbereitungen zu treffen, das Entfernen der Kleider, die seltsame Verhärtung von Seele und Glied, das Vorwärtstasten zum Gegenorgan usw. Nun, viel Sinn hat meines Erachtens das Ganze trotzdem natürlich nicht, aber vielleicht ist es eine angeborene mentale Schwäche, eine irgendwie heitere Grundeinstellung zum verzischenden Leben (der Zehenkrebs scheint sich wirklich verzogen zu haben, aber ich will es nicht verschreien) – ein Denkfehler, dem man sich nach Möglichkeit anpassen oder aber klein beigeben muß?

Oder man sucht die Große Weigerung, die Große Alternative und betritt zaglos die Pfade des Neuen, Unerforschten, das heute noch nicht viel Verstand zeigt, das aber vielleicht schon in 50 Jahren die Gesellschaft revolutioniert, so wie einst Chemie, Molekularbiologie, ja sogar – siehe Alwin – der Marxismus die Menschheit revolutioniert hat.

Trotzdem, denn ganz ging mir das vor Jahresfrist noch nicht aus dem Kopf, der jetzt auch reißend schnell grauer wurde: Wie verhielten die Iberer sich nun zu den kleinen dicken Frauen, die da ans Licht gekommen waren? Wie zu Frauen überhaupt? Ich glaube, damals vertröstete ich mich einfach mit der Gewißheit, daß, wer Fink und Kodak heißt, einfach keine Frauen mehr braucht. Der hat ausgesorgt und kann sich beruhigt auf die Lyrik werfen:

Frischwärts das Säcklein!
Brust raus und Speck rein!
Bischof, sei clever!
Gib ihr brav Pfeffer!
Tu ihr schön rammen!
In Ewigkeit Amen.

Ah! Tzz! Weh – – oje, das muß er gehört haben, der Krebsteufel, jetzt schlägt er wieder drein und mir das Gift aus dem Kopf, ah! Brrr! Hört denn dieses lächerliche Schmerz-Lust-Durcheinander nie mehr auf? Ah, oh! Weh geschrien!

So. Nun ist es wieder fort. Aber der Tod lauscht mir und meinem Gerede über die Schultern hinweg. Sein kalter Hauch streift meine Schläfen. Ob ich das ungute Ende meines Epos noch erlebe?

Streibls letztem Telefonanruf mit der Staatssicherheitsdienst-Sache galt es noch genauer nachzugehen. Ich rief im Supermarkt an. Der Schwager konnte sich an nichts entsinnen. Dann fiel ihm etwas ein. Ach so, ja klar, selbstverständlich, der Verfassungsschutz habe ihm eine weitere Warnung zukommen lassen. Die beruhe aber wahrscheinlich nur auf einer Denunziation von Karl Demuth, habe sich inzwischen erledigt: »Der Demuth will mich fertigmachen mit allen Mitteln, er will sich noch heut' rächen, er kann's nicht vergessen, aber das Innenministerium ist der Sache gar nicht weiter nachgegangen. Pardon?«

Schade. Mußte ich mir also selber schnell was einfallen lassen. Ob wir uns nicht in der Mittagspause treffen und – in den Wald fahren könnten? Ich müsse ihn, Alwin, stöhnte ich schmeichelnd, in einer »brandwichtigen Sache möglichst geschützt sprechen! Du verstehst mich, Alwin …«

»Well«, sagte Streibl cremefarben, »ich geh gern über Mittag in' Wald zum Schwammerlsuchen. Müßt' doch jetzt Rotkappen geben. Meine Kinder essen's so gern!«

»Eben!« Ich schnaufte etwas enttäuscht, aber auch hocherfreut. Lief noch schnell zur Bank, hob 200 Mark ab und begab mich ins »Aschenbrenner«. »Heinz Hümmer« lautete, kaum leserlich, die Unterschrift der Anweisung. Wurm war Gottseidank nicht da. Nur ein paar dumme Gymnasiasten tranken Weizen, um die Numerus-clausus-Misere zu vergessen.

Pünktlich um 12 Uhr 05 erschien Streibl unter der Türe, eine Plastiktüte und ein Brotmesser in der Hand. Alles ganz harmlos. Winkte mir buchstäblich mit der linken Abteilung der oberen Zahnreihe, die er durch das Mündchen blitzen ließ.

Er hatte sich in Schale geworfen: Melierter Sakko im Country-Look, kleegrüne Hose, rosakleinkariertes Hemd, lindgrüne Krawatte. Glitt mit den vollen Segeln des Auto-Topmanns auf mich zu, vollzog zwei Meter vor dem Tischchen eine angedeutete Hula-Hoop-Bewegung in der Hüfte und pfiff lautlos nachlässig in Richtung auf die hübsche Aushilfsservierererin.

»Wir können natürlich auch«, nuschelte ich etwas kleinlaut und deutete ins fast leere Rund, »in dieser Sache dableiben…«

»Aber wo«, korrigierte Alwin gewieft und gut hörbar, »ich brauch bloß drei oder fünf oder sieben Rotkappen für die Soße, yeah!«

Das nenne ich Agenten-Code! Wir fuhren etwa fünf Kilometer die Stadt hinaus, in Alwins altem VW – und dann suchten wir Pilze. Streibl entwickelte dabei eine kuriose Technik. Er stand meistens auf einem Fleck herum, drehte sich langsam wie ein Teddy-Bär im Uhrzeigersinn um die eigene Achse – und hatte Erfolg:

»Drei Rotkappen«, freute sich Streibl, »und ein Steinpilz! Meine Kinder haben solche Freud' damit!« Erschöpft lehnte er an einer Eichenrinde, wahrscheinlich war ihm schwindlig. »Macht die Soße so pikant!«

Nahm er mich als Geheimnisträger nicht ernst? Heute noch bin ich Streibl dankbar, daß er in meiner Sache nicht in mich drang. Ich hatte eine sehr einfältige Geschichte mit einem vergrabenen Dossier samt Geldbombe vorbereitet – aber ich hätte sie nicht über die Lippen gebracht. Wahrscheinlich hätte ich gestottert, daß in meinem Klavier in Bad Mädgenheim auch eine Warnung gelegen habe. Oder ihm die ganze Iberer-Chose gebeichtet –

Hatte er seine Weizenfuhren eingeschränkt? Lüftete der Wald sein Hirn zur Klarheit? Redete er nur in geschlossenen Räumen so geschraubt daher? Ich mußte es testen. Aber vergrätzt war ich auch. Auf ihn – und mich. Er nahm mich nicht ernst. Na warte!

Eine Stunde später saß ich Streibl in seinem Backofen-Büro gegenüber. Im Supermarkt-Garten stöberten diesmal sogar vier Menschen herum. Wurde es ernst? Die ersten Käufer, die ich persönlich erlebte?

Alwin hatte seine Pilze und ein Sträußlein Kälberkropf auf den Bürotisch gelegt. Studierte lange eine Rechnung. Ich las ergriffen die Tagespresse. Als sein Gegenüber. Als ob ich langsam dazugehörte. Oder als Betriebsaufsichtsbehörde alles kontrollierte. Alwin gähnte kurz geschäftlich, sah durchs Fenster, trat wie widerwillig, aber elegant nach draußen. Sprach mit zwei jungen Männern, die offenbar zusammengehörten, strich einmal heiter, als habe er nebenbei eine Fliege zerdrückt, die Hände aneinander. Schnitt ein paar fröhlich vielversprechende Grimassen und kam zu mir zurück.

»Nette Burschen«, sang er fröhlich, »weißt, was die mir erzählen? Sie sagen, sie hätten gestern am Kugelfang Pfifferlinge gefunden, so groß wie Birkenpilze! Nett, ah! Groß wie Häuser! Sollt' man nicht glauben. Hör zu, die Denunziation, die mir der Demuth zugedacht hat«, Alwin wechselte flugs die Tonart ins Lässige, wie unangenehm Berührte, über das zu reden sich kaum lohne, »es war, ich möcht' dir's nicht verschweigen, ein Revanchefoul. Häßliches und gemeines Revanchefoul! Er kann mir den Niederschlag nicht verzeihen, er möcht' meine gesellschaftliche Reputa – , meine ah: Rehabilitation hintertreiben, ach, was für ein kleiner Charakter, shit, ach wie klein! Ich weiß nicht, ob's dich interessiert?«

Ich nickte zart mein Einverständnis.

Was war geschehen? Er, Alwin, habe kürzlich Visitenkarten von sich, für sich drucken lassen, mit Privat- und Geschäftsnummer, er sei ja sonst als Geschäftsmann nur ein halber Mensch, er habe aber nicht gewußt, sonst hätte er den Auftrag woanders hingegeben, daß in dieser Druckerei Karl Demuths Schwägerin beschäftigt sei, »ein ganz großes Flitscherl, Siegi, laß die Finger davon!«

Wegen einer gewünschten Änderung habe er, Alwin, dann später die Firma aufgesucht und diesem Frl. Zoller entsprechende Weisungen erteilt, da aber habe man ihn hinausgeworfen, weil er, Alwin, angeblich den Arbeitsprozeß behindert habe, indem er sich, angeblich, fortwährend an die Maschinen gelehnt habe, angeblich sei dabei sogar eine Maschine umgeflogen und beschädigt worden, »sie wollen, sie behaupten, daß ich betrunken war und dauernd mit der Setzerin geschäkert hätt', ach, um Gotteswillen, wie käm' ich dazu, ich kann wegen meiner Magen-Achylie momentan gar kein Weizen trinken, Schwager, ich hab sieben Kinder daheim! Ich hab dann Gegenklage erhoben auf Unterlassung beim Rechtsbeistand Käufl Molly – die Maschine war nicht kaputt, aber wo! Es ist üble, ganz üble Denunziation ...«

Es war schon was an meiner Hypothese. Im Supermarkt redete er meist sehr viel bolschewistischer als draußen.

»Well, ich weiß es, der Demuth steckt dahinter, er hat sie aufgehetzt, aber er täuscht sich. Wir klagen auf Widerruf, wir werden ihn kaputtmachen, wir werden ihn demütigen ...«

Wenn ich Alwin jetzt fragte, warum er als ehemaliger Vereinsboxer eigentlich einen Amateur wie Demuth habe zusammenschlagen dürfen, – er würde sicher von einer Sondergenehmigung des Boxeraufstands von China, pardon: der Boxersektion des KGB wegen akuter politischer Beschneidung in Dünklingen berichten. Hörte ich also weiter zu. Es war so musikalisch selbstvergessen.

»Ich hab mich sofort mit'm Käufl Molly abgesprochen. Er sieht's wie ich, aber wo! Sie wollen mich zum Depperl machen. Audiatur alter part! Sie wollen mir das Fleisch entziehen, den Boden unter den ...«

Er hatte sich voll eingesäuselt. Hier hatte ich ihn erstmals in Verdacht, daß seine gesungenen Katastrophenschwänke nicht nur dazu dienten, sein Leben mit Gehalt zu füllen, sondern genau der Funktion von Beruhigungstabletten entsprachen. Was für ein scheckiges Wesen ist doch der Mensch! Je mehr Grusel er entfacht, desto seliger ist er besänftigt, desto weniger braucht er Valium. Das gilt für Redner wie für Hörer …

»Der Käufl Molly kennt ihn auch. Der Verfassungsschutz läßt mir eine Warnung nach der anderen zugehen, der Stasi telefoniert hinter mir her, meine Frau müßt' in Kur, eine halboffene Rehabilitation tät' ihr gut, der Demuth kann mir nicht verzeihen …«

Plötzlich sah ich durch das Fenster etwas Neues: Nein, es war noch nie dagestanden. Eine Tafel im Geländehintergrund, auf der in ziegelroten Versalien zu lesen war:

GUTE AUTO ZU VERKAUFEN

Ich wußte nicht gleich, warum der kurze Text so unaussprechlich warm, fast brüderhaft ums Herz mir flutete. »Dünklingen«, sagte Alwin, »wimmelt von Denunzianten. Die Sache hat mir weh getan, hat mir weh getan wegen meiner Tochter. Die macht jetzt Gesellenprüfung beim Kunz, die muß es ausbaden!« Dann hatte ich es:

GUTE AUTO ZU VERKAUFEN

Klar! War es nicht wie das Heraufdämmern einer neuen Art von Humanität – innerhalb der Wirtschaftskriminalität? Einer speziell in der Autobranche vollends unverhofften Integrität? »Er will mir«, klagte Alwin kantabel, entschloß sich zu einer gequält heiteren Stirnfaltung und schluckte lässig hurtig wie aus den Schultern heraus, »sie wollen mir was anhängen, yeah, sie wollen mich nicht hochkommen lassen wegen meiner politischen Vergangenheit, um Gotteswillen. Sie verhindern, sie unterbinden mit allen Mitteln meine gesellschaftliche Integration. Ich bin in vertrauensärztlicher Behandlung. Die Autobranche, shit, Siegmund, ich verrat' dir kein Geheimnis, ist eine Betrügerbranche, ich auch, ich muß mitspielen ah, eine Betrü …«

»Eben nicht!« Lichten Herzens beugte ich mich zu ihm.

»Betrügerei und Bettelei«, sang Alwin dämmrig zurück, das Auge kummergewohnt gesenkt.

»Nein!« Ich deutete zum Fenster hinaus, machte Alwin auf das Werbeschild aufmerksam.

»Siegmund, was? Was, Siegmund?« Er schien besorgt und tätschelte sein Doppelkinn.

Jetzt wollte ich es wissen. *Wer* das da geschrieben habe?

»Was, Siegmund? Pardon?«

»Das Schild!« Das sei doch neu! Oder?

»Ich«, sagte Alwin lässig verwundert und warf den schweren Körper betulich wieder in meine Richtung, »ist ja zur Zeit wenig Geschäft, praktisch nichts, hab ich's vorige Woche gemalt. Die Farbe hat mir der Bezirksförster Turek geholt, der hat jetzt auch Schwierigkeiten mit seinen Töchtern ... und dem Jugendamt ...«

Nein. Er, Alwin, solle mir jetzt bitte sagen, *warum* er das geschrieben – und *so* geschrieben habe?

»Well«, sagte Streibl nachdenklich, »weil ich, um Gotteswillen, Zeit gehabt hab, ist ja nichts los, die Leut' haben alle zuviel Geld ...«

Er hätte es nicht verstanden, wenn ich es ihm erläutert hätte. Ich senkte den Kopf, hoffend, daß er einfach weiterreden würde – ich brauchte nicht zu warten:

»Der Hundling, shit, der Demuth, der kann mir nichts, um Gotteswillen! Er ist neidisch auf meine Kinder. Ich mach ihn noch mal fertig ...«

Ich zückte entschlossen die Geldbörse und holte einen Zwanzigmarkschein aus den Bestechungsbeständen heraus. Vielleicht handelte ich unangemessen, aber ich konnte mir nicht helfen. Die Tatsache, daß heute im allgemeinen Betrugs- und Rattengewerbe jemand freundlicherweise nur »gute« Autos empfahl und nicht etwa »sehr gute« oder »Klasse«- oder »Top«- oder »Super«-Autos – und daß dieser ehrliche Mann sogar noch das notorische Ausrufzeichen »Gute Auto zu verkaufen!« verschwitzt hatte, – das mußte augenblicklich belohnt werden! Und daß dieser Hemingway-Leser statt des korrekten Plurals »Autos« es bei »Auto« belassen hatte, verdoppelte meine Ehrfurcht und also die Prämie von 10 auf 20 Mark. Was sein Sohn Alwin für Micky-Maus-Heftchen kassierte, das stand auch diesem wundersamen Alten und Schwager und neuerdings »Well«-Sager als Taschengeld zu. Ich bin vielleicht kein sonderlich guter Mensch, aber irgendwo dann doch sehr rigoros in der Honorierung menschheitlicher Delikatessen! Außerdem hatte er auch das schwierige Wort »Integration« richtig ausgesprochen!

»Du kriegst, Alwin, von mir noch 20 Mark!« Ich sah ihm skrupulös ins Antlitz. Der Schwager ließ die spielerisch gehaltene Telefongabel wieder sinken.

»Wo?« Alwin wunderte sich wunderlich.

»Ehrlich!« rief ich geistlos, »neulich!«

»Yeah?« Wie man nur ein englisches Wort so schwabbelig aussprechen konnte!

»Du mußt doch – als Geschäftsmann wissen, daß du mir Geld geliehen hast!« Ich war richtig ungnädiger Pfleger.

»Ah yeah!« Jetzt biß er an, mit Verve und Eleganz. »Fürs Taxi! Gell?«

»Richtig!«, rief ich keck und dankbar, »Taxi!«

»Ich werd' so vergeßlich! Richtig, um Gotteswillen!« Jetzt log er bereits grob und behend.

»Alles klar!« Begeistert von meiner Eingebung, pfiff ich pfiffig vor mich hin.

»Wir Linke, hör zu, wir ...« Er hatte den Satz offensichtlich falsch begonnen und versuchte es, das unverhoffte Weizenbier im glückhaften Visier, noch einmal: »Ehrlichkeit ist – die Vorstufe vom Sozialismus!« Der Schwager hatte immer mehr Überraschungen drauf als ich.

»Die Prämisse!« sagte ich unbeschreiblich, »von Liberalität.« Ich erhob mich. In Alwins Kümmermiene loderte sanft rasche Freude. Wie unkörperlich zog mich seine fachierende Speckhand nochmals auf den Sessel zurück.

»Liberalität, Schwager, ist heut' noch das beste. Aber«, er heischte gleichsam um Verzeihung für seine überlegene Position,

»Liberalismus ohne Legitimation durchs Volk ist, du weißt es auch – Konterrevolution!«

»Oder Legasthenie!« Ich hauchte mir ins Hirn. Von draußen kam ein Pfiff aus einer Trillerpfeife, dann ein scharfes Männerlachen.

»Pardon?« Der Kopf lag schmeichelnd schief.

»Letalchemie«, sagte ich lauter.

»Letalchemie«, echote Alwin schlafend, gab sich einen leichten Klaps an die Schläfen, »der Ami baut die Giftgaswaffen … sie bereiten die Neutronenbombe, sie …«

»Neger«, flüsterte die Seele leise, zischelnd wie im Selbstgespräch. Alwin war in bloßes Seufzen abgesackt.

»Und«, ich zögerte, »der Hundeprozeß?« Der Alwinismus wurde schon zur zweiten Sucht. Die Geisel langsam schon zur Geißel.

»Stagniert momentan«, Streibls überreiches Füllhorn gab einfach nicht nach. »Es war Tieraufseher-Haltungs-Haftung, nicht Tierhalter-Haftung, sie wollen, um Himmelswillen …«

»Was ist«, ich sprach gefaßt, »der Unterschied?«

»Well. Wenn der Tierhalter, um Gotteswillen, so heißt's im Gesetz, den Tieraufseher sorgfältig ausgesucht hat, haftet der Aufseher, nicht der Halter!« Alwin seufzte feierlich, sah schwärmerisch zum Fenster, die Augen zum Guckloch verengt wie sterbend, doch sicherlich umspielte seine Hand die treuen Eier. »Aber sie wollen mich natürlich nicht als Tieraufseher für den Jimmy anerkennen, sie wollen mich zum Depperl machen, sie wollen mir einen Strick draus drehen … ich hab's von Anfang an gewußt!«

»Wieso?« Bar jeder Hoffnung. Der Auftakt zum Final-Allegro!

»Wenn der Halter weiß, hör zu, du kannst es nicht wissen, daß der Aufseher ein Depperl ist, dann darf er nicht, der Trinkler. Sie sagen, er hätt' mir den Hund nicht ins Büro geben dürfen. Judex non calculat. Ah! Aber sie kommen nicht durch!«

Schwager, Schwager! Noch einmal, reich beschert, erhob ich mich. Sollte ich noch nach der Pflegschaft fragen? Nein. Gar zu viele verschiedene Mäntel trug Kodak neuerdings. Wo fänd' ich Stupsi wieder?

»Dank dir für deinen Besuch, Schwagerherz!« Er lachte breit, scheuklappenlos: es war das Bersten selbstgewisser Üppigkeit. »Du mußt verstehn, daß ich mich jetzt nicht so viel um dich kümmern kann, meine älteste Tochter macht Prüfung, sie ist als rot verschrien, der Bundesnachrichtendienst telefoniert auch hinter mir her, die Rotkappen ...«

»Bis heute abend!« faßte ich zusammen, der seligen Rührung randesvoll.

»Hat mich gefreut!« Er keuchte schon vor Wonne, erhob sich gleichfalls wie zum Toast. Anscheinend gefiel ich ihm ähnlich gut wie er mir. Er hatte meine Schwester erwählt. War es das Wesen der Zwillingsschaft, daß ...

»Du kennst doch die Iberer«, sagte ich tonlos zwischen Tür und Angel, preßte sittsam meine Augen zu.

»Iberer, freilich«, hauchte Streibl andächtig schweinebratenmäßig, »die alten Spanier ah! Spanier sind eine stolze Nation – nach 30 Jahren Franco-Faschismus war die Revolution überfällig, um Gotteswillen. Sie werden jetzt sozialistisch regiert aah!« Dann fiel ihm etwas ein. »O felix Spania, – du verstehst doch einen Scherz, Schwager!« Der Boxer drückte wie verhindernd meine Arme flach: »Nube!«

»Nude?«

»Nude! Nude! Haha! Nude!« Er hatte sich, auf seiner Veranda querstehend, nicht mehr in der Gewalt. Rüttelte am Hosenbund. »Nude, Schwager!«

»Dicen que mi majo es feo«, sagte ich ziemlich verbindlich, »es posible ...«

»Majo feo«, nochmals walkte Streibl ein Großvatertänzchen östlichen Humors, »nude! Schwager! Und ich wie eine Nudel auf die ... hör zu: nude Alte ...!«

Während er feixte, entdeckte ich an dem Backofen-Häuschen ein gleichfalls neues Schild:

AACHEN/DÜNKLINGER
VERSICHERUNG BÜRO

Ich hätte ihm die 20 Mark niemals geben dürfen. Ach, was macht man nicht alles verkehrt in seiner unendlichen Brüderlichkeit St. Neffschen Geistes in Moskau-Chicago! Schrecklich!

Frische Luft!

*

Ob die Hohen Herren vom Verfassungsschutz – oder jetzt auch vom BND – eine Ahnung haben, wie fürchterlich sie vor allem von jenen Agenten gefürchtet werden, in deren Autosupermärkten meines Wissens niemand je ein Auto kauft? Vielleicht sollten die Hohen Herren wirklich etwas gewissenhafter dieser kuriosen Koinzidenz nachgehen – vor allem in Dünklingen, wohin die Hohen Herren ja erfahrungsgemäß immer am flüchtigsten ihr Augenmerk richten! Nachspüren auch dem merkwürdigen Korrespondieren von Gebrauchtautos, Weizenbiersehnsucht, Versicherungen, Hundekämpfen und Hemingwaysche Antiamerikanismus – ein seltenes Gemisch fürwahr, doch wechselt Staatsfeindlichkeit nicht ständig die Methode? – –

Start zur Herbstsaison in Mädgenheim! Großer Auftritt unserer Combo!

Die Deutschen seien übrigens wunderliche Leute, vertraute abermals Goethe Eckermann an – ein Wort, dessen Tiefsinn ein einzelner Mensch gar nicht tief genug erfassen kann. Vierhundert – 400! – Alte und Kranke und sonstige Gehinderte saßen rund um unseren Orchesterpavillon und staunten und lauschten zu uns elf Mann hinauf, als ob es ausgerechnet in dieser elegischen Kleingangstertruppe was zu holen gäbe. Wir hatten das alle Quartal fällige Wunschkonzert der Kurgäste zu bewältigen, zu welcher Gelegenheit sogar immer und wie schlecht informiert Privatleute von auswärts anreisen, meist eine besonders zweischneidige Musik, diesmal unter anderem Offenbachs Barcarole, »O sole mio« und den Pariser Einzugsmarsch – nie war mir Musik widerwärtiger erschienen – diese Idioten unter uns aber setzten ihre ganze Lebenshoffnung in uns, schienen glücklich oder doch getröstet, sahen wieder Sinn und Zukunft – und unsere Männer exerzierten wieder mal das reine Sinndefizit, und vollends geckenhaft tangote Mayer-Grant von einem Bein auf das andere, aber auch darüber konnte ich diesmal nicht schmunzeln und über seine lächerlichen Honneurs gegen das verbissene Publikum. Nicht einmal das abschließende Schubert-Potpourri brachte Licht – und mich überfiel große nervzerrende Furcht. Furcht vor der – Neutronenbombe. Furcht, daß mit dem 50. Lebensjahr sogar die Musik ihren letzten Rest an Charme verliere, ihr Seelenwärmerisches, diese Ariosos und Sicilianas mit ihrem schönen Schein von Scheinheiligkeit, so daß am Ende wahrhaftig gar nichts mehr bliebe als ein bißchen soziale und sozialistische Pornolauscherei und -äugerei, in ihrer Mitte die alten Iberer-Knochen – es sei denn, man machte einfach verlogen wie Karajan endlos weiter – aber wenn einmal das »Laudate dominum« nichts mehr einbrächte, dann würde ich wahrscheinlich doch trotz der lieben Brüder den Strick – –

Mir wurde ganz mürb und taub und verhaspelt, mühsam nur traf ich die Tasten – doch dann sah ich es plötzlich: und war sofort im siebten Himmel! Er saß ganz rechtsaußen, zwischen Mayer-Grant und Obermann, dem Schlagzeuger. Man sah nur seinen Hut – und davor wie ein riesiger Schutzschild – die Bild-Zeitung! »Und der Himmel dort oben«, ich ließ soeben die Kadenzen steigen – da klappte mein Mann die Zeitung mit dem großen Balken um 180 Grad um, und man sah wieder nur seinen beigen Hut und das Bild-Zeitungsquadrat – »wie ist er so weit!«

Gern hätte ich vor ingrimmiger Freude gebrüllt. Einer von 400 wußte, worum es ging – einer blieb sauber. War das nicht der schönste Lohn für einen Musikus? Es gelang mir tatsächlich, meine Lustfontäne in die abschließende Paraphrase des Forellenquintetts zu versenken. So daß ich dessen kaltklirrende Diskantkaskaden sogar besonders neckisch hinkriegte – ich durfte nur den Zeitungsleser nicht mehr ansehen, sonst wäre wahrscheinlich alles ausgewesen. Was ein Faulpelz wie ich nicht täglich an existentiellen Erschütterungen einsackt – und kostenlosen Erfahrungen!

Mond, alter Gaudibursch! In Dünklingen zurück, lugte ich noch ein wenig ins »Paradies«, um ja nichts zu versäumen. Hier gab es heute wieder mal einen Gast zu bestaunen. Es war dies ein gewisser Handels- oder Kerzenvertreter namens Lattern aus Seelburg – der schon bei meinem Antritt stehend gekrümmt und mit wie beschwörend auf den Tisch gestützten Händen auf den feinen Kuddernatsch eindräute:

»Und ich sage dir, mein Eminenter, ich bin an sich ein gutmütiger und flexibler Typ in einer mehr als häufig subalternen Gesellschaftssituation. Ich warne dich! Ich als Gesellschaftsmensch und augenblicklich situationsbezogener Kerzenausfahrer warne ich dich erheblich! Du kannst mich hier nicht im Stil eines Landmanns bauernartig abspeisen!«

»Setzen Sie sich nur wieder hin!« Kuddernatsch wisperte sorgfältig Gutmütigkeit und war sichtlich froh, daß ich helfen kam, denn Bäck machte einen recht schwachen Eindruck, »wir sind ja alle froh, daß Sie da sind!«

»Ich warne abermals«, warnte Lattern abermals, grimmiger zwar, aber schon auch spielerisch flexibel, »miese Situationen werden rücksichtslos begradigt!«

Er setzte sich.

Es war ein Mann in meinem Alter, von sehr dummer, boshafter, aber auch seltsam angenehmer Physiognomie. Einerseits ähnelte er massiv Lenin, andererseits sah er aus wie ein leicht zurückgebliebener Tschego-Anthropopitecus, vielleicht auch wie ein Kapuzineräffchen. Der Körper schien sehr wendig. Aus dem Maule stank es stark.

Bedachtsam nahm ich Platz. Lattern, dem die spärlichen Grauhaare irgendwie revolutionsbereit vom Kopf wegstanden, sah mich ein paar Sekunden still, dann immer verwunderter an, traute sich aber nicht zu fragen, wer ich sei. Er überlegte, brütete. Schließlich zog er aus seiner schwarzen Nappa-Jacke eine Flasche, auf der »Sechsämter« stand. Er führte sie zum Mund, schloß die Augen und trank. Etwas Schakalartiges war auch an dem Gast. Er setzte die braune, eiförmige Flasche wieder ab, grunzte rüd und sprach:

»Bei uns in eurem Sau-Dunkel – wie war der Name? – Dünklingen muß man sich halt das gute Zeug selber mitbringen, weil ihr über keinerlei Sechsämter verfügt. Wirt! Herr! Herr Wirt!« Lattern hob beide Zeigefinger. »Vier Cognak für die Herren! Ich aber«, sagte er wie vor sich hin, »vertraue der Situation des Sechsämter.«

Der Fremde schluckte abermals von seinem Privatfläschchen, rieb seinen schwarzen Spitzbart und starrte energiegeladen auf die Tischdecke.

Ich knuffte heimlich Kuddernatsch. Wer das denn sei?

Kuddernatsch klärte mich ein bißchen auf. »Aus Seelburg«, seufzte Wurm ergänzend, »die sind bekannt. Lattern, Gott nei, behauptet er, schreibt er sich.« Achselzucken.

»Ich warne euch, ich warne euch alle«, fuhr der kuriose Gast deshalb Wurm an, und wir tranken seinen Einführungs-Cognak, dann aber setzte Lattern doch gedämpfter fort: »Ich bin keineswegs ein krachender Kasperl, wie ihr argwöhnt. Ich aber wandle vielmehr auf den Spuren des Bischofs, der in seiner ganzen Pracht und immerwährenden Situation ...«

»Du bist eben ein Situationist«, unkte vorsichtig Bäck und legte den Mund schief.

Kuddernatsch zahnte wie ein später Maikäfer.

»Richtig! Richtig! Recte!« Lattern schrie erregt und suchte mit seinen glutschwarzen Augen erneut den Wirt – Veronika war offenbar schon heimgegangen. Dann dachte Lattern wieder nach.

»In Amtsgeschäften?« fragte ich klammheimlich und nickte bußfertig, aber Lattern überlegte wie sich selber prüfend immer noch. So gelang es Wurm, mir zuzuraunen, der Mann habe schon den ganzen Abend vorne am Infantilentisch gesessen und habe Bier und dazu seinen Sechsämtertropfen getrunken. Dazu habe er scharf seine Tischgenossen beleidigt, er habe aber gleichzeitig so sehnsüchtig zum Herrentisch herübergeäugt, daß man schon überlegt habe, ihn einzuladen – »aber auf einmal ist er selber angefallen gekommen – und jetzt«, beschwerte sich Bäck ergänzend, »haben wir ihn!«

»Angeblich«, flüsterte Kuddernatsch recht pfiffig, »ist er auf Durchreise. Zum Bischof von Rothenburg. Ins Ordinariat.«

»Angeblich?« schrie Lattern hell, »angeblich? Ich sage euch, ich werde jetzt sofort – bei euch bleiben! Ab sofort und ohne Situationskonzeß – –« Er würgte.

»Situationskonzessionismus«, half ich feist.

»Prost, meine Herren!« beschleunigte Kuddernatsch.

»Wen? Wo?« Tränen der Trostlosigkeit traten dem Handelsmann vor die Trottelaugen. »Ihr Hundskrüppel!«

»Komik«, half ich nochmals gentil, »Situationskomik.«

»Situationskomik!« schrie Lattern erschöpft, glücklich und eklig zugleich und gluckste, »jawohl! Ich bin flexibel – und der Bischof?« Er fragte drohend. »Der Bischof kann auf das Eingemachte warten oder das Ausgemachte, das ich ihm im Widerschein der hinterrückigen Bergegipfel zu vereinbaren und auszumalen habe. Ich reibe ihm seinen alten Buckel schon ein! Mit meinen Körnern! Ich verfüge über geweihte Körner. Vom Papst! Der alte Wichser!«

Latterns Sirenenklänge gefielen, anscheinend allen, vielleicht hätte Freudenhammer ihn eher in seine Schranken gewiesen, der aber fehlte. Der Händler schien zu spüren, daß man ihm nicht unwohlwollte:

»Der Bischof? Der Bischof ist ein mäßiger, seiner Situation eingepaßter sehr mäßiger Wichser! Ha! Ich freu mich!«

Normalerweise bedeutet der Infantilentisch lebenslange Verdammnis. Lattern war der erste, der sich über den Infantilentisch das Entree zum Honoratiorentisch zu verschaffen gewußt hatte. Und wie keck und laut! Schließlich wurde er aber etwas ruhiger und zeitweise sogar freundlich, dann wieder lauter und bellender, am Ende aber beschwor uns Lattern begeistert, ihm zu glauben, daß er zwar nun morgen doch weitermüsse, daß er aber unter Garantie wiederkomme: »Ab jetzt oft!«

»Bis ans Ende der Tage«, flüsterte ich kommod.

»Der Bischof«, antwortete Lattern vor glücklicher Wut überraschend berstend, »der alte, vergilbte, gelbschlötige Witwenwichser!« Er sah dunkel um sich. »Überhaupt ist hier die ganze Situation in Dünklingen so – verwichst! Ich warne euch!«

Wo Lattern wohnte, war nicht zu erfahren. Plötzlich war er schnell verschwunden.

Ein Glockenspiel schlug fern halb zwei.

Sparsames feuchtes Mondlicht schunkelte durchs Weltall Dünklingen und Umland. Der Heimweg war noch prächtiger als Lattern. Es fügte sich, es reimte sich – von Tag zu Tag vermehrt. Modrig im Silberschein der Laterne würgte die Stadtmauer, im Grabengebüsch hauchte der Zephir sein Unsinnslied, aus der kleinen Gesellschaftsbrauerei trotteten pelzige Gerüche. Zuhause stellte ich mich vor den Zauberspiegel. Das linke Auge zugezwickt, das rechte Auge zugezwickt. Ein schönes Spiel für Stunden. Bald glaubte ich zu schunkeln.

Es war schon alles recht. Es gibt eben Marxisten – wie Alwin; es gibt existentialistische Iberisten – wie mich; und es gibt Situationisten. So soll's wahrlich sein.

*

Ob ich vielleicht wirklich einen Bischof unter meinen Lesern haben werde? Gar den Papst! Ob der Pontifex nicht tatsächlich schon ein indexverdächtiges, aber auch neugieriges Auge auf mich geworfen hat? Welch ein süßer frommer Traum! Nun, ganz unmöglich ist's ja nicht – Papst Leo XIII (1810 bis – unglaublich! – 1908) war z.B. immerhin Abonnent der Deutschen Schachzeitung! Hören Sie mir doch auf! Diese Burschen sind doch für alles dankbar! Warum denn nicht! Ich selber würde es dem Oberhaupt der Christenheit ins Italienische übersetzen – und wer weiß, vielleicht wird ja das Werk wirklich so etwas wie eine Renaissance der ganzen alten Chose einläuten!

Lassen wir diese zweite Roman-Sektion deshalb heiter, zufrieden, fast glückselig auspendeln – und ohne größere theoretische Sperenzien. Der Herbst zog mählich ein, das Jahr ging schlafen – noch fielen zwei kleine, frische Brüder-Aufregungen an, die freilich rasch in eitel Herbstsonne verglühten. Die beiden Episoden ergeben möglicherweise keinen raschen Sinn – erzählt sollen sie, wem auch immer Genüge zu tun, dennoch sein.

Der erste Doppelgänger zeigte sich bei einer Kirchweih. Ein Doppelgänger – Kodaks. Ich war zuerst sehr erschrocken, denn der Mann saß alleine an einem Tisch – ich, mit Wurm und Schwiegermutter, nebenan, sah ihn zuerst nur vom Profil. Der Mann schob rasch hintereinander vier Bratwürste in den qualligen Mund, dann zog er unwahrscheinlich ruhig an einer Dreißiger-Zigarre. Erst nach 15 Minuten drehte er den Kopf vorsichtig so weit, daß ich sicher sein konnte, trotz der immer noch verblüffenden Ähnlichkeit. Ich hatte mich umsonst gesorgt.

Ihre Macht war eben noch im Steigen. Schon formierten sich die Epigonen.

Der Doppelgänger Nr. 2 fand sich vor dem Kassenschalter unseres Fußballvereins Inter Dünklingen, den ich eines Samstagnachmittags wieder einmal besuchte, mit Alwin zusammenzusein. Nein, es war eben nicht ein Doppelgänger von Fink, sondern von – Graf »Stauber«! Und so erschütterte mich hier vor allem die Perfektion der Ähnlichkeit. Die haargenau gleiche Haartolle, hingepappt auf die flache Stirn, das nämliche langsam langweilige Schafsgesicht, der graugesprenkelte katholische Mantel, untailliert, die spitz zulaufenden braunen Schuhe – –

Das traumartige Dasein, in das wir versenkt sind! Übrigens war es Alwin, der diese Doppelgängerschaft rasch erledigte:

»Servus, Oskar!« – der Schwager schritt behend auf den Herrn zu – »immer noch« – er schnaufte famos – »famulus? Famulus scientiae?« – feixte Alwin und faßte schon schonungslos nach: »Non scholae, sed vitae disciplimus? Yeah!« Wie toll vital warf er den Kopf nach hinten.

Der staubernahe Mann zog verbrämt den Hut und lächelte madig. Auch ich lächelte, genierlich. »Wir seh'n uns, Oskar, morgen in der Tankstelle. Du entschuldigst mich, ich hab meinen Schwager mit mir. Pardon ...«

»Ist schon gut, Alwin, ich bring's mit. Okay? Servus!«

»Aahah!« strahlte Alwin achtbar.

So gefiel ihm das Leben.

Das sei der Geist Oskar gewesen, der Geist Tom Oskar, klärte

Streibl mich sachlich auf. »Er ist früher in meinem Stammlokal verkehrt. Der Schwippschwager vom Schumm Walter. Spielt einen brillanten Skat! Er hilft mir juristisch. Ich muß mich gegen die Vernichtungskampagne, die gegen mich läuft, absichern, um Gotteswillen ... ein alter Jurastudent, verkracht, aber nett. Shit ...«

Wir erklommen die Tribüne. »Wieso ›Tom‹?« fragte ich vielahnend.

»Ah!« antwortete der opulente Mann, nahm seinen Hut ab und schwang sich im Stil eines Kongreßdelegierten der Internationale auf seinen Sitzplatz. Sollte ich ihm auch eine anonyme Postkarte zukommen lassen? »Ich liebe dich, Alwin, alle Aussagen werden in Ihrem Vernichtungsprozeß gegen Sie verwendet? Kommando Siegfried Hau – – –«?

»Hör zu, Siegmund«, Alwin übertölpelte mich mühelos, »der Ding, der Trinkler Rolf, mein Chef, läßt bei dir anfragen, ob du seinen Schäferhund, den Jimmy, der damals den Fred gebissen hat – aber du brauchst keine Angst haben! –, ob du den Hund nicht dreimal in der Woche ausführen könntest, halbtägig, aber wo, nein, nur dreimal in der Woche, für 20 Mark pro Tag, weil ... aah, ich hab dich empfohlen, du hast ja Zeit den ganzen Tag und ... du kannst das Geld, da tu ich dir doch nicht weh, pardon, auch brauchen ...«

Plötzlich gähnte Streibl wie verrückt.

Ich war sprachlos, erstmals wahrscheinlich seit Jahren. Der Firlefanz, der Alwinismus hatte immer ein wenig an meinen Nerven gezerrt, aber jetzt wurde es – unmenschlich. Hatte die Geisel Lunte gerochen? Holte zum Gegenschlag aus? Erst nach Minuten hatte ich mich wieder halbwegs im Griff.

»Naja«, sagte ich wie fade amüsiert.

»Überleg's dir, es ist eine echte Chance!« sagte Alwin vertraulich konspirierend – und transpirierend: der Mensch schwitzte wie eine Sonnenblume, die zuviel Chlorophyll erwischt hatte! »20 Mark am Tag!«

So, leicht gebeutelt, hatte ich auch kaum Gelegenheit, den Auftritt des Doppelgängers ernstlich zu verarbeiten. Heute, wenn ich es, bestraft, erwäge, meine ich, ich wäre wahrscheinlich vorsichtiger geworden, bedachtsamer, fühliger, hätte es sich um den Doppelgänger Finks gehandelt. Ich glaube, dies zweite Omen hätte ich nicht übersehen. Oder überhört? Oder wie künden die Auguren? Ein Doppelgänger des Grafen »Stauber« aber? Fast lächerlich! Oskar Tom Geist. Und wenn schon! Dieser »Stauber« hatte sich halt auch einmal der Kontrolle entziehen wollen, einmal fremdgehen...

Sorglos trat ich den Winterschlaf an. Sah zumindest alle Wochen einmal meine Iberer beim Streifzug, mit und ohne »Stauber« als Adjutanten, – und um die Buß- und Bettage herum erwuchs mir sogar noch eine unverhoffte asternschöne Spätherbstblume.

Fred, der Fotomann, bestellte mich eines Tages, laut und gerade in sein Telefon plärrend, in seinen Laden. Dort breitete er naseweis – »aber du verrätst mich nicht, du, ich wäre als Kaufmann erledigt!« – einen Stapel Farbfotos vor mir aus. Er ächzte, japste in so atemloser Freude, daß ich kaum zum Schauen kam. »Da!« rief Fred, »bediene dich!«

Es war, als sei der Sommer noch einmal zurückgegoldet. Zuerst schlug mein Herz wohl gar nicht, dann aber breit und dumm und freudig. Sie mußten samstags und sonntags zwischen 12 und 17 Uhr entstanden sein, sagte ich mir fix. Es gab etwa 15 Farbfotos von Fink, 10 von Kodak. Einmal stand Fink lächelnd an einen Felsen gelehnt, einmal deutete Kodak einladend auf einen blauen Berg. Häufig waren auch andere lachende, wiewohl meist ältere Menschen mit drunter, einmal bereicherte gar ein Schwarzkittel die Gruppe – mit an Sicherheit grenzender Wahrscheinlichkeit der Kolping-Präses. Es war die stille Buntheit dieses Lebens, dieses grausam grauen.

In zwei Tagen, das wußte ich televisionär, in zwei Tagen würde alles in einem tollen Fotoalbum aus Freds Betrugsbeständen kleben, mit Schablone und Tusche würde Kodak unter die Bilder schreiben: »Hier war man recht ausgelassen« oder noch pikanter: »Warum schaut Fink so sehnsüchtig auf den Bierkrug?« Und dergleichen Krimihaftes mehr. Und wenn alles eingeklebt wäre, würde die Mutter Irmi Iberer alles betrachten und gutheißen und vor spätem Glück vergehen.

War das nicht eine schrecklos sanft gepfefferte Zeit, in der wir herumpfiffen?

Ich dauerte mich sogar ein wenig, starrte nochmals auf die Fotos, über meine niedere Schulter hatte sich sahnig Fred Wienerl gelehnt. Ich atmete voll durch:

Das gußeiserne Brüderpaar, das stählerne, funkelnde, die sinnliche blaublaue Rechtschaffenheit, das Wollustsprühende jenseits der RA-Fraktion! In meiner Freude, mit abermals sinkendem Verstand, erzählte ich Fred, daß ich jetzt demnächst den Sonntagsführerschein machte.

»Sonntagsführerschein?« Fred staunte mich an.

»Eine Innovation«, unkte ich katzenhaft, »des Bundesinnenministeriums«, generös preßte ich mich weiter ins Entzücken hinein, »weil der Versuch mit dem Notabitur und den Behelfsausfahrten so gut geklappt hat. Auf den Autobahnen.« Es wechselte jetzt sekündlich: jetzt stöberte ich wieder in wilder, wirrseliger Traurigkeit traulich.

»Aha«, staunte Fred, als ob er es habe kommen sehen. »Outsider-Kameras« stand auf einem gelben Schild über der Türe.

»Für Minderbegabte«, verlängerte ich im Affekt.

»St. Neff«, sagte zuhause meine Schwiegermutter, »du mußt öfter deine Kleidung wechseln. Dir geht's anscheinend so gut, daß du ganz drauf vergißt!«

»Aha«, quengselte ich leicht gekränkt, zog mich zurück und glotzte in das tiefe, unendlich schöne Goldgelb meines Milchtees. So etwa mußte das Paradies schmecken. Aber es war schon wahr. Ohne daß es mir aufgefallen wäre, setzte sich meine Oberbekleidung seit wahrscheinlich Monaten unverrückbar aus einem weinroten T-Shirt mit langen Ärmeln und einem darübergestreiften kurzärmeligen in Schwarz zusammen. Ich dachte nach, was das wohl bei einem mittlerweile 47jährigen Klavierlehrer bedeuten mochte – und hatte es schon. Das Ganze sah grad so aus wie das Trikot der berühmten Elf von Eintracht Frankfurt im Meisterjahr

1959. Nun, das ist eben das Unterbewußte und Fußballerische des Lebens, irgendwie würde schon alles seinen Sinn kriegen, im Lauf der Zeit, Tom Oskar Geist, der weht, er war verläßlich.

Ich spitzte aus dem Fenster. Es war eine windige bosheitsgeschüttelte Novembernacht. Geruch des Malzes und des Eichenlaubs. Die Maulwürfe katholischer Leidenschaft, die Wachsamkeit des Herzens – ich ihr Träger. Well, Dünklingen only! Exerzierplatz der spießig spießrutenlaufenden kohl-heringischen iberianischen Brüderwissenschaft! »Alwin?« rief ich aus dem offnen Fenster. »Iberer.« Die Nacht schnappte gierig danach, schmeckte und spuckte es wieder aus. Diese putzig verwilderten geisternahen Seelen! In der Sturmnacht war die Stadt doch wirklich schön. Ein Weihnachtsseufzer rang sich aus der Brust. Fahr nur zu, ich mag nicht fragen, wie die Fahrt zu Ende geht!

III

»Wissen Sie, ich hatte daran gedacht,
die Welt dem Papste zu übergeben…
der Papst wird im Westen regieren,
und bei uns, bei uns Sie!«
(Dostojewski, Die Dämonen)

Aber wer ist »Sie«? Ach Gott, ist mir beim Schreiben so schön schlecht! Um Gotteswillen!

Noch vor den Weihnachtsfeiertagen sah ich Hering. Ich erwischte ihn beim minutenlangen vormittäglichen Starren auf unsere Dünklinger Milchbar. Da stand er, der frühere Nebenbuhler der Iberer-Gruppe, schneeflockenumzuckelt, und hielt Maulaffen feil. Er hatte tatsächlich ein Fischmaul. Was vermutete, was suchte er in dieser Elendsbude etwas außerhalb unserer Stadtmauer, in der Nähe der Bastei? In diesem Wartesaal der frühen Verdammnis, der wohl in den Nachkriegsjahren errichtet worden war, Menschen wie Alwin Halt zu bieten, schwachen Glanz zu verleihen…

Immer häufiger frage ich mich, fragte ich mich schon damals, ob das Entsetzen sowohl als das Glück darin gründen, ehemalige Jugendgefährten, deren fotografisch erinnertes Bild auch im schäbigsten Fall noch von der Aura der Frische und Lebhaftigkeit umflattert ist, in späterer Zeit so grauenssatt heruntergekommen daherwackeln zu sehen – oder gar nur noch herumstehen! In dieser Stadt zumal, die noch dauernd – jetzt weiß ich es genau, nicht nach Bratwurst und Marzipan, sondern nach Bratwurst und Kräuterbonbon riecht! Jedenfalls ihr westlicher Teil!

Oder nicht doch Zuckerwatte?

Hering, jetzt sah ich es, war nicht so gleichförmig auseinandergehend wie die Brüder, sondern unproportionierter, vor allem um den Hintern herum.

Ich verwarf den mattlustig aufblitzenden Gedanken, den weiter Starrenden, ja Stierenden einfach nach den Iberern zu fragen.

Womöglich kannte der Kretin sie ganz ausgezeichnet, und dann konnte es gefährlich werden. Lauwarm unter meinen Beinen war mir's eh schon. Wie unkeusch lila der feuchte Schnee funzelte! Mene mene tekel.

Nach etwa sieben Minuten ging Hering einfach wieder weg. Er hatte an der Holzwand der Milchbar nicht gefunden, wonach er gesucht hatte. Trübe sah ich ihm nach.

Liebe schwärmt auf allen Wegen! Was mochten sie in ihrer Freizeit treiben? Fernsehen? Lesen? Filmerei-Bücher und Prospekte studieren aus Freds Sortiment? Oder den »Bayernkurier«? »Durch die weite Welt«? Oder gar, ein bißchen gehobener, Solschenizyn? Ihren angeborenen, von klein auf trainierten, vom Geistlichen Rat im Ausflugs-Omnibus erläuterten und geschürten Antikommunismus zu spitzen? Eines nahen Tages damit sogar Alwin zu trotzen?

Und »Stauber«? Ich könnte gar nicht sagen, warum ich ihn von Beginn an für den Domestiken hielt. Weil er gar so unverwandt nichtssagend, nichts mehr hoffend auftrat und schaute? Weil jemand, der als Gänsefüßchen nur besteht, nimmermehr zwei Iberer parieren konnte?

Ich weiß nicht mehr, warum ich damals sehr sicher war, daß sie Solschenizyn lasen. Gewiß, aus Kodaks Auge meinte man damals so etwas wie Bildungs-Heißhunger lesen zu können, soweit dergleichen Beobachtungen aus fünf bis 20 Metern eben möglich sind. Hatte er als der Ältere vielleicht etwas vom Gespräch mit Marxisten läuten hören, jenen jedenfalls, die man zum wahren sattelfesten Glauben herüberziehen könnte? »Der Bischof von Straßburg hat gesagt ›Kommunisten sind wie Wölfe im Schafspelz‹. Aber wenn man …«

Jawohl, genau, und dann hatte er Solschenizyn dem Jüngeren armeschwingend weiterempfohlen:

»Du, Fink! Mußt lesen! Große Klasse!«

Was war die Wahrheit der Iberer-Idioten? Ähnelten sie nicht entfernt Max und Moritz, schön altgewordenen? Wobei Fink mehr den braunen Max, Kodak einen sehr rötlichen Moritz … Redete er den anderen eigentlich mit »Fink« an, der andere ihn aber mit

»Kodak«? Oder hatten sie vielleicht miteinander bzw. innerhalb ihres allerheiligsten Geheimkreises noch intimere, noch verwegenere Spitznamen? Oder waren sie im Lauf der Jahre doch auf ihre Taufnamen zurückgekommen? Kichernd stellte ich fest, daß ich nicht einmal die wußte, noch immer nicht! Hm. »Kodak« würde ich »Schorsch« am ehesten zutrauen, »Fink« könnte auf »Konrad« oder »Friedl« hören. Sollte ich, mußte ich nicht wenigstens das vollkommen erforschen? Forschung ist das Gesetz, man will ja mit 50 nicht als Trottel sterben! Kalt entflammt übersann ich die neue Situation – nein, ich wollte, ich durfte sie trotzdem nicht wissen, diese christlich ungeschlachten Taufnamen aus Frau Irmis Herzkämmerlein – nein, Fink und Kodak waren schon optimal – nein, nein, jetzt erst recht nicht!

Aber wenn ich ihnen schon dauernd nachstieg, wie ein Gymnasiast seiner Hulda, sollte ich ihnen nicht doch einmal ein Ständchen bringen? Eine Serenade am Pferdemarkt? Mit dem Klavier mitten im Winter!

Ich ging und stellte mich an die Pforte meiner ehemaligen Bibliothek. Zwei Stunden lang. Niemand ging hinein, heraus. Vielleicht war ich in dieser Stadt der letzte Mensch, der noch hin und wieder las. Und Alwin? Mein Bibliotheksnachfolger dauerte mich. Er machte sich lächerlich. Ich hatte gut daran getan, zeitig die Kurve zur Musik zu kratzen.

Ich kaufte mir eine Bild-Zeitung, damit mir noch ein bißchen schlechter würde: »Kreml läßt Philosophen nicht raus!« »Bravo, Jungs!« »Sex im Tierreich – aua, da ist ganz schön was los!« Schlug mein Faible fürs Katholische etwa schon ins Selbstfolterische aus?

Ich schob mir einen Kaugummi in den Mund und strich langsam am Tchibo-Laden vorbei, zu sehen, ob jemand drin sei, bei dem ich irgendwas erfragen könnte. Es standen unter Mengen älterer Frauen aber nur einige Mitglieder der sogenannten Tchibo-Bande beieinander, einer neuen in sich verschworenen gesellschaftlichen Kraft unserer Stadt, von der ich über Wurm schon gehört hatte, scheinbar harmlose Bürger und allerlei Kaufleute, die aber angeblich für große Unruhe sorgt, dauernd Intriguen spinnt,

Menschenschicksale entscheidet und sogar Gewaltakte begeht. Die Bande hatte, so hieß es, nicht nur Teile unseres Dünklingen schon fest im Griff, sondern übte vor allem auch auf sich selber einen dermaßen starken Druck aus, daß es für Mitglieder schon kein Entrinnen mehr gab.

Nein, da galt es sich herauszuhalten.

Heimgekehrt von meiner kleinen Expedition, wurde ich trotzdem schwach. Sah leider, einer unguten Einflüsterung folgend, im Telefonbuch nach – und gottseidank, sie waren nicht verzeichnet, es gab dort keine Iberer, weder am Pferdemarkt noch in sonst einem Rattenloch. War das nicht schon überirdisch schön? War das nicht doppelter demütiger Glanz? Sie standen einzig da – und sie waren so katholisch, daß sie nicht einmal ein Telefon brauchten! Das Adreßbuch der Stadt? Nein, jetzt war es ganz sinnenhaft klar, hier durfte man nichts entweihen. Und ich braute mir also einen Milchtee. Sah in heit'rer Ruh dem Brubbeln des Siedens zu.

Wie knapp bemessen es in meinem Leben herging! Schon läutete Conny, die Pianistenhoffnung aus dem Hause Streibl. Welch hübsche Schultern! Welcher netter Bubikopf! Ob Alwin sie mir ins Haus schickte, damit ich die 15jährige ergriffe, die Einheit mit dem Vater noch tüchtiger zu schmieden, so lange sie warm war? Sollte ich? Nein, Iberer war schon besser.

Die Liebe von Zigeunern stammt!

*

Sicher. Die katholisch-transzendentale Veränderung meines Charakters machte mir damals aber auch hin und wieder schon bange. Manchmal fragte ich mich, und frage mich heute noch, bzw. ich bin nicht ganz sicher, ob ich meiner Gattin je beigewohnt habe, ich meine, naja in der Manier von Ehemenschen. Und wenn ich es wirklich versäumt habe – wen interessiert das? Streibl vielleicht. Aber mich? Höh! Jetzt, wo ich den Kugelschreiber übers Papier flitzen lasse – infernalisch, wie der Saft sich schlängelt! –, am allerwenigsten! Den Leser? Lächerlich. Dem ist doch alles gleich. Und eine besonders einfältige Lesergruppe wartet immer noch auf Sex im Dom, Kreuzweises in der Krypta, oder wenigstens auf gewisse homoerotische Geschmäcklerischkeiten und andere Geschmacklosigkeiten...

Manchmal will es mir sogar scheinen, daß ich mit der Gemahlin seit fünf Jahren keine zwanzig Silben mehr gewechselt habe – und alles lief tadellos! Nun, es neigt heute, meines Wissens, die Wissenschaft ohnehin zur Annahme einer geschlechts-, ja biologisch bedingten Grenze im Verkehr zwischen Mann und Weib – und ein alter Reaktionär wie ich hört dergleichen natürlich gerne, solche Wissenschaft lob ich, das ist akkurat Wasser auf meine fraternalischen Mühlen!

Und gar gegen die hysterisch-schwindsüchtige Fernseherei unserer türkischen Witwen ist sowieso nichts zu machen.

Hätte ich am Heiligen Abend recht viel Punsch trinken und sie dann mutig in der Christmette heimsuchen sollen? Nein, ich war damals noch nicht reif, noch nicht gesalbt genug, und vielleicht wären sie auch gar nicht dagewesen, sondern nach dem Knipsen Irmis unterm Baume eingenickt und – –

Aber ich wollte eigentlich von etwas anderem reden. Eh bien, es muß in dieser zweiten herbstwinterlichen Periode meiner Iberer-Verkettung gewesen sein, als ich plötzlich einen starken Einfall hatte, eine Eingebung oder doch etwas jedenfalls Eingebungsähnliches, eine sogar philosophische Idee: Ich mag ja etwas beschränkt sein, aber das ganze unselige Gemache und Geschiebe mit der tradierten Liebe, so reimte ich mir zusammen, mit der Liebe, dem Ungemach der Vermehrung und gleichzeitig dem dräuenden Sargliegen hätte doch ein Ende, wäre abgeschafft, liquidiert, gelänge es den Menschen, zwar nicht durch viehische Erinnerungsunfähigkeit, aber doch durch starke Konzentration im Selbstbenebeln sich einzubilden, weiszumachen, und zwar in der Weiterverfolgung der Idee des Parmenides, des Maja-Denkens, Kants und Schopenhauers, dies alles sei gar nicht wahr, sondern nur – nein, nicht geträumt, sondern barer kosmischer Raum-Zeit-Unfug, so wie die ganze seligmachende Iberer-Affaire natürlich auch, bzw. diese beiden sollten – im Gegenteil! – im Verein mit »Stauber« als die große

Ausnahme von der allgemeinen biochemischen Wurstlerei und Hackerei bestehen bleiben und geheiliget werden – –

– aber gerade dieser betäubende Gedankenflug zu den beiden wundersamen Iberer-Eseln lenkte mich dann doch von der Tragfähigkeit und inneren Stabilisierung meiner gerade angeleierten Erlösungsidee ab – das war halt mal wieder der alte Fehler. Die quengelnde Angst vor dem Tod, der alte Käse, war wieder da und graupelte in mir herum, indessen ich die vermischten Anzeigen in der Zeitung las: »Wer meinem Mann Erwin Wimmer Geld leiht, dafür übernehme ich keine Verantwortung: Marie Wimmer« – –

– ich bin aber überzeugt, hätte ein hart durchtrainierter Berufsphilosoph wie Max Horkheimer oder gar Arthur, der Riesige, meine Eingebung empfangen und systematisch weitergesponnen und induziert und deduziert, Deutschland wäre heute um einen bedeutenden Schritt wei – –

Eskapismen. Da heißt es eben einfach weiterdenken. Und wenn mein altes Korpsstudentenhirn noch so knarrt, nein, wenn ich es vorhin recht gehört habe: knurrt…

Oder mit anderen Worten: Ich, St. Neff, konnte, trotz Streibls Gebot, hier in Dünklingen den an sich wünschbaren Sozialismus nicht errichten, also mochte halt in Gestalt der Iberer-Buben der katholisch-schwerromantische Schnickschnack ein letztes Mal aufschimmern – da sind schon ganz andere Romantiker zuletzt katholisch geworden – – –

(Im übrigen geraten meine Tempi nicht aus stilistischer Sorglosigkeit gelegentlich romantisch ins Flattern, sondern weil im Einzelfall schwer auseinanderzudividieren ist, was ich jetzt beim Schreiben meine und was mir damals schon so durchs Hirn stäubte…)

Alwin Streibl: Je sorglicher ich damals meine Iberer-Affaire hätscheln und päppeln mußte, um so toller konnte ich mich gleichzeitig bei ihm austoben – ein superieures eskamotistisches Talent sui generis wie ich in seiner ganzen Schöpfungsbreite darf ja auch auf die Komplementärmotive des städtischen Aventiuren-Zaubers einhacken. Und ich bin Streibl heute noch dankbar, daß er seinen runden Kopf hinhielt, heute, da die Katastrophe, ohne sein mindestes Einwirken, ihren verdienten Lauf genommen hat. Mir zum Pläsir, gaunerte ich damals mit Härte, Konsequenz, ja Brutalität Schätze aus uns beiden Schwiegern, als ob die Welt nichts koste – ja, als ob der Kommunismus als befriedetes Paradiesgärtlein herzinniger Quakträumerei schon eingezogen sei.

Winter valet! Die Brüder zeigten sich bereits in bräunlichen Übergangsmänteln, in Bad Mädgenheim hatten wir schon den Frühlingsstimmenwalzer gespielt – eines lockeren Märzmorgens tingelte ich wieder zu Alwin, zu sehen, was die Wirtschaft mache.

Der Paladin des Ostens flegelte hinter dem Schreibtisch, las in seinem – neuen? – Wüstenrot-Kalender und rieb sich die Frühjahrsmüdigkeit in die Augen. Nein, es sah nicht so aus, als ob es dieses Jahr mit Italien was würde. »Ah!« sang Streibl mich heiter an und hieß mich setzen, »Schwager!«

»Alwin«, peitschte ich ihn schmeichelnd, weil hemingwayisch übergangslos nach vorne, »hast du eigentlich schon mal mit dem Gedanken gespielt, hier« – ich verschluckte den Vorschlag, im Supermarkt das Parteibüro zu errichten – »hier in unserem Dünklingen eine Art – Schulungsarbeit aufzuziehen! Ich meine, Kurse und so – es müßt' doch da ein bestimmtes Interesse, ein Erwartungshorizont ... Oder?«

»Aaah!« weinte Alwin glorios überrascht. Er war offenbar noch nicht ganz präsent. Vielleicht war ich sein erster Kunde in diesem Jahr. Draußen war niemand. Mein Frühjahrs-Furioso hatte ihn überfordert.

»Ich käme gern!«

»Ah ... yeah!« Der Schwager wußte sichtlich noch immer nicht, wohin mit meinem frohen Gewäsch. Ich auch nicht. Ich mußte ihn straffer an die Kandare schubsen. Wäre Pflegschaft ein Thema?

»Was ich, Alwin, dich schon lange fragen wollte – der Fred sagt mir ja nichts –, wie steht's jetzt eigentlich mit der Hunde – mit der Hunde-Sache von ...?«

»Die typische Prozeßverschleppung.« Alwin erhob sich, setzte sich wieder, vielleicht machte er sich gesprächswarm, »die Gegenseite kapriziert sich auf Verschleppung, die alte Masche. Vor vierzehn Tagen war ein Versicherungsinspektor da und hat alles angeschaut. Der Demuth Karl müßt' mir zuerst Satisfaktion geben, aber er ist zu feig. Aber um auf deine Frage zurückzukommen, es gibt in Dünklingen ein starkes materialistisches, sozialistisches Potential, nur ...«

»Ja?« Schwerer Schabernack im Anzug, fertig, los:

»Der Sozialismus«, flötete Alwin chimärisch-nachdenklich, stand wieder auf und hängte den Wüstenrot-Kalender an die Wand zurück, »hat momentan im Kapitalismus noch keine Chance. Aber wir warten«, tremolierte Alwin fast Falsett und lächelte mich göttlich gewinnend an, »wir warten, wir warten, wir haben Zeit ...«

»Es geht ja, Alwin«, säuselte ich ebenso knüppelnd auf den Händler ein, »gar nicht mehr um die antiquierte Alternative Sozialismus-Kapitalismus, sondern«, ich war benommen und überlegte drei Sekunden lang fiebrig, »um den realen utopischen Sozialismus ...« – »Utopischen Sozialismus ...«, echote Alwin schon in Trance und wie fernhin.

»Ja, um den realen utopischen Sozialismus als Lebensform für mich, dich und deine Kinder und Kindeskinder, in dem die Aufhebung der Entfremdung nicht in neue Entfremdung ...« Ich hätte mich nicht so anstrengen brauchen.

»Hör zu, das einzige«, jetzt hatte er sich, »das einzige, hör zu, Schwagerherz«, jetzt schwärmte er bereits die strömende Überlegenheit aller Rechtgläubigen aus, »das einzige, was den Kommunismus – was willst mit Eurokommunismus? Er glättet nur den Widerspruch. Es bringt uns Arbeitern nichts – – eine Frage, Schwager, ich geh heut' über Mittag ins Hallenbad. Gehst mit? In fünf Minuten. Ist ja nur fünf Minuten weg. Gehst mit, sei so gut. Aber wo! Nur eine Stunde! Der Körper hat's gern. Wär' nett! Würd' mich freuen ...«

»Mein Schwager«, stellte mich Streibl galant der Hallenbad-Kassiererin vor, »ein alter Musiker, geben S' ihm eine Badhose. Er hat keine. Daheim, aber wo, hat er eine. Und der Waldi? Macht Examen? Aaah!«

Ich kriegte eine weiße Badehose und eine Badekappe, und wir hechteten mehrfach vom Einmeterbrett ins Wasser. Alwin war über den Winter noch dicker und gleißender geworden.

»Der Kommunismus im Kapitalismus«, holte ich knapp aus, als wir im Liegestuhl lungerten, »oder umgekehrt ...«

»Oder umgekehrt! Yeah!« So ein maulfauler Missionar war mir auch selten begegnet. Diese Hilf-Himmel-Äuglein! Ich überlegte leicht verkrampft.

»Hör zu, Schwager«, ich entschloß mich zur Frechheit, »gehört das eigentlich auch zum marxistischen Begriff der Entfremdung, wenn du in deinem Supermarkt ...«

»Aber wo!« antwortete Alwin versonnen, ohne sich voll auszuweinen, »hör zu, das einzige, Siegmund, sei mir nicht bös, ich möcht' dir nicht weh tun, das einzige, was ich als Sozialist«, säuselte er, sah auf seine orangene Badehose und dann affenartig auf eine etwa 40jährige recht adrette Frau, die unter der Dusche aufgetaucht war, »das einzige, was ich als Sozialist mit dir als Kommunist ...«

»Als Kapitalist!« verbesserte ich schelmensgrabenmäßig.

»Pardon, du hast recht, pardon, als Kapitalist, als Kapitaleigner teile, ist, du weißt es doch selber, ist ... die Entfremdung ... ah!«

»Sag ich ja!«

Die Frau im Badetrikot reckte ihren Körper wie lockernd in unsere Liegegegend, wahrscheinlich unbeabsichtigt.

»Die K-Gruppen ...«, andante gewann Alwins Kantilene Alvarosches Format, »der Endsieg der K-Gruppen ist uns sicher ...«

»Der End-K-Gruppen aber!«

»Pardon?« Der Schwager-Bomber schien aus einem schönen Traum gerissen, doch nicht sehr.

»Fin-k und Koda-k«, schluckte ich schnell brautjüngferlich, »apropos ... Alwin, was ich ...«

»Das einzige, apropos, was ich mit dir teile«, holte Alwin plötzlich ganz rudernd aus, »als Sozialist mit dir als Kapitalist, das ist«, rasch ging ihm vor Eifer der Atem aus, »teile, das ist das, sei mir nicht bös, ist das«, er kriegte das bekannte Vorlust-Schnauben ähnlich wie beim Niesen, »das einzige, was, hör zu, ist das – das Weibernageln! Stimmt's? Hab ich recht? Yeaah! Aah!«

Ich schaute entsetzt. »Um Gotteswillen!« bekräftigte Alwin und rundete das Mündchen zu einem brisanten Pfeifen in Richtung auf die Frau. »Wenn's spritzt!« rief er überwältigt, »sind wir alle gleich … äquiva … ah!«

Sieben Sekunden lang dachte ich nach.

»Das Merkwürdige am Vögeln«, flachste ich unruhig und wahrscheinlich weinerlich, »ist, daß man derartig doppelt nackt ist, daß man überhaupt nichts mehr dagegen machen kann!«

»Spritzt!« beharrte Alwin orgiastisch, »gib's doch zu!« Das Duschen, klar, hatte ihn draufgebracht! Der Wille zu weiterer unseliger Kinderproduktion pestete aus seiner Stimme.

»Daß man«, beharrte ich leis, »nichts mehr dagegen machen kann…«

»Aber wo, du sagst es. Und deine Schwester – deine Schwester, pardon, Schwager, deine Schwester ist das gleiche Blut, das gleiche Schweinerl. Ist doch was Herrliches, so ein Arscherl! Ist doch so schön! So menschlich!« Überwältigt von sich selber, blies er nun virtuos das feuchte Haar nach oben. »Das einzige, hör zu, Senkrechte in waagrechter Lage, hahaha! Dein Feuchtl ist doch – pardon! – auch … gib's doch zu! Hahaha! Nicht bös sein, Schwager, hahahaha – so menschlich!«

Er hatte den Spieß umgedreht. Das Ein-Mann-Exekutionskommando hatte mich am Arm gepackt, fuhrwerkte, die Beine gegen den käsigen Stamm geknickt, unerschrocken weiter. Sozialisten erfreuen sich offenbar eines noch ambitionsloseren Humors als Ärzte, Schachspieler und Jäger zusammengenommen. Anpassung? Vorbereitung auf den Klassenkampf? Die Hölle:

»Senkrechte in waagrechter Lage!« Er war noch immer begeistert. Hatte er den alten Hut wirklich noch nie gehört? »Oben und unten, senkrecht und waagrecht, das ist die sozialistische«, jetzt kündigte sich die grausendste aller Ironien an, »die sozialistische Dialektik! Menschlich!«

In diesem Augenblick war ich absolut sicher, daß er meiner

Schwester den Haufen Kinder nicht gemacht hatte, um den Klassenkampf zu forcieren, sondern aus purer, barbareigestählter Eitelkeit: der nichtkommunistischen, ihm sonst unzugänglichen Welt zu zeigen, wie namenlos er in Saft stand. Oder überhaupt seine Unabhängigkeit herauszubrüllen – der sonst so tarnungsnötig säuseln mußte!

»Kondizierst mir doch, Schwagerherz!« Es ging weiter. »Bist doch, hör zu, yeah, auch eine alte Sau – nein«, ein Rüsselchen, »eine alte Sau bist nicht, ein kleines Schweinderl, ein kleines Liebesschweinderl – bügelst doch deine Alte auch jede freie Stunde, du alte Schweinderl-Sau!«

»Konzediere ich«, sagte ich laut und unverdrossen seelenvollen Blicks. Fröstelte ich? Nein, wahrscheinlich hatte er sich beim Zeugen doch gar nichts gedacht, der Schweinehammel.

»Pardon?«

»Konzediere ich!« Die Frau war jetzt ins Wasser gestiegen und kurvte hin und her. Wenn sie auf uns zukam, war sie mir zuwider, sobald sie aber wegschwamm, spürte ich jedesmal ameisenhaftes Gefunzle in der Herzzone.

»Kondi-konzidierst...?« Streibl hatte aufgepaßt.

»Warum, um Gotteswillen, Alwin, aber wo, keine Widerrede« – es war weniger Mut als der Wille, die zufällig sich ballenden Geräusche des Hallenbads zu übertönen; ich schrie also fast – »warum, o Alwin, sprichst du eigentlich jedes zweite Fremdwort falsch aus? Oder verwendest es falsch?« Mein Aufschrei ließ mich leider ungetröstet, und also faßte ich schnell und wie schelmisch nach: »Als Sozialist?« Verdammt, die Frau hatte mich noch immer im Griff!

Alwin sah mich offnen Mundes und so traurig an, als ob er gleich einnicken würde. Aber nein:

»Du tust mir«, jammerte der mächtige Schwager nach einem tiefen Einatmen auf mich Kleinserl ein, »weh, Schwager, weh, um Gotteswillen! Du desavouierst den Sozialismus! So weh...«

Die Missa assumpta est Maria von Palestrina? Mitleid erregen können sie ja gut, diese Prügel Sozialisten!

»Warum desavouierst du uns?« Jetzt zeigte er mir's aber, sprach es schon zum zweitenmal richtig. »Ich hätt's nicht von dir erwartet! Der Sozialismus ist heut' eine Weltbewegung, er ist nicht mehr aufzuhalten! Marxismus ist praktischer, ist praktisch Humanismus! Und du weißt es! Ach Gott, tust du mir weh ...«

War's nicht eher das Miserere aus dem Troubadour? Das massigwehe Mönchsgegreine aus der Macht des Schicksals? Die fismoll-H-dur-Mischung aus dem Carlos gar? Ma lassù ci vedremo in un mondo migliore ...

»Von dir, Schwager, hätt' ich's nicht erwartet. Schau, ich hab heut' in Dünklingen schon so viel Schwierigkeiten, in der Schule, in der Karriere, du weißt es, ich bin in Dünklingen praktisch Parias, ich bin politischer Gefangener!«

»Praktisch«, ich wartete zehn andächtige Sekunden, die Nixe hatte schon gleich keine Chance mehr, ich sprach wieder sehr leise, »ein Fall für amnesty international.«

»Schwager«, Streibl lächelte weitausholend zauberfest, »es ist praktisch Sippenhaftung. Schau, mein Vater war auch Sozialist, war auch Proletarier, war Lohnbuchhalter«, sang Streibl sehr versonnen, »er hat zur Klasse der Unterdrückten gehört, er hat bei Siemens in Weizentrudingen die Kasse verwaltet, yeah. Sie haben ihn dann in Affairen hineingezogen, es war Untreue, es war perfid, ach, war das gemein, ah! Er ist dann an Leukämie gestorben, er war ein Jahr eingekerkert, es war ein alter Kämpfer, um Gotteswillen, sie betreiben heute noch Sippenhaftung!«

»Praktisch«, ich wurde noch leiser, »wie beim Graf Stauber ... ah: Stauffenberg.«

»Pardon?«

»Dissident mit umgekehrten westlichen Vorzeichen!«

Alwin sah mich fügsam fragend an. Ich sah eine schöne lila Wiese und verbesserte mich schnell:

»Politischer Gefangener.«

»Das kannst mir konzi – kondi – –«

»Konzessionieren!« Ich rief quasi streng zur Ordnung. Alwin sah mich hündisch an.

»Mach mich halt nicht gar so fertig, Schwager!« Diesmal weinte *er* gleichsam schelmisch. »Schau, dich haben sie auf die Universität geschickt. Du tust mir weh damit, du bist doch auch nur ein Mensch und hast so viele Fehler, ach, so viele Fehler, schau, du hast dich in der Stadtbibliothek so dumm angestellt, daß sie dich rausgeworfen, ausgesperrt, exeku … haben!«

»Was?« rief ich sanft entzückt. Es machte Lust, ganz still zu bleiben! Jetzt hatte die alte Nixe all ihr Pulver verschossen.

»Auf die Straße haben s' dich geworfen, weil du ein Versager warst – in der – Literaturgeschichte!«

»In der Linguistik!« korrigierte ich leise und fast neugeboren. »In der Literaturgeschichte war ich befriedigend.«

»Und in der Ling« – den Rest verwässerte er – »ein Versager! Schwager!« – er weinte jetzt gleichsam für mich – »eine labile und schizophrene Existenz, du machst doch Fehler über Fehler, du bist doch auch nur ein Mensch, der Fehler macht …!«

»Eine Sau«, flüsterte ich maliziös und wieder unhörbarer, »im Rahmen der lateinisch-materialistischen geredasthenischen Deppen-Oligarchie …!«

»Ein Mensch!« rief Alwin hehr und sah mich schmerzlich an, »du unterliegst, um Gotteswillen, doch auch einem Fehler, du machst doch auch mal einen lapsus linguae!«

»Lupus linguae«, besserte ich ihn ohne Erbarmen, »Alwin!«

»Laps … lups …« Er wurde wieder sehr unsicher und wackelte so hilflos mit dem Kopf, als ob er sofort ein Weizenbier bräuchte. So, und nun verschwand die dumme Frau auch endlich in der Umkleidekabine.

»Lupus! Alwin! Lupus!«

»Lupus? Ah?«

»Lupus! Komm, geh'n wir ein bißchen rum im Hallenbad!« Streibl seufzte anspielungsreich nachhallend, aber er ging mit. »Lupus«, fuhr ich mählich fort, indessen wir zu watscheln begannen, »das kommt nämlich von Lupe. Der Fehler ist so klein, daß du ihn effektiv praktisch mit der Lupe, lateinisch semi-masculinum, suchen mußt!«

»Lupus, da schau, semi«, mimte Alwin jetzt wahrhaft malvenfarben den sozialistisch Lernenden und drehte sein Säckchen von rechts nach links, »und ich hab immer gehört, das kommt von Labsus – die Lippe, weil, hör zu, könnt' ja sein, die Lippe sich ja vertut ... Fehler ... Da schau an, um Gotteswillen, nett!« seufzte er auf einmal wie verzaubert. Hier seufzte kein Mensch, hier seufzte die sanfte, aber alternativlose Gier nach Weizenbier!

»Lupus. Ah! Muß ich mir merken.« Der Brave! Wie wunderbar gemein ich zu ihm war.

Beim Gehen durch das Hallenbad – um meine Kleinheit zu unterstreichen, watschelte ich immer 70 Zentimeter hinter ihm her – bei diesem gemeinsamen Gehen fiel mir erneut auf, wie sehr Streibl jener gewissen wiegenden, aber auch gewiegt-wiegelnden Stenz-Schritt-Technik vertraute, von der ich schon vorne berichtete. Ich habe seither weiter darüber nachgedacht – es ist meines Wissens jener Schreit-Stil, wie er nach 1950 von den damals reiferen, aber auch politisch wachen und wachsamen Burschen oder auch gesellschaftsfähig gebliebenen Ehemännern kreiert und bevorzugt wurde – als Ausdruck abwartender Gelassenheit trotz der Kriegsniederlage, trotz allen nationalen Unglücks, aber auch der ästhetisch überzeugenden Sprungbereitschaft angesichts aller möglichen kommenden Eventualitäten, die sich ja bald tatsächlich in Form des Wirtschaftswunders einstellten. Dann erst wurde meines Wissens der sehr reizvolle Schleich-Wiege-Schritt durch jenen saloppen, quasi natürlichen, alles versprechenden Gang abgelöst derer, die schon James Dean, den Rock 'n' Roll und gar die ersten verspäteten Jazzeinflüsse erlebt hatten, ein Schritt, den beispielsweise der etwas jüngere Albert Wurm in Dünklingen und Erlangen erlernt hatte und der dann später in jenen Jet-Set-Stil mündete, wie wir ihn heute haben. Die Iberer-Brüder aber? Altersmäßig lagen sie zwischen Wurm und Streibl. Hatten sie nicht auch von beiden Grundtypen einen winzigen Tick abgekriegt? Oder war bei ihnen doch die katholisch gerade Grundkomponente so dominierend, daß Modeeinflüsse – – Herrlich! Einem Bauchtänzer ähnlich schob sich Alwin von der dicken Hüfte aus nach vorne, Twist-Elemente waren noch zu rekonstruieren, entfernt kam wohl auch etwas Walzerseliges zum Austrag, die kurzen Schrittdistanzen hatten ihrerseits etwas Stepartiges auf Lebenszeit – wahrscheinlich hatte Alwin den alten Schritt einfach umgedeutet, in ein symbolisches Scheineinverständnis mit dem kapitalistischen Wirtschaftssystem, Mimikry und Anpassung als Strategie, das alte vorsichtig abwartend Leopardhafte aber bedeutete die langfristig geplante Überwindung und den kurzen revolutionären Prankenschlag zugleich. Immerhin, wie generös bescheren uns heute durch solche formale ausdrucksbewußte Schönheiten unsere nachmaligen Erzfeinde! Ja, schwang da, sehr wohlwollend betrachtet, nicht auch der selige Rudolf Valentino ein wenig noch mit?

»Hemingway?« fragte ich also zärtlich mitbeschwingt.

»›For Whom the Bell Tolls‹ – ah!« antwortete Alwin begnadet und lächelte wieder volles Einverständnis mal kaum einholbare Überlegenheit und setzte noch pretiöser die Füßchen voreinander.

»Chandler – Chandler meint«, tänzelte ich mokant, »das Leerste vom Leeren ist ein leeres Hallenbad!«

»Shattler, Chattler – ist kein Hemingway.« Die Trine Streibl seufzte traurig. »Er ist zu – materialistisch, zu dekadent. Ernie, hör zu, Ernie ist – schlicht wie die Bibel …«

»Wie die Bibel«, wisperte ich beseelt von Verdummung.

»Schlicht«, bestätigte Alwin, »wie die Bibel aah!«

Ich machte ihm das Leben noch leichter: »›To have or not‹«, zitierte ich tranrig, »›to have‹! Alwin! ›Men Without Women‹!«

Er zahnte dankbar und gefügig, aber auch im Stil eines Menschen, den nur noch die erlesensten Ewigkeitswerte auf den Beinen zu halten vermögen: »›The Sun Also Rises‹! Ah! ›Der alte Mann und die Wälder‹ … ah! Schlicht und groß wie die Bibel …« Schlief er? Nein, es war Wagner! Tränen und Trost zugleich! h-a-cis-e-gis-fis-e!

»Er hat die Sprache unserer Zeit gekannt! Schlicht und schön wie …«

Es galt ihn leise wachzurütteln.

»Ist denn die Bibel, Alwin, wirklich schlicht?«

Streibl sah mich traurig an. Jetzt war ich in Zugzwang geraten.

»Ist denn die Bibel nicht eher ein – kryptisches Gebild?« Ja, man spürte den Zwang!

»Schlicht«, beharrte Alwin sehr freundlich, »wie die Bibel.« Dann aber wimmerte aus seiner Dämmerstimme abermals die Verzweiflung des politischen Gefangenen auf: »Wie ein Gebet, wie ein Gebet, wie ein schlichtes Abendgebet …«

»Wer«, fragte ich, »Hemingway?«

»Aber wo«, Alwin lächelte körperlos, »die Bibel … Hemingway, hör zu, war ein Meister der modernen Sprache, um Go … Hemingway … wie ein Avegebet …«

Der Kommunist wußte nicht mehr, wo, wer und warum er war. Sollte ich ihn ganz blitzschnell fragen, wer oder was und warum im Autosupermarkt von der »Aachen/Dünklinger« versichert wurde?

»Er fühlte«, sagte ich seltsam gerührt, »Ernie, mein ich, nicht Trinkler Rolf, das Pochen seines Herzens an dem Nadelboden des Waldes …«

»So nett yeah«, hauchte Alwin, und ich mußte ein wenig an meinen baldigen Tod denken, »nett, wunderhübsch wie der Nadelboden des Waldes, wie ein … stilles Ave Maria …«

»Na, du alter Wasserfrosch!« Alwin grüßte, stehenbleibend, leutselig scherzend über das Becken hinweg den bebrillten Bademeister im weißen Turnhöschen, »alter Mark Spitz! Immer noch – immer noch spitz auf – auf junge Schwimm-, Jungfernschwimmhäute!« Teufelskokett formte Streibl ein Mündchen, als ob er noch immer für Leslie Caron schwärme, ja für sie durchs Feuer ginge, wie fern blickend hielt er sich gleichzeitig die flache Hand über das Auge und, alle Widerstände hinwegschmelzend, die andere wie lauschend ans Ohr.

»Alwin, alter Gauner!« kam es heiter zurück, doch dann zog es der Bademeister doch vor, den drohenden Plausch zu unterbinden, und verschwand sehr geschäftig in einer Bürokabine.

»Der Wohlgemut Heinz, der Wohlgemut Kistl«, trillilierte Alwin wie geselligkeitsbebend, »er ist bei der Partei. Er betreut momentan die Jugendarbeit ah! Er ist früher in meinem Stammlokal, beim Asam, verkehrt. Er macht momentan einen Schulungskurs aaah. Ich werd mich jetzt auch wieder mehr in die Schulungsaufklärung, in die Bildungsarbeit einschalten aaah … Hemingway, hör zu, war nicht der Schläger, wie sie ihn heut' hinstellen. Er war … ein ganz feiner, ach, ein ganz feiner Mann yeah …«

»Feiner Mann«, antwortete ich lämmerartig.

»Du sagst es«, freute sich mein Angeheirateter sofort altjunkerlich wie der Schneekönig vom Kilimandscharo.

»Nur«, unkte ich ulkig, »ein Sozialist war er nicht.«

»Siegmund, hör zu, es ist, es ist die«, flüsterte Alwin spannend, »was wir heute brauchen, ist die revolutionäre Geduld, die revolutionäre Geduld aah!«

»Die Mehrwerttheorie«, log ich, »im Verein mit der strukturellen Gewalt …«, ich überlegte, wie ich beides weiterspinnen könnte, aber Alwin kam mir zuvor:

»Du hast vollkommen recht«, half er mir galant, »aber du bist Theoretiker, nicht Praktiker!«

»Wieso?« fragte ich, von Sonnenstrahlen eingenistet. Es war wie eine geistige Diätetik und Haschisch zugleich.

»Naja, was machst denn schon den ganzen Tag? Lesen und Klavierspielen. Klavierspielen kann ein dressierter Aff auch, pardon, ich will dir nicht weh tun, aber ich sag's, wie's ist, aber wo. Du kennst den Sozialismus aus den Büchern, dir fehlt die Praxis, die pragmatische Schulung …«

»Du meinst, mehr – Theoretiker?« nestelte ich mich aus vorübergehender Überraschung wieder hoch.

»Theoretiker«, sagte Streibl sanft, »du hast Zeit. Als Theoretiker bist du Spitze, ein Spitzenmann …«

»Radikalenerlaß?«

»Er tangiert meine Frau«, hauchte Alwin dolorös fashionabel, »sie leidet drunter, ah!«

»Aber die ist doch wegen der sieben Kinder aus dem Schuldienst ausgeschieden!«

»Behaupten sie«, welkte Alwin komfortabel detachiert, »behaupten sie. Es war praktisch Berufsverbot, um Gotteswillen …«

»Hallenbadcafé?« fragte ich wie kränkelnd, eine durstige Seele bezaubernd.

»Immer, Schwager!«

Wir kleideten uns an und begaben uns ins Hallenbadcafé, sauber gewaschen und fürs erste erschöpft. Kriegten einen Pfefferminztee und ein Weizenbier und setzten sofort unsere Seelenfledderei fort.

»Die Philosophen haben bisher die Welt nur gedeutet«, sagte ich eilig, »es kömmt darauf an, sie zu verändern. Alwin, du – kennst doch die Iberer-Buben – oder?«

»Ich hab früher viel mit ihnen Fußball und Indianer gespielt«, Alwin sann wie gülden, »drei-viermal sogar in der Regionalauswahl aaaah!«

O süßes Schmiegen, wonniges Lügen! Aber jetzt hatte ich das Gesetz endgültig durchschaut. Das »Ah!« bedeutete so gut wie immer eine Lüge, die Länge des »Aaaah!« war ein Gradmesser für ihre Gewalt. Indessen:

»Indianer?« probierte ich es wieder anders. Alwin zeigte sich vom Lügen gut erholt:

»Sind selber schuld, selber schuld. Die haben sich nicht gewehrt. Ein Volk, das, um Gottes, dem Untergang geweiht ist, wehrt sich nicht mehr, aber wo!«

Ein Darwinist war er also auch. Seltsam, wie leicht unsere Kommunisten von der Marxschen Denklinie wegzulocken sind, ohne daß die Partei eingreift. Mußte also ich es tun:

»Indianer … liest du eigentlich – Fontane?« Mir wurde schon wieder blaßlila vor den Augen. Aber die Iberer waren ja wirklich Fußballer gewesen, ohne daß Alwin es wissen konnte!

»Fontane aah! Nett! Für Jugendliche. Für Schulkinder …«

»Und für Hemingway-Anhänger«, ich tat ihm gut, »nicht?«

»Über Hemingway geht bloß einer: Shakespeare!« rief Alwin wärmend und trank warm. »Shakespeares rechtmäßiger Nachfahre ist heut' praktisch Hemingway.« Ihm schmeckte auf diesem Erdball einfach nichts außer Weizenbier. Es weichte ihm die letzten verbliebenen Vernunftsbrocken in all ihrer Bitternis auf und machte sie letzten Endes gegenstandslos. »Hemingway ist der legimitierte Nachfolger. Fontane? Aber wo, aber wo! Evi Brest. Die Stichlinge. Was willst damit? Dritte Klasse Volksschule. Mein Sohn hat Fontane in der Schul', der – wie heißt er jetzt schnell wieder?«

»Alwin?«

»Schwagerherz?«

»Wie – wirkt sich das denn eigentlich aus, daß du – ›Alwin‹ heißt dein Sohn! – in Dünklingen politischer Gefangener bist?«

Es war, wie ich vielleicht jetzt erst merke, eine äußerst unverschämte, weil bodenlose Frage. Der Schwager dachte scheinbar nach, dann sprach er fest:

»Ich bin Agent, pardon: ich war Agent. Sie haben mich vernichtet aah! Heut' wart ich nur auf meine Rente. Dann ist mir alles gleich. Ich war Agent, ich bin Agent. Ich bin Professional. Sie wissen es genau. Ich bin heut' praktisch ein geschlagener Mann, ich hab ein liederliches Leben geführt, um Gotteswillen! Vernichtet«, er lächelte humorvoll wie Jesus, als er seinen Durst am Kreuz so ränkevoll löschen hatte müssen, »aber nicht geschlagen!«

Da konnte ich schachmatt nicht mehr, der Schwager-Humpen hatte glänzend sein Weizenbier ausgetrunken, und beim Verlassen des Cafés fiel mir auf einem Wandbord ein hübsches Schmuckbierfäßchen auf, an dem aber nicht ganz einsichtig sechs winzige Schnapsgläslein baumelten. Ich geleitete Streibl zum Supermarkt. Und morgen das Ganze nach Laune da capo. Grimmig schmunzelte die Lenzessonne.

*

Aber ich muß mich vorsehen, daß dies nicht ein »Alwin«-Roman wird, wie wiederum Fouqué einen hinterlassen hat, so episch erheblich ist er auch wieder nicht, der Herr Schwager! Obwohl – war nicht eben auch Fouqué schon auf diese romantischen Sehnsuchts-Eseleien hereingefallen? »Alwin schwankte wie im Traum die Stiege hinab«, des Auto-Supermarkts, klar, »ungewiß tappte er an den Wänden umher«, die Spione, die Wanzen zu enttarnen, weißgott…

Und Fouqué ist ja dann auch tatsächlich schwer katholisch geworden – und leider sehr schrullig, ja schwach von Verstand! Ein böses Omen?

»Wie geht's?« – »Am Arsch!« – »Am Arsch? Wieso?
Warum am Sack nicht?« – »Aber wo!
Den hab ich lange nicht verspürt,
Wer weiß, ob der noch koi –«

Nun, wenn mir schon meine imaginaire Liebe, die beiden Hauptfiguren, notgedrungen sehr wenig Zitate und Dialoge liefern, muß es eben ein anderer, Alwin, tun! Ich persönlich halte ja, wie man ahnt, das ganze Agentenwesen für die ärgste Kinderei der Welt, aber bei Schwager Alwin nahm die ganze schrecklose Affentour schon wieder die Chuzpe, die marxistisch-leninistische Dialektik des Abendrotschimmers – – eben echter Hoch- und Spätromantik an. Seltsam, wie substantiell in dieser Kasperlstadt plötzlich Farbwerte, Tonschattierungen, Weizenbierbräune und Hallenbadhexereien wurden – sie ersetzten vollkommen die alte Ideologiekritik, wie wir sie alle gelernt haben. Oder nicht, lieber Leser, hast du nicht auch den Eindruck? Aber wo? Aber ja doch!

So lebte ich in Saus und Braus, mir wurde bang verhuscht und graus. Die Philosophie, die Parole der Gegenwart lautet nun mal »Carpe diem – jeder Blödsinn wird mitgemacht!« Warum sollte ich da abseits stehen?

Tag der Arbeit, 1. Mai. »Boy Watching« nennen's neuerdings die jungen Amerikanerinnen der nach-hemingwayischen Generation. Ich lauerte ihnen wieder hinter dem großen Sedans-Brunnen auf. Es war für die Jahreszeit steinerweichend kalt, es graupelte, und ich fühlte eine Grippe im Anzug. Und sie verspäteten sich sogar, mich gewissermaßen zur Raison zu rufen. Aber angeschaut wurden sie! Jetzt erst recht!

Um 11.57 Uhr kam er daher, der Iberer-Verhau, mit Graf »Stauber« im Schlepp – und erstmals einem vierten Mann! Ohne Bedenken nahm ich meine Sonnenbrille ab, alles genau zu sehen. Der vierte war ein gleichfalls recht speckiger mittelgroßer Mann ibererähnlichen Alters, aber so blausportlich in etwas Kammgarnanzügliches eingewickelt, daß er wie ein früh füllig gewordener Sprinter wirkte und eben deshalb sogar das Kommando übernommen zu haben schien. Dauernd redete er in kreisförmigen Armschwingungen auf die Brüder und »Stauber« ein, ganz als wolle er ihnen bedeuten, daß heute Feiertag und überall in Dünklingen etwas los sei – zu welchem Spuk Kodak einen universell bejahenden, gutheißerischen Eindruck machte, indessen Fink zwar tief und herrlich vor sich hin in den Trottoirboden starrte, aber dabei doch irgendwie spielerisch mit dem linken Bein schlenkerte, als ob er den großen Bruder insgeheim leicht antippen wollte, was für ein Klasse-Tag das heute sicherlich werden würde!

Graf »Stauber« freilich tappte und wankte so überflüssig hinter der Dreiergruppe einher, abgemeldet gänzlich von dem aberwitzig fachierenden Blauen, daß mich erstmals – Mitleid überkam. Ja, war nicht er, »Stauber«, der Allerärmste, der Dümmste und Verlassenste, um den man sich unverzüglich kümmern mußte? Indessen die Iberer, vom allgemeinen Erfolg umrauscht, schon nach Belieben neue Assistenten ausprobierten!

War ich schon zu bequem, das Lager zu wechseln? Hielt mich schiere Nibelungen-Treue?

Mit dem einziehenden Sommer, so paradox es klingt, gewinnen unsere paradiesischen Honoratiorentreffen, ursprünglich sicher doch Inszenierungen, die Bangnis des Winters besser zu überstehen, jeweils noch an Wärme und gar Innigkeit. Ja, es kam in diesem Mai-Monat sogar zu einer schillernden Pikanterie, die sich wohl einem recht verzwirbelten Einfall Karl Demuths zuschreibt. Über unserem Tisch hatte seit Menschengedenken ein Ölbild gehangen, auf dem drei alte Patres, einander brüderfromm anhimmelnd und vor nichts mehr zurückschreckend, die Steinkrüge gegeneinanderschmettern. Eines Abends war das Bild weg, an seiner Statt hing jetzt ein ausladender Öldruck mit allerlei sich räkelnden Nymphen, Faunen und ähnlichem, wobei eine nackte

Frau (schon wieder eine in den Roman geheimnist!) von einem stumpf gierigen Mann irgendwie auf ein Roß verzerrt wurde. Ich weiß nicht, auf was Demuth mit dieser meines Erachtens ziemlich wertlosen Allegorie, wohl einer Paraphrase von Rembrandts Sabinerinnen-Schinken, anspielen wollte – jedenfalls wollten wir unsere drei Pfäffchen wieder, da aber Demuth seinen, man merkte es genau, Schalkseinfall nicht fahrenzulassen bereit war, einigten wir uns darauf, daß alle zwei Bilder hängen sollten.

Das tun sie nun bis auf den heutigen Tag.

Etwa gleichzeitig hörte man seitens Fred Meldungen über – nein, nicht wie Freudenhammer vermutet, Pornographie, sondern allerlei Lehrgänge und Schulungen in Verkaufspsychologie, die er damals wohl einmal wöchentlich in Stuttgart absolvierte, und zwar sogar in einem Saal des dortigen Interconti-Hotels – Studienseminare, die demnächst auch noch in der Schweiz fortgesetzt werden und jedenfalls den Absatz von Foto-Waren unendlich beschleunigen sollten. Und Wienerl berichtete auch laut und atem- und kompromißlos, was er da schon gelernt habe, nämlich von einem Psychologieprofessor Denissen, daß es nämlich – wenn ich das recht erinnere – fünf psychologische Typen des Film- und Foto-Käufers gebe, den Alpha-, Beta- und Gamma-Typen usw., wobei z.B. der Alpha-Typ durch unabdingbaren Durchsetzungs- und Erfolgswillen, ja durch eine starke Rücksichtslosigkeit sich auszeichne, während z. B. der Delta-Mann irgendwie die höheren Gemeinschaftsaufgaben im Herzen trage.

Ich wollte schon fast und vorsichtig fragen, was denn dann die Iberer-Brüder für Foto-Charaktere seien, doch Freudenhammer kam mir zuvor:

»Und solche Alpha-Typen kaufen bei dir ein?« frug der Beerdigungsreporter arg, »die – müssen viel Erfolgswillen haben!«

»Der Grundtypus, du, der Zielgruppe überhaupt«, Fred eilte es wie überlastet, »ist Alpha-Beta-Struktur, das heißt ...«

»Was? Wer? Am Wahl- und Bettag machst Vorinventur?« rief ich, statt dessen, schwer verzinkt.

»Fred! Du bist eine Alltags- und nette Tortur!« verlängerte Kuddernatsch verblüffend begabt. Wienerl versuchte uns beide mit einem hoffnungslos feurigen Handschwung abzuwehren. Dankbar nickte Bäck. Wir Alten tricksen uns halt gerne ein und aus.

»Und hör mal«, sagte ich sehr heiter, »warum nennst du eigentlich deinen Laden ›pluspreisgruppe‹? Das ist doch sehr mißverst…«

»So heißt der Dachverband!« Fred Wienerl rief es fast wie vielversprechend. »Wurde zentral diktiert!«

»Für Outsider-Kameras«, ich winkte ab, »aber schlecht. Da wär' doch ›minuspreisgruppe‹ attraktiver!« Was ich mit Fred da trieb, war recht riskant, er hatte mich ja noch immer ziemlich in der Hand. Konnte er mich nicht nach wie vor und jederzeit der Iberei überführen? Ich zwinkerte Kuddernatsch an. Der nestelte blind zurück. Ihre Neckischkeit, Frl. Vroni, schlängelte sich aus der Küche. Kirche? Küche!

»Oder«, aha, schon wieder wußte einer was, »gleich ›plusminuspreisgruppe‹«, scherzte Wurm gewunden, wie der Name sagt. Wie ich überhaupt Anhänger, ja fast Nestor der psychologischen Vor- und Familiennamensymbolik bin, vor allem, weil mit ihr feststeht, daß ich es mit meinem »Siegmund Landsherr« noch weit bringen werde, ein Streibl aber natürlich a priori gezeichnet, ja verdammt ist. Aber ob Freudenhammer sich deshalb wirklich an Stupsi schadlos hält…?

»Minus«, rief Fred geschäftigst, fast erbittert, »hat keinen Alpha-Touch!« Bäck schnarchte verzwickt.

In diesem Augenblick zog Wurm die Brieftasche hervor, klaubte einen 50-Mark-Schein heraus und legte ihn fast schillernd auf den Tisch. Ich war sicher – jetzt würde er endlich und unerwartet die alte Darlehensschuld begleichen, doch siehe, Wurm ließ den Schein von Vroni nur in fünf Zehner wechseln und schob diese genußreich wieder ein! Entweder war dieser Mann nicht mehr ganz koscher im Kopfe – oder er wollte mich auf diese Art noch schmerzhafter schmoren lassen. Na warte!

»Und hör mal!« rief ich nun verwinkelt, »wenn schon ›Bei Fred‹, dann besser noch ›Chez Fred‹!«

»Du darfst Dünklingen sales-promotion-technisch nicht überfordern!« wies Fred mich zurecht und ächzte überfordert fast. Unentwegt gähnte Bäck.

»Aber meine Herren!« suchte Kuddernatsch zu retten.

»Atelier Chez Fred«, schlug ich noch vor.

»Zu französisch, zu französisch!« Trotzdem schien Fred sehr geschmeichelt und langfristig eine Vision zu erspüren.

»Dann besser ›Gasthaus Chez Fred‹!« rief Kuddernatsch etwas daneben und unsere rastlose Neckerei abrundend.

Ich unterdrückte nochmals die wunderbar verkräuselt hochzüngelnde Frage, was denn dann die Iberer für Gestalten seien – etwa Epsilon-Typen, die zur Ehre Gottes auf das Auslöserknöpfchen drückten? Immerhin glaube ich seit jenem Abend zu wissen, was der Alpha-Typ für ein Mensch ist. Denn der kleine Fredl werkelte bei seinem noch einmal einsetzenden psychostrategischen Unsinn aus Amerika so heftig und undiszipliniert am Tisch herum, daß er schließlich Bäcks Bier umstieß und es gar nicht merkte – und als der arme Paul mit einem kläglichen »Öhööh!« protestierte und Fred auf den Schaden wies, sagte dieser sehr mondän, ja wie im Traum: »Das ist deine Affaire!« Und quatschte rücksichtsloser weiter.

Heraussprang bei Freds Fortbildungslehrgang dann freilich bald etwas Unerwartetes, ja Peinliches. In einem seiner Schaufenster, seitlich zweier Tafeln mit der Aufschrift »Tip-Top-Auswahl« und »Top Service« ohne Bindestrich, standen nämlich auf einmal, umkränzt auch von großen Fotos jugendlicher Mopedfahrer, Dutzende von Mopedschildern herum sowie ein weiteres Schild »Näheres im Laden«, und auf meine launigen Fragen im »Paradies« hin gab Fred schließlich zu, ja, er verkaufe neuerdings auch Mopedschilder im Rahmen eines »Mixed Media Vertrags« mit der Moped-Versicherung bzw. mit der Schwestergesellschaft oder Agentur »Interwerbung«, als deren Filiale er neuerdings in Dünklingen operiere, übrigens auf Provisionsbasis. Und zwei oder fünf Schilder bzw. die zugehörigen Versicherungen habe er auch schon unter Dach und Fach. »Zwei andere sind noch unsicher, aber ich kriege sie!« rief Fred drucksend wie im Expansions-Asthma und zeigte tatsächlich kurz die gelben Zähne.

Das Mixed-Media-Wesen muß heute schon über eine erschütternde Auftriebskraft verfügen, wenn es sogar Flachpfeifen wie Fred mitschwimmen läßt!

Wiederum recht frech drang ich in den Fotografen, ob vielleicht diese neue Moped-Initiative mit seinen »Outsider«-Kameras zusammenhinge. Weil ja doch – Fred ruderte schon über- und verlegen, aber ich fuhr fest fort – Mopedfahrer überwiegend Outsider seien, präzisierte ich, damit auch Bäck es mitbekam.

»Dann würde ich doch vorschlagen«, meldete sich überraschend und geharnischt Freudenhammer, »In-Kameras für Moped-Outs!«

»Zu sophisticated!« wirbelte Fred verzweifelt, Kuddernatsch zahnte wie eine Spitzmaus, »solche Slapstick-Effekte sind Message, keine Public Relations!«

Warum eigentlich unsere Top-Amerikanisten Wienerl und Streibl sich noch nicht zusammengetan hatten? Statt dessen lagen sie im Prozeß miteinander. Freilich einem sehr ruhigen.

So strich auch dieser Juni hin. Die Iberer sah ich einmal wöchentlich nach Plan, meist Samstagmittag schon, um mein Pensum locker hinter mir zu haben. Ungeklärt blieb weiterhin, wann sie verreisten, ihrem Fototriebe zu gehorchen. Denn wann auch immer ich sie heimsuchte – nun, dann waren sie auch da.

Es war ein Bilderbuchjuni, zumal in Dünklingen, so sehr, daß gewisse Zeitungen sogar von einem »Schönwetterloch« sprachen. Aber während alle übrige Welt in diesen Hundstagen in schattigen Biergärten herumhockte, blieben die Unseren extra hartnäckig im sicheren Schutz des »Paradies« haften, atmeten steif durch und harrten der Dinge, die da kommen sollten. Angeblich hatte sich damals auch eine kleine Intimfeindschaft zwischen Bäck und Kuddernatsch angelassen, eine buchstäblich intime, Bäck soll gegenüber Wienerl Kuddernatsch vorgeworfen haben, er verkehre zu oft ohne Rücksprache mit Freudenhammer, ohne ihn, Bäck, zu verständigen. Aber das war Unsinn bzw. ein Fredscher Übermittlungsfehler, und damit war es auch schon wieder ausgewesen.

Unsere Alten waren ja selbst zur Kleinintrigue zu einfältig – wie freilich die meiste restliche Menschheit auch, diese allerdings vorwiegend aus Egoismus und blinder Aufgeregtheit. Unsere Veteranen dagegen – sie waren einfach zu sehr in ihrem eigenen Zauber gefangen. Ach ja, und – jetzt fällt's mir wieder ein – Kuddernatsch soll zur Zeit der Krise gekontert haben, Bäck stehe dessen neue braune Baskenmütze nicht.

Vielleicht sogar deshalb – aber jedenfalls kamen in dieser Zeit auch Bäck und ich uns näher. Wir waren oft die letzten, die das »Paradies« verließen, ja einmal nahmen er und ich, die wir verwandten Heimweg hatten, sogar noch zwei Fläschchen Bier auf die Reise mit, wir hockten uns um halb 2 Uhr früh auf eine Bank in der Maueranlage, vor einem Denkmal Max des II., und schlürften sehr adagio Saft in unsere müden Körper. Es muß ausgesehen haben wie zwei überalterte unpolitische Rocker, die es noch einmal und abgeklärt wissen wollten – und tatsächlich kam ein Polizist daherspaziert und hätte uns wohl dingfest gemacht, wäre Bäck nicht sein Firmpate gewesen. Das Sitzen und Zechen in öffentlichen Anlagen laufe der öffentlichen Ordnung zuwider, mahnte der junge und verständnisvolle Polizist. »Sei gescheit«, tröstete er Bäck, der einen kleinen sitzen hatte und deshalb ganz durcheinander geriet, und der Beamte rief ihm dann aus der Ferne nach: »Also am Sonntag dann beim Go-Kart! Wir stehen links!«

Und schon am andern Tag die Promenade ins abermalige »Paradies«! Lichtbälle der Heimlichtuerei rissen sacht vorwärts. Wurmisch flunkerte der schattige Busch, aus dem Mausloch log Alwin dazwischen, freudenhammerisch ächzte von hinten das Glöcklein, kuddernatschoid sprenkelte endlos güldenes Abendrot. Laudate Dominum, omnes gentes! Vive la Compagnie, la Bella Compagnia! Der Terrorismus hatte keine Chance.

*

Die Hängematte, in der mein Rancher lag, ward schwer vor Schläfrigkeit und Lust zum Expedieren.

Noch etwas ereignete sich damals, mein Glück abzudichten. Es traf sich, daß noch ein Mann in mein Leben trat, seine Rundheit zu vertiefen, nein, wortwörtlich abzurunden, ein geistlicher Herr, den ich hier meinen Lesern, entgeht ihnen schon die Mätresse, nicht vorenthalten möchte. Er fiel mir wohl erstmals im Mai auf, dann wieder einen Monat später, offenbar betreute er alle Monate eine Sendung – kurz, im Fernsehen, das ich sonst, abgesehen von der Kriminalserie »Task Force Police«, eigentlich nur geringfügig wahrnehme und wahrnahm, hantierte damals ein überaus eigenwilliger Mann herum, ein gewisser Adolf Sommerauer – und es mag sein, daß mich zuerst auch sein doppelt und klösterlich sommerlicher Name wohltuend in Bann schlug: deutlicher ins Bewußtsein trat mir der Alte, dessen bin ich sicher, im Anschluß an eine Fußball-Europapokal-Übertragung, als er nämlich nach den Stimmen der Trainer sofort loslegte – obwohl mich solche redseligen Knüppel eigentlich immer sehr gefangennehmen und ich damals auch schon auf einer einsamen Höhe meiner neuen Katholizität stand, hörte ich zuerst nicht genau auf den feuchten Unsinn. Erst als mehrmals hintereinander die Worte »Sex« und »Sexy-Rummel« und sogar »Busen« aus dem Kasten quakten, sah ich genauer hin und nahm zuerst einmal wahr, daß der Fernsehgeistliche tatsächlich einen Kopf wie ein Fußball aufhatte, ein verschrumpelter Fußball, dem halb die Luft ausgegangen war, ähnlich der Stadtform Dünklingens –

– und dann wurde immer klarer, daß der zähe Alte die Sexualität aus neuerer christlicher Sicht behandelte, eine Viertel-, eine Halbestunde lang, die Sexualität, die ihn offenbar sehr juckte und plagte, denn er wackelte immer heftiger mit dem argen Schrumpelkopf, und dann endlich erzählte der als »Pfarrer Sommerauer« Angekündigte, er habe da einen Brief von einer schwer verzweifelten Frau gekriegt – und jetzt rollte er langsam den Brief vor den Augen der Kamera auf, setzte stöhnend die Brille auf und suchte mit den alten Augen eine Weile die verräterische Textstelle:

»Und da schreibt mir die Frau, der Name tut nichts zur Sache, schreibt mir also die Frau, sehr geehrter Pfarrer Sommerauer, schreibt sie, ich bin verzweifelt, schreibt sie.« Sommerauer blickte verzweifelt in die Kamera, seufzte wie erschöpft und fuhr fort: »Ich bin verzweifelt. Ich habe nämlich nur Busengröße 4!« Sommerauer sah mich erneut an, seufzte noch steiler und schien um Jahre gealtert. »Mein Mann aber, schreibt die Frau da weiter«, fast verächtlich schnippte er ein wenig an dem Blatt, »will«, er sah wieder in den Kasten, aber jetzt hatte er es wie verzagend wieder vergessen und sah erneut ins Blatt, »mein Mann will« – es dauerte etwa sechs Sekunden, bis er es wiedergefunden hatte – »Busengröße 7!«

Jetzt aber legte Sommerauer den Kopf ganz erbärmlich schief, sah erneut in die Kamera und streckte vor Ermattung sogar ein wenig die Zunge vor:

»Busengröße 7!« wiederholte Sommerauer fast hallend, setzte die Brille ab und siehe, ohne Brille war der Kopf ein einziger schwerer Tränenrucksack, da setzte er die Brille wieder auf: »Und dann schreibt mir die Frau – ich kann und mag nicht sagen«, jammerte Sommerauer, und der lichte Haarschopf bebte stöhnend mit, »aus welcher Stadt sie schreibt, es könnte ja auch – jede Stadt sein, und dann schreibt also die Frau: Lieber Pfarrer Sommerauer, soll ich – soll ich meinen Busen meinem Mann zuliebe spritzen?«

Kathi hatte die Augen geschlossen. Schlief sie wirklich? In der Küche braute Monika Milchtee. Jetzt unerwartet gelang dem Fernsehpfarrer eine neue Steigerung von Bekümmertheit. »Was soll ich«, Brille ab, »dazu sagen, liebe Hörerinnen und Hörer«, er seufzte, »und Zuschauerinnen und Zuschauer? Was soll ich als Pfarrer dazu sagen? Ich bin ein alter Mann«, weinte Sommerauer hart und spielte zäh mit seiner Brille auf dem Schreibzeug, dann ließ er den Kopf gewissermaßen nach schräg unten in die Kamera plumpsen: »Wenn die eheliche Liebe, die heute sogenannte« – und jetzt sah er ganz unsinnig und zudem brillenlos suchend noch einmal in den angeblichen Brief – »die heute sogenannte Sexualität nur immer aus – Busen, Busengrößen und Busenspritzen besteht – und«, merkwürdiges Decrescendo, »existiert«, und jetzt war es, als ob, wiederum Crescendo, das Spirituelle sich vollends mit dem tränenreich Gemütsvergammelten vermählte, »dann kann ich als

Pfarrer nur sagen und fragen: Was ist das für eine Liebe oder sogenannte Sexualität?«

Kathi schien wirklich zu schlummern, als Sommerauer seine Skepsis begründete; wäre sie erwacht, ich hätte sofort nach meinem Schopenhauer gegriffen.

»Busengröße 3 oder 5 oder 7«, tobte der Kugelrunde maßlos weiter, »oder 6 oder 8 oder 10«, jetzt verlor er sich, obwohl scheinbar abwehrend, sogar im Sinnenrausch, »was soll ich als Pfarrer dazu sagen und der Frau helfen? Busen und immer Busen!« Die Backen vibrierten in frommer Leidenschaft, er seufzte ganz ätherisch und setzte die Brille wieder auf und nahm sie wieder ab: »Ich fürchte, liebe Frau«, und schrecklich rieb der Daumen übers freie Auge, das andere war geschlossen, »ich fürchte, bei Ihnen überwuchert – überwuhuchert die Sorge um den Buhusen eine Möglichkeit der«, er wehseufzte und greinte jetzt schon ganz unverschämt – »Liebe!« »Liebe!« rief Sommerauer noch einmal laut, bei dem Wort aber verriet sich der alte Wurstel klar, denn eindeutig glitschig formierten seine dicken Hände einen – Buhusen! So daß Sommerauers folgende Ausführungen über den Unterschied von Liebe und Sexualität, in denen auch nochmals der »Sexy-Rummel« zur Diskussion gestellt wurde, etwas an Glaubwürdigkeit verloren. »Der Sexy-Rummel!« rief der Greis mehrfach und war offenbar völlig verhext durch die Laszivität des bloßen Worts – und auch vom »Busen« mochte er sich noch längst nicht trennen – aber dann, endlich nach 30 Minuten, am Ende der Sendung, sagte Sommerauer ebenso resignierend wie resümierend urplötzlich etwas sehr Schönes und Wahres: »Ihren Kummer, Ihren Kummer, liebe und verehrte Zuschauer und Zuschauerinnen, können Sie jedenfalls durch das Spritzen des Busens nicht heilen!«

Er ließ noch für einige Sekunden und fast glaubwürdig sein ganzes Leid im Kugelkopfe auf- und niedersausen, dann war die Sendung aus.

Ob die Iberer auch gelauscht hatten? Ich sah vorsichtig auf die schlummernde Kathi. Kathi Eralp-Landsherr. Gott, was für eine abgeschmackte Kombination! Die Brust ging friedlich auf und nieder. Mindestens Größe 6! Keine Probleme. Ich wechselte in die Küche, trank mit Stefania Tee, wir spielten noch ein wenig Watten, und ich gewann 50 Pfennige.

Einen Monat später traf es sich erneut. Ich lauerte Sommerauer schon seit Tagen auf – und wurde nicht enttäuscht. Der Fußball hub an mit recht allgemeinen Gedanken über Alt und Jung und über den »Nebel unserer Geschäftigkeiten« – aber sehr bald und unverkennbar gierig sogar kam er dann auf seine letzte Sendung zurück, seufzte wie verraten und verdammt und erzählte, er habe ungeheuer viele zustimmende, aber auch ablehnende Briefe gekriegt, vor allem wegen seiner Ausführungen über – Sommerauer sah wie erledigt, achselzuckend in den Kasten, »die Busengrößen«, die nach Meinung vieler Fernsehteilnehmer einen Fernsehpfarrer nichts angingen. »Aber, meine Hörerinnen und Zuschauer«, verteidigte das Dickerl sichtlich stolz seinen Mut und seine vor keiner Aktualität zurückschreckende Kampfbereitschaft und schnaufte verwahrlost auf und durch, »das angeblich nichtige und nebensächliche Thema der«, er sah kurz und wie leidend auf seinen Schreibblock, »Busen«, er nahm die Brille herunter, »hat auch einen Geistlichen wie mich zu interessieren. Ich kann nicht«, er beschleunigte das Tempo und forcierte die Dynamik, als ob die Pfarrersjacke ihm zu eng würde, »über modernes Christentum reden, wenn ich die – Sexualität ausklammere, wie sie in unseren modernen Heimen und – Wohnungen besteht und«, wahrscheinlich meinte er die Probleme der Sexualität, »viel Leid – Leid! – hervorruft!« Und wiederum begann er schnaubend und ächzend über »Busen« und »Sexy« zu winseln, die beiden Worte raubten ihm einfach die Reste von Verstand, die tiefste Eitelkeit angesichts seiner selbstlos-rücksichtslosen Kühnheit gleißte, ja gliß abermals um das gelbe Nasengebüsch – und erst zehn Minuten später bequemte er sich, zu einem anderen Thema zu wechseln, zu der wünschenswerten und sonderbarerweise »ausgerechnet von mir« von einem Zuschauer verlangten Freilassung des Stellvertretenden Führers Heß.

»Aber was soll ich«, jaulte Sommerauer schräg auf, »als Pfarrer tun? Ich wünsche mir selbstverständlich – auch! – die Freilassung von« – er sah auf sein Blatt, sah verstört wieder hoch und abermals auf sein Blatt – »Heß. Heß! Aber man überschätzt doch einfach meine Kraft, meine Möglichkeiten, wenn man das von mir verlangt! Ich bin kein Politiker und Fachmann!« wehrte sich Sommerauer, und jetzt wackelten seine Backen wieder wie in übergroßer Demut: »Heß! Ich kann nur zu meinem Herrgott sagen, Herrgott, kann ich sagen, ich bitte dich um die Freilassung dieses Gefangenen! Realer – realer! – sind meine Möglichkeiten schon in – scheinbaren! – nichtigen Sachen wie«, er stutzte scheint's über seine eigene Verworfenheit, »Busen – und Busengrößen, so lächerlich es diesem oder jenem vorkommen mag. Aber der Kummer – und wenn es um den kleinen Buhusen ist«, heulte Sommerauer jetzt schon ganz verzweifelt, »die Sexualität ist heute ...«

Und abermals incipit lamentatio Jeremiae. Wunderbar! Dieser Sommerauer war eine einzige sanfte, ja erhabene, aber dafür um so endgültigere Naturkatastrophe. Dieser Fußball, dieser Schnarchsack, dieser Knittel, diese qualvolle Orgelpfeife ackerte und lechzte und blökte nicht nur den hinterletzten Humbug vor sich hin, er log ganz einfach wild entfesselt, wohltätig und erschreckend darauf los – ganz wie Alwin, aber noch eine Idee schamloser, darauf bauend, der Rest der Welt sei noch vernebelter – und merke es nicht. Der Gedanke an Busen machte den Alten obendrein alle Barrieren einreißen. Wollte er seinen Bischof brüskieren? Wollte er ihm einen Fingerzeig geben? Es war schlechthin göttlich! Nein, er log und gaunerte wie Alwin, aber doch ganz neu und reiner noch – und plötzlich wußte ich's: dieser Tränenkrug war die Synthese von Alwin und den Iberern! Es war Alwins Vater und der Oheim Finks und Kodaks. Ich aber war sein Opfer, war sein Adressat!

Als Sommerauer einen Monat später zuerst die »Wiedergutmachung einer Vergewaltigung« behandelte, dann aber widerstandslos, noch einmal und jetzt schon vergehend, seine erste Busen-Sendung zu verteidigen begann, faßte ich mir ein Herz und schrieb ihm sogleich einen Brief. Des Pfarrers Adresse war am Vortragsende angeschrieben worden:

»Lb. Pfarrer Sommerauer, ich habe auch ein Problem. Meine Frau hat zwar einen großen Busen, aber sie hat trotzdem ein Problem. Ich, ihr Gatte, will ihr nämlich partout nicht mehr beiwohnen – Sie wissen schon: bügeln, rammeln und so. Meine Frau hat – ohne Busenspritzen – Größe 6, schon bald so groß wie Ihr Kopf, Herr Pfarrer, aber es nützt ihr nichts, und mir schon gar nichts. Ja, je größer der Busen meiner Frau wird, Herr Rat, desto wilder werde ich auf zwei katholische Burschen, die sogenannten Iberer-Buben, genannt auch ›Sexy-Iberer‹, zwei alte katholische Lackeln, die viermal wöchentlich durch unsere kleine Stadt dampfen. Seitdem mag ich keine Busen mehr, große schon gleich gar nicht. Sondern möchte lieber die Brüder flachlegen. Vielleicht sollten Sie das auch einmal probieren, wenn Sie der Sexy-Rummel gar zu sehr quält. Nein, mein Pfarrer, keine Hinterdrücktheit! Wenn Sie also ein Problem haben, schreiben Sie mir doch. Meine Frau hat sich schon dran gewöhnt. Es scheint wirklich die Lösung des Busen- und Sexy-Problems zu sein. Keine Widerrede! Hochachtungsvoll Siegmund Eralp«.

Zugegeben, kein sonderlich geistreicher Brief. Er stimmte auch inhaltlich nicht so recht, und daß ich ein Pseudonym wählte, charakterisiert mich auch nicht gerade als tollen Kämpfer für meine Sache.

Um so beschwingter trug ich den Brief sogleich zum Postkasten, noch spät in der Nacht. Wenn schon Roman, dann mußte ich auch allen Unfug eines modernen Romanhelden treiben! Wegen des Krebses keine Naturbeschwärmung mehr? Doch! Ihm zum Trotz!

Die Stadt schien ruhig und eigentümlich busenlos. Ich schlich etwas verschämt durch die Basteigasse, vom Schaufler- zum Wibblinger-Tor. Schleier der Denkfaulheit übersäumten Haus um Haus. Eine Katze sprang vorbei. Wie Lützows Jagd die zweite hinterher. Geradezu in der Stadtmauer, in einer Art Hütte, hauste Alois Freudenhammer. Aus dem Satteldach, rechts vom Spitzturm, kräuselte sich leiser Rauch, verlor sich in Schießscharten und Wehrgang. Sollte ich den Alten aufsuchen, mit ihm ein Süppchen zu verzehren? Aber vielleicht hatte er Stupsi bei sich und wollte beim Betasten des winzigen Busens nicht gestört werden – –

Dicht nebenan ein Häuschen mit einem Schild an der Gartenpforte. Mond fiel drauf: »Zuchtstätte für deutsche Schäferhunde«. Darunter waren ein großer und vier kleine Hunde abgebildet. Ich überlegte kurz und busenfest, holte mein Taschenmesser heraus und schraubte das Schild ab. Zog zu Alwins Supermarkt und klemmte es über das Schild »Aachen/Dünklinger Versicherung Büro«. Es hielt. Atmete glücklich durch und war auf alles gefaßt. Irgend etwas würde dem sicher nachfolgen. Meine lunare Zuordnung. Wen würde er verdächtigen, der Schwager? Wienerl? Demuth? Mich? KGB?

Schwebte ins Stadtei zurück. In der Horngasse hatten sie ein neues Lokal eröffnet, ich las die Inschrift zum ersten Male: »Club de la Romantica«, darunter kleiner: »Weltflair exclusive«. Steckte Fred dahinter? Zingareskes Schnörkelzeug sollte die Lüge abdichten, aber zwei Meter weiter links von der Pforte hatten sie ein altes Schild »Biergarten um die Ecke« vergessen. Lautlos lagerte die neue Pracht. Ruhetag? Dieses städtische rokokogotische First- und Fachwerk- und Giebelgezirp! Es verwirrte zunehmend und wie ein träg operierender Bazillus mein von Haus auf vernunftgestähltes Gemüth. Eigenartig, wie unbewegt von jeglicher Luft das Städtchen vor sich hin döste. Noch nie vorher war mir aufgefallen, wie kunterbunt da irgendein angekränkelter Maler der Häuser Wurstel-Zier angepinselt hatte. Wahrhaftig, neben- und hintereinander seufzte es himmelblau, rosa, lebkuchenbraun, mausgrau, giftgrün, laubblond, busenfarben …

Pommes frites ambiance. Mondo Cola international. Meine Iberer-Passion! War sie nicht gar zu schön und gefahrlos schon?

Üppig mahnte die Kastanie. Schwerer hausten Lug und Trug. Ich kam mir vor wie auf Patrouille, wie eine vor Einsamkeit torkelnde Wach- und Schließgesellschaft. Der Wehrgang, verräterisch, war nicht abgeschlossen. Stieg ich das Treppchen hinauf, trat auf eine herumliegende FKK-Zeitung. Hob sie auf, sah, daß die Busen in Ordnung waren, ja zum Teil schon niederschmetternd groß, ein äußerst vergnügter Abend. Ein Pfiff im Hinterhalt, im Hinterhof. Schöner sang die Nachtigall. Gemütvoll schwebte Odem hemmungsloser Geistesfäule. »Kriegsdienst« war ein guter Name. Dunkel schäkerten TV-Antennen. Nördlich schattete die schöne Sommerau. Das Tagwerk ruhte, Trugwerk rauschte. Dünklingen! »Dunclingia« hatte es in der ersten urkundlichen Erwähnung der Römer geheißen, dann war die herrliche freie Reichsstadt draus geworden, eingebettet in beherrschendes Plattland, das sich, wie es heißt, dem Einschlag eines Großmeteoriten vor 15 Millionen Jahren zuschreibt, dem größten dieser Erde, wie die Stadtverwaltung in ihren Propagandaschriften behauptet. Manchmal vermeine ich zu fühlen, daß dieser geohistorische Scherz ein Fingerzeig sein möchte des Meisters der Gestirne, denn gewiß waren damals mit den kosmischen Klumpen Astronauten angereist, die Dümmsten des Weltalls, Mondbewohner sicher, die nun ihre traute Kugel immerfort zurück sich wünschten. Ich verehre meine liebe, gute, dumme deutsche Nation, indessen, bangen muß ich hin und wieder, daß sogar unsere aufgeklärtesten Kommunisten wie Alwin in ihren Welterklärungsversuchen nicht über den Mond …

Sein Licht, es fiel nun klar und busenkundig silberzart wie das der böhmischen Rusalka. Sprenkelte flockiger über all den romantischen Unsinn, das modrige Zeug aus Blattwerk, Stuß und Mauerzier. Würdevoller räkelte sich der karminrote Schrannenbau prächtig in die Julinacht, zerzaust von jungfernhafter Verbrämtheit zitterte sein Türmchen. Mochten nur die schwedischen Heiden wieder anrücken, Gustav Adolfs Leute würden einfach geblendet vor soviel Hübschheit! Das runde sanfte Dunkel. Kaldaune des Feuchten und grüne Süße, wie machst du beklommen und schläfrig zugleich – ach, komm, ach, Hoffnung!

Ob Sommerauer antworten würde? Konnte er ja gar nicht. Der Knittel, der verliebte! War ja die falsche Adresse! Mußte ich eben allein fertig werden mit meinem häuslichen Busen, dem Gegieble der Verblödung, dem Geraschel der Verwogung …

Der volle Alwin-Mond verkroch sich hinter Wolken, kam neu hervor und spähte. Aufs Zittern des Heimchens, aufs Ragen

St. Gangolfs. Und dann sah ich ein entsetzlich Schönes, Unerhörtes, ja Erlauchtes. Aus der Bierwirtschaft »Zwerch« baumelte plötzlich verschreckend mitgenommen der Tip-Top-Fotograf Fred heraus, stürzte nach links, machte kehrt, stürzte nach rechts, schleuderte auf das Wibblinger-Tor zu, auf den kleinen Passanten-Tunnel – und prallte wider die Mauer! Raffte sich auf, schien verwundert, überlegte, ging ein paar Meter retour, nahm einen neuen Anlauf. Wieder – gegen die Mauer! Wieder das zwei Meter breite Tor nicht getroffen! Dritter Versuch. Fred schlich sich nun fast vorsichtig an, verlor ein bißchen die Richtung, fand sie wieder, erreichte das Loch – und siehe, es klappte! Er schlitterte leicht gegen die Wand und verschwand.

Ich pferchte eine Zigarre zwischen die Zähne. Wortlos tuschelte wer vor mich hin. 47 Jahre! Wahnfug! Weh! Sollte ich Fred nachsteigen, ihm beizusteh'n in wilder Not? Ich mußte denken, dann lachen, dann schwerer denken.

»Bleib«, wisperten Mond und Lauschigkeit, »ruh dich aus, Pilgersmann, alles klar! Sei wachsam, flott und lustig wie Fred Wienerl. Traulich-treulich aber halte zu den Iberer-Jungs!« Ja, dieser »Jungs« für die alten Runkeln erinnere ich mich sehr genau, es war meine letzte, mit Alwin zu reden, Exkulpation, ja Sinngebung des ganzen sommerauverschimmelten Abends. Wandte mich heimwärts, zum Schelmensgraben. An einem Scheunentor ein rosa Plakat: »Ökumenische Jugend – Sonntag Pop-Gottesdienst 20 Uhr in der Emaus-Kirche (gegenüber Club de la Romantica)«. Herr Schwede, laßt Euch mahnen! Jetzt ähnelte der Mond sanftschaukelnd Kuddernatsch.

In meiner Küche saugte ich warme Milch in mich und gedachte halb im Traume Alwins, der erwartbaren Telefonanrufe wegen des Schäferhund-Attentats: »Politische Diffamierung weltanschaulich Andersdenkender…«? »Der Demuth war's, die alte Sau…«? »Staatliche Repressalien, um mich langsam aus der Stadt zu entfernen, ich bin ihnen, um Gotteswillen, zu gefährlich…«

Der Mond stand traun traut vor dem Fenster.

*

Ganz falsch war es ja keineswegs gewesen, das Zeug, das ich Sommerauer geschrieben hatte, im Gegenteil – und einmal muß es ja ans Tageslicht, was das eigentlich für eine krumme Tour ist, die ich da reite (haha!) mit meiner Türkin, falls der Leser sie nicht, wie ich eigentlich gehofft hatte, längst vergessen hat. Nun, ich komme also wohl nicht länger um sie herum (wenn schon nicht in sie hinein, hahahaha), es läßt sich nicht länger verschweigen, kurz und gut, ich ritt, wie gesagt, und reite nicht mehr, schon seit vier Jahren nicht mehr – kurz und rüd: ich war vordem meiner türkischen Gattin über Jahre hinweg in durchaus solider Weise ehelich verbunden, bis ich eines Tages im Herbst 19...

Karten auf den Tisch! Ich mache es noch kürzer:

Eines Tages merkte ich, daß ich sie nur noch angekleidet penetrieren wollte, das heißt, sie sollte dabei (jetzt, Courage, verlaß mich nicht!) nur in einen blütenweißen Ringel-Rollkragenpullover gewandet sein – zwei-dreimal machte sie den sinistren Akt auch mit, bis sie dann meine funeste Passion durchschaute, es gab dann horrible Szenen, bzw. es gab überhaupt nichts, und diese von Haus aus schon sehr wortfaule Person sah mich nur lang und nachdenklich und fast angeekelt an, seufzte und machte mir wie mit einem unsichtbaren Panzer, der plötzlich ihre Oberfläche überzog, gewissermaßen klar, sie wolle mir nun ab sofort überhaupt nicht mehr zu Willen sein. Stolzer Spanier, der ich in solch kitzligen Lagen bin, verzichtete ich nun wahrhaftig ganz drauf, und siehe – so ging es also auch, seit nunmehr mehr als drei Jahren, getragen von der erkennenden, doch nachsichtigen Großmut der Großmut-, pardon: der Schwiegermutter, und dann kamen eben ohnehin die Iberer-Jungs des Wegs gewackelt, die Qual des principii individuationis zu beenden! –

Geschulteren Köpfen überlasse ich es, für diese meine geheimen Sehnsüchte und ihre Folgen Namen und Art zu nennen – ich habe dann eben kurz mal versucht, mich bei der Kellnerin Vroni schadlos zu halten, so recht funktioniert hat das aber auch nicht, hätte vielleicht im Lauf der Zeit besser funktioniert, wären nicht eben eines Tages die bereits mehrfach genannten Iberer in mein Leben getaucht und hätten Vroni sowohl als der unanstelligen Türkenwitwe die Machtgrenzen aufgezeigt. Nein, nicht daß die von Sommerauer beklagte Busenanfälligkeit der Männer plötzlich und gänzlich verschwunden gewesen wäre, aber diese Busen traten doch fast schlagartig, ob klein, ob groß, ganz merkwürdig in den Hintergrund zugunsten eines Anderen, noch wärmer Schimmernden, noch Schwellenderen, Nochdümmeren – ich habe vorne versucht, es zu beschreiben. War es die kameragewordene Katholizität der katastrophengestählten Brüderkamarilla katexochen, die mich so kamasutrisch kataleptisch ansaugte? Die Rundlichkeit des Brüdermiteinanders angesichts der herrschenden Hinfälligkeit des Menschengeschlechts per se? Gott allein weiß es, na, der bestimmt nicht – es war eben wie ein aufgedunsenes Gefühl von Fronleichnam, aber auch von würzigem Leberkäse mit Ei, was mich umstrich – das wohlig Spinöse mit Spinat, aber auch etwas wie Himbeersirup als hymenartige Himmelshymne war mit am Hacken, man bedenke ja auch, was es z. B. heißt, daß in diesem unserem Weltall das Licht 800 Jahre braucht, bis es von uns aus das Sternbild Rigel erreicht, das heißt unter anderem, daß radioteleskopgerüstete Freunde vom Sternbild Riegel heute noch nicht einmal unsere Kreuzzüge beobachtet haben, und bis der Unsinn bei ihnen einträfe, den ich hier momentan abzog, war es jedenfalls so spät, daß diese Herren mich nicht mehr überführen und aburteilen konnten – – mußte man sich in diesen notig-turbulenten Zeiten der Weltraumerkenntnis nicht abermals bona fide dem Bischof an die Brust werfen, der einfältigsten der verfügbaren Kräfte, und seinen Sendboten, dem Brüdergeglitzer, geschaukelt vom Geschunkel der modernen Ideenleere des Skotus Eregina, die da besagt: De mirabili divina ignorantia, qua Deus non intelligit quid ipse sit bzw.

Trag ich mein' Pimmel
Unterm seidenen Himmel:
Himmelsbraut du – –

Damn it! Also noch einmal!

Hurtig, mein Hammer!
Ende den Jammer – – –

Wie der Zwerg Mime! Was ich vielmehr sagen wollte:

St. Neff, sei kein Blödmann,
Schlag los, wenn er steht! Man
Befolge das Beispiel
Des Bischofs zum Beischla – Sex-Appeal – –?

Nein, so geht's ja nun wirklich nicht! Endlich und unwiderruflich Schluß mit dem Porno-Schmarren! Ich verbiete mir das für den Rest des Romans! Und deshalb hier zur Entschuldigung, Wiederversöhnung des Lesers und Abwechslung ein wirklich schönes und liebendes Gedicht, vielleicht das schönste Gedicht deutscher Zungen – vöge – – kurz, wer es einmal in der Vertonung von Franz Schubert, gezwitschert von Kammersängerin Rita Streich, gehört hat, der – der – – Vorhang auf für Goethes:

Ich denke dein, wenn mir der Sonne Schimmer
Vom Meere strahlt;
Ich denke dein, wenn sich des Mondes Flimmer
In Quellen malt.

Ich sehe dich, wenn auf dem fernen Wege
Der Staub sich hebt;
In tiefer Nacht, wenn auf dem schmalen Stege
Der Wand'rer bebt.

Ich höre dich, Kathi, wenn dort mit dumpfem Rauschen
Die Welle steigt.
Im stillen Hain, da geh' ich oft zu lauschen,
Wenn alles schweigt.

Ich bin bei dir; du seist auch noch so ferne,
Du bist mir nah!
Die Sonne sinkt, bald leuchten mir die Sterne,
O wärst du da!

*

In diesen Junitagen starb in Ohio Wilhelm Kuddernatschs Tochter, die letzte Familienangehörige. Während Bäck noch immer eine Frau daheim hatte und Freudenhammer immerhin eine öffentliche Aufgabe, besaß der Ärmste jetzt nur noch die zwei Freunde, es wurde immer konzentrierter.

»Hätt' ihr gern ein Epitaph geschrieben«, kondolierte Alois Freudenhammer ruhevoll, »war ein sauberes Mädel, aber, mein Gott, Ohio …« Selbst das »Paradies« schien still zu trauern.

»Maria Bronx«, waberte Kuddernatsch glücklich, »ihr Mann ist vor – wie viele? – sechs Jahren in Vietnam gefallen schon!«

»Rheinland!« Mein Mondgefasel schmerzte mich bald selber. Audasthenie?

»Vietnam!« grollte aus dem Hintergrund Karl Demuth laut und trüben Auges, und ich schwieg ganz schnell still. Enger schmiegte Kuddernatsch an Freudenhammer sich vorsorglich.

In diesen Tagen hörte man auch, daß ein langhaariges 18jähriges Mädchen namens Frl. Münch aus dem Tchibo-Laden geworfen worden sei, weil seine langen blonden Haare angeblich dauernd beim Trinken in den Kaffee getunkt seien, – liquidiert von der berüchtigten Tchibo-Bande, wie Wurm wußte, der in dieser Zeit immer un-belmondischer in die Breite ging.

In dieser Zeit spielte ich gern mit Stefania Tischkegeln, ein sehr empfehlenswertes Familienspiel übrigens, auch wenn die Schwiegermutter sich dabei immer wieder erkundigte, ob vielleicht die Post Briefe verschmeiße, weil ihr Mann immer noch nicht schreibe.

In dieser Zeit, es waren wohl die Wochen nach dem Prager Fenstersturz und im Nachbarstädtchen hatte der edle Nusch gerade Tilly den Meister gezeigt, in diesen Tagen entdeckte ich eine weitere, kleine, aber nachahmenswerte Passion. Ich schritt damals immer lieber auf dem rechteckigen, etwa fünf mal sechs Meter großen Hochflor-Teppich in meinem Zimmer herum, genauer, an dessen etwas zottelnden Rändern entlang, stundenlang, immer geradeaus um das meines Erachtens byzantinische Muster herum, immer in kleinsten Schritteinheiten, sechs Meter vorwärts, dann einen 90-Grad-Schwenk nach rechts, dann wieder fünf Meter, ein wahrer Peripatetiker altgriechischen Erbes, in der Zielkurve beäugte ich dann meist mein leckeres, wennschon stumpfes Körperchen samt knallrotem Kopf im großen Wandspiegel, dann sofort eine neue Tour – bis ich nach einer gewissen seligen Ermattung entweder in die Küche ging, um ganz langsam ein Riesenstück Stadtwurst zu verzehren, oder in meinen geliebten alten Fauteuil zurücksank, fläzend dahinschmelzend in die Tiefen des Weltalls, des unbeschreiblichen.

Der Phasenhochdruck, apropos, meines roten Kopfes ist mir bis heute schleierhaft. Denn mein Blutdruck ist total normal! Ich denke, es handelt sich hier um ein neueres Phänomen der Thermochemie, um eine jener Stickstoff-Carbin-Oxydationsprozesse, die bei erlesenen Geistern häufig vorkommen sollen, die ich aber vormals an der Alma Mater nur mehr zu Teilen mitbekommen und begriffen habe.

Mit den Brüdern hat es direkt nichts zu tun. Es war vorher schon zu sehen.

Übrigens gönnte ich mir mein Gegehe auch während der Klavierstunden des Streibl-Kinds – zum anmutigen Geklimper ging es sich noch schöner. Des Rätsels Lösung? Zuerst hielt ich es für Freude, mein begrenztes, aber souveränes Reich abzuschreiten, durch immerwährendes Abschreiten immer sicherer abzustecken. Sodann meinte ich eine Ahnung zu vernehmen, es sei dies unbewußtes Kräftetraining, mich für die schon absehbaren Katastrophen der zweiten Lebenshälfte stark zu machen – erst nach Wochen erkannte ich, was es in Wirklichkeit war: Freude, die schlechthinnige Freude eben des Umeinandergehens in kleinsten Schritten selber war es, was mir so infernalisch behagte! Ein Dandy-Naturell wie ich schreitet ja ohnehin gemächlich aus, damit die Zeit eindringlicher und gedankenreicher vergeht – mein Heim-Gehen hatte nun aber zur Folge, daß ich auch in der Welt draußen, auf dem Trottoir, immer langsamer vorwärts kam – und oft von einer Straßenecke bis zur andern eine Viertelstunde brauchte. Obwohl meine kurzen Beinchen eigentlich dauernd tippelten!

Freilich, ganz so rätselhaft war's dann auch wieder nicht. Ich beobachtete an mir nämlich gleichzeitig eine zunehmende winzige Lust, verstohlen in die Schaufenster zu äugen, Spielzeug-Lokomotiven, Konservenbüchsen und Tennisschläger zu bestaunen – und zwar in der Weise, daß es mir jeweils erst in den Sinn fiel, als ich schon fast an dem betreffenden Schaufenster vorbei war, so daß ich das Fenster wieder zurück abschreiten mußte, und auch dies vollzog sich mit vielen kleinen und drolligen Kreiseln, Spiralen und sonstigen eingeschränkten Körperwendungen – es war verheerender als die Echternacher Springprozession im Wallfahrerstil! – wobei ich nur wissen möchte, wohin ich damals immer wallte! Wollte ich die Welt sehen, aber – auch wieder nicht gar zu viel? Wie auch immer, mit Recht verachtet Schopenhauer die, die sich im Leben gar zu schnell zurechtfinden!

In diesen Tagen – ach, um ein Haar hätte ich's verschwitzt! – Alwin hatte sich wegen des Schäferhund-Schilds überhaupt nicht bei mir beschwert! Nervös geworden, hatte ich ihn vier Tage später im Supermarkt angerufen, Alwin hatte aber nur fröhlich allerlei Unverbindliches ins Gerät geflötet, da wollte ich es genau wissen und ging zu ihm hin – das Schild mit den Schäferhunden klemmte noch stillvergnügt unter dem Versicherungsschild, Alwin aber hangelte sich bei meinem Vorstoß wie berührungsscheu zwischen verschiedenen Autos hin und her, als wolle er diese wie ein Wünschelrutengänger nur leicht spüren, nein, wahrscheinlich versuchte er einfach einen möglichst hemingwayisch-distinkten, jedenfalls betäubend-fatalen, ja schwer amerikanistisch-entrückten Eindruck zu machen. Er war allein.

»Ahoi!« rief er mir von ferne zu.

»Ich wollt' nur schnell schauen!« rief ich wahr und schaudernd über den Gitterzaun zurück, »ich muß noch zur Bank!«, und verzog mich wieder. Voll Verständnis winkte mir der Spion nach. Das Schild blieb wahrscheinlich in alle Ewigkeit dort klemmen, und eines Tages würde wirklich Jimmy ein paar Kameraden von der Schäferhund-Branche mitbringen, Einzug halten und einen tollen Hüttenzauber inaugurieren! Mit Weibern und allem!

In unserer Zeit, mit der Zeit geht eben alles. –
Ach, Krebs, laß nach!

*

St. Gangolf, ich erwähnte es, ist ein verblüffend riesiges Gotteshaus, sein »Nothaft« genannter Turm ragt wohl 100 Meter. Er droht aber eigentlich, wenn ich's recht verstehe, weniger den Menschen die Furcht vor Gott, sondern eher diesem, wie niedlich es hier unten sei, und er, der leider Allmächtige, solle ja daran nichts ändern. Der Kirchbau selbst ist plump und massig.

Ich war mittags von zuhause weggegangen. Das »Aschenbrenner« lag leer, wie längst gestorben. Ich streunte durch allerlei weißliche, sehr öde Straßen, besichtigte die Auslage von Freds Laden, ärgerte mich vorsichtig über einen neuen und sehr überflüssigen Zebrastreifen, wie von ungefähr verirrte sich mein schwacher Schritt auf die Pforte von St. Gangolf zu, das Spitzportal. Schon war ich drinnen.

Ich mied bis dahin diese Kirche besonders nachhaltig, obwohl ich als Kind dort sogar kurz Meßdiener gewesen war. Nein, es hatte kaum mit meinem religiösen Werdegang zu tun, sondern mit einem prima vista eher kunsthistorischen Defekt, der mir aber doch ein letztlich übergreifender schien, jedenfalls hatte im Zweiten Weltkrieg der Restaurator des schönen alten Deckenfreskos aus dem 17. Jahrhundert gewissermaßen in der Art barocker Meister den damaligen Führer Hitler als Randfigur in die jauchzenden himmlischen Heerscharen mit eingepinselt; und das ging denn doch etwas zu weit, und ich nicht länger hin.

Es war so wohlig kühl, wie Kirchen sommers eben sind. St. Gangolf lag vollkommen leer, es fiel natürlich niemandem ein, jetzt hierherzukommen. Ich durchlief beide Seitenschiffe, ferne funkelte matt der Hauptaltar, seitlich schwebte ewiges Licht. Etwas unkundig ließ ich mich auf einer langen Sitzbank nieder, sah nach vorne, sah nach oben. Da war er. Mit lustigem schwarzen Schnauzbart und versteckt hinter einem Paar Rauscheflügel spitzte er herunter. Es war bedrückend. Warum machten sie ihn nicht wieder weg? Er war einsam, und sie hatten ihn aufgenommen.

Oder war nicht gerade dies die alte und neue Botschaft der Iberer? Der täglichen, durchschnittlichen und allgemeinen Eselei der Zeit die Wucht des gesamtkatholischen Unfugs siegreich entgegenzuschmettern und zu -stemmen? Gehörte da, in universaler Liebesversöhnung, nicht selbst der alte Herr Hitler mit dazu? Auch heute noch – und wieder!

Ob ihre Katholizität wirklich mit Spanien und der Inquisition zusammenhing? Daß wieder strenger aufgeräumt werden müsse in dem Saustall Universum? Aber sprach dagegen nicht ihr milder Blick, der Finks zumal! In den letzten Wochen hatte ich sie wieder ein wenig vernachlässigt, jedenfalls als materielle Erscheinungen, hatte sie mehr als spirituelle Begleiter, als Vademecum der Seele behandelt, und gerade dies widersprach ja dem sinnlichen Zug des Katholischen! Angeschaut wollte es werden! Ich war zu sicher, war zu wohlig, zu bequem, zu innerlich verludert, und das ging ja sicher schief…

Hätten die Iberer damals nicht in St. Sebastian ministriert, sondern hier, sie wären mir schon damals nicht entgangen. Gott, wie anders stünd' ich heute da, wäre ich in ihrem Schutzkreis alt geworden! Oder … waren die Iberer umgekehrt, indem sie mir damals entwischt waren, Symbol der verpaßten, der versäumten Kindheit, von deren wahrer Schöne mir erst spät Demuths und Albert Wurms Berichte Kunde getan? Oder hieß ihre bannende Beseligungshäßlichkeit doch vielmehr Richtspruch eigener ewiger Kinderlosigkeit? Denn wenn die Menschen sich so iberisch entwickeln, muß dann Nachwuchspflege wirklich sein, Frau Minister?

Más si no es mi majo un hombre que por lindo descuelle y asombre … y guarda un secreto…

Nachsinnend rieb ich mit dem Daumen im Mundwinkel und drückte mit dem Zeigefinger die Oberlippe auf das Gemengsel. Vier kleine Körperteile – welch ein Zauber!

Schmatzte wie eine Kaulqualle, dann sah ich wieder schnurgerade. Es stand nicht schlecht um mich. Wenn ich schon sonst zu nichts mehr taugte, so doch noch zu dem Trick, an einem solchen Hundstag in die Kirche zu pendeln. Und nicht ins Schwimmbad!

Sondern zu Hitler und zu Sebaoth. Ich äugte wieder zu ihm hoch. Er nickte bestätigend. Kriegsdienstzeit. Abwärtsstürzend fuhr der Blick zur Seite. Neben dem Weihwassergerät gab es ein schwarzes Brett. Es hingen mehrere Papiere dort. Eins überragte alle, ein kartoffelkäfergelbes Plakat. Es war vom Kirchstuhl aus zu lesen:

DFB-POKAL
INTER DÜNKLINGEN – BAYERN MÜNCHEN

Ich stand auf und trat an das Plakat. »Zur Einweihung des neuen Stadions – Samstag Anstoß 15 Uhr«. Fragend sah ich zu Herrn Hitler hoch. Es war ihm schon recht. Und der Gekreuzigte selber? War am Balken eingenickt. Gemessenen Schritts verließ ich das Gotteshaus, kaufte mir eine Packung Kreide. Sollte ich sie in den Fluß schmeißen? Ging ich also lieber in die Kirche zurück und schrieb an die freieste Stelle des schwarzen Bretts:

ALWIN IST DOOF!

Nein, das war nichts. Ich zog mein Schnupftuch hervor und tunkte es ins Weihwasserbecken, wischte die Botschaft wieder aus. Schrieb:

ALWIN IST EIN SICHERHEITSRISIKO!

Es war wahr, aber nicht so menschlich, wie Shakespeare und Hemingway es gern haben. Der Herr Hitler schaute auch recht mißbilligend auf mich herunter: Keine diffamatorischen Desavouierungen! Es tat ihm weh.

WANTED: ALWIN S.

Plötzlich spürte ich hohes Elend, dann fast reine Himmelsfreude. Klar! Es mußte mal beglaubigt werden. Daß in dieser hemingwayfernen Zeit, in dieser Hemingway-Flaute einer dem Meister noch die Treue hielt. Und sei's aus Sturheit und Verzweiflung und Verweizung. Heftiger schnaufte ich durch und schrieb:

ALWIN IST SEHR LIEB

Schlicht und einfach wie die Bibel. Pfarrer Durst zur Pflichtlektüre, Demuth zur Beschämung. Mit hochgerissener Hand verabschiedete ich mich von Herrn Hitler und seinen Freunden. Segelte sofort stadtauswärts.

Die Luft war warm wie Margerite. Das erste Dorf hieß Götzenried. Im Grase hinterm Holzstoß brütete still ein Blumenmädchen, es war aber nicht das Kind Stupsi. Das nützliche Korn sprang reich und bieder, lautlos fächelte die Pusteblume. Im flaumigen Wiesengrund haschte die blonde Katze nach ihrem schnellen Schwanz, dem reinen. Der nachdenkliche Frauenschuh, das gutmütige Vergißmeinnicht. Fern im Westen krähte Einsamkeit wie vor sich selber furchtsam. Das warnende Gezirp der Grillen – ich hätt' es ahnen müssen! Ein rotes Blumenstück in moll war Mohn. War der KGB schon hinter mir? Die Tchibo-Bande? Ein verzweifeltes atlantisches Hoch. Kälberkropf und Taubnessel. Beifuß stand Gewehr bei Fuß. Sonne, dumme Sau! Gerieben rieb ich mir die Augen, jetzt drückte aber etwas Buschig-Hügelhaftes aus Korn- und Kamillegebalg so heftig gegens Hirn, daß es schon ganz aus war. Da war ich dann im Wald daheim:

KÖNIG OTTO HÖHLE 2 KILOMETER

Ernstes Moos wallte ruhvoll in Frieden. Schöne Freude fuhr durch alle Glieder. Ich ging der Spur nach, da traf ich aber auf zwei Fahnen, die zwischen hohen Buchen pflockten, die eine trug das Dünklinger, die andere aber das deutsche Wappen. Sie sahen beide sehr privat, privat genäht und auch gehißt aus. In die Buchen waren kleine Pfeile und Herzen geschnitzt, auf einem der Pfeile stand:

NOCH 1 KILOMETER

Nur weiter, immer weiter. Es komme, was da wolle, und sei es auch vielleicht die Rache der Frau Holle. Am Ende aber Pfefferkuchen, der süßen Nüsse Lohn, man mußte nur scharf suchen den lieben Gottessohn. Schönes Fremdeln. Vorne in einer Wegbiegung stand wieder eine Tafel, diesmal aus Birkenholz:

ZIELKURVE

Ich nahm die Zielkurve, da öffnete sich der Blick auf eine Hütte eingesäumt von hohen Tannen, auf dem First der Bretterhütte allerdings stand eine Tafel:

HÖHLE

Jetzt aber trat sofort ein alter Mann aus der Hütte, sah dem italienischen Trainer Bearzot und dem argentinischen Staatschef Videla recht ähnlich, trat auf mich zu, schüttelte mir kräftig die Hand und fragte, ob ich eine gute Anreise gehabt hätte. Auf der Seemannsmütze des Alten aber standen die Buchstaben gestickt:

WIESER HÖHLENFÜHRER

Wieser nahm mich bei der Hand, führte mich in die Höhle, stellte mich in einer Art Höhlen-Foyer ab, schaltete drei Scheinwerfer ein, nahm zehn Meter entfernt von mir etwas erhöht Aufstellung und begann:

»Liebwerter Gast aus Dünklingen, ich habe die seltene Ehre, Sie im Namen des Fremdenverkehrsvereins Dünklingen-Weizentrudingen, Lotter der gegenwärtige Vorsitzende, hier in der König-Otto-Tropfsteinhöhle zu begrüßen. Bitte, vergessen Sie nun für circa zwanzig Minuten alles Überirdische und versetzen Sie Ihren Geist ganz in die Geheimnisse der Vorzeit. Sie befinden sich in der König-Otto-Höhle Dünklingen, benannt nach dem verstorbenen bayerischen Königsbruder, der später dem Wahnsinn anheimfiel, entdeckt vor genau 101 Jahren. Ein Hündlein war es, welches eine festliche Jagdgesellschaft des Regenten auf die Spur der Höhle führte, indem es nämlich schlagartig und spurlos verschwand – und so die Höhle entdecken und völlig erschließen half. Sie, liebwerter Gast, werden, Ihrer Universitätsausbildung entsprechend, mit Recht nach Größe und Ausdehnung der Höhle fragen. In diesem Punkt kann ich Sie beruhigen und versichern, daß sie sich aus zwei Komplexen zusammensetzt, die in ihrer natürlichen Schönheit wetteifern. In beiden Fällen handelt es sich um sogenannte Tropfsteingebilde, und wenn wir uns, lieber Gast, über Tropfstein unterhalten, dann kann dies nur mehr in Jahrmillionen geschehen. Alles andere wäre von gestern und nicht auf dem Stand der Wissenschaft!«

Und jetzt bitte er, Wieser, mich, meinen Kopf einzuziehen, »klein, wie der Herrgott Sie schuf, tun Sie sich ja zudem und allerdings leicht!« Ich solle vorerst einmal hinter ihm hergehen. Er, Wieser, werde dann mit den unvermeidlichen Sacherklärungen zur Hand gehen.

Wieser, in der kühlen Höhle sah ich es klarer, war ein recht großer dürrer Mann mit Rollkragenpullover und leidvoll herunterhängenden Augensäcken, wie wir sie am häufigsten bei unseren Maurerpolieren antreffen. Er interpretierte im Fortgang die zu sehenden Tropfsteingebilde als »Wald«, »Mutter mit Kind«, »einsamer Jüngling«, »Schnecke« – und ich sagte jedesmal »besten Dank!« Das, was von unten heraufwachse, erklärte Wieser, seien die Stalagmiten, was von oben herunterkomme, seien die Stalaktiten. »Im Vertrauen, Gast, ich hab's mir auch ewig nicht merken können, aber dann hab ich's mir so gemerkt: daß immer das, was runterhängt, Titten sind!« Und Wieser lachte sonnig in das Finstern. Im Winkel grüßte gut die Fledermaus.

Nach zehn Minuten erklärte der Führer den ersten Höhlenkomplex für erledigt und leitete zum anderen über, der dieselben Titten bot, zusätzlich aber eine Pfütze, die Wieser als »Ludwigssee« bezeichnete. Unter dieser, der kleineren Höhle, erklärte er dann im gebückten Gehen, sei möglicherweise noch eine zweite, größere angelegt, was natürlich unübersehbare Konsequenzen haben könnte. Allerdings sei es bisher weder der Wissenschaft noch den zahllosen Einzelliebhabern der Höhle gelungen, darüber Befriedigendes auszusagen. Vielleicht, schloß Wieser scherzhaft, sei es einst wieder einem Hündlein vergönnt, sich ins Unbekannte vorzuwagen und es zu bewältigen.

Dann bat mich Wieser wieder hoch ins Freie und schloß seine Höhle ab.

Die Sonne war angenehm gefallen. Auf den fünf Gästetischen des Höhlenvorplatzes standen die Bierdeckel aneinandergelehnt, auf einem Haupttisch gab es zudem einen Blumenstrauß mit dem

Schild »Willkommen meinen Gästen!« Das Hüttchen selber schmiegte sich sehr unter riesige Fichten. In der hinteren Ecke der Hüttenveranda hing wiederum ein Schild, und ich entzifferte aus der Ferne:

»Hier in diesem Raume
Da fließt das Winklerbier,
Man trinkt es hier aus Flaschen,
Der Name bürgt dafür!«

»Reflektiert der Gast«, Wieser hatte mich sicher beim ängstlichen Schauen beobachtet und war wieder dicht an mich herangetreten, »auf ein Bier?« Ich sagte, ja, ein Winklerbier, aus Flaschen. Wieser trat in seine Hütte. Sollte ich ihn schnell einsperren und alles anzünden?

Wieser postierte vor mich ein Winklerbier in Flaschen, sich gönnte er auch eins. »Mit Recht fragen Sie«, begann er, »nach meinem Werdegang zur leidlich besoldeten Position des Höhlenführers Dünklingen-Weizentrudingen. Im Frühjahr dieses Jahres trat, im März, Herr Baron Speifiggel aus der Linie Oettingen-Wallerstein an mich mit dem Ansuchen heran, ich möchte doch um Gottes Willen auf Grund meiner früheren Tätigkeit als Feuerwehrkommandant die Direktion und Führung seiner Höhle übernehmen, mit der es, im Vertrauen, nicht gut stand. Der alte seit 1950 ruheständlerische Schulrat Gackl, mein geschätzter Herr Vorgänger, näherte sich damals schon dem zehnten Lebensdezennium und konnte deshalb die anfallenden Aufgaben nachgerade nur noch mühvoll erledigen, ich verweise auf das gebückte Vorwärtsschreiten, das der Bau der Höhle mit sich bringt. Ööòh!«

Wieser nahm lachend einen prächtigen Zug aus der Flasche, schnorrte eine meiner Zigarren und fuhr fort:

»Andererseits fiel es mir schon sehr lange hart an, mit 182 Mark Rente mich, meine Gattin und deren Schwester, ein lediges Frauenzimmer aus Weizentrudingen, zu ernähren. Nachdem Baron Speifiggel über ein kurzes in mich gedrungen war, sagte ich ihm also zu und übernahm den Posten. Heute darf ich behaupten, daß der Baron, ein Witwer, seine Wahl nicht zu bereuen brauchte. Gelang es mir doch, in den drei-vier Monaten meines hiesigen Wirkens den Höhlenumsatz um nahezu 35 Prozent zu forcieren, den der ausgeschenkten Getränke gar um starke 50 Prozent!«

Fink und Kodak: FKI: Freie Katholische Innigkeit?

»Gäste kommen heute«, fuhr Wieser fort, »von Frankreich, England, Italien, Spanien, Dänemark, Benelux, Schweiz und sogar Polen!« Wieser lachte verächtlich. »Und einmal waren sogar zwei amerikanische Obersten da!«

KIF? Keusche immerwährende Fraternität? FIK! Festliche ibertriebene Krautwurstigkeit?

Schüchtern fragte ich Wieser, ob manchmal auch »was Besonderes los« sei.

»Burschen singen ab und an«, sagte Wieser jetzt völlig unglaubwürdig, »zur Ziehharmonika.« Im übrigen, wenn die kurze Anekdote erlaubt sei, teils kämen immer wieder sehr bedenkliche, teils auch heitere Sachen vor. »Sie, Gast aus der Stadt, sollten wissen und werden es bemerkt haben, daß ich ein echter Spaßvogel bin und immer mit Einfällen bei der Hand. So schon am zweiten Tag meiner dasigen Tätigkeit. Frägt mich eine ältere Dame, ein Kurgast aus Bremen – oder war's Dünklingen? –, wie lange ich die Stellung schon bekleide. Ich, keck, wiewohl noch unsicher, entgegne sofort: ›Vor kurzem, meine Dame, war's 16 Jahre!‹ Halt so Krämpf'!«

Ich ging ein wenig hinters Haus, mein Wasser wegzutun. An einer Felsenwand lehnte eine zwei mal vier Meter große Sperrholzplatte. In Öl war darauf ein normalblauer Himmel gemalt mit lila Sonnenuntergang, darunter ein unermeßlich, ja fassungslos tintenblaues Meer und schließlich ein gelber Sand, auf dem zwei Beine lagen. Im Meere aber stand in karminroter Schrift:

STRANDKAFFEE

Hilf FIK! Trat ich wieder nach vorne, Wieser Genüge zu tun. Er hatte sich eine zweite Flasche Winkler aufgetan und begann sofort:

»Ich habe die Gnade oder das Glück, bereits heiterer Gast, einen

Freund zu besitzen, der mit mir schon die Schulbank drückte, der es heute nach den Kriegswirren aber zum ersten Bürgermeister der österreichischen Stadt Igls gebracht hat, sie möge 3000 Seelen zählen oder mehr. Eines Tages freilich machte ich mich auf, ihn zu besuchen, und siehe da, Sepp erkannte mich auf Anhieb wieder, schrie ›Der Wieser! Der Wieser!‹ – und lud mich für den Abend ein, an einem geselligen Beisammensein im Ratskeller beizuwohnen, teilzuhaben, wie beliebt. Als dort gegen Mitternacht die Stimmung ihren Höhepunkt erklommen hatte, stand Sepp auf und bot fünf Flaschen Sekt demjenigen, der eine historische Rede aus der guten alten Zeit vorzubringen wüßte. Als keiner sich die Aufgabe zutraute, wandte Sepp sich an mich und sagte: ›Hans, du warst doch schon immer ein Unterhaltungsmensch und Spaßvogel, laß uns jetzt nicht im Stich!‹ Ich aber erhob mich von meinem Stuhl und trug fehlerfrei die Rede vor, die der seinerzeitige verstorbene Minister Goebbels im Sportpalast an die deutsche Bevölkerung gerichtet hatte.«

Und Wieser stand spielerisch auf, legte die Zigarre auf den Tisch und trug mit sanftem Pathos, ganz des seinerzeitigen Ministers hysterisches Kläffen meidend, noch einmal die berühmte Rede vor. Den sagenumwobenen Höhepunkt aber sprach er nach einem kunstvollen Ritardando diminuendo fast tonlos. Zuletzt verharrte er in tiefem Schweigen, sah zu Boden. Der Wald aber rauschte immerfort.

»Versteht sich«, schloß Wieser seine Humoreske und sah mich sympathetisch an, »daß aus den versprochenen fünf Flaschen nicht nur sechs wurden, sondern gar neun!«

Ich sagte, ich wolle jetzt zahlen. Wieser klaubte seinen Abreißblock heraus, zögerte, druckste und fragte, ob es ohne Kontrollabschnitt auch gehe. Ich ließ es zu. Wieser berechnete eine Führung, mein Bier und seine zwei. Heiter nachwinkend entließ er mich.

Ich eilte heimwärts, es dunkelte stärker. Im Hochwald spielten drei Wibblinger-Wichtel und ein Wopperer Schafkopf, machten einen gewaltigen Lärm. Ich rannte weiter, lehnte dann mich gegen einen Baum, um etwas zu verschnaufen. Ein paar Bäume weiter hing was. Ein Plakat. Ich kannte es schon:

DFB-POKAL
INTER DÜNKLINGEN – BAYERN MÜNCHEN

Anstoß 15 Uhr. Das Buschwerk düsterte, die Lerche stieg hoch auf und sang. Ferne blies der Postillon und schnitt durchs Herze mein. Ich schnaufte schräger durch. Maria wetterleuchtend saß am Dornenhag mit Rittersporn. Sie strickte Arabesquen für ihr Kind. Das Hifthorn tönte schwächer und erstarb, als wäre nichts gewesen. Ich rannte so schnell nach Dünklingen zurück, ich hatte so viel Schwung drauf, daß ich gleich noch um den Mauerring preschte. Dann deckte ich mich mit Kaugummi ein. Und wie der Blitz jagte der kleine Rancher die Stiege hoch:

»Alwin, Samstag 15 Uhr DFB-Pokal, Bayern – Inter!«

»Gehst mit? Nett! Ich freu mich schon lang, aber wo! Sei so gut und komm schon um 2 Uhr, ich möcht's genießen, ich möcht' das Vorspiel auch sehen, die zweite Halbzeit. Da spielt der Mike Ebner mit, eine Neuerwerbung aus Harburg. Ein glänzender Techniker! Er kann mit dem Ball alles ah. Schwager, wir sollten öfter miteinander ins Hallenbad gehen! Dem Körper tut's gut, und man kommt sich menschlich so schön näher! Ich les' grad Hemingway, so nett! Samstag 2 Uhr links vom Hauptschalter, um Gotteswillen, Inter macht's nichts, wenn es verliert, wir können Niederlagen verdauen ...!«

Schöne Liebesfantasien warfen mich aufs Kanapee.

Streibl schwitzte vor wochenendfestlicher Lebenslust, als wir uns trafen. Er hatte seine Zweitälteste, Caro, dabei. Sie spielte bei der Inter-Dünklingen-Damenfußballmannschaft Mittelstürmer. Wie ich erst jetzt erfuhr, hieß sie auch »Zwetschgerl«.

Meine Augen quollen nimmersattem Rasengrün entgegen, lautlos klapperten die Zähne vor Wurstigkeit. Das Pokalspiel war als Volksfest aufgezogen. Ich kaufte mir vier Bratwürste, da fielen sie zu Boden, ein Dackel kam des Wegs und fraß sie sofort weg. Im gleichen Augenblick kam der Bayern-München-Omnibus ins

Stadion gefahren. Alwin, Zwetschgerl und ich stellten uns neben die Bus-Türe, schon kamen sie heraus. Beckenbauer war einer der ersten, er sah Alwin kurz und interessiert an, dann wieder weg, als Millionär hatte er natürlich nicht so viel Zeit wie ich. Er wandte sich zurück zu Robert Schwan, der gleichfalls aus dem Bus geklettert war, und dann hörte ich genau, was Beckenbauer zu Schwan sagte: »Ich weiß's jetzt auch nicht, vielleicht der Fahrer.«

Beklommen klomm ich hoch zur Haupt-Tribüne. Mike Ebner war beim Vorspiel nun doch nicht dabei, aber Alwin wußte schon, daß er sich beim Lockerungstraining verletzt hatte. Er zählte mir alle anderen Reservespieler her, ich fragte, woher er die so genau wüßte, da sagte Alwin, vor 18 Jahren habe er selber mitgespielt, linker Läufer. »Nach deiner Agentenzeit?« fragte ich. »Aber wo, vorher!« antwortete der Schwager, lächelte.

»Ich denk, du warst Boxer!« frug ich schrill.

»Und Fußballer«, antwortete der Spion agil, »hör zu, ich hab jetzt Erkundigungen bei der Partei eingezogen, die Mutter wohnt noch bei den Iberer-Buben, sie hat das Nießnutzrecht. So nett von ihren Söhnen! Ah!«

Der erste Angriff kam über Rummenigge zu Hoeneß und führte gleich zum Tor. Der Inter-Mittelstürmer hieß Bierl Jack, wie mir Alwin sagte. Er wollte Beckenbauer mit einem ganz gewöhnlichen Hakentrick hereinlegen, aber daraus wurde natürlich nichts, und Sepp Maier nahm fast zu arrogant das Leder auf. Caro war sehr nervös, aus Alwins Auge redete Gelassenheit des alten Schlachtenbummlers.

Jetzt trieb Dürnberger den Ball weit nach links, und unser Verteidiger fiel bei einem Szymaniakschen Grätschversuche hin. Müller kriegte das Leder, er stemmte den Hintern raus, und es hieß 2:0. Sepp Maier im blauen Pullover ging von einem Pfosten zum anderen und sprach nörgelnd mit sich selber. Dann rief er Schwarzenbeck etwas Rauhes zu, doch schon hatte sich Beckenbauer planvoll ins Sturmspiel eingeschaltet, Paß zu Müller, Doppelpaß zurück, Beckenbauer zog ab, und das Leder zappelte wieder stramm im Netz. »Glaubst!« sagte Caro-Zwetschgerl – es war das erste Wort, das ich je von ihr hörte. Bis zur Halbzeit sagte sie dann nichts mehr. Geplänkel im Mittelfeld.

Más delirio, sueño, mi majo no existe? Und Alwins … Doch da! Ein Traum! Wunderbar! Der weltberühmte, unsterbliche aus dem Spann geschleuderte, ja geschnippte Beckenbauer-Schlenz! Keine Chance für Hering!

Unsere Dünklinger griffen allzu plump an, allzu durchschaubar. Das meiste fegte schon Kapellmann weg, den Rest erledigte ohne übertriebene Härte Schwarzenbeck. »Sie schießt links und rechts gleich gut«, Alwin deutete stolz auf sein Kind, »der Xantner Erwin ist ein Fehleinkauf, ein Fehleinkauf!« Inzwischen hieß es 4:0. Vorbildlich die Raumaufteilung der Bayern – beim Fußball ist sie noch wichtiger als im Roman. Einer der Inter-Leute, nach Alwins Auskunft Aures Knufti, schlug den Ball kerzengerade in die Luft, und alles lachte wie verzeihend. Dann war wieder Müller erfolgreich, ein Kopfball aus drei Metern. Unser Tormann schlug mit beiden Fäusten in die Erde.

Bei der Halbzeit führte Bayern München mit 7:0. Ich kaufte mir nochmals vier Bratwürste, diesmal klappte es besser, ich erwischte sie selber. Alwin fragte mich, ob ich in drei Wochen Zeit hätte, mit ihm nach Koblenz zu fahren. Ich sagte, ja, natürlich. Der Agent deutete an, es gehe um ein zweites Gutachten wegen seines Rentenbescheids: »Mein Leben lang würd' ich in deiner Verpflichtung stehen!« Da begann die zweite Halbzeit.

Die Bayern ließen es langsamer angehen. Hoeneß erzielte das 8:0 mit einem Schrägschuß, es war ein halbes Eigentor. Jetzt aber zeigte Beckenbauer, was er konnte. Alleingang – man sah es schon im Ansatz. Einen Mann aussteigen lassen, den zweiten, Paß zu Roth, Rückpaß zu Beckenbauer, noch eine grazile Körperdrehung, ein gezielter Flachschuß, Tor! »Wunderschön«, lobte Alwin neidlos und stieß den Kopf in die strahlende Sonne. Beckenbauer ließ sich sofort auswechseln, für ihn kam jemand, den auch Alwin nicht gleich kannte. Er fragte seinen Nachbarn, da erfuhren wir, daß es der Türke Önal sei.

Das Spiel flaute nun sehr ab. Maier bekam seinen zweiten Ball zu halten und warf ihn wie mißmutig Horsmann zu. Gleich darauf kam es zu einem nicht ganz einwandfreien Zusammenstoß zwischen Rummenigge und unserem Stopper Apfelbacher. »Hehe! Kruzifix-Sakrament!« rief leise, aber ergrimmt Caro-Zwetschgerl, dafür gab ihr Alwin einen niedlichen Schlag auf den Kopf. Für den Rest der zweiten Halbzeit sagte Zwetschgerl wieder nichts mehr. Kathi Önal klänge noch viel dümmer.

Jetzt – es hieß inzwischen 9:0 – meldete sich im Stadionlautsprecher eine merkwürdige, hörbar verquengelte, wenn auch nicht schwer berauschte Stimme:

»Achtung, Achtung! Hier spricht Stadionsprecher Franz Kederer! Ich mache eine Durchsage vorstellig. Der Onibusfahrer des FC Bayern München soll nach dem Spiel ins Vereinsheim kommen. Ich wiederhole die Durchsage: Der Onibusfahrer des FC Bayern München soll bitte nach dem Spiel – was? – wer? –«

Hier brach es ab, und Müller spitzelte den Ball zum 10:0 ins Netz. Da zappelte er. Alwin, als fairer Sportsmann, applaudierte auch bei diesem Tor. Die Lautsprecherstimme war fast ruckartig abgebrochen, man mußte den Eindruck gewinnen, der Sprecher sei gewaltsam vom Mikrophon weggezerrt worden. Dünklingen hatte die Hoffnung längst aufgegeben, wenigstens ein Ehrentor zu schießen, obgleich jetzt ein gewisser »Gockel« neu eingewechselt war, konnten sie Maier nie gefährden. Nach weiteren zehn Minuten stand es 11:0, da kam die Stimme wieder:

»Achtung, Achtung! Hier ist nochmals Stadionsprecher Franz Kederer! Ich berichtige die vorhin gemachte Durchsage. Achtung, Achtung, der Onibusfahrer des FC Bayern München soll jetzt dann gleich zum Onibus kommen!«

Wenig später war das Spiel aus. Ich kaufte nochmals vier Bratwürste, verschlang sie und fragte beim Abmarsch Alwin, wie das eigentlich sei, ob er als ehemaliger Boxer seine Kinder im Rahmen der Erziehung schlagen dürfe. Alwin fragte, wie ich das meine. Ich wußte es auch nicht. Bayern hatte 12:0 gewonnen, aber mir war so stillvergnügt traurig wie dem Kanon für zwei Bassetthörner und Fagott KV 410. »Ich erzieh's sozialistisch«, sagte Alwin, »sie sollen's einmal besser haben als ich!« Ich nickte noch trauriger, verabschiedete mich. A la Beckenbauer schlenzte ich so durch die Altstadt heimwärts.

Es muß gegen 17 Uhr 20 gewesen sein, das Städtchen lag wie leergefegt:

Nein, mein Lebtag hab ich etwas so Schönes noch nicht gesehen! Gepriesen sei die Stunde meiner Geburt! Sie kamen, sie rollten zusammen mit einer Sonnenwelle, einer spätnachmittäglichen, mählich kriechenden Sonnenwelle, Sonne und Brüder rollten durch die Hauptstraße, die Welle walzte nur um drei Meter schneller, gleich als ob sie ihnen einen Teppich ausbreiten wollte, die Straße dehnte sich förmlich, der Brüder Strahlkraft zu verbreitern, wie eine Woge aus Licht und Kraft rollten sie an, die zwei alten grauen Knacker, alle beide vollkommen gülden eingefärbt, die Häupter von prismatisch-psychedelischen Lichtspielen umzüngelt – es war, als ob der ewige Sommer und der Heilige Geist gemeinsam Einzug hielten, herrlicher als es je eine Menschenbrust geträumt noch Künstlerhand gemalt –

– im gleichen Augenblick aber schwallte ein Schwarm von schätzungsweise 40 Schwalben auseinander, die Tiere genau wie ich unmißverständlich überwältigt vom Numinösen, Schicksal deutend, Hymnus blinkend, quer über die immer näher rückenden Iberer-Schädel hin –

– und wiederum fast in gleicher Sekunde röhrte mir eine dicke Hummelbrummel um den Saukopf, den wahrscheinlich blauroten, es war ein feindseliger Ton, als sollte ich von irgendeinem feindlichen heidnischen Abwehrorgan narkotisiert werden, ich aber schlug auf die Hummel, traf die Hummel – und nun war der Blick wieder frei – und ich sah sie wieder, sie zogen an mir vorüber, die Stiernacken eingezogen, in hochsommerlich blütenweißen Hemden, und jetzt lief ihnen die Sonnenwelle schneller voraus und hatte schon den Marktplatz erreicht, das Hochamt in St. Gangolf vorzubereiten – o Mann, es fehlte eigentlich nur ein Te Deum auf der Orgel und der Segen des Bischofs samt Freibier aus den Geheimkassen des Ordinariats, Eure Exzellenz! Hut ab zum Gebet

– und das gilt für alle diejenigen unter meinen Lesern, die sich das Eingedenken der großen Bremsigkeit bewahrt haben im Sinne dessen, der da kommen wird, zu krähen:

DESCENDEAT SUPER VOS ET MANEAT
SEMPER SAECULA SAECULORUM!

Und weg waren sie!

Trockene Tränen kräuselten sich über die Wange, die violette, Seligkeit und Eseligkeit tätschelten einander um die Wette. Noch immer wirbelig, äscherte ich mir eine Zigarre an. Weihrauch qualmte aus ihr hoch, wenn ich mich nur erbrechen könnte! Es war schon so! Ein Naturschauspiel selber hatte das Geheimnis ans Licht der Welt gelüftet! Ja, das war es! Ein breites, laues, warmes, herzliches Strömen von religionsahnendem, religionsstiftendem, noch nicht gott-, aber schon geistlichkeitsstiftendem Wohlwollen, Wohlwollen, ja das war es gewißlich – und ich bemerke in Parenthese als Beweis, daß ich erstmals nicht einmal mitgekriegt hatte, was sie außer den weißen Hemden am gesegneten Leib trugen – jawohl, das Glitzern von Siriussternen und Schweinebraten, die Iberer-Buben, ledig des Nießnutzrechts, sie waren es, der neue Halt der Welt, die Frohbotschaft für die Dritte Aufklärung, und was war das für ein Evangelium? Ja? Jawohl, ich kann es so umzirkeln: es war einfach die breitströmende Sicherheit jenseits von Kommunismus und Kapitalismus, ungeachtet der ökologischen Krise, der Machenschaften Gaddafis und der fürchterlichen Engpässe Lateinamerikas und des Nordsüd-Konflikts, daß auf dieser Erde prinzipiell nichts schiefgehen konnte, wenn nur einzig die Brüder, die auserwählten, dicht und hart und kameragerüstet zusammenhielten und mit ihren Köpfen zusammenschlugen, yeah, das war es, und ich der Beobachter – – und in diesem Augenblick erfüllte mich stolze Freude:

War ich nicht, war nicht ich als langjähriger Gefolgsmann ihr Künder, der Prophet, die neue Menschheitsseele! Ausgerechnet ich! Ein alter Libertin, der Geringste unter den Herumsitzern und Eckenstehern! Hahaha! Schöpfer, Stifter und Bekenner der wahren Brüderlichkeit, der internationalen taubenmistgrauen, neokatholischen Top-Fraternisierung! So daß ich auf meine Musiker- und Erpressungshonorare schon bald nicht mehr angewiesen wäre! Noch gar auf die ringel-rangel-rollkragenpulloversüchtigen Eheverfehlungen – noch alwinischen Flausen – ich, Chef der neuen Heilslehre, Missionar der platonisch-christlichen Synthese aus Sensualismus und postchemischem Spiritualismus, der Überwindung aller Dualität durch eben Zweiheit, der – –

»He – hast du – hast du vielleicht zwei Mark, he!«

Ich fuhr herum, warf die Zigarre weg vor Schreck. Das war keine Hummel mehr. Ein Mann hatte mir von hinten auf die Schulter getippt.

»Tu's her, he, ich – kenn dich wieder!«

Es war der Stadtstreicher Philipp. Ein populärer verlumpter Strolch von 40 Jahren, den hier jeder kennt. Der Hut hing schief, er roch nach Bier und Korn. In den Bartstoppeln hing etwas Gelatineläufiges.

»Herrgottsakrament, tu's her!«

In meiner Hosentasche lag eine Mark. Ich hatte schon wieder Chewing-Gum dafür kaufen wollen. Es war die erste Probe in meinem neuen Amt. Ich gab ihm schnell die Münze.

»He, da krieg ich ja nicht einmal – du, hörst! – einen Schnaps im –«

Erblindet beschwor ich Philipp, ich hätte wirklich nicht mehr. Zuckte sogar mit den Schultern. Verflucht!

»Du bist – ein schöner öh – Steften!«

Er sah mich ganz mitleidig an, fast spöttisch, drehte sich und verschwand rudernd um die Ecke. Plötzlich hatte ich Angst. Daß er mein hingerissenes Gebrüdere beobachtet hatte und mich nun – erpreßte! Ich machte ein paar unbeholfene Schritte, ihm nach – er war verschwunden

Ziemlich kleinlaut kam ich heim. Philipp hatte nichts Greifbares gegen mich in der Hand, nein. Aber ich hatte eigentlich nur an *zwei* Brüder gedacht Ein albernes Mißverständnis. Der Erleuchtung folgt Zerknirschung. Noch war ich nicht vollends reif:

af. Der Schlosser Herr Josef Vogt ging in seinem 600. Jahre jetzt in den ewigen Frieden ein. Heute wurde er auf dem Friedhof beigesetzt. Stadtpfarrer Durst hielt die Begräbnisfeier in gewohntem und bewährtem Rahmen und betete mit den Trauergästen für die Reinigung des Heimgegangenen, der ein geschätzter und emsiger Mann gewesen ist. Seine Arbeitskollegen von der Innung hatten ihn nicht vergessen. Durst aber hatte das Bibelwort erwählt: »Die Liebe kommt von Gott«. Die Arbeitskollegen, die Anilinwerke und der VdK stifteten einen Kranz.

IN PRINCIPIO ERAT VERBUM
ET VERBUM ERAT APUD DEUM.

*

af. Der aus Töpen (Schles.) stammende Wachmann Herr Josef Bierschlegel gab seine Seele, erst 70 Jahre alt, jetzt Gott zurück. Sein sterblicher Leib wurde auf dem untren Friedhof bestattet. Kaplan Zwirn gab ihm das Grabgeleite. Zwirn widmete Bierschlegel anerkennende Worte und verwies endlich auf den Trost Mariä.

Meine Beziehung zu Frauen insgesamt – ich möchte darauf etwas pointierter zurückkommen, obwohl und gerade weil sie mich in jener sich zuspitzenden Phase meiner Brüder-Entwicklung – am allerwenigsten juckten; noch heute jucken, da ich am Schreibtisch die Früchte meiner Erfahrungen zu sammeln mich entschlossen habe.

Frauen – nun, im allgemeinen schaue ich sie, je nach Gelegenheit, möglichst menschlich an, maßvoll erotisch, jedenfalls erotikwillig, freilich nie mehr sexuell – andererseits vor allem nachdenklich, damit sie sich geehrt fühlen, die häßlichen zumal, aber auch, wie zur prophetischen Einstimmung, die jungen und dummen, die den kosmischen Humbug zu analysieren noch nicht in der Lage und Verfassung sind. Der Zweck erstrahlt dabei fast altruistisch – den Frauen, die ja auch sozusagen Humanitas sind, ein wenig Glück einzublasen, sie mit der allerdings groben Lüge zu beschwichtigen, wie wichtig und hocherfreulich sie doch nach wie vor noch seien.

Eine – wahrhaft demütige Lüge. In Wirklichkeit hat die konservative Liebe, wie jeder Gebildete weiß, natürlich längst ausgedient. Nichts stimmt da mehr zusammen. Zuerst wollen sie sich halb verschlingen (und noch dazu nachts!) – dann rennen sie ins Streichquartett oder gar in unser Kurgeblöke, gierig zu haschen, was denn Beethoven so meine. Dann wittern sie die Diskrepanz, davon werden sie ganz doppelt wild und aufgescheucht, dann probieren sie es über kurz oder lang noch einmal, dann – –

Ja ist denn dieser tradierte Mann-Frau-Konnex nicht etwas zutiefst Reaktionäres, Gegen-Progressives, Resignation und – mit Streibl zu reden, Anpassung an kapitalistische Verhaltens-Schemata! Perpetuiert er nicht jenes duckmäuserische Leistungsprinzip, das die verängstigte Bourgeoisie in unsere herrschende Angestellten-Mentalität unter Inkaufnahme erheblicher Traumata und sonstiger psychosomatischer Defekte salvierend herübergerettet hat! »Unterkommen« heißt ihre Parole, unterkommen um jeden schmählichen Preis – »unterkommen« wollen sie selbst noch nächtlich, die Deformation ihrer habituellen Zivilisationsnormen noch in den Affekthaushalt ihres gepeinigten Schlafs hinein zu prolongieren! Ihre sogenannte Liebe – ist's nicht das Gegen-Romantische schlechthin, Feind jeden Risikos, jeden Schweifens, jeder Suche nach der blauen Blume! Daß freilich gerade Streibl, der die Feinmechanismen kapitalistischer psychischer Ausbeutung durchschaut, selber wie ein Wilder angepaßt sich hat und vermehrt – nun, das steht auf einem anderen – das ist, mit Fontanes Evi Brest zu reden, natürlich »ein weites Feld« – –

Diese gottverfluchte Vergottung des Sexes! Dieses permanente sexistisch-chauvinistische Penetrieren von Frauen! Statt daß sie im Altenrat gemütlich beieinandersitzen und von Brüdern lauschig träumen!

Ich meine, natürlich muß die Vermehrung vorerst noch sein.

Dieses Land ist und bleibt verteidigenswert, es ist kein Phantom, keine Chimäre. Und wenn ich hier für die Brüder stark mich mache, so möge niemand vermuten, ich besorgte die Geschäfte jener, die, fadenscheinig für fessellose Freiheit optierend, über solcherlei Sexualabgewöhnungsplädoyers den Staat aus den Angeln heben möchten. Schmidt ist ein guter Kanzler, obwohl mir persönlich, nun der Frieden mit dem Osten gemacht, Bäck lieber wäre, aber ich würde all meinen Einfluß und meine – man unterschätze sie nicht! – Verbindungen geltend machen, Alwin und die Seinen von der Machtübernahme abzuhalten, und sei's durch undurchschaubare Weizenbierlockungen und dialektische Sperenzien über Hemingway und die nagelneueste Linke – –

Auf dem Zenit meines Lebens durchschaue ich heute alles. Scheuklappenlos, frei von Angst, aufrechten Gangs. Es komme man mir nicht mit der mir selbstverständlich vertrauten Ambivalenz von Geist und Leib – ach nein! Richtig ist vielmehr, daß die Gattung Mensch ein vollkommen täuschungswilliges, ja täuschungssüchtiges Lebewesen ist, das sich den Vollzug der Begattung letztlich nur stramm einbildet, damit es vor der sogenannten Theorie der sogenannten Evolution gut dasteht – und, wie erwähnt, unter dem rationalisierten Vorwand, der aber realiter reflexionsloser Hammeltrieb ist, die Zahl der Rasse einigermaßen konstant zu halten, dem angeblich »Bösen« zu wehren! Merkwürdigerweise bleibt sie auch ziemlich konstant, diese Rassenzahl – hm, aber jedenfalls verbindet sich hier in machtvoller Evidenz der neuere Behaviourismus mit der alten Lehre der Operette, dies alles sei doch mehr oder weniger nur ein Traum, geeignet allerdings, meiner unschuldigen Schwester sieben alwinistische niederträchtige Rotzkommunisten ins Nest zu zaubern, und das soll dann der Fortschritt sein – ein so gigantomanischer Schwindel, daß selbst mein geringfügiges, zudem zügig katholisch abfaulendes Hirn nur lachen kann! Und je brutaler mein Zehenkrebs mich verzehrt, desto härter werde ich weiterschimpfen, es ist der beste Schmerzausgleich! Denn es ist doch einfach ein Witz, daß erwachsene, reife Menschen sich immer wieder pudelnackt ausziehen, um dies und jenes zusammenzubasteln! Denkt man es recht zuende, muß es ja auch wirklich nicht sein! In Verona, berichtet ein führender Innsbrucker Pastoraltheologe, soll im 18. Jahrhundert einmal sogar einem sehr frommen Ehepaar die ungeschlechtliche Vermehrung gelungen sein, und herausmarschiert sei ein nettes, vollkommen bekleidetes Kleinkind mit Hütchen, Wams, Stiefelchen und Spazierstock – und es habe sogar alle Umstehenden freundlich gegrüßt! Na also! Ich meine – so geht es doch auch! Sub specie mortis!

> af. Die langjährige Rentnerin Frau Christine Strunz-Zitzelsberger erreichte, nach Gottes Ratschluß, in dieser unserer irdischen Welt das hohe Alter von 69 Jahren. Seit vorgestern ruht sie auf dem katholischen Friedhof. Sie stammte aus Altigelheim und lernte dort auch ihren Gatten kennen, den bekannten Wasserskifahrer. Er kam auch beim Wasserskifahren ums Leben. Nun ruht auch Frau Christine. Kooperator Felkl segnete ihre sterbliche Hülle unter Gebet in Anwesenheit einer bedeutenden Trauergemeinde zur erhofften ewigen Seligkeit ein. Denn siehe, Gottes Gnade hört nie auf.

*

Alois Freudenhammer war es denn auch, der damals, in der Mittagshöhe des zweiten Brüder-Sommers, ein Machtwort sprach und dem allzu vorlaut gewordenen Fotografen Fredl eines Abends nachhaltig Paroli bot. Fred war gerade wieder von einem seiner fortbildenden Betrugs-Seminare zurückgekommen, glaubte wohl deshalb im »Paradies« besonders markig tönen zu müssen, feilschte rücksichtslos herum, sie hätten diesmal sogar die »Elementary Structures« des kreativ verkaufstechnisch wichtigen »kognitiven Denkens« geschult gekriegt – und wir Kleinen wären verloren gewesen, hätte nicht Freudenhammer sich plötzlich mit geradezu imperialer Besinnlichkeit zurückgelehnt, eine Zigarre angebissen, Fred bannend ins Auge gefaßt und ihn dann ohne Barmherzigkeit gefragt, was das Gegenteil von »kognitiv denken« sei. Interessiert horchte Wurm auf.

»Du, da gibt es natürlich erst mal das volontative … es ist der Dreischritt, wie er auch bei Hegel schon vorkommt, du, das sind verschiedene sozialisierte Kommunikations-Phasen, aufgefächert in sich wieder nach differenten Kriterien …« – Fred, äußerst eilig, kam aber mit seinem obszön-obsessiven Gewurstel nicht durch:

»Nach Paulus«, sprach Freudenhammer, und es war sogar dem Zappel-Fredl sofort klar, daß es hier keinen Widerspruch mehr gab, »bleiben drei Phasen: Glaube, Hoffnung, Liebe, diese drei. Aber die Liebe«, sagte Freudenhammer sehr langsam, »die Liebe ist die größte unter ihnen. Karl!« Er wandte sich und seinen Stuhl Demuth hinter dem Tresen zu: »Karl, bist du so gut und leihst mir morgen deinen Kofferradio. Ich tät' gern in meinem Garten morgen nachmittag Schulfunk hören. Ulrich von Hutten. Bin sehr interessiert. Bin gespannt, was die sagen!«

»Kriegst«, gurgelte Karl, »hat vier Batterien.«

»Praktisch …«, sagte Wurm ganz aufgewühlt. Weidlich stöhnte Bäck.

Nichtsdestoweniger, schon am andern Tag trieb den kleinen Fredl wieder der unseligste Vorwitz herum. Gegen Mittag rief er mich an. Ich solle schnell im Laden vorbeikommen. Er müsse mir »was Schönes zeigen«.

Ich folgte, ohne Verdacht. Fred wartete schon in der Eingangstür. »Vor zwei Stunden ist sie angekommen!« flüsterte er, »toll! Heute abend holen sie sie ab!« Er wischte sich ganz schnell rund um den runden Kopf und zerrte mich in den Laden. Auf dem Tisch lag ein schwarzes Filmgerät. »Vor vier Tagen hat der Ältere sie bestellt, schon ist sie da! Cosini SSL 810 Macro Super 8. Tolles Angebot!« rief Wienerl wie euphorisch und hob das Gerät tollpatschig ein wenig vom Tisch hoch, »da ist alles dran. Superlichtstarkes Zoom-Objektiv, Macro-Service, Gegenlichtkorrekturtasten, Elektro-Fernauslöser-Anschluß … 598 Mark, du, Weltspitze!«

Der Hund Jimmy war nirgends zu sehen. Wahrscheinlich bereitete er sich auf den Prozeß vor. Es war mir sofort klar. Ich durfte und wollte das Gerät nicht berühren, das wäre einer Entweihung gleichgekommen. Und eins stand ab sofort fest: Fred, gerade in seiner kunterbunten Hauruck-Einfalt, war jetzt der gefährlichste meiner Iberer-Beobachter, der unberechenbarste im Gesinde derer, die mich vielleicht beim Beobachten beobachteten. Er wußte zuviel. Hier bissen sich die detektivischen Interessen gar zu ungemütlich. Wurm war in allzu zahlreiche Mitwissernetze verstrickt, sah nicht mehr klar, wo die allergischen Punkte im einzelnen lagen. Freudenhammer hielt seine natürliche Vornehmheit davon ab, mich auszubooten. Und Alwin war ein Sonderfall. Aber Fred war ein gefährlicher Feind. Nächstens erzählte er dem Polizeidezernenten von meinem »Hobby«, dem Bürgermeister, den – Brüdern gar! Um Gotteswillen!

»Für dich wäre diese Kamera doch auch das imagemäßig Optimale«, fuhr Fred ganz locker fort, »apropos: der Bäck, du, hat sich beschwert, daß du ihn neulich so link behandelt hast, du! Der alte Mann hat es nicht verdient. Laß es, Siegmund! Der Alois hat das gestern nicht verstanden, da ist er zu alt dazu, mit der kognitiven Phase!«

»Modrige Blase«, summte ich verschwiemelt, »und übrigens«, ich verabschiedete mich fast scharf, »sag niemand, Fredl, daß ich bei dir war, niemand! Und die Kamera angeschaut hab! Ich sollte nämlich eigentlich«, die Angst gab mir eine recht passable Lügenkurve ein, »eigentlich bei der Generalprobe in Bad Mädgenheim sein – ich hab mich aber krank gemeldet. Du verstehst, Fred. Das spricht sich leicht rum. Niemand!«

»Klar!« rief Fred ganz golden dumm.

Am Abend gastierte die Familie Streibl zum Kartenspiel bei uns. Täuscht mich die Erinnerung, oder war Alwin wirklich im Smoking erschienen? Er küßte meinen beiden Weibsen die Hand und wollte zuerst unbedingt das Largo aus der Oper aus der Neuen Welt von Smeternach von mir auf dem Klavier vorgespielt kriegen – als ob er sonst stürbe, so schmerzlich bat er und umstrich mich dabei sogar wie einhüllend.

Ich hatte davon keine Noten, spielte ich also nur die ersten mir geläufigen Takte und ging dann heimlich zur Fantasie »Am Waldessaume« von Tourbié über, die ich, von tausend Vorträgen in Bad Mädgenheim, auswendig kannte. Alwin stand hinter mir, seufzte laut »Wunderbar, ach Gott!«, merkte nichts, riskierte ich also verstohlen ein paar Takte aus dem Nabucco-Gefangenenchor, auch das ging gut, also modulierte ich zu Translateurs Walzer »Was Blumen träumen« und endete schließlich mit einer Melodienfolge aus dem »Schwarzwaldmädel«.

»Böhmisches Musikantentum!« schwelgte der Agent entrückt und drückte mir beide Hände. »Du kannst sagen, was du willst, Siegmund, ich bin musikalischer Laie – aber ich spür, ich hör die Prärie – ah!«

»Klar«, murmelte ich kognitiv professionell, »Smeternach!«

Und lächelte diskret.

»Darf ich mir als Laie, als musikalisches Depperl einen Satz erlauben?« Alwin bat wonnig bittend wie ein jahrzehntelang gedrücktes Kind.

Ich fabrizierte tatsächlich mit dem rechten Arm die Gebärde huldvollen Gewährenlassens.

»Es ist, es ist wie die Symptose zweier«, wie ein Florettfechter tanzte der Schwager-Lackel vor meinen Füßen und schnaufte fiebrig tränenselig, »wie die Symbose zweier Kulturkreise!«

»Klar«, sagte ich nüchtern, »drum wollt' ich ja Rancher werden, Alwin!«

»Du wolltest Rancher werden?« Reizend überrascht forcierte Streibl sein Smiling und legte den Rundkopf schief. »Geh zu! – Nett!«

Die fünf mit angerückten Streibl-Kinder und Kathi schauten inzwischen fern, im gleichen Raum am Wohnzimmertisch droschen dann Alwin, meine Schwester, Stefania und ich einen Viererwatt – »Familien-Championship«, ein Witz, den der hocherregte Streibl nicht müde war zu wiederholen. Die Kinder lagen großteils am Boden, aber sehr manierlich, Kathi saß auf ihrem Fernsehstuhl, wie trauernd trotzig sah sie fern, in die verdammte Türkei hinunter...

Alwin und Ursula gewannen dann 13,50 Mark. Obwohl ich selber recht geschickt watte, zu kondi-, zu konzedieren ist, daß Alwin bei diesem Spiel, das, wie berichtet, seinerzeit seinen Bruch mit Demuth heraufbeschworen hatte, nicht nur durch meisterliches Bluffen zu bestechen verstand, sondern ebenso durch geradezu unbegreifliche Stringenz der Spieltechnik, der Kombinatorik und überhaupt der Logik der Gedankenarbeit.

Um dann freilich nach Spielende um so schräger herumzuschalmeien – ja, er balzte sogar irgendwie und sehr kugelrund auf die zornig, nein freundlich zuhörende Kathi hinüber, er wolle demnächst mit ihr in ein Nachtlokal gehen, »Schwägerin, zu einer feinen Flasche Sekt, au fein!« – der Spielgewinn, vielleicht die einzige Einnahme dieser Woche, hatte ihn bald vollends verdreht – »ich kann, wenn das Gutachten verifiziert ist, und der Dr. Ibrahim hat mir versichert, daß es beschleunigt behandelt wird, auch mit einer Vorschußzurückzahlung rechnen, der Linkenheil Clemens vom Arbeitsamt hat sich auch verpflichtet, ach, ich tät' ja so gern mit euch zwei nach Italien fahren – meine Frau, mein Weiberl«, nett tätschelte er meine Schwester am Zwerchfell, »bleibt daheim, bleibt daheim und paßt auf die Kinder auf, gell, honey? Und du, Siegmund«, er schenkte konzentriert Weizen nach, »pardon, Schwager, sei mir nicht bös, ich hab jetzt im Moment nicht zugehört, ich war im Moment absenz –«

O Depp!

Gegen 23 Uhr, mitten in der Impertinenz, schellte das Telefon. Am Apparat hing Fred. Lärmte fast inbrünstig, jawohl, die Brüder seien heute beide Punkt 6 Uhr bei ihm gewesen – und hätten das Cosini-Gerät geholt – »was sagst du *dazu?*«

Er schien ganz nüchtern. In meinem Kopf leerte es sich schnell. Eilends sagte ich, dann sei es ja gut.

»Und bar bezahlt!« rief Fred. »Und sie haben gesagt, daß ihnen die Filmkamera gemeinsam gehört, du!«

»Danke für deinen Anruf, Fred!« Das hätte ich nicht sagen sollen. Es mußte ihn ja nochmals bestätigen. Ich hätte ihn beleidigen, ihm drohen sollen! Mich um diese Zeit zu belästigen.

»Wer war dran?« fragte Alwin und legte feierabendlauschig den Kopf schief.

»Der Verfassungsschutz«, brummte ich. Ich würde Fred morden müssen, ihn als Zeugen ein für allemal auszuschalten.

»Ah!« lächelte Alwin lauernd vorsichtig, »aber wo!« Er wußte nicht genau, ob er meine Ironie durchgehen lassen durfte oder nicht. Langsam schloß sich die Greifzange um mich.

Der Telefonanruf hatte eine Geschichte unterbrochen, die Stefania gerade erzählte, eine Kindheits-Anekdote. Soweit ich es dann noch mitkriegte, hatte da einst in der Dorfschule Gleißenberg der Besuch eines Schulrats gedroht – um vor diesem besser dazustehen, habe die Lehrerin nun jedes Kind einzeln beauftragt, etwas Spezielles auswendig zu lernen – sie, die kleine Monika Winterhalder, habe aber die Städte an der Donau aufgekriegt. Die habe sie dann auch blendend aufgesagt und könne sie noch heute auswendig.

»Zeigen«, rief Alwin heiter familiär. Ich hatte schon wieder die Cosini-Kamera vor Auge. Mein Gott!

»Ulm«, begann Stefania erst mal schnaufend und lächelte zart siegessicher im Kreis herum, »Neu-Ulm – Leibheim – Günzburg – Gundelfingen – Lauingen – Dillingen – Höchstädt – Donauwörth – Neuburg – Ingolstadt – Kelheim – Regensburg – Stadtamhof – Straubing – Deggendorf – Osterhofen – Vilshofen«, sie schnaufte aufschnaufend, »Passau!«

Es klang wie eine Perlenschnur aus Donaukieseln. Die Streibl-Kinder hatten dankbar Mund und Augen aufgerissen.

»Nett!« rief sinnlos ihr Vater sofort mit sonorem Seelenschmalz, »Kindheit, um Gottes ...«

Stolz sah Stefania um sich und hob das verdiente Gläschen. »Gelernt ist gelernt – und wenn's auch – nichts Gescheites ist!« Sie lachte. Nun trank ich doch mit, ein heimlich-gutes Schlückchen zur Erringung der Filmkamera – der gemeinsamen! Flink wurde mir sehr warm ums dumme Herz. Kentauren der Liebe!

»Ein so netter Abend!« Weizenweinselig schwärmte Alwin mit Ursula außer Hauses. »Pardon ...«

Aber wo, Fred brauchte nicht ermordet zu werden. Meine Bangnis schwand schnell. Schon am nächsten Samstag ward ich Zeuge einer abermaligen Erscheinung, einer visio beata, es schimmerte jetzt immer bescheuerter und schon fast schamlos:

Es war ein Gefühl wie Pastell. Ich ging dem orange gekleideten, mit einer Art Matchsack beschwerten Pater (ich vermute, ein Benediktiner) schon eine Zeitlang wie gedankenfrei hinterher, irgendwie generell auf den blitzsauberen Julitag zu, freute mich, daß es etwas so Hehr-Männliches in Frauenkleidern noch gab; ich sah dann auch, wie der Pater vor mir seinen schlohhaar schweren Pferdekopf stehenbleibend gegen ein altes Weiblein richtete, dieses ganz offenbar nach dem Weg zu fragen, denn der fromme Mann deutete mit dem freien Arm wie zweifelnd in alle Richtungen; indessen, die Alte hatte wahrscheinlich sogar ihre eigene Wohnung vergessen – der Pater ging also gemessen weiter durch die – ja, jetzt weiß ich es wieder genau, und dies ist sicher wichtig: – frisch gefegte und wassergespritzte Straße, da – begab es sich abermals:

Dem Pater und mir entgegen zogen – und ich begann sofort von Religion befeuert die Lippen zu schlecken und meine Sommerschenkel zu streichen –, na wer denn schon, liebe Leser, süchtig iberergeile? Jawohl! Yeah! Natürlich nutzte auch der Pater seine einmalige Chance. Die Filmnovizen-Brüder schritten fest, steif, im Gesamteindruck oliv-grün-himmelblau, sichtlich von der abgeleisteten Hochofenarbeit geprügelt, die Luft roch süßlich wie von schweren Rosen, und der Schauflerturm im Hinterhalt rechts trällerte vor Witz und Würde: Vierzig, nein fünfundzwanzig Meter vor mir blieb das bunte Trio stehen, Kumuluswölkchen an Zartheit über sich. Man sah den Pater wieder etwas reden, er mußte sich in seiner ganzen geistlichen Länge zu den Brüdern hinunterbeugen – aber schon ließ Kodak – Kodak? Ja, sicher war es Kodak! – den Arm mehrfach in Richtung auf St. Gangolf peitschen – nun nickten alle Teilnehmer mehrfach und rücksichtslos mit dem Kopf, immer wieder, auch Fink wackelte mit, zuerst aufgeregt-geschäftig, später einfach freundlich-allumfassend-katholisch – und erst nach einem weiteren längeren Freundlichkeitsgewürge schritt der

Pater wieder vorwärts, die Brüder kamen mir energisch entgegen, und ich konnte gerade noch in eine Seitengasse abtauchen:

JUBILATE! JUBILATE! JUBILATE!

Adrenalinwellen jagten aus der silbergrauen Thymusdrüse. Man müßte vierstimmig pfeifen und komponieren können wie der Teufel oder wenigstens wie Mozart – nein, nicht einmal The One And Lonely Wolfgang schaffte es ganz, obschon gestriegelt von Colloredo, dem Bischof! Ja, war das nicht – war das nicht schon göttlichhehr! Jetzt berieten sie schon die Geistlichen, die Geistlichen Brüder! Es war glatte Theophanie – und ich spürte es lamettahaft im alten Rücken. Glitzernde Schauer! Lichtblitze der qualitas occulta! Sonne, steh still! Lüfte, geigt zarter! Bei Psychoanalytikern las ich, der Gottesglaube, die Gottesliebe sprieße dann wieder empor, wenn alle anderen Lustquellen bereits angezapft und erschöpft seien. Ich möchte dem die Komplementärthese nachschicken: Wenn alle geläufigen Unsinns- und Unfugsressourcen ausgenuckelt sind, dann kommt auch Gott wieder zu seinem angestammt strahlenden Recht. Dann springt auch der Bischof wieder ein und wie ein Pfeil aerolithisch hoch, in das spärliche Geklecker und Gegacker von Sinn und Zeit und Ewigkeit, durchknistert das Mauerwerk an Lügensalat und Trübsalzwickerei, verfransend in die verschluchzte Albernheit von Gaukelei und Kuckucksuhrenquakerei, beschwipste und zugleich sonnenölige Gerinnsel, salbend und durchsickernd – Amor Intellecutalis funkelnd sänftiglich in der Intentio Unionis der Ordo amoris im engeren und weiteren Sternflug transzendentativer Verkasperung, beklimmend, ruinierlich, behaust von sprottig Papageiengezirp, des Bischofs transalwinischer Creator Spiritus:

INCIPIT VITA NOVA MODERNA

Ah! Ach! Kein Philipp störte der schnaubenden Seele Brüdereigetümmel, zusammen, im Verein mit etwas demnächst herniederkommendem sterbenswonnig Schönem schraubte ich mich vorwärts, die sprudelnde Seligkeit, wie sie aus Liedern von Schubert und Mendelssohn spritzt und sprutzelt und zündelt, aber geistlicher noch und flockiger – täuschte ich mich nicht, so lag jetzt auch etwas Verschwitztes und Verschweißeltes in der Luft, wie es nach großem Gerumple schunkelt, etwas Verschmitztes und Verludertes auch – der gute, der wahre Humor des Christentums nach Art der verratzten Bischöfe, wahrhaftig, mein Bischof hatte sich seinen Titel nach dreihundert Seiten kräftig verdient, Exzellenz, Eminenz, wie will er eigentlich bedankt sein – –?

Ich brauchte Weite, brauchte Raum! Lief blind und dumm zur Stadt hinaus, so lebte ich in Saus und Braus. Zuletzt war es ja gar zu still geworden um den Sex innerhalb des Episkopats, während früher immerhin noch ab und zu die Bild-Zeitung von libertinagigen Ausrutschern innerhalb der anglikanischen Kardinalschaft zu schweinigeln gewußt hatte! Ob der Pater sie gesegnet hatte? Sie ihn gar? Weiß der Satan, wie da heute die Kompetenzen geregelt sind, im Schwipszeitalter des Laienpfaffengeschunkels und der allerorten allerunordentlichsten – –

Kornblumen blendeten, lautlos duftete die Erde, hoch glimmte Mauerpfeffer auf. Die Glockenblume dröhnte, betreten schwieg der Frosch. Er wußte noch nicht recht Bescheid, er kannte sich nicht aus. Im Schlamm ein Wurm, doch er hieß Erwin. Fern rührte sich ein Segelflieger. Wiesensalbei, Kleeblatt klein, Schafgarbe, Feldeinsamkeit. Ragend eine Waldruine, jetzt galt es die Abwehr von Not, jetzt galt es die Heuernte heimzuheucheln. Zwei katholische Dämmerlämmer, Brüder in Christo als Retter der – –

Ein Marquis zu Zeiten des Sonnenkönigs Ludwig XIV. öffnet die Tür zum Boudoir seiner Frau und findet sie in den Armen des Bischofs. Darauf tritt er gelassen zum Fenster und fängt an, die Leute auf der Straße zu segnen.

»Was tut ihr da?« ruft die verängstigte Ehebrecherin.

Darauf der Marquis: »Monsignore vollziehen meine Pflichten, also vollziehe ich die seinen!«

So soll es sein. Wie mir so wohl war, so wohlig speiübel!

Hornklee goldgelb wie beliebt. Ich schloß die Augen himmelwärts. Trank einen Papp-Becher Buttermilch mit Aprikosen wundersam. Meine Leckermäuligkeit St. Neff!

Was sehe ich? Ein schmerzliches Stirngefunzle Sommerauers? Die Busen grämen ihn noch immer? Es werde, meint er, immer schlimmer? Neinnein, mein Alter, immer dümmer!

Blühend legte ich mich in eine Kartoffelfurche. Der Echse richterliches Auge, ein Wespenschwarm darüber stob. Zwei-dreimal raschelte die Maus, ich schlief ein bißchen ein. Schöne Träume löhnten Neff. Erwachend stellte er fest, daß es Nacht um Dünklingen geworden war. Fegte er also wieder in die Stadt zurück, zu suchen dort sein Glück.

Gebimmel von Zärtlichkeit wehlichterte iberianisches Eingedenken ins Abendglockenblumige. Und jene himmlischen Gestalten, sie fragen – nicht nach Mann und Weib, denn alte brüderfeste Falten verrunzeln den verklärten Leib – –

Fäden von Sternweh rieselten südwärts. Ich riß mein Feuerzeug heraus. »Fritz Stadion«, so stand an einem Türschild, »Alteisen – Nutzeisen«. Ich klingelte, lief sprudelnd weg und fügsam weiter. Ach jemine, links eine Eiche, St. Neffens Lieblingsbaum! War der katholisch auch genug? Ein Kätzchen schlich so sanft wie Samt auf einem Randstein wunderlich, und seine Schatten waren wie Furchen der lieblichsten Bläue. Aus dem Kosegarten des Nachtgesträuchs spitzten die lustigsten Augen des Volksbetrugs. Etwas zappelte und stöhnte, ein Nachtalbe artigfein. In der Laternenluft aber hing und strömte der – wenn Alwin wirklich der Sheriff des Pferdemarkts war, ich aber der Meister des Schwagers, dann waren die Brüder längst schon mein! – Blütenstaub des unvergänglichen, ewigen, todvertreibenden Superquatsches. Ahoi!

*

Schiller half sich mit faulen Äpfeln, Kant mit Senf. Für mich selber habe ich noch kein zuverlässiges Rauschmittel dieser Art gefunden, Kaugummi ist wohl eher ein Herzstärker – kurz, ich bin heute nicht inspiriert, werde aber trotzdem weiterschreiben; furchtlos, rücksichtslos, endlos. Bzw. umgekehrt, mein Werk neigt sich dem Ende zu, und jetzt, da alles zur Entscheidung drängt – verläßt mich aller Glanz. Habe ich mich im vergangenen Kapitel zu sehr verausgabt, in der Wiederbeschwörung eines, ach, längst verblichenen schwer metakatholischen Tages mein Pülverchen verschossen? Aber das ist sie ja, die Infamie des Christentums, von der ich dauernd rede!

Was soll's, durchhalten ist alles. Epik ist nun mal ein katastrophales Geschw-, pardon: Geschäft, im übrigen habe ich gerade verschreckt festgestellt, daß mein Lottogewinn rätselhaft rasch dahinschwindet, ich weiß gar nicht, warum; wahrscheinlich weil ich seit Monaten immer wildverrückter Chewing Gum kaufe und horte, ein letzter unbewußter, ja bewußtloser Versuch vielleicht, doch noch als Rancher zugelassen zu werden, und in meinem Sekretär stapeln sich die »Stripes«, 15 Stück à 79 Pfennige, »Wrigley's Juicy Fruit made of Sugar, Gum Base, Corn Syrup, Softeners, Natural & Synthetic Flavors«, furchtbar! Und andererseits scheint meine Seitenvision, ein Tischfußball-Patent aus der Taufe zu heben, auf Anhieb jedenfalls nicht so recht zu klappen – – so oder so zwei Gründe mehr, zäh die Feder kratzen zu lassen, den Kuli auf Gedeih und Verderb, und aufrichtig darüber berichtend, stimmt mein larmoyantes Gedudel mich sogar schon wieder recht frisch und fröhlich, zu schreiben wie der Leibhaftige, damit möglichst bald die großen Verlagsgelder sprudeln, die Verfilmungstantiemen –

– ja, Großepik ist eine schlimme Würgerei, standhalten angesichts des Erschreckens ist alles und die Kunden bei Laune, das ist das Gesetz, das ist der Trick. Aber wie, wenn das Hirn leer, das Herz schwer und schon Teile des letzten Kapitels aus einer romantischen Gedichtsammlung abgefieselt sind – und der Leser, der dumme, hat natürlich wieder mal nichts gemerkt! Soll ich die Brüder noch häufiger, spannender, spektakulärer, spiritueller durch die City hetzen? Soll ich die Schwagerbrut Alwin schon wieder hier antanzen lassen, im Step-Schritt? »Um Gotteswillen, Schwagerherz, ich bin ein liederlicher Mensch, ich hab ein liederliches Leben geführt, ich bin heut' gesellschaftspolitisch in Dünklingen persona non grata, ich bin erledigt, eine arme, ach, eine ganz arme Sau!«

Wir hocken wie von ungefähr im »Aschenbrenner«.

»Das darfst, so darfst nicht reden, Alwin«, sagte ich glitschig, »du tust mir weh!« Die Iberer als Filmhelden! Gott, welche Perspektiven!

»Warum? Schwager? Warum?« Ich hatte Streibl neugierig gemacht.

»Weil« – Humphrey Bogart würde ich mir als Kodak wünschen, aber der hatte keinen Bruder – »weil« – ah ja – »weil du damit meine Schwester schmälst. Deine Frau!« Falls er es vergessen hatte.

»Siegmund«, jammerte Streibl sofort und sehr gemächlich retour, und heute schwebte seine Rede wie die Lauretanische Litanei, »das darfst nicht sagen, *du* tust mir weh, so weh! Weh!«

Der mächtige Schwager wimmerte jetzt plötzlich so sforzato machtvoll, daß ich Spatzerl beinahe umgeflogen wäre. Ach, im Jammern hat er doch viel mehr Format als ich! Er nahm einen strammen Schluck Weizenbier.

»Schau, ich hab ja nicht einmal Abitur, ich bin dir doch in der Bildungsstruktur haushoch unterlegen, ich hab noch Bildungsrückstände … ein liederliches Leben, um Gotteswillen, aber ich hab jetzt ein Angebot von der Partei, ich kann in Feuchtwangen Jugendtrainer werden, das paßt mir gut, die Partei zahlt's, ich hab's 1954 schon einmal in Weizentrudingen gemacht, nett, ach, war das nett!« Der Wundertütenkopf nickte fröhlich und sich selbst huldigend auf und ab. »Der Dr. Bös, der Bös Benno war damals kommissarischer Landesgeschäftsführer, aah! Er hat mir voll vertraut!« Ei fa co-sì, co-sì. »Der Widerschein Benno! Ah! Voll vertraut!«

*

Im Widerschein – sich ähnlich sein: Mitten im Schimmer der blinzelnden Wellen gleitet mein Siegmund wie schunkelnder Kahn: Einen höchst eigenwilligen Menschen lernte ich drei Tage später bei einer unserer Herrenassemblees, lies: gruppendynamisch-therapeutischen Sommersessionen im »Paradies« kennen – wenn auch nicht unbedingt schätzen. Alois Freudenhammer hatte ihn mitgebracht und eingeführt. Es handelte sich um den neuen verantwortlichen Lokalredakteur unserer Volkszeitung, den seine Visitenkarten, welche er schnellstens und wie eine letzte Hoffnung austeilte, als einen gewissen »Joachim A. Kloßen« auswiesen. Ich liebäugle ja an sich schon stark mit allerlei Karma-Lehren, hatte freilich bisher noch keinen leibhaftigen Beweis – hier aber überrieselte mich von der ersten Sekunde an das starke, ja brünstige Gefühl, daß ich diesem Menschen schon einmal in einem früheren Leben begegnet war, damals allerdings unter sehr unglücklichen und unvergleichlich darbenderen Umständen, als dieser Mann sie jetzt prima vista zu erkennen gab, damals hatte er wohl meiner Erinnerung nach auch nur schlicht und fast kümmerlich »Jochen« geheißen.

Jedenfalls aber prangte dieser Kloßen jetzt in einem rauchblauen Nadelstreifenanzug mit Einstecktüchlein, einem Nyltest-Hemd und sogar einer Fliege, ein zweifellos hervorragender Aufzug für einen Provinz-Redakteur, der ihn aber seltsamerweise trotzdem – wieder wie seinen Karma-Bruder! – zu einem ganz besonderen Flair von Verlottertheit verdammte, ja im Verein mit seiner eigentümlich breiigen, qualligen, gewissermaßen ranzigen Stimme sogar sofort und absolut vertrauenszerstörend wirkte.

Kloßen, von Freudenhammer nicht weiter betreut, trank viel, schnell und feurig Bier in den irgendwie konturlosen, meines Erachtens 49 Jahre alten und auch wie abgestanden-schwerelosen Körper, der auch etwas irgendwie Zeitloses, Altersfreies an sich hatte – und am allermerkwürdigsten war, daß das Bier, kaum hatte Kloßen seinen Mund gegen es gepreßt, sofort jeden Schaum verlor, ganz im Gegensatz etwa zu Kuddernatschens anhaltend prächtig strotzendem Humpen – ja, es war gerade, als ob dieses Bier-Unglück den neuen Mann schon seinem inneren Gehalt nach vollkommen verriete.

Nach kurzer Zeit, warmgetrunken, verstreute dann Kloßen auch ganz seltsam fahrig-regiemäßige Ausrufe wie »das geht dann klar«, »dufte«, »Klasse«, »1 a«, »dat machen wir dann, Eckhard!« – ja, dies schien mir besonders dreist, wie schwindelerregend schnell er mich duzte und dabei – er war sicherlich schon etwas betrunken – mich mit jemand verwechselte und also beharrlich mit »Eckhard« ansprach. Nach einer Weile quatschte er sogar ausnahmslos in meine Richtung, und er kündigte dabei mehrfach und schwungvoll an, er gründe hier in Dünklingen bei nächster Gelegenheit ein Anzeigenblatt namens »Dünklingen topaktuell« – den »Job« als Lokalredakteur mache er nur noch eine Weile »pro forma wegen des Fiskus, die sind mir wieder auf der Spur«, für dies Anzeigenblatt »für die werbende Wirtschaft« und »natürlich mit vollem Rundfunk- und Fernsehprogramm« habe er auch schon einen Geldgeber, den Raiffeisenkassendirektor Rösselmann, der ihm auch schon »voll zugesagt« habe. »Dat läuft einwandfrei!« rief Kloßen mit großem Feuer, »dat Ding, Eckhard, wird arschklar, das reiß ich mir unter den Nagel, dat wird Joachim Kloßens großer Reibach!« Er, Kloßen, habe jetzt »zwanzig Jahre Lokal-Journaille, Lokal-Scheiße« (eins der beiden Wörter muß es gewesen sein, das war bei Kloßens eigenartig schnurgelnder Stimme schwer zu enträtseln) gemacht bzw. »heruntergerissen«, jetzt habe er es satt, den »Kommunalfritzen« zu Willen zu sein –

Usw. Des ziemlich erregten, ja erregenden Abends Fazit war es, daß ich, offenbar mitgerissen von Kloßens unseligem Feuer, leider mehr zechte als mir dienlich war und, beschwätzt wohl auch von einem komischen Dämon, plötzlich mit Kloßen an der Theke stand, Apfelschnaps trank und ihm vertraulich von einem hiesigen Brüderpaar erzählte, ja von Übermut betört, es ihm als »Thema« für seine Zeitung empfahl. Jawohl, hier habe es ein Brüderpaar, das sich seit undenklichen Zeiten gemeinsam durch unsere Innenstadt bewege, samstags und sonntags immer zu bestimmten Zeiten, immer denselben Weg – jedenfalls, frevelhafterweise bekannte ich Kloßen mein ganzes kostbares Geheimnis – und es war dies um so widerlicher, als ich jetzt plötzlich, wir saßen wieder am Tisch, auch noch Albert Wurms langes Ohr und spähendes Auge auf mich gerichtet sah, so heikel, daß ich fast wieder nüchtern wurde.

»Der Wolfohr, der alte Wolfohr«, knurrte Freudenhammer knorrig, »von der Arbeiterwohlfahrt hat jetzt seine Pacht gekündigt.« Wurm schaute sehr zentralinformiert überwacherisch drein, schien aber zur Intriganz, jetzt sah ich's klar, einfach zu sehr von sich selber verwirrt. Gott sei Dank! Eine Gesprächspause war entstanden.

»Hör zu, Eckhard!« fiel Kloßen knarrend, flehend und plumpsend in sie und schnellte in verbissener Begeisterung sein schwer vom Leben geschädigtes, zwischen Brückenechse und Klammeraffe schwankendes Gesicht gegen mich, »dat ist eine Klasse-Reportage aus dem sozialen Untergrund! Und weißt du was? Für den Tip kann ich dir mindestens 150 Mäuse Informationshonorar auf die Hand zahlen – und die Story reiß' ich dann selber runter, nächste Woche, wenn die Möbel da sind!« Begeisterter gab Kloßen, übrigens ohne Vroni auch nur wahrzunehmen, ein neues Bier in Auftrag, und ich überlegte versteinert, ob ich den schweren Lapsus wiedergutmachen könnte, wenn ich übermorgen auf Mayer-Grant einwirkte, im Kurorchester die »Iberia«-Suite von Debussy einzustudieren, transponiert für Geige, Schlagzeug, Sax und Klavier, das würde was werden mit uns zwölf Pflaumen! – doch Kloßen hatte mich schon wieder am Wickel:

»Zuerst die Story über die beiden Ganoven!« rief er laut, das »Story« schwallte er wie »Schtori«, »und wenn dat Anzeigenblatt dann läuft mit Fernseh- und Rundfunkteil, dann kannst du natürlich auch einsteigen, da reißt du dir kein Bein aus bei uns, alles klar!« – und dann riß dieser vielfach gerissene Herr ganz schnell einen schmetternden Witz über ein junges Ehepaar mit Papagei – und übrigens ziehe er morgen abend »rund durch die Stadt, ich muß die Bums-Kneipen auftun«, im »Disco-Vitusheim« sei er gestern schon gewesen, »dufte Band!« – –

– und jedenfalls am Ende des Abends flehte mich dieser Kloßen aus großer Nähe (und er roch dabei wie schimmelig aus dem irgendwie schrägen Mund) um 50 Mark an – dafür wohl, wenn ich ihn recht verstanden habe, daß er mir schon morgen 150 Mark Informationshonorar anweisen werde, »wir bleiben 50, du kriegst

150 plus 50 von mir, dafür gibst du mir drei oder vier Klare aus, die 150 brauchst du nicht zu versteuern, das geht ohne weiteres klar«, beteuerte Kloßen mehrmals und gab vorbeugend sein elftes großes Bier in Bestellung.

Im gleichen Augenblick, zuvor hatte er vor sich hin gemümmelt, schnaufte Kuddernatsch heftig ins Leere, und Bäck gab ihm einen Klaps auf den Rücken. Nein, auch Wurm hatte nichts mitgekriegt, er war völlig harmlos. Dann sah ich es: Die Ähnlichkeit war groß, aber während Alwins Augen mehr langfristig um Gnade baten, flehten die Kloßens mehr brennend, direkt, ja akut.

War ich schon wieder nüchtern, oder gibt einem der Schwips gelegentlich auch fruchtbare Gedanken ein? Ich übereignete Kloßen 50 Mark – unter der geflüsterten Voraussetzung, daß er die Brüder »absolut« in Ruhe lasse und ja keine Sozial-Reportage über sie schreibe! »Sonst zeig' ich Sie an!« hätte ich ums Haar gerufen, ich muß aber den neuen Mann ohnehin so durchdringend und beschwörend angeblitzt haben, daß der Gute die Augen hinter der Brille mehrfach zusammenkniff; sich dann aber schnell zusammenriß, meinen 50-Mark-Schein erraffte und ein letztes Mal seine reißwölfischen Reize vorführte.

»Eckhard, da mach dir mal nichts draus!« rief Kloßen fast schweinisch grunzend, und ein gerüttelt Maß Jammer saugte durch die Brille hindurch, »Sozial-Stories mach ich sowieso nicht gern. Du blickst als Pressemann zu tief in soziales Getto. Wir machen dann das mit ›Dünklingen topaktuell‹. Und die Rendite schlagen wir dem Rösselmann um die Ohren! Der will mir das Geld erst geben, wenn ich ihm die Kalkulation vorlege. Die mach ich morgen, alles klar! Abends geh ich dann rüber ins Disco-Vitusheim, da spielt die Kapelle ›The Merry Moggers‹ – einsame Spitze!« Außerdem gründe er, Kloßen, jetzt ohnehin bald ein kombiniertes Vermögensanlageberatungs- und Lottoberatungsbüro, »dat Traumbusiness der Zukunft!« schwallte Kloßen verzückt, »dat läuft über meine geschiedene Frau steuerlich in Itzehoe! Wann soll ich dich morgen abholen? Jochen Kloßen lädt dich ein, ich zahle alles! Mit dem Geld, mit den 50, sind wir dann morgen wieder plusminus null! Ich laß mir einen Vorschuß geben von der Kiensch, laß nur, die gibt mir dat schon! Wir laden Weiber ein, füllen sie ab, und dann reißen wir die Tanten auf! Laß Jochen dat nur machen! Dat ist voll geritzt!«

*

An sich ist ja die wechselseitige Nacktheit zur Vermehrung keineswegs obligat, und insofern wäre meine weiße Ringel-Rollkragenanfälligkeit vielleicht gar keine so schwere Verfehlung ... aber diese Nackigkeit, das sehe ich schon ein, ist halt mal so eingeführt, eine gewisse Zutraulichkeit zu suggerieren und sich etwas gehenzulassen, in dieser straffen Zeit, das ist wahr ... Aber andererseits will ich mich ja, sehe ich das richtig, eben gar nicht vermehren und Kinder erzielen, nein, das muß nun wirklich nicht sein – ich denke, wir leben in einer vaterlosen Zeit und man tut gut daran, das auch ernst zu nehmen und es – ja, bei der Position des dadurch aufgewerteten Onkels zu belassen. Die freie, von keinem Ödipusschaden behaftete Gesinnung gegenüber Neffen und Nichten ist doch wirklich etwas sehr Schönes, siehe Kreon-Antigone, siehe Onkel Bruchsal und Minna von Barnhelm, siehe Onkel Toby, dem Sterne ja auch eine »hohe Züchtigkeit« nachrühmt, siehe das schöne Miteinander von Hero und Onkel Oberpriester, siehe Onkel Wanja, siehe Kafkas legendäre Onkel in Roman und Wirklichkeit, siehe Onkel Peppi, siehe – mich. »Mein Vatter giebt ihnen«, schreibt Mozart 1780 warm an das Bäsle, »seinen Oncklischen Seegen«, und so ist es ja. Denn ist nicht der Onkel in seiner substantiell geistigen, ja tendenziell geistlichen Position fast ein Pendant, pardon: ein Pedant zum Brüderlichen, ja praktischfaktisch dessen Eskalation ins Menschheitliche? Richtig, und so bin ich denn zwar keineswegs Vater, wie denn auch, aber sehr wohl und mit Überzeugung Onkel, und die rustikal-kindlichen Rückenflügel Connys beim Bartók-Spiel zu beobachten ist ja auch nicht das Übelste ...

Onkel – und dabei soll es auch bleiben. Vaterschaft? Das war Alwins stummes Reich.

Apropos Klavier: Heute, vor Antritt meiner Niederschrift, übersäumte mich allerdings ein äußerst windiges, ja hoffnungsfernes Gefühl. Erstmals meinte ich an mir festzustellen, daß ich schon überhaupt keine Musik mehr mochte, nicht einmal die weinende B-dur-Sonate von Schubert, keine Musik mehr, außer – von Knabenstimmen gesungene! War sie es endlich? Die Geburtsstunde des Todes! Oder waren's vielleicht doch nur die Nachwehen von Kloßens unheilvollem Gefurze?

Der reklameschwangere Zeitungshanswurst war übrigens schon eine Woche später wieder aus unserer Stadt verschwunden – Gott sei's gedankt. Übrigens soll, nach diesem Abgang, folgt man Wurms halb bitterem, halb lustigem Bericht, nicht nur Rösselmanns Raiffeisenbank, sondern auch die Itzehoer Bank für Gemeinwirtschaft mehrfach flehentlich bei der Zeitung angerufen haben. Irgendwie hieß es da sogar, dieser geniale Projektmacher sei gewissermaßen nur ein Strohmann für einen anderen gewesen – na bitte, die 50 Mark waren futsch, aber wenigstens waren die Brüder und er nicht aneinandergeraten, zu schweigen von Kloßen und Alwin – es hätte das letztlich doch gemütliche Miteinander in unserem Städtchen und Romänchen ganz unweigerlich gesprengt ...

Brüder, ja, es neigt sich langsam, ohne daß ich damals auch nur die bleichen Vorboten erkannt hätte. Wahrscheinlich deshalb, weil in diesen Tagen, den ersten des August, Kummer von anderer Seite einbrach, schwerlich geahnter Kummer mit Stefania. Es begann damit, daß sie plötzlich tagein, tagaus sogenannte »Arme Ritter« kochen wollte, eine zu Kriegszeiten geläufige, etwas eigenwillige Mahlzeit aus Semmeln, Milch und Eiern. Sehr weißlich schimmernd, fahlgelb war Schwiegermutter in den letzten Wochen geworden und unruhig zugleich – und immer und immer war ihr nach »Armen Rittern«, gab man ihr etwas anderes zu kochen auf, dann sagte sie recht unwirsch, ja beleidigt, sie könne nichts anderes machen, es sei kein Geld im Hause mehr da, ihr Mann schicke ihr keins, nächstens gehe sie aber zu den alten Soldaten, vielleicht liehen ihr die vorerst noch was.

Wo denn ihr Mann sei, fragte ich allzu getrost, fast noch heiter.

»Wer? Ach so, der! Wo er ist? Ja so, im Krieg halt!« antwortete Stefania fast zornig, »aber schreiben könnt' er mir schon! Man möchte ja doch allerhand wissen!« Und dann seufzte sie zornig, ja voll Ingrimm auf: »Der verfluchte Krieg!« Und sie mache jetzt zuerst »Arme Ritter«, und dann gehe sie zu den alten Soldaten!

Unruhig geworden, leise Panik im Herzen, verdrückte ich mich in diesen frühen Augusttagen nur gar zu gern weißgottwohin – und sah:

Meine Iberer! Leckerbissen eines hungrigen Herzens, einer geschundenen Seele! Sah sie ungeschädigt von Kloßen, vergessend kalt Stefanias Leid, sah sie wieder bei einem Wallfahrerfest in der Nähe von Weizentrudingen, auf schöner Waldeshöhe – ach, ich ahnte nicht, wie kurz der Sommer war, der mir noch blieb! Schwammerlhaft oxydierend reckte ich das Ranchcrhaupt. Es war das zweite Mal, daß ich sie außerhalb des Stadteis traf, ach, es hätte mich warnen müssen, tat es nicht, und auch dies nicht, daß schon wieder zwei frauenartige Wesen bei ihnen auf der Bierbank hockten, die nämlichen wie damals vor dem Schießsport-Center, die eine in einem dunkelgrünen Kleide, die andere mit einem grauen Kostüm, beide täuschend harmlos, alt und treukatholisch nur den Brüdern lauschend, den armen Rittern im nächtlich schönen Rund – und letztmals weideten die Augen sich gesund:

Schimmerwellen sanfter Freudenhügel! Mondlicht schummelte und klopfte auf den Busch, der die Bierbude umflorte, in seinem Silberscheine blendete Kodaks goldbrauner Nacken wie betörend zu hündisch wallendem Glücke, Fink aber trug einen fast feschen Jagdanzug, nein, eher einen Kegelanzug möcht' ich es heute nennen, dicker waren sie noch geworden, beide, die bratwurstgefüllten Kugelbäuche wölbten sich geradezu kanonisch dem geistlichen Gepränge der vor Andacht katholisch gewordenen Maßwürste und Bratkrüge mit Waldesrauschen zu, Kodaks rote und Finks braune Haare fächelten leis im nächtigen Zephir St. Annas, der Mutter süß, purpurnes Leuchtfeuer glühte von innen, Glimmkäferei machte sich verdient, das Käuzchen im Walde funkte auch mit drein, die Sterne unkten zurück, wie von sich selber bezaubert –

heftiger, maßvoll gleichwohl, schwangen die steinernen Krüge gegen die Köpfe, glimmende Brüderglut! Lächelten trauter, lächelten Liebe – de aquel majo amante – il mio solo pensiero, Kodak, o Fink, sei tu! – Brüder, zur Sonne, zur Schönheit! Halleluja! Das glückliche Herz möchte stehenbleiben wie bei Webers oder aber Schnellingers Ausgleichstor in letzter Minute und schnell ganz schnell eine Zigarette mit Schaschlik rauchen und abermals singen von Agnus und Dei und Tollis und –

Selige versponnene
Milchig geronnene
Zweiheit, du!
Kodak, mein Guru!
Fink, mein Erlöser!
Sweetheart! Lieb-böser!
Brüderei
Macht mich frei!
Mich dünkt, ich sänk' in Schlummer
Und säh' der Brüder Prunk
Vergessen aller Kummer
Traum durch die Dämmerung –
Das Perlenaug' des Finken
Und Kodaks Veilchenblick
Sein rotgrau Haar, der Zinken
Im Haupt, und das Genick!
Prächtig gebuckelt
Schwalbenumzuckelt
Lächelnd genießen
Gleiten und fließen
Hitzblitzend himmelwärts
Schneeschnüffelnd östlich gärt's –
Alles Verschlingende
Kreuchfleuchend wringende
Jubelchor-Singende
Cherubin-Klingende!

Brüdergelalle, möndliche Zier!
Wie's mir gefalle
Gefall' ich auch mir
Schwalbengrau tanzendes
Traulich verranzendes
– Leuchtend und licht: –
Sternenumkränzetes Brüdergezücht!

Um Gotteswillen! Ich muß mich bei dieser letzten beschwörenden Niederschrift schon wieder hymnisch vergessen haben, so wie ich mich damals vergaß, als die großen Entscheidungen fielen – denn aufrichtig, war das nicht schon recht unchristliche Idolatrie, die ich da betrieb? Sind das nicht schon ganz heidnische Töne? Der reinste Schmuddel-Bigottismus! Und war es nicht andererseits äußerst schräg und gab dem Kapitalismuskritiker Streibl recht, daß ich mich um ein Haar hätte hinreißen lassen, bei der Kellnerin zwei Liter Bier für die Iberer-Gruppe in Auftrag zu geben? Geht man so mit – Erlösern um?

Mit der Gerechtigkeit Gottes kann ich heute weißgott nicht mehr rechnen. Vielleicht aber mit seiner Milde ... wenn er aufmerksam mein Epos liest.

Bei der Rückkunft in Dünklingen neuer Übermut. Im Schauflertor kreuzte ich kurz nach Mitternacht einen mir flüchtig bekannten älteren Neger Leroy von unserem Dünklinger NATO-Radar-Magazin. Ohne zu zögern, lud ich ihn zu mir nach Hause ein. Er, Leroy, kriege auch eine Flasche Bier.

Leroy, ein bereits ergrauter pummeliger Gentleman, ließ sich fast wortlos locken. Wir schlichen ins Haus. Ich legte den Finger auf den Mund, aber als wir im Wohnungskorridor angelangt waren, trat uns Stefania entgegen, im Nachtgewand. Begrüßte uns äußerst aufgeräumt, ja freudig, reichte Leroy die Hand, tätschelte ihn sogar an der Brust und sagte zu mir, das sei schön, daß ich den Vater auch mitgebracht hätte. Ich wollte korrigieren, traute mich aber nicht. Wie überrumpelt von Glückseligkeit zog sich Monika wieder zurück.

Leroy nahm im Fauteuil Platz, ich auf dem Kanapee. Es gab allerlei nachzusinnen. Aber der Anblick des Negers machte mich so unerklärlich müde, daß ich sofort wegschlief. Vermutlich nach einer halben Stunde weckte mich der dunkle, sehr otelloartige Mann und erinnerte mich an sein versprochenes Bier. Ich wußte zuerst nicht, wo ich war, und hielt den Neger für einen stillen, vornehmen Verbrecher, dann klaubte ich ein Bier aus dem Kühlschrank. Wenn jetzt der Russe käme, Leroy bei mir entdeckte und über ihn herfiele. Verwaist die NATO-Station, der Wärter beim Biere schwelgend … Schon wieder drohte ich einzuschlafen.

»Is it good?« fragte ich. Negerl, dachte ich, Negerl.

»Wow!« Der starke Leroy nickte ernst und sah mich Stöpsel mürrisch, ja fast überdrüssig an.

Um nicht abermals wegzunicken, trat ich ans Klavier und spielte Schumanns »In der Nacht«. Die vergeistigte Bratwurst schwärte rauchend auf und nieder. Was der Bimbo wohl zu diesem dunkelsten Akkordgewürge meinte? Daß der Bolschewismus schon im Anzug sei? Kriegsdienst! Alarmstufe eins!

Ich endete mein Spiel und sah mich um. Der Neger war verschwunden, und das Bier war leer. Ich sah im Schranke nach. Dort war er nicht. Recht heiter legte ich mich flach.

*

Die Gourmandise meiner katholischen Bonvivanterie – jetzt war sie niet- und nagelfest. Die Strafe folgte auf dem Fuße, hochverdient. Was nun geschah, ist schnell erzählt und kurz erlitten, flott und rücksichtslos verdrängt. Der jämmerliche Rest der Chronik mag beginnen.

Am 5. August war Stefania den ganzen Nachmittag verschwunden. Am Abend schellte es an der Wohnungstür, die Schwiegermutter stand draußen. Ich ließ sie ein, sie begrüßte mich mit viel Ausdruck, folgte mir auf mein Zimmer und nahm im Leroy-Sessel Platz. Das sei schön, sagte Stefania und lächelte mich wieder glücklich an, daß sie mich jetzt auch einmal kennenlerne. Daß sie mich hier in Dünklingen besuchen habe können.

Ich zupfte dünkelhaft an meinem Schnauzer, genoß die schöne Situation jenseits von Lattern.

»Aber, Mutter, du wohnst doch schon«, scherzte ich erbärmlich, »ewig hier bei uns, oder...?«

»Naja«, sagte Stefania nachdenklich, »mir war auch gleich wieder alles bekannt, ich bin ja mit dem Zug von Eichstätt hergefahren. Das freut mich, daß du so groß und stark geworden bist. Was macht denn eigentlich der – Neff, mein Bruder?«

Ich zog die Stirne kraus, recht affig. Ich war vergnügt wie Espenlaub.

»Dem – könntest mich eigentlich auch mal vorstellen, Willibald, daß ich – den auch einmal kennenlern!«

»Ich bin St. Neff«, sagte ich peinlich pompös. Stefania ging gar nicht darauf ein.

»Das wundert mich«, fuhr sie erschimmernd fort, »daß ich mich in meinem Alter allein hergetraut hab – von Gleißenberg über Eichstätt nach Dünklingen. Naja«, sie nickte einsichtig mit dem Kopf, ich lächelte noch immer blöde, »ich bin ja hier einmal verheiratet gewesen, mit einem Brauer, Winterhalder, mein' ich, war's, das freut mich, daß ihr alle gesund seid! Und eine Frau – hast auch? Hier?«

Mir wurde sehr wolkig und kribbelig, und ich schenkte also der Schwiegermutter einen Cognak ein, damit sie sich leichter tue, ihre Situation wiederzufinden. Und dann gleich noch einen.

»Nein, keinen mehr, Siegmund«, wehrte sich Stefania spitzbübisch lächelnd, »ich muß ja dann wieder heim, wartet ja wer auf mich.«

»Wer wartet denn?«

»Naja, der Vater...«

»Welcher – Vater?«

»Naja, mein Mann halt ... meine Tochter!« Es war leise Entrüstung, die mich jetzt anfunkelte.

»Glaub ich nicht!« sagte ich fest.

»Nein? Naja, dann kann ich schon noch ein bißchen bleiben. Könntest mich eigentlich deiner Frau vorstellen. Ich muß nur noch schauen, wann der Postbus … wann der Zug geht. Gehst aufs Gymnasium, oder?«

»Bin ja schon 48 Jahre«, sagte ich beschämt.

»48?« Stefania bemitleidete mich nicht ohne Respekt. »Und ich?«

»Du bist 73!«

»Was? So ein altes Dach bin ich? Wie kannst dann du mein Bruder sein?«

Zwischen Lust und Nervosität flunschend, stellte ich Wasser zum Tee auf. Hatte sie sich in der Stadt einen angetrunken? Sie machte aber einen sogar besonders wachen Eindruck.

»So, und eine Frau hast du auch, naja, wird schon die rechte sein! Machen ja oft viel dummes Zeug, die Frauen. Aber das freut mich, daß ich jetzt nach Dünklingen gefahren bin, ein recht netter Mann war im Zug, der hat mich gar nicht gekannt. Und die Haustür hab ich auch gleich wiedergefunden!«

Jetzt hielt ich es für angezeigt, die Türkenwitwe aus dem Wohnzimmer zu holen. Sie stand und schaute ihre Mutter an. Stefania hatte nicht die geringsten Schwierigkeiten:

»Naja, freilich, das ist meine Tochter – die ist auch hier. Und mit der bist du verheiratet?«

»Mit der bin ich verheiratet«, aus irgendeinem trüben Grund hob ich die Stimme, »und du, Mutter, wohnst schon seit sechs Jahren mit uns hier in dieser Wohnung am Schelmensgraben.«

»Und wie«, die Greisin schien verdutzt, »schreibt sich die Ortschaft, in der ich jetzt allerdings bin?«

Eine Amsel segelte kurz aufs Fensterbrett und flog gelangweilt wieder weg.

»Dünklingen«, rief ich, hauchte eilig: »Iberer …«

»Siehst«, sagte Stefania und nahm sich eins der Nougat-Plätzchen, die ich gern während der Klavierstunde verdrücke, von meinem Tisch, »drum hab ich's auch gleich wiedererkannt. Naja, das ist schön. Ja, wenn ich – in Dünklingen daheim bin – dann, dann hätt' ich eigentlich – – gar nicht herfahren brauchen – dann wär' ich ja sowieso in Dünklingen!«

»Genau«, sagte ich grob und mied immer ängstlicher Kathis Blick. Sie hatte sich neben ihre Mutter gesetzt und streichelte ruhig ihren weißen Schopf. Was sie damit beweisen wollte, weiß ich nicht.

»Naja, das hätt' man mir ja früher auch sagen können! Weißt, Erwin, ich bin halt auch nimmer die Gescheiteste. Ich komm ja nicht viel in der Welt rum. Ich bin halt hergefahren, damit ich, solang' mein Mann im Krieg ist, von den alten Soldaten die Armen Ritter zahlen kann, daß sie mir das Fahrgeld auslegen, daß ich die Städte an der Donau allerdings ordentlich lernen kann!«

»Aber die Städte kannst du doch!« Ich rief es aufatmend, abermals fast gemütlich.

»Das glaubst!« rief Stefania schwungvoll, »deswegen bin ich ja da!«

»Na?« Ich lockte zag und froh, »dann los!«

»Was los?« fragte Stefania mit Interesse und schob ein Plätzchen nach.

»Die Städte an der Donau!«

»Ach so, die Städte an der Donau, naja, wenn's euch interessiert?« Sie sah uns um Erlaubnis bittend an, holte fünfmal tief Luft: »Ulm – Neu-Ulm – Leibheim – Günzburg – Gundelfingen – Lauingen – Dillingen – Höchstädt – Donauwörth – Neuburg – Ingolstadt – Kelheim – Regensburg – Stadtamhof – Straubing – Deggendorf – Osterhofen – Vilshofen – Passau.«

»Na also!« rief ich schwer verdüstert, als Stefanie aufseufzend und mit Stolz vollendet hatte. »So, Mutter, und jetzt gehst du ins Bett, du hast heut' ein bißchen Grippe!«

»Jawohl! Das machen wir!« rief Stefania und ließ sich von Kathi in ihre Kammer führen.

Zum Abschied preßte sie mir beide Hände. Das gelbe Gesichtchen freute sich vor Hinfälligkeit.

Am nächsten Tag sah alles schon wieder viel besser aus. Stefania wollte zwar wie immer »Arme Ritter« machen und zu den alten Soldaten gehen, gegen Mittag beschwerte sie sich erneut und sogar sehr zornig, daß ihr Mann von der Front nicht schreibe, aber sie benannte ihre Tochter als ihre Tochter und mich als deren Mann und ihren Schwiegersohn.

Dann lag sie sehr besinnlich auf der Wohnzimmer-Couch.

Am frühen Nachmittag kam ein Anruf Streibls. Es klagte todverlassen ins Gerät sehr heiter:

»Hör zu, Siegi, wegen damals, du bist mir nicht bös, daß ich nach dem Kartenspielen deiner Frau Angebote gemacht hab, daß ich ihr Avancen gemacht hab, um Gotteswillen, es war nicht ernst gemeint, ich kann's ja so gut leiden, deine Frau, ich hätt's auf der Stelle geheiratet, wenn ich's vor dir kennengelernt hätt', yeah, aber heut' nicht, heut' nicht mehr, du bist zu stark, ich hab keine Chance bei ihr, ich hab einen Blick dafür, sie hat nur Augen für dich – ach Gott, bist du stark bei ihr aah! Hör zu, shit, ich hab gehört, eurer Mutter geht's nicht so gut, wünsch ihr, wünsch ihr gute Besserung von mir, es ist ein vegetatives Alterssymptom. Du nimmst mir's nicht übel, daß ich mit deiner Frau Champagner trinken wollt', es war, aber wir könnten auch alle vier mal schön ausgehen, wünsch ihr gute Besserung, um Gotteswillen, die alten Leute haben das oft, ich kann dir einen Tip geben, was da hilft: ein schönes frisches Weizen, um Gotteswillen, sie hat's verdient, es ist das Beste gegen multibile Arteriosklerotik, es hilft ihr bestimmt, um Gottes ...!«

Dann rief Albert Wurm an. Er könne leider nicht mit zur Teevorführung in unserer Verbraucherzentrale, er erwarte für heute nachmittag eine »sehr sehr gute Bekannte« von früher, vom Café Straps in Erlangen, die sei auf der Durchreise und wolle ihn aufsuchen, »sonst wär' ich effektiv gern hin, aber wir bräuchten für übermorgen einen vierten Mann zum Schafkopf, Dr. Brändel, der Busch Martin und an sich ich, ja! Von 8 bis 12 Uhr! Café Straps! Scharfer Schafkopf, mit Schieberrunden!«

Ich plauderte ein wenig mit Stefania, sie schlief dann ein. Ich begab mich zum Schulungsvortrag des Deutschen Teebüros, es gab eine Lehrvorführung mit Dias und Teeproben, außer mir waren nur noch zwanzig ältere Frauen versammelt, anschließend wollte ich meinen Lottoschein in unserer Lottozentrale vorbeibringen. In einer Ecke des Büros tranken drei Rentner Rosé-Wein und spielten stehend Karten, ein vierter mit Lodenumhang las in einem Porno-Magazin. Zwei junge Frauen unterhielten sich, daß vergangenes Wochenende die seltsamste Zahlenfolge aller Zeiten dran war, 4, 5, 6, 10, 11, 28 – da merkte ich, daß ich mein Geld vergessen hatte. Nicht weit von hier war Wienerls Fotoladen, Fred würde mir schnell eins leihen.

Im Schaufenster des Geschäfts lehnten etwa zehn Moped-Schilder. Im anderen Fenster hatte es aber ordentlich Fotoapparate, na also! Mondforsche Fröhlichkeit wickelte mich weißgottwarum ein, elanvoll schraubte ich mich ins Ladeninnere, mit Fred gegebenenfalls einen smarten Plausch über Alpha- und Beta-Typen anzukurbeln – doch Fred ließ mir keine Chance. »Siegmund!« rief er wie unter Überdruck leidend, »ich wollte dich gerade anrufen, du!« Dann hob Fred beschwörend die linke Hand, hielt sie oben, kramte mit der rechten in einem Schubfach, rief »Obacht!« und legte endlich eine Serie Farbfotos vor mich hin. Bricht ein Bruder den Bund! Ein Motiv sprang ins Hirn und heraus: f-c-a-f-g-a! Ab sofort gab es keine Hoffnung mehr.

Es war ein Brautpaar, und der eine Teil war Fink. Er trug einen sehr rehbraunen, wohlsitzenden und sogar den Schmerbauch gut verhüllenden Anzug – die Braut an seiner Seite trug ein jadegrünes Kostüm, nein, ein meergrünes, auf dem Kopf aber ein kleines, mehr angedeutetes Myrtenkränzchen. Es war eine ältere, fast alte Frau, jene, die ich erst vor vierzehn Tagen an seiner Seite beim Weizentrudinger Bergfest gesehen hatte und ein Jahr vorher in der Stadt. Ich hatte sie letztlich für eine Tante, Base, Stiefschwester oder Großmutter gehalten, wie beliebt.

Es war ein Brustfoto, und man sah beide Hochzeiter ganz genau.

Tod dem Verräter.

»Letzten Samstag, du, im Kongregationssaal von der Sebastianskirche! Ganz toll!« Fred krähte es triumphal über seinen Affenstall hin. Nein, es war nicht Tücke, sondern spiegelglatte Einfalt, das Alpha-Beta-Närrchen wußte nicht, was er mir da antat. Daß er mich schlachtete.

»Aha«, grummelte ich, vergaß leider, einen Kaugummi nachzuschieben, schob aber wie gönnerhaft die Bildchen auseinander, »prima. Na also!« Das letzte war besonders miserablig.

»Fred!« rief die sehr üble Frau Wienerl hinter einem dunklen Vorhang hervor, »hast du den Flughafen angerufen?«

»Lufthansa fliegt bloß bis Zürich«, gaunerte Fred retour. »Ich hab fotografiert! Der Bruder, der große, auch. Der war Brautführer! Der hat auch gefilmt!«

Ob viele Leute dagewesen seien, fragte ich auf einmal entmachtet. Obwohl wir August schrieben, splitterte mir Caspar David Friedrichs Bild mit den riesigen Eisbrocken vors platte Hirn. »Top Service« stand gelb-blau darüber. Endlich brachte ich einen Kaugummi in den Mund.

»Unheimlich!« rief Fred bunt und wußte offenbar nicht mehr, wovon er redete, »ich habe in der Kirche fotografiert. Und dann hier im Atelier.«

Jetzt erst sah ich die Wärme und Lauterkeit in Finks bräutlichem Blick, den er aus nächster Nähe auf die wohl deshalb schmunzelnde Frau bohrte. Lascivus amor – et pudicitia. Es war die vorweggenommene Kopulation, obwohl es eine sehr sanfte Leidenschaft schien.

Es war der Staatsstreich.

»Tausend Leute!« rief Fred immer haltloser und fuhr fast reißend fort: »Ich frage natürlich den anderen, den älteren Bruder, warum er nicht auch heiratet, sondern nur der kleine. Da hat er ein bißchen überlegt, dann sagt er zu mir: ›Einer muß sich ja um die Mutter kümmern!‹ Netter Kerl, du! Jetzt spart er auf die neue Cosini CSM Super-Kompakt-Spiegelreflex, die ist noch besser. Die hat Leuchtdiodenanzeige. 748 Mark. Absolut idiotensicher, du!«

»Ich denk, du – verkaufst jetzt primär Mopedschilder?«

In der Frechheit fand ich etwas Halt, blätterte aber immer sinnloser in dem Foto-Stapel. Manchmal sah Fink die Braut, manchmal mich an, immer mit unentrinnbaren Blauaugen. Warum gabst du uns die tiefen Blicke?

»Die Agentur geb ich jetzt wieder ab!« Fred plusterte sich ganz niederträchtig auf. »Der Vertrag paßt mir nicht.«

»Was?« rief ich laut. Seht ihn – wen? – den Bräutigam. Seht ihn – wie? – als wie ein Lamm.

»Ehrlich … Klasse … Hochzeit«, murmelte Fred jetzt wieder wie betäubt und blätterte selbst hingeschmolzen in seinen Fotos. Anscheinend war er auch nicht mehr ganz präsent. O core ingrato! Nein, nochmals fortissimo: O coooore ingrato! Jetzt fühlte ich, wie mein Gesicht verquollen wurde, sicher spielten die Wangen schon ins terrierhaft Terracottafarbene. Terra incognita perfida …

Ob ich eins der Fotos haben könne, fragte ich leis und ganz und steif verrannt. Anscheinend macht das Quellen auch strohdumm.

»Nie! Nie! Du Dummer! Wo denkst du hin!« Und jetzt pappelte Fred Wienerl etwas Geheimnisvolles vom Fotografen-Geheimnis, das irgendwie mindestens so ethisch sei wie das ärztliche oder das Beichtstuhlgeheimnis. »Ich kann dir keinen Abzug machen, da rückt mir der Verband ins Haus – ich kann dir aber eine Freude machen, wenn ich dir eine Freude machen kann, hänge ich die Fotos vierzehn Tage lang in die Auslage.«

»Neinnein, laß nur!« Ich quengelte stark. »Blödsinn!«

»Ehrlich, du!« rief Fred froh.

Ach, und übrigens könne ich ihm, Wienerl, einen großen Gefallen tun, fuhr er ganz harmlos fort und zog aus dem Ladentisch einen weißen Lappen hervor. Breitete ihn auseinander. Es war ein T-Shirt. Über einer schwarzen Kamera und einem gelben Blitzzacken stand bogenförmig: »pluspreisgruppe bei Fred-Fantastic«. Ob ich, fragte Fred drängend, kein solches Hemdchen kaufen und damit durch Dünklingen laufen wolle. »Fünf Mark – ich will daran nichts verdienen!« Und Fred sah mich teuflisch, fortschrittsvergiert, aber auch sehr treuherzig an.

Hätte ich ihm eine stieren sollen? Als »öffentlicher Musiker«, hauchte ich zerknüllt und starrte aus dem Fenster, dürfe ich so was nicht tragen.

»Schmonzenz«, murmelte ich in mich hinein. Wo ich dies Wort herhatte, weiß ich nicht. Schlich mich davon, wie ein blau verdroschener – Seehund eben. Das alles hatte die RAF veranlaßt, das war ihre Handschrift. Sie war an allem, allem schuld. Schon auf der Höhe unseres Nudelgeschäfts Oeppl gelangte ich zur Überzeugung, ich hätte das Iberer-Gesocks schon längst aus meinem Seelenleben streichen sollen. Wind pfiff durch die hohlen Zähne. Nun – hatten sie sich selber liquidiert. Um so besser. Anästhesie ist alles. Aufschauend mußte ich recht laut lachen. Das alte vertrocknete Nudel- und Backwarengeschäft hieß plötzlich »Teig in«. Jawohl, in einer Art Spaghetti-Zierschrift stand das Wunder über allen Auslagefenstern! Das Leben wurde ja doch immer heit'rer! Ich hielt mich bis nach Haus am Lachen, bis hin zu meiner Haustür. Ich machte überhaupt und fast genial das Beste aus dem Knockout-Schlag. Wie ohne Arg die Eheleute einander ins belämmerte Auge gespäht hatten! Wie schön und dumm, daß einer auf die Mutter aufpaßte! Sie vielleicht aufs Kreuz gar legte. Wie unverwüstlich, unvergleichlich doch trotz allem, daß er, der andere, dem jüngeren, noch sexualitätsnäheren Bruder den Vortritt gelassen hatte! Ach ja, ach mäh, es war schon alles wunderbar geordnet!

*

Das Verhängnis schritt dann dennoch rasch und rauschend. Auch die nächsten Tage über phantasierte Stefania vom Krieg und den alten Soldaten, Mitte August verlor sie alle Übersicht. Rastlos schwirrte sie durch alle Zimmer – mit großer Anmut. Sie hielt mich wieder häufiger für ihren Bruder, ihre Tochter wohl für eine Art Dienstkraft, sie drängte »heim«, ihren Mann zu erwarten, der ja jeden Moment aus dem Krieg zurückkommen müsse. Und ob sie mir jetzt »Arme Ritter« backen solle?

»Der verfluchte Krieg!« rief sie dann weinend.

»Monika«, salbte ich und irgendwie sehr glücklich, über diese neue Aufgabe die Iberer-Katastrophe zu übertölpeln, »du lebst seit sechs Jahren hier bei uns in Dünklingen, mit deiner Tochter und deren Mann, das bin ich. St. Neff!«

Ich probierte es mit allem möglichen.

»Schon«, sagte Monika nachdenklich, »aber ich muß ja wieder heim, zu meiner Mutter, und du mußt ja mit, du bist ja auch der Sohn, der Bruder!«

»Ich bin dein Schwiegersohn!« Als ob das eine ganz tolle Sache wäre, so pompös rief ich es. Der Brüder Auftritt beim Bergfest – es war der Junggesellenabschied gewesen.

»Naja schon«, antwortete Stefania fast vergnügt und tätschelte mich kurz am Knie, »aber ich, ich muß ja in den Krieg, mein Mann ist ja im Krieg! Der kann ja jeden Augenblick zurück und arme Ritter …«

»Monika«, sagte ich wieder ganz haltlos, »dein Mann ist seit zehn Jahren tot. Der ist zuhause gestorben, nicht im Krieg, sondern an Altersschwäche, 78 Jahre war er!«

»So alt?« wunderte Stefania sich diamanten.

»78 Jahre!« Mir wurde immer ganshafter.

»Aber weißt, 78 Jahre?« Monika rief es entrüstet, fast erbost, griff mich am Arm und dachte kurz nach. »Weißt, Willibald, in *dem* Alter, da sollten sie gar nimmer einrücken müssen! Sowas! Da sollten sie sie nimmer einrücken lassen!«

Was tun? Natürlich mußte ich auch lachen. Unverzüglich, unverzagt. Zwei Tage später erkrankte Schwiegermutter schwer. Sie lag im Wohnzimmer auf der Couch, sah starr zur Wand und seufzte laut. Ach, ich war so glücklich, sie zu haben, die da fraglos starb. Hielt ihre Hand und fragte, was denn sei?

Sie habe Angst vor dem Schulrat, sagte Stefania nach einigem Nachdenken, dem Schulrat, der da kommen würde, morgen, die Städte an der Donau auszufragen. »Aber ich weiß sie nimmer …« Außerdem gingen ihr so dumme Sachen, so seltsames Zeug halt durch den Kopf.

»Probieren wir's noch einmal«, sagte ich. Die türkische Witwe war beim Einkaufen. Der Streicher Philipp brummte durch mein Hirn.

»Was?« fragte Stefania.

»Die Städte an der Donau.«

»Ach so, die Städte an der Donau, naja schon«, sagte Stefania aufhorchend. Schon wieder mußte ich an die Hochzeitsfotos denken. Trügt den Treuen der…

»Ulm«, begann ich.

»Ulm«, wiederholte die Kranke. Sie seufzte scheu.

»Ulm – Neu-Ulm«, lockte ich.

»Eichstätt ist nicht drunter, gell? Willibald?«

»Nein, Eichstätt nicht, und Dünklingen auch nicht.« Es war das erste Mal seit wohl 65 Jahren, daß sie sie nicht wie eine Perlenkette herunterrasselte. Es war die Stunde der Vernichtung. »Aber Donauwörth!«

»Ah, Donauwörth!« Sie freute sich. »Jawohl!«

»Also?«

»Ulm«, begann Stefania, »Neu-Ulm – Leibheim – Günzburg«, sie hatte es wieder, »Gundelfingen – Lauingen – Dillingen.« Sie überlegte. »Höchstädt – Donauwörth – Neuburg – Ingoltadt«, lächelnd holte sie sich Zwischenbeifall ab. »Kelheim – Regensburg – Stadtamhof – Straubing – Deggendorf – Vilshofen – – – Passau!«

Sie freute sich sehr.

»Eine fehlt noch!« Ich kannte sie inzwischen auch auswendig.

Kathi kam zurück, sah wie mißtrauisch zu uns herüber. Hatte sie sich heimlich mit Kodak getroffen?

»Wer ist denn jetzt gekommen?« wollte Stefania wissen.

»Kathi«, sagte ich zornig, »eine fehlt noch!«

»Wer fehlt der Kathi?« sagte Stefania, »allerdings?«

»Deggendorf – Vilshofen –?«

Die Kranke dachte lange nach.

»Passau!« rief sie wieder froh, »jawohl!«

»Nein, vorher! Vorher!«

»Deggendorf – Vilshofen – Passau, jawohl!«

Sie kam nicht drauf mehr. Es war aus.

»Osterhofen«, sang ich melodiös, und Alwins friedsam verhärmtes Kommunistenantlitz zwängte sich vor meine erstaunte Netzhaut. Wie spät war es? Halb 14? Sollte man ihn herbeiholen, damit er Weizen verteilte, damit alles noch ein wenig blöder vor sich ginge?

»Osterhofen, jawohl!« rief Stefania und seufzte schwer und bange. Hinter meinem Rücken seufzte der Eisenbahnzug nach Aalen frech mit. Es war klar: wer Fink heißt, mußte eines nahen Tages auch – finken!

Am Abend setzte ich mich vors Abspülbecken in der Küche. Weinte zähneknirschend quengelnd fest. Endlich! Ein Katarakt an Unrat. Alle Tapeten dieses Narrenheims, sie waren jetzt schon ihres einzigen Gehaltes beraubt, Kleid Stefanias zu sein, ein warmes. Der ganze Plunder, Kästen, Schränke, es war ein bleicher, frecher Hohn. Es rieselte ein Schatten, übers Mauerwerk in mich. Es war der Pesthauch des Versinkens aller Dinge, die doch träge, wenn auch nicht ganz ohne Rührung weiterdösten. Es wimmerte die Kehle zur Kaffeemaschine.

Am andern Tag hielt die Vernichtung Einzug. Schwiegermutter lag gekrümmt in ihrem Bett, stöhnte sehr laut, lächelte, nein, grinste schon vor Qual und Grauen. Es war, als ob die Sanftheit mit der Bosheit ränge. Sogar den Schulrat hatte sie vergessen. Die Türkenwitwe und ich wechselten als Bettwache ab. Ich war nicht gut in Form, allerlei Musik, Dümmlichkeiten und Hochzeitsfotos leider krochen durch die Seele. Ich war nicht bei der Sache, sah schräg zum Fenster raus. Nicht einmal wütend auf mich war ich, sondern froh, und schämte mich nicht. Sollte ich Stefania nicht wirklich ein schönes frisches Weizen darreichen?

Hitze schleuderte um das Haus. Zum zweiten Mal erschien Dr. Bock, unser Hausarzt. Er werkelte an der Kranken herum, verschrieb einige Medikamente und nuschelte etwas von Durchblutungsstörungen des Hirns und Dementia senilis. Verabreichte eine Spritze und verschwand. Stefania schlief sehr rasch ein.

Plötzlich richtete sich Schwiegermutter im Bett hoch. Es schien ihr augenblicklich besserzugehen.

»Wer – du bist doch der Mann«, sagte sie wie überrascht, »du bist doch – der Bruder. Von mir.«

»Nein«, sagte ich. Korrupt.

»Siehst«, sagte Stefania, strich die Bettdecke glatt, überlegte, und die hellen edlen Augen baten mich näher zu sich, »mir wär' jetzt halt viel gedient, wenn du mitfahren tätest. Als Bruder steh ich halt anders da in Eichstätt. Als – Brüder müssen wir doch zusammenhalten!«

»Stefania Sandrelli!« Ich atmete schwärmerisch, und mich überfielen die flattrigsten aller Unkeuschheiten, netzerischer hallte aus der Tiefe des Raums die ungetröstete Träne, hölzerner auf einem Bein wirbelte der tapfere Soldat, der Rancher hatte werden wollen. Dann endlich weinte ich laut:

»Stefania! Schmetterling!«

Sie verstand mich nicht, lächelte freudig verwundert. Jetzt war alles gleich. Stolprige Gefühle, prächtige Rasereien. »St. Neff ist hier«, zigeunerte ich in seelenvoller Schwärze. Der weißkrautige Dunst meiner kleinen, jetzt vollends erledigten Familie. »St. Neff«, wiederholte ich. Sie freute sich fast neugierig, ging nicht drauf ein. Sie hatte vergessen, daß ich »St. Neff« war, es stimmte ja auch nicht.

Am Spätnachmittag, leise phantasierend und schon dem Koma nahe, wollte Schwiegermutter nochmals Arme Ritter machen, »damit der Krieg, daß der Krieg …« Dann keuchte die Kranke wieder unter unsinnigen Schmerzen. Taschenspielerhaft schluchzte ich wieder ein bißchen herum und schickte die türkische Witwe zu Pfarrer Durst. Ein Scharlatan wie ich mimt notfalls gar den Manager des Ganzen.

Der Todesengel saß schon da in meiner alten Wohnung, sie zeigte sich ihm würdig. Stefania lag bleich und gelb. Sie kriegte einen kleinen Hustenanfall, davon wurde sie noch weißer. Sollte ich mich schnell noch von der Gattin scheiden lassen, mich mit der Mutter zu vermählen? Sollte ich mich aufs Bett werfen, eine Szene machen? Würde mir dann aber der Todesengel nicht eine runterhauen?

»Muß ich wohl sterben?« fragte Stefania plötzlich klar und fest, doch sehr in Angst. Es drückte, würgte bis zur Atemnot.

Ich brabbelte Räudiges – ich weiß nicht mehr was.

»Ich – ich hab Angst vorm Zugfahren, da ist – so zugig.«

»Die alten Soldaten fahren auch mit«, quatschte ich recht lautlos, seufzte wieder kunstgewerblich. Dann schien sie einzunicken, ein vielleicht letzter schwerer leiser Traum. Im Krankenzimmer flatterte der sirrende Flimmer der surrenden Scharrerei der Ewigkeit, ja, ich glaube, so schnuckelig geschleckt und gescheckt kann man es wohl sagen, so kommt's der Wahrheit nahe. Gelinde rüttelte ein Unhold an den Jalousien – das war es also, nur hereinspaziert, die Kerzen leuchten.

Stefania schlug die Augen wieder auf und überlegte.

»Vögeln«, sagte sie leis, aber deutlich, »ich will wackeln und vögeln.« Sie rappelte sich mit dem rechten Arm etwas hoch, wandte sich mit dem Körper mir zu, nestelte ihr weißes Hemd zurecht und wollte mein Kind sehen. »Unser Kind!«

»Kathi?« fragte ich unsauber berührt. Ob sie wohl vor der Ehe schon miteinander das Fleisch versteckt hatten? Sie und ihr – Türke ...

»Nein, das Kind halt – das Kinderl – das Käferl!«

Ich sagte zu der Kranken, dies sei kein Kind von mir, sondern von Streibl.

»Und du schreibst dich?« Jetzt schien sie ganz schmerzlos, nur von einer wachen Neugier animiert. Wie schmal ihr Gesicht geworden war.

»Landsherr«, sagte ich kleinlaut, schwer entgleisend. Irgendwo im Zimmer mußte er sitzen, der Herr Engel.

»So? Ja was! Und das Käferl?«

»Ist eine Streibl!«

»Wer ist dann das?«

»Die Tochter von dem Mann von meiner Schwester oder vielmehr von der Ursula, die jetzt Streibl heißt, und das Käferl – auch!«

»So? Soso. Und ich hab's immer für ...«, sie mühte sich um das Wort, »ganz anständig gehalten. Das Käferl. Naja, mit der Zeit wird's schon eine Landsherr werden, wie wir zwei ...«

Semi-seria war halt mein Fach – bis zur Verdammnis. Verlegener strich der Tod im Zimmer herum und schien schon selber neugierig auf das, was Stefania Sandrelli noch mitzuteilen hatte.

Der Toilettenspiegel ihres kleinen Schlafzimmers zeigte mir einen alten – Hottentotten? Hugenotten.

Dann traf, unangenehm schwungvoll, Pfarrer Durst ein, machte allerlei dümmlichen Vorbereitungskrimskrams und vollzog flott die Letzte Ölung. Ich war jetzt wieder so beschwingt, daß ich den wie aufgezogen agierenden geistlichen Stöpsel zuerst nach dem Befinden Irmi Iberers fragen wollte, dann war mir danach, zwei alte Soldaten als Brandwache anzufordern – aber letzten Endes erwies ich mich als zu allem unfähig und stand nur rancherartig stramm im Raum herum und zupfte an der braunen Samtjacke, die ich eigens angezogen hatte. Mußte man geistlichen Herren nicht nach den Vorschriften des Konkordats Likör anbieten? Oder seit dem letzten Vatikanum Branntwein? Wenn einer schon so hieß?

Rasselnder Quatsch, entfesselte Stille.

»So, Frau, jetzt ist Ihnen geholfen«, sagte Durst beschämt verloren nach dem offiziellen Teil, den Stefania sehr verwundert, aber willig über sich hatte ergehen lassen. Der schwarze Mann hatte die letzten Minuten über ihre Aufmerksamkeit gefangengehalten, sie hing richtig an seinen vergaunerten Aktivitäten.

»Wer hat mir geholfen?« fragte Stefania sehr neugierig. Ihre Marter schien für einen Augenblick wieder gemildert.

»Der Herr!« verteidigte Durst sich linkisch.

»Der Herr«, wunderte sich Monika immer mehr, »der Herr hat mir geholfen, jawohl! Ein so ein Blödsinn! Mir geht's so schlecht. O weh. Mir hilft kein Herr. Der Herr hat mir geholfen ... sowas!«

»Sowas – dürfen Sie nie sagen, Frau!« Durst schleuderte ziemlich und sah betreten zum Fenster, »sonst hilft die Ölung nichts!«

»Wer wohl da dran schuld ist«, überlegte die Kranke, »daß ich jetzt so dalieg' und so ... so ...?«

»Der Herr«, versicherte Durst, »hilft auch Ihrer Not.«

»Herr Zwack«, sagte Stefania, »Herr Zwack, es handelt sich ja nicht darum, Herr Zwack«, fiel Schwiegermutter in nettem, abenteuerlustigem Parlando Durst in die Parade, »es handelt sich ja darum, daß ich jetzt krank bin, daß ich aber noch ein bißl bei euch bleiben möcht', bevor ich wieder heimmuß.« Sie sah jetzt mich leutselig, aber auch verwundert vorwurfsvoll an, fast wie die Kellnerin Vroni: »Das ist doch der Standpunkt!«

Durst rettete sich in ein halbgemurmeltes Zusatzgebet. Es war ganz zum Verzagen. In meinem Bannkreis wurde selbst das Sterben noch zum Scherz. Herr Zwack, das konnte Durst nicht wissen, war vor vier Jahren noch Mieter in unserem Haus gewesen, der sich auf Kanarienvögel spezialisiert hatte und dann nach Australien ausgewandert war.

»So«, Durst raffte die schleichende Verwilderung zusammen, »und jetzt beten wir alle noch einmal das Vaterunser!«

»Jawohl!« rief Stefania rührig begeistert, »das tun wir!«

»Vater unser«, begann Durst schlimm, und Kathi und ich fielen feig oder mutig ein, »der du bist in ...«

»Ulm – Neu-Ulm –«, gewann Stefania rasch Anschluß. Kathi legte ihr, wie versonnen weiterbetend, doch sehr sanft, die Finger auf den Mund, wenn ich es recht erinnere, war aber zumindest »Günzburg« noch gut zu hören; bis Passau war der Weg zu weit. Durst schien alles in allem erleichtert, ich selber machte mich gewaltsam ein bißchen grimm, um nicht allzu fröhlich ins Zimmer hineinzustrahlen. Und das war wohl besser so. Der Tod ist halt ein Esel ohne Ahnung.

»Und erlöse uns von dem Übel, amen«, schlossen wir.

»Jawohl!« rief Stefania, die während unserer geleierten Raserei ein bißchen schüchtern, aber vor allem gespannt zugehört hatte, »das machen wir!«

Am Abend begann die Agonie. Das edle Gesicht versteifte zur Maske, die Quälereien zersetzten sich in spitze kleine Schreie. Stefania wurde ins Kreiskrankenhaus gebracht. 7 Uhr früh erfuhr ich telefonisch, daß sie gestorben sei. Kathi und ich machten uns auf, die Leiche zu besichtigen.

»Schön sieht sie aus«, sagte eine gemütliche Schwester, »ganz schön!«

Das Kompliment machte mich ganz quirlig, fast edle Gefühlsblasen räucherten hoch. Die Leiche war tatsächlich bildschön und schien sehr zufrieden. Das Herz stand still, kam langsam wieder auf mich zu und schwelgte. Ich war von Stolz haubitzenvoll. Daß ich diese noch gekannt hatte. Ich wußte aus der Erinnerung, daß ich einst genau so starb. So geht's, wenn man – – doch still davon. Ich beschloß, mein dummes Leben zu ändern und fortan dem Wesen der Toten mehr Aufmerksamkeit zu schenken. Will uns das Leben nicht mehr wohl, klingt's doch von drüben herzig hohl; will uns das Denken nicht behagen, bleibt doch das linde Wellenschlagen.

IV

»Ich bin kalt wie das Eis, und ich schäme mich« (Tschechow)

»Ich bin so müde, daß ein Bein das andere nicht sieht« (Professor Galletti)

9. September. Hier sollte mein Bericht längst enden – hätte enden sollen. Verkommen, dubios, rücksichtslos und mit der Pointe einer vollständig gelungenen Leserenttäuschung. Denn die Iberer-Brüder lösen sich ja hier gewissermaßen ebenso ins Nichts auf wie »Stauber«, Alwin, die türkische Witwe und der Bischof sowieso, der ja sein Lebtag nicht viel Funktion ergab – und gerade insofern hätte mein Epos natürlich auch sehr fein die Wirklichkeit gespiegelt. Exzellente Kalkulation, verblüffende Dramaturgie, absurde Akrobatik in posttragischer Periode – so hörte ich schon die Chöre der Kritiker zum Trost meines Alters mir entgegenschallen, sehr rührend, sehr dankenswert – und doch, es hat nicht sollen sein. Das Leben selber in seiner ganz fatal geistlosen Springlebendigkeit hat mein schönes, ausgeklügeltes Konzept Lügen gestraft und widerlegt. Ich muß weitermachen. C'est la guerre.

Alois Freudenhammers Beerdigungsglosse konnte sich im übrigen sehen lassen:

> af. Im Zentralen Friedhof von Dünklingen wurde dieser Tage die aus Eichstätt stammende Brauerswitwe Monika Winterhalder, geborene Eisenreich, in die ewige Ruhe bestattet. Sie, einer der fleißigsten in ihrem Kreise, erreichte schöne 74 Jahre. Pfarrer Durst von hier legte dem Ganzen das Schriftwort zugrunde: »Der Mensch lebt und besteht nur eine kurze Zeit und alle Welt vergeht mit ihrer Herrlichkeit; nur einer steht am Ende und wir in seinen Händen, das ist der liebe Christ.« Die Verstorbene hat viel durchmachen müssen.

> Kränze wurden am offenen Grabe niedergelegt. Winterhalder war eine ungemein teilnehmende und sehr gute Frau gewesen. Requiescat in pace.

Die Schlußwendung soll Freudenhammer unvergessen sein. Eine sehr gute Frau. Jawohl. Ihre Tochter war übrigens auch am Grabe gestanden und hatte sogar leis geweint, und in der Aussegnungshalle vorher waren sie, Ursula und die ganze Streibl-Bagage auf der linken Frauenseite postiert gewesen – ich aber und Alwin auf der Herrenseite. Der Agent trug sein versöhnlichstes Koexistenz-Gesicht, vermutlich zur Unterstreichung seiner Werktätigennote hatte er sich in einen grauen funktionärsartigen Anzug geworfen, und mit einem Taschentuch fuhr er sich sehr schön und andauernd über die weizenschwitzende Stirn. Ich selber stand die ganze Zeit in einem nachtschwarzen Anzug mit kohlschwarzem Binder herum sowie einer cosa-nostra-artigen Sonnenbrille, die ich um so weniger vom weinroten Kopfe nahm, als Pfarrer Durst umgekehrt glaubte, im besten NS-Stil von »Heimaterde« und »Einsatzbereitschaft« lärmen zu dürfen. Wozu das Kirchdach – das hatte Freudenhammer vergessen – ausgesprochen töricht schimmerte.

Bei den Vorgängen am offenen Grab hatte dann Alwin so katholisch fromm und beseligend, ja requiemselig dreingeschaut, daß man das bei einem ausgebufften Kommunisten schon für unerträglich halten mußte. Und als wir alle zum Abschluß mit einem Wedel Weihwasser in die Grube spritzten, tat Alwin auch dies so großbürgerlich bonitätsdurchwachsen, daß, wäre ich nur sein Vorsitzender Mies, ich ihn sofort aus der Partei entfernt hätte.

Ursula hatte die türkische Witwe die meiste Zeit untergefaßt, so daß ein Zaungast wohl zu der Ansicht kommen mochte, hier fände eine richtige Beerdigung mit einem soliden Familienhintergrund statt.

Stefania Sandrelli war nicht mehr.

Am angenehmsten war mir bei all dem der Trauergast Kuddernatsch, der, selber noch Trauer tragend, mir silbrig haarlos zahnend, recht eigentlich vergnügt in die Beileidshand griff, – dabei dem Tod selber so ähnlich sah, daß er eben deshalb wie dessen quietschfidele Widerlegung herauskam.

Schon ein paar Tage später, Ende August, sah ich – Fink. Ohne Bruder, händchenhaltend mit seiner kleinen formlosen Frau durch die Hauptstraße watschelnd. Die alte Route aus Brüder-Tagen, nicht einmal diese kümmerlichste Pietät, den alten Weg zu meiden, kam dem Hochzeiter in den Sinn. Der Deserteur! Ah, Perfido! Und wie er sich in den Pfoten der Frau festkrallte! Es sah so lustig aus, daß ich nicht einmal lachen konnte. Fink war, offenbar durch das gute Essen, das die Unholdin ihm hinstellte, innerhalb der drei Ehewochen wohl um einen Meter in die Breite gegangen, hatte Kodak mit Sicherheit längst überholt. Und diese beiden Flitterwöchler, die zusammen ein gutes Jahrhundert zählen mochten, hielten sich ohne Unterlaß die Händchen, grad als ob sie das Vergnügen erst gestern für die Menschheit entdeckt hätten. Amor fatal. Na, mit mir konnten sie's ja machen.

Ja, und dann, nachdem alles begraben und beschlossen – kam die Erleuchtung! Erleuchtung dergestalt, meine klügsten Leser ahnen es schon, aus Erfahrung – Kunst zu meißeln! Meine gesammelten Erlebnisse über die letzten zwei Jahre hin aufzuschreiben, preiszugeben einer kritisch wägenden, hie und da wohl auch kopfschüttelnden Öffentlichkeit. Natürlich! Was denn sonst! Romane *gelesen* hatte ich mit 48 genug! Jetzt tat Analyse, tat Katharsis not! Die schmachvolle Leere gußeisern zu übertönen durch die eherne Kraft geprägter Form!

Was denn sonst!

Mit Feuereifer legte ich gleich los, schrieb Tag und Nacht, ein wahrer Sitzfleischbomber, in strenger Klausur in meinem Séparée, ließ weinend sogar einen Alten-Abend sausen; schrieb und schrieb, bis mir die Augen ihren Dienst versagten, die Finger sich verkrallten, knackender als bei Liszts Rigoletto-Paraphrase, den Zehenkrebs wies ich in Zaum sogar – und dann, und dann als gestern meine ganzen schillernden Abenteuer fertig vor mir lagen, rund, bizarr und kraus vollendet, kroch – erneut der große Katzenjammer auf mich zu. Zehn Tage hatte ich gebraucht, war fürs erste gerettet gewesen – wie aber sollte ich fürder überleben? Ohne die besinnungslose Kritzelei, ohne ihren finst'ren Halt?

Es war mein Seehundsnaturell, was mich vor dem Schlimmsten bewahrte. Weitermachen! Sturheil ins Unbekannte hinein! So lautet die Losung, die dieses kostbare Tier seit Jahrmillionen überdauern läßt – so laute auch die meine! Im Tchibo heute 11 Uhr schwirrte die Idee mir zu: Weitermachen – ad infinitum! Eine zweite Tasse Kaffee – und schon ward's lichter vor den Augen. Weitermachen – nun logisch nicht mehr in Form einer gemütlichen Runderzählung, sondern – in der noch pikanteren eines regelmäßig geführten klagenden, selbstquälerischen und vor allem rückhaltlos bekennerischen Tagebuchs! Das Leben selbst geht weiter in seiner ganzen schwer durchschaubaren hieroglyphischen Gestaltlosigkeit – das Tagebuch allein wird ihr gerecht! Die dritte Tasse Kaffee war die würzigste: Jawohl! Klar! Ich würde so lange Tagebuch führen, bis, über den schlechthinnigen literarischen Glanz hinaus, meine Midlife-Crisis (hähä!) so oder so, jedenfalls glücklich, beendet wäre! Oder so ähnlich. Und jetzt erzürnt mich allerdings bänglich sogar der Gedanke, daß, hätte ich, ahnungsreich, schon vor zwei Jahren brav Tagebuch geführt, die mörderischen Anstrengungen des abgeleisteten epischen Großgebildes anderswo werweiß wertvoller hätten investiert werden können. Verflucht!

Doch Form und Fatum spielen ineinander mit sich selbst, wie Goethe sagt. Der Leser aber habe mich nicht umgekehrt im Verdacht, daß ab sofort reine Bequemlichkeit, ja Schludrigkeit mich leite. Denn zwar ist die Form des Tagebuchs tatsächlich entschieden weniger anstrengend als die rigide konservativer Epopöe, episkopaler zumal; man kann mit ihr, das wirbelte mir schon lustvoll bei der vierten Tasse Tchibo durch den Kopf, hübsch munter zwischen narratorischen und reflektorischen Partien changieren, zwischen Präsens und Präteritum, zwischen Hüh und Hott, man kann sich sogar stilistisch noch flotter gehenlassen! Schon; aber schließlich bin ich jetzt ein alter ausgelaugter Mann und habe mir nach 300 Seiten Kugelschreiber-Knochenwerk wohl etwas Schlendrian und Schlamperei verdient; andererseits aber möchte und werde ich mich ab sofort noch energischer, noch stechblickartiger der Wahrheit verpflichten als bisher, wo ich doch, jetzt, nachdem der Leser ohnehin fest in meinem Würgegriff seufzt, kann ich's ja eingestehen, hin und wieder schon schwer geschwindelt und rücksichtslos mystifiziert habe – ausschließlich allerdings zu dem Zweck, der höh'ren Wahrheit Genüge zu tun. Doch was ist Wahrheit...

Noch einmal – warum mache ich weiter? Was treibt mich, zwingt mich gar? Die fünfte Tasse Tchibo unterm Herzen? Was hält mich von der Lockung ab, zusammen mit Albert Wurm Billard zu spielen, Karten, alt und vollends dumm zu werden, aber letztlich glücklich? Unruhe ist es sicherlich, das alte Signum schöpferischer Auserwählter! Neugier ist es zweitens, Neugier auf die Erprobung einer neuen dichterischen Form – denn die Idee, daß einer vor sich hin sabbert, bis eines Tages etwas passierte, diese anspruchsvollste aller Formideen wagte bisher sicher noch keiner! Drittens sind aber natürlich auch diese meine Senilia und bevorstehenden Paralipomena auf Unsterblichkeit aus. Bzw. mir schwant, daß wenn einer posthum von der gebildeten Menschheit noch geliebt wird, dann könnte auch das allerdings unweigerliche Höllenfeuer vielleicht ein bißchen weniger brennen bzw. weh tun. Viertens neigen sich die Vorräte aus meinem Lottogewinn von 1974 immer angstvoller dem Ende zu, das Klavierspiel paßt mir schon lang nicht mehr – und mein fertiges Flohhüpfer-Tischfußball-Patent wurde leider vorletzte Woche von höchster behördlicher Stelle zurückgewiesen. Fünftens, und reziprok, sind, offen gestanden, zwischenzeitlich noch nicht allzu viele Verleger und Potentaten in Dünklingen aufgetaucht, meinen fertigen Roman zu erwerben – nur ein gewisser Herr Reinecke aus dem Hessischen zeigte auf meine ankündigende Empfehlungsschrift hin erst mal ein gewisses lauerndes Interesse – na, hoffentlich harmonisieren hier nomen und omen nicht gar zu stark! Und bevor mein Roman zu schmählicher Makulatur verdirbt, stehe ich vor mir selber immer noch seriöser da, wenn ich ihn ins Uferlose hinein perpetuiere. Sechstens kann ich ja mit Wurm trotzdem immer noch Billard und Karten spielen, so schlimm strapaziert so ein Tagebüchlein auch wieder nicht! Und siebentens und endlich halte ich einfach dafür, daß wenn einer viel erlebt hat, dann – soll er es auch erzählen dürfen!

Sicherlich, mit dieser letzten Kausalität beiße ich mir zwar gewissermaßen selber in den Schwanz (hehe!) – denn, wie erwähnt, ich warte ja gerade darauf, daß ich vielleicht noch irgendwas erlebe und – – aber das ist ja gerade der perniziös-maliziöse Integralreiz, der – ach ja, und eigentlich bin ich schon sicher, daß in spätestens einem knappen Jährchen – – –

Schweig still, mein Tchibo-Herz! Und ich eröffne also hiermit ein Tagebuch. Möge es vorwärtsschreiten mit Maß und Bedacht, der Leiden der Menschheit eingedenk, aber auch ihrer angenehmen Seiten! Denn siehe: »Die Erde flieht zurück – kurz ist der Schmerz und ewig ist die Freude!«

Schillers Motto leite mich! Von Herzen – möge es wieder – zu Herzen gehen.

10. September. Wie Vögel langsam ziehen …

11. September. Auf falbem Laube ruhet der Kranz, den ich Stefania gestern ans Grab gebracht. Leicht aber fängt sich in den Ketten, die es abgerissen, das Kälblein.

12. September. Kaugummi und immer Kaugummi. Es reinigt die Gedanken, macht die Seele sattelfest. Abends allein mit Demuth.

13. September. Lange von unserem Altan aus auf die Stadt gestarrt. Zwielichte Gedanken im Salon: »Du hast mir mein Gerät verstellt und verschoben, ich such und bin wie blind und irre geworden.« Ich kann das Gedicht nicht wieder loswerden … die Unordnung, die durch die Liebe in unser Leben gebracht wird … es hat so was von … aber wunderlich ist es, daß es sich nicht malen läßt.

14. September. Wieder ein Jahr älter geworden. Wohin das wohl noch treibt? Heute morgen beim Wasserabschlagen fünf Sekunden lang nicht mehr gewußt, ob ich jetzt etwas einsaugen oder vielmehr abgeben solle – oder, richtiger, ich wartete wohl unbewußt darauf, daß etwas in mich hineinglitte, und erst dann leuchtete mir die andere Variante ein, und ich ließ ohne viel Überzeugung mein Wasser, mein gilbes.

15. September. Woher rührt es wohl, daß mir der Gedanke an den Tod kaum, der Gedanke an den Sarg aber den allergrößten Kummer bereitet? Und warum werden die Sorgen beinahe unerträglich, wenn ich dabei an Franz Josef Strauß denke, verschwindend aber, wenn ich mir statt seiner Rainer Barzel vor Augen rufe?

Doch wie auch immer, freudig registriere ich schon jetzt, daß meinem aphoristischen Talent die oligografische Schreibweise entschieden freundlicher entgegenkommt als die letztlich doch reißerisch-effekthascherische dramatische Prosa. Nur weiter also!

Übrigens habe ich dauernd das Gefühl, daß ein Neger unter meinem Bette liegt …

16. September. Was aber Sarg, Tod, Strauß und Barzel anlangt – ich habe darüber weiter nachgedacht, heute nachmittag im »Aschenbrenner«. Den ersten Teil der Frage kann ich natürlich nicht beantworten – der zweite Vorgang aber erscheint mir jetzt durchaus transparent. Die Vorstellung, daß ein so bulliger und aufgeregter Mensch wie Strauß auch noch unter der Erde weiterlärmt, macht einfach doppelt speiübel – indessen das pastoral-dynamische Air Barzels mir doch eher wie ein lebendes Wiegenlied erscheint, das den Tod mittels der Identität von Ding an sich und der Objektität seiner Erscheinung nicht nur erträglich, sondern in all seinem Schrecken sogar unwahrscheinlich macht usw.

Im »Aschenbrenner« traf ich gestern auch Albert Wurm, der immer trächtiger ins Breite geht. Als er mir kondolierte und eine äußerst fahrige Ausrede formulierte, warum er nicht habe zur Beerdigung kommen können, lächelte der jetzt exakt 50jährige

Stutzer simultan so bronzen auf einen mir noch unbekannten städtischen Teenager ein, daß ich mich fragte, was das Alter dann eigentlich für einen Sinn habe. Später überredete mich Wurm, mit ihm, dem Inspektor Gries und einem gewissen Hollederer, einem alten Spießer, in der Teestube etwas Karten zu spielen.

Diese Teestube fungiert seit Wochenbeginn als neue Lokalität für die elegante Welt der Stadt, offenbar wird sie auch von unserer Geistlichkeit schon stark besucht, jedenfalls saßen auch Pfarrer Durst und sein fetter Kaplan Felkl drin, und Durst grüßte mich wegen seines mißglückten Auftritts an Stefanias Totenbett sehr verdrückt. Wenn er wüßte, wie heikel ich seinen Bischof im Roman brüskiert mir habe!

Im Laufe des Abends stieß ich auf ein sehr eigentümliches Erlebnis. Ich hatte plötzlich acht Bauern in der Hand – das Optimum in diesem Spiel überhaupt, das mit einer Wahrscheinlichkeit von 1:1000000 in dieser Stadt, trotz großer Regsamkeit im Kartenspiel, vielleicht nur alle Jahre einmal eintrifft! In unserem Landkreis wird ein solches Traumblatt sofort aus dem Spiel gezogen und mit Datum und Teilnehmerliste gerahmt an die Wand gehängt – ab und zu steht es sogar in der Zeitung. Ich aber rief nun, nach blitzschneller Überlegung, »weiter!«, und nachdem keiner der drei anderen Spieler auch nur einen lausigen Unter haben konnte, wurde das Blatt eingesammelt und neu ausgegeben – ohne daß irgend jemand bemerkt hätte, wie ich das beste Blatt, das seit Jahr und Tag in Dünklingen zustande gekommen war, verschenkt hatte.

Kartenfreunde unter meinen Lesern werden den Rang, die Wucht meiner Tat zu würdigen wissen. Es war wie die intellektuell ausgeklügelte, sinnlich erfahrene Sinnzerbröselung von allem und jedem. Es war – symbolischer Suicid. Aber wäre es nicht doch noch raffinierter gewesen, das Blatt nach dem Zusammenwerfen preiszugeben und auf diese Weise meine Partner zu schockieren, ja zu verängstigen? Als sei ich – der Leibhaftige! Vor allem Wurm hätte ich ja gern bei der Begegnung mit dem Übernatürlichen beobachtet! Die Unentschiedenheit zwischen zwei gleich rasanten Möglichkeiten, die Unentscheidbarkeit zweier gleichermaßen entnervender Tricks, verwirrte mich den ganzen Abend über so, daß ich mit erheblichen Verlusten aus der Teestube schlich und zuhause lange in mein Inneres starrte.

17. September. Nein, ich darf mein Tagebuch nicht mit dermaßen erlogenen Historchen interessant machen. Denn natürlich hatte ich keine acht Bauern, sondern sie mir nur sehnlich gewünscht, Albert Wurm zu distanzieren – aber es hätte ja wirklich sein können, daß mir auf dieser Welt auch mal das Glück lächelt! Hätte ich dann aber wirklich die innere Erhabenheit besessen, das Blatt in besagter Weise über den Tisch zu werfen? Siegmund? Sei aufrichtig! Nein.

Aufrichtigkeit, schrecklose und unnachgiebige, leite denn allzeit mein Tagebuch auf seiner grausen Bahn.

18. September. Ich liege auf meiner Chaiselongue, lasse das Metronom ticken und braue im Geiste einen schönen Liebesbrief zusammen. Wenn ich fertig bin, werde ich überlegen, an wen ich ihn adressieren könnte. Barbara? Irene? Marlene? Margot? Karla Kopler, die unsterbliche? Vroni? Gar meinem Weibe? Hahaha! Wer ist vom Namen her am liebesbriefträchtigsten? Das »Vr« erregt mich wieder sehr! Wer hat die meiste Substanz, die Brillanz meines Briefes zu ertragen?

19. September. Mein Zehenkrebs ist übrigens restlos wieder untergetaucht. Dr. Bock sagte mir vor zwei Wochen, es sei nur ordinäre Zerrung eines verschleppten Hühnerauges gewesen. Nicht einmal das klappt bei mir mehr. Wieder eine Hoffnung ärmer.

Die Brüder? Jetzt weiß ich es. Sie waren mir schon lange auf die Nerven gegangen.

20. September. Ziehe ich heute nochmals, im Angesicht des Greisentums, Bilanz zum Wesen der Sexualität, so könnte es ja z. B. auch so sein, daß die Heterogeschlechtlichen die Teile immer wieder einmal zusammenfügen, sich zu überzeugen, daß es noch funktioniert. Anderenfalls sie einen riesigen Schreck kriegten und die Gesamtübersicht verlören. Zusammenfügen – und dann nichts wie wieder raus! Und schön brav Karten oder Klavier gespielt oder … Gedanken … oder Zehennagel …

22. September. Die Leidenschaften, die uns jetzt verbleiben: den Frauen in der Teestube beim Teetrinken zuzuschauen und dabei lauthals und wie rasend zu rauchen. Kaffeebohnen im Keller verdrücken. Vielleicht sollte man überhaupt seine Tätigkeiten nach ausschließlich Stabreimgesetzen verrichten: Angeln im Abendrot, Gänsehüten im Gäuboden, Zocken im Zoo …

Das Brüderliche sprachlich machen …

Manche städtische Frauen sind so unverdient schön, daß man, sie betrachtend, einfach nur noch schnurgerade vor sich hin rauchen kann …

24. September. Mein Klavierspiel klappt auch nicht mehr. Ich treffe keine Oktave mehr. Wer auch nur einen Schimmer vom Klavier hat, weiß, was das bedeutet. Nein, es ist mir auch einfach zu impertinent, fortwährend Oktaven zu greifen. Ich greife lieber ein bißchen kürzer, Septimen. Es klingt schauderhaft. Na bitte.

Alles fällt ab wie Renegatentum, wie Fink … Das Heucheln des Mondes, das Grinsen der Venus, die Grimassen der Sterne – ist es das? Der Tümpel von intergalaktischer Schäbigkeit?

25. September. Zeitlose Dummheiten raunen um das hiesige Stadtei. Mit Albert Wurm einen Iglu bauen und mit ihm drin herumwohnen. Mit *dem* falschen Hund …

26. September. Vor meinem Fenster heute morgen ein Lärm, als ob mobil gemacht würde. Kriegsdienstzeit. War aber nur der Scherenschleifer, der so schrie. Und gleich – hast du nicht gesehen! – war auch der Steinalte von gegenüber da, mit blauer Arbeiterschürze und Käppi, sich mit dem Scherenschleifer zu verständigen! Von 9 Uhr bis 12 Uhr stand er dann wieder um so nutzloser vor sich hin.

Fortschreitend verwittere auch ich ins Herumstehende. Was könnte man jetzt noch machen, nun, da das vorletzte Spielzeug weg ist, das bisher raffinierteste? Frauen schwer kapable Briefe schreiben? Schwer verwirrten Menschen noch schwerer verwirrte Bücher schenken? Dem Hemingwayianer Streibl die Biografie Spinozas? »Aber wo, der schreibt zu schwülstig. Hemingway schreibt schlichtere Sätze ... Kerzengerade ...« Was ist eigentlich mit dem Kerzenhändler? Und seinem Bischof?

Besteht das Alter wirklich, wie die Alten es uns lehrten, nur noch aus Entsetzen, Kopfweh und Allotria? Um gewappnet zu sein für das letzte bittere Stündchen, stellte ich gestern die Bibel auf mein Klavier. Aber ich lese sie nicht, jetzt erst recht nicht. Ich möchte mich nicht von 99 Prozent aller Bücherkäufer unterscheiden, die das Gekaufte hernach nicht lesen. Die bare Angst stellt ihnen die Geisteswissenschaft in die Bücherschränke. So ist es doch ...

Aber ich werde mir morgen vielleicht etwas Lackmuspapier kaufen, um nicht ganz zu vergessen, daß ich einst als Chemiker begann. Und ich werde es bis an mein Lebensende mit mir herumtragen, jederzeit bereit, die Säure zu scheiden von der Alge, pardon: der Lauge, die Not zu bannen, wo sie am verwegensten trommelt ...

28. September. Meine Idee: ein Schachspiel zu erfinden, das, vergleichbar gewissen musikalischen Werken und ganz im Gegensatz zu den Motiven Robert Fischers, den ja die blanke Wut regierte, aus nichts als aus Wohlwollen, Nachsicht, Zuneigung, Zutraulichkeit – Liebe besteht. Wer die wohlwollendste Nachsicht an den Tag legt, gewinnt und kriegt die Prinzessin geschenkt. Eine göttliche Zutraulichkeitspartie. Ob sie die verschimmelnde Menschheit zu salvieren vermöchte? Wie aber war es bei dem Philosophen Moses Mendelssohn? Zuerst kam er mit Fromet Gugenheim gar nicht zurecht, stotterte arg und hatte einen Buckel. Er wollte ihr seinen Abschiedsbesuch machen, ging auf ihr Zimmer und setzte sich. Fromet nähte. Nach einiger Zeit fragte Moses: »Glauben Sie auch, daß es schon im Himmel entschieden wird, welche Menschen füreinander bestimmt sind?«

Fromet sagte: »Ja, das glaube ich auch.«

»Ich glaube es fest«, sagte Mendelssohn. »Als ich geboren wurde, wurde mir die Frau bestimmt, mit der ich mein Leben teilen soll. Sie war verwachsen und stotterte. Da bat ich den Herrgott: ›Laß sie schön sein und lebhaft und graziös, sie ist doch eine Frau! Gib lieber mir den Buckel und den Sprachfehler und alles, was sie sonst noch belastet. Ich will es gerne tragen.‹«

Da stand Fromet auf, ging zu ihm und umarmte ihn. Sie heirateten alsbald.

Ach. Kuddernatsch! Daß die gleiche Frau Fromet dann später freilich mit den Worten »Mir ist so mies vor diesem Universum« in die Geisteswissenschaft eingegangen ist, gibt es nicht abermals zu denken? Und Anlaß, kurzen Prozeß zu machen?

1. Oktober. Wie mochten sie jetzt leben? Zusammen alle vier am Pferdemarkt? Sahen sie zu viert mit Irmi den Hochzeits-Film an? Legte Fink seinen Arm um die Gattin, Kodak aber den seinen um Irmi, die –

Legte er, Fink, sie auch wirklich stramm brav ins Bett? Oder streichelte er sie nur? Strohdumm?

Nein, ich will es gar nicht wissen, es ist zu entnervend, und ich wechsle also rasch ins Episkopale: Unwahrscheinliches Pech hatte kürzlich Bischof Harry (»Amigo«) Funsel. Eigentlich wollte er ein levitiertes Hochamt lesen, mit allem Schnickschnack, aber dann holte er sich doch lieber einen runter. Der hohe Geistliche hatte Glück im Unglück. Es tat ihm so richtig sauwohl. Jetzt will der Mann demnächst vielleicht sogar Weiber aufreißen und – –

Ach! Ach, ganz allein voller Pein stets zu sein, bringt dem Herz nur Qual und Schmerz.

2. Oktober. Ich finde, man soll auch dann etwas in sein Tagebuch schreiben, wenn man partout nichts erlebt hat noch zusammengedacht. Wundern indessen kann ich mich heute nur über den erheblichen, ja erschreckenden Niveauverlust von gestern.

4. Oktober. Ich darf nicht dauernd doppel-trauern. Ich müßte wieder mal zu Alwin, dem Ärgsten an Not zu wehren, ihn zu piesacken, daß ich selber die allerhorrendesten Kopfschmerzen davon kriegte, ihn getreulich weiter zu malträtieren, daß es eine Art hatte, sicher wartete der Gute drauf, wahrscheinlich kam die Schwager-Brummel ohne diese meine schmucken Abgefeimtheiten gar nicht aus! Und stand nicht noch sein großer Beileids-Sermon offen? »Schwager, um Gotteswillen, ich weiß es, es ist der härteste Verlust, ein liebes Herz, Schwagerherz, zu verlieren, schlicht wie die Bibel, aber wo, ich kenn's, ein Mann, hör zu, braucht sich seiner Tränen nicht zu schämen, Ernie wär' nicht dagegen, er hat auch viel geweint aaah ...«

7. Oktober. In Bad Mädgenheim Premiere eines »Götterdämmerung«-Potpourris, von Mayer-Grant selber verfaßt. Den schönen Brüder-Eid hat er vergessen. Gott sei Dank. Freundlicher Beifall.

9. Oktober. Wie gottsjämmerlich lau, haltlos und harmlos die Abendluft in dieser Stadt herumstreicht! Sommerauer, heißt es, trete bald zurück. Schade, jetzt gerade hätte ich ihn am notwendigsten gebraucht. Daß die Einfältigsten dieser Welt am Ende unser einziges Lebenselixier bleiben!

Die Busenproblematik scheint er vorübergehend wieder verschwitzt zu haben, aber trostspendend bleibt es, dieses Wackelhaupt. Und im Hinterkopf nisten, ja schwären weiter die Gedanken an Größe 7, 10, 4711 ... mmh ...

10. Oktober. Ja, ich sehe jetzt überhaupt viel fern, wahrscheinlich, um mich für die Sünden meiner Jugend zu bestrafen. Zwei Tage lang gelang es mir sogar, mich in eine Ansage-Frau namens Ursula Sluka zu verlieben, ja ich spielte sogar mit dem Gedanken, nach München zu rüsten und dort meine Cour zu machen. Doch gottseidank ist's heute wieder weg.

Meine Gattin? Neuerdings schmunzelt sie ihre Trauer um was auch immer in den Kasten. Ja, trauerschmunzelnd sieht sie fern ...

16. Oktober. Es darf nicht wahr sein! Jetzt, zehn Wochen vor Weihnachten, hängen in den Straßen plötzlich bogenförmige Lichtergirlanden mit dem Stern von Bethlehem! Ja sogar den kugelig strammen, eher heroisch sachlichen Wibblingerturm hat ein Übereifriger behängt! Als ob ihnen die vom Bischof zugestandenen vier Adventswochen zu gering erschienen, als ob sie den perfiden Zauber nicht mehr erwarten könnten, als ob dies Städtchen nächtens zu explodieren gedächte vor Neckischheit und Unguterei. Pfuiteufel! Naja.

20. Oktober. Ich habe heute meine Migräne. D. h., ich habe sie mir einfach genommen. Und gedenke das demnächst regelmäßig zu tun. Ordnung muß sein, und so ein Migränchen macht allemal gute Gedanken, das Kommodeste in auswegloser Lage.

21. Oktober. Im Hintergarten schwankt das Laub, liederlich wie Alwins Leben, tief obszön verbiegen sich die Apfelbäume. Ich gedenke ein Experiment zu machen, das sogar die Wissenschaft interessieren könnte. Ich werde fünf Damen aus meiner Bekanntschaft gleichzeitig den gleichen Brief schreiben, die gleichen Parfüms, Bücher, Liköre schenken – um dann ganz wissenschaftlich die unterschiedlichen Reaktionen zu beobachten und auszuwerten. Die eine der Kühe wird sicherlich telefonisch über mich herfallen, die zweite zurückschreiben, um mir so ihre vollkommene Unwürdigkeit zu entschleiern, die dritte wird sich überhaupt nicht rühren, nicht etwa, weil sie meinen Trick durchschaute, sondern weil sie gar nicht auf den Gedanken käme – »an sich« (Wurm) würde sie stumm bleiben. Diese aber wäre mir die Liebste mein.

Ach nein, das ist es auch nicht. Ich kenne ja gar keine fünf Damen. Hoho!

22. Oktober. Im Westen hauset rötelnd das Entsetzen.

23. Oktober. Bei unseren Alten. Fred spendierte mir, was ich noch nie erlebt habe, einen Weinbrand. Will er auf diese Weise mein Ungemach, sein Ungeschick … meine Schmach …

Später schaute auch noch unser neuer CSU-Kreisgeschäftsführer Schnupfer an unseren Tisch. Ein durchaus mediokrer, ja dürftiger Mann; er schmiß eine Runde, offenbar wollte er uns für die November-Landtagswahlen kaufen, dann erzählte er einen Witz, en passant trug er vor, seine Partei mache sich jetzt auch für »Senioren-Tagesstätten« stark. Dann erzählte er noch einen Witz und machte sich geradezu hurtig wieder davon, unserer Stimmen vermeintlich sicher. Ein kurzes ruhmloses Gastspiel. O sträfliches Verachten des würdenreichen Alters! »Senioren-Tagesstätte!« kritisierte sofort Freudenhammer, »erstens sind wir keine Senioren, sondern alt, und was heißt ›Tagesstätte‹? Und nachts? Wenn's erst losgeht?«

Aber immerhin, sie mußten noch antreten, uns zu hofieren!

Sein Fett aber bekam Bäck ab, dem von Wurm coram publico eine Liebschaft mit einer gewissen Frau Klingel angelastet wurde, einer verheirateten Bonbonverkäuferin von 42 Jahren, der Bäck sogar schon sieben rote Rosen geschickt haben soll, wie Frau Klingel ihm, Wurm, gebeichtet habe, machte sich Wurm feist lustig. Schwer schnaufte Bäck vor semmelbröselhafter Verlegenheit, Kuddernatsch schien ihm etwas heimzahlen zu wollen, so stürmisch riß es ihm die Mundwinkel auseinander, so maßlos feixte er zu mir herüber – und auch Freudenhammer fixierte den Sünder genau! Ach, unsere lieben Grauköpfe, unsere leise greise Rhythmusgruppe! Sie würden auch diesen entsetzlichsten der Winter wieder tadellos …

25. Oktober. In Amerika, lese ich in einer Illustrierten, soll eine neue Bewegung ausgebrochen sein, die sogenannte »asexuelle Revolution«. Die Anhänger haben es – einfach satt. Könnte ich da nicht als Chef, als ideologischer Vorreiter, als Gruppen-Kardinal für Mortifikation mein Salär …?

28. Oktober. Seit wann schneit's im Oktober? Heute vormittag schwang ich mich, dem einbrechenden Winter und meinem Tagebuch-Geflenne zu trotzen, zu Alwin. Das Terrain sondieren. Im Supermarkt ging es fast reißend zu, sechs erwachsene Menschen, inklusive zweier Frauen, interessierten sich ausgerechnet an diesem Matschtag für gute Autos. Der Statthalter des Betrugs aber saß in seiner Hütte und las die Zeitung »UZ«. Er trug ein rüstig kamelfarbenes Tupfendessinhemd, der Ölofen flackerte lustig drein, im Fenster hing weiterhin der Wimpel »Inter Dünklingen«. Der Hund Jimmy war wieder nicht zu sehen, anscheinend hatte er doch Lokalverbot. Schade. Nicht zuletzt seinetwegen war ich gekommen.

Alwin legte seine Lektüre weg, stand auf, begrüßte mich mit Schmiß.

»Au fein!« rief er lässig, aber feurig, »Siegmund!«

Ich nahm im Sessel Platz und strahlte ihn an und in der Bude umher. »Au fein!« wurde immer beliebter innerhalb der besinnungslosen Unkenrufe des Schwagers. Es bedeutete wohl etwas Ähnliches wie »um Gotteswillen!«, war aber doch vielleicht eine Idee lebenslustiger, aufschwunghafter – gerade auch angesichts des naturhaft drohenden Winters, gegen den selbst dialektisch versierte Kommunisten nicht …

»Au fein!« wiederholte Alwin leiser, wie sich selber lauschend. Nein, diesmal klang es keineswegs mehr elanvoll, sondern bedeutete – wie immer – die baldige Ambivalenz von allem und jedem angesichts der, Auschwitz hin und Supermarkt her, früher oder später sicheren Beseligung durch zwei, drei frische Weizenbiere.

»Viele Leute!« sagte ich und deutete durchs Fenster nach draußen.

»Unqualifiziert«, sagte Alwin schwer verachtungsvoll, »ich sperr dann zu und geh in die Sauna, aah! Wenn die Leute, Schwager, kein Geld mehr haben, kommen sie zu uns. Sie wollen es praktisch geschenkt.« Lieblich spitzte er das Rüsselchen gegen mich, »ich soll's ihnen praktisch schenken. Wir sind konjunktur … konjunkturkontrovers. Man kann nicht von Verkauf und Kauf reden. Sie betteln praktisch, yeah. Sie betteln – aber wir bescheißen sie trotzdem, das ist das Gesetz!«

Vom Autogelände her ertönte gedämpftes Lachen und man hörte eine heitere Stimme: »Ausfahrt freihalten!«

»Wieso konjunkturkontrovers?« fragte ich bequem.

»Weil, hör zu«, Alwin blickte mich erschreckend lehrmeisterlich an, »zu guten, konjunkturguten Zeiten verkaufen wir keinen Wagen, aber wo, keinen Affen, kein Schwanz will uns, wir verfügen in dieser Stadt über keine Solvenz. Wer herkommt, shit, weiß, daß er beschissen wird, er will's nicht anders, er will betteln yeah!«

»Und darum gehst jetzt«, fragte ich frech, »in die Sauna?«

»Geh mit, geh mit, ich mach dir's billiger in der Sauna!« Der Schwager war aufgestanden und bohrte im Ohr. »Du laßt dir ein Attest geben, daß dein Kreislauf erheblich disfungibel ist – ich treff mich dort immer mit dem Kräspel Theo, dem evangelischen Pfarrer, der ist integer, der hat uns zwei schon lang in seinen Keller eingeladen zum Tischtennisspielen, er schenkt uns, sagt er, auch einen guten Tropfen aus, aah! Da brauchst keine Angst haben, aaah! Er weiß, daß ich Kommunist bin, von der anderen Fraktion, er weiß auch, daß du linksphilosophisch angehaucht bist, rosarot, rosarot, stimmt's? Aber wo, das macht ihm nichts, der ist pluralistisch, das ist dem scheißegal, Tischtennis, aaah!«

»Prima«, sagte ich sehnsüchtig. Dann lasen wir beide ein wenig. Alwin in seinem politischen, ich im »Sportmagazin«, das auch auflag. Plötzlich öffnete sich die Tür, und zwei Neger und ein weißer Stiftenkopf betraten die Hütte. Erwartungsvoll sahen Alwin und ich an ihnen empor. Sie kauten zuerst wie verschnaufend und die Lage prüfend herum, dann machten sie in ihrer Heimatsprache nochmals aus, wer ihr Begehr vorbringen solle.

»Gentlemen?« fragte Alwin reizend und legte den runden Kopf schief.

Der längere der Neger trug nun bedächtig, schnurgelnd und kaugummikauend vor, man wolle zu dritt den Opel Diplomat da draußen kaufen. Auf den grasgrünen Blusen der drei stand jeweils »U.S. Army«, auf der anderen Seite »Wallace« bzw. »Eldell« bzw. »Law«.

»Yeah!« griente Streibl verträumt, anscheinend war er jetzt doch etwas überfordert und aber gleichzeitig vor Hingerissenheit über diesen Besuch hin- und hergerissen, »that's okay. The price is – let me see ...« Alwin sah eindringlich auf eine vor ihm ausgebreitete Liste in Klarsichtfolie, »six-nine.«

»How much?« fragte Law, als ob er nicht zugehört hätte, und streckte ein wenig und tändlerisch die schwarze Zunge heraus. Ich rauchte heftig und spielte kurz mit dem Gedanken, quer durch meinen Salon ein Mäuerchen zu ziehen, etwa 60 Zentimeter hoch, damit man immer drübersteigen mußte und alles noch viel häßlicher würde.

»Six-nine!« Alwin lächelte verschämt. Seine linke Hand spielte mit zwei großen Schrauben, außerdem lag noch ein offener Leitzordner »Elba« auf seinem Schreibtisch, in dem aber nur ein Blatt eingelegt war, handschriftlich vollgeschrieben mit allerlei Zahlen. »Six-nine, ah!«

Wind schwankte widers Hüttenfenster wie uns warnend.

»Six-nine«, wiederholte Law an Wallace gerichtet.

Mir war dieser Supermarkt seit nunmehr fünf Jahren vertraut. Aber ich hatte, sooft ich auch hier zur Kontrolle vorbeigekommen war, noch nie jemand definitiv ein Auto erwerben sehen, allenfalls waren Quasi-Interessenten herumgestreunt. Früher hatte ich Alwin noch gelegentlich danach fragen wollen – dann aber glaubte ich die Wahrheit ohnedies zu wissen: daß dieses Haus entweder eine Art Stiftung sei oder aber das Versuchskonzept eines amerikanischen Großkonzerns oder Multimilliardärs, sich selbst oder den Westdeutschen wissenschaftlich vorzuführen, wie die Supermarktstrategie – garantiert *nicht* funktioniert! Eine Ausstellung, ein Museum vielleicht! Möglicherweise auch eine Tarnfirma, um irgendwie Steuern günstig abzusetzen oder Spesen locker abzubuchen. Vielleicht gar der »Aachen-Dünklinger Versicherung«! Um Gotteswillen, hier war doch nach meiner festen Überzeugung kein Fünfmarkstück für die nächsten drei Weizenbiere zu holen – jetzt aber war es soweit, jetzt wurde es ernst. Drei Soldaten wollten hier partout ein Auto kaufen! For God's sake!

Ich bin des Englischen nicht durchaus mächtig, aber die drei Gäste schienen sich zu beraten. Waren ihnen am Ende doch auch Zweifel gekommen, ob dies ein richtiger Handelspartner sei?

»You know«, rief Alwin rasch internationaler, »that's a good offering … it's like a new model … ah!«

»Four-five!« stieß Eldell nach kurzem heftigem Entschluß hervor.

Alwin lächelte unbarmherzig scheu gerissen: »Six-nine! The tyres are excellent … aaah … excellently … are a leading product, top product!« Er fand sich immer besser zurecht.

Die Soldaten berieten erneut. Alwin summte »aaah« vor sich hin, ich blätterte wieder in meiner Sportzeitung. Ja, für eine Lottoannahmestelle würde sich dieses Häuschen vorzüglich eignen, da aber schellte das Telefon.

»Autosupermarkt Rolf Trinkler«, flötete Alwin, doch gleich darauf nahm seine Miene Härte und humorvolle Abwehrbereitschaft an. Dazu legte er den Kopf wieder diagonal zur natürlichen Schwerkraft.

»Wer fehlt? Was? Ein Reservereifen fehlt?« Gottseidank hörten die Neger nicht hin oder verstanden nicht deutsch, sondern tuschelten leise und abgehackt. Ich stand kurz auf und sah nach draußen. Es handelte sich offenbar um den roten Diplomat mit schwarzem Vinyldach. Neuwert 30000. A like new model. Was die drei damit wohl … Seufzend nahm ich wieder Platz.

»Wer? Aha, ah, aha …« Streibl lächelte jetzt manichäisch, ja mit schon gar zu hochgemuter Miene – und ganz plötzlich warf er sich fast kunstreich eine weiße Tablette in den Mund. Aus der Hand heraus, wie ein Taschenspieler.

»Excuse me for a moment, um Gotteswillen!« Alwin wandte sich erneut an die drei Amerikaner und vollzog eine zum Sitzen einladende Handbewegung, obwohl nur noch ein Sessel da und frei war. Doch schon gewannen seine Züge wieder an Kampfgeist. Law indessen holte neuen Kaugummi heraus, legte einen vor Alwin auf den Tisch, einen aber hielt er mir hin. Ich lächelte wonnig, hob dankend ein wenig die linke Hand und nahm den Dreck in den Mund. Jetzt kauten wir zu viert, einer lutschte eine Überlebenstablette. Das war das Gesetz.

»Ja? Ah! Der Talisman? Der Talisman aaah!«

Eldell hatte sich jetzt doch gesetzt. Die zwei Negerbimbos tippten sich spielerisch auf die Bäuche und kicherten. Wenn jetzt der Hund Jimmy hereinkäme und sie bisse! Das Lachen würde ihnen schnell...

»Hören Sie ... Ich verbitte mir...«

Hatte er eigentlich kein bißchen Angst, daß die Amerikaner vielleicht doch etwas Deutsch konnten und durch diesen telefonisch diskutierten, zwar schwer durchschaubaren, aber doch hoch offensichtlichen Betrug vorzeitig abgeschreckt würden?

»Reservereifen und Talisman ... jawohl, aah ... hören Sie ... niemals, um Gottes...« Warum hing hier in der Bude eigentlich nicht wenigstens ein Breschnew-Bild, um ein bißchen dazuzulernen? Streibl lächelte gequält:

»Ein kupferner Talisman am Lenkrad, aaah!« Der andere war offenbar auch ein härterer Bursche, denn in Alwins Schmunzeln mischte sich jetzt doch die Vorbereitung zum Endkampf. Unter dem Linoleum ächzte es plötzlich, als ob jemand stürbe.

»Hören Sie ... hören Sie, ich weiß, Sie sind Südländer...« Er drang aber noch nicht ganz durch und zwinkerte deshalb den Amerikanern hurtig zu.

»Um Gotteswillen, Sie sind Südländer, ich weiß, yeah! Sie verfügen über ein feuriges Temperament. Natürlich! Perser sind Sie, Perser! Ich weiß es von einem Mittelsmann!«

Jetzt setzte er seine rücksichtsloseste Sozialistenmiene auf, ich aber mein geistreichstes Schafsgesicht und äugte damit aus dem Fenster in die wesenlose Ferne. Und hatte Glück. In 15 Meter Entfernung trabten fünf Frauen in Trainingsanzügen am Supermarkt vorbei bergaufwärts, fünf Frauen vielleicht zwischen 30 und 45, mitten durch den Schneematsch, es sah aus wie eine Art Schulungs- oder Trainings- oder vielleicht Sondereinsatzkommando – hinterher aber schnaufte und hechtete begeistert als der Absolut Allerdümmste eine Art gelbweißer zottig riesiger Spitz, meines Wissens ein ungarischer Hirtenhund, er hatte sich da offenbar in eine sehr kompakte Seelenmischverfassung aus natürlicher Geistesschwäche, Gutmütigkeit, Schneematschfreude und Einsatzbereitschaft, ja Einsatzvergnügen hineingesteigert – es war, trotz Fred, das Maßloseste, das Ärgste, das Erbarmungswürdigste, was ich je an Torheit gesehen und erlebt habe.

»... ich bin, hören Sie, um Gotteswillen, Sie sind Südländer, aber ... hören Sie, ich bin Normanne ... ah ...« –

»Normanne h-h-h-h!« Streibl schnaufte heftiger und wechselte den Telefonhörer gerissen ans andere Ohr.

»Wer? Wie bitte? Konsulat ... ah!« Der Kaufmann schmunzelte siegessicher und blinzelte mir sogar zu, als ob er mir einen Lehrfall vorführen möchte, »hören Sie, wenn Sie ausfin ... wenn Sie ausfällig werden, wenn Sie auf meine rassistische Vergangenheit als Deutscher anspielen ... ich bin Arier ... ich bin Normanne!« –

»Yeah ...!«

»Ich ... ich lege sofort den Hörer auf ... dann können Sie Ihren Reservereifen ... dann können Sie sich ...« – jetzt klopfte er mit einer der Schrauben gegen das Telefon – »ich lege den Hörer auf ... gut, wir sehen uns vor dem Richter wieder ... addios! Addios! ... jawohl! Addios!«

Er sprach es korrekt »addiosch« aus, stand auf, sagte lässig »Schnallentreiber« und schritt im Stile eines etwas geckenhaften Lords auf die Wasserleitung zu, sich wie unkörperlich die Hände zu waschen.

»Four-five!« fuhr der Neger ungerührt fort.

»Aaah«, lächelte Alwin sehr verträumt und melancholisch nach Agentenart, schüttelte weich seinen dicken Kopf. Sah wieder seine wartenden Gäste an, dann setzte er sich und spielte ein wenig mit einem Kugelschreiber: »Five-nine – that's my last word, Gentlemen!«

Es erfolgte eine längere, abgerissene Beratung der Amerikaner. Vor allem die Bimbos schienen zu schwanken. Ich aber schwor mir, nie mehr in diesen teuflischen Supermarkt zu kommen. Es gab keine Auflösung der Rätsel, es rückte nur die Nervenheilanstalt näher. Yeah!

»Und du«, fragte mich Alwin, »hast keine Lust, mit mir in die Sauna, zum Tischtennis zu gehen? Wär' doch so nett, der Pfarrer kennt dich schon, der hat sogar mit dir studiert in Göttingen, sagt er...«

»Four-nine«, rief jetzt Law sehr entschlossen.

»Well, four-nine, okay!« rief Alwin strahlend aufseufzend und offenbar selber überrascht, 400 Mark gerettet zu haben. »You'll be the glory of the army«, scherzte er bereits lauthals, »it's a thunderbird! When do you come to pay?«

»Next week«, sagte Law. Ich hätte Alwin warnen sollen, aber es war zu spät. Wahrscheinlich waren die drei nur Agenten jenes US-Großkonzerns, der die Nichtverkäuflichkeit von Alwins und Trinklers Fahrzeugpark im Auge hatte.

»You'll have a good time with the car, I bet!« scherzte Streibl wohlig. Eldell nickte vorsichtig.

»Take along your licence!« rief Streibl den drei Abzockelnden gewieft nach, »and your insurance-papers, that's better! Yeah!«

»Nette Burschen«, sagte Alwin couragiert und sämig, »die kommen nicht wieder, das sieht ein Profi. A moment, please«, bat er mich, trat zur Tür und rief hinaus: »Gentlemen! Gentlemen! And don't forget your coins!«

»Und wenn sie doch wiederkommen?« antwortete ich noch tapferer. Geräusche des transzendentalen Unflats röhrten aus Dünklingens Altstadt herüber. Es war auch irgendwie eine Sirene dabei.

»Wenn sie die Toreinfahrt raus an die nächste Ecke kommen«, der Agent sprach angenehm und wie väterlich erklärend zu mir Wirtschaftsfremdem, die Stimme tremolierte hauchzart, »bin ich aus dem Schneider, ah! Hard-Selling ist heute alles«, fuhr er hoffnungsarm fort, »ich tät' dich dann anrufen, wenn's so weit ist mit der Sauna und dem evangelischen Pfarrer seinem Tischfußball, aber du bist so gut, du sagst noch nichts, du desavouierst mich nicht, seine Frau kennt meine Frau, ich möcht's nicht haben, au fein! Hör zu, ich möcht' mich jetzt wieder stärker in der Parteiarbeit engagieren«, fuhr Alwin deutlich beschwingend fort, »ich werd mich wieder mehr um die Basisarbeit kümmern. Es gibt so viel zu tun, ach, es gibt ja so viel zu tun! Das Herbstprogramm ist jetzt erschienen, gestern haben sie mir's zugeschickt. Stehen nette Sachen drin, sie wollen jetzt auch wieder eine Schachabteilung aufmachen – und im Frühjahr steht der Kommunalwahlkampf an…«

Streibl vollzog hinter dem Schreibtisch ein paar nette symbolische Boxerhiebe.

»Viele Kunden«, ich deutete, den Agenten leis umschmeichelnd, nochmals und verquält zum Fenster hinaus.

»Ich arbeit' jetzt auf Provisionsbasis«, antwortete Alwin, »mir kann's gleichbleiben. Die Autobranche, um Gotteswillen, ist heute kriminell, es ist, wie's ist, es ist kriminell – ich tät' dich dann anrufen, wenn der evangelische Pfarrer – wirst dich glänzend mit ihm verstehen, er interessiert sich auch für alte Stiche und Parapsychologie, er ist aufgeschlossen, er ist liberal. Au fein!«

Es ist, wie es ist, und es ist kriminell. Streibls erster geistgeborener Satz dieses Jahres. Ich schlug mir vor dem Schmer-Tor gegens Auge. Dann also eben die lutherische Kirche! Nur zu!

29. Oktober. Die Probe aufs Exempel, sie wäre gemacht. Ich saß heute von 10 bis 13 Uhr und von 17 bis 20 Uhr im »Aschenbrenner«. Sie kamen nicht ein einziges Mal vorbei. Das Spiel war definitiv aus. Ich war erleichtert fast. Ein Lediger und ein Gemahl, wären sie in dieser Mischung vorbeigezogen, es hätte mich noch mehr geschmerzt, geekelt…

30. Oktober. Ich werde noch schreien! Dieser elende Fouqué hat nicht nur einen nichtsnutzigen »Alwin«, sondern doch tatsächlich auch ein (sic!) Trauerspiel »Die zwei Brüder« hinterlassen, das sogar im (sic!) Kreuzfahrer-Milieu spielt und das der Dichter als (sic!) »Lieblingskind meiner Muse« bezeichnet. »Lothar« und (sic!) »Amadeus« heißen die beiden – klingt's nicht tatsächlich insgeheim wie »Fink« und »Kodak«? Und – ich brauche sofort einen Chewing Gum extrascharf! – Amadeus beklagt sich bitter über die »schändliche Untreue des Bruders« – geheiratet zu haben!

Vielleicht bin ich wirklich gezeichnet, ja längst verdammt…

1. November. Seit drei Monaten hat mich niemand mehr ordentlich als »St. Neff« angesprochen. Es ist, als ob alle Kraft in mir erloschen wäre. Nicht einmal den dummen Fred konnte ich gestern parieren, als er was von »Entwicklungs-Essentials« in der Foto-Branche keifte. Wenn Alwins »Schwagerherz« noch entfiele, wäre es soweit …

2. November. Am Grabe Stefanias ein beherrschender Gedanke. »Geh heim zu der Mutter Geheimnis!« Immer nur dieser Satz. Ich sprach ihn bis tief in die Nacht vor mich hin, dann war auch seine Kraft erloschen. So ist's recht. Mein Tagebuch ist übrigens ein kleines Vokabelheft, blau angestrichen, handlich, ich berge es oft sogar an der Brust. Sonst liegt's im Sekretär, wo auch der Roman lagert. Ich habe ihn neulich nochmals durchgelesen, nicht schlecht, nicht schlecht, nur die Hymne auf die Brüder hätte es wahrlich nicht gebraucht. Oder ich hätte gleich richtig aus dem »Faust« abschreiben sollen.

3. November. Ich habe mir von Alwin eine Schrauben-Mutter geben lassen und trage sie in der Hosentasche herum. Sie klingt fast wie Schwiegermutter, und wenn man draufbeißt, tut es weh.

4. November. Mayer-Grants Gattin, eine ziemlich schmissige Lebefrau von meines Erachtens 42, hat mir schöne Augen gemacht. Aber ich will nicht, ich will nicht! Jetzt erst recht nicht.

5. November. Heute bin ich sicher, daß die Iberer das zerstörte Paradies der Kindheit waren, der unbekannten, mir entgangenen. Aber vielleicht kommen die künftigen Deuter meines Romanwerks auf noch bessere Exegesen. Bin gespannt, wie sie Kodaks rötelnde Haarpracht auslegen im Verhältnis zu Finks –

Ach, ich darf nicht schon wieder an die Elenden denken!

8. November. Gestern um zwei Uhr erwachte ich nach einer Stunde Schlaf und schaute sofort unters Bett, ob etwa gar der

Teufel unten sei. Nein, es war nichts da. Für alle Fälle aber lege ich mir jetzt einen Hammer in den Nachttisch. Neben Kant.

9. November. Nebelschleierklumpen um und um. Um ganz sicherzugehen, wartete ich gestern nochmals im »Aschenbrenner«. Nichts, die Straße war verhext, so voller Volk, so leer. Ja nun, das war's. Am Ende war es gar nicht – wahr gewesen. War die Iberei, das zweijährige Gebrüdere, nur Schaum, wortwörtlich *nichts* gewesen? Nein, so kann man es nicht sagen! Es war etwas gewesen, aber es war – nichts, und es hieß Fink und Kodak und war doch ach so lieb, ach so gut gewesen ...

10. November. Ich trau're zuwenig um Stefania. Der Kopf schafft es nicht.

11. November. Beginn des Faschings – die Stadt noch immer im Festbeleuchtungswahne. Viel Geistlichkeit schwingt sich hindurch, als ob das Volk schon schwebte. In der neuen Familie Iberer aber werden allmählich die Bratäpfel eingelegt, der Gattin Werk, Irmi strickt der Katze ein Fräckchen, Kodak klebt die Fotos aneinander, Fink aber schließt die Fensterläden, die Wohnung dicht zu machen und ungebetene Forscher von außerhalb – –

Meine verdammte Apperzeptionsgabe! Aber es ist eine helle, freundliche, fast schöne Vision. Nur die Gattin stört, die dumme.

12. November. Ausgerechnet im düstersten November bahnt sich Rettung doch noch an! Im Heimatblatt erschien heute ein Foto, über das ich sofort zu lachen und zu kichern begann wie ein Junger, ich produzierte wahre Glockentöne und Mozartsche Kadenzen – ich mußte wegen des Fotos den ganzen Vormittag lachen, ich wußte gar nicht mehr, daß es so was Schönes noch gibt! Das riesige Foto zeigt, sieben Mann stark, die neue Führung unserer Raiffeisensparkasse unter der Ägide des Direktors Rösselmann, der im Verein mit seinen Mannen so drollig aus der verschwitztvergaunerten Wäsche schaut, daß man – gar nicht anders kann, als sofort und selig loszuwiehern! Neben Rösselmann prunkt der gleichfalls sehr mollige »Präsident« Schreck, außerdem hat sich noch einer der jüngeren Sparkassen-Laffen nach vorne gedrängelt, der hat auch schon ganz keß eine Hornbrille auf, während die vier nachwachsenden Kassenkräfte in der zweiten Reihe vorerst nur ihre feingebügelten Kommunionanzüge und den physiognomisch durch festes Zusammenbeißen der Münder nachgewiesenen Willen zum verschärften Betrug in die Waagschale werfen können …

Auf einem kleineren Foto daneben überreicht »Präsident« Schreck Rösselmann den »Landkreisteller«, es sieht aber aus, als ob er ihm Strickzeug oder einen alten Fahrtenhut in die Hand drückte. Wofür sich Rösselmann wiederum mit einem mit allen Wassern gewaschenen Lächeln hurtigster Gemütlichkeit bedankt. Wahrscheinlich hatten die beiden den Teller gerade vorher gemeinsam noch schnell in einem Selbstbedienungsladen geklaut.

Entflammt begann ich nun auch den Zeitungstext zu lesen, da hieß es denn schon in den ersten Zeilen sehr einleuchtend, die Entwicklung dieser sieben Hanswurste sei »entgegengesetzt proportional zur Wirtschaftslage« gelaufen – und tatsächlich hätten die sieben Verhauten im Rahmen ihrer prickelnden Katastrophalität 18,9 Prozent mehr Umsatz erwirtschaftet – kein Wunder bei der Artikelüberschrift, die da hieß »Als Bank für alle jedermann ein Partner« – und mein immer noch rasches Begriffsvermögen flüsterte mir sofort ein, daß »Als Bank für jedermann allen ein Partner« und »Als Partner für alle jedermann eine Bank« und »Als Bank für Partner allen ein Jedermann« wundersamerweise genauso sternhagelrichtig wäre!

Das Schönste aber ist doch Rösselmann selber, ich konnte mich den ganzen Vormittag nicht von ihm trennen, nicht satt an ihm sehen! Der Direktor sieht primär aus wie eine Kreuzung aus Heilbutt, Dachs und Sollnhofener Urvogel, wie Alwin als Fred Wienerl auch – nein, eher wie Gottvater als Conférencier eines Betriebsausflugs – – und daß er, Rösselmann, mir jeden Monat 200 Mark Erpressungsgelder berappt, dem unseligen Kloßen den Kredit aber nicht gewährt hatte – erhöht es den Spitzenvertreter unseres städtischen Sparkassengeschlamps mit seinem Strickzeug in der Hand und seinem Saukopf auf der Stirn nicht ins sternbekränzt Sockenartige?

Mit ihm – mit diesem Foto – in der Hand bin ich wahrscheinlich sakrosankt, bin ich seelisch aus dem Iberer-Schneider!

13. November. Der Rösselmann-Quietiv-Effekt hält an. Ich mußte heute früh schon wieder loslachen und verlängerte meine Lustigkeit mühelos ins abermals Stundenlange. Hah! Ja, Rösselmann selber schien es zu gefallen, daß jemand so über ihn lachen mußte – und er lachte also heute noch schmetternder, glutäugiger und wie freudig überrascht von seiner eigenen Lustausstrahlung!

14. November. Es tröpfelt heute. Ein Grund mehr, zuhause zu bleiben und sturheil am Tagebuch zu schaffen. Und Rösselmann zu schauen.

15. November. Der Rösselmann-Effekt würde sicher bis Weihnachten vorhalten – aber war das nicht erneut Idolatrie, Hybris, Bildersucht? War ich nicht schon einmal damit fürchterlich auf die Fresse gefallen? Sollte ich nicht lieber doch zu Alwin, in die Sauna, dann zum Tischtennis und endlich in die evangelische Kirche gehen?

20. November. Großer Gala-Abend im »Paradies«. Bäcks angebliche Liebschaft, Frau Klingel, wurde von Albert Wurm enttarnt. Sie soll zwar wirklich hinter Bäck hergewesen sein, doch habe sie es nur auf Bäcks Rente abgesehen gehabt. Habe sie, Klingel, ihm, Wurm, gestanden. Lachte Wurm wie fast besessen, trommelte die Brust.

Verbittert schämte sich der Genasführte. Schmächtig grinste Kuddernatsch. Grimmig zürnte Freudenhammer. Meine lieben Alten! Pervitin und Sedativ zugleich!

Selt'ne Blume, Männertreu!

Und wie unbegreiflich rücksichtsvoll es Freudenhammer seit meiner Tragödie unterläßt, von Irmi zu berichten …

26. November. Gestern nahm ich mir vor, einen Tag lang nicht mehr »Ich« zu sagen. Klug genug, ging ich den ganzen Tag über Land, und zu Kathi am Abend nuschelte ich nur einmal und wie schmelzend »Die früh Geliebte«. Sie hörte gar nicht zu. So war der Plan überraschend gelungen, doch in der Nacht quälte mich ein Traum, der sich schrecklich für den Erfolg rächte. »Gehst du in ein Nachtlokal«, so lautete der Traumsatz, »sind bloß eine Tänzerin drin, zwölf Kriminaler und ein Amerikaner, und das bin ich selber.«

Keck erzählte ich heute morgen im Tchibo Albert Wurm den Traum, doch er zuckte nur die Schultern, sagte »Gott nei!« und wandte sich ab. Gab man mich schon auf?

29. November. »Die früh Geliebte«. Ausgerechnet Kathi, hähähähä!

1. Dezember. Zum Monatsanfang gleich ein Schreckgedanke, so ist's recht: »Wie weit kann man eigentlich mit Tieren Freundschaft schließen, Liebe probieren?« Mit einem Hund? Ja. Aber schon mit einem Karnickel? Hm? Und gar mit einer Fliege? Gehen wir davon aus, daß Freundschaft und Liebe auf wechselseitiger Achtung beruhen, dann wird das Unheil evident. Ein Karnickel achtet uns zur Not noch – aber Fliegen? Bremsen? Nie und niemals. Sie wissen uns hinten und vorne nicht zu schätzen noch zu würdigen gar...

Was passiert, wenn ich mich in eine Fliege vergaffe? Nie kann ich zu einer Fliege »meine Fliege« sagen, nein, das geht nicht, das geht sicher schief. Sicher, ich kann sie unter einer Butterglocke einsperren, kann auf sie einreden, kann sie begaffen, kann sie zur Not auch streicheln, aber die rechte Liebe ist das nicht – nie kann ich mich mit ihr geschlechtlich vereinigen, die Kümmernis zu bannen – nein, in wahrhaft entmutigender Weise wird sie mich von sich weisen, nicht verstehen, kalt wird sie bleiben, tödlich kalt herumsurren – o Gott! Ist das die Wahrheit?

Ich erschrak so, daß ich gleich, Eid hin, Eid her, zu Alwin schwirrte.

»Wen sehen meine alten Augen?« sprach der Schwager schaurig, aber schelmisch. Gleich wurde mir ein bißchen besser und ich teilte Alwin mit, daß ich mich jetzt endgültig entschlossen hätte, sein Schwager zu werden.

»Mein Schwager?« wunderte sich Alwin traurig, »geh zu!«

»Ah ... dein Pfleger!« verbesserte ich mich hastig.

»Nett, Schwager, nett!« brüllte der Autohändler, schien aber momentan keine Kraft zu haben, gleich exaktere Strategien zu entwickeln. In der Hütte roch es angenehm nach Schmieröl, Schmalz und Schmeichelei.

»Aaaah!« Alwin lächelte, als ob er sein Glück noch nicht ganz fassen könne. Verruchterweise tummelten sich am Fenster Fliegen. Ich bat Alwin, ob er mir eine fangen könne.

»Aaaaha – aaah!« schnurrte Alwin konspirativ und mich immer versonnener an. Wie wunderbar er auf meine Capricen einging!

»Hör zu, ich wollt' dich sowieso anrufen«, hob er tapfer ab, »ich muß in 14 Tagen wegen der alten Gemeinheit, shit, mit dem Hund, dem Jimmy, vor Gericht aussagen, als Zeuge für den Hund, der Fred ist ein reaktionärer Lump, er will's hintertreiben – der Trinkler sagt, ich soll als Zeuge aussagen, was ich weiß ...«

»Hör zu, Alwin«, plapperte ich versträhnt des Wegs, »ich wollt' an sich wegen der Pflegschaft von der Fliege ...«

»Um Gotteswillen«, fuhr Alwin noch zwingender fort und rülpste achtlos, »pardon – diese Stadt ist ein Rattennest, ein Sündenbabel ...« Schöne Düsternis im Ohr, vermißte ich jetzt trotzdem meine Kaugummis.

»Yeah«, antwortete ich animiert und leise, »deine Tochter wird dann ...«

»Die Stadtbaugesellschaft GmbH? Völlig korrumpiert! Die Hintermänner von Fred kenn ich. Ich kenn s' gut. Einem altgedienten Agenten«, Alwin zwang sich zu feurigem Humor, »macht so ein Hausdepp nichts vor ...«

»Aber wo«, faßte ich zusammen, griff mich hastig ans Herz und sah auf meine Stiefelspitzen.

Es freue sich um Gotteswillen niemand über Streibls mentale

Schwächen. Die Differenz zwischen Spionage, Spionageabwehr und Verfolgungswahn bzw. Verfolgt-Werden-Sucht ist ja so winzig, daß sie zuweilen auch stärkere Denker als das Schwagerherz verführen und aus dem Bereich platter Rationalität hinwegchauffieren mag. Und war er nicht die Anmut selbst in diesem Sumpf aus Politik und Hund und Weizenauto? Strampelte er sich nicht immer wieder glänzend heraus? Oder jedenfalls tiefer hinein! Und strampelte ich nicht schon wieder so kraftvoll mit, daß selbst Streibl manchmal Mühe hatte, mir zu folgen? Ich zwang mich aus der Andacht rücksichtslos zur Tat. Wo die Formulare seien, die ich als Pfleger zu unterschreiben hätte? Der Alwinismus hatte mich längst wieder. »Pfleger?« Der Agent lächelte verständnislos.

»Ich soll doch deinen Pfleger machen!« rief ich fast drohend, »damit du vor Gericht Carte blanche ...«

»Meinen Pfleger willst machen, ach, das ist nett, Schwager, nett!« Ein Espresso hätte jetzt die trauliche Verantwortungslosigkeit noch brisanter gemacht.

»Und dazu muß ich doch«, aus schierem Übermut faustete ich auf den Tisch, »ein Formular unterschreiben!«

»Es langt, Schwager, Siegmund«, Alwin lehnte sich gönnerhaft in seinem Stuhl zurück, »wenn du es handschriftlich machst, deine Absichtserklärung bis auf Widerruf, handschriftlich, ich geb's dann heut' abend mit der Geschäftspost zum Vormundschaftsgericht. Das geht dann schnell! Ah!«

»Also, schreib, Alwin!« rief ich und schob ihm seinen eigenen Notizblock zu:

»Hohes Gericht«, sagte ich, und tatsächlich, gutmütig begann der Schwager zu schreiben, »ich, Siegmund Landsherr, Dünklingen, erkläre hiermit mein Einverständnis, für Herrn Alwin Streibl, Dünklingen, den Pfleger zu machen und alle Konsequenzen auf mich zu nehmen. Hochachtungsvoll Siegmund Landsherr.« Wie gerne hätte ich »St. Neff« diktiert!

»Na also!« freute sich Alwin gleichgültig und reichte mir das Blatt halbschwergewichtig zur Unterschrift. »Les' es nochmals durch, ist besser!«

Ich sei zu klein zum Lesen, sagte ich. Er, Alwin, solle es mir vorlesen, das sei immer besser, wenn der Größere liest.

»Aaah«, barmte sich Alwin und las vor. Ich war einverstanden, und Alwin legte das Blatt achtlos in sein Schubfach.

»Und Paßkontrolle – und so?« rief ich dummsattelfest.

»Da reicht dein Leumund, Siegmund, du hast doch blendende Referenzen, bist ja kein Kommunist, bist ja ein Schwarzer«, er lächelte generös, »es ist formaljuristisch sowieso legimitiert durch deine Stellung in der Gesellschaft. Bist ja – in Dünklingen sakrosakt!«

»Sankt«, kurvte ich rechthaberisch, »Sankt! Alwin!«

»Sankt?« Alwin schien zu fragen. »St. Alwin?«

»St. Neff«, rief ich selbstwegwerferisch.

»St. Neff«, wiederholte Alwin honighaft verblümt, und die Dezembersonne flüsterte ihm über Stirn und Nase. Hatte diese Streibl-Strudel nicht auch »Reverenzen« gesagt?

Wie aber ist es bei einer Hummel? Statt einer Fliege? Ob bei so etwas Gemütlich-Rundlichem nicht doch etwas ginge? Aber wenn sie mich dann gescheit ins Hirn stichte?

Stäche.

6. Dezember. Ist heute nicht mein Namenstag? St. Nikolaus? Neff? Ist's nicht eh dasselbe? Ich denke, ich werde mir eine Kartoffel kochen, an Alwin denken und dann der »früh Geliebten« beim Fernsehen zuschauen …

7. Dezember. Oder sollte ich – gezuckerter Schnee auf meinem Seelenschlamm – nicht besser einen Brief an eine Unbekannte schreiben? Einen Brief, »in dem alles steht«, wie ich aus mir nicht bekannten Gründen immer wieder vor mich hin wispere? Einfach aus dem städtischen Adreßbuch heraus? Irgendeine Karin oder Helga irgendwohin einladen? Unter Vorspiegelung falscher Hunde, Diamanten und Dialektiken? Die Wahrscheinlichkeit, daß die betreffende Ursel antanzen würde, betrug ungefähr 1:99, bei der momentanen Top-Verwirrtheit unserer putzmunteren Frauenwelt vielleicht sogar 5:95. Und vielleicht würde die Große Unbekannte ja auch nur kommen, mich zu prügeln oder anzuzeigen! Auch recht! Aber dann bräuchte ich natürlich einen Pfleger, der mich für geistesschwach erklärte. Alwin? Sparte es dem Staat nicht massig Müh und Mäuse, wenn die Armen im Geiste wechselseitig füreinander gradestünden?

Was aber die Hohe Unbekannte anlangt: Naja, meines Wissens ist es pfeifegal, ob man von einer Frau beehrt wird oder nicht – wichtig, ja Lebensquell sind die fünf oder 15 Minuten, in denen sich irgendwas entscheidet, irgendein Rotzdreck. Daß man sich dafür nolens volens strammster Peinlichkeit aussetzen mußte, was schadet's? Dafür hatte ich dann ja wieder meinen Pfleger, meinen unsterblichen …

Ich schmachte, das steht fest, schon gar zu sehr – nach Alwin.

8. Dezember. Mariä Empfängnis, hahaha! Aber wohlgemerkt, meine nichtkatholischen Leser, hier empfing nicht sie, vorwurfsvoll dreinschauend wie die Bedienung Vroni, – sondern Anna, die Alte. Maria aber empfing Ende März, genau neun Monate vor dem Hl. Abend. Drum heißt dies Fest auch »Mariä Verkündigung«, hehehe!

9. Dezember. Hehehe! Man braucht nur die Zeitung aufzuschlagen, schon erfährt man, was einem fehlt: Progeria! Vorzeitige Vergreisung! Mit anderen Worten: Weisheit.

Der Versuch mit der Unbekannten ließe sich übrigens erweitern, indem man die Dame mehrfach oder alternativ wohin befiehlt. Also man schreibt ihr z. B.: »Komme du entweder um 6 Uhr oder um 7 Uhr oder um 8.45 ins Café Straps« – ganz so, als ob man zwischen 7.15 Uhr und 8.40 Uhr die wahnwitzigsten Affairen zu erledigen hätte! Indessen man doch nur im Rechteck ein wenig auf seinem Teppich herumsteigt, ihn umzingelnd …

Was das Schlimme der Technik sein könnte: daß die Unbekannte – von soviel mathematischem Zauber verwirrt – dann wirklich anschwirrt! Und dann hieße es liebeln und schöntun, ach nein …

10. Dezember. Iberer. Gab es nicht doch eine Chance? Sollte ich den großen Bruder trösten? Aber der hatte ja Irmi, die treffliche Idererin. Was es nicht alles gab.

Im Lande Indien, steht zu lesen, habe 1838 ein Mann namens Harris der Jagdleidenschaft gehorcht. Nachdem er seinen ersten Elefanten, welcher ein weiblicher war, erlegt hatte, suchte er am andern Morgen das gefallene Tier auf. Alle anderen Elefanten waren aus der Gegend entflohen, bloß das Junge des gefallenen hatte die Nacht bei der toten Mutter verbracht, kam jetzt, alle Furcht vergessend, den Jägern mit den lebhaftesten und deutlichsten Bezeugungen seines trostlosen Jammers entgegen, und umschlang sie mit dem kleinen Rüssel, um ihre Hilfe anzurufen ...

11. Dezember. Hering? Hatte ich diese Möglichkeit nicht noch immer offengelassen? Oder gar die Kohl-Bagage? Ihre gesammelten Milch- und Molkereiprodukte wegputzen! Damit Friede würde auf Erden? Ach, nein, ach nein.

12. Dezember. Es ist, wie's ist, und es ist fürchterlich, meint Alwin Streibl sehr legimitiert. Ach, mein Tagebuch, wie wirst du mir täglich wert und theurer – jeden Tag ein bombiger Satz, eine Anekdote, eine Maxime, und schon hat man Sinn und Gehalt, na also, bravo.

13. Dezember. Die Augen schließen und blind durch die Nebelballen preschen. Nachher freust du dich der frischer glüh'nden Wangen. Wogen der Perfidie patschen über die infamste der Stadtmauern hinweg, jetzt können natürlich auch die Iberer nichts mehr dagegen machen. Jeder Widerstand ist zwecklos, was wird hier eigentlich gespielt? Ach der Zeiten, da sie noch gemeinsam durch den Misthaufen schritten, den ganzen Krampf durchfurchten, Moses und Aaron gleich, ach du lieber Gott, jetzt auch noch gar das Alte Testament – –

Eine Wolke, reumütig, als wäre sie dem Roman eines russischen Schmetterlingsfängers entschwebt, höhnte pelzig Tröstliches und verruderte sich geheuchelt in den albernen Fransen ihrer durchtränkten Nichtigkeit. Genau!

14. Dezember. Ich muß mal wieder eine richtige Geschichte erzählen – allein, ich weiß nichts, es geschieht nichts. Mitnichten nichts. Nichtendes Nichts. Ich bitte aber den nachmaligen Leser an dieser kriseligen Stelle, mir trotzdem weiter die Treue zu halten – ich bin trotzdem zuversichtlich, demnächst kommt es wieder zu einer Art Handlung.

Vielleicht daß Bäck Frau Klingel würgt und Kuddernatsch Frau Kathi türkt…

15. Dezember.

> af. Die Postwitwe Frau Philomena Zintl stammte aus Zielheim. Sie verstarb im stolzen Alter von 77 Jahren an Schwäche und wurde im Friedhof jetzt zu Trage getragen. Kaplan Springinsfelder von Herz Jesu hielt die Trauerfeier für die Anwesenden, die in großer Zahl erschienen waren, und auch für die tote Frau.

Und:

> af. Im Zentralfriedhof wurde die Bundesbahn-Gleismeisterin Frau Frida Zugehbauer feierlich zu Grabe getragen. Trotz unerwartet schöner Sonne hatten sich nur die besten Kameraden der alten Frau und die Vertreter der Bundesbahn eingefunden. Kränze und Blumen bewiesen die Wertschätzung aller. Zugehbauer stammte aus Wien.

Und – noch eine Frau! Aber – nicht Irmi. Kodak paßt ja auf sie auf…

> af. Erst 17 Jahre alt, mußte das Kind Irene Prutz in die Ewigkeit. Es stammte aus der Apotheke und ging dort auch in die Handelsschule. Im unteren Friedhof fand sie jetzt ihre Ruhe. Kaplan Helmut Oswald, ein neues Gesicht, hielt die christliche Trauerfeier und trö-

> stete alle Anwesenden über den Verlust. Er, sagte der Geistliche, habe Irene gut gekannt. Der Kriegerverein Lappersdorf, für den Irene immer die Zither gespielt hatte, mit seiner Fahne führte den langen Trauerzuge an, in dem die kleine Lina lag. So bewegte er sich vorwärts. Der Kriegerverein und Herr Giesiebl widmeten einen letzten Gruß. Die Verstorbene gehörte jahrelang der Protest-Song-Band Dünklingen und dem Tanzclub Blauweiß Enzian an und berechtigte einst zu den schönsten Hoffnungen. Diese sind nun zerstört nach Gottes undurchsichtigem Ratschluß. Er berief Irene P. durch einen Unfall zu sich.

Weil's so schön war, las ich in der Zeitung noch ein bißchen herum, und da geschah es, daß ich plötzlich statt »light show« »slight low« las. Gleich darauf war es schon wieder soweit, und ich las statt »Affekthaushalt« seltsam genug »Affentheater«. Es war recht zum Lachen, und ich probierte es gleich noch einmal – mit Erfolg: »Nostalgie« las ich, in Wirklichkeit hieß es platt »Notsignale«. Hoh!

Beklommen gackert wo ein Huhn, mitten im Winter. Was war das? Progerie? Dementia partialis alwinentia? Aber mein Zehenkrebs ist doch längst verflogen, kein Gedanke an Ableben! Um Gotteswillen, jetzt wurde es doch erst schön! »Im erstklassigen Alter von 48 wurde dieser Tage Siegmund Landsherr wegen Podagra oder Progeria vom Protestantischen Protest-Pogrom Alwin Konfuselgnom heimgeholt...«

Nein, entweder ganz jung wie Arkoc – oder steinalt und rotzfrech! Prost!

16. Dezember. Und schon wieder läuft es heute: »Heringsfangquote« statt »Herzinfarkttote« und – als bisher überflüssigstes Preziosum: »Pomme de terre«, statt »Terre des hommes« – –

Fast mopsfidel beschaue ich mein Raiffeisen- und Rösselmann-Foto. Die Augen tun mir weh vor abermaligem Entzücken – wenn dies nicht ein seriöser Roman wäre, ich würde den Hersteller glatt bitten, das Bild mit zum Abdruck aufzunehmen! Vielleicht im Nachlaßband dann …

17. Dezember. Und weiter keine Spur von Handlung! Sollte ich schon wieder zu Alwin schleichen, mir von ihm vorlügen zu lassen, daß mein Pflegschafts-Einverständnisdekret inzwischen bei Gericht eingelaufen und sofort telefonisch sanktioniert worden sei? Wann begann denn nun endlich der Schäferhund-Prozeß? Ach so, ich war ja in einer ganz anderen Rechtssache sein Pfleger geworden! Wäre ich ein richtiger gelernter Romancier, würde ich spätestens jetzt Alwin und den »Paradies«-Wirt Demuth ein letztes Gefecht, ja ein Pistolenduell zwischen östlichem und westlichem System austragen lassen. Russisch-Saurierisch. Hier der dicke Automensch, dort der baumlange Bierpantscher – eine Schlägerei, die sich gewaschen hätte, und ich wäre sehr gespannt, wie sie endete, und würde auch den Sekundanten –

Aber nein, Wahrheit bleibe Wahrheit, auch wenn sie bitter schmeckt und Leser anwidert. Der Wahrheit zu dienen, werde ich mich ab sofort auch stilistisch noch mehr gehenlassen, vielleicht wird das die Rettung …

18. Dezember. Ein Artikel in der Volkszeitung weckt meine Aufmerksamkeit. Erschöpft, heißt es da, habe ein kleiner Pudel mehrere Tage lang neben seiner toten Besitzerin, einer 76 Jahre alten Rentnerin, ausgeharrt. Die Frau hatte zu Verwandten nach Freising gehen wollen, nach 20 Kilometern hatte sie einen Schwächeanfall erlitten, war in den Straßengraben gefallen und dort wohl erfroren. Ein Radfahrer fand Frau und Pudel erst einige Tage später.

Ich überlege, was mich an diesem kleinen Schmerzenstraktat am meisten rötelt. Die wahrhaft heroische Haltung ausgerechnet eines Pudels, die sinnzerstäubende Nachricht, daß unsere Alten noch 20 Kilometer weit durch den Schnee rennen – oder die noch katastrophalere Vorstellung bzw. Unterstellung, daß der Radfahrer erst Tage später vorbeigekommen sei. Woher will das wer wissen? Und wen juckt das letzten Endes alles? Außer mich!

Die früh Geliebte zwinkert wie scherzando. Hat sie endlich einen Galan? Am Nachmittag fuhr ich mit dem Zug nach Weizentrudingen, zu sehen, wie es dort so sei. Im Gasthaus »Fuchsbeck« sah ich es ganz deutlich: Die älteren und die ganz alten Männer fielen entweder durch unglaublich bleiche oder durch unglaublich scharlachrote Köpfe auf, selbst mein Purpurballon konnte da kaum mithalten! Zweitens aber durch eine fabelhafte, unergründliche, geheimnisdurchfächelte Ruhe, genauer: Ruhigkeit – ja sie wurden gewissermaßen jede Minute ruhiger, ob sie nun den Kopf in ihr Krüglein senkten oder einfach dasaßen und sich daran erlabten, daß sie noch der späten Erde mattes Wetterleuchten mitgenossen…

Noch immer keine Handlung, keine Dramatik. Aber war denn im offiziellen Roman … ob die klügsten meiner Leser…? Weizentrudingen war sicher das Ziel der Weltgeschichte. Während in Dünklingen doch Alwin noch für eine gewisse Unruhe sorgt und einst sogar ausschreitende Brüder…

19. Dezember. Heute: »Büstenhalter« statt »Baltenländer« – es läuft wie geschmiert!

Was ist das? Es ist ein Ritter, der heißt Spott, schmeckt wie der große Gott! Nun, es ist eine nicht sehr glückliche Reklame für Ritter-Sport-Schokolade, die ich gerade verdrücke, hihihi!

Es ist, es ist, als ob es ist ein Ros ent –

Es ist ein Schnee gefallen
Das tät mir grimmes Leid
Mein Bier kann ich nicht zahlen
’s ist ein gar arge Zeit.
Mein Herz sticht. Weh, dem Müden!
Mein Stüblein ist mir kalt.
Wie flott wär’s jetzt im Süden…
Niemand, der’s Bier mir zahlt!
Mein Lieb hat mich verschaukelt,
des barmt mich sonder Maß
Ich hieß sie – – –

Ach nein, aber wo! So geht's doch nicht. Immerhin keins der geistlosen Pornogedichte wie vorne. Ein echter Fortschritt. Aber er hilft nichts mehr. Weinen, klagen, seufzen, zagen, Alwin fragen, Schwager plagen …

»Darauf war«, steht heute in der Zeitung, »die Trauergesellschaft nicht vorbereitet, die den Farmer Winston Bell zu Grabe trug: Plötzlich trotteten sechs Kühe auf den Friedhof. Die anhänglichen Tiere waren fünf Kilometer weit querfeldein durch den tiefen Schnee zur Beerdigung ihres Besitzers gestapft.«

Passiert war's ausgerechnet in New York. Ausgerechnet Bananen … Es wird immer härter.

20. Dezember. Na endlich! Heute, im Morgengrauen: der vollkommene Schrecken. Herz, was begehrst du mehr!

Es war sehr amüsant. Plötzlich, gegen 5 Uhr, wachte ich auf. Nahm sofort wahr, daß ich nicht mehr einer war, sondern – 321. Das heißt, ich stellte fest, daß meinem »Kopfe« jetzt die Aufgabe unterlag, gleichzeitig einer, aber, so »wörtlich«, auch »leider 321« zu sein.

Es war, als ob zum endgültigen Angriff geblasen würde auf lautlosen Trompeten links und rechts, es war – es war, als ob ich verdammt sei, mit meiner bloßen Muskel- oder aber Geisteskraft den Eiffelturm auf meine 1,67 Meter herunterzudrücken. »Auf daß es«, wie mir irgend jemand immerfort zuraunte, »wieder einigermaßen paßt.«

Man stelle sich vor! Ein so heimatverwurzelter, heimatvernagelter Mensch wie ich plötzlich in internationale Verbrecheraffairen involviert! Bzw. diesen letzten Satz nehme ich zurück – das ist ein hörbares Nachäffen, pardon: Nachwehen meines »nächtigen Erlebnisses«. Ja, tatsächlich sind fast alle meine Worte dieses jetzigen Tagebucheintrags wie mit »Anführungszeichen« zu lesen: Es war wie – »negatives Kopfweh«, es war wie körperlos »wütender Schmerz«, es war, als ob »mein Reich zerberste« oder »bürstle«.

Ich »sprang sofort« aus dem Bett, »ratlos« »rannte« ich durch den Salon, »stellte mich« vor den großen Spiegel, – doch, der Kopf und der Körper »stimmten oberflächlich« noch, aber der »Rest« war »Schrott«, wie es die erwähnte Stimme nannte. Mit »geballten Fäusten« klopfte ich gegen meine Schläfen, verknotete die Ohren – es half nichts. Es war »Paralyse«, nein, die »reine Obskuranz«, es war »Hochverrat«. Ich »war nicht mehr« in »mir«.

Man vergegenwärtige sich nachfühlend mein »himmelschreiendes« »Debakel«! 1 und 321 »zur Deckung zu bringen«. So lautete die »Aufgabe« des Fürsten der Finsternis. Verblüffend, daß mein alter »Kopf« die »Aufgabe« »dennoch« schnell »begriff«. Wohl sind in dieser durchkriminalisierten Welt, sei's im Bundesetat, sei's im Atomkrieg, die Größen von sagen wir 17 und 26 zur Not und irgendwie zur Identität zu schmieden, aber nimmermehr so »hoffnungsverweigernde« Zahlen« wie 1 und 321. Hier fliegt doch einfach »der ganze Schwindel« auf!

Es war das kosmisch Erhabene ohne sinnlichen Restgenuß. Es war, als ob meine existentielle Windbeutelei ex origine von einem noch begabteren Windbeutel »entblättert« würde und dabei lachend »zersplittere«!

Mir wurde, im nachhinein finde ich es wirklich hübsch, von Sekunde zu Sekunde so – o nein, nicht schlecht und schlechter, sondern »unbekannter«, ja ich ahnte sogar mit einer gewissen »Freude«, daß es mir im Schlaf gelungen war, die ordinären Weltbarrieren von Raum und Zeit und Kausalität zu »zerstückeln«, zu »zerdenken«. Gleichwohl wäre falsch, die entwürdigendste Angst zu leugnen – sie war der Rest an Lebensschein. In hoher Not segelte und brummte ich mehrfach mit dem »Kopf« gegen die Zimmerwand, lief sogar kurz Gefahr, Kathi zu wecken und die früh Geliebte ein letztes Mal lärmend zu umfangen und zu pressen –

– da »fiel mir«, wie »ein letzter Gruß vom Hirn«, der Hammer wieder ein, der Hammer, den ich einst, dem Neger zu wehren, in meinem Nachttisch aufgebahrt. Unter namenlosen, »anmeldungsfreien« »Schmerzen und Ängsten mein« klaubte ich ihn hervor, staubte ihn ab, beschloß, den mir jetzt »nutzlos gewordenen« Schädel zu zerschmettern – doch siehe, nach den ersten leichten versuchsweisen Schlägen begann der »Druck« zu weichen, wich die Leere – in rasender Fahrt auf der Donau von Ulm nach Passau wurde die Zahl 321 zu eins – oder vielleicht ist dies schlichtere Wort das richtigere: 1 war wiederum – wie immer – 1.

Ich stand und mußte selbstlos grinsen. Horchte noch ein wenig herum, ob es auch wahr war – alles klar! Nahm einen Kaugummi in mich auf, rollte mich in mein Bettchen und schlummerte ein paar traumlosschöne Stunden darin herum – nein, Lüge! Ich träumte, ich räume es ein, von niemand anderem als Kathi! Kaum zu glauben!

Dementia partialis? Totalis? Progeristica? War es, ist es wirklich schon soweit? Kann ich mich langsam rüsten?

Am Vormittag ging es mir ausgezeichnet. Ich spielte sogar freiwillig Klavier, um nicht durch Grübeln meiner Sache zu schaden. Gegen Mittag kam trotzdem eine gewisse Bangnis auf, der Unsinn möchte sich wiederholen. Der Nachmittag mußte auch verlebt werden. Wozu hatte ich für Zeiten der Not meinen Pflegling? Fast tänzerisch, treu wie nur einer, krabbelte ich zu Alwin.

Im Supermarkt saß – Gottseidank ohne Hund! – der Fettwanst Trinkler hinterm Schreibtisch, in der Art besonders fescher Unternehmer hatte er sogar seinen Tirolerhut auf dem Kopf belassen – und die Visage teilte mir mit, daß Alwin zum »Einkaufen« in »die Tankstelle« gefahren sei.

Trappelte ich also zur Tankstelle Waldvogel. Alwin stand tatsächlich im Kassenraum, den Bauch solide in den Raum schnellend, die Beine zierlich leicht gespreizt, in der Haltung ballettseliger Lebemenschen, in einer Hand hielt er einen offenbar neuen Scheibenwischer, in der anderen eine Flasche Weizenbier. Außerdem saßen noch zwei Tank-Angestellte und zwei ältere Zivilpersonen herum, ganz leger um einen kleinen Tisch, und vor jedermann stand ein Schnäpschen, zweimal »Underberg«, einmal »Lockstetter« und einmal »Saurer Fritz«.

»Schwager«, freute sich Streibl glatt und sehr, »eine Überraschung! Was … aaah … kann ich für dich tun? Eine solche …«, das lateinische oder französische Wort fiel ihm nicht ein, »Überraschung!«

Ich wußte es natürlich nicht, aber zunächst drängten mir Alwin und der Tankstellenmann einen Schnaps auf. Den müsse ich unbedingt trinken. Schutzsuchend trank ich ihn, es schmeckte wie der Ruin von allem und jedem. Über der Kasse schwebte ein Fernsehgerät.

»Ich wollt' nur mal schauen«, sagte ich wahrheitsgemäß und fast wieder glücklich.

»Aah«, lächelte Alwin alltagsselig, ja vielleicht sogar stolz, daß es jemand gebe, der ihm selbst in die Tankstelle nachlaufe, »aber nimm dich in acht!« Er schluckte und bereitete deutlich einen Scherz vor, »die Schlawiner von den freien Tankstellen sind nämlich Schlawiner, um Gotteswillen, die …«

»Slawen«, half ich ihm. Ich wurde blitzrasch frech: »Im Schlamassel …«

»Schlawiner«, beharrte Alwin rauhhörig, »lauter Schlawiner …«

»Schlaumeier«, sprang ich nochmals bei. Jetzt hatte er's.

»Schlawiner und Schlaumeier!« Jetzt war Streibl um so vollkommener entzückt. »Schlawiner und Schlaumeier … pardon, Waldvogel, schlaue Schla …«

Er brauchte sich nicht weiter anzustrengen, denn auf einmal sprang Fred Wienerl in den Tankstellenraum, schrie zuerst begeistert »Freunde! Feierabend!« – dann erst nahm er wohl mich Wichtel wahr, grüßte mich deutlich geniert, wahrscheinlich wunderten wir uns beide wechselseitig, daß wir hier herumstanden. Dann aber verlangte Fred, der sogar wie die Tankstellenmänner einen aktiven blauen Overall trug, forsch »ein Paket Kohlen – 15 Prozent, du weißt ja!« Der ältere Tankstellenmann erteilte nun dem jüngeren einen Wink, und der holte aus einem Regal dann wirklich Kohlen, im gleichen Regal lagerten aber auch z. B. Feuerzeuge, Kassettenrekorder, Batterien, Krimsekt, Holzpäckchen, Lachsgläser, Sofakissen, Kinderspielzeug und sogar Fußbälle.

»Waldvogel«, rief Alwin fesch in den Kaufprozeß hinein, »gib ihm Kollegenrabatt, gib ihm Kollegenrabatt – er ist ja jetzt auch von der Branche! – von der – Schla – Branche! Zum Wohl, Fred! Ich darf doch ›Fred‹ sagen, pardon?«

Traten die beiden nicht demnächst vor Gericht gegeneinander an?

»Wieso? Was?« Tankstellenmann Waldvogel wunderte sich schwerfällig und betappte das geblümte Sparschwein auf seinem Ladentisch.

»Nur Zweit-Branche, du, nur Neben-Branche!« rief Fred sichtbar geschmeichelt, ja entzückt.

»Der Fred, hör zu, Waldvogel«, beeilte sich Alwin zu erklären und er zeichnete dabei mit den Armen spiralenförmige Figuren, »hat doch jetzt – seit drei Wochen – auch einen Moped-Schilder-Vertrieb!«

»Drei Wochen?« schrie Fred zweischneidig, aber wohl entrückt, »sechs Monate!«

»Ah, da schau her«, mümmelte Alwin hingerissen, »pardon, war nicht bös gemeint, aber wo, nicht bös.«

Streibl legte, um nach Diplomatenart festliche Gesinnung zu mimen, die Unterlippe etwas seitlich von der Oberlippe, d. h.: er riß den ganzen Unterkiefer flott nach links, gleichzeitig drückte er wie lebenslustsatt ein Auge zu und rieb sich sogar wie in Erwartung neuer prickelnder Geselligkeiten die Patschhände.

Ohne daß er darum gebeten hätte, bekam nun auch Fred von dem Tankstellenlehrling seinen Tropfen, nämlich Doornkaat. »Und dann noch zwei Klo-Rollen, du«, fuhr Fred schwungvoll fort, »eine für meinen Allerwertesten, eine für meine Allerwerteste!«

»Zwei Klo-Rollen, yeah«, echote Alwin, wie um seine Glückslast etwas abzuschütteln. Wie liebt' ich ihn dafür, den Schwager-Hammel! Erfreulicherweise hatte er Freds Wortspiel verschlafen. Nur die beiden Rentner-Tankstellengäste lachten dankbar.

Ob das mit der Pflegschaft »jetzt endlich« in Ordnung gehe, brummelte ich Streibl in einem kurzen unbewachten Augenblick zu. »Hör zu«, antwortete Alwin, »du hast in letzter Zeit so viel, so viel für mich getan – darf ich dir einen Cognak spendieren, Schwagerherz?«

»Soviel«, ich atmete hart durch, »du willst!«

»Einen Cognak, Karl – für meinen Schwager! Für meinen

Schwager einen Cognak. Es ist ein netter, ein guter Lapp, er geigt immer in der Kur-Combo in Mädgenheim mit rum, er hat ja auch nichts von seinem Leben ...«

»Trommel!« sagte ich wuchtig. Aber es nutzte nichts.

»Fred, man hört, daß du für eine Versicherung machst?« Alwin, gravitätisch, war jetzt ganz interessierter Geschäftsmann.

»Versicherungsgruppe Göppingen!« Freds Ollenhauerkopf färbte zu froher Feierlichkeit hinüber. »Aber ich ...«

»Auf Prozentbasis?«

»17«, sagte Fred knapp und fast geheimnisvoll.

Der ältere Tankmann, sichtlich ein schwerer Schnarchsack, winkte nun dem jüngeren, mal nach draußen zu gehen, da sei ein Kunde draußen, der wolle tanken, »siehst nicht?«

»Aber – he – das«, stotterte der junge. Aber da betrat der Kunde schon den Innenraum.

»Ah, der Hermann!« rief Waldvogel sehr gleichgültig, »alter Hühnermauser – ich denk, du bist in Algerien?«

»Hat nicht geklappt, hat nicht geklappt!« wiegelte Hermann, ein bulliger Mann im Winterpelz und mit Schnee auf dem Kopf, ab, »ist verschoben worden« – und schnell bekam Hermann einen Kräuterschnaps, dessen Namen ich mit »Beerwurz« entziffert habe. Wir waren jetzt acht Mann im Tankstellenrund.

»Du kannst ganz beruhigt sein, ich fahr dich nachher heim«, flüsterte mir Alwin, mich väterlich am Arm greifend, zu, als ob die anderen meine Schutzlosigkeit inmitten dieser Prügel Männer aus dem brisanten Treibstoffumfeld nicht zu wissen bräuchten. »Heim«, fuhr er skandalös fort und wisperte suckelhaft, »daß dein Frauerl auch was von dir hat, du bist doch ...«

»Hör auf!« flüsterte ich still drohend. Wie duftete der Schimmelpilz des Lasterlebens!

»Hör zu, Schwager«, Alwin zeigte sich, immer noch im Geheimton, fast gekränkt, »du hast doch ein sauberes Frauerl, ich, mir wenn sie gehören tät', ich würd 's jeden Tag ...«, jetzt riß es ihn wieder hin und er suchte verzweifelt nach einem geistreich-obszönen Wortspiel, »von vorn und hinten ...«

»1:321!« unterbrach ich sein Gekeuch. Wie tonlos.

»Dir, Schwager, steht doch das Hosentürl auch sperrangelweit offen!« Er wimmerte sich schnell wie nie ins Traumverlorene hinein, »Siegmund, um Gottes«, er hatte nicht gut durchgeatmet, »gib's doch zu!«

»1:321!« wiederholte ich verbissen.

»1:321!« wiederholte Alwin arglos und im leisen Sington, »Fred, ich darf dich doch, ich bin dir noch viel schuldig, zu einem Cognak, einem Korn, einem, hör zu, Cognak einladen ...?«

Fred strahlte allverzeihend, nickte quirlig, als ob ihm die Worte für so viel nachmittägliche Gemeinschaftslust fehlten – *diese* Psychologie des Handelslebens hatten sie offenbar in der Schweiz von Professor Denissen nicht gelernt. Und erfreulich ist es ja auch immer wieder, wie gut die Prozeßpartner in unserem Land es im Privatleben miteinander können. Dann sah ich es. Zuerst in Spiegelschrift, aber ich verlas mich nicht: »Heimwerker-Discount« stand über der Auslage des Tankstellenhäuschens. Und es standen oder lagen oder lehnten verschiedene offene Werkzeugkästen, Franzosen, Schraubenschlüssel und sogar ein Hobel darin. Und dazwischen waren Tannenzweigchen verstreut. »Heimwerker-Discount«? »St. Neff«? Was das wohl bedeuten mochte?

»Robby, du vergißt eins«, Alwin wandte sich lehrhaft an den jungen Tankstellenmann, der das Trinken wohl noch nicht so gewohnt war und sein Fläschchen, das die anderen auf einmal wegkippten, noch mehrmals zum Mund führen mußte, bis es weg war, »Robby«, sagte Alwin, »die Wettbewerbsverzerrung wird von der Marktlücke diktiert!«

Der junge Mann wollte etwas antworten, tat sich aber offenbar wieder schwer – und so fuhr ich heimlich-kätzchenhaft dazwischen, ob denn das nicht auch eine Wettbewerbsverzerrung sei, wenn in den Tankstellen sogar Heimwerkergeräte zum Verkauf angeboten würden.

»Siegmund!« Alwin faßte mich fürsorglich am Unterarm. Wie das prickelte! Wie Krimsekt! »Hör zu, Siegmund, sag's bitte nicht laut, du tust ihm weh«, jetzt flüsterte der Agent, was aber gar nicht nötig gewesen wäre, weil der Hermann Genannte gerade besonders dreist dröhnte, »du tust dem Waldvogel weh, er muß es ja nebenbei machen, schau, was verdient er denn als Angestellter? Jetzt macht er halt den Heimarbeiter-Discount nebenbei noch mit, geh zu, du bist doch liberal«, mahnte Alwin, »du tät'st mir und ihm weh, wenn du es zum Eklat kommen läßt. Ein Cognak noch? Ich lad dich – wär' nett – ein, so nett…«

Ich mußte nachdenken. »Liberalität«! Ich weiß nicht, ob dem Bundeskanzler oder (falls der für solche Katastrophen verantwortlich ist) dem Bundespräsidenten bekannt ist, wie explosiv in diesem Lande das Mischgewerbe zunimmt und bald jede Übersicht verhindern wird! Alwin verkauft Autos und Versicherungen, Wienerl Fotos und Mopedschilder, Waldvogel Benzin und Hobel – nun, auch ich lebe ja quasi von drei unterschiedlichen Einnahmequellen, Kur-Combo, Klavierstunden und Erpressung und nächstens vielleicht sogar Buchhonorare – trotzdem – – nein, ich will lieber ganz still sein und den Bundespräsidenten nicht aus seiner Lebensfreude, seinen Banketten mit der Queen und seinem ganzen nationalen Optimismus wecken – – –

»Du mußt ja, Streibl«, wuchtete Hermann jetzt auf Alwin und Wienerl gleichzeitig ein, »immer eins bedenken. Freilich! Wenn du – hör mir doch auf, sind doch alles Bonner Lügen! – deinen Einkaufspreis vom Großhandel hast und die Handelsspanne und die Unkosten für den Laden zusammengerechnet hast, was will er denn, der Apel! – dann hast ja doch immer« – Hermann spreizte die fünf Wurstfinger vom Zählen – »Gewerbesteuer ad eins, Umsatzsteuer ad zwei, Licht ad drei und vier…«

»Licht aah!« Alwin seufzte wissend. Jetzt lief auch plötzlich der Fernsehapparat, allerdings ohne Ton. Niemand sah hin. Es war wohl gerade Kinderstunde. Ein krötenartiges Tier machte Späße.

»Und Nebenkosten!« brüllte Hermann festlich und verzweifelt. Lichtstunde heimelte.

»Wem sagst du das?« antwortete Alwin gleichgültig und galant zugleich, »Handel ist heute, unter westlichen Vorzeichen, praktisch Bettelei … yeah!«

»Und die Gewerbeertragssteuer!« hinkte einer der unbekannten alten Männer nach und nahm eine Prise Schnupftabak.

»Du weißt es ja doch selber!« schrie Hermann verzückt und -zwickt. Und jetzt wußte ich, was fehlte. Ein dreifach flackernder Adventskranz! »Alles Beschiß!«

»Die Marktanteile! Um Gotteswillen!« Hermann zu gefallen, hob Alwin ein wenig leidenschaftlicher die Stimme. Plötzlich merkte ich, daß ich mit den Zähnen spielerisch in die Luft schnappte – wahrscheinlich hätte ich den Schwager-Bummel gern ins bleiche Näselchen gebissen.

»Seine Steuerreform«, eilte sich Fred, »kann sich Apel in die Harnröhre schieben, du!«

»Um Gotteswillen«, bestätigte Alwin noch kühner, »unter die Vorhaut jubeln, es ist Ausbeutung ...«

»Der Markt ist übersättigt!« holte Hermann weiter aus ...

In diesem Augenblick kam eine sehr heftigbusige junge Frau im weißen Bürokittel in die Tankstelle geschneit, wurde mehrfach mit »Petra« begrüßt und kaufte ganz brisant und hastig, ja unwiderstehlich eine Schachtel Pralinen, eine Flasche Calvados, eine Flasche Aprikosenlikör, eine Niveacreme, fünf Piccolo-Fläschchen Sekt, ein Netz Orangen, vier Radiobatterien und eine Packung Tempo-Taschentücher.

»Herr Waldvogel!« rief die junge Frau sodann wie süchtig, »Sie waren auf dem TV-Ball, gell! Der Otto hat Sie nämlich gesehen! Wir waren in Nürnberg bei meinem Bruder und haben Dias geschaut! Vorher in der Oper! Spitze! Sie, Herr Waldvogel, der Cognak von neulich, der war Spitze! Ihr Sohn, der geht jetzt doch nach Mexiko! Der hat's gut! Wenn Sie wieder mal ein Sonderangebot mit Makrelen haben, rufen Sie mich sofort an, gell! 28 15! Wir geh'n heut' italienisch essen ins ›Imperatore‹! *Solche* Cannelloni! Ah, der Herr Streibl! Sie sind vom Autosupermarkt, gell! Und Ihre Tochter spielt bei Inter Fußball! Sie, Herr Waldvogel, wir fahren im Januar zum Langlauf, stellen Sie sich vor, wir fahren schon wieder nach Tirol und im März nach St. Ulrich Abfahrt! Oder Cavalese! Ah! Kinderstunde! Im Januar hat sie ja keine Zeit, weil sie Abitur in der Abendschule macht, aber im März wenn Ihre Bärbel mitfahren will – der Jochen und der Floh und der Otto vielleicht fahren auch mit, der hat jetzt seinen Führerschein wieder! Und die Margot! Die kriegt ihr Kind erst im Juni!«

Nun mußte jeder von uns Männern – ich auch – schnell von ihrem Likör nippen, und Petra schrie jedesmal ganz durcheinandergewirbelt »Iiiih« und »Uiiii!« Es war – sogar Hemingway wäre auf der Stelle zu Boden gegangen – wie ein Atompilz, nein, eine Neutronenbombe des blindgarstig seelenzerfleddernden Flügelrauschens in der Erwartung noch hinreißenderer Wunder im Zuge der achtziger Jahre. Es war wie ein nach-hemingwayisches Gebet. Und Stefania hatte sterben müssen.

Dann war Petra wieder weg.

Waldvogel ruckelte am Zigarettenautomaten der Tankstellenstube. Ich ließ mir von ihm Kaugummi geben. Waldvogel schaltete wie resigniert den Fernseher wieder aus.

»Nett«, schwärmte Alwin Petra nach.

»Stopferl«, sagte Waldvogel kalt.

»Nettes Stopferl ... yeah«, bestätigte Alwin und kriegte die sozialistischen Weizenbieraugen. »Ich hab's auch schon einmal im Bett...« Nein, diese allzu dicke Lüge ließ er sich doch lieber auf der Zunge zergehen, bis sie glanzlos wieder starb. Gerissen aber schnaubte das Näschen.

»Der Trinkler wartet«, raunte ich Streibl zu

»Der Trinkler wartet aaah«, wiederholte Alwin nachdenklich, »du, Waldvogel«, schnellte er behend zu diesem herum, »bist so gut, wenn du wieder Ami-Zigaretten hast, bist so nett und läutest mich an, läutest mich an, meine Frau, meine Frau, ich rauch ja nicht, holt sie dann. Siegmund?« Er tanzte auf mich zu: »Darf ich – darf ich dich in die Heimat fahren?«

»Ich geh noch ein bißchen durch – in – durch die Stadt.«

Verzärtelt, wie ich war, fiel mir das Denken schwer.

»Ich komm jetzt noch öfter in den Supermarkt«, fiel mir ein. Als meinen Pflegling mußte ich ihn jetzt ja noch schärfer unter Kuratel halten.

»Addios, Freunde!« rief Alwin mit großer Rudergeste, Tartarenmut in den kleinen Augen, ins trauliche Tankstellenrund. »Bleibt sauber! Ich erkundige mich!«

Hochelegant riß er mir den Wagenschlag auf. Der stiere Himmel. Der schmunzelnde Mond. Das Lichtergeblöke. Waren wir in Manhattan?

»1:321«, sagte ich vermummt, doch deutlich.

»Aaah – um Gotteswillen – aaah«, antwortete Alwin und ächzte pluralistisch, nein: sibyllinisch.

»Schwager, meld dich wieder, meld dich wieder, Schwager!« Er war sogar ausgestiegen, um mir die Autotüre aufzuhalten. »Ich hab Vertrauen zu dir, und du weißt es.«

Kaum war ich draußen, kamen sie des Wegs. Klar! War ja gerade die Zeit zum Rorate-Rosenkranz! Mit einer keuschen Grimasse nahm ich den Kaugummi aus den Zähnen und schleuderte ihn zu Boden. Voraus ging wieder die bischöfliche Großmutter, riesengroß und diesmal gleichfalls kohlschwarz dräuend, es folgten einen Kopf kleiner die Würdenträger Vater und Mutter, schließlich im Gänsemarsch der Sohn und die Tochter, die mir heute sogar noch etwas gequetschter erschien. Alles schwarz. Die ganze Straße, Stadt, Galaxe. Und schlagartig begriff ich es: Die Marschordnung der Kohl-Gruppe richtete sich nicht nach generationsmäßigen Gesichtspunkten, sondern wahrhaftig aus einer Art wortwörtlichem esprit de corps heraus zockelten sie der Größe nach vorwärts! Dem Rosenkranze zu, dem immerdaren! Die Größe selbst formte die Hierarchie!

Weihnachtlich mußte ich trotzdem kichern. Ach! Waren sie nicht letztlich seelenstärkender noch als die Iberer-Brühe?

Verkohlter Seele schlich ich mich nach Hause fein. Doch zum Nochmals-Vergaffen fehlte mir jede Kraft. 1:321. Die Kohls wären ein Bollwerk gegen dergleichen. Allein, ich will nicht. Die Angst dröhnt ferne nach, ich will sie rasch vergessen. 1:321. So was!

Wir müssen durch viel Trübsal in das Reich Gottes eingehen. Gott nei. Um Gotteswillen. Fürchte ich mich vorm nächsten Morgengrauen?

21. Dezember. Alles gutgegangen. Kein Erlebnis, keine Stimme, kein Hammer. Aber ist es nicht wie eine neue Beleidigung? Endlich ein bißchen Farbe – schon ist es wieder aus?

22. Dezember. Im Supermarkt. Nein, nicht im Auto-, sondern im richtigen, großen, universalen, fast schon veralteten. Erstaunlich, ja tröstlich, daß neben den aufstrebenden Hundehütten auch dergleichen sich noch halten kann und überdauert.

Die Warnung 1:321 blieb nicht ungehört. Mein Leben kriegt den Dreh ins Positive. Gegen 16 Uhr registrierte ich, daß mir etwas fehle. Nein, nicht Alwin noch gar die Brüder! Gegen 16 Uhr 30 wußte ich, was es war. Ich hatte heute noch kein Geld ausgegeben! Na also! Ich wurde ja langsam ein richtiger treuer Staatsbürger! Ich spürte keinerlei Bedürfnis nach irgend etwas. Aber im Supermarkt würde sich schon etwas finden.

Es war fast ein Abenteuer. »Supermarkt« prangte schon an der Pforte, darunter etwas kleiner »Discount-Top«. Im Innern hieß es plötzlich »Top-Discount«. Sie wußten nicht mehr, was sie wollten. Ich möchte jede Wette halten, daß auch der Geschäftsführer nicht weiß, was »Top« noch was »Discount« bedeutet. Wahrscheinlich hält er beides für eine handelsgerichtlich zugebilligte Legitimation zur Volksverwünschung, und so ist es auch am Ende.

Noch heiterer trieb es ein lachender Papp-Polizist in Übermenschengröße, aufgestellt hinter der Abkassier-Stelle. Er kam der Aufgabe nach, die Kundschaft mit schelmisch drohendem Finger zur Ehrlichkeit anzuhalten – was noch einzusehen gewesen wäre, hätte man dem Papp-Mann in blütenweißer Uniform nicht ausgerechnet ziegelrotes Haar aufgepinselt. Hilf, Alwin! Die Revolution muß kommen und sie wird auch kommen!

Ich ging zur erstbesten herumstehenden weiblichen Supermarktkraft und raunte, ich hätte gern »was«. Deutete hilflos nach vorne und hinten, links und rechts. Die Frau fragte, nur leicht sorglich, wieviel ich denn ausgeben wolle. Ich sah in meiner Hosentasche nach, fand 31 Mark. Dafür, erklärte die etwa 50jährige Kraft (Verkäuferin kann man ja nicht mehr sagen, diese Art vagabundierendes Personal hatte sicher nur die Funktion, Ungeschickten wie mir auf die Sprünge zu helfen) – dafür bekäme ich einen prima schwarzen Mini-Regenschirm Kobold-Selbstöffner. Ich sagte der Kraft, jawohl, den solle sie gleich einpacken, nein, sehen möchte ich ihn zuvor nicht, damit ich weiterkäme. 31 Mark waren zu zahlen, dafür kriegte ich eine Tüte. Ich war recht stolz, daß ich den Supermarkt gemeistert hatte. »Technisch versierter Frührentner gesucht« stand an der Ausgangspforte. Na, gottseidank, technisch bin ich eine Mißgeburt, sonst hätten sie es vielleicht doch noch geschafft und mich geschnappt. In ihrem wölfisch wilden Wahne.

Meinen neuen Regenschirm konnte ich sofort gut brauchen, es hatte zu schneien begonnen. So schlägt doch alles noch zum Segen aus. Der Schirm besaß schöne, fast vornehme graue Streifen, und alles war super.

Auf dem Heimmarsch, es dunkelte schnell, sah ich auf einer Alleebank an unserem Stadtgraben einen etwa 14jährigen Buben sitzen, der ganz haltlos vor sich hin schluchzte, beide Patschhände vor den Kopf geschlagen. Es schneite heftig, fast eisig kalt war's, der junge Mann konnte sich ja erfrieren! Von Edelmut gepackt ging ich zu ihm und fragte ihn, was ihm denn fehle, vielleicht hatte er ja nur fünf Mark verloren, und ich konnte mich helfend betätigen – der Junge schluchzte aber zuerst nur ungerührt weiter, dann vertraute er mir schluchzend an, daß seine Schultasche in den Stadtgraben gefallen sei.

Aber die Schultasche stehe doch neben ihm auf der Bank, wandte ich ein – und da erst sah ich, daß der Schüler eine absolut verheerende Ähnlichkeit – mit mir hatte! Er schaute jetzt aufmerksam zur Seite, sah seine Schultasche, grinste mich breit und freundlich, aber nicht sehr verzeihungheischend an und sagte: »Ah, da ist sie ja, dann ist's ja gut!« Stand auf, fiel aber wieder auf die eisverkrustete Alleebank zurück und legte sich quer, offenbar um ein wenig zu schlafen, denn die Schultasche rückte er unter den machtvoll roten Kopf. Die Ähnlichkeit mit mir war – wie eine Erscheinung! Ich rüttelte den Jüngling. Widerwillig setzte er sich wieder aufrecht, fragte wegwerferisch, ob ich Pralinen bei mir hätte, er möchte so gern welche, dann würde es ihm nämlich noch »crazier« – und dann heulte er wieder los: Zuerst ein richtiges Schluchzen, dann aber: »Blaue Nacht, o blaue Nacht am Hafen ...!« seufzte der Kleine verquollen und blinzelte entsetzlich gefühlvoll in den Schieferhimmel, dann fuhr er wieder hoch und mich ganz schneidend an: »Schau einer schönen Frau«, sang er laut, »nicht so tief in die Augen!« Das stentorhafte »Frau!« hätte mich beinahe umgeweht, aber schon lächelte der Junge wieder ganz kommod: »Jaja, Chef, *so* blöd wie *Sie* möcht' ich auch einmal sein, einmal! Aber ich – ich muß ja immer so viel denken, so viel denken!« Und stantepeh schluchzte er aufs neue auf.

Was ihm denn weh tue, fragte ich dringlicher, aber gleichzeitig vergnügt. »Naja, alles – alles – wissen Sie, alles ist so – zwiebelig, so – verkautschukt!« sagte er und lächelte mich heulend an, »Sie verstehen schon – verstehen Sie mich? Können Sie sich eigentlich ausreichend legitimieren? Was mich interessierte«, sagte er nun schärfer, »was Sie eigentlich wollen? Von mir wollen – und welchem Gewerbe Sie eigentlich nachgehen? Sie müssen doch auch irgendwas gelernt haben? Außer Regenschirme kaufen! Ich unterhalt mich doch nicht mit jedem dahergeschneeigelten Steften!« Er strahlte, dann heulte er wieder – es war klar, das Kind war sturzhagelbetrunken – und es weinte vor Seligkeit und Überrumpelung durch diese Seligkeit, die es noch nicht kannte. Und es war ebenso klar, daß dies mein Kind sei, mir zu Weihnachten geschenkt zur Freude und Erlösung – – –

Unsinn! Ich redete auf den Kleinen (ja, er war auch genauso klein wie ich) ein, jetzt nach Hause zu gehen. »Fahrschüler«, sagte mein neuer Freund, hörte zu weinen auf und deutete auf die Bushaltestelle. »Einstweilen«, jetzt lächelte er ganz wonnig und bezaubernd, »geh ich ein bißl zum Grosch Oskar bzw. Gradl Oskar, you understand, der Oskar ist der Schwipp-Sohn vom Ex-Dekan Grosch, der Oskar is my boyfriend – was wollen Sie überhaupt noch von mir? Der Grosch respektive Gradl Oskar und ich sind das überragende Team von Dünklingen« – »Diem«, sprach es der

Kleine aus – »wir reißen alles nieder, wie wir's brauchen, auch Weiber, der Grosch respektive Gradl Oskar haut Sie umeinander, daß Ihnen Ihre blöde Ausfragerei ein für alle Mal über den Rucksack geschmissen wird! Das überragende Pressure-Team von Dünklingen oder Dungelfingen oder wie die fuck'n' Stadt heißt!«

Der Kleine hatte sich erneut in Zorn geredet, ich wußte aber, daß er mir nicht eigentlich gram war. Nur deshalb traute ich mich nun doch noch zu fragen, wie er denn heiße.

»Mä«, sagte der junge Mann nach kurzer Überlegung wie nur halbwegs dessen sicher, dann aber grinste er mich breit, ja pastos und hochrotwonnig an, es war gerade so, als ob ich in den Spiegel schaute, aber statt der unerbittlichen Sorge in meinem Gesicht die strömende Zukunftsfreude der Jugend widerschiene, »Mä wie Mankind. Besonders gute und intime« – »indieme«, sagte der Knirps, und die Flocken wirbelten ihm um die edle Nase – »indieme Freunde nennen mich Charly. Ich war zwanzig Jahre in den Tropen«, fuhr er schwärmerisch fort, »vous comprenez, mo Präsido? Ich bin alter, sehr alter Kolonialer. Wir haben 1904 den gefährlichen Hereros-Aufstand niedergeschlagen, Oskar und ich, niedergemacht! Zwei Tropenveteranen! Also«, er ergriff seinen Schulranzen, warf ihn auf das Kreuz und salutierte militärisch: »Besten Dank dann für alles. Schauen S', daß Sie heimkommen!«

Und leicht schaukelnd, aber doch auch äußerst kompakt schritt mein junger Freund stadtmittenwärts.

Die Kordhose unterm laubfroschgrünen Mäntelchen schlug sehr locker nach hinten aus.

23. *Dezember.* Ich möchte nur wissen, warum aus meinem Polohemd immer Brusthaare spitzen. Es ist doch für diese verdammten kleinen Unwesen einfach unmöglich, hindurchzudringen – aber zwei, drei schaffen es jeden Tag, der mich, vous comprenez?, dem bösen bösen Ende näherbringt …

Seit inzwischen neun Wochen prangt Dünklingen als Lichtermeer, es ist dies alles eine ganz wundersame, mildtätige Frevelei, es ist, mit Mä zu reden, vollkommen – verkautschukt. Und mit dem Nahen der Weihnacht massiert sich logisch die Verrohung, die Verrottung. Hehe! »Minuspreise« steht jetzt tatsächlich an der Schnellwäscherei in meinem Hause, so wie wir es einst Fred ans Herz legten, der aber weiter im Rahmen der »pluspreisgruppe« operiert. Nun, beides ist vollkommen sinnig. Und immerhin, diese Latinisierung nach und während der noch laufenden Amerikanisierung – ist sie nicht eine Sternschnuppe? Ja, ist nicht alles ein Zeichen von fortschreitender, verzwiebelter Unschuld, der Vergebung der Sünden, sogar der Fink-Kodak-Verknisplung in Reue und Leid?

24. Dezember. Ach, ich bin noch ganz benebelt, verräuchert von zartester Freude! Der Wintersonne niedre Stirn blinzelt auf mein Schreibgerät, vielwissend rieselt Schnee – nun, kurz und glückselig – die Unseren haben gestern abend etwas unsäglich Schönes zuwege gebracht, etwas unerhört Neues, etwas ganz Keckes, – kurz und crazy, eine – Tombola!

Natürlich, es war keine ganz richtige Tombola, gottseidank, aber immerhin – nun, ausgeheckt hatte den Zauber, soviel ich mitgekriegt habe, Wilhelm Kuddernatsch, angeblich unterstützt von Bäck, der sogar mit einer neuen beigen Schlägermütze aufgetaucht war und wie eine Sportskanone aussah – jedenfalls, gestern am frühen Abend war dann allen telefonisch als Überraschung mitgeteilt worden, wir sollten zum regulären Honoratiorenabend jeweils ein Präsent im Wert von »mindestens 8 Mark« mitbringen, welches dann wiederum »durch Los« weitergeleitet werden sollte …

Heiland, diese Aufregung! Als ich ins »Paradies« einschnaufte, waren Kuddernatschs rosige Wangen, Bäck und sogar Fred Wienerl schon heftig am Geheimnissen, anwesend war heute auch ein gewisser Konrad Viktor Meerwald, den ich flüchtig kannte, ein sehr manierlicher, etwas verhohlener und seiner Knittel-Garderobe nach sogar sehr verkommener alter Mann, eine Art Kontaktmann zwischen unserer Lokalpresse, der Gewerkschaft und der österreichischen Handwerkskammer oder etwas Ähnliches – dann kamen gemeinsam Albert Wurm und Alois Freudenhammer, sie brachten einen irgendwie zeitlosen, aber wohl 60jährigen Herrn mit, den Tanzlehrer Alfons Bartmann, einen, wie sich erweisen sollte, sinnigen Mann und schläfrigen Bonvivanten, angeblich führendes Mitglied unserer berüchtigten Tchibo-Bande, zu der wohl neuerdings auch Wurm Verbindungen unterhält, was er sich davon erhofft, weiß ich nicht – Bartmann jedenfalls erwies sich dann mit seiner fast pomphaft pomadigen Haarpracht und seinem ernsten gefestigten Antlitz als recht distinkte Erscheinung und sehr anschmiegsame, ja gewinnende Gestalt, obwohl er in fein dosiertem Lebensüberdruß den ganzen Abend lang kaum ein Wort sprach, sondern meist an der schönen altmeisterlichen Stirn herumkratzte. Zuletzt kam noch der pensionierte Pedell Festl, ein kleiner kaninchenhafter Buckliger, der sich uns die letzten rauhen Wintermonate über angeschlossen hatte.

Wie gesagt, es war sensu strictu keine Tombola, was die Unsren da ausgezirkelt hatten – aber das war es dann gerade! Denn entweder hatte Kuddernatsch keinen Schimmer – oder aber er hatte ein »System« besessen und es dann in seiner Erregung wieder vergessen – jedenfalls war es das Ziel, die zusammengetragenen Geschenke so auszutauschen, daß jeder Teilnehmer ein fremdes bekam. Schon der erste Versuch ging schief. Jedes der neun eingewickelten Geschenke bekam eine Nummer und wurde alsdann in einen Gemeinschaftssack getan. Dann zog jeder von uns Männern – und hier meldete zuerst Meerwald quengelnde Bedenken an, drang aber nicht durch – gleichfalls eine Nummer, in der Reihenfolge unserer Nummern sollten wir jetzt »blind« in den Sack fassen und je ein Geschenk herausholen – bald wurde aber klar, daß damit die Geschenknummer überflüssig sei.

Also machten wir es nochmals, diesmal – mein Vorschlag – ohne die Geschenknummer. Jetzt aber zeigte es sich, daß unsere Nr. 1, Bäck, natürlich das fühlbar wuchtigste Geschenk ergriff, nämlich eine unverkennbare Schnapsflasche, unsere Nr. 2, Festl, die nächstgrößte Flasche, die noch dazu seine eigene war, »da weiß ich, was ich hab«, sagte Festl glücklich, »Zinn!«

Wir brachen also nochmals ab. Das Ganze wurde um so kritischer, als jetzt drei Männer vom Lebensverweigerertisch herangelockt worden waren, dem schwirrenden Geschehen innerhalb der ihnen unbegreiflichen chevaleresken Geheimgesellschaft als Zaungäste beizuwohnen, sie standen und schauten unserem ungefügen Treiben zu, so wie man Kartenspielern über die Schulter äugt, sie sparten auch nicht mit albernen Kommentaren wie »He! Der kriegt alles, he!« – und bei all dem wurde wohl dem feinnervigen Kuddernatsch so überlastet im Kopf, daß er, beschwörend die Arme von sich streckend, uns fast weinend bedeutete, er gebe praktisch auf, das habe er nicht gewollt! Wir sollten es ihm nicht verargen!

Di meliora! Erbarmend übernahm ich das Kommando, lockte zuerst die drei Infantilen mit einem Liter Pils-Bier zurück an ihren Tisch – dann versuchte ich mein »drittes System« zu erklären, da fiel mir Wurm stirnrunzelnd in die Parade, mit der These nämlich, wir seien neun Mann, »und bei einer ungeraden Zahl wie g'sagt – wie war's denn dortmals beim Dr. Sechser? Eben! – geht's überhaupt nicht!«

»Dann geh ich halt«, jammerte Kuddernatsch beleidigt los. »Meine Herren, ich bin ...«

»Soll halt«, Bäck versuchte Haltung zu wahren, »der Karl den zehnten Mann machen!«

»Der hat, Gott nei«, natürlich Wurm, »kein Geschenk, hähäh!« Deutlich versuchte er uns zu sabotieren.

»Soll er einfach ein Bier in den Sack tun«, murmelte Alfons Bartmann die ultima ratio.

»Oder drei!« Meerwald mit scheppperndem Tenor erwies sich als sehr eifrige Kraft.

O métaphysique! Mühevoll, etwas linkisch, vermochte ich mich in Positur zu bringen. Die ungerade Zahl, erläuterte ich, mache gar nichts, sondern... und nun versuchten wir es so: Jeder Teilnehmer und jedes Geschenk bekamen unabhängig voneinander per Los eine Nummer, gleiche Nummern sollten dann zueinanderkommen bzw. -finden (wahrhaftig, auch in der beschreibenden Chronik fällt das schwer!) – und das hätte dann auch um ein

Haar geklappt, hätte nicht Bäck aufgrund dieses »Systems« sein eigenes Geschenk, eine alte Bismarck-Biografie, wie sich später zeigte, selber erhalten.

Misera humana! Ich schämte mich sehr, doch sicherlich die Scham war es, die mir nun sofort die Lösung eingab, ein »todsicheres System«: Jeder der Unseren sollte eine Nummer ziehen, in der Reihenfolge dieser Nummern sollten wir uns dann um den Tisch setzen – und jeder würde das Geschenk seines linken Nachbarn kriegen. So klappte es dann auch – freilich mit dem Schönheitsfehler, daß jeder nun seinen Bescherer kannte. Ich konnte immerhin zufrieden sein, ich kriegte von Bartmann einen illustrierten Prachtband »Unsterbliche Toscana«, mein Klavier-Poesie-Album »Sang und Klang« war an Meerwald gegangen, der mich auch gleich aufgewühlt darum ersuchte, es dem österreichischen Handwerkspräsidenten weitergeben zu dürfen, dessen Tochter spiele Klavier, er, Meerwald, könne mich dafür auch bald bei einer Omnibus-Exkursion der hiesigen Schöffen nach Wels unterbringen – und Kuddernatsch, dem Festl einen schönen Batzen Speck verdankte, war so dankbar für meine Hilfe, daß er mir immer wieder von seinen erhaltenen Plätzchen zuschob und unbeirrbar einen Cognak daneben schaufelte.

»Und nächstes Jahr, meine Herren – machen wir's gleich von Anfang an so!« rief der Greis selig, die Ohren glühten ihm. Es war inzwischen 11 Uhr geworden.

»Nächstes Jahr – sitzt du nimmer da!« sagte Bäck, offenbar noch gram, schiefmäulig und patzig.

»Warum? Paul? Warum?« rief Kuddernatsch trollisch klagend. Im Hintergrund war der Wirt aufgetaucht.

»Kommt Zeit, kommt Rat«, resümierte Freudenhammer matschig. Er schien heute nicht seinen besten Tag zu haben.

»Ich darf doch um etwas mehr Zurückhaltung bitten!« rief Karl Demuth geheimnishaft und 2 Meter 03 hoch in unsere undeutlichen Weihnachtszärtlichkeiten hinein, und dann sonnig: »Männer! Auch der Gast hat seine polizeiliche Lärmschwelle!«

»Handbälle?« krähte ich, einer hinterfragenden Eingebung gehorchend. Die Bedienung Vroni schien mir heute eine besonders innige Person. Gern hätt' ich sie wohin gezwickt.

»Karl«, erwiderte Freudenhammer sanft sturmhöhenhaft, »Karl, du bist doch«, holzfuchsartig strich er über seine neugewonnene Portweinflasche, »Mitglied im Fremdenverkehrsverein. Lieg ich da richtig?« Es schien nicht eigentlich das zu sein, was Freudenhammer hatte fragen wollen. Halbentblößten Auges hockte Bartmann. Ob Kathi wohl bei unseren Soireen wirklich fremdging?

»Jedes Jahr«, nichtsdestoweniger gab Demuth aus acht Metern Abstand laut Bescheid, »zahl ich 118 Mark Beitrag. Jedes Jahr! Und was hab ich? Höh!«

»Uns!« lachte Wurm, der Finsterling. Meerwald sog am Weine. O heiliges Band! Bartmann Alfons gähnte unverschämt, die Mystik der Männerbünde genießend.

»Höh!« Demuth rieb sich die Wange, »euch!«

»Da wundert man sich immer«, wandte Freudenhammer sich an uns, »daß heut' der Fremdenverkehr stagniert. Ich hab neulich den Dr. Zipperer drauf angesprochen. ›Tschicko‹, sagt er zu mir, entweder du …«

»Seit wann heißt denn du – wie? – Tschibo?« Bäck, verschanzt zuletzt, war neugierig geworden.

»Tschicko!« Fred, der mir bis dahin gar nicht aufgefallen war, ging aufs Ganze. »Weil er«, hastete er, »in der Zeitung immer so einen t-schicken Stil schreibt …« – usw., der landläufige Fotografen-Stumpfsinn folgte, und so nützte ich denn die Gelegenheit, mit dem mir neuen Bartmann über die Krücke »Tschicko« einen Schwatz anzudrehen, das Nötigste über die Tchibo-Bande in Erfahrung zu kriegen – wie brünstig Fred nur wieder quakte! –, indessen Bartmann aber wenig geneigt schien, mich in die Innereien dieser Dunkelleute einzuweihen, so kam ich denn auf Bartmanns Tanzberuf zu sprechen, und da – obacht, Wurm, der Festl sagt jetzt was zum Meerwald! – strich denn Bartmann sacht die Brauen nieder: Platon schon, verwies der Tanzlehrer, habe sich vorteilhaft über den Tanz ausgelassen, desgleichen Paul Valéry,

Goethe, – Marx? Streibl? – Thomas Mann, Brecht, – am liebsten aber – Kuddernatsch, Kuddernatsch, du wirst halt bald daheim sein! – halte er es mit Nietzsche.

»Aha!« näselte ich salzig, »und warum?«

»Mensch sein – sagt Nietzsche«, sagte Bartmann wohlverstaut, »heißt Tänzer sein.« Jetzt erkannte ich es: der Beau Bartmann ähnelte stark dem Grafen Almaviva!

»Tanz«, redete ich aber möglichst gescheit daher, »heißt Manifestation der Seele ...« – da aber –

– öffnete sich die »Paradies«-Pforte, und herein sprang wer? Wer fiel mit einem – horribile dictu – wahren Panthersprung der satanischen Freude über unseren Herrenhaufen? Wer hatte jetzund noch gefehlt?

»Abermals, meine lieben alten Wichser«, begrüßte uns noch im Nahen der böse strahlende Kerzenhändler Lattern im schwarzen Kapuzenanorak, »wollte ich den Bischof nicht eher heimtun oder suchen, bis ich nicht vorher – ich hab euch auch was mitgebracht!« kündete Lattern noch im erregten Stehen und gab einigen von uns aufgewühlt die Hand, »jedem ein, jedem ein«, die lockende Freude am Bösen schien ihn selbst zu übermannen, »jedem ein Fläscherl Sechsämter! Jedem! Mensch, war das eine Anreise! Die Altmühl ist über ihre Ufer getreten vor schwerer Not! Ich aber«, Lattern schlug flügelartig mit den Ärmchen aus, »bin bei euch!«

Jetzt drückte er auch mir die Hand. Ich wußte vorher nicht, daß man die Falschheit, ja Verworfenheit eines Menschen schon von der ersten Berührung der Hände her geradezu osmotisch erfühlen kann. Ein schwärzlich-gelber Luftzug fuhr durchs »Paradies«. Dann überreichte Lattern jedem der Unseren ein niedliches Fläschchen. Wir sollten diesen »Doppelten« alle zusammen sofort wegtrinken, »das ist die Condit – – die Losung!«

»Prima«, lobte Alfons Bartmann bona fide. »Ganz prima!« schrie ich früh entflammt.

Er sei, berichtete Lattern, und wie Mehltau senkte weitere Schwärze sich auf unsere Ruh, erneut auf dem Wege zum Bischof, diesem »sein Zeug« zu bringen, nämlich Kerzen sowieso und »geweihte Körnlein viel der Zahl«, damit ihm die Beine nicht mehr so weh täten, die »alten und – ich möchte sagen – gilben, gilbknistrigen Knochen«, – doch »halt!« schrie Lattern, er müsse bloß noch schnell in seinen Kombi, was »Schönes« holen – er hupfte wieder hoch und behend aus dem »Paradies« und kam gleich drauf mit zwei riesigen Schmuckkerzen wieder, die seien »gut wider Pest und Höllenqual!« Lattern entzündete sie, ließ Wachs auf den Tisch tropfen, stellte die Kerzen ins Wachs und forderte uns nochmals eindringlich auf, den Sechsämter »ganz schnell wegzuträufeln, dann nützt er was« – dann begann er, vor allem an Albert Wurm und Konrad Viktor Meerwald gewandt:

»Ich sehe euch hier in eurer Gräuslichkeit, wie ihr seid: greisig, griesig und doch wunderweh! Und natürlich verfickt bis dorthinaus! Ich gebe jederzeit falsches Zeugnis. Ich komme«, Lattern wies gegen die Eingangstür, »von dort herein. Ich kenne euch wohl von letztmals her! Prost, Flachwichser! Auf!«

»Prost!« rief Kuddernatsch jetzt allerliebst und semper fidelis.

»Jawohl, grad du!« Der Kerzenhändler toastete ihm schwarz fidel zu und schrie:

»Du bist der allergräuslichste Hund!« Die Lattern-Kreatur sprang wie bieder auf und setzte sich erneut. Ein Kälbchen wie Kuddernatsch mußte wohl erschrecken. Markerschütternd waberte er mit dem Unterkiefer.

»Und der Bischof?« frug ich räudig. Bartmann rauchte steil, hatte sich längst als sehr guter Gesellschaftsknaster erwiesen. Zermürbter schon sah Bäck jetzt auf.

»Der Bischof?« Lattern sah mich schmutzig an, sein erster Schwung war hin, er ließ sich ins Besinnlichere gleiten. »Der Bischof ist ein alter Hund, auch mahnt ihn unser Neid. Denn der Bischof, meine dürft'gen alten Wichser, verfüge über der Mägdlein und Kitzlein viel. Der Mesner«, Latterns glutvoll-schlüpfrige Gedanken hatten ihre heimische Bahn gefunden, »der Mesner aber kleide sie am Abend aus, am Morgen wieder an, und so geht's Tag um Tag mit uns – in der Nacht aber«, vollendete der Händler entschlossen, »rausche der Samen, in Ewigkeit amen!« Er strahlte

Kuddernatsch verheerend an und kräuselte seinen boshaften Spitzbart.

»Prost!« rief Kuddernatsch geängstigt. Der Goldgrund seiner schüchtern-schönen Seele bebte. »Mein Herr ...«

»Ich aber bin der Paladin des Westens«, fuhr der Händler bohrend fort, »wenn alle untreu werden, hilft nur noch der Sechsämter. In diesem Jammertal gedeihe eure Rentnermoral. Ihr tut gut daran. Ich aber verfüge über die Wahrheit – nein, halt! Der Mehrheit. Ich bin erkoren, und meine Kür beginnt!«

Und er sprang auf. Und setzte sich erneut. Zwei Stühle weiter fest.

»Raucht er?« Etwas ehrenrührig hielt Alois Freudenhammer Lattern seine Zigarrenschachtel hin.

»Nein! Vater! Nein!« rief Lattern feil zurück, vergaß seine versprochene Kür, senkte die Stimme, starrte in sein eigen Kerzenlicht und sann erneut: »Der Bischof – nein, die Situation ist nicht danach. Der Bischof mit seinem sparsamen sattsamen Samen ist auch nicht mehr der Jüngste und der alte! Aber wir! Aber wir da sind – ich möchte sagen – geradezu wunderbar alt. Wundersam alt!«

Lattern und ich lächelten uns an. Er, als ob er sich für seinen Seelenschmutz, ich, als ob ich mich für meine relative Reinheit entschuldigen wollte – und ihn um so mehr bewundere. Der Kerzenhändler schien verstanden zu haben, denn, obwohl Wurm und Meerwald jetzt geradezu obszön schwätzten, fuhr er opfernd fort:

»Ich komme von Engelhartszell donauaufwärts gebraust«, berichtete er fast müde, »ein reitender Bote ward mir vorausgepriesen, ein alter vergilbter Husar und Ladenschwengel und sogar Galgenvogel. Kein treuer Mann, er hat – mich versagt«, seufzte Lattern schwer, trank trostlos an seinem Bier und sann wieder.

Wo der Bote sei, wollte ich frech wissen. Ob Kathi gar des Bischofs Kitzlein war?

»Der Bischof«, entgegnete der aus dem Geschlecht der Kerzenhändler, und in seinem furchenlosen Lenin-Gesicht hauste der dunkel verblendete Schmerz, »hat viel Freude an mir. Ich verrate ihn nicht und seine Hinterleute. Sondern«, er sann dringlicher, »ich lege ihm lieber die Lichter und lieblichen Leiber maulfertig aufs Bett, damit er nur noch zustößeln muß und seinen Stopsel jederzeit mit der Stoppuhr kontrollieren kann – denn, denn in der heutigen Zeit, in dieser Situation muß er sich sehr arg schonen ...«

Bäck schien ein bißchen zu schlafen, Konrad Viktor Meerwald quakte zäh. Schwarzer Anzug und weißes Hemd verdammten ihn zum Streifenskunk, eindeutig!

»Morgen ist Weihnachten«, grübelte Lattern und schien nun sehr erledigt, ja verzweifelt, »dann fahre ich zum Bischof seinen Saustall, jawohl«, ausgemergelt saugte er Bier, »anschließend aber immerhin besuche ich meine Frau, die auch eine Rechtsgrundlage hat, damit die Vermehrung gesichert ist und ...«

In diesem Augenblick teilte Konrad Viktor Meerwald eifrig scheppernd mit, ab sofort könnten wir essen und trinken, was wir wollten: Ab 24 Uhr könne die Kosten des Abends die österreichische Handwerkskammer übernehmen, das habe er mit dem Geschäftsführer Badewitz vereinbart, dem könne er die Rechnung schicken, der könne sie absetzen.

»Absetzen?« Lattern horchte aus seinem Brüten heraus auf, »wer will sich absetzen? Ihr wollt euch absetzen? Ihr Schweine? Ihr Schweine!« schrie der schwarze Mann laut und sehr anzüglich, »ich – ich! – nämlich werde mich bald absetzen!«

Wohin es denn gehe, fragte Albert Wurm matt gut gelaunt. Kuddernatsch schien jetzt recht gegenwärtig. Freudenhammers klares Jakob-Muffel-Auge senkte ernster sich in Lattern.

»Sowieso! Und zumindest finanziell!« rief Lattern so verwahrlost, daß selbst Demuth aufhorchte, »finanziell werde ich mich alsbald absetzen! 10 000 im Monat! Finanziell werde ich euch jetzt alle bald überflügeln! Ich werde euch enteilen! Ihr aber«, die Stimme sank ins Hoffnungslose, »folgt mir nicht nach ...«

In Demuths fernem Auge malte sich erhöhte Sorge. Wohin, um Gotteswillen, fragte ich nochmals anmutig, er denn enteilen wolle? Nach seinem Heimatorte? Seelburg?

»Seelburg? Du Wichser! Jawohl, ich eile morgen nach Seelburg, damit die – Vermehrung seelenruhig geregelt wird, jawohl! Ich bin ein Staatsbürger – der niedlichen Denkungsart! Ich bin kein Wasserganserer wie mancher hier im Saale! Ich aber warne euch! Du kannst mich«, wandte er sich blitzschnell drohend an den schuldlosen Meerwald, »hier nicht in deiner Situation mit deiner miesen Situation verpflocken! Ich warne euch alle! Übermorgen – übermorgen aber werde ich im Paradiese herum … herum …«

»Zinteln«, half hier überraschend Alfons Bartmann, gähnte fest. Lattern griff ihn rauh am Arm:

»Zinteln! Jawohl! Das ist die Situation! Zinteln! Ich eile!«

Er sprang auf, es schien ihm etwas Ungefähres eingefallen zu sein, dann setzte er sich wieder und sah uns vorwurfsvoll verhaspelt an. Sexy und feliciter verschlafen stocherte Bäck in seinen Zähnen.

»Seelburg«, setzte Lattern ferociter kämpfend fort, »Seelburg? Das ist heute nicht die Situation! Denn die Situation befindet sich meines Wissens«, er sann sehr lange, »in meiner – Situation …«

Wahrscheinlich hatte er sagen wollen: Die Kerzen sind in meinem Kombi drin. Aber ist, nach dem Zeugnis des Zen, nicht alles mit jedem verschwistert? Demuth schien beruhigt. Höchlichst neugierig aber hatte Vroni, verschränkten Arms, sich ein paar lauschige Meter hinter dem Bischöflichen postiert, frei zur Vergewaltigung, Sommerauer zum Schmerz …

»Seelburg!« brüllte der Kerzenhändler noch einmal und wie verwest, und dann ganz leise seufzte er: »Das ist meine Situation …«

Beziehungsweise – Lattern lächelte auf einmal sanft und innig – er müsse uns da »was Schönes und Wahres« erzählen. In Seelburg, er rückte die Köpfe von Bartmann und mir an den seinen heran, habe man vor ein paar Monaten »Schweres und Gutes bewirkt«. Dort habe es nämlich einen alten und seit kurzem beurlaubten oder pensionierten »oder jedenfalls aus dem Geschäft entfernten« Teppichhändler gehabt, einen gewissen (wenn ich recht gehört habe) Dutschke oder Doschke – der aber, schmunzelte Lattern vertraulich und schien nun fast nüchtern, habe seit Jahren, und vor allem nach seiner »vielleicht kann man sagen Freisetzung« so laut und unbeherrscht und ununterbrochen gebrüllt, daß nicht einmal seine, Latterns, geweihte Körnlein mehr gewirkt hätten zur Besserung bzw. Beschwörung – und nun habe man sich also im August dazu entschließen müssen, den Alten mit dem Versprechen eines »Höhlenfests« in die Sternsteinhöhle bei Seelburg zu »täuscheln« – man habe ihn hineingeschickt, schnell einen großen Felsbrocken vorgeschoben und sich seiner so ein für allemal entledigt. »Ehrlich wahr!« endete Lattern niedlich und fast unverlogen.

Von Hellhörigkeit geschlagen, war jetzt auch Kuddernatschs amönes Haupt zu unseren lauschenden gerückt.

»Eine Zeitlang«, fuhr Lattern listig fort, »hat man ihn drin noch brüllen hören und Brüllaffen feilhalten – wie er gemerkt hat, daß jetzt alles anders wird im Leben und alsbald der Höllenschlund«, Lattern keuchte begeistert, »sich auftut! Aber dann ist es ruhiger geworden um den Felsen rund. Im Frühjahr wollen wir wiederum aufmachen und die Gebeine anständig und gebenedeit begradigen und bzw. begraben. Ein unwahrscheinlicher Schreiaff!« wandte der Händler laut sich an den Tanzlehrer. »Das glaubst du gar nicht, wie bei uns in Seelburg gebrüllt wird! Da bin *ich* gar nichts dagegen!«

Zwanzig Jahre in den Tropen, dachte ich sensu allegorico schaudernd, machen einen Menschen weich. Von seinem Rapport entzückt, sah der Kerzenhändler um sich und gewahrte die aufmerksam lauschende Vroni. »Fräulein«, grinste er sogleich verkniffen, »kommen S' doch an unser'n Tisch – auf einen Schnaps!«

Vroni schwankte graziös. Schwerer seufzte Bartmann harrend.

»Didderln! Didderln!« Erst jetzt hatte der Händler Vronis ganze Schmuckheit wahrgenommen und mit ihr das Einziehen der Brunst in seinen zwielichtigen Kopf: »So schöne glockenreine Didderln!« Schlagartig abscheulich verzog sich der zuletzt so zivile Latternsche Mund zu dunkler, ja pechschwarzer Freude; er griff sogar nach hinten: »Wissen S' was? Fräulein? Kommen S' her und trinken S' fest – dann pack ich Sie in meinen Kombi und bring Sie und Ihre Didderln dem Bischof zur Freude dar bzw. dem

Domkapitular Brei!« Lattern schien von seinem Plan entflammt. »Zuerst ich – dann der Bischof – dann der Brei! Jawohl! Jetzt kommen S' halt her!«

Nun erst, neuerlich zurück sich stemmend, bemerkte Lattern, daß Vroni während seiner Rede verschwunden war. Ich hatte es genau gesehen: Wie in schmerzender Enttäuschung einer stillen Hoffnung war sie in die Küche, weg. Lattern aber war verletzt:

»Dann fahrst halt nicht mit, Ami-Pritschen, hautige! Wer? Was?« schrie er plötzlich mächtig, »ich warne euch letztmals! Ihr Wichser! Ich bin ein ehrlicher, ich bin der grundehrlichste Typ der ganzen Situation! In meinem Kopfe hupft es auf und nieder, meine verliebten alten Wichser! Heute ist Weihnachten, und der Bischof braucht noch eilig meinen Zuspruch, damit er in der Nacht die Mette runterzittern und zinteln kann, daß es paßt. Das – meine alten Deppen! – ist«, schrie er fuchsteufelswild, »die Situation!«

Es summte fromm die Christnacht. Muckerischer zwinkerte Bigotterie. Morpheus' Körner tanzten heiter. Freudenhammer hatte die letzten Minuten über ein Etui hervorgezogen und seine Brille aufgetan, um Lattern noch besser betrachten und begreifen zu können. Anheimelnder denn je zahnte Kuddernatsch vor sich hin – so schopenhauerisch, daß ich fast neidisch wurde. Bäcks Anmut quoll in sich zusammen, der Alte hatte einen Riesenrausch.

»Karl!« rief Fred ungezogen sonnig, »einen Schweinebraten – ein Tatarbrot a conto der österreichischen Handwerkskammer!« Ehrenwert nickte Meerwald mit dem Kopf.

»Und für mich«, er keuchte leis vor Keuschheit, »eine Strudel!« Kuddernatschens Wispern hatte Tropenqualität.

»Für mich«, schrie der Kerzenhändler auflauschend, »eine dreifache Sechsämter-Situation!«

»Den ersten für dich, den zweiten für den Bischof, den dritten fürn Brei!« rief ich mit ranzigem Humor, und Albert Wurm, gewandt, setzte seine gerissenste Miene auf und spielte heftigst mit den grauen Haaren. »Damit du heute«, riskierte ich eine ehrabschneiderische Lippe, »noch gut enteilst!«

»Finanziell«, rief Lattern ernst und sehr entschlossen, »pack und überwinde ich jetzt bald sogar den Bischof! Heute«, er dachte kurz nach, »ist schon fast Silvester. Das nächste Jahr aber diene, meine wundersamlichsten Samenwichser, der Wahrheit! Dem Bischof wird meinerseits enteilt. Und seine wunderlich wuchernden Flitscherln entreiß und enteil ich ihm dann auch! Das ist die Situation!«

»Nur grammatikalisch«, wandte ich seicht ein, »hinkst halt ein bißl nach!« War der Bischof also wirklich ein so sexualer Mann? War ich trotzdem auf der rechten Spur? Freudenhammer, jugendbewegt, hatte, noch sitzend, seinen braunen Schlapphut auf und seinen erkiesten Schnaps im Arm.

»Was? Wer? Was?« wehrte sich Lattern nervöser, sprang auf und hoppelte ein paar Meter in Richtung Tresen und Küche, ballte die Faust und drohte wild: »Komm nur raus, Ami-Schicksen-Pritschen-Fotzen, hundsverreckte, dann gehörst mir!«

»Sprachlich«, wiederholte ich karg, »enteilst nicht besonders schicklich.«

»Wer? Was?« schrie mich Lattern sehr feindlich an, indem er sich wieder setzte, »ich bin Akademiker! Der Bischof mause mächtiger herum denn je zuvor! Ich bin Vollblutakademiker! Ich hab's Große Latinum!« rief er überzeugend, fuhr aber etwas zager fort: »Oder jedenfalls, du Hund, hätt' ich's fast, wenn ich das Kleine hätt', wenn das damals nicht dazwischengekommen wäre ...«

»Das große Lat-ternum«, spottete ich sacht beruhigend organisch, »wirst halt haben jure divino ... Der Alwin kann gut Latein ...«

»Aber ich krieg's noch, ich krieg's noch!« Lattern hatte mir nicht zugehört, »ich hab's praktisch schon durch meine abermalige Frequenz beim Ganz-Anderen, beim Bischof, jawohl!« schwoll die böse Stimme wieder mutvoller an, die falschen Augen drehten sich noch gemeiner im Kreis und ihre Angst strafte die Kühnheit des schwarzgrauen Spitzbartes Lügen, »ich bin – Schlesier! Ich bin die Wahrheit und das Leben! Jawohl!«

Hingegossen lachte Wurm gefeit. Musik klang auf ...

»Wenn der Karl zum Baß greift«, faßte Freudenhammer jetzt ex cathedra zusammen, »dann heißt das, daß alles gutgegangen ist!«

»Der schlechte Wichser…«, hinkte Lattern bitterlich und einsam nach und kurbelte brütend mit dem Finger in der Asche, »der Papst?« Er horchte in seine eigenen inneren Rauchschwaden hinein. »Ich habe schlechte Nachrichten aus dem Lateran. Über ein kleines noch, so wird es heißen: Habemus Papam – gehabt! Und dann wird sein viel arg Bekümmernis.« Der Kerzenhändler sprach jetzt wie zu sich allein. »Ein neuer Papst aber wird sogleich auferstehen. Denn unter meiner Direktion trete erneut das Konklave zusammen, ich aber bringe die Körnlein, das Konklave zu mahnen und zum kleineren Teil aufzuschrecken, und auf meine Situation hin wähle und wichsle und schweißle es einen neuen Papst zusammen, auf daß der Kerzenhandel blühe immerfort! Ich aber«, Lattern ließ die Stimme wieder schnellen, »krieg's Große Latinum! Die Lateranverträge liegen bei mir unter Dach und Weh…«

Doch der Händler drang nicht mehr durch. Denn inzwischen hatte sich längst ein weiteres Mirakel angebahnt, das Zuckerwerk mit Zimt zu würzen treu. Karl Demuth hatte auf einmal einen Kontrabaß in den Armen, seine Frau aber blies die Mundharmonika – und ganz wie zwei bethlehemische Engel hatten sie sich vor die Unseren gruppiert, Musik zu entsenden – zuerst ein Weihnachtslied »Auf, auf, ihr Hirten!«, dann »Am Brunnen vor dem Tore«, sodann »Rote Rosen, rote Lippen, roter Wein«, zuletzt sogar »Sul mare lucica«, ganz verwegen, ganz unerhört, ganz unverzeihlich situationsbeflissen, und die dicken Finger Demuths hupften schrecklich-schräg-gemütvoll über die Saiten, und die Alte säbelte und säbelte taubenhalsfarbig das tollste Rotkehlchenzeug zusammen – es war ganz wundersamlich hehr und feiertümlich schwer verludert – – und schließlich kam alles noch viel purpurner:

Natura nihil facit frustra nec supervacaneum. Auf einmal saßen Meerwald, Kuddernatsch und ich in Latterns Kombi, Lattern und Meerwald vorne, der Greis und ich hinten zwischen den Kisten und Packen Kerzen und Geweihtem, wir rutschten zur Stadt hinaus, fast lieblich und aufgeregt plappernd verhieß Lattern, er müsse uns »jetzt noch schnell was ganz Schönes zeigen, einen hohen Ort«, nämlich, enthüllte er, einen kleinen gefrorenen Weiher, den er schon bei der Herkunft kurz vor Dünklingen gesehen und entdeckt habe, und wir alle würden staunen, was er, Lattern, da »bewirke«, und von dort aus würde er nämlich gleich zum Bischof weitermachen. Meerwald sagte mir aufmerksam, daß im Zuge der geplanten Fahrt nach Wels auch verschiedene Veranstaltungen und Maßnahmen mit dem österreichischen Kanzleramt und der Welser Weinkönigin zur Durchführung kämen, Lattern fuhr wie der Leibhaftige über das Glatteis dahin, dann nickten Kuddernatsch und ich ein bißchen ein, und plötzlich hielten wir.

O würde doch der Mensch nicht durch der Zeit, des Raumes Hinterlist betört! Bedauernswerter Einstein! Lattern hatte recht geweissagt: Es war ein hoher Ort, es war von sonderlicher, abseitiger, ja so abwegiger Schöne, daß ich sofort Kuddernatschens Hand ergriff. Der Himmel taute sternenklar, der Mond trug einen geistlichdünnen Hof. Lattern, bienenemsig, hatte sofort mit großem Schwung und Ehrgeiz aus einem Kanister Benzin über die kleine weißgefrorene Spiegeldecke des Sees gegossen, jetzt warf er schamanenhaft und ohne Scheu ein Streichholz drauf – und siehe, es begann zu flimmern und zu funzeln, ein Flächenbrand mit blasser lilablauer Flamme, gelben Zungen, weich und schmeichelnd, harmlos sengend, furchtbar furchtlos – selbst Lattern schien vor Freude zu erstarren. Ach! Nächt'ge Sanftheit hallte schauernd, wundersame Blasen tauchten in uns auf, holde Winke blauten, Tränensäcke schimmerten viel Hoffnung wider, so gilb, so fromm, so gut, daß ich, im Feuerschein der glühend sinkenden Schneeflocken, Kuddernatschen rauher in das Händchen griff und mir fast mein Chemiestudium und Kathi ihre unselige Ehe mit mir verzieh:

REGINA COELI, LAETARE! LAETARE!

Ich fror wie ein Schullehrer. Der Mond strich voll und weißer durch die Wolkenscharten, die ausgeschnitt'nen Ränder brachen seinen Schein. Etwas fahler nesselte das Feuer jetzt, Lattern goß erneut Benzin hinzu, freudig gelber lohte rasch das Züngeln wieder. Meerwald schaute schläfernd vor sich hin, in den flackergelben Schnee. Kuddernatsch dagegen, der vielleicht sogar immer abenteuersüchtiger wurde, wischte sich die Augen und gedachte seiner Tochter, der der letzte Gruß wohl galt. Der große Jäger zitterte wie fürchtig, Beteigeuze schämte sich sogar. »Halt!« rief Lattern, lief zu seinem Kombi, brachte vier Fackeln an und drückte sie uns in die Hand. Kundig ward auch daraus Feuer. Es schauerte gleich noch einmal so schön. Selbst Lattern war wie ernst und wortkarg jetzt geworden – er murmelte nur noch kurz und fast lautlos die verzeihliche Lüge, daß der Weiher ihm gehöre. Fester drückte ich mein Toscana-Buch ans Herz. Ach, Kathi! Wenn jetzt noch Mozart dastünde und eine von Latterns Fackeln hielte, ich würde sofort maustot umsinken. Engelschwingen knackten leis und ferne. Obwohl es niemand sehen konnte, machte ich ein möglichst bleich Gesicht. Denn Mimikry ist alles. Nicht Mimesis? Die Nemesis – o Ewigkeit, du Donnerwort – würd' dann schon irgendwie gehemmt:

SANCTA MARIA, MATER DEI!

Gegen halb 4 Uhr fuhr uns Lattern nach Dünklingen zurück. Es war eiskalt geworden. Lattern schien an Schlaf nicht mehr zu denken, wußte vielleicht gar nicht, was das ist – er machte aber irgendwie den Eindruck, als sei er nicht ganz zufrieden mit seinem Werk.

Mich drängte es trotzdem, mich bei ihm zu bedanken, zärtlich fragte ich also, ob er, Lattern, uns wirklich und endgültig enteilen oder doch später wiederkehren werde, zu feurigem Tun.

»Ich künde dir«, sagte Lattern, und der schwarze Himmel wurde wankelmütiger, »jetzt etwas mit Kümmernis, aber Hochaktuelles und sogar Intelligentes zur Situation. Was ich jetzt sage, ist gereift. Ich aber sage dir: Du bist der allerblödste Sausauhund von allen! Du! So. Der Rest ist Sache der Situation! Und jetzt hopp! Raus! Geh heim, alter Wichser!«

25. Dezember. Das erste Weihnachten im Ehestand. Aufgeregt, Herr Fink?

Am Vormittag rief Alwin an. Weinend, aber auch hörbar weizenbierbeschwingt. »Nationalsozialisten« hätten ihn heute nacht nach dem Heimgang von der Christmette zusammengeschlagen, zwei Zähne wackelten, »NPD-Leute, shit, ich hab es gewußt, ich weiß es, sie haben gehört, daß ich jetzt in der Partei wieder aktiv bin, ich kenn s' alle von meinem früheren Stammlokal« – und ich, »Siegmund, hör zu, du bist doch mein Schwager«, solle jetzt gleich zu Albert Wurm gehen, über diesen das Verbrechen in unser Heimatblättchen zu lancieren.

Warum er, der Boxer Streibl, sich zusammenschlagen lasse, wunderte ich mich ein sanftes.

»Es sind Faschisten«, antwortete qualvoll Alwin, »ich ... es sind Imperialisten, ich hab's nicht nötig, es war Verrat!«

Ob es vorher Streit gegeben habe?

»Im Lokal haben s' mich schon vorher angepöbelt, wie immer yeah!«

Aber, er, Alwin, sei doch in der Christmette gewesen?

»Aber wo, aber wo! Ich war den ganzen Abend beim Friedl. Da ist's schon losgegangen. Ach wo ...«

Ob er denn dann die Täter erkannt habe?

»Was brauch ich die kennen? Ich kenn s' seit 13 Jahren. Meine Tochter, die Caro, haben sie jetzt auch vom Platz gestellt. Gegen TuS Knittlingen. Es ist soziale Unterminierung, es ist Sippenhaftung. Ich kann s' identifizieren, die Täter, ich – üpp! – weiß es ...« Er hatte den Schluckauf.

Identifizieren? Aber nicht kennen?

»Hör zu – du hilfst mir, ich – mach dir keine Schlappe ...«

Wie viele Weizen? Fünf? Sieben? Es war 11 Uhr 30, früher Iberer-Zeit, ach ...

»Außerdem, Alwin, ist der Wurm dafür nicht kompetent, der ist nur für den Vertrieb zuständig, nicht für den«, ich zögerte, »politischen Gehalt, nicht für die politisch Vertriebenen«, rutschte mir heraus, »der kann das nicht, sondern allenfalls der Freudenhammer.«

»Der grabt sie doch nur ein, nur ein«, jammerte Alwin heftiger los, »der alte Schmierfink, der will mich doch selber – üpp! – fertigmachen, der Beerdigungs-Depperl, der alte klerikale Hühner-Aff...!«

Ich hätte, lenkte ich Alwin schroff und unbarmherzig ab, übrigens gestern, nein – ich machte es spannend – vor drei Tagen, einen Schulbuben getroffen, der...

»Aaah«, stöhnte Alwin dankbar. Der Gänsebraten roch durchs Kabel samt dem Weizendunst.

... und dieser Schuljunge habe Charly-Mä geheißen und angegeben, er sei 20 Jahre in den Tropen gewesen, sagte ich recht neckisch, wußte nicht recht weiter...

»Aber geh, wer?« Alwin wunderte sich hilfsbereiter ins Gerät hinein.

»20 Jahre in den Tropen sind keine Kleinigkeit!« rief ich überraschend laut.

»Um Gotteswillen! Tropen sind hart!« rief Alwin geflissentlich, um sich gleich dringlicher an mich zu wenden: »Schwager, bist so gut, ich will dich nicht inkommodieren, aber ... ich hab jetzt zuverlässige Indizien-Atteste...«

»Atteste? Ja?«

»... ich werde observiert...«

Usw. Als das ausgestanden war und von der NPD kein Wort mehr fiel, erzählte ich Streibl, glatt um ihn zu ärgern, von unserer gelungenen Tombola. Streibl wimmerte erwartungsmäßig auf:

»Der Kuddernatsch war der Veranstalter? Siegmund, hör zu, er hat's absichtlich im ›Paradies‹ gemacht, damit ich nicht hin kann! Eine alte Gemeinheit – üpp! – um Gotteswillen! Der Kuddernatsch! Weil ich einmal dem Kuddernatsch seine Tochter verführt, verräumt hab, verräumt ... ach, eine herrliche Frau, ein herrliches Weib! Herrlich! Ich hab's dann laufen lassen, aber wo...«

»Warum?« fragte ich sanft belodert noch von Latterns Feuer.

»Wegen der … du weißt es doch … Russin!«

»Russin?« Was brauch ich Fink, ich hatte Alwin!

»Eine Russin aus Kiew aaah! Aus Kiew aaaaaaaah! Tatjana! Aaaaaah!«

»Wer?« fragte ich entrückt, »wem?«

»Tatjana Petrowna aaah! Hättest du kennen müssen! Eine großartige Schachspielerin. Die hat damals sogar den Botwinnik…«

»Tatjana?« fragte ich pampfiger.

»Aaah! In der Französischen Verteidigung war sie praktisch – üpp! – unschlagbar. Wie der Kortschnow!«

»Kortschnoj«, verbesserte ich leise, herzlos, plempernd.

»Kortschnow aah! Aber im Bett, hör zu, um Gottes, sag's nicht weiter«, ächzte der Festliche breiig und widerstandsverwurstend ins Telefon, »sag's nicht deiner Schwester, es ist eine alte Jugendsünde, deine Frau, hör zu, meine Frau, sei fair, braucht's nicht wissen, es tät' ihr weh – im Bett, hör zu, im« – jetzt fiel ihm die längst befürchtete Spritzigkeit doch noch ein, er keuchte bereits – »im französischen Bett war sie noch französischer … französcher … französischischer als … am Brett … aah … aaaaah!« lechzte Alwin Streibl, endlich hatte er das doppelte Wortspiel beieinander, jetzt wurde es schon ganz schweißig im Telefongerät, »französisch … und unschlagbar … am Brett, im Bett … höhöhöwawa aaah höhöhöwawa aaah aaaaaah!«

Sonne leckte mich im Auge. Und die Hoden taten weh. Irgendwo zog es in dieser Wohnung.

»Tatjana«, flüsterte ich altrussisch, »ein Name wie ein Programm!«

»Du sagst es, Schwagerherz!« Er war dankbar und schnaufte noch immer systematisch, aber ruhiger, Nazi-Niederschlag und Tombola-Infamie schienen endgültig vergessen:

»Französisch- und klassenindifferent«, feixte er feiernder ins Blaue, »wir haben uns geliebt: ein wunderbar's Arscherl, ein wunderbar's Arscherl … schön war's nicht, aber in der Nacht…«

In der Nacht, in der Nacht? Robert Schumann wacht?

»... in der Nacht sind alle Katzen«, er wurde wieder fahriger, »in der Nacht sind alle Katzen mutatis muta –«

Die Schwager-Liesel schwitzte: »Mutatis mutati – –«

»Muttersprache!« Ich half ihm dubios.

»Muttersprache?« Das unsichtbare Lächeln der Erlösungshoffnung. Die unendliche Melodie Streibl-Landsherrscher Duettkunst. War nicht Schwiegerei fast auch so schön, schöner noch als Brüderschaft!

»Muttersprache ist«, ich überlegte schneller, »Muttersprache ist auch nicht schlecht!« 1:321 war sicher ein Unglücks-, ein Ausnahmefall gewesen.

»Um Gotteswillen«, sagte eilend locker Alwin. »Muttersprache ist was Herrlich-Schönes! Man sollt's so – üpp! – so oft verwenden wie man, wenn man ...«

»Hemingway?« Ich zog, nun selbst verwirrt, die Zügel straffer.

»Er hat's beherrscht ah! Ein schlichtes gutes schönes Englisch!« Jetzt sprach er schon so salbungsreich, als habe er seinen mit Weizenbier durchtränkten Entenbraten längst verzehrt. »Schlicht und schön, hör zu: wie die Bibel! Die Muttersprache aaah. Ich hab's im Original und synopisch gelesen – ein Hochgenuß! Ein Hochgenuß!«

»Opa Hemingway ...«, schwärmte ich nicht sehr verschüchtert.

»Papa Hemingway!« verbesserte Alwin mich schwelgend.

»Daddy Ernie!« rief ich schlechthin überzeugt.

»Hemingway«, ergänzte Alwin, »aah!« Und wenig später »Tschüssi, Siegi!«

Ein Name wie ein Programm: Ich hatte keine Ahnung, was ich da geredet hatte. Kein Schimmer, wofür »Tatjana« stand. Nach ein paar Stunden Dämmerns wurde es mir zu bunt und ich schaute im Opernführer unter »Tschaikowski« nach. Da stand es dann: sie liebt und vernichtet irgendwie. Was für ein elendes Programm war das aber?

26. Dezember. Mitternacht. Und abermals beäugte ich Herrn Rösselmann, den Champion des Raiffeisens. Vor Geldlust scheint er mir heut' schier zu schnauben, vor wesender Dynamik ... vor Spielwitz ... Weiberdurst ...

Nur Kloßen ließ er keine Chance. Das ist der Scharfblick wahrhaft großer Männer.

Die Nazischläger respektive seine eingeschlagenen Zähne hatte das Schwagerherz über unserem Sexualgeschwätz verschwitzt. Klar, war ja auch nicht wahr gewesen. Aber auch mir kam beides erst beim Überlesen des gestrigen Tagebucheintrags wieder in den Sinn. O Mensch, gib acht! Sollte ich mit Alwin doch mal Fraktur reden? Zuerst mit mir selber?

27. Dezember. Eine Idee: Ich werde durch Namenswechsel einen Persönlichkeitswechsel in die Wege leiten. Denn ich habe auch schon einen neuen Namen vorbereitet: Mike Ebner möchte ich heißen. Amerikanistisch dünklingerisch die Waage haltend, das Pendel schwingend, werde ich noch jahrzehntelang hochrot überdauern und allem, aber auch allem, wehrhaft trotzen trotzdem ...

Oder aber: Mike Ebner-Arbuthnot?

28. Dezember. In einem Buch das kostbare Wort »Kontingenz« gelesen. Gleich drauf steht es in der – Heimatzeitung. Was lernen wir daraus? Erstens: man soll nicht allzu viel hintereinander lesen. Zweitens: wenn solche kostbaren Worte jetzt schon in unserem Käsblatt stehen, braucht man ferner keine Bücher mehr zu lesen.

Ein so hübsches Mensch wie Kathi! Es konnte ja gar nicht ausbleiben, daß sie eines Tages ... Ob sie wirklich zum Bischof ging? Sollte ich sie von Alwin beschatten lassen, damit der Schwager wieder etwas in Form käme?

Ich möchte entführt werden. Von sechs Frauen. Oder einer. Oder meinetwegen auch von Alwin. Oder sonst einem Neger. Nachts aus dem Hause. Ohne daß jemand es merkt. Zu meiner eigenen Verblüffung. Es müßte doch auf dieser weiten Erde jemand geben, der Wert auf mich legt und ... wäre eigentlich alles wieder in Ordnung, wenn jetzt bald Kodak die andere kleine dicke Frau heiratete? Und Stefania in kühler Gruft ein Zeichen gäbe?

29. Dezember. »Mumie« statt »Muhme«. Oder umgekehrt. Ich weiß nicht mehr. Ich weiß nicht mehr ein und aus und esse also Drops und Kaugummi. Das Jahr neigt sich vor mir wie ein Nieselnießnutz ...

Gewißlich müßte man das Gebrüdere auch denn dann doch noch liebend umwürdigen, wenn sie dem irdenen Triebstreben nachgaben und ihrerseits das geringfügige Weib zuließen im Gesinde klein, oder doch der jüngere Bruder, unterstehend noch dem Gebot des nossackischen Vermehrungskaspers, nennen wir ihn Herbert? Ob ein Kindlein gar im Anzug ist? Und Kodak den Paten vorstellend diesen geflissentlich abstattet?

30. Dezember. Ich möchte in ein Krankenhaus, allein, ich verfüge nicht über die allergeringste Krankheit. Und wäre doch so schön ... Die früh Geliebte schaut so ... crazy?

31. Dezember. Ein Telegramm an alle Bekannten und Anverwandten? »Siegmund maustot – stop! Alles klar?« Nein, ich möchte in kein Krankenhaus, ich will zur Post. Ich glaube, kein Mensch auf dieser Welt hat so viel direkte und unglaubliche Macht, die Sozietät endgültig aus ihren Fugen zu zwingen, wie der lumpigste Postbote – indem er einfach alles wegschmeißt, was ihm ideologisch oder gefühlsmäßig nicht in den Kram paßt. Der Wintermond Lorenz über dem haselnußschwarzen Giebelgezwick und Gemäuerunartwesen sieht aus wie eine Riesenzitrone an Pestilenz und Firenze-Firlefanz. Vor Herzeleid kralle ich mich an meinen Fensterstangen fest. Wenn alle Menschen ihre Überflüssigkeit in ein rücksichtsloses Tagebuch kleideten, dann wäre bald eine große wildbrodelnde ...

In der Zeitung steht, eine Jugendliche sei gestern aus dem Imbißladen gezerrt worden, sie habe angegeben, sie habe am Nachmittag »mit Amerikanern gefeiert«, jetzt auf das abschließende Limonadengetränk hin sei ihr schlecht geworden. Was uns der Schöpfer wohl daraus zu lernen wieder auferlegt hat?

Den Imbißladen kenne ich. Er heißt »Tommy Snack«. Zu »Tommy« und »Snack« hat es noch gereicht, aber zum Genitiv nicht mehr noch zum Apostroph. »Mike Ebner's Pommesfrites-Trattoria«? Vielleicht würde ich als Mike Ebner doch noch eine Karriere als Rancher starten können. Mit Ernie Streibl als literarischem Agenten und Korrespondenten ...

Je durchgeistigter ich werde, je schlaffer, desto röter und bombastischer gedeiht mein Medusenkopf.

1. Januar. In der Silversternacht Reflexionen über Gottes Allmacht. Ja, warum eigentlich »allmächtig«? Könnte es nicht die alte Frage der Theodizee wieder aufwärmen – bzw. könnte es nicht vielmehr so sein, daß Gott zu allem zu dumm ist, daß er nicht einmal das kann, was ein Wickelkind schafft, nämlich den Schnuller in seinem Mund zu halten? Das sei Gott per definitionem eben (Ebner!) seiner Göttlichkeit unmöglich? Na? Naja, ich bin da nicht sicher. Praktisch hat er's faktisch noch nie bewiesen, was er von Haus auf kann, Gott nei! Das ganze weltherrliche Getue (ach, posteriorischer Iberer-Schwall, laß nach!) könnte doch praktisch-effektiv darauf beruhen, daß Gott irgendwann einmal und raffiniert wie nur Hölzenbein sich selber ausgetrickst hat ... und ... und jetzt, nachdem der Weltenbau in aller Pracht und Wichtigtuerei herumsteht, absolut nichts mehr zu bestellen hat – und alles döst und krebst jetzt nach flottem Spielbeginn vor sich hin, und ich muß bis zum schmachvollen Ende den seligen Brüdern nachweinen, indes der vielleicht rettende Kerzenhändler enteilt – – weh! Dieses ewige unendliche unheilsame Gequieke von Liebe, Liebe, Liebe und Kautschukbananen!

Hätte nicht wenigstens der Jahresabschluß guten Anlaß geboten, mein schnöselhaftes Tagebuch zu enden und den ganzen Teig-in wegzufeuern? Das Jahr der Wahrheit hatte Lattern kühn gefordert! Aber jetzt – jetzt ist es zu spät – der erste Tag des neuen Jahres ist allschon vollgeweint – jetzt wird auch weitergewinselt und -funzelt. Zwecklos, edel, zauberhaft! Nil inultum remanebit ...

2. Januar. Mir ist – das Jahr hebt doch gut an! – ein passabler Verdenker gelungen. Bzw. eine Art Auto-Verhörer. »Die Mätresse des Bischofs«, flüsterte ich heute vormittag im Bade lustlos vor mich hin – plötzlich hörte es sich an wie »Die Mähdrescher des Bischofs«. Hm. Nicht schlecht. Sehr sehr interessant. Die Mähdrescher des Bischofs Charly-Mä … Aber ich bin zu schwach, das Zeichen von oben zu begreifen. Nein, es bleibt schon bei der »Mätresse des Bischofs«. Ach, bin ich ein armer Mensch! Und war doch einst so glückhaft auch!

4. Januar. Eine Winterreise, hahaha! Einzelwanderer sind übel dran. Sie sehen gar zu hilflos alles. Der Kälteschwall der – wie heißt's – Sonne? Verbissen windig graupelte der Himmel – und so geht's Tag um Tag, seit Lattern fehlt. Offen steh'n die Schleusen der Verblödung – die Kränkung beginnt schon damit, daß das ganze räudige Unwesen vorgibt, ein Tag zu sein. Warnungen aus Wolkenbüffeln. »Die Mähdrescher des Bischofs«?

Rücksichtslos quoll Nebeldunst, die Toten sangen laut ihr abgestanden Lied. Ein weißer Büstenhalter hing am schwarzen Zweig. Im Vordergrund ein feuerfreier starrer See. Träum ich, wach ich? Dreht nicht Freudenhammer seine Axel-Paulsen viel der Zahl auf hehrer Kufe?

Im Tale schlank und stille die Kapelle. Hinterm Gottesgärtlein ein grauer langgezog'ner Schuppen. Er hätte eine vergessene Scheune sein können, Unterschlupf für frierend Wild. Aber »Möbel-Discount« stand in schwarzen Lettern bleiern quer am Bau. Zwanzig-Meter-Wellen des Versackens rotteten um ihn. Alwin Candidus Parzival Streibl? Nichts wie weg.

In Knittlingen besuchte ich den Bauern Hermann. Er war gerade am Weinen. Vor zwei Wochen war ihm die Frau weggestorben. Am Abend war sie vergnügt ins Bett, um 2 Uhr früh schon drüben. Er war 80, sie war 81 gewesen. Jetzt war alles aus. De profundis goß der Alte Tränen der Unmöglichkeit.

Dem Schreckensjammer zu begegnen, floh ich in den Stall. 16 nagelneue Schweinchen. Die Mutter lag schwer und feierlich träumend in der Abteilung nebenan. Die neuen Tiere, schlank, behend und kaum größer als Katzen, schienen noch etwas wepsig und lebensunkundig nervös, sahen mir aber alle 16 Mann hoch so bannend ins Auge, daß – ich mich abermals völlig durchschaut wußte. Nun, das Iberer-Getriebe hatte mich eben lebenslang gezeichnet…

Im Dorf, entnahm ich einem Plakatanschlag, gastierten am Samstag der Discjockey Conny Moreno und The Merry Moggers. Es würde einen »Magischen Abend« mit »internationaler akrobatischer Show«, »flambierten Getränken«, »Hit-Reminiszenzen«, »Pfennigschöpfen« und »Personality-Show« geben; alles im »Tanzcafé Akropolis, Disco Any Way, Spitalstraße Sex«.

Über 50 Jahre hatten die beiden zusammengehaust. Jetzt war sie ffft. Gegen Gottvater konnte man ja offenbar nichts machen. Aber vielleicht konnte man dem Sohn ein wenig am Zeug herumflicken. Oder wenigstens Alwin noch maßloser zusammentäuschen. Ich möchte Liebe weinen, hahaha! Doch Kriegsdienst war der Name. Lau wälzte sich eine abgerissene Papierschlange des Wegs, seitwärts, schlingernd aus dem Wald kam Duft von Kohlenwasserstoff. Warum auch ausgerechnet sollte das Leben von solchen Kotzbrocken und Dreckspatzen, wie unser Geschlecht sie vorstellt, noch das Heil gebären? Bringen es doch selbst die Tiere nur zu Unfug und Kurzweil – bestenfalls! Und doch, der Bischof, von den Kohl-Maffiosi bei der Stange gehalten (Stange!), von Lattern mit Licht und wohlriechendem, die Penetration erleichterndem Oele versorgt…

In Oedputzberg gab es nur ein einziges Verkehrsschild. Das war eine stolze schwarze Kuh. Trost für mich und du.

»Die Mähdrescher des Bischofs…«? Würde es mir, jetzt nach dieser Wanderung, noch ein bißchen schlechter, dann ließe ich einfach eine Sektflasche zischen und zwänge Kathi zum subalternen tête-à-tête, und wer weiß, was da alles passieren würde Hokuspokus.

»Mähender Bischof verdroschen«? Von Charly-Mä und seinem Compagnon Oskar Gradl-Grosch? Nein, die Mätresse kommt der Sache, die unser aller Schicksal ist, schon am nächsten…

Das nächste Dorf hieß Oedgötzenried, naja, sie geben's wenigstens selber zu. Das Herz verwaist, das Hirn wird wirr und dürr, das Glied so müd, so rüd – ich würde noch in diesem Jahr die Honneurs vor der Kellnerin Vroni wieder aufblitzen lassen, ja, ich habe sogar eine Idee! Meine Idee: einfach statt »die« Vroni »das« Vroni zu sagen – das wäre sicherlich die Rettung:

Das Vroni stellte den Krug trutzartig vor meiner hin. »Vergelt's Gott!« sagte ich zu ihm.

»Ihr selber wäret mir theurer«, erwiderte es schelmisch und ward auf den Augenblick von warmer Röthe übergossen – –

Plötzlich aber warf die zwischen kuntergrauem Wolkengelümmel vergehende Jännersonne so friesenteeartiges Goldbraun in den schwarzen Schlamm, daß es abermals ganz unmöglich war, den Saustall von Planeten nicht letztlich doch – Klasse zu finden! Im gleichen Nu tauchte ein alter Mann auf, mit Menjou-Bärtchen und einer von Zeitungen überquellenden Aktentasche, auf dem Gipfel des Drecksgebirges des Schuttabladeplatzes Dünklingen-Nord. Es war unser Gerichtsassessor Saller, der seit 30 Jahren etwas sucht. »Grüß Gott!« rief ich furchtsam – er aber fletschte nur selbstvergessen die Zähne. Hatte der Mörder im unendlichen Gerümpel sein Opfer gesucht? Besucht?

Das Vroni aber weißgott was warum. Schneeig hauset über mir im Unterholz die blinde Schleiereule. Korruption!

5. Januar. Ob es der Kolpingpräses gewesen war, der ihnen einst die Liebe zu Film und Kamera eingebleut hatte, zu Fredls Nutz und wenig Frommem? Der Sexualität, der Sexualfurcht auch, Paroli zu bieten? Diese geistlichen Knacker, sie sind, seit das Bilderverbot aufgehoben ist, ja ganz wild auf die farbigen Idiotien aus dem Kasten – und kein Bischof schreitet ein und nimmt ihnen das Zeug weg, keine Zeit, keine Zeit, Weiber umhalsen, Mähdrescher segnen, Kerzenhändler empfangen zu schnuckeligem Tun, Weihrauch entzuckeln, Sechsämter in den Meßkelch schwindeln und auszutzeln zu Gottes höherer Ehr' …

Und Sommerauer? Könnte er den Buhuhusen-Überschätzern nicht auch die Dias empfehlen, beim freien Dialog im freien Sender Kautschuk der Bananenrepublik Uganda …

Mike Ebner-Eralp. Mike Ebner-Kriegsdienst?

Müßte ich mich nicht selber, um die Iberer wenigstens im nachhinein besser zu begreifen, dieser Kolping-Foto-Gruppe schleunigst assimilibitieren? Sonder Schreck? Dem »Präsidio« des Raiffeisens!

6. *Januar.* Mit meinen drei Alten im »Paradies«. Die Heiligen Drei Könige, hähähä, o weh o weh! Wir ließen, entflammt, die geglückte Tombola Revue passieren, Kuddernatsch und ich berichteten von der wunderbaren See-Entzündung.

»Für die Fische«, kritisierte Bäck heikel, »war's eine Belastung!«

»Die sind – froh«, verteidigte uns Freudenhammer ruhevoll, »wenn sich was rührt!«

»Wo ist denn eigentlich der – der – wer fehlt? – der Wurm?« frug Bäck gesellig.

»Der Wurm ...« Kuddernatsch träumte ergötzlich.

»Der Wurm! Der Wurm!« rief Freudenhammer hart, »der Wurm ist kein Wurm, sondern eine – Anakonda!«

»Was?« fiel ich rege drein, »eine alte Honda kauft er sich? Alois? Alois! Eine Honda? Sag! Alois?«

Nach einer Weile verfielen wir auf den Einfall, die Zahl der Lokale in unserem kleinen Dünklingen zu schätzen resp. zu ermitteln. Ich tippte arglos auf 40, Freudenhammer klug auf mehr denn 50, Kuddernatsch brachte gefühlsmäßig 30 zusammen. Bäck indessen wies darauf hin, daß es vor dem Großen Krieg nachweislich über 80 gewesen seien! Wir fingen zu schreiben an – und nach zwei Stunden hatten wir tatsächlich 76 beisammen, Kaffeehäuser nicht mitgerechnet.

»Für 12 000 Einwohner nicht schlecht!« rief Bäck sehr wach entzückt, fing sich aber einen scharfen Blick Freudenhammers ein: »Fünfzig wär' vernünftiger!«

»Fünf!« rief Karl Demuth sehr humorvoll, doch nicht sehr geheuer. Er hatte uns belauscht. Hochkantig kühl schien Vroni heute. Es äugte gar zu schneckisch. Ich würde noch brav zuwarten müssen.

»Eines«, summte Kuddernatsch nach Bienenweise. Hoffart schwirrte auch mit munterst drein. Wenn ein Hemingway-Mann wie Alwin diesen epileptischen Epitheta-Salat läse!

Aber er darf ja hier nicht rein, ach nein, ach nein ...

Wenn Alwin sich mit Demuth aussöhnte, dann ... dann bräuchte er nicht dauernd privat Weizenbier zu trinken. Heilignüchtern der Männerbund sei. Aber unsere Kommunisten haben eben eigene Köpfe. Ein Rest von Makel haftet allem Irdischen, und so plumpst das Schwagerherz am Glück vorbei. O solitaire, o solidaire!

8. Januar. Aus den Schloten quoll Behutsamkeit, Kuddernatschens Leid zu lindern.

12. Januar. Kuddernatsch: Kug-el der Na-cht? Ku-rzweil der Na-chbarin? St. Neff: N-achbarin e-u'r f-laches F-läschchen? N-immermehr e-in f-roher F-i ...

20. Januar. Im Heimatblättchen prangt erneut ein wissenschaftlicher Artikel über Altersforschung. Daraus ersehe ich, daß ich dem Werner-Syndrom verfallen bin. Was ein »rezessiv vererbter Defekt« ist. D. h., meine Desoxyribonukleinsäure-Kette ist verringert, haut nicht hin. Aha. Haha! Ich hätte eben zu Zeiten meiner Chemieherrlichkeit besser aufpassen müssen. Jetzt ist's zu spät.

22. Januar. Eisblumen traumlos, sonder Rosette. Dies tief, zutiefst obszöne Leben! Obskur? Eine Obstkur? Äh bäh. Dann lieber aufrecht untergehen!

24. Januar. »Der latente Konsumtionszwang, du, einer Kamera, muß von einem sozialen Über-Ich aus der Oberschicht gesteuert werden!« Sagte Fred, als ob er's kurz vor seinem Auftritt schnell auswendig gelernt hätte.

»Praktisch ja«, goutierte Wurm recht obsessiv, »aber faktisch ist es doch heut' von Haus auf so, daß sich jeder eine kaufen kann, Gott nei, 200 Mark, daß ...«

»Von welchem Haus-auf oder Haus-aus?« Ich unterband hier flink und scharf. »Von welchem Haus-auf bist denn du, Wurm, eigentlich her? Adel? Bourgeoisie? Oder an sich«, scherzte ich matt, »Klerus? Wurm? Wurm! Sag!«

»Mittelstand«, sagte Wurm überraschend, »aber praktisch gehobenes Bürgertum ...« Er kicherte, war doch erregt.

»Billardspielen! Ein Emporkömmling bist du!« hakte ich nach, »ein Parvenu, ein Levantiner!« Kuddernatsch lächelte gesittet.

»Der Wurm, du Siegmund!« Fred hoffte wieder Anschluß zu bekommen, »hat noch immer, du, obwohl er sich so anstrengt, keine gesellschaftliche Position!«

»Warum sagst du eigentlich immer ›du‹ nach jedem dritten Wort? Fred!« Heute hielt ich Gerichtstag.

»Wurm«, sagte Freudenhammer kontrareflexiv, »ist an sich schon ein Stand!«

»Der Wurm«, fiel Fred, wie erhofft, endgültig aus der Rolle, »hat einen Ständer.« Fred hatte immerhin Bartmann als Lacher auf seiner Seite. Der kam jetzt immer öfter. Sah geölt aus wie ein Führer der Democrazia Cristiana. Italien!

Wir celebrierten einen vergnügten Abend; insgesamt; effektiv; praktisch. Noch hat das Vroni keine Chance.

25. Januar. Heute vormittag nahm ich an einer Vernissage teil, Bäcks Enkel stellte seine ersten Öl-Arbeiten aus – und wer treibt sich da ebenfalls herum? Der Raiffeisen-Urvogel Rösselmann! Und wie er das Sektgläslein gegen schöne Frauen prickeln, ja schmettern ließ! Pfuiteufel!

Er ist in Wirklichkeit auch gar nicht ganz so schön.

28. Januar. »Ich bin Branchenleader in Dünklingen. Du!« (Fred)

30. Januar. Wieser! Jetzt weiß ich, was mir fehlt! Sein Rede-Rhythmus wohlbeschwingt! Sofort im März würde ich zu ihm laufen! Wahrscheinlich braucht der Mensch Menschen wie Wieser, die einem zuerst angst machen und sie dann – wieder heiterndst nehmen. In diesem galaktischen Hirngespinst Erde.

2. Februar. Eigentlich gibt mir unser »Teig-in«-Geschäft Hoffnung. Es geht also doch wieder zurück, zur Eindimensionalität, zum Deutschen gar. Auf die Dauer, ahne ich, können sie das »Snack« und »Top« und »Discount« nicht ertragen, sie sind zu deutsch, zu dumm, sie sind zu zeitlos große Wackeln. Das wunde Gedunkel der Sehnsucht nach Stefania – oder wem …

3. Februar. Ein brillanter Verleser: »Albtraum« für »Autobahn«! Demnächst wird mir sicher für »Kathi Landsherr-Eralp« »Katholischer Landesbischof Alpenraum« gelingen!

4. Februar. Dem Vroni werde ich zunächst zwei Büchlein zur Auswahl überantworten. Einen Krimi und eine Anthologie hochherziger Liebesgedichtchen. Wenn es zum Krimi griffe, wäre es selber dran schuldreich. Greifelte es hinwider zu meinem pornografischen Werklein, dann …

Oder sollte ich nicht doch lieber gleich der kommunistischen Partei beitreten? Nachdem der neue Katholizismus mich verriet? Damit eine Ruhe würde!

5. Februar. Wie ist das nun mit meinem ersehnten 1-Million-Leser-Publikum? Nun, ich fürchte, tragisch trübe. Aber wenn jetzt noch zehn Personen am Lesen sind, ist's ja doch so übel nicht. Und wenn drei der zehn sich gar Seite für Seite auf die Schenkel patschen und jubeln »Recht hat er, der alte Sack!« – nun, dann wäre viel gewonnen, wäre ich zufrieden. Drei Mann nur, gewiß (Frauen, dumm wie sie sind, haben ohnedies längst aufgehört) – aber drei, die wissen, was sie wollen: Einfalt, das Werner-Syndrom und ein gewisses Maß an altkatholischer Verblödungstechnik. Drei Seelen, die mit mir fühlen und …

6. Februar. Die Seele, die Seele, als Schutzraum, als Kriegsdienst-Bastion gegen … ach, was weiß denn ich!

7. Februar. Besuch bei meiner Schwester. Sie erteilte gerade eine

Nachhilfestunde in Latein und war froh, daß ich mit meinem dreijährigen Neffen Arthur-»Schnauferl«, Alwins jüngster Pracht, vor dem Mietblock Fußball spielte. Ach ja, vor 38 Jahren, glaubt man Albert Wurm, hatten auch sie noch gespielt, technisch hochklassig mit dem berühmten Mauer-Banden-Trick im Rucksack! Die Tatsache, daß ich mit diesem jungen Mann, der gezeugt wurde im Weizenbiertaumel, zu der Zeit, als der Kaiser Augu… pardon: zu der Zeit, als ich das Geibere erkannte, alljetzt Fußball spielte, war eine so vehemente Sanktionierung von Unflätigkeit, eine so unwiderleglich lustige Liquidation von Lebenssinn, Libido und Liberoproblematik in einem, daß ich – wie wild drauflosschoß und mit meinem Dr. Hammer den kugelrunden Kopf des Kommunistenkindes nur so knapp verfehlte, daß … daß …

»Der Mond, der Mond!« krähte Schnauferl im selben Augenblick mirakulös und deutete entrückt nach oben ins Gedunkel. Dann holte er entschlossen zum Schlag gegen den Ball aus, zog aber im letzten Moment wie magnetisch den Fuß zurück und deutete abermals auf das Naturschauspiel: »Der Mond, Onkel Simon, der Mond! Der Mond!« Jetzt wurde mir schon ziemlich käsig.

So daß ich die Angelegenheit wegen meines Parteibeitritts mit dem gleich darauf schwungvoll nach Hause kehrenden Vater Streibl zu besprechen mich nicht mehr in der Lage sah. »Aaah, Fußball!« Der Agent lächelte üppig, und große Eitelkeit hub an zu gleißen: »Wird einmal ein Fußballer par excellence, gell, Schnauferl? Aber jaaah!« Andacht umnebelte sein dickes Maul. Mit Sicherheit hatte er den ganzen Tag wieder kein Auto verkauft.

Unbeholfen unkte ich etwas, ich wünschte mich demnächst in einer »halbprivaten Sache« mit ihm zu besprechen. Wie man nur so dumm dahergatzen kann wie ich!

»Immer«, flötete Alwin bedenkenlos.

»Der Mond! Mond!« schrie Schnauferl und der Kleine, es war ein ganz niederträchtiges Bild, klammerte sich hinschauernd an seines unglaublichen Vaters Hosenbein fest. Abendrot lohte im Westen.

»Der Mond aah«, bestätigte Alwin todesbereit.

8. Februar. Im Heimatblatt ein langer und eigenwilliger Bericht über unseren Stadt- und Brigade-Faschingsball. Unser Bürgermeister Löblein muß sich da auf der Bühne in verschiedenen Posen und Kappen gezeigt haben, wie die Fotos beweisen, einmal sogar mit Barett. Der Menge soll Löblein dabei jeweils das zur Kappe Passende zugerufen haben, mit der Geistlichenkappe also »Prost vobiscum!«

Es rundet sich …

9. Februar. »Nein«, sagte der alte Mann, »ich geh noch nicht heim.«

»Paul«, sagte der andere alte Mann zu ihm, »bleib bei uns. Da bist du gut aufgehoben.«

Alles an ihm war alt bis auf die Augen, und die hatten die Farbe des Rheinweins und waren heiter und unbesiegt.

»Ich kann mich jetzt gar nicht erinnern«, sagte der dritte alte Mann »wie unser Lokal heißt.«

»›Paradies‹, Alois«, sagte der zweite alte Mann.

Der dritte alte Mann hatte dem zweiten das Trinken und Sitzen beigebracht, und der zweite liebte ihn darum – –

– nein, es geht nicht. Ich wollte Alwin mit einer karg schmissigen Hemingway-Passage eine kleine Freude und Aufmunterung verschaffen, aber in dieser Diktion spuren sie nicht, meine makartartig flittrig verknispelten Alten – – – ob ich mir Vroni nicht trotzdem schenken könnte?

Bäcks Kampfdress prangte bratwurstbraun verbrämt.

10. Februar.

> af. Nicht schlecht staunten dieser Tage die Einwohner Dünklingens, als Pfarrer Durst im Zentralfriedhof die bereits mit 40 Jahren heimgegangene Frau Rat Emmy Spitta zur letzten Ruhe begleitete. Eingefunden hatte sich auch der Bruder Harald, eine größere Gruppe von Angehörigen und eine Abordnung verschiedener gesellschaftlicher Gruppen. Durst verwies am offenen

Grabe auf das Bibelwort, das da lautet, derjenige habe das Leben, der an ihn glaube und dabei selig werde.

Wenn das nur gutginge, wenn das nur gutginge...

11. Februar. Ausgerechnet! Ausgerechnet unser Umweltminister Streibl – !! – erkennt heute, glaubt man der Tagespresse, daß die Quellen des mörderischen Terrorismus im Kommunismus, im Marxismus-Leninismus und im »träumerischen Sozialismus« liegen. Nun, Karl Demuth hatte es schon zu spüren bekommen!

Aber ich werde wahrscheinlich trotzdem beitreten.

12. Februar. Der Mond, der Mond, am Himmel thront! Kaum neigt sich der Winter seinem Ende zu, wird er schon wieder frech. Und die Stadt: Gut erholt und zäh wie Kruppstahl! Kennt man dies nicht schon alles? Verschmitzte Erker, tuschelnde Zwinger, abgefeimte Batterien, schmunzelnde Torbögen, knusprige Bierwägen, kichernder Stuck, herzhafter Schluck, verschanztes Geranze, grillende Kröten und abermals der Duft von Zuckerwatte, Bratwurst und Kräuterbonbon – ah! Prostitution!!

Revolution!!!

Alwin, ich komme!

13. Februar: Allzumal
Im Jammerthal
Laue Luft
Dämmergr –

Nein, auch lyrisch bin ich ausgebrannt. Schon seit einem Dreivierteljahr Kodak nicht mehr gesehen, will ihn nicht sehen usw. Der lyrische Quell ist versiegt...

Die Matratzen-Mätresse alias Mater Coeli...? Man darf das 1:321-Erlebnis nicht mutwillig wieder hervorlocken.

15. Februar. Heute kommt die Bestätigung, die endgültige, wie kugelrichtig ich liege! Die Überweisung meines Sub-Erpressungsgeldes zu kontrollieren, war ich in der Raiffeisenkasse – da lag er, da stand er im »Informationskasten für unsere Kunden«, der

Bischof Ratzinger – und warb mit seinem Antlitz für den Erwerb goldener Münzen anläßlich seiner Bestallung!

Heftig griff ich zu, zuhause studierte ich den Prospekt genau: »Das Land«, heißt es da, »schätzt sich glücklich, durch seinen Erzbischof nach dessen Aufnahme ins Heilige Kollegium wieder in der Weltkirchenregierung vertreten zu sein.« Zu diesem Zwecke aber gebe es ab sofort Sammlersätze in Kassette, und zwar:

Reines Feingold:	999,9–24 Karat	495 Mark
Reines Feinsilber:	999,9	98 Mark

Unterschrieben: »Sparkassen und Banken«.

Was war das? Sicher, der Bischof wollte mir ein Signal geben. Aber für was? Klar, von dem Gewinn des Feingoldes und Feinsilbers zahlte er seine Mätresse aus, den Kerzenhändler und den Mähdrescher. Aber – was habe ich damit unmittelbar zu tun? Soll ich Münzen kaufen, so das gesamtkatholische Geldgehacke zu fördern? Die Situation wird allmählich zu vernuschelt und vermauschelt, ich verliere die Fäden, das Garn. Ich werde mich, mit oder ohne Partei, Alwin noch fester anschließen, das Gewürge zu kontrollieren, und notfalls mit klassenkämpferischen Maßnahmen den Bischof vom Sockel zu suckeln!

Wenn Kathi die bischöfliche Mätresse ist, kriegt sie also das Geld, von dem wir wieder neue Münzen kaufen können – vielleicht lebt unsere »Familie« schon jahrelang vom Bischof, indes sie sonst schon längst – – –?

17. Februar. Hähähä! Meine Vroni-Pläne sind gottseidank von selber zerstoben. Zerstiebt? Zerstoben. Albert Wurm – und in seinem brenzlig quellenden Auge unkte gleichzeitig die Erfahrung hoher Weibergenüsse und die des notorischen Entsagungszwangs – teilte mir heute in der Teestube mit, Vroni habe kurzfristig einen GI geheiratet und sei mit ihm auf und davon. Einsiedel, das war mißgetan! Und Lattern hatte recht geweissagt.

Mein galantes Unglück freut mich sehr!

18. Februar. »Stellage« statt »Stratege«.

19. Februar. Ich möchte nur wissen, was das ist, was mich beim Tagebuchführen immer so zwickt und kitzelt und ...

22. Februar. Premiere! Ein Tripel-, ja Quadrupelverleser ist geglückt! Aus »Nachtbackverbot« wurde »Nacktbadeverbot«, als ich die beiden Wörter nebeneinander zum Vergleich schrieb, las ich hingerissen »Nachtbarvorhut«, als ich auch dies noch dazuschrieb, war »Nachbarvorhaut« draus geworden. Es muß etwas geschehen, und zwar schleunigst!

24. Februar. Fred ist jetzt sogar beim Altenabend, seine unwiderstehliche Dynamik zu unterstreichen, im blauen Overall erschienen. Auf dem Brustlatz aber stand: »Foto-Fred presents: Das optimale System!« Wurm, immer anakondischer feist, fand es »wie g'sagt attraktiv«. Kuddernatsch aber, was selten vorkommt, tadelte mit Eifer: »Was soll das, Fred! Du bist doch jetzt 74 Jahre!«

Es war ein feierlicher Augenblick. Er hatte sein Alter mit dem des Fotografen verwechselt. »Du Dummer!« wehrte Wienerl sich wirbelnd. »Gott nei!« log Wurm in schrägem Moll. Klaglos klagte Bäck sein Leid. Tat Freudenhammer mit dem Auge schön. »Du Knaller«, sagte Fred, »mein Kleiner!« Ich krallte fester mich an Kuddernatsch vertraulich. Etwas Erdmännchenhaftes sang jetzt auch an ihm. Immer ähnlicher wurde er Schopenhauer, nach der Fotografie von 1859. Nur der machtvolle Haarbusch fehlte und die Geistträger, die schlohweißen Koteletten. Eine Perücke stünde Wurm recht gut. Bäck trank edlen Wein. Liedhaft klappte Freudenhammers hängendes Lid herunter. Durch sein Erscheinen hinterm Zapfhahn machte Demuth auf sich aufmerksam. Vroni fehlte lautlos. Man beachte auch die Verschmitztheit, mit der Kuddernatsch den Overall im Auge behielt. Fragwürdig äugte Wurm bis zum Exzeß. Bäck sah wesenhaft. Ein Tropfen an seiner Nase winkte mir zu.

Der kalte Bauernmond des Heimwegs, des Heimwehs nach Stefania?

25. Februar. Ein Motorrad, eine 600er kaufen, die tollsten Reisen machen. Aber ich trau mich nicht, ich trau mich nicht. Die früh Geliebte hintendrauf – –

26. Februar. Wenn ich wenigstens ein Hündchen hätte! Aber ehrlich, ich will ja keins. Zu unpolitisch. Eskapismus.

27. Februar. »Termin« mit Alwin vereinbart. »Mein Sohn, der Alwin, hat jetzt so was Nettes! Er hat so ein Sprechfunkgerät. Aber wo! Er sitzt daheim auf dem Stuhl und funkt mit unserer Nachbarin, eine alte Balletteuse aus Heidelberg, die freut sich, die hat auch so ein Gerät. Freut mich, daß mein Sohn technisch so interessiert ist! Wohnt am selben Korridor, so nett!« Dann etliche sozialistische Marginalien. »Guilleaume hat recht gehabt. Brandt hat's verraten, unsere Klasse …«

28. Februar. »Schattenkabinett« statt »Schabkunstblatt«. Mä-Tresen? Mä-Tresor? Mä-Tresse! Mä-Dress! Was hatte er am Leib gehabt, der Kleine? Mal nachsehen. Ein laubfroschgrünes Mäntelchen. Na und?

Abends »Paradies«. Unsere Altmeister des dreigestählt Hockerischen. Winterliches Ödgefunzle. Alte Nöckerei. Alter wie viel Äther sei. Morgen mittag wird's geschehen.

1. März. Blondblauer Himmel, strohig knospende Wolken, grünender Wald. Ach, die Palmkätzchen, Boten des Schmetterlings! Windbuschröschen glühten zart. Frei, aber einsam torkelte ein Spatz vor sich hin. Dunst von Veilchen, Schlehdornzweige tauchten zu Boden, und mir wurde schon jetzt ganz rauschig vor heimlicher Süße.

Vorbildlich konspirativ traf ich mich mit Alwin in der Wallfahrtskirche St. Maria-Grein bei Knittlingen, sechs Kilometer von Dünklingen.

Ich war etwas zu früh eingetroffen. Las in den Broschüren am Kircheneingang herum. Ein Lobgottes lag auch auf. Ich schlug nach, was heute die Liturgie bot. »Albinus« stand im Kalender. Es war kein Zufall.

Es war der Heilige Geist der Revolution.

Punkt 14 Uhr ersah ich ihn, lauernd hinterm Hauptportal. Er rückte an sehr locker wiegend, ich schlich mich um die Ecke. Als Streibl am Portal angelangt war, betrat ich die Kirche von der kleinen Seitentüre aus, machte ihm mit dem gekrümmten Finger ein Zeichen. Im Barcarolerhythmus bewegte sich der Agent auf das Kirchgestühl zu, nahm Platz, schaute fromm zur Decke. Ich biß mich auf die Zunge. Schlurfte zu ihm, setzte mich zu ihm. Zuerst benommen, dann gefaßter starrte ich auf den Altar. Streibl tat bewegt desgleichen. Er hatte einen besonders festlichen, ja transpirierenden Schädel auf, die Haare waren straff nach hinten gebürstet. Um ihn wand sich ein mir noch unvertrautes, ja unerhörtes marineblaues Jackett. Er schien zu wissen, daß es jetzt aufs Ganze ging.

»Du wolltest mich konsultieren?« fragte er wie einsatzbereit. Ich selber war in einem sehr kreativ großkarierten, expreßartigen Kombinationsanzug erschienen. Bordürenhemd gestreift weißrot, betonte Knopfleiste, ausgezeichnet. ...

»Hör zu, Alwin«, ich machte es knapp und biß mir stärker auf die Zunge, »ich bin jetzt soweit. Ich möchte der Kommunistischen Partei beitreten. Aufnahmegrund«, unerwartet früh war ich nicht mehr ganz gescheit, »Iberer.«

Gottseidank hatte ich das letzte nur geraunt. Streibl schien es nicht gehört zu haben, er wirkte vom Anmarsch aus dem Dorf noch sehr strapaziert. »Aah«, seufzte er ins Kirchenschiff. Es saßen sonst nur noch ein alter Mann und eine alte Frau drin herum, drei Bänke voneinander entfernt, acht Meter vor uns. Die befürchteten Gegenspione?

»Ich möchte«, wiederholte ich sehr ernst, »in die Kommunistische Partei aufgenommen werden. Alwin! Sofort!«

»Aah!« Jetzt schien Alwin wirklich erfreut, lächelte beseligend, antwortete aber dann ganz purzelnd: »Siegmund, geh zu, geh'n wir in die Bergwirtschaft unterhalb – ein schönes frisches Weizen tät' mir jetzt gut, dir auch – und dazu einen Klosterkäs pikant, der Käs, hör zu, ist das Höchste außer«, es ächzte früh und hoffnungsmindernd, »außer einem schönen frischen Beischlaf! Schönen frischen Beischlaf!« Er tippte mir beifallheischend gegen die Brust und deutete auf seine: »Hab meinen heut' schon gehabt! Göttlich schön!« Warf den Kopf erschöpft in den Nacken und öffnete begeistert leicht den runden Mund. »Bergwirtschaft, hör zu«, jetzt berührte er mich am Arm und schmatzte wie einladend, »war jahrelang meine Stammwirtschaft, der Wollack Walter war Stammwirt drauf! Der kennt dich auch!«

Etwas mühevoll versuchte ich, Streibl möglichst entgeistert anzustarren. Gelbe Sonne fiel spotlightartig auf seine mir zugewandte Halbkugel.

»Ich möchte«, sagte ich brüchig, doch um so entschlossener, »der Partei beitreten – deiner Partei!«

»Der Partei ...«, widerhallte Alwin versonnen. Bräunliche Rokoko-Putten umschwärmten uns schon von allen Seiten. O Gott, o Gott!

»Deiner Partei! Jawohl!« Ich flüsterte es wie in sich ankündigender Seenot.

»Welcher – Partei?« Er rückte den Rumpf gegen mich. »Siegmund?«

Der Schwager schien nicht ganz anwesend.

»Naja«, damit hatte ich wirklich nicht gerechnet, »der kommunistischen Partei halt!«

In diesem Augenblick war mir so entsetzlich ernst damit, daß ich mich schon in einer Ausschußsitzung werkeln sah. Brütend über großen volkseigenen Stapeln.

»Der kommunistischen Partei ... der kommunistischen Partei!« Alwin sah sehr verdrießlich drein. »Was willst in Dünklingen mit der kommunistischen Partei ...?«

Ein Lichtblitz funkelte über beide Köpfe und fuhr die Wand hoch.

»Alwin«, holte ich beharrend aus, »du sagst doch, du bist jetzt wieder aktiv in der Parteiarbeit tätig. Dann kannst mich doch«, ich zupfte flehend am Bart, »mit in die nächste Parteiversammlung mitnehmen und – meine Aufnahme in die Wege leiten!«

»Geh allein hin«, sagte Alwin, »da brauchst doch mich nicht, Schwagerherz!« Selbstzufriedene Eitelkeit, nein, eitle Abwehrbereitschaft schwamm deutlich ruhlos in den Agentenaugen. »Du weißt doch, wo die hocken … jeder weiß es!«

»Die DKP? Ich weiß es nicht!«

»DKP, DKP …« Der Schwager schmollte ohne Hast, »was willst mit DKP …«

»Aber du – bist doch in der DKP? Oder?«

»Aber wo, aber wo!«

Glanzlos sah ich an Streibl empor. Er lächelte entfernt, wie kaum von dieser Welt. Wenn uns Hemingway jetzt sähe!

»Du bist also, Alwin, nicht – bei der DKP?«

»DKP – mußt allein hingehen – geh allein hin, Schwager, bei der DKP kann ich dir nichts nützen, shit. Ich .. du weißt es doch, gegen mich läuft seit Jahren eine Denunziation«, Streibl jammerte sich rascher warm, »eine Diffamierung, eine – hör zu, nebenan in der Bergwirtschaft –«

»Was ist da mit der DKP?« Entschlossener denn je wollte ich dieser Partei beitreten. Gleichzeitig erwachte mein Ehrgeiz. Aber Streibls Blick gedieh betäubender.

»DKP, um Gotteswillen! Sie haben eine – sie denunzieren mich laufend. Der Bleicher Sultan ist doch eine Sau – eine ganz lauwarme Sau, ah!«

»Bleicher Sultan?«

»Eine arme, ach so arme Sau! Er hat eine Denunziation beim Staatssicherheitsdienst gegen mich indiziert, induziert«, der Schwager wurde erregter, aber die beleibte Vision dieses Vorgangs machte mich vor Freude ganz schnell beben, »die haben … der Stasi ist drauf reingefallen, sie haben mir erst gestern wieder eine Warnung zukommen lassen, aber ich negier's, ich negier's … Ich bin für die DKP erle-, die DKP ist für mich erledigt ah!«

»Parteiausschlußverfahren?« Windelweiche Vorsicht lag in meiner Stimme. Ach was, Iberer, es ging auch so.

»Aber wo, yeah ... wir haben ein Agreement getroffen, ein Reglement – die Mitgliedschaft ruht bis zur vollständigen Rehabilitierung ... wahrscheinlich 1980! Ah! Um Gotteswillen!«

Die beiden Alten vor uns neigten sich jetzt ein wenig zu uns zurück, zeigten aber wie in schweigender Abmachung zuerst nur ihr Profil. Bigotterie und Wachsamkeit war drin zu lesen.

»In der Kirche sind Spione«, wisperte ich schmerzlichsüß. Linkerhand in einem Seitenaltargemälde stand ein Bruder Konrad und begrüßte mit erfreut ausgebreiteten Armen Jesus, der, obwohl ans Kreuz geheftet, gleichzeitig auf Flügeln zu ihm geschwebt kam. Vorne rechts, jetzt sah ich es erst, war an einem Seitenaltar ein Gerüst errichtet, in sechs Meter Höhe stand ein Mann im weißen Kittel und sah lang und schwer zur Freskendecke. Als ob er träume.

»Spione«, der erfahrenere Streibl blieb bewundernswert gelassen, »gibt's überall, gibt's überall ...« Jetzt griff der Weißkittel zur Bierflasche und saugte dran. Ich ließ eine kleine Stille einfächeln. Vogelpfeifen war gut hörbar.

»Ich will aber«, langsam hob ich wieder an und fest, »in die DKP eintreten!« Ich wollte wirklich immer heftiger.

»DKP?« Jetzt schien die Stimme ganz munter. Ich wurde plötzlich überglücklich. »Du willst in die DKP?«

»Jawohl! DKP!«

»DKP ... was willst mit DKP?« Ich ließ ihm etwas Zeit zum Nachdenken. Streibl entschied sich für eine unendlich müde Schnute. »DKP gibt's in Dünklingen praktisch nimmer, die haben s' damals ausgeräuchert, wie der Grabinger Stadtkommandant war, der Grabinger Benno ... aaah ... es ist damals viel Unsauberes im Parteibüro passiert ... gibt's praktisch nimmer, sie haben«, und jetzt gewann die Stimme endlich die Entrücktheit einer Bach-Air, »sie haben nicht dem Proletariat gedient, sie haben auf der ganzen Linie versagt ... aaaah!«

Der alte Mann erhob sich jetzt, trat zum Seitenaltar links, schlug ein Kreuz vor dem Gemälde mit Mariä Heimsuchung und rutschte in die Bank, in der die Alte saß. Ganz eng rückte er an sie.

»Aber ich denk'«, ich zögerte virtuos, »bei der DKP läuft gegen dich«, ich zögerte stärker, »ein politisches Stillstandsverfahren im Zuge der Relegationsindizierung wegen Rehabilitierungswiedergutmachung« – accelerando ging mir der Mund über und die Seele schwang empor zum Deckenfresko, das meines Erachtens die Scheidung der Guten und Bösen beim Jüngsten Gericht zeigte, und mit einem Male war mir sehr klar, wo immer man mich später hintäte, zu den Guten oder Bösen, ich möchte bei meinem Alwin sein, »so ein Rehabilitierungs-Gentlemen's-Agreement kann doch«, jetzt bekam ich aber doch etwas Angst, »die Welt nicht sein!«

»Es hat«, hob Alwin traulich seufzend an, mein Gefasel hatte ihm offenbar doch wohlgetan, »es ist ein Parteiverfahren, ein außerordentliches Schiedsgericht wegen – für mich ist's eine Statussache. Drum kommt's auf meinen Druck vors Landgericht. Wahrscheinlich wird nächstes Jahr das Oberlandesgericht einschreiten ... ich kann's abwarten! O ja!«

Über dem Hochaltar stand mannshoch Unsere Liebe Frau. Die Patrona trug ein chiantirotes Kleid und einen polarblauen Mantel. »Ave Maria, mundi spes«, hieß es auf einem geschwungenen Goldband über ihr. Die Rechte hielt das Kind, die Linke vollzog die blumenvolle Gebärde »C'est la vie«. Links und rechts stuckierter Marmor. Der rechte flankierende Gipskopf war sicher St. Josef, der linke mochte der Täufer sein. Über allem thronend, krönend den Altar, ein Relief des Weltenschöpfers groß und streng. Zwei Sibyllen links und rechts auf dem Gesims, aus ihrer Haltung sprach viel Nachsicht. Noch mehr aus der Madonna Auge.

»Aber, Alwin, du sagst doch, du hast mir doch mehrmals erzählt, daß du jetzt wieder stärker in der Parteiarbeit tätig bist, in der Jugendarbeit, Bildungsarbeit und so weiter!« Noch immer wollte ich in die Partei!

Jetzt erst recht!

»Freilich«, sagte Streibl sehr gemütlich, »in der KPD!«

»KPD?«

»KPD/ML«, sagte Streibl wach, »ist heute meine Plattform ah!«

»KPD/ML?« Ich glotzte wie verführt. »Ich denk', du ...«

»KPD/ML«, sprach Streibl sehr ruhig, »ist heute die legimitierte Vertretung des Klassen-Proletariats.«

»Aber – soweit ich – so viel ich weiß – bist du doch Spartakist!« Meine Abgebrühtheit erschreckte mich ein wenig: »Du hast es doch – vor einem halben Jahr selber in der Tankstelle zum Waldvogel gesagt!«

»In der Tankstelle, in der Tankstelle, um Gotteswillen«, Alwin lächelte spöttisch und wie verzeihend zugleich und machte es sich in seiner Sitzbank bequemer, »in der Tankstelle wird viel geredet!«

Sollte ich ihm flugs meine Krallen ins wonnige Antlitz peitschen? Ich wankte keinen Zentimeter: »Und ich kann auch dazu?«

»Für dich wär's, Schwager«, Alwin überlegte vier Sekunden, »pardon, nicht die richtige Partei. Als – Theoretiker tätest dich bei uns nicht recht wohl fühlen ...«

»Ich möchte aber, Alwin!«

»Dann geh halt«, sagte Alwin, »hin. Ich kann dich nicht halten ...«

»Und wo, falls ich also allein hingehen muß, ist dann das Parteibüro? Von dieser – KPD/ML?«

Mein Neuangriff war erbärmlich, reichte aber aus:

»Du weißt es doch!« Des Agenten Hände glitten unruhiger über die Oberschenkel mit schicker melierter Diagonalrippe. »Was brauchst da mich dazu?«

»Ich weiß nichts, gar nichts!« Ich rief es schon verzweifelt und fast laut, »mir sagt man ja nichts!« Bittend sah ich Streibl an. »Ich weiß es wirklich nicht«, ich wagte mich sehr weit vor, »Schwagerherz!«

»Freilich weißt es!« Alwin säuselte jetzt wie enttäuscht, »im Ding, im Kreisverkehr ... in der Turner-Ding ... beim Depot ...« Er klopfte sich tatsächlich wider die Stirne. A la Caravaggio plumpste scharfes Licht auf des Agenten Schädel.

»Turner?« half ich. Sah er nicht stattlich aus wie ein Statthalter? Das Vogelzwitschern wurde ärger.

»Turnerfabrik!« Jetzt hatte er's. »Ich werd so vergeßlich. Aah!«

Ich erinnerte mich keiner Turnerfabrik in Dünklingen.

»Und wer wohnt da?« Ich hatte mich etwas vorgebeugt, um ihn nicht ansehen zu müssen. Die beiden Alten flüsterten. Der Weißkittel auf dem Gerüst betrachtete die Maurerkelle.

»Ding … die KPD, die KPD/ML! Wir sind nur«, er heulte leis betörend los wie Abendwind, »der arbeitenden Bevölkerung verpflichtet, wir lehnen alle Anbiederungsversuche des Großkapitals ab. Wir setzen uns für – Solidarität ein!«

Eine halbe Sekunde lang war mir zumute wie jenem kleinen Elefanten, als er seine tote Mutter entdeckt hatte, eine ganze Nacht lang.

»Und gleichzeitig, wenn ich's richtig interpretiere, liegt deine Mitgliedschaft bei der DKP still?«

»Bis 1982«, sagte Streibl, »bis dahin ist der Sultan weg.«

Ich überlegte kurz und schmerzensreich. Dann war ich sicher. Ich wollte nicht zur DKP – ich wollte in Streibls Partei. Dann eben KPD/ML. Stur würde ich hinein mich pressen, gegen des Schwagers Widerstand. Und dann begänne hohes Glück …

»Also«, ich mimte zarter den Hilflosen, »du kommst dann mit? Wenn ich zur KPD/ML geh? Zu meinem Parteibeitritt?«

»Du bist doch erwachsen«, tadelte Streibl sanft, »du kannst doch … ich würd', Schwager, hör zu, an deiner Stelle noch zwei, drei Jahre warten, du solltest nichts übereilen …«

»Wann sind Aufnahmezeiten?« Ich ruckelte an meinen Ohren. »Ich mein', wann ist im Büro dafür wer da … wann ist es garantiert besetzt?«

»Samstagvormittag sitzt meistens jemand drin. Es alterniert. Der Jour-Dienst«, sagte Alwin sehr sinnend, »alterniert.«

»Geh halt mit hin«, bat ich noch einmal windelweich. Die Patrona hielt ihr Kind ganz fest, Josef wirkte reichlich müde.

»Ich, schau, geh am Samstag zum Fußball, Punktspiel, gegen Harburg entscheidet sich das Schicksal«, funkte Alwin zurück, »von Inter. Der Bus fährt schon um 10 Uhr weg! Fahr doch mit! Es sind noch Plätze frei!«

»Aber …« Jetzt begann ich innerlich zu schwefeln.

»Gegen Harburg ah. Schwager, schau, das internationale Großkapital fürchtet heute die DKP nicht, aber sie fürchten die … die Revolution. Die Revolution der Basis wie wir!«

»Das Kommunistische Manifest«, versetzte ich schäbig wie süchtig, »fordert die Zerschlagung des Kapitals …!«

»Kaputtmachen, kaputtmachen kann jeder«, verblüffte Alwin so gelassen wie schmerzlich und straffte den Oberkörper, »ich, Siegmund, bin heute, wie ich da bin, ein Schmarotzer des Systems – Marx, hör zu, war ein genialer Mann, er erkannte die Ausbeutung des Menschen, der Mensch, du weißt es ja selber, wird durch den Menschen ausgebeutet, Marx hat's erkannt, täglich ausgebeutet … die Ausbeutung – was willst denn mit dem Bleicher Sultan, ein Depp, ein Depperl, der von der Partei bezahlt wird, damit er's auswendig sagt, aber wo, wir alle sitzen im gleichen Boot, ausgebeutet, wie alle, wir alle, du doch auch, Siegmund, um Gotteswillen, gib's doch zu!«

Es war der artistischste, fintenreichste Satz, den ich je von Alwin gehört hatte. Er hatte jetzt, immer den Kopf zurückgelehnt, das linke Auge geschlossen, das rechte offen – gleich, als ob er sich teils für den bevorstehenden Klassenkampf schone, teils rechtzeitig dessen Herannahen erspähen wolle. Aber ich gab noch nicht auf, noch lang nicht!

»Siehe Lenins Aprilthesen«, sagte ich ambivalent. »Der Zar mußte weg!«

»Der Zar? Der Zar hat abgedankt!« wehklagte Streibl verfetteter, »und der Bleicher Sultan lernt's auswendig. Der Zar war den Bolschewisten nicht gewachsen«, verlängerte er etwas weinerlich, aber auch kampfstark.

»Ernie«, träumte ich den Faden aufgeregt und tollkühn weiter, »Ernie Hemingway war ein Agent der bürgerlichen … der …«

»Hemingway«, belehrte mich der Agent sofort, »hör zu, Hemingway … ist bürgerlich, aber fortschrittlich. Hör zu, Schwagerherz, Hemingway, ich hab ein liederliches Leben geführt, die Freude an der schönen Literatur ist das einzige, was mir geblieben ist, die schöne Sprache ah! Hemingway … ist schlicht wie die Bibel …!«

»Die Bibel ist meines Erachtens – nicht schlicht.« Ich trotzte leis und fest und kniff die Augen auf und zu. »Höchstens in deiner Schulbuchausgabe – für deine Kinder!«

»Kinder«, freute sich der Spion wie huldreich überhörend, »nett. Die Bibel, hör zu, ist ein Meisterwerk ...«

Hatten wir des Gespräch nicht schon einmal? Zehntausendmillionenmal? Ich mußte etwas tun.

»Die Bibel, Alwin, ist kein Meisterwerk. Kann gar keins sein, weil kein Meister da war, der Begriff des Meisterwerks ...«

»Die Bibel«, Alwin unterbrach mich, als ob er meine Argumente zur Genüge kenne, »ist ein Meisterwerk, weil Christus selber der Meister ...«

»Was?« Ich mußte ihn angefunkelt haben. Streibl wirkte leicht verschüchtert.

»Die Bibel, hör zu, Siegmund, ich bin kein bekennender Christ, aber ich respektier's, die Bibel hat schon so vielen Leuten geholfen, durch ihre einfachen Wahrheiten, so einfach, so schlicht – die Bibel, hör zu, Schwager, ist schlicht – wie Hemingway!«

Wehende Stille. Aber ich hatte mich nicht verhört. Der Schwager schien sich wieder eingeträumt zu haben. Man mußte ihn schärfer angehen. Es war meine Pflicht als Schwager. Ich erschrak. Heute mußte ich den Vorhang zerreißen! Plötzlich wußte ich es.

»Hemingway! Hemingway! Sei mir nicht bös, Schwager! Aber ich möcht' bloß langsam wissen, ob du in deinem Leben schon mal was anderes gelesen hast als – Hemingway!«

»Er ist«, Streibl ächzte meliter in modo, fortiter in re, »der Größte. Nach Shakespeare, du weißt es ...«

»Hast du«, ich mußte etwas straffer sekkieren, »hast du zum Beispiel Gottfried Keller gelesen? Mondrian? James Gogol? Oder wenigstens Tolstoi?«

»Tolstoi?« Streibl lächelte abwinkend. »Ein alter Reaktionär. Keller ›Segen der Erde‹?« Betörender ward sein Organ. »Sentimentale Schule ah! Aufklärungsfeindlich, ach Gott!«

»Ausgerechnet Keller – sentimental?« Es war meines Wissens das erste Mal, daß ich Streibl von den Fundamenten her anging.

Der Schwager spürte es sogleich und wachte vollends auf. Schien leise überrascht.

»Ich kenn«, er muffelte beleidigt, »meinen Keller genauso gut wie du! Warum haben sie dich denn damals aus der Bibliothek geschmissen? Keller gilt nach der sozialistischen Literaturauffassung als sentimental!« Alwin klagte beengter. »Und subversiv!«

Jetzt war ich selber stranguliert. Es riß mich schneller in den Malstrom des Geschauders.

»Du bist subversiv, Alwin!« Ich strahlte ihn verschmitzt begeistert an, »subversiv sentimental wie – Kerenskij! Ja, genau! Wie Kerenskij!« Agent Streibl, hören Sie nicht, wie über unseren Köpfen das Benedictus aus KV 317 schwebt? Er hörte nichts:

»Ich kenn meinen Keller«, schnuffelte Alwin sehr behend, »meinen Maupassant. Hör zu, Schwager, ich versteh dich nicht, warum willst mich in der Kirche, in der Kirche«, er mußte das Beleidigtsein zu Teilen auch von Helmut Schön im Fernsehen abgeschaut haben, »in einer Kirche fertigmachen? Maupassant, ich hab alles gelesen, Madame Pompary, alle 22 Bände! Hemingway! Was hast – gegen ihn? Er war im westlichen Lebensstil daheim, yeah, aber er war aufgeklärter Materialist. Warum läßt du ihn nicht gelten?« Vorwurfsvoll winkelte der Agent das Mündchen an, ruckartig begannen die Augen zu schwärmen, in schöne Weizenbierträume versunken, »Hemingway war Heide ah! Aber ... er schreibt wie ein – Gebet!«

Winnetou? Ob man in dieser Kirche Weiber kennenlernen konnte? Göttlich schön?

»Das sagst du?« Ich drohte neckend mit der welken Stimme. »Ein KPD/ML-Mann? Du – machst doch die Jugendarbeit!«

»Du tust mir weh!« wiederholte der Agent dringlicher bezwingend, geradezu brillant lächelte er in mich hinein, »warum hast mich in die Kirche herbestellt? Ich hab gedacht, wir plaudern nett miteinander – und du? Schwagerherz? Ich hätt's nicht von dir erwartet. Warum erwähnst du vorhin Kerwenski? Kerwenski! Shit! Wer hat denn den Trotzki damals im ... im unklaren lassen? Damals!« Ich wußte es nicht. »Der MAD«, sann ich flüsternd.

»Der Bleicher Sultan«, fuhr Alwin tödlich verachtungsvoll fort, die durch die Fenster blitzende Sonne schien wie von leisen Schatten durchsättigt, »der Sultan ist Revisionist, ein Handlanger des ... hör zu, Schwager«, der Schwager seufzte kernig, »ich hätt' eine Bitte, gehn wir in die Wirtschaft unterhalb, da hätten wir Zeit, da könnt' ich dir's besser erklären, da könnt' ich dir gern einen Cognak spendie ... und ein Lachsbrot mit schönen Zwieberln drauf! Die Wirtin ist eine Verwandte von meiner Mutter ... der Taufpate vom Arthur ...«

Ich ging nicht darauf ein, kratzte mich glutvoll am Kopf und setzte mir eine schwere bedeutende Miene auf. Auch hätte ich mir gerne ein Zigarre angezündelt.

Bis hierher, dessen bin ich sicher, war ich noch immer entschlossen, der Kommunistenpartei beizutreten, welcher auch immer. Erst die Rückerinnerung an den Namen »Bleicher Sultan« schwächte mich entsetzlich. Aber ich kämpfte noch um meine Aufnahme.

»Alwin, hör zu, es geht jetzt für mich – ums Ganze! Ich möchte, ich bin jetzt 48, ich möchte in die kommunistische Sargzimme – pardon – –«

»Kommunismus, Kommunismus ...«, summte Streibl tröstlich, »Kommunismus heut' ist eine Weltbewegung ...«

Da fiel mir etwas ein:

»Und was machst *du* eigentlich bei der KPD/ML?«

»Ich bin«, antwortete Alwin, »heut' praktisch stellvertretender Vertrauensgruppenmann, solang der Winkler Heinz im Urlaub ist. Ortsgruppenvertrauensmann.«

»Aber«, ich stockte erregt, jetzt wußte ich erst genauer, was ich eigentlich fragen wollte, »was ist dann das eigentlich, die – ich meine, was heißt, was *ist* das eigentlich – KPD/ML?«

Streibl sah mir recht verwundert in die Augen. Die Sonne schwand, kein Wunder, langsam aus dem Kirchenschiff. Aber die Patrona schien zufrieden, schien daran gewöhnt. Schon zu Toscas Zeiten war ja in den Kirchen viel politisches Wesen gemacht worden, unheilstarkes. Die zwei Alten flüsterten sehr emsig.

»KPD/ML! Was *ist* das? Alwin! Ich meine, das muß doch irgendwas bedeuten? Ein Sinn!«

»Kommunisten«, sagte Alwin hilfreich. In diesem Augenblick, zehn Minuten nach 3 Uhr, wollte ich der Kommunistischen Partei *nicht* mehr beitreten.

»KBW?« schlug ich deshalb saugend vor.

Alwin lehnte sofort ab. »KWB, KWB! Das KWB ist heute in der BRD bedeutungslos, es sind Verräter, es sind häßliche Sektierer«, erklärte er mir recht beleidigt, »wir lehnen's strengstens ab!«

»Und ihr? KPD/ML? Was wollt ihr eigentlich?«

Hatte ihn schon. »KPD/ML? Um Gottes! Steht doch – in unserer Satzung!«

»Nichts steht in einer Satzung!« rief ich flüsternd, »was ist das KPD/ML? Alwin!«

»Du weißt es doch!« verteidigte Alwin sich wieder leicht in Nöten.

Jetzt mußte etwas erfolgen. Ein schwerer Seelenruck:

»Nichts! Nichts weiß ich!« keuchte ich wie blöd. Um fast reißend fortzufahren: »Und ich werde dich bzw. euch jetzt im Angesicht des Tabernakels überführen! Jawohl!« Hier tauchten meine Gedanken plötzlich zu der kleinen Sommersprossen-Stupsi hinunter. Ich würde sie, jawohl, im Sommer wieder zum Eisessen einladen und Alois Freudenhammer entreißen und wir würden eine gute Zeit haben – oder sollten wir lieber eine Heilige Familie selbdritt formieren? Ich war doch sowieso eher weiblich-weicher Natur, genau! – »KPD/ML ist *nichts* – und du bist *nichts.* Jawohl! Im Angesicht des offenen Tabernakels werde ich«, ich ächzte stämmig und fast laut, »dich jetzt entfüh-, pardon: überführen. Jawohl! Das mache ich!«

Die alte schwarze Frau blickte schon wieder über ihre Schulter, sie wußte inzwischen alles, die Ermittlungen liefen wahrscheinlich schon. Alwin schien dagegen nicht recht zugehört zu haben zuletzt. Hemingways harmvollster Herold schürzte nur heiter die Augen und sah sonniger zur Decke. Ich meinerseits bohrte schon seit einiger Zeit in meiner Hosentasche herum, plötzlich hatte ich eine

Packung – Kaugummi in der Hand. Öffnete sie vorsichtig und hielt ein Stück Alwin vor den Mund.

»Nicht hier«, beschied mich Streibl sacht, »keine Religion, seien wir tolerant, soll verarscht werden, Marx tät's nicht gern sehen, nicht gern sehen ...«

Der Kampf nahm seinen Fortgang.

»Das sagt abermals ein – Kommunist?« Zum ersten Male seit – meines Wissens – Jahren brüllte ich ihn, freilich hauchend, an.

»Nicht schön, nicht schön von dir«, sang der Agent nach einer kleinnachdenklichen Pause so elegisch, daß die Balken greinten, »daß du hier in der Kirche, hör zu, einer, in der Kirche, einer religiösen – religiösen Kultusgemeinde solche ...«

»Als Kommunist?« fragte ich leiser, denn ich mußte wieder an den kleinen Elefanten denken, »Religion ist«, fuhr ich ernst und fast wieder versöhnt fort, »wie du eigentlich wissen solltest, Opium fürs –«

»Sagt der Marx, sagt der Marx«, fing mich Streibl ruhig ab und richtete ein wenig an seinem wulstigen Oberkörper herum, »der Marx sagt's. Aber du mußt heute«, feiner Schweinebratenduft tremolierte jetzt im Schmerz der Stimme, »dialektisch denken, du darfst Marx nicht alles glauben, war auch, war auch ein alter Schmarrer, die Entwicklung ist über ihn«, Streibl saß nun sehr aufrecht, »hinweggeschritten, die Technisierung, die Rationalisierung ... die Dämmerung beginnt erst in der Stunde der Finsternis ihren Flug, wenn die Philosophie, aber wo, ihr Grau in Grau malt« – er wirkte jetzt sehr gefestigt und mir weitweit überlegen, war es nicht plötzlich wirklich der Weltgeist, der aus ihm sang? – »beginnen die Mühlen Minervas zu mahlen. Wir Kommunisten – können warten ... warten ... um Gotteswillen, der Eurokommunismus, um Gotteswillen, wird vergehen, wie er dahergeschneit ist, ich bin heut' Vertrauensmann von der Zulassungs-, pardon: du weißt es ja selber: von der DKP, wir tagen morgen abend beim Wollack Walter ... einen Dämmerschoppen ...«

»DKP!« Es riß mich hoch! Eigentlich hatte ich gerade fragen wollen, warum er Gott andauernd zum Kronzeugen anrief.

»DKP, jawohl, yeah. Wir wollen, Siegmund, keine Volksfront, kommt nichts 'raus dabei, aber wo, wir haben's doch erlebt…«

»Sultan?«

»Bleicher Sultan?« Streibl widerlegte mich rasch. »Ein Bandit aaah!«

Wieder omenreiche Stille. Ich durfte sie nicht entzaubern. Der Agent betrachtete verständig die Kreuzwegstationen. Die zwei Alten vor uns flüsterten oder beteten? Der Weißkittel auf dem Gerüst war verschwunden. Wie hehr dies Gotteshaus nach Kuhstall roch! Wenn jetzt Stupsi hereinritte! Mein Gott, wie lange redeten wir denn schon Unheil? Den ganzen Nachmittag? Die Ewigkeit? Wie unglaublich zäh der Agent meine Kanonade verdaut hatte! Er schien äußerst heiter und zufrieden…

»Warst du eigentlich schon – immer Kommunist?« fragte ich schließlich. Ich hatte ganz butterweich säuseln wollen, es kam ätzender heraus als gewünscht.

»Ich war«, hub Alwin an, »46 in der … bei der Bayernpartei, wegen der Entnazifizierung, es war«, kam er möglichen Bedenken zuvor, »eine liberale Partei.«

»Liberal«, echote ich andächtig. Unterdrückte die natürliche Frage, was der Osten dazu gesagt habe. In meinem Bauch ging es zu wie auf einer Kirchweih – sic! Mein Kopf war wieder ausgeruht.

»Liberal, yeah. Sie war gegen die Obrigkeit und für den Liberalismus aaah! Aaah!« Er sang es mit Glamour, in schönen Erinnerungen versunken. »Es waren Aufklärer drunter … der alte Professor Britzelmeier…«

»Und dann? Kommunist?«

»Der Nennstil August«, sagte der Agent wie skeptisch, »hat mich dann rübergezogen. Ein guter Lapp!«

»Nennstil? Und übrigens, Alwin: Herzlichen Glückwunsch zum Namenstag!«

»Dank dir, Siegmund, nett«, hielt Streibl seidig stand, »nett, daß du drangedacht hast – Nennstil ja, deine Schwiegermutter müßt' ihn noch gekannt haben, er war zu seiner Zeit Playboy, Liebling von der Damenwelt, dann ist er nach Freising verzogen, erstklassige

Wohngegend, sein Sohn ist jetzt in Nigeria Braumeister, bei den Papuas, jaah! Diplombraumeister – der Nennstil Gust war Vorsitzender und der Hammer Luck. Hammer Luck und der Szuj Heini, ein hochqualifizierter Immunologe, der Hammer Luck, der hat dann die McNamara Helga geheiratet, ein dummes, ach, ganz dummes Luder, eine Koryphäe als Orthopäde …«

Stürmisch türmten sich Akkorde, falsche Töne, aber wahr! Das süße sehnsuchtsvolle Harren auf den Tod. Er log jetzt, wenn er klagend den Mund aufmachte. Jetzt wußte ich's genau: Es war die materialistisch dialektische Synthese aus dem Lamentogeöde eines Gregorianischen Chorals und der hoffnungsfrohen Keuschheit der Missa de Angelis!

»Der Nennstil selber war integer, hochinteger ah! Seine Frau war eine Lebefrau, um Gotteswillen, ich war scharf auf sie, ach, wie war ich scharf auf sie! In der Zentrale! Wunderbares Weib, mitten im Parteibüro …«

Kyrie – ee – eeee– eeeeeee – eeeeee-leison. Ich schluchzte lautlos mit.

»… in der Redaktionsstube vom Parteibüro. August war auf der Delegiertenkonferenz in Bad Reichenhall, ein integrer Mann, ach Gott!« Die Harmonien der Gemeinheit wogten himmlisch, silbrig zischte Gischt der nimmersatten Infamie darein. So soll's ewig sein –

»… eines Tags, sie hat sich lange gewehrt, war ein Charakterweib, um Gotteswillen, hat sie mich dann drüberlassen, die Drecksau, ach, war ich fertig dann im Anschluß! Wie ein Marathonläufer ah!«

Wieder Stille. Lüge hallte nach. Alwin war in Schwärmerei versunken. Der Mund stand hocherotisch offen. Kopf und Körper lagen schräg. Der Gipfel der Gemütlichkeit, er war erklommen. Beklommen nahm ich mir ein Herz. Erstmals, dreist und systematisch, kreuzfeuchtfröhlich log ich mit:

»Ich möcht' deshalb gern zu den Kommunisten, Alwin, weil mich meine Frau – bzw. ich bin an sich noch SPD-Mitglied …«

»Da schau an«, freute sich Alwin, »wußt' ich gar nicht!«

»Bzw. Renegat auf Widerruf. Sie haben mich vor drei Jahren um meine Kurobulusrentenanpassung geprellt, sie wollten es in die Parteikasse fließen lassen. Aliquid semper haeret. 30000 Mark ohne Zinsen. Der Dr. Dingworth-Nussek aus Würzburg-Süd ist mein Vertrauensanwalt. Er betrügt seine Frau seit 1971 zweimal wöchentlich. Die SPD ist keine Heimat mehr für mich!«

Es war wie eine Neugeburt. Ich hatte bisher nicht gewußt, wie freies Lügen tat, was schaler Unsinn in mir steckte. Der Schwager nickte voll Verständnis, merkte nichts. Schmelzend hingegossen log ich weiter:

»Und CSU? Ich war bis vor sieben Jahren Stadtteilkassierer. Sie haben mich dann verraten. Der Strauß hat's selber betrieben, er hat den Woll Eberhard als Hintermann eingesetzt. Er hat mich indirekt erpreßt. Und mich dann der Erpressung bezichtigt!« Ich erschrak überhaupt nicht. »Ich hab dann die Konsequenzen gezogen und …«

»Sie haben«, seufzte Streibl voll Gefühl, »dolos an dir gehandelt. Es sind schmutzige Faschisten – und sie wollen christlich sein.« Er sah erlaucht zur kunterbunten Decke. »Es ist, hör zu, praktisch eine contradictio in adjecto, wie Marx sagt …«

»Ein Kontra im Affekt«, hauchte ich leis, und laut: »Da kann man halt nichts machen!«

»KPD/ML ist heute meine Basis«, Streibls fesche Korpulenz zwängte sich achtlos in die nächste Lügenkluft, »wir lehnen Kompromisse ab. Sie haben jetzt auch eine Jugendgruppe aufgebaut, mein kleiner Sohn soll demnächst auch dazu, der Alwin!«

»Wieviel«, ich zögerte geschlagen, längst nicht vernichtet, »Mitglieder hat dann die DKP/ML heut' eigentlich in Dünklingen? Falls ich dann auch noch beitreten will …«

»Mitglieder?« klang Alwin, »viele. Es werden immer mehr … Der Kampf ist nicht mehr aufzuhalten … ah!«

»Viele«, wiederholte ich. Jetzt hatte ich auf einmal die größte Lust, doch dem KBW beizulaufen, den Verrätern.

»Paß auf, Siegmund«, erbarmte sich der Schwager, »ich ruf, wenn du wirklich den ernsten Vorsatz hast, heut' nacht den Grün

Edi an, er ist praktisch die rechte Hand vom Bleicher Sultan, der Sultan ist vorübergehend in Dortmund bei der Hauptverwaltung, Grün Edmund, das ist der Kreisdelegierte in Weizentrudingen und Nürnberg, unser … westdeutscher antifaschistischer Vertrauensmann … von der Kampffront Rote Erde … ich tät' ihn, Schwager, ist dir's recht?, gleich anrufen, aber – jetzt kann ich ihn nicht anrufen, weil – –«

»Weil? Was? Warum?« rief ich verschnörkelt, ziemlich laut verzückt.

»Weil der, weil der – um die Zeit, mußt Verständnis haben – schläft. Aaah!« Und sofort, in Zehntelsekundenschnelle, fing Alwin Streibl vor Lügenhaftigkeit zu summen an.

Rechts das Standbild mochte König David sein. »Egredietur virga de radice Jesse«, lautete der Hinweis. Trotzdem: Es war ein rascher, traumhaft richtiger Beschluß. Noch war es nicht soweit, noch tat viel Härte not. Jetzt mußte ich ihn einfach füsilieren, tut mir leid:

»Jetzt? Um diese Zeit schläft er? Am Nachmittag? Seit wann – seit wann schlafen denn eure Kommunisten am Nachmittag?«

»Du weißt es doch selber.« Es kam klamm, hilflos, völlig automatisch, »er ist Bergmann, er …«

»Wahrscheinlich weil er …« Heftig fuhr ich los.

»Aber wo …« Kahlenden Haupts, schnarchenden Auges, hatte sich der Holdgewaltige weiter zurückgelegt.

Es war etwas unfair, denn Alwin hatte meinen Schlag nicht mehr erwartet: »Wahrscheinlich weil er so geil ist wie du und dem Nennstil seine Drecksau-Lebefrau und weil er deshalb Tag und Nacht rammeln muß im Parteibüro!« rief ich konventionell und – jetzt wirklich lustig. Ich war froh drum. Allzu heftig war die Spannung zuletzt angeschwollen.

»Du tust«, Alwin Streibl ließ eine Pause eintreten, dachte wohl nach, fand aber nichts Besseres, »mir weh. Weh!« Wiederholte er dringender, schon herzhaft jammernd, aber ich ließ jedes Mitleid sausen. In der Kirche war's recht finster schon geworden.

»Rammeln, Alwin!« – aus mir schrie fast heilige Wut – »rammeln ist nämlich das einzige, was ihr Kommunisten – sieben Kinder! – wirklich könnt…!«

»Weh! Schwager! Weh!« wehklagte mezzopiano mit bärenstarker Lebensgleichgültigkeit der Schwager – es war einfach wunderbar, wie der Lackel wimmerte und sich dabei pudelwohl fühlte – der Kopf des Spions lagerte jetzt extrem schief über die Sitzbank hinaus, gleich als wolle er mit größtmöglicher Lässigkeit den Maschinengewehrsalven des Klassenfeinds ausweichen, und noch wundersamer, der Körper machte keinerlei Anstalten, sich zu erheben –

»Alwin! Ich aber sage dir jetzt angesichts des offenen Tabernakels, du bist, du bist, ich schwöre dir's, überhaupt kein Kommunist! Weder DKP noch KPD noch FDJ noch SED! Sondern LLL! Lauter linke Lügen! Eine vollkommen verlogene – ein Lügner ohnegleichen im ganzen Erdenrund!!«

»Der Bleicher Sultan, der Bleicher Sultan…«, flehte Streibl scheinbar fahl und kaum beklemmend schwer umzingelt.

»Der Bleicher Sultan, der Bleicher Sultan! Den gibt's gar nicht, mein Herr Lügenbold! Es gibt keinen Bleicher Sultan! Hat ihn nie gegeben!«

»Weh!« Alwin hatte sich tapfer lächelnd die Ohren zugehalten und zwickte wie der Beichtvater Antonius die Augen zu: »Oh! Weh! Siegmund!« Er senkte die Stimme ins Beschaulich-turmhoch-Überlegene: »Siegmund, schau, du bist, ich muß dir's sagen, es tut mir weh, du bist…«

»Na was denn? Häh?«

»Du bist«, die Stimme schaukelte nur leicht und quasi leidend, »Paranoiker, der völlige, der klassische Paranoiker … oh! Oh! Oh!« stieß er noch einmal wie in Erinnerung meiner Schmährede hervor, »Paranoiker, ich muß dir's sagen, shit!«

Ich sah ihn fünf Sekunden lang begeistert an. »Blödsinn!« hauchte ich dann schreiend, indes Alwin sich gelassen erhob und seinen Bauch geradestrich. Dabei wurden auch die beiden Spitzel vor uns wieder aufmerksam und spitzten rasch zurück.

»Paranoiker«, er sprach das Wort schon zum viertenmal richtig,

»du kannst nichts dafür, ein Versager, du bist ein sexueller Versager und Paranoiker – die Partei wird deinen Aufnahmeantrag ablehnen, ich schreib's noch heute an den Nennstil August, ich schreib ihm ganz sachlich, was ich gesehen und gehört hab und wie die Diskriminierung ...«

»Hör doch auf! Aufhören!«

»Der klassische Schizophrene par excell-, pardon: par exemplum ...«

»Ex plemplum, jawohl!« Platt und amusisch keuchte ich zu ihm hoch, »Plempel trinken und sieben Kinder herflechten, das ist das einzige, was du ... was die Kommunisten in der ...«

Mein neuer Hieb traf Alwin kaum:

»Wenn ich mich nicht täusche«, sagte der Agent stehend mit Eleganzia und straffte so unangreifbar wie unwiderstehlich sein Doppelkinn, »ist der Höhepunkt dieser ...«

»Ein Lügner!« flüsterte ich brüllend.

»... dieses Nachmittags überschritten, Adieu, Schwager!« sagte Alwin Streibl klagend und con anima, und die geschmeidige Agentenhaut spannte sich, »die Konsequenzen wirst du zu tragen haben, ich muß leider die zuständigen Stellen von der Unterredung unterrichten ... ein Protokoll in der Kirche«, sein schieberhafter Mund legte sich erneut schief und verzettelte sich dabei ins Schneckische, »in der Kirche, um Gotteswillen, ich muß es sofort melden ...«

»Lügner und Selbstbelügner!« ächzte ich in zauberhafter Wut. Eindringlich warnte Alwin mich sofort und hob dazu sogar den Zeigefinger.

»Du hast Marx – du magst vielleicht eine Tonleiter spielen können, aber du hast Marx nie begriffen«, sagte der Agent weniger weizen- als champagnerartig, ja, er schien sich sogar wieder setzen zu wollen, blieb aber dann doch hochgerichtet, »Karl Marx, den genialen Führer des internationalen Proletariats. Der Kapitalistenführer Schleyer wurde zu Recht kaltgestellt. Er war ein Verräter. Du gestattest, Schwagerherz, daß ich heut' abend dem Grün Edi von deinem schweren Vertrauensbruch Meldung mache – ich muß es, ich bin dazu durch Statut verpflichtet!«

Da kam mir eine neue, schon fast mitleidshumane Idee. Daß ich partiell von Erpressung lebte, wollte ich ihm nicht sagen. Aber damit Alwin mehr Material gegen mich beieinander hatte, rief ich nun recht heiter:

»Und übrigens hab ich nur eine einzige Klavierschülerin, außerdem hab ich damals in der Bibliothek nach Feierabend auch die Abrechnungen gefälscht, momentan erfind ich ein Tischfußballpatent – und voriges Jahr hab ich mich vergeblich bei den Nürnberger Sinfonikern beworben! Und?«

»Ich hab's erwartet«, sagte Streibl müde, »der Marx, der Grün wird's ahnden«, sprach er kalt. Ich stutzte, raffte aber schnell die letzten Kräfte.

»Was – meinst du eigentlich mit – Marx?« Tatsächlich, ich versuchte ein letztes Kehrausspiel, und der Spion, gnädig, fiel drauf rein:

»Was er meint? Du weißt es doch so gut wie ich!« Das Mündchen blieb ihm offen stehen. Jetzt kam auch die Sonne unverhofft wieder von links herein geflitzt.

»Ich hab's vergessen«, sagte ich unflätig, denn Alwin schien vorübergehend angeschlagen.

»Marx sagt, daß der Mensch ... daß der Mensch, aber wo, vom Menschen ... ausgebeutet wird!«

»Gebeutet wird, aha«, noch immer konnten wir zwei Deppen keine Ruhe geben, »gebeutelt und verprügelt! Wie du den Demuth Karl geprügelt hast! Und jetzt hast Lokalverbot! Jetzt bist du der Ausgebeutete!«

Manchmal glaube ich ernsthaft, die historische Leistung von Marx war es, den Dümmsten des Landes nachsagbare Wörtlein angedient zu haben. Selbst ein mittlerer Geist wie ich kann so zum Wahnsinn hochgetrieben werden!

»Die historischen Beschlüsse des VII. Parteitags ...«, hub es an, »was willst mitm Karl ...«, es war zum Sterben ach so rein und schön ...

»Die historischen Beschlüsse hin und her«, so jammerte schlagartig sanft ich für ihn weiter, »in welchem System auch immer,

Kapitalismus, Kommunismus oder Papsttum – die arbeitende Klasse wie du und ich sind der Dumme. Immer!«

»Kalter Krieg«, parierte Alwin somnambulisch, »alter Hut! Was willst mit der Konvergenztheorie? Aah! Es tut mir leid, Schwagerherz, doch ich muß Meldung machen...« Er scharrte strafend mit den Füßen.

»Wegen der Beschlüsse des VII. Parteitags?« Eine Giftspritze wie ich gibt nicht leicht auf. Noch einmal kämpfte ich, obwohl ich ihn wegen des »Schwagerherzens« gern gestreichelt hätte. Vielleicht stand ich morgen wirklich im Gefängnis, auf der Abschußliste...

»Die Statuten verpflichten mich«, sagte der Agent kummervoll und sanft, »keine Widerrede!«

Ich starrte ihn bewundernd an.

»Der Genosse Bleicher«, er korrigierte sich, »der Genosse Grün wird's wahrscheinlich an die Zentrale weitergeben, denn ab heute bist du für Dünklingen, für Dünklingens Linke nicht mehr tragbar. Adieu!«

Und überragend lächelnd, mit unbegreiflicher Hoheit die Hüften schwingend, schwebte der dicke Schwager in Richtung Kirchentür. Ich hatte mich umgedreht. Nein, Weihwasser nahm er nicht, aber mit einem ruckartigen Vorstoß des ganzen Körpers, als wolle er jemandem schnell und packend helfen, warf er einen scheinbaren Blick auf das sechste Kreuzweg-Bildchen, dann – nein, auch keine Kniebeuge, aber doch so etwas wie einen genossenhaften Gruß in Richtung Tabernakel.

Flink zog ich den Kopf ein. »Alwin«, dachte ich sehr richtig, »Alwin.« Und weg war er.

Eine Minute später standen die beiden Gegenspione auf und folgten Streibl. KGB! Oder der MAD? Stasi? Verfassungsschutz? Der kirchliche Abhördienst? Ich wußte es nicht. Wurde aber gleich belehrt. Gerade als auch ich das Gestühl verließ, noch ein wenig in der Kirche herumzuschauen, kam eine schwarze Katze aus dem Beichtstuhl links geklettert, spazierte wohlinformiert nach vorn und tauchte in der Sakristei unter. Es war glatte Tripelspionage.

Ich wanderte noch ein wenig im Gotteshaus herum. Herrlich strömte neues spätes Licht von links gegen das Altargold, aber der Tabernakel war geschlossen – und ich als Lügner überführt. Die Patrona nickte trauernd. Aber das machte gar nichts. Solange es Grün Edi nicht gab.

Seitwärts an einem der Kleinaltäre stand ein Gerät, das meine Aufmerksamkeit erregte. In einem Glaskasten, auf dem auch etwas Blütenstaub lag, hatten die Patres ein Jesuskind eingesperrt. Zehn Pfennige mußte man hineinwerfen. Ich warf, da kam das winzige wächserne Jesuskind aus einer schmucken, einen halben Meter hohen Kapelle getippelt, wahrscheinlich irgendeine Magnettechnik, gleichzeitig fing die Glocke des kleinen Kirchturms zu wackeln an, und seitlich ein Brünnlein ließ Wasser fließen. Das Jesuskind blieb schließlich vor mir stehen, sah mir wissend-gnädig in die Augen und gab mir alsdann seinen Segen. Sechs ruckartige Bewegungen: zuerst hoch, dann zweimal Seite, dann nach unten, dann wieder hoch! Zack! Ausgangsstellung wieder erreicht. Es war ein richtiges Kreuz und es galt auch. Rückwärtsfahrend schwand das Jesuskind in die Kapelle, alles, alles wieder still.

Oder aber waren die zwei Alten etwa nur zum Greisensex in die Kirche gekommen? Gläsern blinkten Primeln rings. Ein Ozean von Anemonen. Auf dem Heimweg, ich schwindle nicht, überraschte mich ein kleines Frühlingsgewitter. Prächtige Donner, charmante Blitze! Ich wurde patschnaß. Die Eichbäume aber sind wie Bärendreck an Wehrsinn. Das Jesuskind hatte ihn endgültig enttarnt. Wie harmreich harmlos diese Kommunisten waren! Ich mußte mooskraus lachen. Daß das Jesuskind dafür zehn Pfennige verlangt hatte – hm – ja, wahrscheinlich war es sein Obolus an den Bischof, der ja auch leben und seine Lebeweiber auszahlen mußte, ach ja, ach Wehmutstropfen auf den heißen Stein …

Welch großer, aberschöner Tag!

4. März. Conny kommt nicht mehr zur Klavierstunde. Aha. Jetzt wird's bitter. Grün Edi hat's verboten. Wieder eine Funktion weniger. Wie herbstlich dieser Frühling weint.

7. März. Von einer Geschäftsreise nach Brügge und Malmedy zurück. Keine konkreten Ergebnisse. Ich sei in den Ardennen gewesen, erzählte ich den Unseren.

»Go-Kart-Rennen?« Jetzt hatte es auch Wurm kapiert, nahm Abschied vom vulgären Leben. Bäck rauchte brezelhaft. Fred fieselte an Wurm herum. Kuddernatsch verhielt sich stumm.

8. März. In großer Not beschaue ich mein Rösselmann-Foto. Es überläuft mich zarter immer noch. Das Rettende ist allzeit nah.

9. März. Am Vormittag auf dem 98 Meter hohen »Nothaft«. Sah hinab ins helle, liebliche, noch eisigkalte holprige Gehopse. Das bald wieder fliedrige Geflunkere, das spätgotische Gepimpere. Nein, hinabzuhüpfen entlastete zwar, war aber zu gefährlich. Und wäre auch keine gute Methode, mein Tagebuch, dies tränenschwer getragene Largo aus Morbidezza und allerzweifelhaftester Empfindsamkeit, zu endigen. *Hier* wird geblieben, Neff!

Hm, so rüd hätte ich mit Alwin auch nicht umzugehen brauchen. Aber was sein muß … was war das eigentlich für ein kennenlernenswerter Heiliger, Albinus? Wer schaut nach für mich im Kirchenführer?

10. März. Wenn man den Raiffeisen-Rösselmann gewinnen respektive zwingen oder aber übertölpeln könnte, unsere Alten-Abende zu antichambrieren, dort einige Schwänke aus der Lombardsatzgaunerei zu referieren, dann … wäre sicher beiden Seiten wieder ein wenig geholfen … wenn ich meine Gattin einfach »Vroni« nennen würde, ob das vielleicht wieder … was … zusammen … bäh.

11. März. Ein Rudel Rekruten zog vorhin vorbei und brüllte voll Rohr. Die früh Geliebte schmunzelt gar so sonderlich.

12. März. Man divergiert immer mehr, je röter der Kopf wird, zuletzt ist man ganz allein.

14. März. Laub raschelt bucklig schon im Lenz. Wo brennt's?

16. März. Raumnot zwingt mich dazu, heute auf einen Tagebucheintrag zu verzichten. 514 Seiten für Roman plus Tagebuch soll man nicht ohne Not überschreiten.

18. März. Das auch noch. Sehrendes, nein rasselndes Heimweh nach Stefanias Kindheitsdorf Gleißenberg. Wo ich nie im Leben war. Dieses lichtbestreifte Ährenfeld, diese aromatisch lauen Kirchglocken! Gleißenberg!

Folgen später Bruderschaft …

23. März. Gewaltige Unfallmeldungen im Heimatblatt spielen mir den nicht üblen Gedanken zu, mich totfahren zu lassen. Ich kenne sogar schon eine besonders geeignete und schwungvolle Kurve, auf der Strecke nach (ach, Alwin, Honey!) Weizentrudingen, kurz vor Zwentlingen – hier waren die Chancen des Gelingens am besten: Daß vielleicht eine jugendliche Bauernpfeife, den Saukopf schon untertags voll des sauren Biers, mit Glanz in die Kurve fegte und mich Kleinen rigoros hochnähme. Ich würde dabei nicht gerade in der Mitte der Straße, aber doch recht weit innen laufen und so dem Deppen sogar entgegenkommen …

Das Gedankenspiel ist reizvoll wegen der Ungewißheit und meiner relativen Sicherheit einerseits – wegen meines wahrscheinlich schnellen und (ach, Stefania!) schmerzlosen Todes andererseits. Mal sehen …

24. März. Mein bisher vielleicht doch gelungenster Verleser: »Kommodität« statt »Kriminalrat«. Es wird immer klarer, mir fehlen die Iberer-Vitamine, ich lese, ich gehe irr. Oder kommt die Wahrheit gerade von dorten? Progoristische Legasthenie! Solch einer Bombenkrankheit würde nicht einmal Alwin seinen Respekt versagen können!

25. März. Wie lang hatte eigentlich dieses Dünklingen schon keinen Selbstmord mehr zu beklagen? Hatten die Kandidaten glatt drauf vergessen? Muß ich es ihnen vormachen? Immer die Kleinen! Wie würde Alois Freudenhammer seine Hommage abfassen?

Wenn ich nur Charly-Mä wieder träfe, ihn um Rat zu fragen! Das quälende Bild der kleinen sommersprossigen Stupsi. Könnte ich bei Freudenhammer nicht endlich um sie anhalten?

26. März. »Supermarkt plus Discount« steht jetzt an unserem alten Edeka-Laden in der Löpsiusstraße. Und die Fleischbank heißt heute »Grill-Center«! Warum ernennen sie nicht das Gefängnis zum »Brumm-Brumm-Center«, alle Gaststätten zu »Nam-Nam-Center« und St. Gangolf zu »Bim-Bam-Center«!

Ich würde demnächst ein Gartenhaus anmieten, »Super-Center« draufpinseln, und wenn die ersten Kunden anrückten, centerentflammt, würde ihnen, kaum berührten sie die Türe, ein sanfter elektrischer Schlag versetzt. Oder ich sollte mir eine Hundehütte kaufen, »Super-Discount-Hot-Dog-Grill« darüberschreiben – und sobald die Neugierigen vorsprächen und ihren Kopf hineinhielten, würden sie schon sehen, was passiert! Oder gleich einen großen mechanisch ausgelösten Vorschlaghammer über meiner Eingangstür im Schelmensgraben anbringen, ihn »Top-Intelligence-Discount« beschriften und so – den Verblendungszusammenhang des Kapitalismus wenigstens mit solchen Mitteln einigermaßen schmerzlich zerreißen, Alwins Lob einsacken und – –

Nicht daß ich es nicht mehr ausgehalten hätte. Aber es war eine große Erleichterung. Kurz vor Feierabend schlich ich mich am Supermarkt vorbei. Nahm hinter einer Hausecke Aufstellung und lauerte. Wie früher bei den anderen, sei's im »Aschenbrenner«, sei's hinter dem Sedansbrunnen …

Sollte ich ein großes Schild malen? »Hexenhäuschen« draufschreiben und das Schild auf dem Supermarkt-Dach installieren? Und vielleicht fiele es Trinkler wie Schuppen von den Augen, daß das ja wirklich wahr war, und er würde seinen Bau wieder mit Lebkuchen und Pfeffernüssen behängen und – – in den tiefsten Runzeln meines Wesens bin ich wohl Aufklärer der deutschen humanistischen Tradition, immer schön die Finger auf die Wunden der Zeit legen, Tagebuch schmieren, Alwin entlarven – –

Goldregen beugte sich über die Hütte. Um 18 Uhr 40 erschien

er auf dem Vorbau. Schloß die Türe, wälzte sich auf seinen VW zu. Er trug einen Federballschläger – was war denn das? – und die Nase äußerst hoch. Noch pomadisierter als sonst schlenkerte er die Arme, noch wissender, noch aparter – seit er die Belastung durch meine Person aus dem Weg geräumt, noch freier trotz weiterer Denunziationen – wunderbar! Plumpste in sein Auto, hob sich weg. Ob eigentlich Ursula von dem ganzen Unheil zwischen ihrem Gatten und ihrem Bruder weiß? Soll ich mit ihr reden? Oder war es noch zu früh? Muß man solche Finessen nicht noch ein wenig aufblühen lassen?

27. *März.* Ein Kälblein streicheln, ihm in die schönen Augen sehen.

28. *März.* Heute probierte ich es vorsichtig, das Selbstmord-Risiko-Spiel – und es hätte leider beinahe auf Anhieb geklappt, als ein hutbewehrter Flachkopf mit der ganzen Verve seines Trotteltums in die Kurve wuchtete, den Wagen gerade noch herumriß und mir dann sogar den Vogel zeigte! Ich bin entsetzlich erschrocken, denn so nahe an der Ewigkeit war ich noch nie – und jetzt plagen mich sogar grundsätzliche moralische Bedenken. Erstens würde ich den Todespartner ja gleichfalls gefährden, gar in den Tod vielleicht ziehen – obwohl erfahrungsgemäß diese Leute ja immer wieder überdauern ... Zweitens würde der Mann sich ein Leben lang ein Gewissen draus machen, nicht ahnend, daß er mir in Wirklichkeit eine riesige Freude ... und dann brauchten mich drittens ja auch meine Alten noch ... ach ja, und schließlich will halt jeder gern noch ein wenig herumleben und -zinteln wie der Bischof ... so scheitern alle an sich vernünftigen Ideen schließlich an philosophischen Grenzwertsituationismen. Au fein!

29. *März.* Die Aufregungen massieren sich scheint's wieder. Heute, 18 Uhr, ging – Fink mutterseelenallein am »Aschenbrenner« vorbei. Spähte sogar wie neugierig in die märzfrisch geöffnete Tür, als ob er – sah mir direkt in die Augen, als ob er wüßte, wie ich litt, mir aber momentan nicht – noch nicht ? – helfen könne

– – Hm. Schön herausgemästet war er in seiner olivgrünen Hose und im rostbraunen Übergangsmantel. Aber warum allein? Wollte, mußte er sich aus Gründen der Empfindsamkeit ein wenig von der Frau absetzen? Aber warum war dann nicht gleich der Bruder zur Stelle? Schreckliche Ahnung! Kodak war in Schmerz und Zerrissenheit weg von der Stadt! Und Fink, der Frau längst überdrüssig – wollte büßen, in Einsamkeit sein Leben zuende schleichen – – gedenkend des Bruders – – – Brrr! Ich muß mich da sehr raushalten!

30. März. Ein Brief ist eingetroffen, ohne Absender. Der Durchschlag eines Briefes, an das Vormundschaftsgericht Dünklingen:

»Hochverehrtes Gericht, hiermit revidiere ich die Bestallung meines Pflegers Siegmund Landsherr (mein Schwager) zugunsten wahlweise des VdK-Sozialreferenten Heinz Tannhäuser oder des Caritasdirektors Hermann Fuß, beide Dünklingen. Begründung: Landsherr geht keinem geregelten Beruf nach, ist impotent und ist drittens Paranoiker. Er läuft seit Jahren zwei Brüdern nach und verbreitet diffamierende Gerüchte über mich und meine Firma. Mein Arbeitgeber Rolf Trinkler hat sich rechtliche Schritte vorbehalten. Fuß ist eine integre und stadtbekannte Persönlichkeit (Unterlagen werden nachgereicht). Alle Aussagen an Eides Statt: Alwin Streibl, Dünklingen, Flaschenhüttenstraße 39. PS: Landsherrs Ehefrau Katharina hat nach sieben Jahren keine Kinder. Mir sind ärztliche Atteste bekannt, daß sie jederzeit Kinder gebären kann trotz eines Syndroms der Eileiterzufuhr. Die Gebärmutter ist keineswegs hypoplastisch, sondern jederzeit zum Kreißen (partus) geeignet.«

Unterschrieben: »Alwin S. Streibl«.

Ich bewies leidliche Geistesgegenwart. Im Telefonbuch stand lediglich ein Martin Fuß, Installateur. Und von der Oper Tannhäuser hatte ich Alwin zufällig vor vier Wochen erzählt. Von daher war nichts zu befürchten. Aber daß ich zwei Brüdern nachlief – war an unseren westdeutschen Spionen, ungeachtet ihres etwas eigenwilligen Paranoia-Begriffs, vielleicht doch was dran?

Aber eigentlich beschäftigt mich mehr das »S.« zwischen »Alwin« und »Streibl«. Sozialismus? Sex? Spitzenagent? Sam? Scheißleben? Ach nein, ach nein. Ein Stil grad wie die Bibel.

Täusche ich mich nicht, so sehnt es mich gegenwärtig am widerlichsten nach – »Stauber«.

31. März. Zugegeben, ich hätte es ihm nicht zugetraut, zu wissen, daß ich zwei Brüdern »nachlief«. Und genaugenommen, er wußte es auch nicht! Er schrieb es einfach – und es stimmte! Mir wird davon ganz höhenrauschig.

1. April. Wieder ein neues Erlebnis geschafft! Klavier gesehen – »Kaviar« gedacht! Fehlprojektionslegasthenie!

2. April. Nein, eine rationale Erklärung gibt es nicht, auch das Agentenauge ist natürlich Unfug. Es ist ordinäre – Telepathie. Und wenn er zufällig geschrieben hätte: »Mein Schwager geht mit Frau Wienerl fremd«, dann wäre ich eben vor zwei Jahren schon mit Frau Wienerl fremd ... Man muß diese Dinge einfach vergessen. So wie mich mein 1:321-Erlebnis längst nicht mehr juckt.

5. April. Der Blick zum gestirnten Himmel, die vierfache Wurzel des Satzes vom – Stop! Ende des 5. April.

6. April. Im Radio Knabenstimmen, Knabenstimmen, die wie Botschaften sind der kleinen Stupsi, wenn sie singen könnte ... ein Päderast also auch noch, das hatte noch gefehlt.

Gleichzeitig aber muß ich viel an Adolf Hitler denken, wahrhaftig, nein, gewiß nicht, um mein Tagebuch schillernder zu gestalten. Was mochte er, der alte Esel, gefühlt, gedacht, »gesehen« haben in jener kurzen Spanne zwischen der Einnahme des Gifts und dem Tode? Schäferhunde? 1:453 920? Den vorweggenommenen Alwin? Das großdeutsche Wunder – der Iberer-Heraufkunft? Oder nur einen kleinen vertrottelten Spatzen, der ihm ein wenig am Hirn herumpickte?

Es mag ja kindisch von mir sein, aber ich wünsche Hitler heute von Herzen – allerdings nach einer langen und harten Unterrichtung durch die erlesensten Geister der Weltgeschichte – das ewige Leben, die immerwährende Vergnügtheit im Herrn, und viele unendlich zarte und funkelnde Knabenstimmen, jawohl, das wünsche ich mir.

Denn endlich weiß ich es: »St. Neff«, das heißt nichts anderes als »N(eger) e(rnten) f(rohe) F(rauen)«.

7. April. Nein, Alwin muß den ersten Schritt tun. Er schreitet auch viel lieblicher. Ich bin selbst dazu zu impotent. Wie er weiß.

8. April.

> af. Das Dünklinger Umland, die gesunde Luft des Riedinger Forsts (jetzt als Naturschutzgebiet ausgewiesen) ist bekannt dafür, daß die Leute oft 94, ja 98 Jahre alt werden. Nicht ganz war dies vom Herrn dem Kanzleisekretär i. R. Hagen Müller (Titti) gegönnt, der dieser Tage im Alter von 91 Jahren im Herrn dahinschied. Der Friedhof leuchtete in den zartesten Farben, als Pfarrer...

Und Irmi Iberer war noch immer nicht hinweggestorben... Kodak den Weg frei zu machen...

Aber Freudenhammer hatte ganz recht, es hebt wieder an. Die Gräser staunen, die Birken zirpen, Wolken lupfen, etwas Würziges zappelt – bin ich denn Nabokov, daß ich alles gleich korrekt bekritzeln kann? Ich bin nur ein schlichter Heiliger, und ein unbekannter obendrein, die einzige Zeugin ist mundtot, und ich schäme mich, daß ich am offenen Grabe nicht wenigstens einen Nervenzusammenbruch erlitten und erstritten habe. Jetzt ist es zu spät.

9. April. Muckerisch rändert Efeu gelehrig. Na? Und?

10. April. Ich habe Kuddernatsch zu einem kleinen Frühlingsauslauf gewinnen können. Der Alte zog zwar furchtsam den Kopf ein und wollte dauernd zurück, sicher bangte ihm vor dem drohenden

Hundegeblaffe – ich aber sah und hörte alles: Etwas Beseligendes wallte abermals, aufglimmte, aufschwellte mit einer gewissen Erhabenheit des Nichtniederzukriegen der ganze Unrat des Landes: »Bürger! Schützt eure Umwelt. Zuwiderhandlungen werden strafrechtlich verfolgt. Die Gemeinde – Der Jagdpächter«. Stand auf einem 5 mal 7 Meter großen grasgrünen Schild, 4 Meter hoch an einen Baum geheftet. Komposthaufen der Niedlichkeit säumten den Weg, am Weidenzweig tuschelten schon Ostereier, das Veilchen Kuddernatsch lächelte vielliebend vielleicht, mein Farmerkopf ward warm und rosig fast wie seine Seele oder Stupsi. Wird nochmals alles gut? Nur Alwin schweigt. Doch Fink in guter Hoffnung geigt?

Am Abend sah man zwei alte Männer in kluger Betrachtung des Mondregenbogens.

11. April. Sogar der Tanzlehrer Bartmann salutierte heute den Frühling. Eingezogenen Kopfs zwar, aber funkelnd in einem nagelneuen aktuellen, leicht taillierten, türkisgrün durchwirkten, kleingemusterten Woll-Polyesters-Sakko, mit ihm schlich er in den Tchibo-Laden, äußerst lebenskundig geduckt, wie ein Altbeau von St.-Tropez, wie ein selten schönes Tier, wie ein – wie ein – wie ein? Junger Stier!

18. April. Apropos Geigen: Gestern eröffneten wir unsere Freiluftkonzerte – Staunen und wiederum Staunen! Schlägt es nicht immer wieder aufs Gemüt, ist es nicht wie eine Indizierung höchster Humanität auch in finsterster Zeit, wie musiksüchtig diese verrottete Menschheit nicht nur ihrem Oberpriester Karajan, sondern sogar uns Kur-Affen an den Hals sich wirft!

Wir begannen mit »Fra Diavolo«, tupften im Mittelteil einige schwerblütige Akzente hin wie »Toréador et Andalouse« von Rubinstein und endeten mit einem Strauß Frühlingsblüten. Zwischendurch aber, bei unserem erfolgreichen »Götterdämmerungs«-Potpourri, setzte Mayer-Grant wieder ein so schmerzzerstäubtes Gesicht auf, daß ich vor Lachen dauernd an Stefania denken mußte und deshalb einmal sogar aus dem Takt kam, ohne daß Mayer-Grant oder gar die Herrschaften zu unseren Füßen es irgend gemerkt hätten. Ich, Siegmund, komme ja in diesem merkwürdigen Werk auch vor, als Motiv der Wälsungenliebe, der verbotenen, na, bei mir hat es halt eine verbotene Ibererliebe sein müssen, aber zumindest bei diesem kantilenischen Weh-Motiv lag der alte Wagner-Wurstel so falsch gar nicht, und mir wurde ein wenig prüde nach Kathi, aber dann fetzten auch noch ein paar falsche Gickser unseres Posaunisten dazwischen, viel zu grobe Attacken der Trommel, es geht alles, alles, man glaubt gar nicht, was diese Kulturnation alles klaglos aushält! Und schon schwang der Frühlingsstimmen-Walzer das verkalkte Tanzbein.

»Alles einsteigen, die musikalische Post geht ab!« hatte Mayer-Grant zu Beginn keck gekeift. Es war wie ein Hymnus an das Leben in ewiger Wiedergeburt. Und nach dem Konzert teilte unser Schönster, der Cellist, mit, er habe seinen ersten Heiratsantrag in diesem Jahr schon gekriegt. Von einer gar nicht so greisen Kurdame sei er für heute abend zum Solospielen vorgeladen, hundert Mark extra!

Nicht zu leugnen, die alte Leier geht wieder los. Das Leben hat uns wieder. Und mich?

20. April. Das stillverzagte Abendrot der Alwin-Abstinenz. War es Erholung nur zu größ'rem Tun? Systole – Diastole? Der Mond stand still und zappelte vor verwester Erotik. Kathi? Sommerauer hatte mir weder privat noch coram publico einen Rat gegeben, mein Problem hatte ihn überfordert, aber vielleicht könnte – ach was! Contenance, Siegmund!

21. April. Ein amüsanter Frühlingsregen schwefelte heute übers Dünklinger Distriktwesen. Sah recht verlogen, aber herzhaft drein. Doch der Bischof trampelt halt weiter auf seiner Grabennymphe und Diözesangespielin herum. Ich rubbelte ein wenig an meiner rotgrauzagen Backe. Kaugummi war drin.

22. April. Der Gang zum Wesentlichen, zu den Unseren, zum allerhöchst ritterlichen Tableau, zum Corps der Gerechten.

Bäcks sehr ehrwürdige Züge tranken Franzwein. In seinem Zwielicht Freudenhammer fichtennadelduftig. Kuddernatsch atmete fest. Huldreich leises Gebalge unserer Alten. Karyatiden elfenbeingräulicher Schatten. Kuddernatsch, der immer mehr tändelte, schmiegte enger sich an Freudenhammer. O Veilchenhauch, o Fliederweh!

»Prost!« sagte Bäck passabel.

»Paul«, entgegnete Freudenhammer herrlich-alt-reisighaft, »Prost!«

»Meine Herren!« rief Kuddernatsch irreparabel.

24. April. Es lispelt die Dumpfheit, es lungert ein Glitzern, zart sprüht die wehe Fontäne iberianischen Eingedenkens – die Alhambra! De aquel majo amante que fué mi gloria guardo anhelante dichosa memoria – – Ich sterbe kummers wohlig.

25. April. Ein hübscher Knabe, als Gräfin, im Spessart, verkleidet, mit Rüschen und Kräutern, gibt's denn etwas Cherubinischeres? Aber wo? Doch! Die trockenen Blumen kuddernatschischen Kuhschellenhumors.

26. April. Mit dem heutigen Tage glaube ich immerhin zu wissen, wie es drüben aussieht. Aber es läßt sich, selbst für einen so wortscheckigen Schmarrer wie mich, kaum mit schneckeligen Worten quieken und quakeln, haha! Eine Andeutung vermag ich immerhin zu kräuseln: »Inter natos mulierum wackelt dem Pomm Fritz das Fressen beim Fernsehen dem Kartoffel aus dem 321er-Maul. Laudate dominum! Alle!«

> af. Im 78. Jahr verstarb die aus Prag stammende Frau Maria Quei. Sie war eine geborene Benet. Dieser Geistliche entnahm den Trost aus den Worten der Präfation: »Nun, wohlan, du gute, getreue Magd, weil du über weniges getreu gewesen bist, will ich dich über vieles setzen.«

27. April. Nein, das gramzerzauste, gramzersengte Antlitz Mayer-Grants war keine Pose mehr – es war das Leiden Christi selber. Was aber war es, was ihn gar so fertigmachte, gar so elend? Die Größe der Musik? Ihre unglaubliche Kläglichkeit? Wir Hausdeppen durch unser aufopferndes Gehacke? Die Waldhorngänge von Webers »Freischütz«-Ouvertüre, die unser Saxophonist schon gar zu zag verblies? Legte sich unser Spiel quasi schmerzbefeuernd über die an sich schon schmerzensreich verhauten Wolfsschlucht-Kruditäten? Abermals potenziert durch das Elendspack zu seinen Füßen, das sich von unserem Gewinsle das ewige Leben versprach? Oder war er viertens mit sich selbst zerfallen, daß er Mayer-Grant hieß und ergo ewig dastehen mußte und nicht umsinken durfte vor Scham und Verdammnis?

Wie wäre es, wenn ich mich verstärkt mit dem Kapellmeister verbündete? Mit ihm das überragende Sorrow-Team von Dünklingen-Bad Mädgenheim installierte? Das überragende Gram-Diem der zentralalpenländischen Tropenrepublik – und mit ihm alles niederrisse – auch Weiber!

Nein. Kultur, heißt es, sei Triebverzicht. Ich kann dies hier, und gereift noch durch meine ihrerseits jetzt vollkommen triebentäußerten Iberer-Erfahrungen, präzisieren: Das neue Christentum in Krach und Weh hebt an, wenn ein Teil der 40- bis 80jährigen Männer pizzicato zu zirpen und vibrato zu winseln beginnt, der andere Teil aber hört dem Schrecken furchtlos gottesfürchtig zu, gnadenreich vergessend des Drecks am Stecken beider Seiten. Der Bandleader aber sei wie ein kathartischer Hupfauf des terrestrisch immanenten Purgatorismus sui generis, die verhaspelten Geistseelen zu züchtigen und gleichzeitig durch flotte Weisen unvermerkt dem Orte zuzuführen, dem schönen – sein Name aber sei – Postkommunismus? Türkei? Postfräulein?

Niemand weiß genau Bescheid.

28. April. Die großen und die kleinen Unglücke: Fred hat sich einer neuen Fotohändler-Kette angeschlossen namens »Photo-Put«. Die Idee dieser Kette: den Verkauf von Kameras mit wunderbaren Auslandsreisen zu kombinieren, auf denen die Filme aber auch restlos verknipst werden. Die Mopedschilder waren offensichtlich ein Reinfall gewesen – aber eine erste Anzeige der neuen Machenschaft ist schon in der Zeitung aufgetaucht: »Fahr mit Fred ins Fotoland!« Nämlich: mit dem Dünklinger Omnibusunternehmen »Schäferin« nach Paris.

»Ins Puff!« tadelte Alois Freudenhammer vernichtend geharnischt! Mit dem Frühjahr schien er, vielleicht angeregt durch Bartmann, zu sehr hellen Kleidungsfarben umzurüsten.

»Notre Dame«, schmunzelte ich hypertroph und mußte – verflucht! – schon wieder an Kathi denken.

»Was versteht denn *der* von Notre Dame?« Bäck wurde ganz hysterisch, »der kann doch eine Notre Dame von einer ...«

»Der kann doch«, fiel Kuddernatsch glühend vor Blumigkeit ein, und sein Goldzahn blitzte geistlich, »eine Notre Dame nicht von einer ... von Nothaft ...«, Kuddernatsch war ratlos.

»Nicht von einem Nostradamus unterscheiden«, half ich selbstlos und geringfügig gemütsüberlastet.

»Hähähä!« lachte der faule Wurm hoffährig. Er schien in jüngster Zeit immer mehr zu resignieren.

»Aber – ein prima Kerl ist er!« Bäck kümmerte sich in die Eintracht zurück und sah trotz Hasenscharte äußerst zopfzeitig drein. Hier glaubte ich zu spüren, daß mir die Bedienung Vroni nicht eigentlich fehlte. Aber was anderes begann ...

»Guter Mann!« Freudenhammer nickte wuchtend langsichtig. »Obwohl ...«

»Jawohl!« rief Kuddernatsch treuselig, mit seinem Schicksal kaum hadernd. Um auch etwas zu tun, verschränkte ich überblicksweise die kurzen Arme. Bischof kam vom griechischen episcopos und hieß Aufseher.

»Ich tät' gern wieder mal ein Kino sehen«, sagte Wurm nach einer Weile kurblerisch, »oder was ... praktisch!«

»Kino, Kino«, eilte sich Bäck sehr angenehm. »Wir haben Fernsehen.«

»Kino ist nichts«, sagte Freudenhammer goetheklaren Auges

und fast sakroman, »lauter Aufklärung! Taugt wenig!« Nein, wirklich, ich vermißte sie nicht, die schmucke Vroni, es ging auch so, indessen, wär's nicht schön, wenn Kathi, das Gemahl, unter uns Alten … hahaha …!

»Die Vroni kriegt jetzt ein Kind«, sagte Bäck telepathisch.

»Ein Kind«, lächelte Kuddernatsch delikat und kuschelte sich an Bäck, »Veronika …«

»Ein Kind?« Albert Wurm fuhr gestochen hoch, nachrichtenlüstern brannten seine Lippen. Galante Abenteuer durchdünkelten den Sinn.

»Wenn sie ein Kind kriegt«, sagte nach einer Weile Alois Freudenhammer durchsorgt, doch sehr beherzt, »muß sie auch gemaust haben!«

»Äh«, zuckte Kuddernatsch erschrocken und sah den Freund bewundernd, doch auch flehend an.

»Oder, Verona«, träumte ich verwackelt.

Sodann plauderten wir ein wenig über die Dritte Welt. Echter Rittersinn webte umeinander. Muckerstimmen schwebten kreisend. Wenig später beschwerte sich Albert Wurm schön fahrig, daß in Dünklingen immer mehr Kaffeehäuser schlössen. Ich machte ihn darauf aufmerksam, daß ja doch auch er in letzter Zeit immer mehr dem Weizenbier zuspreche – was da ein Kaffeehaus noch solle?

»Wurm!« rief ich vorwurfsvoll brisant. »Wurm!«

»Ich muß praktisch«, stotterte Wurm schwer übertölpelt, ja pavianesk, »der Arzt hat's g'sagt, wie g'sagt, daß ich an sich Weizen … de facto …«

Besinnlich sah ich Wurm ins Auge. Mit beiden Händen rieb er, sich verteidigend, an der molligen Brust herum. »De facto« war sehr neu.

»D'accord!« rief ich vielsträhnig, »point d'honneur!« Kuddernatsch sah liebäugelnd in sein Seidelglas, sein säumiges. Freudenhammer schien über vielerlei nachzusinnen, Bäck hielt tiefe Einkehr. Meine Grand-Old-Hard-Rock-Band! Selbsteinlullung der Hermetik! Der Greise Efeuzüngigkeit verknittelte mich ganz.

Waren wir nicht das allerputzigste, niedlichste Aufklärerpack! Herzweh erpreßte mich – sagt man tumor oder rumor cordalis, Alwin? Alwin! War ich mit dem alten Schwager-Grattel nicht gar zu streng gewesen? Meinen drei Alten ließ ich ja praktisch auch alles durchgehen …

29. April. Was aber Alwin bzw. die Kurmusik bzw. das Weizenbier betrifft: Nach wie vor ist ja gänzlich ungeklärt, auch nach Schopenhauers Preisschrift, warum der Mensch sich meist zivil benimmt und nicht vielmehr tagein-tagaus alles Sicht- und Greifbare zusammenschlägt, die Wohnung zernichtet, die Sekretärin oder die Nichte überwältigt, unsere Kur-Combo, den eigenen Super-Autopark. Ungeklärt ist, warum es noch immer Dinge gibt wie Vertrauen, Kreditwürdigkeit, Rücksicht, formvolle Beerdigungen mit ehrenden Zeilen. Die Juristen schieben es – dumm! – auf das angeborene Rechtsempfinden, die Ärzte meines Wissens auf das Trägheitssyndrom – wir Chemiker … oder besser ich persönlich neige doch immer mehr und allen früher geäußerten Reserven zum Trotz zur – Theorie der Sicherung durch Weizenbier! Die allgemeinen unordentlichen Zustände verlangen halt, zumal bei haltlosen Naturen, nach seinem kontinuierlichen Einsaugen, dadurch erhöht sich zwar in nächster Instanz vorübergehend die Unordnung, und es würde alles ganz verheerend, also muß schnell ein neues Weizenbier eingeführt werden – und die Zivilisation bleibt konstant und mit ihr die Vision ewiger Seligkeit. Daß Alwin trotzdem den 2-Meter-03-Wirt Demuth im Weizentaumel zusammenschlug, bleibt Ausnahme, die die Regel bestätigt.

Was aber die Türkenwitwe betrifft – hier versagen meine psychologischen Deutungen. Die Charakterologie des Türkischen, die Weisheit des Ostens bleiben uns verborgen, aber das mit dem Ringelreizpullover – war ziemliche Lüge, Notlüge, dem epischen Raffinement zu dienen. Dem Tagebuch aber könnte ich ja endlich die volle Wahrheit anvertrauen. Ich fürchte, ich vermute, daß ich seit 19 Jahren – ach was, der neue alte Sturm wird sich schon wieder legen. Nein, hic et hack bin ich schon mal dabei! Also, wie war das vor – wieviel? – 20, 50 Jahren, als sie aus der Türkei zurückkam? War's nicht, erinnere ich mich recht, eine Art Gelöbnis, daß sie mich nur dann heirate, wenn – eine Art – Zimmermanns-Ehe? Und warum, noch einmal, heiße ich wohl St. Neff? Ist's nicht, mein Bester, der hebräische Spitzname, die Koseform für – ? Ach was!

30. April. Ja, ich vertraue auf das ewige Leben, auf den Lobgesang in Gott, dem Herrn, aber, soviel Kommunist bin ich doch auch: ich möchte nur dann gerettet werden und allsingen, wenn auch alle andere Kreatur überdauert , und sei sie noch so gering. Also auch Maden, Milben, Algen, Amöben, Gottesanbeterinnen, Weberknechte und ähnliche Tölpel – und das scheint mir doch selbst bei Gottes Allmacht und beim besten Willen unmöglich, ja ausgemachter Blödsinn. Verflucht! Wenn es aber doch klappt, dann soll der kleine Elefant, der eine Nacht lang am Grab der Mutter vergeblich wachte, in der obersten Himmelshierarchie thronen, gleich zwischen Maria und Josef, ja, bzw. zwischen mir und Kathi oder wie oder was – aus dem Geschlechte Davids – –

Aber auch dies ist christliches Gebot: Primum vivere! Finaliter! Eventualiter – – –

1. Mai. Tag der Arbeit, Tag der Faulpelze! Alwin! Vorreiter des Dünklinger Endproletariats! Herrscher des Pferdemarkts! Prozeßbevollmächtigter des Schäferhunds Jimmy! Pflegling, gräuslicher! Honey, zuckerbäckereisargiger! Nein, zum Mich-Totfahrenlassen bin ich einfach zu gemütlich, mein Kopf zu purpurfarben. Ich würde mal im Supermarkt nachschauen gehen, ob sie was Mitraartiges dahätten für mein Center –

2. Mai. Wenn nur der schwarzgesinnte Kerzenhändler wieder mal käme zu buntpossierlichem Tanz und Tollerei … Aber im Sommer braucht der Bischof wohl nicht so arg zu zündeln und zu funzeln und seine Leiberweiber anlichteln – oder gerade im Sommer? Wer sonst gibt dem Kerzenhändler sommers Lohn und Brot, dem Sechsämter warnend zu entsprechen?

3. Mai. Kaum fehlt einmal Freudenhammer – schon treiben wir's gar zu unverantwortlich. Als gestern Bäck im »Paradies« aufs Klo gegangen war, versteckten Kuddernatsch und ich uns in der Küche, mit Wissen und Einverständnis des Schankmanns »Bepp«. Wir lauerten hinter der Küchentüre und sahen alles genau. Bäck kam nichtsahnend zurück, sah den Tisch leer, blieb stehen, drückte gegen die Augen, sah nochmals auf den leeren Tisch – und glaubte wohl zu sterben vor Verlassenheit. Er raufte sich sogar im Stehen ein wenig die Haare, und seine Bäckchen wurden so aschfahl, daß wir ihn rasch erlösten.

»So was!« rief Bäck vorwurfsvoll stark atmend.

»Aha!« Ich lächelte sehr fahl romantisch.

»Mein Herr, suchten Sie uns?« Kuddernatsch wisperte zirpend wie das Erzherzogtrio Beethovens.

»Verstecken!« schnaufte Bäck gemacher, durchdösend auch die weiter'n Stunden, »so was, so was«, rief er schicklich.

4. Mai. Im »Aschenbrenner« ist eine neue, äußerst brünette Bedienung aufgetaucht. Sie hat das Schafsgeschau und hält das wohl für – Dünklingens dernier cri – einen Schlafzimmerblick. Chancenlos harrt sie meines Entgegenkommens.

Am Kleiderständer zwei schwere schwarze Motorradsturzhelme mit je drei weißen Sternchen. Einmal steht »Evi Grammel«, einmal »Ted Hierstetter« drauf. Sicher die Besitzernamen. Tatsächlich saßen zwei in einem Winkel, beide himmelblau gekleidet und sehr blond und langversträhnt, verschwindend darunter die beiden vielleicht sogar hübschen Gesichtchen. Beide tranken wortlos Weizenbier. Die Revolution zeugt ihre Kinder, eine sehr ruhige Rocker-Generation wächst in diesem Rokoko-Dünklingen da heran – aber ich frage mich abermals, warum diese Weizenbier-Oasen für unsere jungen harmlosen Hübschlinge mit Sturzhelm noch »Café« sich nennen. Hier im »Aschenbrenner« wird ja auch schon fast nur mehr Weizenbier verzehrt, selbst der Geschäftsführer nuckelt an seinem Glase Tag und Nacht! Und allein ich zutzle an meinem christlichen Milchtee herum …

Unsere Weltenstruktur ist antagonistisch wie unser Erkenntnisvermögen. Am 29. April habe ich das Weizenbier gewissermaßen gefeiert – jetzt möchte ich es um so furchtbarer tadeln, die Welt zu erretten! Nicht liegt mir an einer Perhorreszierung des Weizenbiers. Aber in durchaus kausalnektischer Dialektik der Hegelei alwinischen Eingedenkens möchte ich hier via mein Tagebuch es schon lautstark austrompeten: *Deutsche Bürger, das Weizenbier macht furchtbar dumm!* Und süchtig sowieso! Völker, höret meine Warnung!

Im Falle der verfluchten Terroristen hat sich die Regierung seinerzeit beschwert, die Intellektuellen hätten nicht rechtzeitig und eindringlich genug gewarnt. Was die aktuelle nationale Weizenbierpest anlangt, wasche ich hiermit meine Hände in Unschuld. Als echter Patriot *habe ich* gewarnt! Habe die kostbaren Zeilen meines Tagebuchs zur Verfügung gestellt, obwohl die Warnung weder mit dem Brüder- noch mit dem Bischofswesen unmittelbar zu tun hat! Ich habe gewarnt, schriftlich, rechtzeitig, aus heißem Herzen und mit Unterschrift! Ist das klar! Komme mir keiner, wenn es zu spät ist!

Hm. Ob vielleicht gar auch die Brüder recht viel Weizen in sich gossen? Woher wären sie sonst so lieblichdick? Und daß der Bischof sich vielleicht auch hin und wieder ein schönes frisches hinter dem Altar –

Ach, Kathi!

5. Mai. Rätselhaft. Heute ist überhaupt kein Wetter mehr. Es ist nicht kalt, nicht warm, nicht hell, noch dunkel, es gibt nicht Regen, noch Sonne, nicht Wind, noch Wolke – nichts! Klar! Es geht abermals auf die Entscheidungsschlacht zu.

6. Mai. Und schon ist es passiert: »Auf der Autobahn zwischen Rastatt und Karlsruhe mußten rund 200 Menschen mit Schlauchbooten von den Dächern ihrer Autos geborgen werden, auf die sie geflüchtet waren, als ihre Fahrzeuge in den bis zu 80 Zentimeter hohen Wassermassen steckenblieben ...«

Na also! Aber dauerhaft hilft das auch nicht weiter. Ich würde mit Alwin, wenn wir erst wieder vereint wären, immer zum Kegeln und zum Fußball gegen Harburg gehen, mit Weizen, jawohl, und dann würden wir schön über Humanismus plaudern, Utopie, Klosterkäse, jawohl, das würden wir, das würde ihm einleuchten … aber ja …

7. Mai. Schon vormittags Besuch meiner Schwester. Ob ich es schon gelesen hätte, in der Heimatzeitung?

Da stand es halbseitig: Streibl hatte einen Reporter davon unterrichtet, daß in seinem Mietshaus Libanesen »schweinische Feste« veranstalteten, »ein Porno-Mekka«, hatte Alwin dem Reporter sogar gesagt, »daß es nur so donnert«, und auch dies, daß er keinen Anlaß sehe, weiter mit derart »sozial unqualifizierten Mietern« unter einem Dach zu leben. Ein Libanese, habe Streibl weiter berichtet, trete als »Exhibitionist« auf und habe seiner, Streibls, ältester Tochter schöne Augen sowie »eindeutig unzüchtige Bewegungen« gemacht – zuletzt mußte freilich die Zeitung eingestehen, daß Streibls Angaben von keinem anderen Hausmieter beglaubigt worden waren.

So vertrieb er sich also neuerdings die Zeit. Es sei gar nichts gewesen, bestätigte Ursula, Alwin sei nur neidisch gewesen, weil er nicht eingeladen worden sei, da sei er eben zur Polizei, die habe dann wohl den Reporter verständigt. Ihr Mann, sagte Ursula, sei halt ein – »du weißt schon!«

»Um Gotteswillen!« rief ich automatisch.

»Gib halt du nach, er leidet doch drunter!«

Wie wohl das tat, wie wohl das tat! Sollte er nur noch ein bißchen. Bevor ich ihn wieder in meine Fänge schlösse, ihm die Bastonnade zu erteilen. Per saecula saeculorum!

»Wird schon wieder«, verabschiedete ich meine Schwester. Ja, selbstverständlich, die Klavierstunden würden wir später auch wieder fortführen …

8. Mai. Die früh Geliebte, Kathi Eralp-Landsherr, wird von Tag zu Tag lieblicher. Wenn das so weitergeht … das auch noch! Nein!!!

10. Mai. Bäck hat bei einer Rotkreuz-Tombola einen Opel Kadett gewonnen.

»Und jetzt«, schmollte er weh, »lassen sie mich, die Lumpen, keinen Führerschein mehr machen, weil ich – angeblich! – schlecht seh.«

Am Infantilentisch brüllte ein Rudel Regressiver auf. Kuddernatsch lächelte wie ein Marienkäfer und nippte – seh ich recht? – am Portwein.

»Aber warum seh ich schlecht? Alois? Weil ich 45 Jahr lang im Ordnungsamt war. Das ist der Dank der Stadt! Da hast du es!«

Bitternis zog ihm den Mund auseinander, doch sein Freund Kuddernatsch sprang wohlbebrillt und somnambuhlend bei:

»Paul!« krähte er fast atemlos, »dafür ... dafür schläfst du heute gut!« Die Weisheitslehre dieser Knaben –

»Wilhelm«, spann ich wäßrigen Auges, »Wilhelm, Wilhelm ...« Sei ewig mir ins Herz gegraben!

»Siehst, das freut mich«, ergriff Alois Freudenhammer das Ruder, »daß der Willy Brandt jetzt den Nord-Süd-Dialog übernommen hat. So ist's schon, auf alle Fälle, besser.«

»Willy Brandt«, maulte Bäck gefügig, flirtend um die Gunst Freudenhammers, »Willy Brandt ... jawohl ...«

»Der Jimmy Carter«, erwog ich biedermeierlich »schaut schon auf Deutschland.«

»Die Frühlingsfeier im Frühlingsgarten von ...«

Ältlich neigte der Abend sich über die Sterne. Heckenröschen blühten durchs offene Fenster des »Paradies«. Ach, meine Greislein, meine Jammergefährten, meine Dünklinger Gurus! Ein Schubert-Andante hätte das flüsternde Säuseln der murmelnden Welt nicht rieselnder hingeschneit! Diese drei Alten! Ausgeliefert nicht nur dem Tod, sondern auch dem Ungemach namens Wurm, Fred oder Landsherr, hatten sie auf dieser Welt keinen Stich mehr zu erwarten, aber wie – war es nicht zum Brüllen! – hielten sie die Stellung mit Bravour! Zu was auch immer ... Es war schon so! Wenn überhaupt jemand die jugendvertrottelte Welt noch salvieren kann, dann die alten, die erfahrenen Kämpen, geschlagen zwar, doch unbesiegt, mit Streibl-Hemingway zu weinen! Alwin! Nein, zusammen erst waren sie der lebende Schubert. Alwin sang das Cello, die Alten zirpten die Begleitung, murmelten das Gerinnsel durch alle Tonarten der Verzweiflung! Avanti Altenfront, Herr Bundeskanzler! Glauben Sie einem alten Radikaldemokraten, dem wenig mehr am Herzen liegt als die Einheit der Nation, die gedeihliche Generationenfolge, der Wiedergewinn der Mitte –

Nein, in Wirklichkeit mußte ich nur kichern und versuchte dabei, wie ein Spitz auszusehen – der ich doch von Haus auf ein Seehund war – –

Später kam noch Wurm hinzu. Setzte sich mit Verve und beschwerte sich nach zwei Minuten, warum er seinen Cognak nicht kriege. Demuth, der selber bediente, verwies ihn darauf, er habe ja noch gar keinen bestellt. Wir bestätigten es. Nur mühsam stellte sich endlich die Wahrheit heraus: Wurm hatte in der »Hacker-Bar« Cognak bestellt, hatte es vergessen und war rasch aufgebrochen. Im »Paradies« erst hatte er sich seiner erinnert – – –

Sodann erörterten wir Probleme der Lohnsummensteuer.

Zum Abendausklang aber verführte ich Kuddernatsch schmeichelnd, mit mir in meinen Kohlenkeller zu gehen, un poco Privates zu plaudern. Warum kommen die besten Eingebungen immer erst am Ende des Lebens? Wir verzehrten Eingemachtes und putzten Champagner weg. Ich saß auf einem knistrigen Kohlenhaufen, der Greis auf dem Holzbock. Wir redeten über den Spanischen Bürgerkrieg, nach einer Stunde merkte ich, daß der Knittel Kuddernatsch vom Spanischen Erbfolgekrieg sprach. Er lächelte prickelnd come una Leuchtkäfer. Es war so polonaisenhaft elektrisierend, daß ich auf der Stelle unsterblich wurde. Tatjana? Titania ist herabgestiegen! Titania, fille de l'air! Ich hauchte einen Kuß auf Kuddernatschens gelbfahle Wange. Drei Mäuse spielten miteinander Skat. Der Alte kicherte vergnügt und trank vom Sekte. Um 4 Uhr ging er heim.

11. Mai. Statt »Sommergenuß« »Samenerguß«. Hm ja. Ist doch so nett.

12. Mai. Der Alte von gegenüber, kaum ist das Frühjahr da, steht wieder vor dem Hoftor Posten. Im Arbeiterkittel wie immer, aber – jemand hat ihm jetzt zum Herumstehen eine Coca-Cola-Flasche, eine große Coca-Cola-Familienflasche, in den Arm gedrückt. Damit es nicht so auffällt. Er hält sie wie ein kleines Kind. Außerdem hat er jetzt einen verwegenen Steirerhut auf dem Kopf. Mein Gott, mein Gott, warum hast du uns so am Wickel!

13. Mai. »Franz Josef Strauß«? Aber wo! »Flachs Jux Stuß«! Jetzt gelingt praktisch alles. Neue Freiheit bricht an.

14. Mai. Der Karfunkel Kuddernatsch saß kläglich karfreitagsmäßig in der Klause. Grund: Karies.

15. Mai. Fred über den in der Presse bereits gefeierten Erfolg der Paris-Reise etwas auszuhorchen, lief ich heute vormittag zu ihm – und prallte bereits an der Ecke Wurzelgasse zurück. Vor dem Schaufenster stand eine längstvergangen vertraute Kontur. Es war – Kodak.

Kodak. Die erste Wiederbegegnung seit fast einem Jahr. Winzige Lähmungen knackten im Hirn. Ich wußte nicht, ob ich mich für linde Trauer oder noch dünner verästelte Spionage, pardon: Sabotage, pardon: Spielfreude entscheiden sollte. Ich weiß es jetzt, da der Tag sich neigt, noch immer nicht. Etwas tröstlich Hohlweghaftes, nein, laugrün Kühlwärmendes –

Ich sah ihn nur im Profil. Das Leid über des Bruders Treuebruch hatte ihm das Doppel- zum Tripelkinn schwellen lassen. Er stand, die Arme katholisch an den Körpersack gelehnt, sah hinter Fredls Glas, sah und sah, zog einmal kurz die Schultern hoch, als ob ihn eine schöne Vision fast krampfhaft quäle, sah noch drei Minuten, dann wandte er sich und wackelte langsam weiter, keineswegs mehr der furchtlos entschlossene Schritt von einst, wackelte dem Wibblingertore zu, das heute, pervers genug, vor Freude sanft zu glühen schien. Der Natur fehlt jeder Nerv für Tragik. Oder würde doch noch irgendwie …?

Was hatte er studiert? Im linken Fenster mit dem neuen Glasschild »Foto-Werbe-Atelier Fred« hatte es mindestens 120 Bilder eines einzigen Backfisches in 120 verschiedenen Posen und Lächelarten und Strohhüten, dazwischen aber schwang eine ziegelrote Fahne, auf der in goldener Schrift »... Kindheitserinnerungen...« stand. Außerdem gab es in allen vier Fensterecken einen Aufkleber »Paris!« in Gelbgrün.

Vor dem anderen Schaufenster, vor dem Kodak gegrübelt hatte, prallte ich zurück – wenn ich es recht verstanden habe, wie narkotisiert. Es waren acht Großfotos von Brautpaaren zu sehen, die gleich Babies auf weißen Fellen herumlagen, sich schweinisch in die Augen glänzten, ja wie symbolisch betasteten – und einmal barg sogar ein vollbärtiger Bundeswehrsoldat seinen verblüffend gemästeten Kopf in ihrem weißbetuchten Schoße...

Kodak sei mein Zeuge. Die Welt ging baden. Waren Fink und seine graue Botin die letzten, die wenigstens anständig geheiratet hatten, wenn es schon sein mußte? Lag darin die eigentliche Botschaft, die hieroglyphische, die vermaledeite? Oder – der Gedanke fliegt mir schaukelnd jetzt erst zu – holte sich Kodak nur fotografische Anregungen für die eigene bevorstehende Vermählung? Mit der – Anderen? Tatjana? Stupsi?

Hirnlos tapfer trat ich ein zu Fred. Noch weniger als sonst ahnte ich, was ich von ihm wollte. Fred kam mir flott zu Hilfe. Jammerte laut, er habe fürs Heimatblatt aushilfsweise eine Umfrage über eine neue Ampelschaltung in Dünklingen machen sollen, Fotos und fünf »Schnell-Interviews«, er sei zu diesem Zweck naheliegenderweise in seine »Stammtankstelle« Waldvogel, da seien Tankstellen-Angestellte, Autofahrer und sogar Rentner herumgestanden, die seien aber gar nicht an seinen Ampel-Fragen interessiert gewesen, sondern hätten nur Schnaps trinken wollen, und um 11 Uhr vormittag habe ihm schon keiner mehr was sagen wollen oder können, was irgendwie druckreif...

Eine Art Spruchband baumelte von der Decke. Es stand nur das Wort »Demonstration« drauf. Ich wollte schon, wehmütig aufgescheucht, Fred danach fragen, ob dies »Demonstration« deutsch oder amerikanisch auszusprechen sei, aber dann sah ich den Hund Jimmy, den richtigen, er schlief im Korbsessel, er raubte mir den letzten Mut: Und Fred hatte sicher »Kindheitserinnerungen« über den Teenager geschrieben, um seine Gier auf ihn zu verschleiern. Ich machte mich aus dem Staub. Lief St. Gangolf an und – traf wen? Wer segelte mir vors Bäuchlein? War das nicht Wilhelm Kuddernatsch, der im Tchibo-Laden stand und verhohlen eine mit Birnen gefüllte Rohrnudel verdrückte, daß sein Goldzahn fluoreszierte! Ich gesellte mich zu ihm, probierte die Nudel, horchte nach innen, und Kuddernatsch erzählte, er habe gerade »den Wolfram« in der Imkerei besucht und verbilligt Honig gekauft.

Weil mir so keusch war, schielte ich ein bißchen. Der verheerend katholische Schatten von St. Gangolf fiel bis in den Tchibo-Laden herein. Schmerzlicher als sonst verspürte ich, wie schwer es war, mit Kuddernatsch allein zu plaudern. Nur zu dritt waren sie stark. Wenn Fred jetzt drauf verfiele, sein Brautgezücht ganz nackt zu knipsen auf dem Freudenfell? Würde Freudenhammer ihn liquidieren? Lebendig begraben mit starker Hand?

Ich nickte ein wenig mit dem Kopf. Kuddernatsch zog lautlos mit. – Alwins Wohnviertel aber wird, laut Presse, zum »Problemgebiet« ernannt (div. Randaliererereien). Hm.

16. Mai. Heiratet er nun, der – wie war der Name? – Kodak? Ja? Mir doch egal. Vielleicht heirate ich auch bald. Vorerst trinke ich mal drei Weizen. Ach, wie wunderdumm das macht!

17. Mai. Und schon in einem Monat wieder 17. Juni! Unbegreiflich! Je schöner Kathi wird, desto inniger gedenke ich Alwins. Mit ihm zusammen hätte ich vielleicht gern ein Kind gehabt, ein Kind wie Stupsi, im Fell geknipst von Freddy…

20. Mai. Dunkle Giebel, sachte Fenster, Sommerfäden fein, aber wo, aber nein, und kein Blitz fährt drein, verworren rauscht der Hain, katholisch hauchend drein, ins Geträum hinein, in das linde Weizengären – ob er, der Andere, auch noch ab und an von den Iberern träumte, wie sie ihn als Sheriff des Pferdemarkts verehren – – –?

22. *Mai.* »Ja«, sagte Kuddernatsch blumenreich.
»Ewig«, parierte ich irrfürchtig.
Tolerabel schaute Bäck zur Deck.

24. *Mai.* Trauerpfiffig sieht sie fern. Soll ich?

26. *Mai.* Kathi.

27. *Mai.* Kathi?

29. *Mai.* Una voce poco fà?

1. *Juni.* Manche Menschen treibt's in aller Herrgottsfrühe in der Stadt herum, sei's dem Gewerbe nachzugehen, sei's dem Offenbarungseid, sei's Abenteuer zu bestehen wie Albert Wurm, sei's Sportzeitungen zu kaufen – wieder andere sind froh, daß es sie überhaupt noch gibt. Dieser Eintrag tut's für heute.

2. *Juni.* Kathi!

3. *Juni.* Ich sehe dich, Alwin, vor mir in deiner leibhaftigen Leibesfülle und Lieblichkeit, glitzernd vor Unheil und Überdruß, lustig indessen und klassenkampfstark. Anlächelt mich itzt dein bleichschön Gesichte, das winz'ge, doch tapfere Auge, erspähend den Fisch für den Osten, des Libanon unzüchtig Treiben dazu. Weißt du noch, damals, im Lenze, als wir uns fanden auf Hemingways Spuren, zu trotzen gemeinsam dem Westen, dem Sterben, dem Durst, der Ausbeutung, dem Leben – gleichviel, wie war es nicht tausendschön wonnig! Du tratst aus des Supermarkts Küchlein hervor, dich stellend dem Autokauftollsinn sonder Erschrecken, du schautest dein Reich, gelassen, fürwahr, dienend nur scheinbar dem Blech und Betrug, immer der Marxschen Lehre gehorsam, zu töten den Feind in den eig'nen Gefilden, des Siegs eingedenk, des endgült'gen – genießend mit Rülpsen vorläufigen Lohn, das prachtvoll schäumende Weizen! Damals, ja damals, war schwerlich zu ahnen Verrat, auch ich, Alwin, ehrlich, dacht' noch

nicht daran, dem Westen einst vorzupfeifen unser Geheimnis in Buchform. Denn gar zu untauglich schienst du zu muffeln, nicht zu gedeihen zum Heros – doch nun ist's geschehen, nun ist's getan – ich aber erwarte gelassen die Anzeige dein, aus Gründen der Desavouierung, Verfemung, Preisgabe von Autogeheimnissen und Talismännern, Lüge und Hintertreibung, Schwagerherz, rundes! Und tätest du's nicht, mein Alwin, mein trauter, käm's nicht zum Prozesse, zur Strecke zu bringen den falschsinnigen Schwager – – wie wär' ich enttäuscht ins Grenzenlose, du Lieber! Betrübter, ach, Nebelgeschlag'ner! Was sollte mein Werk, o du Schwagerbrut, sonst? Wie? Ach, laß mich nicht vergebens harren, mein Lümmel, mein Lenin, mein libanonfressender, lieblich-liederlich Durstiger, glorienscheinumdudelter – trunken dämmert die Seele auch mir! – –

4. Juni. Oder aber sollte dieses Büchlein gar die Freundschaft stiften, die entsetzlichste? Ist nicht Versöhnung der Betrübten höchster Endzweck aller Kunst? Oder, um es mit Alwin etwas hemingwayischer zu sagen: Aut prodesse volunt aut delectare poetae. Sub specie aeternfernalis!

Mit dieser dummen WM in Argentinien kommt man kaum zum Tagebuch-Schreiben!

5. Juni. Ka-thi.

6. Juni. Graf »Stauber«! Wie lang hatte ich ihn schon nicht mehr gesehen! Gott, wie niedlich! Matten Augs zwar, aber sehr entschlossen, wand er sich durch die Schauflerstraße, eine gelblichbraune Aktentasche unterm Arm. Als ob er Finks Verlust durch erhöhten Einsatz …

Nein, es war ein sehr einfaches Gefühl, was »Stauber« mir bescherte: Ich mußte einfach anführungszeichenfidel pfiffig seufzen.

7. Juni. Was will sie eigentlich, die früh Geliebte? Mich äugelnd entnerven, haschend mich vernichten, während ich des Schwagers –

8. Juni. Im Herzen krank, im Kleinhirn schwach, charakterarm – heute vormittag fuhr ich zu ihm, mit dem Taxi sogar. Und wenn er sich mit Händen und Füßen wehrte, *der* wurde wieder einmal angeschaut und angezapft!

Ich sah ihn schon vom Auto aus. Er prangte. Mühelos wie je auf dem Treppenabsatz, mit Glorie überschauend sein Wahnwehreich, heit'ren Weltschmerz im Gesicht.

»Welch seltener Gast besucht meine, um Gotteswillen, meine armselige Hütte!« Es war, abgewonnen der freudigen Erregung mal äußersten Lebensunlust, eine moralische Höchstleistung.

»Alwin«, sagte ich scheu. »Ich hab mir gedacht ...« Flauschig-flaumige Waschmittelgefühle verpflaumten mich, aber es war auch würziger Bohnenkaffee darunter. Da schlich als Retter in höchster Not der andere Hund Jimmy, grau wie die Sünde, aus dem Bürostall von Bethlehem.

»Ah, der Prozeßschuldige«, zeterte ich reizmatt vor mich hin, doch der edle Schwager ließ lächelnde Gnade walten.

»Yeah«, sagte der Agent sehr hehr, »der Prozeß, der Trinkler Rolf gibt nicht nach, der Rolf zahlt mich jetzt wieder nach Gehalt, nicht mehr nach Provision, jetzt, hör zu, ist mir alles gleich! Aaah ...«

Wenn nur das Wetter nicht immer die Angewohnheit hätte, psychische Prozesse ganz allein zu entscheiden – was ist denn der Wille des Menschen gegen die Macht eines morgendlich springinsfeldischen Sonnengeblinzels?

»Aber dein kaufmännischer Ehrgeiz?« unkte ich dankbar und traute mich noch immer nicht, ihm voll ins Gesicht zu sehen.

»Aaah«, quittierte Streibl lächelnd rasch geschmeichelt, ging tollkühn sofort medias in res, »Kaufmann ist nur ein anderes Wort für Korrumption, Korrumption, ich laß mich nicht, ich bin nicht mehr korrump ... korr ... der Sozialismus wird kommen, er muß kommen ...«

Seit wann stand ihm auch noch der elfenhaft geschminkte Sopran zur Verfügung? »Naja, das ist eben«, blümelnd-knautschig wehte ich mich ihm entgegen, »das ist eben die Frage sine qua ...«

»Aber«, fuhr Streibl fort, »es ist noch zu früh, noch zu früh, um

Gotteswillen«, er lächelte immer wesender, »aber ich kann warten, ich hab revolutionäre Geduld und Zeit, um Gotteswillen …«

Das friedliche Weben des öffentlich wirksamen Wahns. Neben der Hütte leuchtete scheu Löwenzahn. Es stand nun völlig pari, wen ich liebte. Kathi oder Alwin. Dabei quälte sich der Hund Jimmy die ganze Zeit, sommerlich aufgekratzt, an Alwins sauber gebügeltem Hosenbein hoch, endlich haute ihm der Schwager voll Wehmut eine Leichte gegen den Kopf. Er schien auch ein wenig abgenommen zu haben, vor Sehnsucht nach mir.

»Ich hab Schwierigkeiten mit meinen Kon-Mietern gehabt«, fuhr der Agent ondulierter fort, »Araber. Nette Leute …«

»Ich hab's schon gelesen in der Zeitung«, säuselte ich zephirngnädig. »Hat mir eingeleuchtet …«

»Araber, aah! Ich mag s' gern.« Die Schwagerstimme hob mich schon wieder aus den Grundfesten. »Nette Menschen. Unverderbt, unverdorben bis ins Mark. Denen gehört die Zukunft – die Gerechtigkeit, aaah …!«

Verschämt, nein unverschämt sah ich zu Boden. Alwin wirbelte wie schweres Parfüm herum:

»Auch als Kunden. Da schau, da draußen«, er wies mit dem Arm in den Autopark, »palästinensische Freischärler, Gastarbeiter, aber wo … die zahlen pünktlich, die zahlen gern …«

De facto trieben sich zu unseren Füßen sehr verdächtige, beklagenswerte Gestalten herum, vier Mann – einer kam jetzt sogar auf uns zu.

»Na, Kanaan!« rief Alwin putzmunter, »fündig geworden? You did find it?«

Der Orientale grinste breit und unentschlossen.

»Ein Libyer«, erklärte mir Alwin sonnendurchglüht, »heut' praktisch ein Stammkunde, hat eine bildschöne Frau, daheim im Libanon, bildschönes Weib …«

»Kathi!« hauchte ich fast überglücklich.

»Libanese ah! Sie haben mit den Syrern heut' Probleme. Was heißt ›Friedenstruppe‹? Um Gotteswillen!«

»Salemasimsala«, sagte ich. Es war nur ein Verdacht.

»Orientalen«, sang Alwin traurig und mondän.

»Dolle Gesellschaft«, wisperte ich, »vor allem in Nordorientalien, Türkei auch ...«

»Freut mich, freut mich, Schwager, daß du hergefunden hast«, verschärfte Streibl Tempo und Tonfall wieder merklich ins Gutturale, ganz hatte er mir noch nicht verziehen.

»Mit dem Taxi«, rief ich schämig aufgeregt.

»Taxi«, sprühte Alwin wie glückwünschend, »du entschuldigst mich, Siegmund, ich hab noch zu tun, im Innendienst ... im Büro die Abrechnungen ...« Er deutete eine versierte Körperwendung an.

»Ich wollt' nur ein bißl schauen«, raunte ich makellos und wahrheitsgemäß.

»Schauen«, seufzte Alwin ungewöhnlich, »Handel und Wandel«, er versuchte sich jetzt mit bitterer Ironie – »Handel und ...«

»Handel im Wandel«, flirtete ich achtsam und recht lustig.

»Du entschuldigst mich, Schwager ... komm wieder ...«

Als er sich in seine Hütte zurückzog, schien er ein wenig zu lahmen. Oder war es nur der übergroßen Apartheit zuliebe, die er mir bieten wollte? Wenn die Versöhnung mit Alwin gelungen wäre, würde ich mein Tagebuch und mithin meinen Roman endgültig abschließen und unwiderruflich dem Urteil der Geschichte anheimstellen und ...

9. Juni. Kuddernatsch! Bei unserem Galaabend zu Ehren der Bad Mädgenheimer Jubiläums-Kurgäste saß er – erstmals! – vor dem Pavillon, – ich hackte wie wildzerklüftet ins Klavier! Es war sicher sein weitester Ausflug seit Jahrzehnten, er saß mit Melone auf dem Kopf zwischen zwei alten Gurken und winkte mir mehrfach zu, behut-, aber kaum furchtsam; bei Ivanovicis »Donauwellen-Walzer« lächelte er sogar wie kenntnisreich-gleitend und deutete ein feines Schunkeln an. Nach dem Konzert, in unserer Kabine, unterhielt er sich sehr angeregt mit Mayer-Grant, der ihn womöglich für meinen Agenten hielt und ihm deshalb eifrig, ja leidenschaftlich seine nächsten einzustudierenden Arrangements vorführte, und Kuddernatsch blinzelte tatsächlich sehr interessiert, ja kundig in diese Gauner-Partituren, obgleich er sicher keinen Violinschlüssel von einem Kreuzworträtsel unterscheiden kann, und zum Abschied sagte er sogar ganz unerwartet gerissen: »Na, Waidmannsheil, meine Herren!«

Aber es wäre natürlich auch möglich, daß Mayer-Grant in Kuddernatsch seine letzte Chance wähnte, nach Bayreuth ordiniert zu werden. Weiß man's denn, wer von uns wen schließlich noch in welchen Himmel treibt? Alwin? Kathi, mein Türke!

10. Juni. Vom Kriegsausbruch im Jemen überrascht, lief ich erneut zu Alwin.

Der Händler stand vor der Grundstücks-Toreinfahrt und spionierte dem schönen Sommer zu. Die Tür des Comptoirs stand weltumspannend offen.

»Hallo, Schwager«, stöhnte der Agent gut erhitzt und variabel. In einem Anfall von Verkautschuktheit gab ich ihm sofort Kaugummi. Glatt griff er zu, ein fleckenloser Ehrenmann. Mein Gott, my God, Dieu, o Dio!

Ich fragte einfach und schlicht, was mit dem Schäferhundprozeß sei.

»Culpa in contrahendo«, sagte mein Pflegling müde, »sie wollen sich drauf versteifen, daß ich als Halter nicht geeignet war. Ein Depperl, sagen sie, kann keinen Hund überwachen, um Gotteswillen! Es ist die typische Prozeßverschleppung, ah!« Im Hintergrund sah man einen Mann zwischen den Vehikeln auf und ab gehen, geduckt, als ob er etwas sehr genau studierte, ein Mann in kurzen Hosen. Ich machte Alwin auf den Interessenten aufmerksam.

»Der Stadtgärtner«, sagte Streibl lauschig, »er hilft uns mit seinem Rasenmäher aus, ein netter, ganz netter Bursch!«

»Mähdrescher?« rief ich leicht verhangen, »Italien?«

»Italien«, rief Alwin leicht und hielt das Kopfhaar schräg zur Sonne, als ob er selig schweife in Gedanken süß.

11. Juni. Ein Igel ist eingetroffen, heute morgen. Ein Schulkind gab ihn ab. Der Igel saß in einem Papp-Karton, der oben Luftlöcher hatte. Ich ließ ihn aus seinem Gefängnis und liebte ihn vom ersten vorsichtigen Krabbeln weg. Eine Stunde später rief Streibl an und fragte, ob Conny wieder zur Klavierstunde kommen könne. Der Schwager würgte wie unter übergroßer Pfiffigkeit leidend. Frage mich niemand, warum, aber ich wußte sofort, daß niemand anderer als Alwin für den Igel-Handstreich verantwortlich sein konnte. Natürlich könne Conny wieder kommen, sagte ich. »Dank, Schwager, Dank!« hauchte Alwin.

Hier galt es klaren Sinn und äußerste Wachsamkeit. Was bedeutete der Igel? Bedeutete der Igel Freundschaft, die Vergebung aller Beleidigungen und wechselseitigen Gemeinheiten? Oder neue Niedertracht? Das Symbol der kommunistischen List, der Langsamkeit der Weltrevolution? Die aber doch den sich zu Tode rennenden blinden Kapitalismus mühelos aus dem Felde schlug! Oder was war das für ein Zeichen Alwins? Was war das für ein Übereinkommen? Was wollte er damit andeuten? Ahnte der Agent die Grauen unserer Einsamkeit im Schelmensgraben und wollte, wenn wir schon wegen hypoplastischer Impotenz keine Kinder hatten, über den Igel ...?

Tiefsinnend schaute ich dem Igel beim Trippeln zu, machte dazu den Radio auf – und dann plötzlich rauschte es noch wüster durcheinander. Die Fatalität kam angesichts des Igels direttissima aus dem Gerät: Schumanns »Frauenliebe und Leben« in der Interpretation von Kathleen Ferrier. Da war der Ofen vollends aus. Verflucht! Es tut mir leid, ich muß es pathetisch beschreiben: Hic et nunc erkannte und begriff ich erstmals das Gefühl, mit dem ich die junge Kathi und nachmalige Witwe Eralp einst geliebt hatte, nämlich akkurat mit dem Schumannschen »Du Ring an meinem Finger« – was ich weder zur ersten Tatzeit der Liebe noch bei der späteren Eheschließung gewußt hatte und –

Hat es erst der Verlust der Brüder freigelegt, das alte Gefühl, das unerkannt verschollene? Die katholischen Hirnverwüstungen? Oder, verzwickter noch, die über den Igel wahrscheinlich sanktionierte Versöhnung mit Alwin? Oder doch ganz allein die Es-Dur-Tonfolge, die unerträglich trauliche? Wie auch immer, jetzt tut

Entschlossenheit not. Ich werde diese der Proustschen »Madeleine«-Erfahrung sicherlich gleichwertige Gefühlssensation, sollten Roman oder Tischfußball-Patent trotz aller Raffinesse nicht den verdienten Reichtum bringen, der wissenschaftlichen Welt mit Nachdruck als »Siegmund-Landsherr-Syndrom« zu verkaufen trachten, vielleicht sogar einen Lehrstuhl für Psychopathologie übernehmen, Alwin als Anschauungsobjekt antanzen lassen, den Nobelpreis empfangen – –

Unsinn! Ob Kathi es schon merkt? Wie innig, ja geradezu impertinent ich sie anschiele, um sie streichend, geröteten Kopfs? Indessen sie wie verzeihend fernsieht – und der Igel sieht jetzt auch fern! Nein, ich werde Alwin nicht darauf ansprechen, was in dem Igel steckt. Gelassen werde ich warten. Bis die Botschaft aus dem Igel vielleicht selber heraussickert.

12. Juni. Zum Lieben, glaube ich, ist es schon besser, wenn man sich soweit wie möglich auszieht. Schon um dringender gemahnt zu werden … es hat ja auch so etwas Festliches, Demonstratives, ja sogar Wärmend-Affenstallartiges … eines aber finde ich ungerecht: daß die Menschen drumherum noch rauchen, Sekt trinken, Schach spielen können, während die Tiere wieder in die finstere Nacht, ins feuchte Grasgekreuch davonhoppeln und -stopseln müssen, aber vielleicht ist es auch besser so …

Das Igelchen hat sich in unserer Wohnung scheint's schon eingelebt. Wie wollüstig die winzige Schnauze bibbert! Es muß ein ganz junger sein. Kathi drängt ihm dauernd Milch, Wurst und Hackfleisch auf, und der Kleine läßt sich's gutgehen. Jetzt nimmt Kathi ihn wie selbstvergessen an die Wange, er flüstert ihr ins Ohr. Das Doppelagenten-Geheimnis. Was ist das für ein Geheimnis? Aber vielleicht ist der Igel doch kein Geheimnis, sondern … einfach nur ein Igel? Alwin?

Ich lächelte bibliophil. Und die früh Geliebte lächelte retour. O je, was ein Symbolsalat! Soll ich's dem Tagebuch anvertrauen, daß Kathi mich vor einer Stunde wie flüchtig gestreichelt hat? Da steht es schon. Igelig verkrümmt zwischen den Tagen.

13. Juni. Mit diesem Igel möchte ich begraben sein, ewig, bis zum Jüngsten Tag. Schnauze zu Schnauze, Stachel zu Stachel. Aber da haben wir es ja wieder! Unsere Tiere würden ja kaum gleichermaßen erlöst und gerettet werden! Das schaffte Er nicht, dazu waren es einfach zu viele – und die alte Ungerechtigkeit würde weiterwursteln. Und, naja, einige der Tiere würden auch die Unsterblichkeit kaum verdienen. Zum Beispiel dieser kokonartige spinatgrüne Dreck, der mir da gerade über mein Tagebuch segelt –

Aber mein Igelchen möchte ich schon nach einigen Tagen in der Ewigkeit nicht missen, da pfeif ich auf die gesamte versammelte und verwichste Heiligenbande, diese aureolisch schlaksigen Maulaffen! Und ich denke, es ist nicht Fetischismus, was mich bewegt, sondern stramme Religiosität, schon jenseits der Iberer-Ebene, und gleichzeitig wird die Sehnsucht nach Kathi immer schmählicher und

Bischof, hab acht!
Dein Krummstab wird sacht
Aber sicher zum Ständer
Hat rosige Ränder –

O Wollust, o Himmelsqual! – Ich werde den Igel Charly-Mä nennen.

14. Juni. Jetzt weiß ich es genau: Der Igel ist Alwins Hilfestellung, mich von der kommunistischen Partei abzuhalten, denn mit Charly-Mä habe ich ja jetzt so viel zu tun und nachzudenken, daß ich für eine richtige Basisarbeit in Dünklingen gar keine Zeit mehr hätte! Nein, Alwin hatte schon recht, das würde nichts, ich war ja viel zu ausgelastet für die großen hohen Dinge, im Rahmen meines sehr dummen Lebens und geliebten Flegelns und Flackens wäre für die Dritte Welt sicher kein Platz …

Ins Schreiben hinein hat gerade Alwin angerufen. Es war eine seiner erleuchtetsten, telepathischsten Taten. Ohne jede Anspielung auf den Igel drang er recht sachlich in mich, ob ich auf Freudenhammer einwirken könne, im jetzt unmittelbar bevorstehenden Schäferhundprozeß möglichst objektiv zu berichten: »Ich will keine Gnade, aber wo, nur Gerechtigkeit! Es geht um meine Existenz.«

Freudenhammer, murmelte ich sehr leise, berichte nicht über Prozesse, sondern wenn, dann der Gerichtsreporter Meixner.

»Weiß ich, weiß ich doch«, flehte Alwin etwas tränennaher, »ich kenn ihn gut, dem Pamler Herbert, den Meixner Herbert, aber du weißt es doch so gut wie ich, ich bin mit dem Meixner Herbert schon vor zwölf Jahren in derselben Stammwirtschaft verkehrt, aber du weißt es doch, eine Hand wäscht die andere. Um Gotteswillen, der Fred übt Druck auf den alten Freudenhammer-Deppen aus, schau – ich will ja gar nicht, daß er bescheißt, daß er mir pro domo schreibt, bloß objektiv, objektiv soll er schreiben…«

»Er schreibt pro gromo.« Ich dämpfte meine Stimme ins unermeßliche.

»Er soll schreiben wie sein Vorgänger, der Iglhaut Gerd, sachlich, nicht rot! Nur human!« Alwin weinte etwas rührender, »schau, es geht ja auch um deine Schwester…«

»Und«, murmelte ich flüchtig, »sieben Kinder!«

»Um deine sieben Kinder, du weißt es!« brüllte Alwin magna voce.

Gerührt versprach ich, alles zu bedenken und zu erledigen. Was? Nun, mein Charly-Mä wackelt jetzt im Vorgarten herum, erfreut sich saugend am Sonnenlichte. Ich werde ihm ein Schälchen Weizenbier vor die Nase pflanzen.

Jetzt stehe ich genau auf der Kippe. Ich könnte jetzt genauso legitimiert »Ich liebe dich« zu ihr sagen wie auch »Du bist mein Papperlapp!« – das, Leser, kondizierst du mir doch! Ich werde mich wahrscheinlich für das erste entscheiden, aus einer Art kreatürlichen, ja animalischen Humanität heraus. »Ich liebe dich«, das war zwar sicherlich der ordinärste aller Salvierungsversuche, aber sah Kathi nicht geradezu aus, als ob sie darauf warte? Damit sie noch verzweifelter würde! Ich betaste den Ring an meinem Finger. Gewisse Musikstücke gehörten staatlich verboten. Das Herz scheint sich jetzt irgendwo verkrochen zu haben. Im Rucksack.

Oder in den Kniestrümpfen. Hab ja gar keine! Rancher laufen sommers barfuß.

Charly-Mä streckt sich jetzt satt und zufrieden, sein Stachelkittelchen rutscht über die Schenkel hoch. Die Rolle des Igels in der Weltliteratur ist ja bis auf den heutigen Tag unbegreiflich bescheiden geblieben. Goethe, der dem Weiblichen bekanntlich durchaus aufgeschlossen gegenüberstand und sich seinerzeit im Hessischen, Badischen und Weimarerischen beharrlich comme un petit idiot herumtummelte und ... mais passons, darum geht es ja gar nicht, sondern um Alwins Ideenlehre! Denn während Hund (Jimmy) und Katze, Ochs und Esel, Schwein und – im Vergleich dazu richtete der Igel bisher noch nicht viel aus. Eben. Seine Stunde kommt noch. Das Mystisch-Mysteriöse des Igelwesens, sein Irisierendes, Oszillierendes, der smarte Kern, der sich hinter rauher Schale – ja, hatten nicht, nach Wurms erster Vermutung, sogar die Iberer-Brüder Igel geheißen? War das das Geheimnis, das mir Alwin andeuten wollte?

Wolken zieh'n wie schwere Träume. Auf den Autobahnen lebhafter Verkehr. Im Grase aber lauert geduckt der Igel, Kathis und des Türken und mein Produkt im Einvernehmen mit Bleicher Sultan gezeugt und geschaffen, keines Wesens mit Grün Edi und Wollack Walter, was aber ist mit Stupsi? Sollten sie und Charly zusammen mit Jimmy?

Ich habe soeben mit Kathi etwas ausgemacht.

15. Juni. Wenn jemand vorm Vollzug der Liebe mit einer türkischen Witwe ausgerechnet nach Knittlingen reist, dann hat er von vornherein keine Chance, dann braucht er sich über nichts zu wundern.

Es war absolut lächerlich. Wir rückten an wie zwei Sittenstrolche, wie zwei besonders unbegabte Teenager. Zu fragen, ob in der Herberge Platz für uns sei. Und hatten dauernd Angst, daß der Igel in unserer Reisetasche quiekte. Wir waren mit dem Omnibus angereist, gestern abend, sehr plötzlich. Als wir im Gasthof »Sperber« zu Knittlingen einbrachen, ein Zimmer zu nehmen, fiel gerade ein betrunkener alter Landwirt heraus. Er hatte, sagte er, seinen Sohn beim Formel-1-Rennen verloren und weinte wie ein Iltis. Charly-Mä aber hielt sehr schön brav still.

Es war sehr lächerlich, war ganz dumm von Anbeginn. Ein hübsches Landgasthaus mit alten Betten, schön bestrichenen Bauernschränken, einer Waschschüssel, sogar ein Spinnrad stand im Flur. Der Igel krabbelte sofort im Zimmer herum, als ob er sich auf seine Inkarnation freue. Wir hatten ihn schlecht alleine zuhause lassen können – nein, gar nicht wahr! Alwin wollte es so. Mit großer Geisteskraft hatte er die Fürchterlichkeit unseres Lebens erahnt. Der Igel gehörte schon dazu.

Es war etwas lächerlich – und doch war es was. Kathi gab ihre verzweifelte Seele so rücksichtslos preis, daß es notwendig liederlich wurde. Im Grunde hätte sie jetzt mit jedem ins Bett fallen können, nur mit mir nicht, wäre sie nicht gleichzeitig zu einem wilden – Martyrium entschlossen gewesen, das ich freilich nicht durchschaue. Auch dünkt mich, sie wußte selber nicht alles zu entschlüsseln. Vielleicht war sie sogar ein paar Augenblicke lang ganz froh, daß sich in ihrem Leib wieder was rührte.

In dieser hübschen dummen Landschlafstube liebte ich sie zwei arme Stunden lang so gottserheiternd eisig, glühend, ernst und stur, als gäbe es keine Psychologie. Es war, obgleich sie einverstanden war und sogar sehr bei der Sache, glatte Vergewaltigung, aber doch wie culpa in contrahendo. Nur du allein sollst mich betreten, sprach in größtmöglicher Desperation ihr Blick. Lieb hab ich dich schon allein nur du, antwortete ich und zupfte sie an der Nase. Münder schlugen aufeinander, Lippen wie fleischfressende Espen, Schmerz ihrer Augen lachte hohn. Es war die Sanftmut ihrer Mutter muselmanisch. Ihr Antlitz, zuweilen schimmerte es fast von nimmersatter Hoffnungsferne, es war so rührend, daß es zum Verweilen lud. Es ist alles so verhaut, hauchte ihr geschlossenes Auge, es zog stärker in der unsterblichen Seele. Wenn's nur so schön, so schön nicht wär, antwortete mein Bauch. Wenn die Gesichter vor Lusterwartung fast seelenvoll zu werden beginnen, rückt der Bischof erst ins Abseits, aber dann sehr nahe. Unterm Bett hörte man den Igel freundlich scharren. Wie Alwin seine sieben Kinder hergemeuchelt hat, darüber befinde Breschnew allein. Ich stand wieder auf und ging wie ein lebhafter Rancher im Zimmer herum. Sofort kam Charly-Mä zu mir hervor, mir beizustehen.

Bläue schwelte kühl. Ein hoher Seelenadel fror in Kathis Auge, es zitterte der ruhig liegende Leib vor Anmut, Schwermut. War ihr das Leben nur verhaßt? Oder gefiel es ihr schon wieder? Ihre rötlich braunen Wimpern, ihre Iris. Machte ihr das unselige Warten auf Arkoc den einzigen und allergrößten Spaß? Ihr schlanker Rücken, braune Schatten, hehre Rippen. Prostituiert zu sein, ist bitter, aber der Lust an der Wehmut ist gar nicht zu widerstehen. Sogar spitzbübisch sah sie jetzt gegen die hübsch mit Kreuzchen gezierte Tapetenwand. Es sah drollig aus, so schön war sie und wußte es und biß sich deshalb auf die Lippen, mich christlich zu entlasten ein geringes. Ihr kaltes Händchen, ihr erstorb'nes Mündchen winkten mich zu sich. Die Kirchturmuhr schlug zehn. Wir starrten blinzelnd an die Decke.

»Bu iyi«, sagte Kathi, »Ben Bilmiyorum. Bunun hepsi cokiyi ...«

Ich fragte, was das heiße. Schwer zu enträtseln, warum die Schönheit einer Frau über dreißig völlig gleichgestimmt ist mit ihrer Religion oder der des Beters.

»Konus Aynur!« bat sie leise, glühend wie besessen.

Aus der Dorfstraße klangen Sommerdüfte. Der Mond stand ehern, kugelrund und fiel auf Kathis Liderblau. Mir fiel das Herz ins Hodensäcklein. Es war völlig unklar, was sich hier begab. Wahrscheinlich war es und entsetzlich Liebe. Wie auch immer, immerhin. Kathis Kupfer-Köpfchen dachte nach. Der Tiefsinn ihrer Schönheit. Wilder fraß sich durch die Kammer Traurigkeit, der Igel saß zu unseren Füßen. Die Schönheit ihres Tiefsinns netzte Tränen um das schlanke Schlüsselbein.

»Aynur«, sagte ich und stand rasch auf. Der Igel sah mich ratlos an und schlupfte wieder unters Bett. Aus dem Wirtshaus unterhalb ein Todesseufzer, bang und tief. Ich trat ans Fenster wie gescheit. Lattern hatte abermals recht geweissagt. Wie erlösend wäre es, wenn dereinst eine aufgeklärte Theologie wieder darüber sich in die Haare kriegte, wie viele Engel auf einer Nadelspitze Platz finden. Den Igel hörte man jetzt wie entfernt. Schwarzes Blau über den Linden. Lohend Gelb im Osten. Heuduft blies viel Schimmer wider. Schatten der Sterne!

Ich fuhr herum. Der rote Wuschelkopf lag jetzt wie listig. Sie kaute an den Fingernägeln, wie sehr stolz gelangweilt. Ein wenig Spott glitt in die Grübchen, die Augen schauten traurig selbst geschlossen. Erst wollte ich die Seele mir erstreicheln, die eigene aus dem Leibe, jetzt schritt ich auf dem Teppich auf und ab und las Brevier. Kathi linste amüsiert. Der Igel kratzte unterm Bett gemütlich. Was fand die Exzellenz? Nicht viel. Die Wollust ist das eine – doch Unkeuschheit macht unglücklich.

Jetzt sah mich Kathi lächelnd an, nicht verzeihend, nur betätschelnd. Sie war Jene, ich der taube Zimmermann St. Neff. Denn Korruption herrscht schwer im geistlichen Gewerbe. Konkubinat schafft minder Freude als erhofft. Die Hohe Geistlichkeit betreut die Frauen sattsam, doch nicht türkisch. Das Kapital verdarb den Klerus bis ins zehnte Glied, nach Osten fleht der Frauen Blick, das Abendland bleibt traun zurück. Und wimmert mit dem großen Zeh:

REGINA! TU PIA! MATER MISERICORDIAE!

Noch in der Nacht fuhren wir nach Dünklingen zurück. Der Omnibusfahrer fluchte leise vor sich hin, wir genierten uns nicht, aber Kathis Hand war kalt.

Am Vormittag kam ein Klavierstimmer ins Haus, ich erinnere mich nicht, ihn bestellt zu haben. Ein blinder Klavierstimmer, das Antlitz gefleckt, unser neuer Mann in Dünklingen. Er zauberte im Gehäuse herum, ich war so aufgezwackt, daß ich ihm nach getaner Arbeit Cognak gab. Den trank er weg, dann fingerte er träumerisch am Tisch herum, angelte sich ein Feuerzeug und entzündete einen Stumpen. Es war gerade 9 Uhr. Hingerissen betastete der Mann das Feuerzeug und sagte, so eins würde er sich halt auch immer schon gern gewünscht haben. Ich steckte mir einen Kaugummi ins Maul und sagte, das Feuerzeug könne er gern behalten, mit meiner Exzellenz bei mir sei sowieso Sense. Das war ein Fehler, denn nun griff mich der Klavierstimmer bestimmend fest am Arm, richtete seine toten Augen gegen meine geröteten und sagte, wir würden »ab sofort Freunde fürs Leben« werden. Weil gerade Charly-Mä ins Zimmer spazierte, sagte ich brutal, ich hätte schon einen. Jetzt nahmen die toten Augen des Gasts das Gleißen des Erleuchteten an:

»Ich will mich«, es schleimte ekelhaft, »mit dir und deinem Freund verschmelzen.« Ob ich was dagegen hätte? Ich fragte, ob er meinen Igel oder meine Frau meine, ich wüßte nämlich oft selber nicht mehr genau, wo's bei mir hinausliefe.

»Das Klavier«, sagte der Blinde entrückt, ja fast verzückt, »ist die Königin der Instrumente. Ich stimme es, aber ich kann es nicht. Es ist wunderbar!«

Zähnequengelnd fragte ich, ob er eine Rechnung schreibe oder Bargeld begehre. Der Stimmer nahm seinen Schlapphut vom Tisch und lachte wie in schwerer Klemme. Was es da zu lachen gebe, sagte ich. »Ein Feuerzeug«, sagte der Klavierstimmer, »jetzt hab ich ausgesorgt ...«

Ich drückte ihm 20 Mark in die Hand, drängte ihn zur Wohnung hinaus. Charly-Mä geleitete uns zur Tür. Der Blinde war einmal nahe dran, auf ihn zu treten, es war klar, er war jetzt der Hauptfeind, der sich zwischen uns mischen wollte.

Der Igel bedeutete über seine Gotteskindschaft hinaus zweifellos Gnade, Vergebung der Sünden, neues entsprießendes Leben. Was aber bedeutet in diesem Klavierstimmerkonnex, daß ich Kathi gestern so – –?

16. Juni. Es ist, wie es ist, und es ist fürchterlich. Ich gebe ja Kathi vollkommen recht. Auch mir sind die Türken die liebsten auf der Welt! Bzw. General Atatürk war an allem schuld! Hätte er sein Land in Ordnung gehalten, dann hätten keine Gastarbeiter-Schlosser nach Eichstätt kommen müssen! Bzw. die Türkei und Deutschland – *zusammen* konnten sie doch die Welt erretten! Denn wenn es schon, wie man hin und wieder hört, sechs Dimensionen gibt, dann müßte es doch auch, verflucht noch mal, theoretisch und sogar praktisch möglich sein, daß, so wie der Klavierstimmer seinerseits sich mit mir verschmelzen will, Kathi, der Türke und ich zur Einheit würden, zur unia mysticus, mit Streibl zu reden, zur vernagelten verigelten Harmonie, nun, dann eben notfalls auch noch mit Klavierstimmer, den ja vielleicht primär Arkoc übernehmen könnte, so daß ich Kathi die meiste Zeit für mich hatte, nur dürfte der Klavierstimmer natürlich nicht noch seinerseits Leute anschleppen, die er haben, die ihn haben wollten, so wie ich meinerseits Alwin draußen ließe, die Iberer sowieso, sogar die drei Superklasse-Alten – und allenfalls Stefania Stupsi – – Es half nichts. Abermals warf ich meine Netze gegen Alwin aus. Er war der präsenteste, der realste. Bestellte ihn zum Feierabend ins »Aschenbrenner« und ließ die Blicke schwer romantisch kreisen.

»Hör zu«, fuhr ich ergriffen fort, »ich krieg demnächst vom Psychiatrischen Zentralinstitut für Aufklärungsarbeit einen Batzen Geld für eine Expertise über einen Liederzyklus von und mit Robert Schumann – hör zu, und da hab ich mir gedacht, daß wir drei nach Italien fahren und auf den Putz hauen und …«

»Wer?« Der Agent hatte aufgepaßt.

»Die Kathi«, sagte ich wie exkulpistisch, »möchte nämlich auch mit.«

»Italien!« Alwin schneckelte sich aus seinem Stuhl empor.

»Eben!« rief ich schwer euphemisch.

»Hör zu, Schwager, ich will mein Gottes … um Gotteswillen mein Leben lang nach Italien, aber, du weißt es am besten: sieben Kinder, ich will ja auch meinen Lebensstandard halten und abends einmal schön ausgehen und ein schönes frisches Weizen …«

»Macht nichts, macht nichts«, plapperte ich efeuisch, »das Psychiatrische Institut der zentralen Klavierstimmerkartei zahlt alles, ich brauch sowieso einen Fahrer …«

»Schön, daß du an deine Frau denkst«, sagte Alwin wie beschattet zärtlich.

»Wenn deine Frau einverstanden ist«, rief ich sieghaft, »Geld spielt keine Rolle, zahlen kann ich's dir …!«

»Italien«, sang Alwin ohne Spur von Begeisterung, »du kriegst es zurück, wenn ich meine Rente durchhab, wenn die Ratifizierung durch ist. Der neue Pfleger von mir, der ... ich weiß gar nimmer, wie er sich schreibt...«

»Fuß!« sagte ich taumelsicher.

»Archivdirektor in Ruhe ist er in der Versuchsanstalt...«

»Klar!« tönte ich konvergenzpraktisch, »wir fahren zu den Opernfestspielen nach Verona, die heben in vier Wochen an, da tanzen wir hin, jawohl! Mit deinem Auto. Du fährst und ich erledige alles! Alles!«

»Schwager«, schwelgte Alwin sanft entfesselt, »so nett, so nett, darf ich dich – du erlaubst – zu einem Weizenbier einladen? Schau, ich hab ein liederliches Leben geführt, die Oper, die Literatur ist das einzige, was mir geblieben ist, ich hab nie Geld auf die hohe Kante gebracht, ich hab nichts gestohlen, aber auch nichts gespart, du kannst ja heut' nur noch sparen, wenn du bescheißt, ich hab alles für meine Kinder aufgegeben!«

»In einem Monat Verona!« befahl ich schärfer. Hochintelligibel winkte Alwin der Kellnerin. Er sah plötzlich aus, als ob er nie Berührung mit dem Igel gehabt hätte.

»Wenn meine Frau gesund ist, die hat Rückenmarkindikationen, fahr ich mit dir überallwohin! Überallwohin! Du weißt es genau so gut wie ich!«

»Freundschaft«, sagte ich verklärt und freute mich gebannt ermattet.

»Immer«, parierte Alwin, das mußte er sich während der Zeit unserer Feindschaft antrainiert haben. Schwellend wie Kummer und in hochqualifizierter HJ-Führer-Manier verließ er drei Stunden später süß das »Aschenbrenner«. Spähend schon gen Süden, gen's Transalpinische.

»Alles klar?« brüllte ich noch einmal wüst.

»Wunderbar!« kam quick ein Echo. »Schwager, halt die Ohren steif!«

Diese vor Schabernack schunkelnde, aber auch seltsam wundgescheuerte – und letztendlich nichtssagende Luft!

17. Juni. Die Frühgeliebte schmunzelt wie in schöner rotblondkrauser Ahnung. Sie will jetzt plötzlich das Kartenspielen erlernen. So ist es ja immer. Zuerst müssen sie in die Türkei, dann erkennen sie, wie schön 66 ist.

Wir spielen schon den halben Tag lang, sie kann's schon ziemlich gut. Der Ring an meinem Finger drückt, doch der Igel ist in Reichweite bei Gefahr. Früh nahm er sein Morgensonnenbad, dann knabberte er ein wenig an meinem Klavierhocker herum, jetzt, müde, stellt er sich auf seine Hinterbeine und will in seine Schlafkiste. Eleganter Linienschwung, drin ist er. Um nichts zu verderben, habe ich es noch nicht gewagt, Kathi wegen Italien zu fragen. Aber sie macht mir einen ganz reisefertigen Eindruck.

Wer in die Fremde will wandern, der soll mit der Liebsten gehn und Alwin mitnehmen.

18. Juni. Kaum fährst du nach Italien, schon rauscht es in der Heimat. Am Morgen rief Bäck an, General Krakau habe ihn abermals aufgesucht, jawohl, sie beide kämen gerade aus der Sauna, wir sollten uns im Tchibo treffen: Der General wünsche mich sehr dringend zu sprechen.

Geistesgegenwärtig rief ich sofort Alwin an: ob er für eine Stunde sein Büro schließen und zu uns stoßen könne, im Tchibo erwarte man einen hohen Militär, »der dir vielleicht auch in deiner Sache Auskunft geben kann«.

»Immer«, sagte der Agent, als ob er darauf gewartet hätte und es vor lauter bolschewistischer Beschwingtheit heute morgen in seinem Bureau ohnedies nicht aushalte, »im Sommer ist bei uns ein Tief, da kommt niemand.«

»Italien geht in Ordnung?« fragte ich aufrüstend.

»Immer«, antwortete Alwin gelassen, das war wirklich sein derzeit brisantester, krisenfestester Beitrag, »meine Frau hat's mir schon erlaubt, nach einer, hör zu, gigantischen Liebesnacht, hat's mir…«

»Wir fahren«, stellte ich etwas kalt seine anrollenden Schweinigeleien ab, »über Tirol!«

»Hör zu!« rief Alwin, »hab ich mir auch gedacht: Aufs Gradewohl!«

»Nein, Tirol!« rief ich befehlender.

»Tirol?« antwortete Alwin sehr verlegen.

»Nein, jetzt Tchibo! Vieni, l'amici aspettano«, trällerte ich, italien- sowie alwindurstig.

»Ah«, säuselte Alwin dankbar, »ich komm ad hoc!«

Als ich im Tchibo eintraf, standen dort bereits an einem Tischchen Bäck, General Krakau und der Tanzlehrer Bartmann, der sich sogar Biskuits mitgebracht hatte und sie gierig in den edel geschweiften Mund schob. Der General trug elegantelegische graue Knickerbockers, einen todschicken Rippen-Skipullover und einen anthrazitsilbernen Sporthut. Er wirkte kerngesund.

»Werter!« rief er lauterfreut und streckte mir die durchtrainierte Pranke entgegen. Redete aber sofort, konvulsisch mit den dünnen Armen rudernd, weiter, er erzählte, wie ich bald merkte, eine Anekdote, die ihm bei seiner Fahrt im Eisenbahncoupé nach Dünklingen widerfahren sei. Er, der General, sei nämlich in einem Abteil mit zwei Damen gereist – und der General verlor sich eine Zeitlang in deren Beschreibung –, mit den Damen aber sei ein Bologneserhündchen gereist, das ihm von Anfang an nicht recht gefallen habe, andererseits aber habe er auch mit den Damen keine Unterhaltung gewünscht, sondern lieber die Tageszeitung lesen wollen, obgleich er an sich Gespräche im Eisenbahncoupé schätze. Doch diese beiden Damen hätten ihm von Anfang an den Eindruck gemacht, als seien sie »Blaustrümpfe« oder »Emanzipierte Lolitas«, und hätten auch …

In diesem Augenblick swingte Streibl, voll Rohr Handels- wie Privatmann, zur Tchibo-Pforte herein, ich stellte ihn dem General und etwas mutwillig auch Bäck vor, der deshalb und überhaupt noch viel grämlicher dreinsah als ich – als aber Alwin die ersten Kratzfüße zu machen und die ersten impertinenten Imbezillitäten und Indiskutabilitäten nein nicht zu inszenieren, sondern zu investieren begann, sagte, an seinem Tchibo nagend, ganz überraschend Alfons Bartmann rasch zu Alwin Streibl:

»Na, du alter Gauner, du windiger?«

Gottseidank fuhr der General im gleichen Augenblick mit seiner Anekdote fort, und Alwin konnte nur, als ob er es überhört hätte, bebend vor sich hin summen. Er, Krakau, habe also plötzlich leidenschaftliche Lust auf eine Zigarre verspürt, andererseits sei dies ein Nichtraucher-Abteil gewesen. Jetzt habe er aber gar nicht eingesehen, daß er wegen der Frauen auf den Genuß verzichten solle, und sich ergo eine Virginia angesteckt. Die Damen hätten gleich ganz angewidert dreingeschaut, er, Krakau, habe aber bei offenem Fenster sehr ruhig weitergeraucht.

»Das Bologneserhündchen war so groß wie meine Faust. Und nun, passen Sie auf, meine Herren! Es hatte ein schwarzes Fell und weiße Pfötchen und lag auf dem Knie der hellblauen – himmelblauen! – Dame. Es trug auch ein Halsband mit einer Devise drauf!«

»Nett!« wagte sich hier Alwin zitternd schnuppernd nach vorne, »Reiseerlebnisse ...«

»Ich bleibe«, der General achtete Alwins nicht, »weiter ruhig sitzen. Aber ich bemerke natürlich, daß die Damen sich über meine Zigarre ärgern. Die eine starrt mich sogar feindlich an. Ich rühre mich noch immer nicht, denn sie äußern sich ja auch nicht! Sie könnten doch etwas sagen, mich warnen oder bitten, wozu sonst haben die Menschen denn ihren Mund ...?«

»Zum Alwinieren«, zischelte ich kehlig.

»Sie schweigen aber – bis plötzlich, plötzlich reißt mir die Blaue, ohne auch nur eine Silbe zu sagen, als wäre sie ganz von Sinnen, die Zigarre aus der Hand und wirft sie zum Fenster hinaus. Der Zug rast nur so dahin! Und ich schaue sie wie geistesabwesend an. Es war eine ganz wilde Frau, etwas, das sich gar nicht bändigen läßt. Sie war übrigens üppig, groß, blond ...«

»Blond«, sang Alwin fernhin träumend mit, und Bäck sah ihn matt rügend an. Auf unserem runden Kaffeetischchen aber stand plötzlich eine winzige Stellage, in deren Fächern verschiedene Klarsichtpackungen Pfefferminzbonbons lagen, die Stellage aber trug das Schildchen »Frisch-Center«.

»Blond, jawohl! Und sogar etwas zu rotbackig, ihre Augen funkelten nur so! Ich aber nähere mich, ohne ein Wort zu sagen, mit der größten und selbst übertriebensten Höflichkeit dem Bologneserhündchen, nehme es mit zwei Fingern vorsichtig rückwärts beim Kopf und schleudere es der Zigarre nach zum Fenster hinaus! Es konnte nur noch aufquietschen! Der Zug raste weiter.«

»Nett! Nett!« schrie Alwin kaum gedämpft und klatschte wie andeutend in die Patschhände. »Nett aaah«, sang er dem General ins Antlitz, während Bäck irgendwie froh über das glückliche Ende der Geschichte und Bartmann sehr kampffreudig dreinsah.

»Und ich war im Recht, ich war tausendmal im Recht!« fuhr der triumphierende General eifrig fort, »denn wenn in der Bahn das Rauchen verboten ist, dann ist das Mitführen von Hunden noch viel verbotener!«

»Yeah!« sang Alwin kreuzbravheiter, »ich hätt's genauso gemacht!«

Bartmann sah ihn immer unverschämter an. Ich aber nahm mir ein Herz, es klopfte wild wie die wilde Frau.

»Vor Jahren, General«, sagte ich blutarm, »habe ich eine ganz ähnliche, fast gleichlautende Geschichte in einem Roman von Dostojewski gelesen, die wiederum aber nicht stimmte, sondern merkwürdigerweise erzählte dort der General dieselbe Geschichte, die aber kurz zuvor in der Zeitung…«

»Dostojewski?« Der General war furchtbar rot geworden. »Sie behaupten, daß Dostojewski…« Er stotterte, und Alwins Hilfe kam in höchster Not:

»Was willst, Schwager, mit Dostojewski? Ein alter Russ! Was will er denn? Der Literatur hat er nichts gegeben und der Revolution des Proletariats auch nichts, aber wo!«

»Aber die Geschichte vom Hündchen…« Ich mimte einen Dialog, um den General zu retten, nahm ein Frisch-Minz aufs Geradewohl…

»Die Geschichte«, Alwin lehnte sein ganzes Schwergewicht gegen den General, »geht über Dostojewski hinweg wie über Hitler und … der General weiß es so gut wie ich!«

»Hemingway?« fragte ich artistisch, biß darauf, es knackte Minze. »Ist Dostojewski überlegen?«

»Hemingway haut ihn«, fing Alwin den Faden auf, »in Grund und Boden und ...«

»Hemingway?« Der General hatte sich fast erholt. »Ein schwerer – ein sehr schwärer! – Schriftsteller!«

»General!« sprang Streibl fast atemlos verschwörerisch ein, »ein so schlichter, ein pfennigguter Autor – praktisch heut' Shakespeare!«

»Du alter Gauner!« murmelte Bartmann schlüpfrig und zog seine Brieftasche hervor.

»Streibl!« Der General fuhr idealistisch zu ihm herum, »Sie nehmen mir das Wort aus dem Mund! Was Hemingway für Rußland geleistet hat, ist soviel, als was Shakespeare für Deutschland geleistet hat!« Bäck sah stumm und dumm herum.

»Baudissin!« atmete ich zerstreuter selig.

»General«, wandte sich Streibl wie bittend an diesen, »darf ich von Offizier zu Offizier zu Ihnen sprechen?«

»Was?« entfuhr es mir kaum courtois. »Wer?«

»Du alter Gauner«, summte Bartmann schamlos und prüfte kurz den Inhalt seines Portefeuilles.

»Ich bin«, schnulzte Alwin etwas klagend der Reihe nach Bäck, Bartmann, mich und endlich den Militärstöpsel an, »ich bin heute noch Reserveoffizier der Nationalen Volksarmee! Ich war auf der volkseigenen Militärakademie mit Behelfsabitur!«

»Streibl«, beruhigte ihn Krakau mit imperialem Charme, »Sie haben mein Wort drauf!«

»Parole d'honneur«, murmelte ich und errötete. Bartmann grinste sehr ruhig.

»Meine Freunde«, rief jetzt der General empörend schnarrend, »lassen Sie mich auf mein Eisenbahnabenteuer zurückkommen! Ich hatte nicht nur mit den beiden Damen im Eisenbahncoupé ein Malheurchen. Recht eigentlich bin ich nach Dünklingen des Wegs gereist, mich mit einer dritten Dame zu vermählen – Vroni, Ihrer über die Maßen schmucken Kellnerin! Und was höre ich? Eh?«

»Ah?« sang Alwin desaströs.

»So sei doch ruhig!« schalt ihn Bäck.

»Ich höre«, fuhr der General hingerissen fort, »daß sie sich schon verheiratet hat! Hahahahaha! Hä! Was macht«, Krakau befahl mit einem scharfen Handkantenwink Streibl zu sich, »ein Mann in einer solchen Lage?«

»Hemingway«, sang Streibl löwenartig wehleidig, »ist ein Trost in allen Lebenslagen, General, ich hab auch ein liederliches Leben geführt, ach Gott, ein disqualifiziertes ... Laster ... Lotter ...«

»In meiner Lage!« schrie Krakau übermächtig in den grellen Sommer hinein, doch Streibl unterbrach ihn kühn:

»Ein Mann, General, ich rede zu Ihnen«, sagte Alwin zart und ergriff ergriffen Krakaus Krawatte, »von General zu General, ein Mann kann zwar vernichtet, aber nicht, pardon, vom Weibe geschlagen werden. Ich hab sieben Kinder, General, sie sollen einmal anders als ich ...«

»Du alter Gauner«, lachte Bartmann heiter realistisch und verabschiedete sich; er müsse sofort zum Tarockspielen ins Schwimmbad.

»In meiner Lage«, rief Krakau glücklich gockelhaft blasiert, »fährt ein Mann ins Land des Lächelns – nach Italien!«

»Italien?« wunderte Alwin sich strömend, »wir fahren auch hin, mein Schwager, seine Frau und ich!«

»De facto?« fragte Krakau aufmerksam, »è vero?«

»Indeed!« rief Alwin hocherquickt, schneidig, lebenslustig bliesen sich die Bäckchen auf. »Wir können Sie jederzeit mitnehmen, Sie sind, pardon, ja nicht der Größte, wir haben noch Platz hinten im Auto! Aber wo! Der Siegmund hat nichts dagegen!« Streibl sah mich munternd an.

»Ecco la primavera«, rief ich lockend, die Vormittagssonne blitzte landsherrischer.

»Che bella cosa«, schwärmte der General spätpubertär los, »und Sie würden mich tatsächlich ...?« Er schien sich in der Crème de l'horreur à la Tchibo immer besser zu divertieren. Siebenschläferhaft sah Bäck mit drein.

»Iwan Romanowitsch Tschebutykin!« rief ich verwahrlost, »möglicherweise kann ich Ihnen sogar als Surrogat für die entlaufene Vroni meine Gattin Katherinchen Atatürk kalt observieren und ...«

»Eben!« rief Alwin anti-großbürgerlich, »der Siegmund ist nicht so, er schiebt sowieso keine große ...«

»Italien si si si«, trillerte der General wie visionär.

»A very important person«, wisperte Alwin mir zu, »um Gotteswillen, wir packen ihn mit ein«, Streibl steckte sich geschloss'nen Augs zwei Zuckerstückchen in den Mund, »pardon, ich muß bloß noch der Triebfeder Maria Bescheid sagen!« Streibl deutete nach hinten zur Tchibo-Frau, »eine frühere Gewerkschaftskollegin, eine Tante von meiner Zucker-Tante, wir können gleich losfahren, ich, pardon, wir trinken dann bloß noch ein schnelles frisches schönes Weizen, dann starten wir ...!«

»Dann, Bäck!« Krakau tröstete rasch den Betrübten, der dableiben mußte, »mein Guter, per sempre addio, wir sehen uns nie wieder! Mai più, mai più!«

»Italia«, rief ich schneidig festlich zähneknirschend, »et pereat mundus« – – –

Nein, fürwahr, ab sofort sind sehr leise Töne angezeigt. Denn abermals – nach der Titel-Mätresse und dem Ringelrollkragenpullover – muß ich eine Lüge, eine Notlüge, eingestehen: Der General, und versierte Leser ahnten es vielleicht seit geraumer Zeit – es gibt ihn nicht – und hat ihn nie gegeben; man stelle sich vor. Es gibt ihn weder hier im Tagebuch – noch auch vorne im Roman. Im Roman hatte ich ihn sozusagen in Überschwang eingeführt, um nach Katholizismus, Kapitalismus und der Veteranen-Bagage auch noch den Vierten Stand, das bis dahin fehlende militärische Element, zu gewinnen – denn Romane mit Generälen und erzdummen Obersten sind ja doch letztlich die allerbesten. Ins laufende Tagebuch aber habe ich Krakau eingeschwindelt aus – drei gleich starken Gründen: Erstens wollte ich der Entdeckerfreude der Dostojewski-Freunde unter meinen Lesern entgegenkommen und schmeicheln; zweitens mußte ich wirklich die schon brandgefährlich züngelnde Italien-Vorfreude vor dem Hintergrund der überhaupt flackernden letzten Wochen dämpfen – und egodramaturgisch schüren zugleich; und drittens wollte ich einfach mal sehen, wie der General und Streibl miteinander zurechtkommen – und siehe, es hat doch bestens gefunkt! Ja, mit der Möglichkeit der Begleitung des Generals nach Italien hatte ich selber vor Beginn meiner Tagebuchschmiererei noch nicht einmal gerechnet! Und wäre diese neue Italien-Equipage nicht tatsächlich noch atemberaubender als die bereits feste Besetzung? Sollten wir ihn nicht wirklich in den Kofferraum packen, den soldatesken Kasper! Würde der General nicht am Ende de facto Kathi – –?

Genug! Unsinn! Bei diesem letzten Ausrutscher soll's nun aber auch bleiben! Und ich verspreche hiermit dem Leser auf Ehr und Gewissen, parole et honneur, wie g'sagt, daß sonst alles steinerweichend wahr ist und daß ich mein Tagebuch ab sofort wieder ordnungsgemäß, ja noch rigoroser weiterführe – jawohl, das verspreche ich!

Charly-Mä schaut sehr satt und zufrieden. Und wissend. Ob er auch mitmöchte? Naja, er ist durch Alwin schon optimal vertreten. Wie er werkelt! Wie er sich an Kathis Beine schmiegt und kuschelt!

19. Juni. Gewagt ist gewonnen! Kathi war mit der Dreier-Reise nach Verona sofort und sogar schelmisch blinzelnd einverstanden. Man muß doch seiner Mätresse etwas bieten! Sagte ihr Blick und nickte fröhlich.

20. Juni. Charly-Mä schaut heute fast finster drein, kratzt sich mit dem Hinterbein immer wieder am Ohr. Ich versetze ihm einen kleinen Liebesbiß unter Verwandten. Ins Ohr.

Eine Frage: Was will ich eigentlich in Italien? Das Unheil bannen? Fescher noch entfachen? Fackel der Welt!

21. Juni. Evviva! Alois Freudenhammer hat aus der Hand des Bürgermeisters Löblein das Große Bundesverdienstkreuz des Bundespräsidenten erhalten: »Für langjährige«, wie es in der Zeitung heißt, »Arbeit im Dienste der Heimat auf dem besonderen Gebiet des aufbauenden Journalismus«. Bäck rief mich gleich an: Nächste Woche wird gefeiert!

Unser Igel wandelt etwas wackelnd. Lauwarme Milch ins Mündlein. Unverdrossenheit scheint sein Hauptimpuls. Ist es nicht seltsam mit aller Kreatur? Während Hunde uns für Götter halten, nehmen uns Katzen allenfalls und mit merklicher Verachtung als riesig-dumme Brotzeitholer wahr. Und Igel? Gar zu wenig ist über die Religion der Igel bekannt. Etwa deshalb, weil von diesen Tieren selber etwas so Religionsstiftendes ausgeht, etwas so Göttlich-Gotterneuerndes und – ach, manche Gedanken darf man nicht zu Ende – –

22. Juni. Alois Freudenhammer in Hochform. Mit zwei Feuilletons hat er sich heute für die Ehrung revanchiert:

> af. Aus Dünklingen stammte die ehemalige Hebamme Frau Fränzi Meier, die das Alter von rüstigen 80 Jahren erreichen durfte. Nun ging sie in das bessere Jenseits hinüber und hoffte dort, ihren Lohn zu empfangen. Bei gutem Wetter wurde die sehr tapfere Frau beerdigt. Der Friedhof ist ihr nun Wohnung.

Eine Fliege ritt über die Zeitung und ward nicht mehr gesehen.

> af. Im 84. Lebensjahr wurde die gebürtige Frau Kriegsdienst vom Herrn heimgeholt. Sie wurde im Zentralfriedhof von einem von der Fahne »Aurikel« entbotenen Trauerzug zu Grabe geschickt. Stadtpfarrer Durst rief ihr das herzliche Beileid zu. Er entbot der Schwester sehr herzliche Teilnahme und wünschte ihr einen gleich ruhigen Tod.

»O mio Alisio«, summte ich vorsichtig, um nichts zu verraten, auf eine bekannte Melodie. Des Igels lachend blankes Auge!

23. Juni. Hehe. Der spanische Erzbischof Clemente hat ab sofort auch die Zeichen der Zeit erkannt. Bei ihm kann jetzt jeder Gutwillige Bischof werden. Er weiht sie alle. Es geht eben alles. »That's Auswahl, Beratung & Service – Fred Fantastic!« Mein Igel steigt heute geradezu wonnig schunkelnd seines hohen Wegs. Ich spüre dies und jenes.

24. Juni. Die Wunder fegen über die Stadt hin, als sei sie wahrhaft eine auserkorne. In meiner ganzen vergilbten Musikerkarriere habe ich etwas derart Schönes, Inniges noch nie verspürt, ist mir noch nie so frommsüßlieblich, so erzmusikalisch sinnumflort über den blondgrauen Rücken gerieselt: Heute, 17 Uhr, zu einer Zeit, da Dünklingen gemeinhin in gemeinster Kaufwut, ja wahren Straßenkämpfen an törichtem Gehetze erliegt, schritt ein einsamer junger Mann quer durch die Stadt – und sang, mit kräftigem, doch geschmeidig zartem Tenor »Am stillen Herd zur Winterzeit...« – mitten in die böse Sonnenglut hinein, sodann, immer weiter schreitend: »Es heißt der Gral, und selig reinster Glaube!«

Nach einer Viertelstunde kam der Jüngling zurück: »Huldreichster Tag!« sang der wohlleibige junge Mensch selbstvergessen, und dann mitten auf dem Marktplatz: »Nur eine Waffe taugt!« Erst dann verschwand er in einem mir bisher unbekannten Lokal, über dem in blütenweißen Lettern »Pub-Deckel« stand.

Es war so wehwutlüstern tapfer feierlich und schön, daß – ich sofort Hering sah. Hering, starrend strotzend in die Luft. Er war ein Scheusal. Nichts als Scheusal. Es war nicht länger zu verhehlen. Häßlich waren einst auch die gewesen, denen ich so lange und verblendet nachgelaufen war. Doch Hering war nur Monster. Sicher war er harmlos. Doch hätte ich mich nachts gefürchtet, ihn zu treffen. Es war, als ob die Scheußlichkeit ihr Messer gegen alle Menschen zücke. Wie gut, daß ich den Igel hatte.

25. Juni. 19 Uhr. Feierabend in der Tankstelle Waldvogel. Sechs Männer saßen auf sechs heimlichen Stühlchen vor dem Bürostübchen, nippten und wiegten an kleinen oder großen Flaschen und sahen behaglich auf die Zapfsäule. Es war ihr Lindenbaum.

Was das wohl sein mag? Hm. Mir egal. Mit mir kann man's ja machen. Warum wohl Kathi nach Italien fährt? Um näher ihrem Land zu sein? Aus Aberschmerz und Völlerei? Zum Konvertieren in ihr Heimatfach?

26. Juni. Noch eine Premiere: Jetzt haben sie, die Herrschaft der Niedlichkeit zu sichern, Laternenkolonnen sogar in den Stadtgraben gepflanzt. Und wie es funzelt, runzelt, brutzelt unkig!

Sommerauer, sagt man, sei zurückgetreten. Alles neigt sich nach Italien.

27. Juni.

> af. Nur vollkommene 53 Jahre waren dem Kaufherrn Max Hoppa zugemessen. Nun ging seine Hülle ein ins Reich. Seine Seele aber fand eine neue Heimat im Friedhof unterhalb der alten Gräber. Er stammte aus Bad Mädgenheim. Durst nahm in seiner Rede Bezug auf die Traurigkeit des Todes. Der Verstorbene hatte vier Kinder, die er nun hinterläßt. Herr Giesiebl bescherte einen Kranz. Durst gab etlichen Verwandten den Trost nach Brasilien mit, ein dereinstiges Wiedersehen liege im Bereich der Möglichkeiten. Es war auch eine Beat am Grabe.

Mein graulieblicher Altgesell, was machst du da? Nolite temere! »That's life, that's Fred!«

28. Juni. Morgen letzter Altenabend vor Italien, Alois zu ehren. Die Frau Gattin und Charly-Mä sind unzertrennlich fast geworden, listig träumend schnuppert er an ihrer Brust. Sollte man nicht doch Demuth überreden, auch Streibl wieder zuzulassen?

Nein, zuviel Harmonie, Versöhnung wäre ungesund. Am Ende…

29. Juni. Also, wie ist das? Das Kind Stupsi reitet auf einem Igel übers Mittelmeer. Der Neger Leroy will es haschen, aber Freudenhammer winkt ab: »1:321«. Keine Chance für Oskar Tom Geist. Kathis Käferl ist Katharsis. Kohl und Hering greifen an, aber Charly-Mä blockt alles nieder. 20 Jahre Tropenerfahrung lassen nicht mit sich handeln. Das Meer rauscht auf, der Vorhang reißt, doch alles, alles war umsonst: denn »Stauber« ist der Igel fein?

Wie aber konnte der Hagestolz Freudenhammer eine Stupsi-Enkelin haben? Na? Na? Klar, ist ja seine Schwipp-Enkelin!

Noch zwei Stunden bis zum Altenjubelfeste. Letzter Abend, letzte Karessen! Metastasen der Molligkeit veranstalten einen Rundlauf um das Stadtei. O voller Mond des Schmachtens! Genug der Qual des Knispelns. Vom Heuparfüm ist selbst die Innenstadt durchnistet, es riecht nach Unsinn, doch berauschend. Das Volk liebt die Gemütlichkeit. Noch eine schwüle Stunde! Come uno tramonto wölbt sich Kuddernatschs bleichschöne Regenbogigkeit übers schauernde Land. Eisenhut, Rittersporn hainumschattet: linkerhand klagt schon ein Kätzchen von seinem schweren Liebesleid, von schwerer Windlosigkeit.

Ich breche schon mal auf: Ade, mein Igel, hüte Kathi fein!

30. Juni. »Ich bin«, rief ich, im »Paradies« einfallend, »ich bin«, rief ich, von Furien gehätschelt, »ich bin Veterinär, pardon: ich bin Veteran dreier Kolonialkriege!« Beinah' – und hatte doch längst keinen Schwips – hätt' ich's nicht mehr herausgebracht. »Da war früher ein anderer Wind!«

»Du wirst«, parierte mich Bäck, gelinde verharscht, »gleich wieder daheim sein, Siegmund!«

»20 Jahre Tropen, Gentlemen, sind hart«, dozierte ich umsichtig, »gib's zu, Bäck!«

»Wir können schon trinken«, wies Kuddernatsch kreuzbrav und im Volkston den Weg, »wir sind ja ...« Er wußte schon wieder nicht weiter. Demuth zog den Vorhang zu.

»Autonom.« Klaren Augs half Freudenhammer, ritterlich und majorenn.

»Autonom«, wawelte Kuddernatsch anhänglich und lächelte mit großer sittlicher Schönheit immenhaft in immergrüner Dreierhaft. Er war in den letzten Wochen fast durchsichtig geworden.

»Der Wurm läßt sich entschuldigen!« – vorlaut wie immer Fred Wienerl – »er hat Blutvergiftung!«

»Brunnenvergiftung!« rief ich schäferartig, setzte mich ganz zahm.

»20 Jahre Tropen!« warnte ich Fred mit dem kleinen Finger: »That's fantastic!« Hüstelte wohlfeil. Und das Fest begann.

Als Gast, sehr steter, weilte erneut Bartmann bei den Unsrigen, schien schon jetzt zu stöhnen vor der Last des Abends – aber mit seinem neuen zitronengelb gesprenkelten Höschen sah er diesmal aus wie eine höschenartig gesprenkelte Zitrone.

»Gentlemen!« rief ich introduktisch, »Kriegsdienstzeit ist, that's my last word, um!«

Wir gratulierten noch einmal Freudenhammer, der auch seine neue Bundesnadel am Wamse stecken hatte, sodann teilte der Geehrte mit, die Stadt habe ihm jetzt in dankbarer Gesinnung angeboten, die Turmwärterstelle des »Nothaft« zu übernehmen, der jetzige Turmherr Killermann kriege in 98 Meter Höhe keine Luft mehr und mache deshalb dauernd fürchterliche Fehler beim Eintrittskartenverkauf. Beworben, berichtete Freudenhammer wachsam und bohrte in der schimmernden Wange, habe sich auch ein gewisser Wieser, Höhlenführer, der allerdings als schwerer Trinker gelte und deshalb im Ernstfall keine Chancen habe, faßte Freudenhammer hartmäulig zusammen und steckte spielerisch einen Bierdeckel zwischen die Zähne.

»Du machst das Rennen!« rief Kuddernatsch überzierlich hold, »Alois!«

»Oder«, machte uns Bäck – im rosa Hemd! – das Leben schwer, »der – andere!«

»Oder – beide!« ziselierte ich herzig, traulich jagenden Pulses, und seufzte im Stil von Bäck. Kuddernatsch glänzte durch feinsaub'res Sitzen.

»Ein Weizen«, forderte Freudenhammer buschig wie charakterhoch.

»Oder gar keiner!« Geistesarm wie immer Fred. Anscheinend wollte er für seine neuen Zeitungsanzeigen belobigt werden. Überschleiert von hamsterhafter Wirtschaftswut flehten die fantastischen Augen. Sonst noch was!

»Meine Herren!« sirrte Kuddernatsch sehr flackernd.

»Dorme, Firenze«, so sann ich philanthropisch.

Wir erörterten dann ein wenig den Radikalenerlaß, die Berufsverbote und den Numerus clausus. Dabei stellte sich heraus, daß wir heute von einem Manne in Schlittschuhen bedient wurden, einem Aushilfskellner Erwin, einem alterslos pfiffig zusammengelebten Manne, aus Fürth, wie es hieß. Ich hatte ihn zuerst als neues Mitglied des Infantilentisches erachtet, denn dort saß er an sich dauernd – doch als er mit seinen Kufen herangeschlittert kam und unter dem Aberzählen manch krauser Fürther Witze die Bestellung entgegennahm, war auch das geklärt.

»Kein Personal, kein Personal«, zuckten uns Demuths dunkel trauernde Schultern entgegen. Zudem habe sich »Bepp« beim Skateboard verletzt.

»Aber Persönlichkeiten«, versicherte ich erträglich, »oder, Karl?« Karl schmollte sehr besonnen.

Jetzt plauderten wir ein wenig über Probleme des Bundesgrenzschutzes. Bäck wußte gut Bescheid. Seine Augensäcke tauchten tiefer. Schneeweh fiel ihm grau vom Kopf. An der Schläfe trug er heute ein Pflaster. War er gestürzt? Wollte er nur selbstlos seinen Reiz erhöhen? »Gentlemen!« rief ich zuweilen, doch mehr fiel mir auch nicht ein. Freudenhammer sann viel Zukunft, Bartmann nickte sacht. Des Kuddernatsch traun Elfengestalt bog sich im Sturm der Nacht. Hüt dich, fein's Blümelein! In dieser meilleur des mondes possibles! Wenn einer der drei Greise stürbe, der Verbleibenden Weh wäre so zwiefach unsagbar, daß die zwei sicherlich mit abträten, freiwillig. Dann war die Rede von allerlei Altstadtsanierung. Geschwinde trat ich aus.

»Max Schmeling gegen Joe Louis! Hat ihn gepackt! Niedergemacht!«

Scharfe Töne am Verweigerertisch. Es saßen der Kellner Erwin und noch vier Mann. Drei der fünfe machten Krach:

»Ich interessier mich nur für Walfisch!«

»Hat er ihn niedergemacht!«

»Kurz vor Kriegsanfang?«

»Im Winter, wenn ich mich nicht täusch!«

Der vierte der Infantilen war ein alter stiller Jugoslawe, den ich gut kannte, der in einem unserer Dünklinger Kaufhäuser als Mr. Minit sein schmähliches Brot verdient und jetzt harrend trank. Laut schnaubte Erwin, der Kellner, vergaß vorübergehend die Schlittschuhe an den eigenen Beinen. Arkadisch schlug ich mein Wasser ab. Auf dem Abort hing ein Plakat mit 16 Köpfen der meistgesuchten Schwerverbrecher Deutschlands.

»Da wett ich hundertprozentig!« tönte es funkend im Resigniertensektor. Demuth sorgte sich achtlos.

»Der einzige – der einzige Boxweltmeister«, wie unschlüssig blieb ich ein wenig stehen und lauschte verschämt, »der ungeschlagen abgegangen ist darf man sagen, war der …«

»Rocky Marciano!« Der jüngste der Infantilen sprang auf, er bebte leise. Erwin staunte offenmündig hoch zu ihm.

»Patterson! Floyd Patterson!«

»Was? Patterson?« Er setzte sich wieder.

»Patterson!«

»Patterson? Nie!« Zählebigkeit stob aus der Stimme. Ich sah nicht länger hin.

»Patterson – war der erste Neger als Weltmeister!«

»Niemals!« Das war Erwins arge Stimme, »das war der erste … Archie Moore!«

»Patterson! Jawohl!«

»Der erste Weltmeister als – Neger!«

»Genau! Ich bin zwar nur ein Jahr älter als du, aber ich fühl mich in Dünklingen wohl!«

»Wenn ich jetzt das Moped krieg, wird alles anders.«

Freudenhammer kaute herrisch und schien sich innerlich auf das neue Amt vorzubereiten. »Gentlemen!« rief ich paramilitärisch. Jetzt kam wieder Erwin auf Schlittschuhen angefahren. Kuddernatsch atmete anakreontisch. Bäck hatte aus lauter Gramversunkenheit wieder seinen Hut aufgesetzt, und niemand mahnte ihn. Ich seufzte treuhänderisch. Ach, Alwin! »Geldschranktransport«, sagte Fred. »Ich breche die Herzen der stolzesten Frauen«, summte Freudenhammer. Oder ich? Kuddernatschs getrocknetes Gesichtchen bat um Frieden. Fred erwähnte, Inter Dünklingen habe jetzt einen neuen Präsidenten, Herrn Gnau. Da kam, trotz Blutvergiftung, Wurm herein, kaum obsolet. Sehr obstinat frug ich ihn sogleich, ob er vielleicht den jungen Mann kenne, der in unserer Stadt so obskur schön singe.

»Warum?« erkundigte sich sehr flink Alfred Wurm.

»Warum?« echote ich eloquent.

»Warum?« fragte auch Kuddernatsch edelverzwickt.

»Der Wurm kennt alles und nichts«, erinnerte Freudenhammer sehr denkwürdig. Jetzt redete Demuth recht eindrucksvoll mit seinem Kellner; dort schien es zum Bruch zu kommen.

»Wurm, Gott nei«, sagte ich unversehrt, »an sich kennst du den sicher!«

»Im Herbst«, bat Bäck in süßer Ruh.

»Aber meine«, träumte Kuddernatsch unsterblichen Geistes, »Herren, Prost!«

Dieser junge Mann, berichtete ich Wurm orthodox, gehe jetzt immer durch die Stadt und singe so vor sich hin allein. »Warum? Wurm! Wurm! Warum?«

»Der Ding, der – na!« Hellhörig war Herr Wurm geworden, brach erregt Schwarzbrot entzwei, »der Habermas Herbert? Der Neffe vom Bundespräsidenten Scheel, Gott nei?« Schwersinnig lachte Bartmann auf.

»Wohin?« Ganz achtbar fragte ich zurück. »An sich?«

»Der singt«, Wurms salamanderhaftes Auge saugte, Salz und Maggi flogen übers Brot, »weil er – meines Wissens! – dem Beifuß Gerd die Verlobte, Frl. Münch, ausgespannt hat!« Und Wurm aß alles weg.

»Und ich hab gedacht«, Freudenhammer rückte sich zurecht, »der Beifuß ist schon 70 gestorben!« Bäck glich heute auch einem murmeltierartigen Präriehund. Blumenkohlheftig lächelte Kuddernatsch, mein Trauter, und summte Undeutbares vor sich hin. Amouretten umschmeichelten ihn.

»Und ich hab gedacht«, mutmaßte ich massierter, »der singt, weil er die Inspektorprüfung bestanden hat! Wurm! Beim Fundbüro!«

»Frl. Münch – ein Riesenweib – an sich!« rief Wurm vergnügt wohl sehr. Zart wehte Kuddernatschens Seele.

»Ach darum! Wurm!« sagte ich unverächtlich. Und separierte mich erneut.

Am Regressiventisch ergab sich schwärend rasch das folgende im Nu:

»Zuerst der Max Schmeling! Dann hat der …«

»Wer? Wenn?«

»Dann hat der Joe Louis ihn niedergemacht!«

»Ich könnt' dir's jetzt nicht einmal genau sagen, aber in Nürnberg haben wir schon einmal drüber geredet.«

»Kurz vor Kriegsanfang!« Brillant kniff ich die Augen zu.

»100 Maß! Wetten!«

Die 16 Schwerverbrecher auf dem Abort, ob frei, ob gefangen, bekamen das alles natürlich nicht mit. Sie hatten einfach zu vorschnell gehandelt.

»Eine Maß! Wetten! 1000 Maß! Verlierst!«

»Wenn wir uns wieder bei dir treffen, Heinz«, eine neue, ganz behagliche Stimme, »dann mach ich, Heinz, mit dir Humbug. Gib mir deine rechte Hand, Heinz!«

»Klar! Das Geld kriegt alles dem Papst sein Sohn!«

Die Fieberkurve der Nacht stieg ins Odemlose. Ich ging ein wenig auf die Gasse, von draußen zu hören, was die Unseren so sprachen. Hinter dem Fenstervorhang sah man Kuddernatschens sehr seligen Scherenschnitt. Wie das Kinn ihm mäuslich bebte!

»Atlantische Gemeinschaft«, sagte Bäck vertraut. Das reichte gut. Ich trat ins »Paradies« zurück. A la Freudenhammer hockte ich mich nieder. »Gentlemen!« rief ich, mit Latterns Worten, schwer verwichst. Prinzessin Caroline hatte heute den Finanzmakler Junot geheiratet. Ob das gutging? Die Unseren aber erörterten schon die Schwierigkeiten beim Grenzübertritt in die DDR. Aus Verlegenheit winkte ich zu Kuddernatsch hinüber, der zahnte gleich beglückt zurück. Von einer gewissen Reife ab genügt es den Menschen, überhaupt noch wahrgenommen zu werden. »Käthchen von Tharau«, summte ich achtlos und violent und fürchtete plötzlich, ich käme in die Pubertät. Und bleckte drum wie Kuddernatsch die Zähne. Meine vielviellieben, grauschleirig-wertguten Einkehr-

Wichser! Stürben sie, stürbe einer, stürb' auch ich. Und war so furchtbar ungerüstet zum Verscheiden!

Karl Demuth trat an unseren Tisch und nahm zerfurcht Bestellung auf. Er müsse es jetzt selber machen, seinen Kellner habe er ins Bett schicken müssen, der habe sich in der Küche einfach mit den Schlittschuhen auf den Boden gelegt und mit den Beinen gestrampelt. Samt den Schlittschuhen habe er, Demuth, ihn hoch ins Bett gepackt.

»Vroni«, träumte Bäck voll hehrer Schlafbereitschaft.

»Vroni, ja – der Nachwuchs fehlt«, sann Karl äußerst schwer.

»Igel«, piepste ich leisleis verkümmert-tüchtig.

»Kein Nachwuchs! Oder praktisch keiner!« Neulich, erinnerte sich Demuth und ließ den Unterkiefer sacken, sei einer dagewesen, ein Steinalter und Grauer, der habe eine Sliwowitz-Fahne gehabt. »Ich hab ihn darauf angesprochen – sagt er mir, er kommt von auswärts und ist noch recht gut auf den Füßen.« Er, Demuth, hätte ihn in der Not trotzdem engagiert, hätte der Methusalem nicht nach jedem Wort »Gaha« gesagt. Und Demuth zog die sorgenstarke Stirn zu Falten ineinander.

»Kommt Zeit, kommt Rat«, bat Freudenhammer unvertraut. Es knackte, raschelte im Hirn wie einst bei Lattern. Noch immer rührte sich kein rosa Schimmer, was ich in Italien sollte. Wollte. Bäck grummelte. Erosionsartig las Wurm die Speisekarte. Wollüstig stöhnte fort der Hain …

»Neutronenbombe?« fragte Freudenhammer, »nichts für unsere Wehrmacht!«

»Eine neue Tombola?« Spät eingenistet spähte ich sein Auge. »An Weihnachten? Wird gemacht!«

»Wasserstoff- oder Neutronenbombe«, klang's zäh aus unser'm Bäck.

»Was sagst, Bäck?« flegelte ich unvermeidlich hinterknittelt, »Waterloo oder neutral willst bleiben?«

»Atom«, bat Bäckens Paul.

»Warum?« war ich nicht faul.

»Ich hoffe, ihr nehmt es mir nicht übel«, sagte in diesem Augenblick Kuddernatsch artig und weinerlich und stand sogar auf, »daß ich mich zurück … daß ich jetzt heimgehe, weil meine Cousine nämlich morgen Groß … Groß …«

»Großgrundbesitzer wird«, half ich kulantkurrent.

»Groß … Groß …« Es war schreckschön, die Sprachkraft fiel ihm einfach aus. Der Kiefer mühte sich, der Hals pochte perlmuttglänzend, doch nichts ging mehr. Er lächelte so herzzerschmetternd wie das KV 388.

»Großartig gerammelt wird!« Sensationeller sprang Freudenhammer dem Freunde bei.

»In Nicaragua«, meinte Bäck, »geht's überhaupt so zu!« Wurm und ich zernierten Fred.

»-mutter wird!« Bukolisch schimmernd strahlte es aus Kuddernatsch heraus, es platzte und ging einfach weiter, »Mutter wird, und da … und da …«

»Und da?« Albert Wurm frug eiseskalt.

»Und da möchte ich«, Kuddernatsch zahnte kitzlig, es zog und fetzte an den städtischen Grundmauern, »mit ihr noch frühstücken, meine Herren!«

»Na also!« rief ich irrsüchtig. »Wer?«

»Komm gut heim«, bat Freudenhammer friedensreich. Sein Auge bestrich den Freund mit warmer Glut. »Wir sehen jetzt«, fuhr er naturschwärmerisch fort, »durch einen Spiegel …« Sein Furchenantlitz warf viel Licht zurück.

»Effektiv ja«, unkte Wurm in Richtung Bartmann. Zephiretten hoben Kuddernatsch rasch fort.

»… in einem dunklen Worte«, erinnerte Freudenhammer erhaben. Navahoindianerhaft klappten Mund und Wange.

»Dunkles Weizen«, sann ich blühend, nickend über Bäck hinweg.

»Rocky Marciano! Nicht Archie Moore! He du!«

»Dann aber«, fuhr Freudenhammer unangetastet fort, »werd' ich erkennen …«

»Erkennungsdienst, hehe, du!« Das war der ungezogene Fredl-Dumm und schämte sich im Stil von Fotografen nicht.

»... von Angesicht zu Angesicht.« Freudenhammers Worte tönten fast verzagt alljetzt.

»Männer!« rief Karl Demuth ichthyosaurierhaft, »Polizeistunde!«

»Gott nei«, sprach sehr ambiguisch Wurm. Kaum geringschätzig sah Bäck.

»Jetzt ist«, sprach Freudenhammer chthonisch, »mein Erkennen Stückwerk, dann aber«, selbst Wurm lauschte bang, Bartmann zahlte schnell, »werd' ich erkennen ...«

»Igel«, lächelte ich in mich stillst.

»... gleich wie ich selber«, vollendete Freudenhammer infallibel sehr diskret, »erkennet bin. Gute Nacht!«

»Genau!« rief ich landesherrlich.

»Männer!« grollte Demuth sehr autark, »hopp! Nach Hause! Jeden Tag muß 's eins werden! Jeden Tag!«

Es hallte schaudernd fast im Saale wider.

Vor dem »Paradiese« fächelte, durchfurcht von Seligkeit über nichts, ein Hauch an Wirklichkeit, die Buschnacht aus Jasmin, Holunder und Erkennungsdienst. Gemütlichkeit und Faselei tanzten Gavotte. Bäcks Schlohhaar schwang im Nachtwind schneidig. Staatswicken schwankten auch mit drein. Es flüsterte das Flöten, es gaukelte das Summen, dreist murmelte das Schläfern, es gähnte feist die Geistesschwäche. War es der ehrlos verabschiedete Bibliothekar, der da aus mir quakte? Jetzt noch eine Sternschnuppe – ja? Nein. Nur der Halbmond faselte sein Burschenständchen. Ach Gott, Italien! Ach Gott, wie schön! Ach Gott, wie sag ich's armer Bücherkasper meinen dummen Lesern?

Und dann erschienen sie nochmals. Es war die gleiche Katze, war derselbe Hund, ich weiß es hundertprozentig, Wetten! 10000 Maß! Sie überquerte die Straße, verschwand durch das Pförtchen, er äugte hinunter vom offenen Fenster, tränenden Auges, die Pfoten bedachtsam gestreckt über die schmucke Brüstung. Sie waren der ewige Anarchismus in uns, der Stammheimer Unsinn – als wäre nichts gewesen, und war doch, ach, so schön! Eilig schwand ich in mein Kabinett, Milch in mich zu löffeln. Der Igel kam hervorspaziert und sah mir zu mit heller Freude.

1. Juli. Oder sollte ich doch besser schnell noch sterben? Zackzack? Vielleicht kommen einem gerade im Sarg die besten Einfälle! Der Ring an meinem Finger paßt dem Igel gut. Ich selber bin gescheitert zwar.

2. Juli. Alwins Volkswagen ist schon überholt. Charly-Mä wahrt jetzt Ursula. Ist er doch letztlich auch ihr Kind. Bzw. Brudermann. Er ist durch Alwin gut vertreten. Und dieser gut durch ihn. Der Schauflertorturm dampft vor Clownerie und Sommersonnenwende.

3. Juli. Morgen! Bella Italia! Wrm, wrm! Wäre die Reise erst glückhaft beendet, würde ich auch mein Diarium (hahaha!) beschließen. Und weiß Gott was sonst. Das dümmliche Gedunkel zum Beispiel. Und stünde, als reifer Bürger, dem Tod, dem Leben zur Verfügung! Yeah!

1. August. »Cheerio, children! Cheerio, teacher!«

Hinter mir liegen fast vier Wochen. Ein Monat kann den Menschen altern machen, kann ihn auch verjüngen; zur Reife zwingen oder zum Ruin. Das Weltall sei mein Zeuge! Ich bin ein Anderer geworden, ein Ich und doch Nicht-Ich. Ich lebe noch – und doch? Ist's Wahrheit oder Traum? Nein, mein gegenwärtiges Versteck möchte ich dem Leser lieber verschweigen, er denke mich, wohin er mag – nicht auch gebe ich Zukunftspläne preis. Vor mir liegt, ahnend Seelensturm, mein Tagebuch, sehr saugend, lauernd, torschlußpanisch – die Wolken zieh'n geschwind, in meinen blondbraunen Locken spielt leise der Abendwind, ein Wehen ächzt, das Allvergehen der Äonen, winkend und warnend, zum letzten bitt'ren Wege – ach was, mich juckt es einfach furchtbar in den Fingern – und, wer weiß, vielleicht, vielleicht bin ich sogar ein bißchen angezwitschert – – und es ist ja auch vielleicht mein letzter froher Schluck in Freiheit! Denn nicht mehr lange, so werden sich hinter mir die Kerkerpforten schließen, wegen eingestandener langjähriger Erpressung, die in diesen Zeilen ja nur allzu festgenagelt ist. Jawohl! Ich überantworte hiermit Roman samt Tagebuch der interessierten Öffentlichkeit und nehme, der Wahrheit zuliebe, die Schmach des Kerkers auf mich! Denn ich finde, für die Wahrheit kann man schon mal ein paar Jährchen schmachtend einsitzen! Vielleicht kann ich auch wegen des literarisch-religiösen Rangs dieser Zeilen auf einen gewissen Gnadenabzug hoffen oder doch spätere Genugtuung und Rehabilitation – – aber jedenfalls: Ich stelle mich den Hohen Herren, den Richtern dieses Weltgebäudes sonder Furcht: Zeugnis zu geben von Minervas eulenhaftem Flug im Dämmer meiner Gräuslichkeit. Und ist's nicht wirklich wunderbar? Mein Tagebuch fand einen Schluß, so wie erhofft, erbangt, ersehnt! Es schwindet Seit' um Seit' – wie die Moral in diesem unser'm Sternenzelt. Ich aber künde hier gleichwohl: Das Positive ist der Schmerz. Die Tiere sind die Brüder. Die Ichsucht scheinet grenzenlos. Der Drang zum Dasein und zum Wohlsein macht den Erdgeist lächeln. Die Pfaffenschaft wird einseh'n lernen. Es bleibe alles Leben frei von Schmerzen – – –

»Cheerio, children!« fuchtelte Alwin feurig, »cheerio, teacher!« – – –

Nein, ich merke schon, ich kann heute meinen Reisebericht noch nicht eröffnen, ich bin einfach zu durcheinander, zu aufgepeitscht vom jüngst Erlebten. Verfluchtes Weizenbier!

Doch morgen werde ich erfrischt noch mal beginnen.

2. August. »Cheerio, children! Cheerio, teacher!«

Laut und furchtlos schrie es Alwin aus dem Autofenster heraus seiner Familie zu, und sofort nahm sein Kopf die Form eines gebauschten Segels an. Und noch einmal »Cheerio!« keuchte er fast glückszerbläht. »Cheerio, teacher!«

Sieben Kinder Streibl hatten vor dem Mietshaus Aufstellung genommen und winkten und lachten dem scheidenden Vater nach – und nach ein paar Sekunden wurde mir auch völlig klar, wer der »teacher« war: meine Schwester, die ehemalige Lateinlehrerin. Noch in den ersten Minuten nach diesem Abschied lächelte der Agent hoheitlich wie ein Truthahn vor sich hin und ruderte sogar souverän mit der Zunge, schwerste Lebensfreude schwang rund um den Führersitz und versuchte sich zu verteilen – es war so kribbelig wie das 1. Klavierkonzert Beethovens bzw. Bernd Hölzenbein in Bestform – um besser disponieren zu können, hatte ich mich in den hinteren Autosektor verdrückt, vorne saß die ziere Kathi, und Alwin im zinngrauen Sportanzug und weißen Polohemd hatte – gefährlich, gefährlich! – jetzt sogar eine Sonnenbrille aufgesetzt, den Weg nach Süden schnell zu finden. Putzmunter wippte aus der rechten Sandale der gasgebende Zeh. Wenn das nur gutginge!

Bis Kufstein keine Kalamitäten. Streibls fesche Korpulenz am Steuer trug uns gewissermaßen doppelt umsonnt über die erste Grenze, den Zollposten schmeichelte unser Fahrer sogar gewandt mit einem »Hallo, Freunde?« Bei Innsbruck unterlief mir der erste Fehler. Ich erwähnte Alwin gegenüber Freudenhammers hohe Auszeichnung, und daß der Alte jetzt auf den Turmwächter von St. Gangolf aspiriere.

»Der alte Fotzenschlecker!« rief Alwin klagend in Richtung Italien, und auf sein Festtagsgesicht fielen die ersten dunklen Schleier – »pardon«, wandte er sich aber geschmeidig an Kathi, »der alte Depp, der Hühnermauser! Ich werd's torpedieren – oh! – ich werd ihn stornieren ... er schafft es nicht ...!«

Ich war verblüfft. Es klang, als ob er sich selber Hoffnungen gemacht habe, seine Familie auf die Kirchturmspitze zu zerren. Ich fragte, was er, Alwin, neuerdings gegen Freudenhammer habe.

»Er hat eine – oh! – nationalsozialistische Vergangenheit – da, schau«, sagte Alwin und wies schläfrig auf die Olympia-Schanze, »er hat damals lieb Kind gemacht ... ohne seiner Vergangenheit abzuschwören ... ein alter Nazi ... oh!«

Das war mir neu. Auch das gehäufte »oh!« Er hatte es sich anscheinend extra für Italien antrainiert. Vielleicht hielt er es für italienisch?

Woher er, Alwin, denn das wisse?

»Warum tust du mir weh?« fragte der Schwager traumhaft, kompakt und doch gigoloartig, »ich weiß es, und du weißt es so gut wie ich!« Kathi beugte sich zu mir zurück und lächelte mich muselmanisch arglos an. Das hieß wohl, ihr gefalle es immer besser. Tatsächlich hatten wir Bilderbuchwetter. Frisch nach Italien hinein!

Ich wußte es aufrichtig nicht. Wir passierten die Ausfahrt nach Igls. Ein letzter Gruß an Charly-Mä.

»1956«, Alwin wehrte sich wirbelnder, »bei einer Monatsversammlung vom Deutschen Roten Kreuz, pardon: Reichspartei hat er – jeder weiß es – der Loy Egon war damals Wirt drauf – sich vorschlagen lassen in der Wirtschaft vom Pfund Harry in Weizentrudingen, hat er sich vorgeschlagen ... in den Ausschuß«, Alwin log sich früh und kühn ins Bewußtlose hinein, »ich hab's doch selber gesehen und gehört!« Er fuhr schneller, und obendrein, als wolle sie ihn doppelt stressen, wurde die Autostraße kurviger.

Dann müsse er, Alwin, ja wohl auch, ich schnaufte recht betört, dieser – Reichspartei nahegestanden haben – oder wie?

»Warum willst mich schon wieder – vor deiner Frau! – fertigmachen?« Jetzt klagte er bereits wunderhübsch. Wir hätten doch den General mitnehmen sollen.

»Ja, du sagst doch selber – du warst auch bei der Ausschußsitzung beim Kilo Harry!« Die ersten italienischen Berge blinkten auf und schön ins Leere. Wie lange wollten wir eigentlich in Italien bleiben?

»Beim Harry – er hat sich – verraten«, Streibl lächelte wie in Erinnerung hoher Erfolge, »ich bin damals«, er überlegte, »ich bin damals hinterm Vorhang gestanden und hab alles gehört – ich könnt' ihn heute noch zur Rechenschaft ... ich könnt' ihn denunzieren und ... er hat mich hinters Licht geführt ... oh ...!«

»Hinterm Vorhang?« Ich war schon verzaubert.

»War ja mein Stammlokal damals, in Weizentrudingen, der Ebel Karl, der Wirsching Waldemar war immer drinnen, der ... der Biermann Wolf ...«

»Ach so«, seufzte ich gräßlich prohibitiv. Von Innsbruck herauf wurde es immer schöner, da hilft kein Beschreiben. Täuschte ich mich, oder sah Kathi den Schwager wirklich verliebt an? Der hatte bereits Blut gerochen – praktisch war die Fahrt zu Ende.

»Heut' früh, hör zu, schreibt mir der Metz, der Metz Babist, daß er sich zur Verfügung stellt für mich ... der Babist ... ah!«

»Johann Baptist Metz? Der Theologe? Von Münster?«

»Der Babist – aaah! Eingeschriebener Brief. Ein kommunistischer Theologe. Ich kenn ihn vom Fußball her, er war Halblinks. Er wird jetzt exkommuniziert. Der macht meinen Pfleger, das ist das gescheiteste.«

Er hatte die Sonnenbrille jetzt herunten, schwitzte schon vom Lügen. Quetschte den Daumen in jene Augenhöhle, in der treu die Weltrevolution döste. »Das hilft mir – und ihm, aaah!«

Die Selbsteinneblung der Vernunft ist wahrer Endzweck Karl Marx'. Dann aber trete die Lieblichkeit des Menschen hervor und nippe am Weizenbier. Ich schlug eine Kaffeepause vor. Am Brennerpaß hatten sie kein Weizenbier – das hatten wir vor Reiseantritt nicht bedacht. Alwin schnuffelte vergrämt. »Campari ist auch gut«, lockte ich. »Aaah!« lobte Alwin den roten Sud und klopfte Kathi sogar reiselustig auf den Rücken, »bello Italia!« Er deutete stramm in den jetzt fast rosigen Himmel. Ich steckte ihm rasch 200 Mark zu. Ob der Agent wußte, warum wir hier in Italien waren? Sollte ich ihn danach fragen? Nein.

Wir quartierten uns in einem Dolomitendorf namens Campill ein, bei einer Frau Pizei. Die Tiroler sind ein Volk, so gerade vor sich hin. Weil die Herberge schon voll war, wurden wir alle drei in ein Zimmer gesteckt, was Kathi seltsam recht und mir sogar sehr lieb war – und gleich darauf wurde es schon ziemlich lustig und wurzelig: in der Herbergsküche sah man zwei Männer, einen alten und einen jüngeren, die äußerst geradheraus Rotwein in sich versenkten, beide die Hüte bis weit über den Kopf – und auf einmal hörte man den einen fröhlich fauchen:

»Que asciutto è questo Campill!«

Ihm sei gar nicht gut, jammerte Alwin behutsam, als wir uns zum Tischkegeln niedergelassen hatten, nein, den Campari habe er nicht vertragen, er brauche halt sein Weizenbier, »wegen meiner Magensäure, ich hab eine hypertrophische Magensäure mit extrem hohem PH-Wert, ich brauch einen Puffer, ein Weizen ...«

Auch hier hatten sie leider keins. Ich riet, noch schwankend zwischen Güte und Rankünе, zu Kalterer See. Der schien Alwin eingangs gutzutun, schon wieder machte er Kathi schöne Augen, das heißt, er zwickte sie unwahrscheinlich schnell auf und zu und auf und zu – und nach dieser sozialistischen Kavalierstour wollte er, daß wir alle drei sofort Bruderschaft tränken. Wir tranken Bruderschaft, Alwins Äuglein hopsten noch schmalziger, und dann wurde es ihm noch schlechter:

»Wenn ich nur mein Weizen ...«

Zum Trost setzte sich die alte Frau Pizei an unseren Tisch. Vor fünf Jahren, erzählte sie nissig, da seien einmal vier Männer dagewesen, vier Tage lang, die praktisch vier Tage lang ununterbrochen Karten gespielt und Schnaps und Sekt getrunken hätten.

»Sekt«, träumte Alwin, »ich trink am besten Sekt, was, Schatzerl?« Es knarzte, er drehte sich zu Kathi herum.

»Der ist«, flunkerte ich ihn optimistisch an, »dem Weizenbier am ähnlichsten.«

»Yeah! Pardon, Sie bringen uns Sekt«, bat er Frau Pizei, »daß Sie so gut Deutsch können in ... äh ... Italien!« Ängstlich anerkennend nickte er der Alten zu. Ich warf die Hand vors Gesicht, um beim Lachen nicht beim Weinen erwischt zu werden.

Frau Pizei schenkte Sekt ein. Von einem der viere träume sie heute noch, fuhr die Alte fort, der habe ausgesehen wie ein Berggeist und einmal um 5 Uhr früh habe er sogar ihre Tochter Agata verführen wollen – ein anderer aber, sie deutete fast verräterisch auf mich, habe die gleichen »schönen und grünen Augen gehabt wie Sie!« Ich zupfte mich wie konspirierend an der Wimper.

»Und auch die gleiche römische Nase!« sann die Greisin ahnungsvoll.

»Nett«, freute sich Alwin bekümmert und äugelte Kathi erneut ungeschlacht an, »aah! Urlaubsgäste ... pardon, ich hab so eine schwache Blase!« Wie ein Tambourmajor erhob er sich und ging, sein Wasser abzuschlagen.

»Hör zu, Alwin«, er war zurückgetapert, »wir haben da seit kurzem einen Igel – weißt du vielleicht ...?«

»Pardon, Schwager, ich hab ihn neulich unter einem alten Ford gefunden, der schon drei Jahre bei uns steht, so nett, so bittend hat er mich angeschaut! Ich hab ihn zu dir geschickt. Du hast Platz, du hast doch ein Klavier!«

Viola d'amore!

Verknittert las ich ein wenig in der herumliegenden »Dolomiten«-Zeitung herum und erfuhr, der Pfarrer Herbert Rosendorfer aus Bozen habe gestern bei Canazei einen Skilift eingeweiht und dabei gesprochen, Lifte seien »Fingerzeige zu Gott« und stellten »dessen Allmacht sinnbildlich und sinnenhaft« dar. »Ihr drängender Zug nach oben« sei nur noch »vergleichbar der Demut gotischer Dome«, und »so wie das Mittelalter seine metaphysische Sehnsucht im Dom bekundet habe, so baue der Mensch heute Lifte zu den großen erhabenen Bergen«, die ihrerseits »Mittler und Zwischenstationen zu Gott« seien und »das Andenken wachhalten«.

»Katherl, Katherl«, weinte, ja jaulte seitwärts mein Schwager, »ein Busserl, gib Bussi – schau, ich bin ein alter Gauner, aber – doch dein Schwager, aah! Jaah!« Ohnmächtig hielt der speckschwartige Seelenspermier seinen Rüssel in die Luft, und Kathi schien es sogar zu gefallen, sie tätschelte den alten Gauner sanft am Ohr. Sie wußte es wie ich: Alwin war der weltliche Bruder des Igels, der Doppelgänger. Die Alpen knisterten heiß und kalt.

»Pardon, ich muß schon wieder … die schwache Blase, ich bräucht' einen Puffer…« Das Urinieren gehörte momentan zu seinen liebsten Fisimatenten.

Kathi sah mich geheimnisvoll und oberflächlich tiefsinnig an. Gutmütiges Kälbchen, das ich bin, schenkte ich Alwin Rotwein und Sekt nach, auf daß er das Weizenbier bald vergäße. Streibl kam zurück mit Verve: »Schau, Siegmund, ich hab keine Frau, die sitzt daheim und hat auch nichts Gutes von ihrem Leben gehabt und…«

»Und teacht!«

»Pardon?« Verführerische Stimme!

»Teacht!« Ich sprach es erneut aus wie »ditschen«.

»Oooh! Ditschen!« Seine Opulenz, der Schwager, benzte geradezu opernhaft auf: »Warum, warum wirfst du mir meine Vergangenheit vor? Es war culpa in contrahendo! Das Gesetz selber ist unmenschlich gegen mich worden! Heut' bin ich sauber! Ich ditsch nicht, ich stehl nicht, ich bin heut' so sauber wie du …«

»Aber – du sagst doch selber, du bist ein – Gauner!« Vornehm stand Frau Pizei auf und verschwand. Wir waren die letzten, die einzigen Stubengäste und Zeugen.

»Oh! Du mir das? Schwager! Oooh! Du hast doch, Siegmund, selber Dreck am Stecken, massiv, massivst Dreck am Stecken, Schwager, oooh! Oooh!«

Viola pomposa!

»Da schau an«, konterte ich ausgefeilt, »und wo?«

»Oooh! Oooooh!« triumphierte der Agent ausziseliert, das »oh« machte mich ganz geistesmürb, aber ich biß auf die Dreckszunge, »wer hat denn«, keuchte Streibl neurasthenisch, »wer hat denn, gib's doch zu, versagt? In der Bücherei? Beim Tischfußball-Warenmusterpatentamt? Wer hat sich denn vergeblich im Wiener Musikobservatorium, bei den Wiener Philharmonikern beworben? Oh! Oh! Wer ist denn damals von seinem Chemiestudium ausgesperrt gewesen? Wer hat denn …?«

»Beim Chemieobservatorium, wenn schon!« korrigierte ich. »Also, Prost, Alwin!« Kathi las jetzt schnell die Zeitung, lächelte verschmitzt.

»Prost, Schwager – oh! Beim Landesamt für – du weißt es doch!« Alwins Feuerwerk an elysäischer Gemeinheit war, dem schlaffen schiefen Mündchen nach, schon am Verglühen.

»Landesamt für Gewerbesteuerhinterrückung? Ich bitte dich! Die Affaire ist verjährt! Alwin!«

»Verjährt?« Ein Tanzbär wie Alwin ist selbst zur üblen Nachrede zu pummelig. »Da schau, freut mich für dich, Schwa …!«

»Prost, Alwin!« Gewinnender, wenig geheuer umschlich ich ihn nach Strich und Faden.

»A votre santé, Schwager!« Streibl lockte sein bezauberndstes, unwiderstehlichstes Tremolo hervor. »Schau«, sehrte er fort, »ich hab ja nur euch! Ich bin ja ganz auf euch angewiesen ah! Wie wir damals, Schwager, hör zu, uns damals wegen einem dritten in der Kirche gestritten haben – es war für mich ein Knockout! Um Gotteswillen! Ich bin aus der Kirche raus und sofort in den Wald gegangen und hab geweint, geweint, Schwager, on a broken heart, wie's im Anglikanischen heißt, still vor mich hin geweint, Schwager…«

»Wie die Bibel«, betete ich und ballte 17 Fäuste.

»… in die Büsche hineingeweint, Schwager, ich hab nachher sieben Weizen gebraucht, bis ich wieder war! Siegmund!«

»Ist schon – gut, Alwin.« Ich kämpfte circa sieben Sekunden lang mit den Tränen, »forget it, sei so nett…«

»Es«, heulte der Agent, »war«, sang Streibl todeslilienrein, »wie ein Requiem«, vollendete Alwin leidlich.

»Wie ein«, verbesserte ich, »Gebet.«

»Ihr tragt, du tragst es mir nicht nach?« Streibl jubilierte zartest.

»Niemals«, sang ich, »niemalsnie…«

»Um Gotteswillen, ich bin froh!« rief Streibl wie befreit, »ich bin, mich hat's bis heute gedrückt. Prost, Siegmund! Hör zu, du nimmst es mir nicht übel, wenn ich … daß ich vorhin mit deinem Schatzerl, mit deiner Frau Bruderschaft…?«

»Aber wo!« Balsamisch lächelnd drängte ich zu Bett. Kathi runzelte wie fragerisch die Stirn. »So froh, so froh!« sang Streibl straff.

In unserer Kammer stellte sich heraus, daß der Agent eine Sofortbildkamera bei sich führte und mit dieser jetzt plötzlich »Pornoaufnahmen« machen wollte, »geh zu, Siegmund, nach so einem netten Abend, sei kein Spielverderber!«

Ich pumpte.

»Ist doch, ist doch!« – die rotblonden Augen zwitscherten schon wieder vor Schweinerei und politisch-privater Verwegenheit – »ist doch eine nette Erinnerung, schau, wie oft komm ich schon ins Ausland? Zuerst«, er betappte mich, traulich, »du mit deiner Frau im Clinch, dann«, er schnaufte heftiger, »ich mit deinem Frauerl, bist so gut, passiert ja nichts – und zum Schluß«, jetzt zitterte er fast vor Gier, »wir zwei, wenn du willst, muß aber nicht sein, ist doch, sei halt kein Frosch, scheißegal! Yeah?«

Kathi lag schon gewinkelt in ihrem Bettchen, die Augen geschlossen, das schöne Profil atmete aber keineswegs Unwillen, sondern eher Neugier, die Erwartung riskanter, sinnfreier, aber letzten Endes prächtiger Abenteuer, ist doch scheißegal. Alwins andrängendes Gesicht war jetzt eine Grimasse aus stierer Geilheit und kommunistisch-utopischer Totalbefreiung. Ich starrte ein wenig an die Decke. Die klirrenden Wildnisse der Welt, sie stocherten und rüttelten an der Mansardenwand, ahoi! Ich legte Alwin die Hand auf die Schulter, warm, fast feierlich: Morgen redeten wir noch einmal drüber. Dem Schwager schien jetzt wieder sehr schlecht zu sein, Mitleid wollte mich schon anzapfen. Doch plötzlich erkletterte der Agent einen Stuhl, rief »Aah!« und knipste die liegende Frau.

»So«, sagte ich freundlich, »brav.«

»Bravo«, verbesserte mich Alwin, zog sehr diszipliniert den Kopf ein, streifte die Kleider vom Kugelleib und rollte sich in einer orangefarbenen Badehose in sein Bett, ein Kinderbettchen, das die Pizei behelfsweise neben unserem Ehebett aufgestellt hatte. Ein sehr fleischiges Fragezeichen. Ich knipste das Licht aus.

Rastlose Stille. Das heimlich ernste Wogengerausche der Nacht, ist doch scheißegal. Hinter Vorhängen pflegte er also zu spionieren, hatte er sein Agentendiplom gemacht. Und die Alpen sangen ahnend. Im Halbschlaf sah ich einen Hühnerstall und wunderte mich, wer da so schnuffelte und quiekte. Dann hörte man Kathi freundlichärgerlich sich abschütteln.

»Nur das Zeherl, nur das Zeherl halten!« Das war Alwins Wimmern. Wind schwankte wie in großer Not.

Wieder hörte man Kathi, die sich wie kichernd wehrte.

»Zeherl! Ist doch nichts dabei … jetzt, jetzt hab ich's gefunden!« Die Alpen schwiegen einen Herzschlag. »Nett! Aaah!«

Zornig knipste ich das Licht an. Alwin, in orangener Badehose, kniete vor Kathis Bett und hatte tatsächlich ihren großen Zeh in der Hand. Mich sah er gar nicht vor Leidenschaft.

Ich zwang mich zur Sanftheit.

»Alwin, geh in dein Bett zurück! Marsch!« Ich raunte ohne

Hoffnung. »Und morgen – morgen wird alles gut! Italien«, setzte ich geistlich hauchend nach. Was ich damit sagen wollte, weiß bis heute nur der Türke.

»Ah, Siegmund!« Jetzt erkannte Streibl mich und lächelte wabernd, »es ist, hör zu, nicht wegen dem, sondern du nimmst mir's von vorhin nicht übel, ich bin kein Impo –, ich bin keine schwule Sau, ich bin koscher, ich bin kein Hämaphro – –«

»Homöopath«, träumte ich, flüsterte es von Westen. Ich hatte mich in mein Bett zurückgeigelt und die Augen geschlossen. Ich spürte, wie die Alpen wackelten und –

»Du weißt es, ich hab sieben Kinder, mit meiner Frau, ich hab ein liederliches, disqualifiziertes Leben geführt, ach Gott! A dirty old man, aber ich bin kein Travestit, kein Transvestit …«

»Eine Travestie bist du!« Ich rief nun seltsam laut: »Eine einzige – pardon! – langgezogene Travestie!« Ich war aufgesprungen und starrte den Nächtigen an; seit zehn Stunden schämte ich mich vor Kathi mehr als je; das war jetzt eh egal; letztmals zwang ich mich zum Brüllen: »Ein einziges – shit! – lang und breit gewalktes Großgenie der internationalen Proletentravestie und -trivialität! Yeah!«

Aus Alwin drang stehend ein irgendwie blubbernder, sonorer, ja wohltätiger Laut, wahrscheinlich hin und her schwappendes Gepantsch, das der hypertrophische Magen ohne Hilfe des Weizenbiers nicht mehr packen konnte. »Baby«, sagte Streibl träg und über Kathi hinweg, aber durchaus nicht unfreundlich, »hör zu, ich mach dir jetzt einen Vorschlag. Du blamierst mich vor deiner Frau – drum ein Vorschlag zur Güte: Wir schlafen jetzt unseren Affen aus, und morgen«, er wechselte eine Nuance ins Rührende, »fahr ich, shit, wieder heim ah! Es hat sich gezeigt, pardon, daß die Fahrt unglücklich war.«

»Ja«, sagte ich bizarr.

»Yeah!« seufzte Alwin impresariohaft.

»Was ist …«, fragte ich gelblich, da fiel mir etwas ein: »Warum hast du denn damals eigentlich die Postkarte an Demuth geschrieben: ›Reaktionäre Schweine werden ausgerottet‹?«

»Ich mußt' es tun, Baby, die Parteidisziplin verlangt's. Kein Mitglied … kein Mitleid mit dem Klassenfeind! Ich hab mich so, ach Gott, hab ich mich auf die Reise gefreut! Aber ich fahr heim, fahr heim!«

»Du kannst nicht allein fahren«, flüsterte ich tonlos, »Häscher verfolgen dich!«

»Aber wo«, stöhnte Alwin gemütlich und legte sich offenbar wieder hin. Jetzt wurde auch mir schwer insuffizient, und pikarisch knipste ich wieder das Licht aus.

Die Minuten vergingen. Hypertrophisch? Supertropisch! Den Zeh schien er wahrhaft vergessen zu haben. Ich an seiner Stelle hätte mich »son of a bitch« betitelt. Wo hatte er das »Baby« aufgeklaubt? Er verwechselte einfach schon Ernie mit Theo Kojak. Oder hatte er ohne mein Wissen und meine Kontrolle einen neuen US-Dichter aufgetan?

Wo doch einer für so einen PH-Wert-Faulpelz leicht ein Leben lang gereicht hätte! –

Eine Sauna und schwerer Schabernack belästigten mein Sauhirn. Er war begnadet – der Igel bewies es jetzt endgültig. Swaz hie gat umbe? Nach zwanzig Minuten hörte man ein leises, glaubwürdiges Grunzen – er schlief! Ich wartete noch ein wenig. Pfeifendeckel! Wir würden morgen keineswegs heimfahren, weder einzeln noch zusammen. Hier galt es der Kunst. Ich versuchte, zu allem entschlossen, Kathis Hand zu haschen, wachend oder schlafend. Sie zog sie weg. Sacht streifte ich ein wenig an ihrer Schulter herum. »Arkoc«, seufzte sie und blies glücklich Atem von sich. Ich richtete mich etwas auf. Ein Mondschwarm fiel über ihr Gesicht. »Aynur…« Sie träumte etwas listig Sanftes. Die bleiche Wange war ein schönes Mahnen. Hm. Eine Wechselstube von fühligen Schmählichkeiten hopste mir vor der Netzhaut herum. Mir grauste jetzt ein wenig vor mir selber. Ich ahnte, daß die Erschütterungsfähigkeit meines Seelchens begrenzt, erschöpft bald war. Sah woandershin, erblickte etwas Haufenartiges. Es war Alwin. Da lagen wir, die igelgefestigte ménage à trois, kurz vor Italien. Nein, ich mußte einfach nochmals kichern. Dann war auch ich weg.

Erwachte wieder gegen 5 Uhr. Schönes weißes Licht fiel schon durchs Fenster. Im Fremdenzimmer stand ein alter Bücherschrank für stille Stunden. Alle Werke von Luis Trenker standen drin und alle von Mussolini. Ein Band hieß »L'amante del cardinale«. Ich blätterte ein wenig darin. Nein, den Sinn dessen vermochte nicht einmal ein so tapferer Hermeneutiker wie ich zu enträtseln. Streibl schlief deutlich entlastet, Kathi l'amantös. Legte ich mich also gleichfalls wieder hin.

Am Morgen sah es nicht gut aus. Alwin bot ein Bild des Jammers – wunderbar, wie schlecht es ihm schon wieder ging! Heftiger verlangte er nach Weizenbier, dem rettenden. In Verona gäbe es eins, versprach ich – und riet erst mal zu einem Schnaps mit Apfelstrudel zum Kaffee. Er trank das Zeug, verzog den Mund und wurde gleich ganz zutraulich.

»Wegen dem Brief ans Gericht damals, um Gottes, du mußt mich, du darfst mir«, noch arbeitete sein armer Kopf nicht recht, »du mußt mich ... exkulpieren, ich war ... ich hab damals sieben Weizenbier gehabt ... und der andere ... der Böll hat mir auch abgeraten .. abgesagt ...«

»Der Böll?« Ein prächt'ger Morgen!

»Ich hab mich an ihn gewandt, solidarisch, er ist ja auch ein Roter, ein roter Teufel!« Alwin lächelte matt, doch zauberisch, »ein Roter, wenn er auch nicht schreiben kann, im Schreiben ist er ein Aff – ich war fix und fertig wegen meiner Hausbewohner ...«

»Psychoterror?«

»Sie machen mich zur Sau«, er weinte quick, sein wippender Kopf vollführte eine formschöne Entsagungsgeste, »sieben Kinder! Man hat mich ... man hat mir meinen Bücherschrank konfisziert, sieben Weizen aaah!« fuhr er fescher atmend fort.

»Wer? Deine Kinder?« Ich fragte es ernst und säuerlich, aber Kathi mußte hell auflachen und schleckte an ihrem Cappuccino herum.

»Meine Kinder aaah!« träumte schwärmend der pompöse Mann. Klagend flossen alle Brünnlein der Versagung, »sie sollen's einmal besser ah!«

Seine Rückreise war längst vergessen, der Schnaps tat vorerst seinen Dienst.

Als sein erster Effekt verflogen war, wurde Alwin wieder sehr weinerlich, entschuldigte sich – »unbesehen, ich möcht's in nuce gar nicht wissen« – für alle gestrigen Vorfälle und Ausfälle, »ich war noch nie im Ausland«, und drohte abzusacken. Ich riet zu einem Grog, der sei in Italien »ganz ganz gut!«

»Aaah!« strahlte der Buttermilch-Schwager, »Grog«, und dann fast pfiffig, »ich probier ihn, du gestattest?«

»Gotteswillen«, sagte ich bescheiden. Sollte ich ihn fragen, warum er Libyer so hasse? Nein, ich sagte lieber:

»Alles klar, Alwin?«

»Immer«, seufzte Alwin froh, »im Ausland werd ich ein anderer Mensch, aber wo, das tut mir so gut ...«

Rasch hatte Streibl die Realität wieder hinter sich, genau im rechten Augenblick kamen auch die beiden Küchen-Haudegen von gestern abend ins Frühstückszimmer und setzten sich unwiderstehlich an unseren Tisch. Sie wollten gegen uns watten – das bereits erwähnte Kartenspiel.

»Immer!« rief Alwin, vom Grog erheitert, und er spürte wohl erstmals die praktische Schönheit dessen, was Marx als Internationale aufgebaut hatte – ich aber gab fahrig vor, das Spiel nicht recht zu können, griff nach der heutigen »Dolomiten«-Zeitung und beobachtete hinter ihr hervor nicht ohne Erregung unsere neuen Freunde, die auch schon wieder einen Rotweinhumpen vor sich lungern hatten. Vor dem Fenster lockerte sich ein flockiger Sommertag.

»Merci!« trällerte Alwin aufgemöbelt, als er seinen zweiten Grog empfing, versuchte sein dickes Gesicht zu Glanz, ja Raffinesse zurechtzubiegen und legte den rechten Arm wie symbolisch um die Stuhllehne Kathis. »Merci«, zwinkerte er noch einmal überfroh der alten Pizei zu.

Es stellte sich dann aber heraus, daß die beiden Fremden als ambulante Matratzenhändler durch die Alpenländer reisten, der Alte sozusagen als Chef, der Jüngere und irgendwie Zeitlose als

Kompagnon, sie reisten mit einem sehr alten kleinen Lastwagen, den wir gestern abend schon vor der Türe hatten stehen sehen, mit etwas Pappdeckelartigem auf der Lade. Darunter mochten wohl Matratzen schlummern.

Der Jüngere, dem das Tiroler Käppi bei dieser ersten Einführung durch den Alten immer schiefer rutschte, war aber gleichzeitig der Lottokönig von Rosenheim, wie er selbst, wenn auch schwer verständlich, denn er redete deutsch und italienisch wie's kam durcheinander, immer wieder sagte – 184000 Mark habe er als Gastarbeiter in Rosenheim im Lotto gewonnen, die seien jetzt weg, sagte er, aber eigentlich ohne Kummer, sondern eher mit dornenvoller Verwunderung, als ob hier ein Spuk gewaltet habe, den sein armer Kopf nicht mehr aufzuklären vermöge – und der alte Kompagnon lächelte dabei so wissend-sonnig-schräg und seelenruhig, daß sogar Alwin der Verbleib des schönen Geldes transparent zu werden schien – und dies, obgleich der Greis einen so charakterstark geschnitzten Bauernschädel auf dem Kopf hatte, daß er eigentlich auch in einem Touristenlokal in Bozen sein Glück hätte machen können.

Alwin, glücklich, daß in Italien weiterhin Deutsch geredet wurde, stellte ein paar unförmige, sinnferne Zwischenfragen, dann sirrte er leise-wissend vor sich hin. Dem jüngeren Matratzenhändler war über seinem Bericht der Kopf etwas zur Tischplatte hin gesunken, Gelegenheit für den Alten, höchst abschätzig auf ihn hinzuschmunzeln. Die ganze Weltgeschichte lang, so sprach sein klar-zufried'nes Auge, seien die Alten von den Jungen ausgenommen worden – warum nicht einmal umgekehrt im Großraum von Tirol?

Urplötzlich, es ging auf halb elf, liftete der jüngere der Händler Rumpf und Kopf und wollte mit der Kathi tanzen. Er erhob sich, wackelte mit Händen und Hüften den Willen zum Frohsinn, stolperte zum Musikkasten, warf Geld hinein, und als die ersten Klänge herauswalzten, trat er wieder vor Kathi, brachte die Beine in O-förmige Positur und werkelte jetzt so einladend, ja selig mit den Hüften und auch mit dem Kopf, daß der Hut endgültig herunterplätschern mußte – mit beiden Händen machte der Kaufmann dann schunkelartig kaninchenhaft auffordernde Bewegungen in Richtung auf meine Frau – jetzt aber ging mit einem unverhofft scharfen Pfiff der ruhig hockende Alte dazwischen, er pfiff ganz kurz und betäubend durch beide Zeigefinger – – auf welches Signal hin der Jüngere geradezu märchenhaft parierte, stillstand, überlegte und dann wie vernichtet, aber brav nach draußen segelte, offenbar, um für den Alten das Tagewerk zu erledigen.

Matratzenhändler? Mätressenhändler? Kathis Gesicht war vollends fröhlich geworden, schrecklich fröhlich, und Alwin erzählte dem blitzblank nickenden Alten in langer Scharade, er sei Agent. Ich ergriff deshalb wieder die Zeitung und las:

> Gegendarstellung
>
> In der gestrigen Ausgabe der Dolomiten-Zeitung wurde berichtet, ich hätte bei der Einweihung des Skilifts in Canazei gesagt, Lifte seien Wegweiser zu Gott, sie stellten dessen Allmacht sinnenhaft dar, sie seien wie Dome des Mittelalters und Zwischenstationen zu Gott. Diese Behauptungen sind unwahr. Ich habe bei der Einweihung des Lifts lediglich gesagt: »Ich wünsche dem Lift viel Erfolg.«
>
> Rosendorfer, Stadtpfarrer von Bozen

Nein, dieser Alte mir gegenüber war zu versiert, als daß ihm das Geständnis herauszulocken gewesen wäre, wo die 184 000 Mark abgeblieben seien. Alwin? Sicher hätte er an Stelle des Alten etwas von Investitionen und Kreditsicherheitshinterziehungen geblödelt – dieser Alte würde nur lächeln. Ich drängte zum Aufbruch. Kathi kicherte erneut.

Vor der Haustür ruhte der Matratzenhändler-Lastwagen. Tatsächlich lag auf ihm jetzt allerhand Wäsche- und Lappenartiges herum. Vor dem Auto stand der jüngere Händler im Mittagslicht und drehte sich entzückt im Kreise, um ihn herum aber tanzten ihrerseits sechs oder acht Schulkinder, mit Ranzen auf den Rücken, und einige sangen gar ein Liedchen mit hinein. Nichts wie fort! Als wir davonstaubten, hörten wir noch einen scharfen Pfiff. Der Alte war unter der Herbergstür erschienen.

»Zwei nette Burschen!« sang Alwin wie ein kleiner Zeisig und lächelte. Von einem Vorfahrtsschild herunter antwortete quinquilierend ein Spatz.

»Zwei Agenten.« Es gefiel mir einfach, ihn abermals zu prellen.

»Hab's gleich gesehen, unverkennbar«, sagte Streibl wie in hoher Genußsucht, »um Gotteswillen!«

Momentan schien es ihm wieder erträglich zu gehen. Sieghaft strebte er der Autobahn entgegen. Durchpulst von frischer Neugier konnte ich die Frage wagen: »Böll?«

»Er hat mir«, Alwin schien drauf vorbereitet, »geschrieben wegen meiner – aah – Verfolgung.«

»Im Dünklinger Programm«, fuhr ich fort, »pardon: Progom?« Durchzuckt von Bosheit, lichterte ein Segelflieger über uns.

»Er hat mir geschrieben, ich soll's – melden ...«

»Nett?« Die Eisackschluchten kurz vor Bozen verloren jegliche Gefährlichkeit.

»Getto aaah!« Er bohrte in den Ohren. »Als Schriftsteller ist er ein Aff, als Schriftsteller, shit, ist er achte Wahl, ah! Du kennst ja seinen Schmarren, keine Gliederung, er schreibt halt, wie er's kann, da, schau, nett«, Alwin deutete auf eine der Trutzburgen, »Böll kann nichts, zuviel Vergleiche, zuviel Schwulst, um Gotteswillen, er will sich, shit, an Hemingway ranhängen, ein ...«

»Ein impotenter Schmierer?« Kathi las schmunzelnd in einem Führer: »Sicher auf europäischen Straßen«.

»Er will sich, hör zu, an Ernie ranhängen, aber ...«

»Aber warum hast du dann grad – ihm geschrieben?« Über irgend etwas mußte auch Kathi glucksen.

»Er ist – er ist ein guter Lapp ... ein Roter, ein Genosse ... soll auch leben. Du kennst ihn ja! Eine rote Sau, wie wir. Wir drei.«

»Und Hemingway?« Es war schon tolldumm, was ich wagte. Der Schwager hätte mich nur zusammenhauen brauchen. Der Rosengarten winkte Härte der Gesinnung, aber blumenfroh Gepränge.

»Einfach wie Homer, einfach wie die Bibel, so nett, so schlicht. Wie die Bibel. Böll? Aber wo. Böll kann's nicht. Ernie kannst du, hör zu, heut' praktisch nur … mit – Hemingway vergleichen … ah!«

Ich überlegte lange und verludert. Nein, es war kein Witz, kein Wortspiel, sondern Schläfrigkeit. Der Silberblick der Lebensnegation, ich sah ihn scharf im Autospiegel. »Katherl«, drehte sich der Fahrer leicht nach rechts, »du bist mir nicht bös?« Er lächelte, sich selber tröstend.

Bei heiter'm Himmel erreichten wir Bozen – ein absichtliches Wohlbehagen drückt sich dort recht lebhaft aus. Die Etsch floß sanft und malte breite Kiese. Die milde, sanfte Luft! Adige!

Kurz vor Trient bekam ich einen Herzinfarkt. Hier war ich einst, im Brenner-Zug, der 17jährigen Kathi begegnet, hier hatten die Bischöfe die neue Kirchenmusik zugelassen. Es war die einzige sinnvolle Minute meines Lebens gewesen. Ich spähte in ihr Profil. Nein, sie merkte nichts, erinnerte sich nicht, gedachte starr des Türken.

Ich riet aber Alwin, doch mal an Augstein und Nannen zu schreiben, daß sie sich seines Falles annähmen, das seien beides Klassesozialisten. Der Agent winkte ab gelassen:

»Der Winkler Gerd«, antwortete Alwin dolce, »der Winkler Gerd steht grad für mich, er hat mich angerufen, er steht grad für mich.«

»Der Winkler Gerd.«

»Im Fernsehen sieht man ihn jetzt öfter. Ich hab ihm früher schon vertraut, er hat mir 1950 in Dünklingen schon einen Staubsauger abgekauft …«

»Der Winkler Gerd.«

»Steht grad für mich.«

Es säuselte mit unfaßbarer, fassungsloser Traurigkeit. Menschen, die im Kampf des Lebens unterliegen, überleben gern noch eine Weile. Bedroht von Metz und Böll und Winkler, wird selbst dem Tod das Leben schwer. Adigens Flügelschlag zur Rechten, ein Kämpferherz zum Fechten – –

In Verona wird das Volk sich selbst zur Zier. Grande e maestoso schlenzte Alwin seine dicken Beine vorwärts. Er hatte sich scheint's gut erholt, pfiff pfiffig vor sich hin, wir logierten uns ein, und Alwin kriegte wieder sein Kinderbett im Doppelzimmer. Wir besorgten uns Karten für die nächtliche »Aida« und ließen uns in einem Café vor der Arena nieder. Er war stockheiß geworden. Alwin seufzte bitter. Es gab erneut kein Weizenbier. Ich überlegte – sollte ich ihm Espresso aufzwängen? Um keine Sperenzien zu kriegen, orderte ich für ihn Cognak. Schöne Liebesfantasien!

»Wie gefällt dir Italien, mio Alwino?« fragte ich warm und recht intravenös.

»Italien aaah!« greinte Alwin panisch und schuldig.

Der Bürgermeister von Verona sei übrigens Kommunist, berichtete ich gewiegt, ob wir dem nicht unsere Aufwartung machen sollten?

»Der Eurokommunismus, hör zu, shit!« antwortete Streibl recht behend, »um Gotteswillen, wir lassen ihn nicht zu!«

»Historischer Kompromiß? Der Bleicher Sultan lehnt ihn ab?«

»Der Bleicher hat's verraten, shit.«

»Und die Arena?«

»Wer?« Er schwitzte, südlich-heiß Mirakel, bleicher als ein Schweinchen.

»Die Arena! Das Amphi-Theater!« Apodiktisch deutete ich auf das rundlich bunte Mauerwerk. Kathi hatte ihre schönen Augen zu.

»Es ist«, sang Alwin schwebend gewogen und nahm alle seine Kräfte zur dicken Hand, »als wie das Tor zu einem anderen Jahrhundert, wie das Tor zu einem anderen ... Tempora muta ...«

»Und das Tor zum Süden!« hielt ich, obwohl urplötzlich von Schlafsucht gefangen, paroli, kongenial.

»Kreuz des Südens ... aaah ... aaah!« Morendo monolithisch lächelnd seufzend ganz wie eine alte Sau. »Panis et circe ...«

»Panik?«

»Aber wo«, begütigte mich Alwin sanft, »Circe! Ah!«

Griechenland?

»Noch einen Cognak. Lui!« Räudig frischlebendig deutete ich auf Alwin. Der unheilschöne Kellner, den Kathi anzublinzeln sich jetzt nicht genierte, spurte. Volk rührte sich lebhaft durcheinander. Übergefühl des Daseins!

»Du nimmt, du nimm – st, du ninnst«, er probierte es ein letztes Mal, und, ecco, es klappte, »du nimmst, pardon, es mir, pardon, nicht übel«, hub Alwin wieder kraftlos teiginnig an, »meinen Brief damals ans Gericht ... nicht übel, es war im Affekt, der Affekt ... ich hab wegen der Pflegschaft die Nachfolge ...«

»Nie!« rief ich pejorativ und hörte fünf Sekunden lang die Engel singen. »Klar, contraflexio in affexo!« Kathi äugelte flott weiter. Wie betäubend süß der südliche Kaugummi schmeckte!

»Ich kann's gut brauchen, die Arena, Verona, ich hab ein Angebot in zwei Monaten ... von einem Professor, einem ... der ist Landeskonservator, Landesrestaurator für alte Muttergottes, Madonnen, der kann ... ich ...«

»Was kann der?« Hingegossen schmolz ich weiter hin. Jetzt sah ich's erst: am Himmel war ein einsam Schäferwölkchen aufgetaucht. Äh bä. Grüß meinen Igel!

»Vertrauensmann werden ... aaah ...«

Nein, keine Làgrimae! Ist es nicht schlicht und hinnig wunderbar, über einen Schwagerhammel zu verfügen, der, indem er einen nach Strich und Faden belog, mich Schwagerelend für so dumm hielt, wie es wünschbar wäre, wollte einst die Welt vom Übel, Unheil, Pest erlöset werden? Oder wie oder was? Sieh an! Der erste südliche Verleser – auf der Getränkekarte! »Alcólici« – »Altkatholische«! Che nett!

»Vertrauensmann werden ... in Mittelfranken.« Er weinte jetzt quasi sachlich, schürzte die Lippen und dann summte er, ich täusche mich nicht, die amerikanische Nationalhymne vor sich hin. Ich überlegte und bestellte. Kaffee für Alwin. Es mußte sein.

»Wunderhübsch«, sang plötzlich jemand – es war Alwino der Götterfreund. Metz und Böll und Winkler würden ihn schon retten. Da war das Wölkchen wieder weg.

Alwin kriegte seinen Kaffee ab, peinvoll trank er ihn zuschanden. Wir brachen auf und besichtigten die Kirche S. Zeno. Kathi ging in dem Unsinn herum wie eine Studierte. Der Schwager aber blieb mitten im Kirchenschiff stehen, stand wie ein Marmorbild, dann mit nixischer Gebärde zog er mich an sich und teilte mir mit, er reise jetzt sofort heim, mit dem Zug, »ihr bringt das Auto zurück – ich merk's, ich bin euch im Weg, ich mach euch nicht glücklich!«

»Doch!« rief ich aufrichtig, mysteriös und tückeseliger – und dann versuchte ich mich selber zu umzingeln: »Du bist es nicht, Alwin«, mein Kopf wurde erdbeerrot wie Kirschen, »vermessend dich mit meiner Braut«, ich schielte zu Kathi hinüber, die, als wäre sie gar keine Heidin, die Heiligenbilder beschlich, »ragst du, hör zu, ledig der Logik, an Liebe mächtig...«

»War nett in Italien, nett«, flüsterte feierlich der prächtigste aller Schwager, »aber ich fahr jetzt. Bitte!«

Von mir selbst ausgetrickst, marterte mich schnell Heimweh nach Stefania. Na also, der Gedanke an sie, er gab auch gleich die Lösung ein. Kathi und ich hatten ja zusammen keinen Führerschein! Eine Minute lang hatte ich mich eindeutig für einen Führerscheinbesitzer gehalten.

»Du mußt bleiben«, sagte ich fast roh. Das hypertrophische Alwin-Syndrom hatte mich stärker lieblich wirr im Griff.

»Und ich bin euch – nicht im Weg?« War es Innigkeit? War's Schabernack? Schon wieder fegte ein Schwall todesmutiger Gemütlichkeit um meine Ohren. Sollte ich mich vor ihn hinknien und um Verzeihung bitten, um Exkulpa – pardon: Expuklation?

»Nie!« rief ich so seicht wie großartig, umleimte ihn mit warmem Auge. »Du bist koscher!«

»Aber ich kann«, es weinten alle Scheinheiligen, »die ›Aida‹ heut' abend nicht mehr machen, beim besten Willen nicht. Pardon!« seufzte er jagend exküsierend. Käsebleich war er, schien rasch zu sinken. Tag des Schreckens, Tag der Wonnen! Den Schwagerprügel unterhaken? In sein Bettchen schleppen? Auf den Abfallhaufen?

»Dann«, ich mußte einen schnellen, wenn auch glanzlosen Entschluß fassen, »geh'n wir allein – und du machst dir einen schönen Abend im – Hotel!«

»Im Hotel, jawohl!« rief Alwin froh und lachte weh.

»Oder aber – vorm Hotel!«

»Vorm Hotel ist ein nettes«, er sang schon wieder, sehr manierlich, schwerstens schluchzte Wehgram auf, »nettes Kaffee, da könnt' ich – ich müßt' mich einen Moment setzen, du erlaubst. Morgen muß ich sowieso heim, weil ich als Zeuge meine Urkunden …«

Circe?

Falsch und seicht bat ich den Schwager, mich kurz allein mit meiner Frau besprechen zu dürfen. Eine Super-Bomben-Top-Discount-Idee war mir zuteil geworden. Schwer ließ der Agent sich im Gestühle nieder. Ich ging zu Kathi, sprach mit ihr. Ganz frech sah sie mich netter an. Gleich darauf konnte ich dem Dritten den Beschluß eröffnen: »Höre, Alwin, Schwager, ist's dir recht, wenn du morgen – morgen! – allein zurückfährst? Deine Schwägerin und ich reisen nach Griechenland!«

»Griechenland, nett«, freute sich Alwino d'amore.

»Für ein paar Tage. Wegen der – Türken-Krise. Natürlich nur, sofern du allein zurückfahren willst – und kannst?«

»Immer, immer, ich kann immer fahren, fahren kann ich immer, yeah!« Todeszag ein Klinglein schlug.

»Und natürlich zahl ich die Autorückfahrt!« Ich sah empor. Nackend Jesu ohne Trug!

»Brauchst nicht, brauchst nicht!« Der Schwager schien abstrakt zu träumen. »Und ihr kommt dann mit dem Zug nach, jawohl!«

»Nein! Nach Griechenland! Fahren wir!«

»Nach Griechenland, jawohl!« Es war die reine Heiterkeit, was aus ihm quoll. Wir tappten zum Hotel. Unendlich vorsichtig, im Slowfox-Schritt wiegte sich Alwinissimo vorwärts.

»Und dir, Alwin, macht's wirklich nichts aus … allein?« Mit einem Bernhardinerblick machte ich ihn abermals gefügig. Hauchend: »Als Kind?«

»Aber wo! Aber wo! Ich bin ja so froh! Ihr seid ja so gut zu mir, so nett! Weißt was? Ihr geht allein in die ›Aida‹ und habt eine nette Unterhaltung, soll eine recht nette Musik sein – und ich geh ins Kaffee und – schau mir alles an …«

»Goethe«, dachte ich mit heil'gem Schauer in Cupidos Zangengriff, »Puccini und Cartoffeln!« summte ich semiotisch.

»… und morgen fahr ich heim, zu meinen Kindern, und ihr fahrt zur Artemis«, seine Bildung schien ihm wieder wohl zu tun, »hör zu … ihr seid mir nicht bös wegen meiner … Indispo … ich tät' bloß für meine Frau und die Kinder, Siegmund, sei so gut, noch eine Bagatelle, ein kleines Präsent gern kaufen. Geh, Schwager, sei so gut, du kannst perfekt Italienisch – ich blamier mich nur, ich hab ja nicht deine Bildung, dein Abitur, pardon – kaufst für die Kinder eine Postkarte, kaufst sieben Postkarten, ist gleich, was drauf ist, schön bunt, und ein blauer Himmel, kaufst sieben Postkarten!«

»Und für deine Frau? Niveacreme kauft man in Verona sehr günstig!«

»Yeah!« rief Alwin fröhlich, »für meine Frau kaufst eine große Niveacreme, nett, die hat so eine Freud damit – langt das Geld? Siegi, sag's, wenn's nicht langt …!«

Meine Schwester hatte schon die beste Wahl getroffen. Ich besorgte sieben Postkarten und eine große Niveacreme. Erschüttert vor Freude drückte mir Alwin die Hand und bestand darauf, daß ich 700 Lire als Trinkgeld behielte. Mit letzter, schon anstrengender Grausamkeit lud ich ihn zum Coretto mit Orvieto ein, schnappte Kathi und surrte in die Arena.

»O terra addio, addio, valle di pianti!«

Kathi war schon ins Hotel voraus. Als ich den Schwager nach der »Aida« im Café abholen wollte, hatte Alwin zwar überraschend zum Sportanzug ein weißes Hemd und einen rotgestrickten Binder an, ruderte aber sitzend im Vergehen. Visionär vergönnte ich ihm sein Glück. Zahlte drei Flaschen Bardolino und erkannte, daß Streibl während der Oper immerhin das Libretto der »Aida« durchgearbeitet hatte. Es fetzten da einige Ausrufezeichen, Fragezeichen und auch unwägbare Kugelschreiber-Fahrer quer über die

Heftseiten, bei der Triumphszene stand in ziemlich fester Schrift »veraltete Dramaturgie«, am Ende des Nilaktes hatte Streibl schon äußerst mühevoll »KGB-Methoden!!!« hingefuhrwerkt – dann sauste und rauschte eine Kurve das Heftchen hinab, da waren ihm wohl endgültig Schreiber und Hoffnung zuschanden geflogen.

»So ein netter, netter Abend – wunderhübsch!« sang der Tip-Top-Hyper-Rekord-Schwager welkend das Nachtblauwarme vom Veroneser Himmel herunter. Es war so wetterleuchtend ultraschön, daß ich Alwin noch eine halbe Flasche Weißwein aufzwängte – vielleicht war das schon Nächstenliebe und Neid zugleich auf ihr Resultat, die selig vor sich hin summende und brummende Triumphkapitulation des Wesenden, jenseits der Liederlichkeit – ein Lied, das selbst Hemingway nicht ahnen konnte. Entsetzlich krumm seufzte das Mondlicht, der Binder flog flink in den Wein. »Porca misero!« rief Alwin elegant. Er hatte sich doch sehr gut vorbereitet. Da schleppte ich ihn ab. Wir kamen am Künstlerausgang der Arena vorbei, gerade schwirrte der Tenor Luciano Pavarotti, von Schlachtenbummlern umflattert, in seinen Mercedes. Ich teilte Alwin mit, dies sei der große Pavarotti, der habe heute abend den Radames gezischt.

»Radames, pardon, Ramades?« Alwin benzte freundlich piangendo. »Nett? Gut? Nett?« Heere von Hirnzellen rauschten von ihm ab. Caro Alwinetto!

»Pfenniggut«, wisperte ich sfumato, ein Fehler, denn Streibl hatte aufgepaßt. Unverhofft wackelte der dicke Schwager auf den noch dickeren und größeren Tenor zu, der aber von unzähligen Frauen umzingelt stand. Tadellos fiel der Spion in den Frauenhaufen hinein, rangelte sich geschickt an Pavarotti empor, patschte dreimal in die Hände und schrie laut: »Bravissimo, Maestro! Come to Germany! We all shall wait for you! Aah!«

Jetzt sah man, wie eine Frau sich erregte, vielleicht hatte Alwin sie mit dem Ellbogen weggeräumt, vielleicht tropfte ihm auch allerhand Bardenhaftes aus dem Mund. »Pardon!« hörte man ihn noch mehrfach würgen – dann kam er strahlend zu mir zurück: »Ein exzellenter Mann, ich bin ja so dankbar, daß ich ihn noch seh'n hab dürfen, meine Kinder werden eine solche Freude haben, wenn ich's ihnen …«

Hotel »Bologna«, Zimmer 28. Der Schwager rauschte auf sein Kinderbett und gleich drauf hart zu Boden.

Kathi schien fest zu schlummern. Ich half Alwin hoch, kleidete ihn aus und legte ihn vorsichtig wieder eben.

»Dank, Schwager«, träumte er, »pardon!«

Ich pflaumte mich in Halbschlaf. Da plumpste es erneut, dann eine große Stille. Wenn er tot wäre, würde ich mich der Polizei stellen, den Brigate rosse. Ich knipste Licht an. Streibl lag am Boden fest. Der Kopf verbarg sich hinter der Orange-Badehose, wie abgeschnitten lag der Rumpf, todesblinkend weich und schön wie's Ave Verum. Ich machte mich auf die Badehose zu. Ob er sich weh getan habe, fragte ich egalweg.

»Aber wo«, antwortete Alwin pejorativ. Hatte die Augen offen, schien mancherlei zu sinnen. Ich rollte ihn hoch und aufs Bett zurück. Rollte mich in meins.

Plänkelte ich noch immer mit dem Schwagerherzen? Längst schon mit dem Todesengel? Auf die Zähne beißen, ja, das war es, mit den Zähnen sich am Bett festkrallen, Kathi nicht vernichten. War es wirklich Bosheit? Egoismus? Was mich nach Italien trieb? Selbstgerechtigkeit? Aber *er* nur allein war doch dran schuld, daß es so knüppeldick nun kam! *Er* allein begehrte es doch so! Hehr stieg Mitleid mit mir selber hoch, zehn Minuten später ähnelte es Mitleid mit dem Schwager. Das hatte noch gefehlt. Kannte man doch längst. Der hatte kein Mitleid nötig. Metz-Böll-Winkler standen für ihn ein!

Ich biß verbissener. Gegen 4 Uhr plumpste er abermals ins Namenlose.

»Was ist denn – eigentlich los?« Ich, der Hauptschuldige, fragte ganz unschuldig, möglichst unhörbar und überfordert.

»Aber wo«, antwortete Streibl vornehm aus dem Dunkel, »Pack schlägt sich, Pack verträgt sich, hör zu, mein Fehler war, daß ich das Valium in den Wein rein hab … das war der Fehler … ich hätt's wissen sollen …«

Ich überlegte. »Similis«, ich fröstelte, »simili gaudet?«

»Simmel!« seufzte Alwin selbstlos, »kommt nicht ran an Ernie, keiner schafft es, ist doch nett…«

Was aber erhoffte ich von diesem Mitleid? Den Zusammenbruch der Kasuistik? Die zweite ungeschlechtliche Vermehrung von Verona! Die Gnade vor dem Rächer aller Häscher Hemingways? Die Wiederaufrichtung des wahren Kreuzes…?

Gleich drauf hörte ich, wie Kathi aufstand und nach draußen ging. Unser Kindlein schien zu schlafen. Eine Minute später stand es auf, ein Knarzen, Tappen, Grunzen, dann war auch der Schwager draußen. Jetzt zweimal, dreimal lautes Schlagen, jetzt zeugten sie den Enkel fein. Dann besuchten beide ein Bankett des Bischofs von Verona zur Feier der Abwehr des Eurokommunismus. Erschreckt fuhr Berlinguer zur Hölle, als er den Brummel-Deutschen sah.

Ich erwachte gegen 7 Uhr. Sah verdattert Kathi an, die über mich hinweg zum Fenster sah. Ich wandte mich herum. Vor dem Fenster stand Alwin in orangener Badehose. Ich sah ihn im Profil. Die Augen waren tief geschlossen. Ich weiß nicht, ob Kathi ihn ins Bett begehrte, ihm die Brust jetzt zu gewähren. Der Schwager stand sowohl kerzengerade als locker, die Beine etwas gespreizt. Gerissen schnaufte er die Morgenluft durch den kleinen Fensterspalt.

»Alwin!« rief ich schrill outriert, doch leise.

»Aber wo! Aber!« Eudämonisch rief er halblaut: »Wo!«

Kathi floh jetzt schnell ins Bad. Ich erhob mich, trat zu Alwin, tippte vorsichtig an ihm und murmelte, wir würden jetzt gleich aufbrechen. Der Spion erwachte.

»Per chi suona«, ich scherzte leise, wild und schrecksam, »la campana!«

»Ich muß«, hob Streibl synästhetisch lächelnd an, »um Gotteswillen geschlafen haben!« Er gähnte pandämonisch sorglos. Er kleidete sich an, schon um 8 Uhr saßen wir alle am Frühstückstisch von Verona.

Rosig sah er aus, der Schwager, pfenniggut, mitnichten krank.

Hier ging Mitleid haushoch baden. Traumfest wußte ich bescheid. Die Disziplin, im Stehen zu schlafen, er hatte sie als Offizier der Nationalen Volksarmee gelernt.

Caro mio figlio!

»Ich – ihr seid mir nicht bös, Kinder – ich freu mich, daß ich wieder heimkomm zu den Kindern. Ich wünsch' euch viel viel Spaß in Griechenland!«

Ornamentaler log ich mich zurecht. »Das Schiff geht heute abend in Ascona weg«, so weihte ich ihn aber ein, »21 Uhr!«

»21 Uhr? Au fein!« Alwin gratulierte mit viel Andacht. Zu Festesgröße blähte der Spionballon sich auf.

»Willst du dir's«, betonte ich erneut erhalten, und Kathi putzte schelmisch inspiriert die Semmel weg, »nicht doch noch überlegen, Alwin?« Mich überfiel die vielverliebte Lust zu neuem Tun. »Daß du eventuell – mitkommst nach Griechenland?« War das nun denn schon bestens Nächstenliebe?

»Griechenland«, träumte Alwin durchaus maritim, »ich ... tät' ja so gern hin und yeah...!«

Wonnig fielen seine Lider ab in Orkus' Heim, er blies den Kaffee warm ganz logisch.

»Und?« Ich spottete jeder Beschreibung. Kathi schaute freundlich wie Alwina.

»Es ist nur«, hub Streibl reichlich ab, »wegen meiner Aussage vor der Zivilkammer in Nürnberg morgen. Sonst käm' ich gern.«

»Schäferhund?« gackerte ich schnell brünett. Versiegt ließ ich im Herzen Griechenland fast sausen. »Prozeßbeginn?«

»Aber wo, aber wo! Der ist«, ließ Streibl rasch Raketen raspeln, »verschoben auf den Herbst. Da hat unsere Seite einen formellen Nachtrag gemacht, ein Formular an alle Stellen, da wird's Herbst, da wird's bald Winter! Da bin ich ... nicht mehr bei der Firma...«

»Sondern?« Um mein Dasein zu ermessen, schluckte ich den Himbeerbonbon und zwei Gummi simultan. »Vielleicht wo?«

»Ich hab«, sang Streibl fernhinglänzend, »vom Ostblock einen Wink gekriegt. Der Trinkler Rolf, mein Chef, dreht dauernd an den Tachometern, kurbelt dauernd rum. Es geht«, er seufzte schneller ach und weh, »mir an mein Herz. Ich kann es nicht mehr tragen. An mein sozialistisches Herz!«

»An dein«, ich wandte allerdings den Blick, »reinliches Schwagerherz.«

»Übermorgen muß ich sowieso«, in der Denkhalbzeit mahlte es wie künftig kiefernd schwer mitteilungspflichtig hin und her, »einen ... polnischen Juden aaah ... vor Gericht verteidigen«, so sprach mein Herrlicher feudal, »um halb 10 ist Termin ...«

»Verteidigen, ja?« Begrüßte es sehr portofrei. »Und Aachen-Dünklinger Versicherungen? Zahlt?«

»Ich muß dolmetschen!« Wunderwonnen-Alwin schnaufte wohlig auf und wieder durch, »ich krieg 40 Mark von ihm, ich mach seinen Dolmetsch – praktisch geschenkt!«

Ah, que' sublimi cantici!

»Praktisch nur ein Liebesdienst ...«

»Aha!« Ich sagte es recht unverwogen, die Zähnlein stocherte mein Weib.

»Ein polnischer Jude, Jude aah!« Alwin schwärmte drangsalselig. »Er wohnt, er lebt in meinem Haus, die arme Sau, in dem Pogrom. Ich bin der einzige, Schwagerherz, der ihn versteht. Ich bin der einzige Mensch! Ich mach's für ihn umsonst, es ist ein Liebesdienst!«

Pietà! Pietà!

»Wieso, Alwin? Inwiesofern?«

»Was will ich machen?« klagte wer utopisch. »Er ist taubstumm. Der Dr. Ibrahim ist erster Gutachter, der zweite ist der Wohlgemut. Er ist angeklagt, er ist angeklagt wegen –«

Taubstummheit? No! No! L'inferno non trionfi! Noch nicht! Noch nicht!

»– wegen ... aaah ... Konspiration!«

Ach so. Warum nicht gleich. Streibl strich die Decke fein. Ich lächelte agogisch. »Ich hab gedacht, wegen Rabbinertum.«

»Aber wo«, tröstete Alwin.

Munter unversehens fuhr er uns zum Bahnhof. Dort kaufte er

adrettbehend die Bild-Zeitung und quetschte sie mir quietschend in die Hand kaum prominent.

»Sei so gut und bring's dem Genossen Wallraff mit nach Athen. Der schmachtet dort. Der freut sich auch, wenn er eine deutsche Zeitung kriegt. Er ist auch ein Genosse.«

»Eine arme Sau«, echote ich widerstandsverlustig, vielmehr aber recht bewandert.

Wir schauten aus dem Zugesfenster trotzdem sehr verwahrlost. Faschistenprügelgleich stand der Spion davor. Siamo in tre, dachte ich ohnedies. Weizenhoffnung, nahe, blühte in den Augen schwiegerlich.

»Nett! Ihr ... schreibt mir dann sofort! Und du versprichst mir, daß wir dann nächstes Jahr wieder her nach Verona fahren!« Er schwang das Näselchen nach Art der Party-Püppchen.

»Ewig«, sann ich frierfest-ruinös, »Alwin!« Wenn nur der Zug endlich jetzt auf sich machte! Und schnell wohin!

»Ich nehm dann auch meine Frau und alle Kinder mit, einen ganzen Lastwagen«, lachte Streibl wertvoll stark gleichwohl, »in der Oper, hör zu, bin ich ja Greenhorn, shit, Katherl, guckguck«, klopfte er wie kaum ans Waggonfenster, »aber, Siegi, du führst mich glänzend ein. Bis dahin hab ich dann auch meinen Roman fertig! Ah!«

»Einen«, ich war kaum etwa überrascht, »Roman?«

»Einen psychologischen, materialistischen Roman yeah! Im wesentlichen«, Schultern zuckten Streibl lustig, »über dich und mich!«

»Im Stil von Hemingway? Hör zu!«

Heimatlich crazy top-verzwiebelt!

»In seinem Stil«, rief Streibl wie von nahe, »aber im Geist von Marx. Er hat die Menschen ausgebeutet. Ich werd Schwierigkeiten kriegen beim Verfassungsschutz. Ich hab ... aah ... schon eine Warnung gekabelt bekommen. Ich geb ihn dir vorher zum Überarbeiten!«

»Was soll ich machen?« hauchte ich besonders.

»Du – humanisierst es«, hieß mich Alwin zwanglos bittend, »ein

Volksverlag in Warschau ist sehr interessiert!« Alwin zappelte eine silberhübsche Grimasse, als ob er das Beißen selber mit Mühe verlachte, »tu's du, hör, Schwager, zu, tu's du mir humanisieren! Pardon! Ich bitt dich recht! Guckguck!«

»Ich selbst«, rief ich selbander durcheinander, »humanisier's!«

»Dank, Schwager, Dank im voraus schon! Vergiß die Zeitung für den Wallraff nicht, es tät' mir weh. In die Oper führst mich später ein, für einen Sozialisten ist's nicht leicht, vergiß den Wallraff nicht, tu's humanisieren, meine Kinder …!«

Er war ganz erschöpft vor Freude.

»Pack schlägt sich, jedoch regt sich«, betonte ich leis wiederholt und sommerwindig. Ein Pfiff. Streibl spuckte heiternd aus. Der Zug kroch ohnehin tagsüber an.

»Gute Reise! Bon Voyage!« Reißend riß er beide Arme hoch, mut'gen Auges lichter Schein!

»Cordiali saluti!« befahl ich hingesemmelt sehr begehrend.

»And, hör zu, much many pleasure, du auch, Katherl!« Die stand jetzt neben mir und winkte pfiffig. »Much many pleasure in Hellas! Ah! Hallo! Hellau!«

»Esperanto!« War das Streibl oder ich gewesen? Und: »Ahoi!«

Wir winkten sehr mitunter wütend wie verrückt. Dann saßen wir. Ich starrte Kathi an. Stand wieder auf und sah hinaus. Weg war er, ah! Ah! Ah!

»Cheerio, Car-Dealer! Cheerio, Sweetheart …!«

*

Zwanzig Jahre Tropen sind sehr hart. Die Griechenlandreise ist rasch erzählt. Sie war recht wertlos, heiß und dumm. Sie war Kriegsdienst ohne Sinn und Schatten. Goethe selber mußte scheitern.

Es war der Augenblick der Angst der Helle. Im Zeushain wird der Tod ganz unerträglich. Blasend, wehend, tosend Licht und Glück – Orplid als ewighelle Hölle. Kosmische Absurdität, kosmischer Pesthauch der Götter. Aber ich wollte noch nicht sterben. Ich wußte auch, warum. Die letzte Bosheit dieses Demiurgen –

der Tod wird selber hell, die letzte Gaunerei. Der Tod ist Licht, ist Helle, Glück – ein letztes Mal Betrug. Licht ist Entsetzen ohne Rückkunft in den Dämmer, ist Stachel schleimig ohne Dialektik. Niemand weiß es so durchdacht wie Streibl. Licht selber ist der Teufel.

Kathi starrte lieb nach Osten, Land der Türken mit dem Näschen schnuppernd. Auf dem Sprung zur Heimat hatte sie ein geblümtes Tuch um den hartnäckigen Kopf geschwungen, sich im Feindesland zu tarnen, den Koran schöner flüstern zu können. Und war ihr Name gar so päpstlich. Die arme Muselfrau Frau Aynur.

Auch Hemingway mied dieses Land. Das Leben auf der Anderen Seite war das Dritte, strahlend schlüpfrig ohne Witz noch Wunder. Standhalten doch ist alles. Noch war nicht Zeit zum Abschied. Dieser wundersamst korrupte Erdenstiefel! Schmutzig, lottrig, steif verwurstelt! Nein. Nicht waren wir auf die Welt gekommen, um uns an Helle zu verderben. Ich stand so katastrophenalarmiert, daß mein Kopf schwarzbeerblau anlief. Packte Kathi weg und schleppte sie zum Hafen. Anderentags setzten wir wieder über, zum Stiefel aller Stiefel hold.

Von Alwin zunächst keine Spur. Wir durchstreiften artig die Toscana. Die dunklen Flammen der Zypresse, lustiges Glitzern der Olive, im Widerschein sich ähnlich sein. Wir gingen etwas fremd, doch schön. Zu schauen das Erleuchtete, die Rettung vor dem Licht. Und kamen nach Florenz.

Am zweiten Tage schon geschah's. 20. Juli, 13.58 Uhr. Die Kraft des Segens zu betonen, sei hier ein neues Buch eröffnet. Konzentration, mein Romancier! Auch das Publicum darf ich um erhöhte Aufmerksamkeit bitten. Voilà – Mesdames et Messieurs! – le temps découvre la vérité:

V

»Drei Jahre lang habe ich gesucht...«
(Dostojewski, Die Dämonen)

»Des Bischofs Angesicht glühte vor Freude ... und schon glänzten in den Augen des Bischofs Freudentränen«
(Dittersdorf, Memoiren)

Lang ist die Zeit, es ereignet sich aber das Wahre. Es ereignete sich herzhaft, flimmernd, kaspernd. Und ich war so klar im Kopf, daß es mir leid tun mochte.

Im Straßencafé Manetto vor Santa Maria del Fiore saß ich, allein, biß einen Kaugummi und schleckte ein Eis. Da sah ich was, vom Eis hochäugend, mitten auf der Piazza S. Giovanni, unter wärmend blauem Himmel. Sie waren erschienen. Es war ein kurzes schönes Herzweh, so als hätte eine sehr hohe Macht mich dazu verdammt, das Mittelmeer in Sekundenschnelle vertrocknen und verschwinden zu lassen.

Ah, tu sol commandi, amor!

Sie mußten aus der Via Calzaioli herausgeferkelt sein. Fink kurbelte sogleich an der Filmkamera, die mir bekannt war, Kodak wies mit dem linken Arm aufs Battistero, das es nun zu filmen galt, mitten in der Zwei-Uhr-Sonne. Im gleichen Augenblick ein Dackel, der sich emsig, ja eilig zwischen den Brüdern hindurchzwängte, auf dem Weg weißgottwohin. Von einer Frau, von etwas Ehefrauähnlichem weit und breit war nichts zu sehen. Hier waren keine Frauen zu gebrauchen, hier galt's nur dem sehr Wahren.

O meraviglia! O sogno! O divina bellezza!

Ich war aufgestanden, hochgerissen auf eine diszipliniert betörte Art, aber nicht eigentlich überrascht, es kommt alles, wie es kommen muß. Setzte mich linkisch wieder hin und hängte mir die Sonnenbrille auf die Nase, um nicht erkannt und verhaftet zu werden.

Eine Harfe strich sehr sittsam über meinen Rücken. Nein, ich hatte das Bild noch nie in der Vorahnung gesehen und erspürt; aber ich wußte sofort, daß ich nur auf es gewartet hatte, das ganze letzte Jahr – Jahrzehnte über. Und ich wußte auch noch in der gleichen Sekunde, daß so oder so ähnlich das Fegefeuer beschaffen sein mußte, für meine verzeihlichen Sünden. Jawohl.

Sie waren jetzt auf die falsche, auf die Südpforte zugeeilt und im Innern schnell verschwunden. Es verrannen zehn Minuten, und mir wurde ziemlich bang. Gingen sie mir schon wieder ab? Sie mußten das Paradiso entdeckt haben. Wenn sie von dort aus …? Sollte ich ihnen, sollte man ihnen …?

Sie kamen wieder. Es war klar, daß sie jetzt den Dom packen wollten. Zuerst den Campanile. Srrrr. Klick! Jetzt gab Fink Kodak die Kamera in die Hand und schneuzte sich mit einem sehr weißen Tuch – Zeit für den älteren Bruder, fast festspielhaft sonnenbesproßt ins schwitzende Florenz hineinzuprangen. Sie trugen beide leichte, flott wehende, insgesamt wohl kälbchenfarbene, gelbliche Sommerkleidung. Eine beige Jacke Fink, Kodak eine ziemlich grauolivene gestaltlose Hose und Sandalen. Jetzt hatte, als ob er mir ein sehr zartes Zeichen winken wollte, auch Fink eine rundliche Sonnenbrille aufgesetzt, indessen Kodak mit der Kamera ein paar Meter nach hinten ausholte. Rückwärts tretend wälzten sie mir langsam näher, anscheinend hatten sie beschlossen, die Domfassade, Giottos Glockenturm, Brunelleschis Kuppel und den Azurhimmel in einem Streich wegzuschweinigeln, und Andreotti ließ es glatt durchgehn. Srrrr. Zack! Kodak machte mit der flachen Hand ein Zeichen, Fink verstand sofort und schmunzelte sehr rosa. Es entspann sich ein kleiner Disput, an dessen Ende Kodak den Bruder aus nächster Nähe und mit unentrinnbaren Blauaugen entwaffnete:

SOLI DEO GLORIA

Und wie gut zu wissen, daß den scheint's allmächtigen Frauen natürliche Grenzen gesetzt sind. Und sei's durch Freds Verbrecherdreck. Ach, dieser Wurzeln Zauberblick!

Der Dom warf schwere lila Schatten, doch er traf die Brüder nicht. Zwei Minuten später schwand das Paar nach linkerhand. Fink voran, Kodak lehrhaft beschwörend, den Arm geknickt geschleudert, hintennach. Sie verstanden einander, sie lasen ihre Körperdünste, sie brauchten einander nicht zu sehen. Weg waren sie, gegrunzt in eine Seitenstraße, wahrscheinlich Via Dei Servi. Aus. In der gleichen Sekunde kehrte der Dackel fast aufgepeitscht zurück ins Sonnenlicht.

Das Gewürge und Geflegle der internationalen Jugend vor dem Dom ist, wie bekannt, schwer zu ertragen. Am Platz der Republik gab es den Streifen »Facciamo amore con gran' allegria« von Alois Brummer mit Franz Muxeneder als Amerikaner. Die Handlung war leicht zu verstehen, es wurde kreuz und quer genagelt. Jetzt waren sie wahrscheinlich schon vor S. Maria degli Angioli angelangt. Das Engelchen am Kreuz. Das Angiulillo 'n croce. Und quer. Und dann, e poi? Sicher S. Maria degli Patate Grande Brillante. Ragazzi Bravi, Fratelli Fedeli. Il Vescovo c'era dando a tutti la sua be- la sua benedizion, holleri!

Ich ging in mein Hotel. Legte mich aufs Bett und glotzte in den stillen, aber lautdurchschwirrten Dämmer. Der Igel bzw. Alwin war mein Kind und der Türkin Kind Charly-Stupsi-Mä. Diese aber war auch Maria und ich St. Neff-Josef. Also ist der Igel Gottes Sohn. Bzw. der Romancier Alwin. Ich hatte es geahnt. Klar, und der Igel ist ergo und vice versa der Sheriff der Iberer. Was zu beweisen war. Und der Gottigel item ein Kommunist. Iberien und die Türkei. In Florenz zur Kreuzung. Bzw. Kreuzigung. Oder wie oder was.

Oder wem. Ich kaufte mir einen Florentinerhut, ließ es aber dann doch lieber. Ging lieber mit der himmlischen Türkenmätresse Kathi essen. Ein Lokal, so verschwiegen, daß die Brüder es unmöglich finden konnten. La Lotta Continua. Aß drei Portionen Spaghetti, um nicht dauernd so viel denken zu müssen, jetzt war Majas Schleier wieder dicht.

Treue Liebe dauert lange. Ich saß auf der Hotel-Veranda nahe Piazzale Michelangelo und beobachtete den Sternenhimmel von

Firenze. Flittrige Gefühle, aus denen ich unter anderen Hochmuth, Espressosuchth und Geilheith herausdestillierte. Im benachbarten Pisa, war in der »Nazione« zu lesen, war kürzlich ein Elefant eingegangen, weil ihm sein Wärter nach zwanzig Jahren Zusammenarbeit davongelaufen war. Das mächtige Tier hatte einfach nicht länger mehr gewollt.

Aus Trotz gegen das Geknittel und Gedünkel bestellte ich einen Liter Weizenbier. Una Birra Miracolosa. So was hatten sie natürlich nicht, trank ich also schnell vier Caffè lungos weg. Ach Gott! Ach Gott, wenn ich nur nicht sterben könnte! Oder es schon ... hinter mir hätte ... auf daß ... ich den Himmelvater ... den Alten Igel ... zum Lob für seine stachlig-kitzligen ... Pikanterien gescheit am Sack packen und zwicken könnte ... hatte ich eigentlich alles bei mir? Geld? Liebe? Kaugummi?

PREGA, MARIA, PER ME!

Lichter alberten und unkten wonnegraus. Ich piepste einen Kuß in die noch heiße Luft. Der Silberflimmer aller Mondesschimmer. Die Milchstraße zuckelte schaukelnd, seidig schön wie seit meiner Geburt nicht mehr. Wann würde meine Beatifikation, meine Konsekration eingeläutet werden? Langte 1 Wunder? Der Advocatus Dei aber heiße Lattern. Er würge den Erpressungsvorwurf ab und reiche den Konsekrations-Espresso dem Konklave. Mit einem Male fing ich hemmungs- oder kinderlos zu flennen an, con gran' allegria tedesca. Das heulende Elend würgte wunderbar, und Kathi, die schlanke Milchstraße, jammerte sanft beredt zurück »Stefania«. Ich saß und lauschte Städten an der Donau: Beckenbauer, Seeler, Walter, Maier, Müller, Schäfer, Netzer, Haller, Wimmer, Nuber, Iberer I, Iberer II. Ein nächtigblaues Band kam rötlich von den nahen Alpen her geflattert, ach! Geweht? Gebrummt. Und alles, alles war am Hund. Grüß dich, Deutschland, aus Herzensgrund!

FINIS OPERIS – LAUS DEO

Erläuterungen

Zusammengestellt von Herbert Lichti und Eckhard Henscheid

Die Erläuterungen verstehen sich nicht als philologisch-wissenschaftlicher Kommentar nach dem Standard etwa neuerer deutscher Klassikerausgaben. Sondern vor allem als praktische Lesehilfe. Ein Leser und der Autor haben sie nach besten Kräften zusammengestellt, nämlich nach möglichst aufopfernder Erinnerungstätigkeit. Angesichts des unübersehbaren Zitat- und Verweis- und Anspielungscharakters der Trilogie-Romane schien uns die Mühe lohnend. H. L./E. H.

Die Mätresse des Bischofs

Tieck: Das Motto stammt aus Tiecks Roman ›Franz Sternbalds Wanderungen‹. 7

Es: Anspielung auf Freud und den 2. Trilogie-Roman ›Geht in Ordnung‹, S. 12.

Sinnstiftung: Modewort kulturtragender Kreise der 70er Jahre.

Die Wolken zieh'n …: Tiroler Gebirgsjägerlied.

Das Herz klopft …: Zitate und Halbzitate aus Tschechows ›Eine langweilige Geschichte‹.

Salzbaron Adi: Zeitgenössische Betrüger-Figur aus Österreich.

Schönherr: Dietmar. Fernseh-Unterhalter seit den 60er Jahren. 8

Midlife-Crisis: Wissenschaftliches Schlagwort 1975 ff.

Schlaganfall der Seele: Zitat aus Tschechows Erzählung.

Proust-Leser: Marcel Proust: ›A la recherche du temps perdu‹.

Ratzinger: Deutscher Kardinal, 1977 ff. 9

Demuth-Affaire: Anspielung auf die Dreyfus-Affaire.

Die Angst des Tormanns …: Roman von Peter Handke.

Arbeiter, der …: Untertitel des Romans von Gerhard Zwerenz, ›Kopf und Bauch‹.

Wurstseins: Satirische Anspielung auf Heidegger.

Fouqué: Arno Schmidt, ›Fouqué‹, S. 42. 10

Stefania Sandrelli: Italienische Schauspielerin. 11

Aspekte – Impulse: Titel von deutschen Fernseh-Kultursendungen.

Titel …: item.

Soziale Frage: Slogan der CDU von 1975 ff.

Sensible Wege: Titel einer Gedichtsammlung von Reiner Kunze.

Klassenliebe: Bestseller-Roman von Karin Struck aus dem Jahr 1972.

14 *Dünklingen:* Gleichsam eine Kontraktionssymbiose aus Dinkelsbühl und Nördlingen. Nach dem Modell Nördlingen ist die Stadt weitgehend beschrieben.

Verwehungen, Denkschwächen: Anspielung an das Vokabular von Thomas Bernhards Romanen.

15 *Leben muß man überall:* Zitat aus Peter Lahnstein, ›Report einer guten alten Zeit‹.

St. Gangolf: Steht in Wirklichkeit in Bamberg. Hier im Roman freilich steht die Nördlinger Zentralkirche Modell.

17 *Igel:* Anspielung auf spätere Motive, S. 445 ff.

Exzessiv Kaffee: Zitat aus Lahnsteins Anthologie.

20 *Fibag-Prozeß:* Affaire um den CSU-Politiker Franz Josef Strauß 1962 ff.

Belmondo: Jean-Paul. Französischer Filmschauspieler.

Rudolf Prack: Deutscher Filmschauspieler der 50er Jahre.

22 *Schiller:* Figur des Wurm aus ›Kabale und Liebe‹.

23 *Florenz:* Anspielung auf den Schluß des Romans, vorbereitet auch schon in ›Geht in Ordnung‹, wo im 3. Romanteil eine Südtiroler Herbergswirtin Fiorenza Pizei auftritt.

Göttingen … Chemiestudium: Schopenhauer studierte in Göttingen Chemie. Die Schopenhauer-Anspielungen durchziehen den ganzen Roman.

Purpurn: Anspielung auf Bischofsgewandung.

24 *Bad Mädgenheim:* Verballhornung von Bad Mergentheim, nahe Würzburg.

Traviata: Oper von G. Verdi.

25 *Va, pensiero …:* Gefangenenchor aus ›Nabucco‹ von G. Verdi.

Borstenartige Haare: Anspielung auf Schopenhauer.

Mönchsrobbe: Anspielung auf die Keuschheitsthematik des Romans.

Leicht stechenden … Augen: Anspielung auf Schopenhauers Physiognomie.

Chemie: Romanverklammernde Reminiszenz aus ›Geht in Ordnung‹, vor allem an die dortigen »Chemiestudenten«.

Eralp: Türkischer Linksaußen von Jahn Regensburg (1960): Anspie- 26
lung auf die ständig latent mitschwingende Fußball-Thematik des Romans.

Brauerei-Gaststätte ...: Nach den Modellen ›Zum Engel‹ in Nördlingen 30
und ›Malteser‹ in Amberg.

35: Anspielung auf Svevos Roman ›Senilità‹: Als »Alter« werden die 31
Jahre von 35 aufwärts verstanden. Anspielung auch auf ›Geht in Ordnung‹: dort zählt der Erzähler 35 Jahre.

Leviten: Anspielung auf den Bischofs-Komplex.

Serapionsbrüderschaft ... Elementargeist: Schlüsselworte aus E.T.A. Hoffmanns Werk und Anspielung auf die Romanthematik des »Romantischen«.

Davidsbündlerisch: Anspielung auf Robert Schumanns Klavierstück und seine romantische Programmatik.

Nusch ... Tilly: Die bekannte Episode aus dem 30jährigen Krieg. 34

Schumann-Weise ...: ›Warum‹ aus den Fantasiestücken op. 12. Das Klavierstück ›Warum‹ eröffnet und durchzieht den sehr themen- und motivverwandten späteren Roman ›Dolce Madonna Bionda‹, 1983.

Erniedrigten und Beleidigten: Anspielung auf Dostojewskis Roman. 35

Goldonischer: In Wirklichkeit: Gordischer. 40

Legastheniker: Beginn eines zentralen Motivkomplexes des Romans: 42
Falsch lesen, falsch verstehen, Wörter falsch sprechen usw.

Francis Macomber: Hemingway-Figur. 43

Schnee auf dem Kilimandscharo: Hemingway-Titel.

Häkeleien: Anspielung auf die romanbeherrschenden Dialoge des Erzählers mit seinem Schwager Streibl.

Glaub mir, ich fühle gleiche Triebe: Zitat aus Mozarts ›Zauberflöte‹. 49

Goppel: Bayerischer Ministerpräsident bis 1978.

Chemiestudent ... Heinz Hümmer: Anspielung auf ›Geht in Ordnung‹, 50
3. Teil.

51 *Kennedy:* Anspielung auf die Brüder-Thematik des Romans.

54 *Steinerne-Gast-Mäßige:* Anspielung auf Mozarts ›Don Giovanni‹. Vgl. ›Geht in Ordnung‹, Ende des 2. Teils.

Personalspalten …: Eben dieses gab es als Romanvorlage tatsächlich bis in die 70er Jahre hinein in der ›Mittelbayerischen Zeitung‹ in Regensburg.

61 *Ein Subkontinent …:* Parodie von FAZ-haften Zeitungs-Floskeln der Zeit.

65f. *Empfang … Ratzinger:* Tatsächlich 1977 veröffentlichter dpa-Bericht.

66 *Max Horkheimer:* Ähnliche Gedanken finden sich bei Max Horkheimer, der übrigens in allen drei Trilogiebänden vorkommt, häufig.

67 *Knopp:* Figur von Wilhelm Busch.

69 *Skeptische Generation:* Schlagwort der 60er Jahre nach dem Buchtitel Helmut Schelskys.

Hanbüchenes: Anspielung auf Robert Schumanns ›Davidsbündler Tänze‹ mit ihrem Pathos des Antiphiliströsen. Vgl. S. 31.

70 *Richtfest:* Anspielung auf den Zimmermannsberuf des hl. Josef. Vgl. S. 431: »Zimmermanns-Ehe«.

Stefania Sandrelli … Botticelli … toscanisch: Durchgehende Motivkonstante des Romans. Siehe Romanfinale.

71 *System von Signalen:* Trilogiemotiv, bezogen mehrfach auf die Gedichte »Was reif in diesen Zeilen steht« und »Sprich aus der Ferne« von Clemens Brentano.

73 *Raumaufteiler … Hölzenbein:* Reminiszenz aus ›Die Vollidioten‹, »Zwischenbilanz«, und ›Geht in Ordnung‹.

Charly Dörfel: Linksaußen des Hamburger SV 1960ff.

74 *Gott, Oskar:* Siehe auch »Geist Tom Oskar«, »Eibenstock Oskar«, »Grosch/Gradl Oskar« in späteren Teilen des Romans: Latente Reinkarnationen von »Zirngiebl Oskar« aus ›Geht in Ordnung‹.

75 *Hirnschwurbel:* Selbstzitat aus ›Geht in Ordnung‹.

76 *Lacrimosa:* Teil aus dem Requiem. Durchgehendes Requiem-Motiv bei Streibl. Vgl. auch ›Geht in Ordnung‹, Finale, wo Mozarts Lacri-

mosa, seine letzte Komposition, im Zusammenhang mit Alfred Leobold thematisiert wird.

Osten: Anspielung auf den Ost-Agenten und die Türkei Kathis zugleich.

Ich bin … ein alter Mann: Selbstzitat aus ›Geht in Ordnung‹ (Hans 77
Duschke). Vgl. auch Ferenc Knitter in E. H., ›Franz Kafka verfilmt seinen Landarzt‹ in: ›Roßmann, Roßmann …‹, 1982, S. 123, 7.

Der Menschheit Jammer: Zitat aus Goethes ›Faust I‹.

Pfleger – Pflegling: Verlängerung der Motivkette Bruder – Zwillings- 78
schwester – Schwager – Kindschaft usw.

Sozialfaschistische Regierung: Parodien auf Schlagworte der 70er Jahre.

Staatsmonopolkapitalistisch: Linkes Schlagwort der 70er Jahre. 79

Italien: Erste Vorwegnahme der Italienreise von S. 477 ff.

Marien … Marianische Männerkongregation: Schlüsselworte zur Motiv- 84
kette Mätresse – Bischof – Maria – Florenz.

Tankstelle: Vgl. im Beiheft der Werkausgabe die Bild-Tafel XIV.

Extraordinäres: Doppelsinnig gemeint. 85

Stiller Mann … geistige Einheit: Zitat des Übersetzers Karl Nötzel aus einem Klappentext zu Dostojewskis Roman ›Die Brüder Karamasoff‹ – ausgerechnet!

Frau Kathi: Vgl. Anmerkung zu ›Die Vollidioten‹, 4. Tag, sowie ›Roß- 86
mann, Roßmann‹, 1982, S. 78 ff. In diesem Roman natürlich Anspielung auf die katholische Mätresse-Muttergottes-Thematik.

Arkoc: Vorname des türkischen HSV-Tormanns Öczan.

Die Liebe hat bunte Flügel: Zitat aus Bizets Oper ›Carmen‹. 87

Lieb ist wie Wind … schelmisches Kind: Altdeutsches Chorlied. 88

Ahnest du den Schöpfer, Welt?: Zitat aus Schillers ›Ode an die Freude‹. 89

Sedansbrunnen: Steht in Nördlingen am Marktplatz. 90

Caprice héroique …: Bekanntes Salonmusikstück aus dem 19. Jahrhun- 91
dert.

92 *Ach, Gott, führ uns …:* Zitat aus Eichendorffs Gedicht ›Die zwei Gesellen‹. Die Romankapitel 1, 2, 3 und 5 enden mit Eichendorff-Zitaten.

93 *Letal leberkranken Gymnasiasten:* Anspielung auf die Figur des Gymnasiasten Binklmayr in ›Geht in Ordnung‹.

1000 Ratten: Halbzitat aus Thomas Bernhards ›Der Italiener‹.

95 *Eintracht Frankfurt:* Vgl. ›Die Vollidioten‹: durchgängiges Motiv.

Piero della Francesca: Absichtlich falsch: in Wirklichkeit meint der Erzähler Filippo Lippi. Motivzusammenhang Madonna – Toscana – Florenz. Vgl. S. 502.

97 *Biorhythmisch:* Schlagwort der 70er Jahre.

98 *Panier:* Anspielung auf Marias Mantel, der im Lied »Panier« heißt.

99 *Traurig und prächtig:* Zitat aus einer Hölderlin-Hymne.

102 *Brücke zu einem früheren Jahrhundert:* Vgl. Verona-Reise, S. 495.

103 *Sippenhaft:* Schlüsselwort zum Komplex Brüder – Schwager – Gotteskindschaft usw.

104 *Mode-Materialismus:* Zitat aus Schopenhauer.

Wilhelm und Jacob Grimm: Diese und die folgenden Zitate sind korrekt.

105 *Walt und Vult:* Figuren aus Jean Pauls Roman ›Flegeljahre‹.

Eusebius und Florestan: Antithetische Symbolgestalten in Schumanns Klaviermusik, vor allem im ›Carneval‹. Vgl. S. 31 und 69.

Italo Svevo: In der Erzählung ›Ein gelungener Scherz‹. Vgl. die Svevo-Zitate und Anspielungen in ›Die Vollidioten‹ und ›Geht in Ordnung‹.

Dostojewski: Gemeint ist der Roman ›Brüder Karamasoff‹.

Fasolt und Fafner: Aus R. Wagners Oper ›Rheingold‹.

106 *Bezugsperson:* Linkes Modewort der 70er Jahre.

Chacun …: Zitat aus Johann Strauß' ›Fledermaus‹.

111 *Alois Sägerer:* Nebenfigur auch in ›Geht in Ordnung‹.

113 *Geschlagen- nicht Vernichtetheit:* Zitat-Anspielung auf Hemingway. Zitatlich und motivlich verwendet auch in den anderen Trilogie-Romanen.

Grabowski … Neuberger … Nickel … Doktor Hammer: Anspielungen auf Spieler von Eintracht Frankfurt der 70er Jahre. »Dr. Hammer« ist eine offenbar ahnungstelepathische Antizipation des »Dr. Bernd Hammer« im späteren Roman ›Dolce Madonna Bionda‹ (1983), der seinerseits auf den Spieler Bernd »Dr. Hammer« Nickel zurückgeht. 117

Hering: Anspielung auf christliche Fisch-Symbolik. 118

Treue bis zum Grabe: Zitat aus Müller-Schuberts ›Winterreise‹. 119

Ist es Ihnen …: Halbzitate aus Tiecks Novelle ›Die schöne Magelone‹. 119 ff.

Dunkelsehnsucht: Vgl. Motto des 2. Romanteils. 121

C'est délicieux: Diese und alle folgenden französischen Floskeln sind Zitat-Anspielung auf das schlechte und z. T. falsche Französisch des Fürsten in Dostojewskis ›Onkelchens Traum‹ und ›Der Jüngling‹. 123

Als wäre er nicht sicher …: Vgl. S. 463 ff.

Leiche auf Sprungfedern: Zitat aus ›Onkelchens Traum‹.

Lispelte: Wie der Fürst in ›Onkelchens Traum‹.

Das »i« ungewöhnlich süß: Zitat aus ›Onkelchens Traum‹. 124

J'accuse: Zitat von Zola im Zusammenhang des Dreyfus-Prozesses.

L'homme …: Dies und anderes Französisches: klassische Zitate aus dem Büchmann. 125

L'enfer …: Die Hölle sind die anderen. Zitat aus einem allzu bekannten Theaterstück von Sartre. 127

Herrenlosen Zeit: Halbanspielung auf die »vaterlose Gesellschaft« A. Mitscherlichs im Gefolge S. Freuds. 131

Verlorene Liebesmüh: Vgl. S. 129. 132

Moppelten: »Moppel« ist der Spitzname des Erzählers von ›Geht in Ordnung‹.

Ewig, ewig: Zitat aus Gustav Mahlers ›Das Lied von der Erde‹ und Selbstzitat aus ›Die Vollidioten‹, Finale des 4. Tags.

Ahnung … Gegenwart: Anspielung auf Eichendorffs Roman.

Stefan Knott: Figur aus ›Die Vollidioten‹. 134

135 *Wie mir so wohl …:* Halbzitat aus dem Eichendorff-Gedicht ›Es weiß und rät es‹. In der Trilogie mehrfach zitiert und travestiert.

Prächtigsten Welt: Anspielung auf Leibniz' »Beste der Welten«.

137 *Zum Teil sogar zu gefallen:* Zitat aus Dostojewskis ›Onkelchens Traum‹.

139 *Echte Tränen …:* Zitat aus Dostojewskis ›Onkelchens Traum‹.

141 *Birne … Kohl:* Einer der Fälle von Epik und Telepathie: Weder war Kohl damals irgend in der Optik des Autors bzw. Landsherrs; noch nannte ihn 1978 schon jemand »Birne«; noch gab es irgend die Vision des Buchs von E. H.: ›Helmut Kohl – Biographie einer Jugend‹ (1985).

142 *Freudvoll:* Anspielung auf Sigmund Freud.

Prinzip Hoffnung: Anspielung auf den Buchtitel von Ernst Bloch.

143 *Fromme Milch:* Anspielung auf die volksmundliche »Milch der frommen Denkungsart«.

146 *Ça ira:* Revolutionsparole.

Klicko: Auch Figur von Wilhelm Busch.

148 *Der Tod … ist ein rascher Gesell:* Zitat aus Eichendorffs Gedicht »Jagen mußt du …«.

149 *Rosenkranzspuren:* Anspielung auf Schillers »Rosenspur«.

151 *Geht in Ordnung:* Selbstzitat des zweiten Trilogie-Titels.

Krespel: Figur aus E. T. A. Hoffmanns Erzählprosa.

152 *Die normative Kraft des Praktischen:* In Wirklichkeit »Faktischen«.

157 *Trinklein:* Libero von Eintracht Frankfurt ca. 1974 ff.

158 *Oper aus der Neuen Welt:* In Wirklichkeit »Sinfonie«.

Smeternach: In Wirklichkeit Smetana bzw. Dvořák.

159 *Böll … Lenz:* Deutsche Romanautoren und – partiell – Hemingway-Epigonen.

160 *Shakespeare:* Vgl. S. 123 ff.

162 *Die Sorge des Hausvaters:* Titel einer Kafka-Erzählung.

166 *Repräsentativuntersuchung:* Aus dem Jahr 1978 (epd).

Negativistisch: Anspielung auf Dr. Fäckel in ›Geht in Ordnung‹ (Roman-Finale).

Verwahrlosten … Post: Zitat aus einem Thomas-Bernhard-Roman. 167

Bluejeans: Vgl. ›Geht in Ordnung‹, 3. Kapitel. 168

Steigerung durch Polarität: Zitat aus der Kunsttheorie Goethes. 169

Schopenhauer: ›Die Welt als Wille und Vorstellung‹.

Vegetative … Psychosoma: Wissenschaftlicher Nonsens. 170

Webstuhl der Zeit: Zitat aus Goethes ›Faust I‹. 174

Daß wir uns nicht verlieren: Unsauberes Zitat aus dem Eichendorff-Gedicht ›Im Abendrot‹.

Madonna clara: Chorsatz von Orlando di Lasso. 175

Peter Knott: Figur aus ›Die Vollidioten‹. 178

Alle zu lieben …: Vgl. das spätere Nachwort Adornos zu seinem Kierkegaard-Buch. 181

Auf dem Glanze … blind: Verdrehtes Zitat aus Eichendorffs Gedicht »Blaue Luft«, das im Romanverlauf noch mehrfach zitiert wird.

Weit von euch …: Partikel aus dem genannten Eichendorff-Gedicht.

Tausend Stimmen …: Item. 182

Und das Wirren …: Item. Vgl. des Autors Eichendorff-Buch von 1999.

Oskar Eibenstock: Halb-Reinkarnation des Oskar Zirngiebl aus ›Geht in Ordnung‹.

Christian Bruhn: Deutscher Schlagerkomponist. 184

Si j'étais …: Salon-Musikstücke.

Ikonomine Dei: Wortspiel aus einer Kamera-Type und Kirchenlatein. 186

De dónde venis, amore: Zitat aus einem spanischen Lied von E. Granados.

Das glaube ich wohl …: Korrekt zitiert. 187

Dicen que majo …: Zitat aus einem spanischen Lied von Granados. 196

Wunderliche Leute …: Korrektes Zitat. 197

198 *Laudate Dominum:* Sopran-Chor-Arie aus Mozarts ›Vesperae solennes‹ KV 339. Vgl. S. 426.

199 *Lattern aus Seelburg:* Romanfigur aus ›Geht in Ordnung‹.

Gesellschaftssituation … warne dich: Mehrfache Selbstzitate aus ›Geht in Ordnung‹.

Lenin: Vgl. ›Geht in Ordnung‹, 2. Kapitel.

Sechsämter: Durchgehendes Trink-Motiv aus ›Geht in Ordnung‹.

200 *Bischof:* Vgl. ›Geht in Ordnung‹, v. a. 2. Romanteil.

202 *Papst Leo:* Information aus der ›Deutschen Schachzeitung‹ 1978.

204 *Kommando Siegfried Hauser:* Deutsche Terroristen-Bewegung der 70er Jahre.

206 *RA-Fraktion:* Rote-Armee-Fraktion, i. e. Baader-Meinhof-Gruppe. Vgl. S. 91.

207 *Fahr nur zu …:* Zitat aus dem im Roman vielfach zitierten Eichendorff-Gedicht »Blaue Luft …«. Vgl. S. 181 ff.

210 *Liebe schwärmt …:* Gedicht von Goethe.

211 *Bild-Zeitung:* Original-Zitate aus dem Blatt.

212 *Die Liebe von Zigeunern stammt:* Zitat aus Bizets Oper ›Carmen‹.

214 *Arthur, der Riesige:* Schopenhauer.

Induziert und deduziert: Anspielung auf Oskar Zirngiebl in ›Geht in Ordnung‹, 1. Teil.

Superieures Talent: Zitat aus einem Mozart-Brief.

220 *Carlos:* Oper von G. Verdi, Schlußbild, Duett: »Wiedersehen werden wir uns in einer besseren Welt«.

Graf Stauffenberg: Graf Stauber: Doppelte Assoziation.

223 *For Whom …:* Wem die Stunde schlägt. Hemingway-Romantitel. Vgl. S. 502.

Chandler: Zitat aus ›Der große Schlaf‹.

To have … Men without …: Hemingway-Romantitel.

The sun …: item.

Tränen und Trost zugleich: Zitat aus R. Wagners Oper ›Walküre‹, 1. Akt.

Revolutionäre Geduld: Schlagwort der 70er Jahre. 225

Strukturelle Gewalt: item.

Die Philosophen …: Ungenaues Zitat aus Marx' ›Feuerbachthesen‹. 226

Evi Brest … Die Stichlinge: Er meint ›Effi Briest‹ und ›Der Stechlin‹. 227

Vernichtet … geschlagen: Umkehrung des Hemingway-Zitats. Vgl. S. 113.

Alwin schwankte …: Zitat aus Fouqués ›Alwin‹-Roman.

Drei alte Patres: Anspielung auf Iberer-Stauber und zugleich auf Freudenhammer-Kuddernatsch-Bäck. 229

Rembrandts Sabinerinnen …: Meint in Wirklichkeit Rubens' Gemälde ›Der Raub der Töchter des Leukippos‹. 230

Schönwetterloch: Ein von der ›Bild‹-Zeitung geprägter Begriff. 233

Unpolitische Rocker: Anspielung auf die ›Polit-Rocker‹ der 70er Jahre. 234

Laudate Dominum …: Text von Mozarts Motette. Vgl. S. 198.

Vive la Compagnie: Zitat aus J. Offenbachs Oper ›Hoffmanns Erzählungen‹.

La Bella Compagnia: Zitat aus G. Puccinis Oper ›La Bohème‹.

Die Hängematte … Schläfrigkeit: Halbzitat aus Nabokovs Roman ›Ada‹.

Sommerauer: Gemeint ist die Fernsehserie ›Pfarrer Sommerauer antwortet‹, die bis 1978 währte. Vgl. E. H., Gottes Pfeife, in ›Titanic‹ 2/1985 und in ›Erledigte Fälle‹ (1987). 235

Sex … Sexy-Rummel …: Weitgehend hier und im folgenden authentische Sommerauer-Zitate aus dem Jahr 1977 im Fernsehen.

Incipit Lamentatio Jeremiae: Karfreitags-Lamentation. 239

Schöner sang …: Zitat aus einem altdeutschen Lied. 242

Dunclingia: Vgl. die Tafel am Rathaus von Nördlingen.

Böhmischen Rusalka: »Du lieber Mond, so silberzart«, Arie aus Dvořáks Oper ›Rusalka‹.

Komm, ach, Hoffnung: Zitat aus Beethovens Oper ›Fidelio‹.

Herr Schwede, laßt Euch mahnen: Zitat aus einem Landsknechtlied. 243

244 *Qual des principii individuationis:* Zitat aus Schopenhauer.

Nam und Art: Zitat aus Wagners Oper ›Lohengrin‹, 1. Akt.

245 f. *Skotus Eregina ... quid ipse:* Adaptionen aus Schopenhauers ›Die Welt als Wille und Vorstellung‹.

246 *Hammer:* Die Bischof-Hammer-Engführung findet sich wieder im 4. Teil der ›Mätresse‹ (8. 11.) sowie, verändert, im späteren Roman ›Dolce Madonna Bionda‹ von 1983.

Franz Schubert ... Rita Streich ... Goethes: Analog zu ›Die Vollidioten‹ (Ende des 4. Tags).

Kathi: »Kathi« steht – die einzige Abweichung – nicht in Goethes Gedicht.

247 *Audasthenie:* Sprachlicher Eigenbau analog zur Legasthenie: Hörunfähigkeit, Verhörleidenschaft.

Ihr Mann ... nicht schreibe: Das Motiv wird wiederaufgegriffen von der modellidentischen Großmutter in der Titelerzählung des Erzählungenbuchs ›Frau Killermann greift ein‹, Zürich 1985.

Nachbarstädtchen ... Nusch ... Meister gezeigt: Freie und natürlich vollkommen anachronistische Wiedergabe der berühmten Legende über den Bürgermeister Nusch aus der Zeit der fränkisch-schwäbischen Heimsuchung durch die Schweden im Dreißigjährigen Krieg.

248 *Peripatetiker:* Schüler des Aristoteles: »Die Umherwandelnden«.

Thermochemie ... Oxydationsprozesse: Natürlich wissenschaftlicher Unfug.

249 *Echternacher Springprozession:* Nach dem luxemburgischen Städtchen Echternach: ein Dankfest für das Aufhören des Veitstanzes. Die Prozession besteht aus drei Schritten vorwärts, zwei zurück.

250 *In unserer Zeit ... geht eben alles:* Das tragende Motiv der »permissiven Gesellschaft«, das auch die anderen Romane der Trilogie durchzieht und schon im Titel von ›Geht in Ordnung‹ sinnfällig wird.

Deckenfreskos ... Hitler: Das Modell für diese Konstellation findet sich in der Kirche der kleinen Gemeinde Iber (sic!) bei Amberg.

251 *Die alte und neue Botschaft ... zu stemmen:* Vielleicht das zentrale Motiv des Romans.

Más si no … secreto: Text eines spanischen Lieds von E. Granados.

In dieser hemingwayfernen Zeit: In der Romanzeit 1976–78 war Hemingway als Idol und Kultbuchautor mehr oder weniger völlig »out«. 252

Blumenmädchen: Figur aus R. Wagners ›Parsifal‹. 253

Grillen: Titel aus Robert Schumanns Fantasiestücken op. 12.

Blumenstück in moll: Anspielung auf R. Schumanns Klavierstück ›Blumenstück‹, das allerdings in Dur steht.

Sonne, dumme Sau!: Halbanspielung auf Heines »Sonne, du klagende Flamme«.

Im Wald daheim: Zitat aus Wagners ›Siegfried‹ (Waldvogelszene).

König Otto Höhle: Sie findet sich nahe dem bayerischen Velburg bei Regensburg – die folgenden Passagen sind in vielen Einzelheiten diesem Modell samt dem Modell des um 1965 dort waltenden Velburger Höhlenführers Hans Wieser nachempfunden – auch die besagten Wegschilder.

Nur weiter, immer weiter: Zitat aus Schubert-Müllers ›Winterreise‹. Im folgenden Anklänge an diverse weltliche und geistliche Texte.

Schönes Fremdeln: Verballhornung des Eichendorff-Gedichttitels ›Schöne Fremde‹, vertont von R. Schumann im Eichendorff-Zyklus.

Trainer Bearzot … Staatschef Videla: Beide amtierend im Jahr der Niederschrift des Romans 1978. 254

Wieser Höhlenführer: Siehe Anm. zu S. 253. Das folgende Hantieren samt der Ansprache sind weitgehend autobiografisch-authentisch – und nämlich einer frühen, später überarbeiteten und auch separat veröffentlichten Erzählung von E. H. entnommen, die partiell in den Roman eingefügt wurde. Die Beschreibung der Velburger Tropfsteinhöhle entspricht einigermaßen den Tatsachen.

Hier in diesem Raume …: Das Schild ist unverändert der Velburger Wirklichkeit abgeschrieben. 256

Oettingen-Wallerstein: Angelehnt an die den Oettingen-Wallerstein zugehörige Burg Habsburg nahe Nördlingen, i. e. »Dünklingen«.

Weizentrudingen: Verballhornte Fassung des Städtchens Wassertrüdingen, nahe Nördlingen.

257 *In Öl ... gemalt ... Strandkaffee:* Diese Tafelbeschreibung geht zurück auf das Tafelschild des damals gerade entstandenen Spontitreffs ›Strandkaffee‹ in der Frankfurter Weberstraße.

258 *Igls:* Bei Innsbruck. Das Igel-Motiv wird im 4. Teil des Romans erheblich.

Höhepunkt: »Wollt ihr den totalen Krieg?«

Der Wald rauschte immerfort: Zitat aus bzw. Topos von Eichendorffs Prosa. Wiederverwendet mehrfach auch in E. H., ›Dolce Madonna Bionda‹, 1983.

Humoreske: Titel eines Klavierstücks von R. Schumann – hier komplementär verwendet zum ›Blumenstück‹ und zur ›Arabeske‹ von S. 253.

Wibblinger-Wichtel ... Wopperer: Halberfundene Sagen- und Märchenzwerge. Vgl. E. H., ›Über die Wibblinger‹ und ›Die Botschaft von Gilching‹, in: ›Ein scharmanter Bauer‹, 1980.

259 *Die Lerche stieg hoch auf und sang:* Zitat aus Eichendorffs Gedicht ›Im Abendrot‹, mehrfach verwendet in der Trilogie und z. B. auch im Text ›Über die Schönheit unserer Schutzleute‹, in ›Ein scharmanter Bauer‹, 1980.

Ferne blies der Postillon ... Herze mein: Reminiszenzen sowohl an Lenaus Gedicht ›Die Mainacht‹ wie an Schubert-Müllers Post-Lied aus der ›Winterreise‹ und schließlich ans Posthorn-Solo von Mahlers 3. Sinfonie.

Maria wetterleuchtend ... Dornenhag: Kombinierte Halbzitate aus Eichendorff und dem von Reger vertonten Lied ›Maria sitzt am Rosenhag‹.

Arabesquen: Abermals Anspielung auf Schumann, hier auf das Klavierstück ›Arabeske‹, das zusammen mit dem Blumenstück (S. 280) und der ›Humoreske‹ (S. 285) eine Art Trias hochromantischer Klaviermusik bildet.

Niederlagen verdauen: Bezug zum Hemingway-Zitat S. 113 u. a.

Schöne Liebesfantasien: Zitat aus Tieck-Brahms' Lied ›Schlafe, Süßliebchen‹ aus dem Märchen von der ›Schönen Magelone‹. Das Lied spielt auch in Eckhard Henscheids Kohl-Buch von 1985 eine Rolle. Vgl. dort S. 133.

Das Pokalspiel: Nachempfunden einem Freundschaftsspiel HSV Haselmühl (bei Amberg) gegen Bayern München aus dem Jahr 1967 anläßlich der Haselmühler Stadioneinweihung.

Beckenbauer ... Schwan ... Rummenigge ... Hoeneß ... Maier ... Müller ... u. a.: 260 ff.
Fußballspieler des FC Bayern München in den 70er Jahren. Robert Schwan war Manager.

Más delirio ... existe: Text eines spanischen Lieds von E. Granados. 261

Raumaufteilung: Das Motiv der »Raumaufteilung« beim Fußball und mutatis mutandis bei der Romanepik spielt nominell auch eine Rolle in den ›Vollidioten‹ (siehe Kapitel ›Zwischenbilanz‹) und in der ›Mätresse des Bischofs‹ (bei der Schilderung der früheren Fußballertätigkeit der Iberer-Brüder, S. 18 ff.).

KV 410: Von Mozart. 262

Eine Woge aus Licht und Kraft: Ein im Opernbuch von E. H. erwähntes 263
Werk von Luigi Nono heißt: ›Come una ola de fuerza y luz‹ (Ullstein-Ausgabe, S. 172).

40 Schwalben: In Anlehnung an die mythischen Schicksalsraben. Das Schicksals-Vögel-Motiv kehrt wieder in E. H., ›Dolce Madonna Bionda‹, Roman, 1983, 1. Kapitel.

Descendeat ... saeculorum: Katholischer Liturgietext. 264

Trockene Tränen: Titel eines Lieds aus Schubert-Müllers ›Winterreise‹ (vgl. dort S. 282).

Jenseits von Kommunismus und Kapitalismus: Eine vor allem in den 70er Jahren gängige Formel sowohl für den »Dritten Weg zum Sozialismus« als auch für gewisse linkskatholische Strebungen.

Ökologische Krise ... Gaddafi ... Nordsüdkonflikt: Sprachliche Innovationen und Zentralbegriffe der mittleren 70er Jahre. Gaddafi: libyscher Staatschef.

Sensualismus ... Spiritualismus ... Dualität: Nach der älteren Barockforschung sind Sensualismus und Spiritualismus ein Dualitäts-Paar speziell für barockes Lebensgefühl.

265 *Nicht vollends reif:* Zentraler Topos des Entwicklungsromans.

266 *600. Jahre:* Natürlich kein Druckfehler im Roman; sondern entweder in der Zeitung – oder ein Denkfehler Freudenhammers.

In principio ... apud deum: Am Anfang war das Wort und das Wort war bei Gott (Joh.-Evangelium 1, 1) – hier bezogen vor allem auf die beiden Freudenhammer-Texte.

Meine Beziehung zu Frauen ...: Die folgenden Passagen sind z.T. humoristisch-provokatorisch und direkt gerichtet gegen den Grundtenor der seit ca. 1975 massierten deutschen Frauenbewegung im Umfeld von Alice Schwarzer. Vgl. ›Geht in Ordnung‹, wo die Schwarzer – humoristisch – als durchaus dubiose Person vorgestellt wird.

267 *Demütige Lüge:* Im Sinne von Nietzsches Notwendigkeit der »Lebenslüge«.

Hat die ... Liebe ... ausgedient: Im Hintergrund mitgedacht werden etwa Zitate von Adorno u. a. – mit dem Tenor: »Es gibt kein richtiges Leben im falschen.«

Tradierte ... Progressives ... Perpetuiert ... Traumata: Lauter hier ins komisch Reaktionäre umgedeutete Modevokabeln der Linken der 70er Jahre.

Der blauen Blume: Symbol des Romantischen.

Fontanes Evi Brest: Aufgreifend des Lapsus linguae oder animae Streibls aus einem vorhergehenden Passus – gemeint ist natürlich Fontanes ›Effi Briest‹ – aus dem auch das berühmte anschließende Zitat »ein weites Feld« stammt.

Vergottung des Sexes: Abgesehen von der zusätzlichen grammatikalischen Versaubeutelung eine mehr oder weniger zeitlos-dümmliche Formel v. a. katholischer Kreise.

Sexistisch-chauvinistisches Penetrieren: Links-modische Standardvokabeln der deutsch-internationalen Frauenbewegung seit Mitte der 70er Jahre – die der Erzähler hier so quasi doppelt-verquer adaptiert, daß er sich scheinbar mit ebendieser Frauenbewegung trifft; obgleich ihm ja andererseits ganz anderes vorschwebt.

268 *Dieses Land ... kein Phantom, keine Chimäre:* Offenbare und verballhor-

nende Anspielungen an diverse Politiker-Statements der Zeit (Kurt Georg Kiesinger u. a.).

Den Staat aus den Angeln heben: Ähnlich redeten seit ca. 1970 die staatstragenden Kräfte angesichts der Bedrohung durch Linke, Apo und Anarchisten daher.

Schmidt ist ein guter Kanzler: Helmut Schmidt amtierte von 1974–82. Der Roman spielt 1976–78.

Nun der Frieden mit dem Osten gemacht: Gemeint ist speziell die vertragsmäßige Ostpolitik der Regierung Brandt (1969–74).

Aufrechten Gangs: Das berühmte Zitat von Ernst Bloch.

Die Gattung … täuschungswilliges, ja täuschungssüchtiges: Wieder vor dem vorne bezeichneten philosophischen Hintergrund Parmenides, Kant und Schopenhauer – ein bißchen auch anspielend auf die Kulturkritik von Anders, Adorno, Enzensberger u. a. mit dem Schlüsselbegriff »Manipulation«.

Lehre der Operette … nur ein Traum: Offenbar anspielend auf das Lied »Es ist ein Traum« aus Offenbachs ›Schöne Helena‹.

In Verona … Pastoraltheologe: Zurückgehend auf einen scheinbar auto- 269
biografischen, in Wahrheit satirisch-fiktionalen Text Oskar Panizzas (›Ein Kapitel aus der Pastoralmedizin‹), der im 4. Teil der ›Mätresse‹ (S. 429) sowie im Finale des Romans (S. 502 ff.) nochmals aufgegriffen wird im Zusammenhang der Motivik der Geschlechtslosigkeit, der Kinderlosigkeit und der »Mortifikation« (Abtötung der Geschlechtlichkeit).

Sub specie mortis: Im Angesicht des Todes.

Christine Strunz-Zitzelsberger: Mortale Re-Inkarnation der »reizenden Witwe« aus dem Roman ›Geht in Ordnung‹. Dort auch wurde schon vom Tod des Gatten beim Wasserskifahren berichtet.

Mittagshöhe: Zentrale Nietzsche-Metapher aus dem Umfeld des ›Zarathustra‹.

Kognitiv … volontativ … Hegel: Bruchstücke von Erinnerungen des Autors an sein Zeitungswissenschaftsstudium in München – die betreffende Species von Publizistik lebte in höchst eigentümlicher

Weise von dieser im Roman skizzierten Entfaltung der Hegelschen Dreischritts-Dialektik (vgl. auch E. H., ›Wie Max Horkheimer einmal sogar Adorno hereinlegte‹, darin: ›Sämmtliche Hegel-Anekdoten‹, 1983).

270 *Nach Paulus ... Glaube, Hoffnung, Liebe, diese drei:* Paulus an die Korinther, Kap. 13. Das Zitat-Motiv wird wiederaufgegriffen von Freudenhammer fast apotheotisch gegen Ende des Romans (S. 475) – gedacht ist dabei vor allem an die grandiose Vertonung von Johannes Brahms in den ›Vier ernsten Gesängen‹ op. 121.

Cosini SSL: Phantasie-Kameramarke, anspielend auf den Roman ›Zeno Cosini‹ von Italo Svevo, der in ›Geht in Ordnung‹ nicht nur zitiert und gewissermaßen paraphrasiert wird, sondern auch sozusagen die Stilidee des Buchs vorgab.

271 *Largo ... Oper ... Neuen Welt von Smeternach:* Offenbar eine gleich vierfache Streiblsche Verwechslung: Er meint scheint's gleichzeitig das Largo von Händel, die Sinfonie aus der Neuen Welt von Dvořák und möglicherweise die ›Verkaufte Braut‹ nicht von Smeternach, sondern von Smetana. Vgl. S. 158.

272 *Am Waldessaume:* Salonstück der Jahrhundertwende.

Nabucco-Gefangenenchor: Aus G. Verdis Oper.

Was Blumen träumen: Salonstück der Jahrhundertwende.

Schwarzwaldmädel: Operette von Leon Jessel.

Die Prärie ... Smeternach: Streibl glaubt die Sinfonie aus der neuen Welt von Dvořák zu hören, deren langsamer Satz gern mit der Prärie assoziiert wird.

Viererwatt: Das Kartenspiel »Watten« kommt auch in den ›Vollidioten‹ und in ›Geht in Ordnung‹ schon vor.

274 *Die Städte an der Donau:* Das Motiv, eine Reminiszenz des Autors an seine Großmutter, wurde analog verarbeitet schon 1973 in einem Hörspiel, realisiert vom Hessischen Rundfunk: ›Großmutter rückt ein oder: Die Städte an der Donau‹. Die Romanlokalität »Dünklingen«, sofern man sie identisch nimmt mit Nördlingen, liegt 30 km nördlich der Donau.

Visio beata: Etwa: selige Erscheinung, Glücksbild. Begriff aus der katholischen Theologie. 275

Pater: Korrespondiert im Folgenden natürlich dem Frater-Brüder-Motiv.

Jubilate, jubilate: Vgl. auch Notentextabbildung im Beiheft: Katholischer Liturgietext in einer Vertonung von W. A. Mozart aus KV 117. Mozarts kleine Kirchenmusik durchzieht als zentraler »übergeordneter« Kommentar den ganzen Roman. 276

The One and Lonely: In Abänderung des englisch-amerikanischen »The one and only« aus dem Show- und Kommerzsektor.

Colloredo, dem Bischof: Mozarts Arbeitgeber und Feind aus der Salzburger Zeit.

Theophanie: Gotteserscheinung (auch: Dreikönigstag). Vgl. die Wiederkehr des katholischen Motivs am Romanschluß.

Qualitas occulta: Verborgene Qualität, Substanz. Begriff aus der katholisch-mystischen Theologie.

Sonne, steh still! Lüfte, geigt zarter: Freie Verwendung älterer poetischer Topoi.

Bei Psychoanalytikern: Gemeint sind offenbar keine nominellen; der Gedanke klingt aber z. B. auch bei Freud schon an.

Amor intellectualis … Ordo amoris: Freie Verwendung katholisch-liturgischer Zentralbegriffe, betreffend die Rangstufen der Menschen- und Gottesliebe; die lateinischen Vokabeln tauchen ähnlich wieder auf im späteren und ideenverwandten, ja komplementären Roman ›Dolce Madonna Bionda‹, 1983.

Papageiengezirp: Anspielung auf den Schluß von G. Flauberts Erzählung ›Ein schlichtes Herz‹, in der der Hl. Geist als Papagei inkarniert erscheint.

Incipit vita nova moderna: Offenbar frei konstruiert aus mehreren kirchlich-lateinischen Standardvokabeln, Dante und einer Enzyklika. Wörtlich: Es beginnt ein neues modernes Leben.

Seligkeit … Liedern von Schubert und Mendelssohn: Gemeint ist namentlich 277

Schuberts Lied ›Seligkeit‹ und Mendelssohns vorne schon traktierte Eichendorff-Vertonung ›Blaue Luft kommt lau geflossen‹.

Ein Marquis: Nicht erfundene Anekdote.

Wie mir so wohl war, so wohlig speiübel: Die erste Periode ist ein Zitat aus Eichendorffs Gedicht ›Es weiß und rät es doch keiner‹ bzw. aus der schon oben erwähnten Schumannschen Eichendorff-Lieder-Sammlung – die zweite frei dazu erfunden.

278 *Eingedenken:* Hier als Schlüsselwort zitiert nach Eichendorff-Mendelssohns ›Nachtlied‹: »Durch die Seele zieht mir ein süßes Eingedenken«.

Und jene himmlischen Gestalten ...: Die ersten beiden Satzperioden sind Zitat aus Goethes ›Mignon-Lied‹ »So laßt mich scheinen, bis ich werde« – die beiden restlichen sind dessen Verballhornung, die Schlußworte »den verklärten Leib« sind wieder original Goethe.

Eiche: Hier allgemein als eins der mythischen Inbilder des »Deutschen«.

Die lieblichste Bläue: Leicht verändertes Zitat aus dem lyrischen Prosatext ›In lieblicher Bläue‹, der als Hölderlins letztes schriftliches Zeugnis gilt – es wird zitiert offen und verborgen auch in E. H., ›Ein Blick auf den Staat‹, in: ›Frau Killermann greift ein‹, 1985.

Kosegarten ... Nachtalbe ... Blütenstaub: Nicht weiter verbundene Schlüsselwörter aus dem Legendenbereich Kosegartens, dem Mythos Wagners und dem Aufsatz Novalis'.

Schiller ... Kant: Bekannte biografische Fakten.

279 *Standhalten angesichts des Erschreckens:* Wiederaufnahme des hier leicht abgewandelten Adorno-Zitats und -Motivs aus den ›Vollidioten‹ (5. Tag).

280 *Persona non grata:* Unerwünschte Person. Hier gemeint als spielerisch imaginiertes Streibl-Zitat.

Humphrey Bogart: Amerikanischer Filmschauspieler. Kultfigur vor allem auch wieder der 70er Jahre.

Lauretanische Litanei: Eine einfache und deshalb besonders schwebende Meßgesangsweise aus der katholischen Liturgie.

Ei fa così …: Zitat Leporellos aus Mozarts ›Don Giovanni‹: die Musik drückt mimetisch das Kopfnicken des Komturs aus.

Im Widerschein – sich ähnlich sein: Bezieht sich einerseits auf den eben erwähnten und nicht ganz lupenreinen »Widerschein-Benno« bzw. Streibls odiosen Bericht von ihm – anderseits auf die sentimentale Werbungsromanze Symons im ›Bettelstudent‹ von Millöcker: »Höchste Lust und tiefstes Leid« – welche beide eben, so wird am Schluß mitgeteilt, sich im Widerschein ähnlich seien.

Mitten im Schimmer … Kahn: Vielleicht verballhorntes Eröffnungszitat aus dem von Schubert vertonten Gedicht des Grafen Friedrich Leopold Stolberg, ›Auf dem Wasser zu singen‹.

Joachim A. Kloßen: Die Wiederkunft von »Herrn Kloßen« aus den 281
›Vollidioten‹. Damals hieß Kloßen freilich nur »Jochen« bzw. »Joachim« – das »A.« ist neu; gewandelt hat sich ein bißchen auch der Beruf: Ist Kloßen jetzt immerhin Lokalredakteur, so gehen aus seinen Lebensäußerungen in den ›Vollidioten‹ nur sehr vage Bezüge zu den Medien hervor.

Karma-Lehren: Anspielung auf die Wiedergeburt eines alten Romanhelden, welche übrigens von Leserseite gefordert wurde.

Nadelstreifenanzug …: Vgl. die Kleidung Kloßens vor allem in ›Die Vollidioten‹, 3. Tag. Geblieben sind Nyltesthemd und Fliege.

Nyltesthemd und sogar einer Fliege … verdammte: Wörtliches Zitat aus den 282
›Vollidioten‹ – ebenso das rundende »und absolut vertrauenszerstörend wirkte«.

Das geht dann klar … 1a: Lauter Schlüsselvokabeln Kloßens aus den ›Vollidioten‹.

Eckhard: In den ›Vollidioten‹ figuriert der Erzähler und Kloßen-Kumpel als »Eckhard«.

Fernsehprogramm: Schon in den ›Vollidioten‹ will Kloßen einen Fernsehfilm schreiben – bezeichnenderweise ein – ausgerechnet! – Gastarbeiter-Problemdrama.

Rösselmann: Figur aus den ›Vollidioten‹ und aus ›Geht in Ordnung‹ – neu ist hier seine berufliche Situation als Raiffeisenkassendirektor.

Dat läuft einwandfrei: Schlüsselwort-Zitat aus den ›Vollidioten‹. »Einwandfrei« ist freilich, in ähnlich erbarmungswürdigem Sinne, eine Codevokabel Alfred Leobolds aus ›Geht in Ordnung‹.

283 *Klasse-Reportage … sozialen Untergrund:* Siehe Anmerkung zu S. 282.

Story … Möbel da sind: Zitat-Reminiszenzen an den Kloßen der ›Vollidioten‹.

50 Mark: Das alte Kloßensche Pump-Motiv aus ›Die Vollidioten‹, 3. Tag.

284 *The Merry Moggers:* Reminiszenz an den Bauernmöbelhändler Arthur Mogger aus ›Geht in Ordnung‹, der dort auch schon stark ins »Multimediale« drängt.

Lottoberatungsbüro: Das alte Kloßen-Lotto-Motiv aus den ›Vollidioten‹, vor allem 3. Tag.

Geschiedene Frau … Itzehoe: Motive aus den ›Vollidioten‹.

285 *Wir laden Weiber ein …:* Abgewandeltes Kloßen-Zitat aus den ›Vollidioten‹.

Vaterlosen Zeit … Onkel: Vgl. den ähnlich motivierten Onkel-Aufsatz von B. Eilert und E. Henscheid in ›Titanic‹, wiederabgedruckt in: ›Frau Killermann greift ein‹, 1985.

Mein Vater …: Zitat aus einem Brief Mozarts.

286 *Weinende B-Dur-Sonate von Schubert:* Gemeint ist natürlich die Klaviersonate D. 960 – hier auch eine kleine Hommage: nicht nur der Amateurklavierspieler E. H., sondern auch Zeichner F. W. Bernstein zählt sie zu seinen Lieblingsstücken am Klavier.

Bank für Gemeinwirtschaft … Strohmann: Alte Kloßen-Motive aus den ›Vollidioten‹, z. B. 6. Tag.

Arme Ritter: Vgl. die modellidentische Großmutter in der Titelerzählung von ›Frau Killermann greift ein‹, 1985. Dort werden auch die »alten Soldaten« erwähnt.

287 *Schwammerlhaft:* Anspielung auf Schuberts Spitznamen »Schwammerl«.

Schimmerwellen … Freudenhügel: Halbzitate verballhornt u. a. aus dem Stolberg-Gedicht von S. 280.

Andacht … Maßwürste und Bratkrüge: Die sommerliche Festtrias der mittleren Oberpfalz, der Heimat des Autors, aus Wallfahrtsfesten, Bratwürsten und Maßkrügen.

Waldesrauschen: Wieder der Eichendorff-Topos von S. 258.

St. Anna: Die biblische Mutter Marias.

De aquel majo amante: Das schon zitierte spanische Lied von Granados. 288

Il mio solo … sei tu: Verballhorntes Zitat aus G. Puccinis Tosca: »Il mio solo pensiero, Tosca, sei tu!« – du bist mein einziger Gedanke.

Brüder, zur Sonne, zur Schönheit!: Parodierter Text eines deutschen Arbeiter-Kampflieds, der SPD-Hymne.

Webers … Schnellingers Ausgleichstor: Wolfgang Weber vom 1. FC Köln erzielte im Fußball-Weltmeisterschafts-Endspiel 1966 England – Deutschland kurz vor Schluß der regulären Spielzeit den 2:2-Ausgleich; Karlheinz Schnellinger, ehedem gleichfalls Köln, im Fußball-WM-Halbfinale in Mexiko zwischen Deutschland und Italien in letzter Minute den 1:1-Ausgleich.

Agnus und Dei und Tollis: Verwursteltes Zitat aus dem katholischen Meßtext: »Agnus Dei, qui tollis peccata mundi« – Lamm Gottes, das hinwegnimmt die Sünden der Welt. Das Agnus-Lamm-Motiv wird wiederaufgegriffen im Roman ›Dolce Madonna Bionda‹, 1983, der fast ausschließlich im Hotel Agnello d'Oro in Bergamo spielt.

Selig versponnene …: In Tonfall, Rhythmus, Zitat und Halbzitat ist das folgende Gedicht vor allem angelehnt an den Schluß von Goethes ›Faust II‹.

Traum durch die Dämmerung: Zitat und Titel eines von Richard Strauss vertonten Liedes von Otto Julius Bierbaum.

Prächtig gebuckelt …: Wieder Halbzitate und Reminiszenzen vor allem aus Goethes ›Faust II‹; in zweiter Linie auch aus katholischen Kirchengesängen (»Cherubin-Klingende«).

Wie's mir gefalle … ich auch mir: Zitat aus dem Türmer-Lynkeus-Lied 289
aus Goethes ›Faust II‹.

Sternumkränztes: Halbzitierend vor allem Clemens Brentanos »Sterngeschlossner Himmelsfrieden« aus dem Gedicht ›Heil'ge Nacht‹.

290 *Otelloartige:* Gemeint ist also vor allem Verdis Otello.

Negerl, dachte ich, Negerl: Keimzelle des späteren Buchs von Eckhard Henscheid: ›Der Neger (Negerl)‹, 1982.

In der Nacht: Aus R. Schumanns Fantasiestücken op. 12. Vgl. S. 255.

Legte ich mich flach: Binnen-trilogische Anspielung auf Herrn Jackopps »Flachlegen« aus den ›Vollidioten‹, 2. Tag.

291 *Situation jenseits von Lattern:* Anspielend auf die S. 199ff. beschriebene »Situationismus«-Philosophie des Kerzenhändlers Lattern.

Das wundert mich: Vgl. die modellidentische Großmutter in der Titelgeschichte von ›Frau Killermann greift ein‹, 1985. Die folgenden Passagen auch partiell analog zum Hörspiel ›Großmutter rückt ein oder: Die Städte an der Donau‹, 1973.

293 *Freute sich vor Hinfälligkeit:* Dies und die folgenden Sterbeszenen sind stark angelehnt an das Sterbekapitel in Italo Svevos Roman ›Senilità‹.

294 *Vegetatives Alterssymptom:* Natürlich Unsinn. Ebenso wie die folgende »multibile Arteriosklerotik«.

Busch Martin: Ehemaliger Landrat von Nabburg. Wichtiger Zeuge in der Strauß-Fibag-Affaire von 1963.

295 *Bricht ein Bruder den Bund:* Zitat aus dem 1. Akt von Wagners ›Götterdämmerung‹ (Blutsbruderschaft-Duett).

Ein Motiv sprang ... f-c-a-f-g-a!: Siegfrieds Horn-Motiv aus Wagners ›Ring‹ – hier speziell in der Konfiguration der Nornen-Vorspiel-Szene aus der ›Götterdämmerung‹.

296 *Caspar David Friedrichs Bild:* Wahlweise ›Schiff im Eismeer‹ oder ›Die gescheiterte Hoffnung‹.

Lascivus amor – et pudicitia: Laszive Liebe – und Schamhaftigkeit. Zitat aus den ›Carmina Burana‹ in der Vertonung von Carl Orff. Wiederverwendet abgewandelt in der Schlußzeile des 4. Teils des Romans ›Dolce Madonna Bionda‹: »Lascivus amor ... et annemarietia.«

Warum gabst du uns die tiefen Blicke: Beginn eines Gedichts von Goethe an Frau von Stein.

Seht ihn – wen? – den Bräutigam … Lamm: Wörtliches Zitat aus dem 297
Einleitungschor von J. S. Bachs Matthäuspassion.

O cooore ingrato: Durchgängiges Motiv der Trilogie: O undankbares Herz. Das Zitat aus der neapolitanischen Canzone ›Catari‹ (Verbindung zu »Kathi« der ›Mätresse‹!) kommt an jeweils entscheidender Stelle auch schon in den ›Vollidioten‹ (6. Tag) und in ›Geht in Ordnung‹ (Ende des 1. Teils) vor.

Terra incognita perfida: Wiederaufgreifend das theologisch-poetische Motivzitat »Terra incognita amoris« aus dem dritten Romankapitel: Unbekannt perfide Welt. Lateinischer Eigenbau des Verfassers.

T-Shirt … durch Dünklingen laufen: Das Impromptu wird fast deckungsgleich wiederaufgegriffen im 4. Teil der ›Dolce Madonna Bionda‹, wo Tempes Hammer gegenüber den gleichen Vorschlag macht: gegen Honorar durch Bergamo ein T-Shirt zu tragen.

Schmonzenz: Zitat-Motivklammer zu ›Geht in Ordnung‹ u. a. Dort ist »Schmonzenz« eine Lieblingsvokabel der Figur der Sabine.

Teig in: Nach dem Modell eines Vorgangs in Frankfurt. Näher aus- 298
geführt in E. H. u. a.: ›Dummdeutsch‹, 1985, unter dem Stichwort »Teig-in«.

Ach mäh: Vorausweisend auf die Figur des kleinen Jungen »Mä« im 4. Teil des Romans (S. 356 ff.) – innerhalb des Laut- und Bedeutungskreisels »Mätresse«, »Mähdrescher«, »Mater Dei« usw.

Alles wunderbar geordnet: Halbzitatmäßig rekapitulierend sowohl das ›Geht in Ordnung‹-Motiv des 2. Trilogieromans – als auch Kloßens »Das geht alles klar« aus den ›Vollidioten‹ – als auch Leibniz' Theodizee der besten aller Welten (Geht in Ordnung, 4. Kapitel) als auch Eichendorffs ›Taugenichts‹-Schluß: »Es war alles, alles gut«; vorbereitend hier schon den Romanschluß von S. 512.

Krieg und alte Soldaten: Die folgenden Sterbe- und Phantasie-Motive stellenweise komplementär zur Großmutter in der Titelerzählung von ›Frau Killermann greift ein‹, 1985.

Es war, als ob die Sanftheit … ränge: Vgl. die Sterbeszene in Svevos ›Seni- 301
lità‹: »Es war wie das Wüten der Güte und Sanftheit selber« (Hamburg, 1960, S. 224).

302 *Eine runterhauen:* Ferne Reminiszenz an die Todesszene in Italo Svevos ›Zeno Cosini‹, wo der sterbende Vater dem Sohn Zeno halb-symbolisch eine runterhaut.

303 *Nur hereinspaziert, die Kerzen leuchten:* Trivialisiertes Zitat aus Donizettis ›Lucia di Lammermoor‹.

Unser Kind: Unfreiwillige Engführung des Brüder-Hl. Familie-Jesuskind-Konnexes durch die Schwiegermutter. Expandiert wird dies Motiv, das auch mit dem der Geschlechtslosigkeit korrespondiert, mit dem Verona-Tagebuchteil des 4. Roman-Teils (S. 502 ff.).

Landsherr: Hier erstmals deutlich eingesetzt als Kontrapunkt und Konklusion der »Himmelskönigin«, i. e. Mater Dei, Madonna, Mätresse – Kathi.

Semi-seria: Opern-Gattungsbegriff vor allem seit Mozarts ›Don Giovanni‹.

304 *Herr Zwack:* Verwechslung Monikas; parallel zur Verwechslung des Geistlichen durch den Teppichhändler Duschke in ›Geht in Ordnung‹, 2. Teil.

306 *Bleibt doch das linde Wellenschlagen:* Wie alle Kapitel des Romans schließt auch dieses mit einem (um das Wörtchen »doch« erweiterten) Eichendorff-Zitat: »Leise doch im Herzensgrund bleibt das linde Wellenschlagen« aus dem Gedicht ›Nacht ist wie ein stilles Meer‹.

307 *Tschechow:* Aus dem Roman ›Eine langweilige Geschichte‹; das Zitat ähnelt äußerst erstaunlich dem aus einem Brief Mozarts an seine Frau von 1790: »Wenn die Leute in mein Herz sehen könnten, so müßte ich mich fast schämen – es ist alles kalt für mich – eiskalt!«

Galletti: Zitat nach: »Gallettis sämtliche Kathederblüten«, dtv-Taschenbuch 1965, Nr. 702.

C'est la guerre: Das ist der Krieg. Zitat aus Gounods Oper ›Marguerite‹.

308 *Requiescat in pace:* Möge sie ruhen in Frieden.

Cosa-nostra-artig: Vgl. das Maffia-Motiv bei der Kohl-Familie.

Mies: Herbert Mies, DKP-Vorsitzender in Westdeutschland zur Zeit der Romanniederschrift.

Ah, Perfido!: Opern- und Literaturtopos. Vgl. Beethovens Konzertarie 309
›Ah, Perfido!‹: Ach, Treuloser!

Amor fatal: Zitat aus G. Verdis ›Aida‹. Wiederverwendet in dem Roman ›Dolce Madonna Bionda‹, 1983: Fatale Liebe!

Eherne Kraft geprägter Form: Leicht verdrehtes Zitat aus Goethes ›Urworte orphisch‹ – verwendet schon in den ›Vollidioten‹.

Liszts Rigoletto-Paraphrase: Für Klavier nach der Oper von Verdi: eins der schwierigsten Klavierstücke überhaupt.

Selbstquälerischen … Tagebuchs: Satirische Anspielung auf gewisse Lite- 310
raturmoden der 70er Jahre.

Midlife-Crisis: Siehe Anm. zu S. 8.

Verflucht!: Rekapitulation von Herrn Jackopps »Verflucht!« aus den ›Vollidioten‹, S. 39 ff.

Form und Fatum … Goethe: Offenbar in Anlehnung an mehrere Goethe-Zitate, u. a. im Zusammenhang der ›Wahlverwandtschaften‹.

Epopöe: Epos. Vor allem von Hegel benutzter Begriff.

Was ist Wahrheit: Frage Pilatus' aus dem Neuen Testament. 311

Paralipomena: Abermals der Bezug zu Schopenhauer – hier zu seinem Werk ›Parerga und Paralipomena‹.

Ein gewisser Herr Reinecke aus dem Hessischen: Hier ist – im Unterschied zu ›Vollidioten‹, 6. Tag – wirklich der Zweitausendeins-Verleger Lutz Reinecke gemeint, der damals in der Gegend des hessischen Vogelbergs wohnte. Die vertraglichen Abmachungen betreffs der Veröffentlichung der ›Mätresse‹ aber waren natürlich schon getroffen.

Nomen est omen: Reinecke – der schlaue Fuchs. Vgl. den Pseudoessay ›Nomen est omen‹ in E. H., ›Frau Killermann greift ein‹, 1985, wo auch Reineckes Verlegerpartner Walter Treumann im Sinne des »nomen est omen« für treu befunden wird.

Schweig still, mein Herz: Klassisch-romantischer Topos, hier vor allem 312
ein Zitat eines Gedichtbeginns von Clemens Brentano.

Die Erde flieht … Freude: Schluß von Schillers ›Jungfrau von Orleans‹.

Schillers Motto ... Von Herzen ... Herzen gehen: Ein kleines Vexierspiel: Dies ist nun gerade nicht von Schiller, sondern Zitat-Motto von Beethovens Missa Solemnis.

Wie Vögel langsam ziehen ...: Wie mehrfach im Folgenden eine Gedichtzeile von Hölderlin (hier aus der Zeit der Umnachtung) – die der Erzähler als eigenes Produkt ausgibt.

Auf falbem Laube ... Leicht aber fängt ... Kälblein: Mit Ausnahme des Einschubs Zitate aus Hölderlins spätem Gedicht aus der Zeit der Umnachtung, ›Auf falbem Laube ...‹. Wiederverwendet in E. H., ›Helmut Kohl, Biographie einer Jugend‹, 1985.

Du hast mir mein Gerät ... malen läßt: Komplettes wörtliches Zitat aus Goethes Gesprächen mit Eckermann. Verwendet auch im Hörspiel ›Eckermann und sein Goethe‹ von F. W. Bernstein, Bernd Eilert und Eckhard Henscheid, abgedruckt in ›Unser Goethe‹, Zürich 1982.

313 *Franz Josef Strauß ... Rainer Barzel:* Führende CDU/CSU-Politiker seit den 60er Jahren. Strauß steht fürs Polternd-Lärmende – Barzel fürs Sänftigend-Schleimige.

314 *Hollederer:* Helmut. Modell für die Figur des Albert Wurm.

315 *Grauser Bahn:* Zitat aus der Feuer- und Wasserprobe von Mozarts ›Zauberflöte‹.

Irene ... Karla Kopler: Die letztere eine Figur aus den ›Vollidioten‹, (4. Tag) – die erstere vgl. ›Vollidioten‹, Finale 4. Tag.

Das ›Vr‹ erregt mich wieder sehr: Vgl. die Erregung, die der Erzähler von ›Geht in Ordnung‹ bei den s- und z-Lauten der Witwe »Strunz-Zitzelsberger« empfindet.

317 *Robert Fischer:* Schachweltmeister 1972–75. Von ihm gibt es zahlreiche Zitate über den Sinn des Schachspiels als eines Mittels, das Ego des Gegners zu vernichten.

Kriegt die Prinzessin geschenkt: Reminiszenz aus einem Märchen von H. Ch. Andersen.

317f. *Moses Mendelssohn:* Die folgende Mendelssohn-Legende sowie das Zitat der Frau Fromet »Mir ist so mies ...« ist nicht erfunden.

Ach, ganz allein … Qual und Schmerz: Zitat aus dem Lied der Bastienne aus Mozarts Singspiel ›Bastien und Bastienne‹. 318

Götterdämmerungs-Potpourris: Hier wie vorne und auch weiter hinten Motiv-Konklusion zum Siegmund-Geschwisterwesen einerseits – zum Bruch des Brüdereids andererseits. Tatsächlich wurden zuzeiten drittereits Wagner-Potpourris auch von Kurorchestern dargeboten. 319

Sommerauer … trete bald zurück: Tatsächlich erfolgte der Ausklang der Sendung ›Pfarrer Sommerauer antwortet‹ mit dem Erscheinen der ›Mätresse‹ 1978. Sommerauer war freilich weiterhin in Presse und TV stark tätig. Vgl. Eckhard Henscheid, ›Gottes Pfeife‹, in: Titanic 2/85 – wo über Sommerauers neue mediale Aktivitäten inklusive einer neuen Busen-Affaire gehandelt wird.

4711: Kölnisch Wasser.

Ursula Sluka: Ansagerin des bayerischen Fernsehens 1978 ff.

Wibblingerturm: Einen solchen gibt es in Dünklingen/Nördlingen nicht. Vgl. E. H., ›Über die Wibblinger‹, in: ›Ein scharmanter Bauer‹, 1980. 320

Damen … den gleichen Brief schreiben: Vgl. die Brief-Gedankenspiele in den anderen Romanen der Trilogie.

Senioren-Tagesstätten: Neo-Logismus der 70er Jahre. Vgl. E. H. u. a., ›Dummdeutsch‹, 1985. 321

Semmelbröselhafter: Das Nördlinger Modell für die Figur des Bäck trug den Spitznamen »Lord Semmelbrösel«.

Illustrierten … asexuelle Revolution: Ein entsprechender Bericht erschien 1978 im ›stern‹.

UZ: Unsere Zeit. Organ der westdeutschen Kommunisten. 322

Sportmagazin: Deutsche Sportzeitschrift. 323

Good offering … like a new model: Ein gutes Angebot – es ist wie ein neues Modell. 325

The tyres are excellent: Die Reifen sind ausgezeichnet.

Ich bin Normanne: Ein Späßchen oder Irrtum Streibls. 327

That's my last word, Gentlemen: Mein letztes Wort, Gentlemen.

328 *Studiert in Göttingen:* Wieder »unfreiwillige« Anspielung auf Schopenhauer.

You'll be … thunderbird … come to pay?: Sie werden der Stolz der Army sein – es ist ein Feuervogel – wann kommen Sie zum Zahlen?

You'll have … take along … that's better: Sie werden viel Spaß mit dem Wagen haben, da wette ich … bringen Sie Ihre Lizenz mit und Ihre Versicherungspapiere, das ist besser.

Don't forget your coins: Vergessen Sie das Geld nicht.

Hard-Selling: Begriff aus der Werbung der 70er Jahre: Hartes Verkaufen. Vgl. das Werbe-Marketing-Gewäsch am 4. und 5. Tag der ›Vollidioten‹.

329 *Fouqué … Alwin … Die zwei Brüder … Amadeus:* Alles nach Arno Schmidts Fouqué-Biografie.

330 *Faust:* Von Goethe. Siehe Anm. zu S. 288.

331 *Hammer:* Vgl. Anm. zu S. 246.

Und war doch … ach so gut gewesen: Anspielung an Verse von Gretchen im ›Faust‹ – vielleicht auch an das Duett aus Lehárs Operette ›Land des Lächelns‹: »Du bist so lieb, du bist so schön …«

Direktor Rösselmann: Vgl. Anm. zu S. 282. Den im Folgenden erwähnten »Landkreisteller« hat es tatsächlich im Landkreis der Heimat des Verfassers gegeben. Er wird dort ununterbrochen irgendwelchen Leuten von irgendwelchen Leuten bei irgendwelchen Anlässen geschenkt – alternierend mit dem »Landkreiskrug«. Das Modell des erwähnten Zeitungsberichts inklusive Überschrift stammt aus dem ›Amberger Volksblatt‹, 1977, und befindet sich im Archiv des Verfassers.

333 *Idolatrie … Bildersucht:* Hier im Zusammenhang mit dem Voyeurs-Motiv der Trilogie, auch dem von Schein und Sein, das dann später im Roman ›Dolce Madonna Bionda‹ nochmals virulent wird.

Pervitin und Sedativ: Gemeint: Aufputsch- und Beruhigungsmittel.

Selt'ne Blume, Männertreu: Altes deutsches Küchenlied.

334 *Die früh Geliebte:* Stichwort aus der Schlußapotheose von Goethes

›Faust II‹ – mählich rundend den Konnex Kathi–Gretchen–Jungfrau Maria.

Carte blanche: Blankovollmacht. 336

Paßkontrolle: Eine Art Vorahnung auf die Erzählung ›Franz Kafka 337
verfilmt seinen Landarzt‹, in: ›Roßmann, Roßmann …‹, 1982, S. 116.

Irgendeine Karin: Reminiszenz an »die Karins« in ›Geht in Ordnung‹ und Vorausahnung der »Bürstl Karin« in ›Roßmann, Roßmann …‹ und in ›Dolce Madonna Bionda‹.

Mariä Empfängnis: 8. Dezember. Motivrückkopplung zur Schwieger- 338
mutter »Stefania Sandrelli«, die, so wie Kathi mit der Gottesmutter-Mätresse Maria identifiziert wird, der Mutter Anna entspräche.

Im Lande Indien … Harris … anzurufen: Wörtliches Zitat aus Schopen- 339
hauers ›Über die Grundlagen der Moral‹ – 1985 noch einmal für die Erzählung ›Der kleine Elefant‹ (in: ›Frau Killermann greift ein‹) verwendet, wo das Schopenhauer-Zitat als Motto der Geschichte vorsteht, die ihrerseits den Kurzbericht zur Erzählung ausweitet.

Es ist … fürchterlich: Zitat aus Hans Henny Jahnns ›Fluß ohne Ufer‹. Dies Zitat wird als Motto wiederverwendet in der Erzählung ›Die Gage‹, in: ›Frau Killermann greift ein‹.

Legimitiert: Selbstverständlich aufgreifend Streibls Falschverwendung von »legitimiert«.

Noch gar das alte Testament: Bisher bewegte sich der Roman über die Motive Maria – Anna – St. Neff – geschlechtslose Kindsgeburt – Kathi ausschließlich im neutestamentarischen Bereich.

Eine Wolke, reumütig … Nichtigkeit: Zum Teil verschlüsselte Zitate und Halbzitate aus V. Nabokovs Romanen.

Eine richtige Geschichte erzählen … allein: Anspielung an den berühmten 340
Beginn von Th. Manns Erzählung ›Das Eisenbahnunglück‹.

Dementia partialis alwinentia: Eigenbau: Alwinischer Partialschwach- 341
sinn.

Im Nachlaßband: Den Nachlaßband – siehe diese »Erläuterungen« – 342
ahnte der Autor voraus. Indessen müßte es einem zusätzlichen Bild-

und Materialband vorbehalten bleiben, das noch im Archiv des Autors lagernde Bild zu veröffentlichen.

Pistolenduell: Anspielung auf Tschechow, Puschkin u. a.

Sekundanten: Das Sekundanten-Motiv durchzieht alle drei Trilogie-Romane.

Artikel ... Pudel: Ein entsprechender Artikel erschien 1978 in einer bayerischen Heimatzeitung.

343 *Fuchsbeck:* Das Gasthaus Fuchsbeck findet sich in Sulzbach-Rosenberg. Von der Stadt sind auch sonst einige Züge in den Dünklingen-Roman eingeflossen.

Ritter ... Sport: Parodie des ›Wunderhorn‹-Lieds »Es ist ein Schnitter, der heißt Tod ...« usw.

Hihihi: Wie in den ›Vollidioten‹ Anspielung an einige Dostojewski-Erzähler und Romanfiguren, die oft so vor sich hin kichern.

Es ist, als ob es ist ein Ros ent: Ansatz zu »Es ist ein Ros entsprungen«.

Es ist ein Schnee gefallen: Parodie des altdeutschen Volks- und Liebeslieds ›Verschneit‹: »Es ist ein Schnee gefallen«.

Wie flott wär's jetzt im Süden: Neues Anklingen des Süden-Italien-Motivs, das alle Trilogieromane durchsetzt.

344 *Weinen, klagen, seufzen, zagen:* Anspielung auf die Kantate von J. S. Bach.

Zeitung ... Trauergesellschaft ...: Gleichfalls ein Zeitungsbericht von 1977.

345 *Fliegt ... der Schwindel auf:* Anspielung an Schopenhauers ›Welt als Wille und Vorstellung‹, vielleicht auch an Nietzsches »Lebenslüge«-Begriff.

Hammer: Vgl. Anm. zu S. 246 u. a.

Dem Neger zu wehren: Hier Engführung des Negers mit dem Teufel. Vgl. E. H., ›Der Neger (Negerl)‹, 1982.

346 *Fahrt auf der Donau ... nach Passau:* Anspielung ebenso sehr auf die Schwiegermutter-Aufzählung der Städte an der Donau – wie an das im 2. und 3. Kapitel der ›Mätresse‹ mehrfach verwendete Motiv der Donaufahrt in Eichendorffs ›Ahnung und Gegenwart‹ sowie an sein komplementäres Gedicht ›Blaue Luft kommt lau geflossen ...‹.

Tirolerhut: Eine Art Vorausahnung des Romanschlusses. Vgl. S. 478 ff. und S. 511.

Slawen: Vgl. das Slawen-Motiv in der Titelgeschichte von ›Roßmann, Roßmann ...‹, 1982. 347

Ollenhauerkopf: Erich Ollenhauer, ehemaliger SPD-Bundesparteivorsitzender. 349

Kräuterschnaps ... Beerwurz: Anspielung auf den 3. Teil von ›Geht in Ordnung‹ – dort geschrieben allerdings »Bärwurz«.

Heimwerker-Discount: Unter solchen und ähnlichen odiosen Namen begannen in den 70er Jahren allerlei neuartige Geschäftshäuer zu firmieren. 350

Wettbewerbsverzerrungen ... Tankstellen: Über diese Tankstellen-Multimedia-Problematik schrieb E. H. zeit der ›Mätresse‹ auch verschiedene Zeitungsglossen (vgl. auch Stichworte ›Center‹ und ›Multimedia‹ in ›Dummdeutsch‹). Etwas später ging das Problem auch den verantwortlichen Behörden auf, und sie unterbanden in der Folge den Tankstellen-Universal-Kaufbetrieb ein geringes.

Dem Bundespräsidenten: Walter Scheel. Vgl. ›Geht in Ordnung‹, 3. Kapitel. 351

Rorate: Katholischer Advents-Liturgie-Gottesdienst. 354

Rosenkranze zu, dem immerdaren: Unter den diversen Formen des katholischen Rosenkranzes gibt es auch den »immerwährenden«.

Wir müssen durch viel ... Gottes eingehen: Arioso-Text aus Bachs Kantate ›Weinen, Klagen, Sorgen, Zagen‹.

Supermarkt ... Top-Discount: Hierzu wie zu »Top« und »Tip« vgl. die entsprechenden Stichwörter in ›Dummdeutsch‹. 355

Die Ähnlichkeit ... Erscheinung: Ein meta-romanlicher Hinweis darauf, daß der kleine Junge (»Charly-Mä«) als Erwachsener und Freund des Autors diesem wesentliche Züge für die Gestaltung des Erzählers »Siegmund Landsherr« geliehen hat. 356

Blaue Nacht ... Schau einer schönen Frau: Die beiden Schlager trällert und summt auch Bernd Hammer, der sehr landherrähnliche Protagonist des Romans ›Dolce Madonna Bionda‹, in Bergamo vor sich hin. 357

Stantepeh: Zitat aus Wilhelm Busch.

Dahergeschneeigeltem: Verklausulierter Vorverweis auf das kommende Motiv des »Igels«, der wie »Charly-Mä« quasi als Ersatz-Kind Landsherrs figuriert.

Gradl Oskar: Vgl. S. 182 sowie Oskar Gnaadl-Eibenstock in ›Sein und Wesen‹, in: ›Ein scharmanter Bauer‹, 1980.

358 *Mä:* Siehe Anm. zu S. 356 und weiter vorne: Die Quasi-Miniatur- und Puerilausgabe der »Mätresse«.

Mä wie Mankind: Motiverweiterung hin zum »Welterlöser«. Zugleich Parallelwortspiel zum Wortspiel »Henscheid – Menschheit«, mehrfach vorgetragen z. B. in ›Ein dummer Hund‹, in: ›Ein scharmanter Bauer‹, und in ›Nomen est omen‹, in: ›Frau Killermann greift ein‹.

Tropen … Kolonialer: Das Tropen-Kolonialer-Motiv wird aufgegriffen und erweitert am Ende des Romans.

359 *Rieselt Schnee:* Volkslied ›Leise rieselt der Schnee‹.

Konrad Viktor Meerwald: In Wirklichkeit Günter Konrad Meerwald (gkm), Journalist bei der Mittelbayerischen Zeitung in Regensburg und als solcher – in Wirklichkeit wie im Roman – eine Art Pendant zu »Alois Freudenhammer«.

360 *Alfons Bartmann:* Sein Modell ist der Amberger Tanzlehrer Alois Bartmann.

Zinn: Gemeint ist der Schnaps.

362 *Unsterbliche Toscana … Sang und Klang:* Das erstere ein Vorverweis auf den Toscana-Romanschluß des 5. Teils – der Klavierband ›Sang und Klang‹ wurde im Zusammenhang von Leobolds Ableben schon am Ende von ›Geht in Ordnung‹ erwähnt.

363 *Sturmhöhenhaft:* Anspielung an Emily Brontës Roman ›Sturmhöhe‹ (Wuthering Heights).

O heiliges Band: Titel eines Freimaurer-Chors von Mozart.

Platon … Valéry, Goethe … Nietzsche: Goethe ist Unsinn, der Rest stimmt halbwegs. Item das folgende Nietzsche-Zitat.

364 *Grafen Almaviva:* Aus Mozarts Oper ›Figaros Hochzeit‹.

Tanz … Manifestation der Seele: Verkürzter Tenor eines Aufsatzes von Paul Valéry.

Horribile dictu: Schrecklich, es auszusprechen.

Ich aber … bin bei euch: Verkürztes Jesus-Zitat.

Schwärzlich-gelber Luftzug fuhr: Alter Märchen- und Legenden-Topos für den Teufel.

Diesen Doppelten: Motiv-Zitat aus ›Geht in Ordnung‹.

Auf dem Wege zum Bischof: Vgl. Latterns phantastische Bischofsreisen-Berichte im 2. Teil von ›Geht in Ordnung‹. Dort auch schon das Motiv der Kerzen.

Wunderweh: Vgl. Latterns »wunderbar« und »wundersam« im 1. Teil 365
von ›Geht in Ordnung‹.

Ich gebe jederzeit falsches Zeugnis: Persiflage und Umwandlung des bekannten Bibelzitats im Zusammenhang der Verurteilung Jesus'.

Mahnt ihn unser Neid: Wagnerismus aus R. Wagners ›Ring‹.

Rausche der Samen, in Ewigkeit amen: Leichte Abwandlung eines bekannten »Pfarrerverses«: »Und der Pfarrer von Kempten, der stärkt seine Hemden im eigenen Samen, in Ewigkeit. Amen«.

Der Paladin des Westens: Vorne wird Streibl als »Paladin des Ostens« 366
apostrophiert. Gemeint ist der Antagonismus Kommunismus – Katholizismus.

Wenn alle untreu werden: Beginn des bekannten Fahrtenlieds. Selbstzitat aus ›Geht in Ordnung‹.

Ich verfüge über die Wahrheit … ich bin erkoren: Leichte Abwandlung von Jesus' ›Ich bin die Wahrheit und das Leben‹ – das andere geht eventuell auf Radames' O wäre ich erkoren« aus Verdis ›Aida‹ zurück.

Engelhartszell: Kloster an der Donau bei Passau mit Klosterschnapsbrauerei.

Ich – nämlich werde mich bald absetzen: Leise Abwandlung des Jesus- 367
Worts: »Über ein Kleines, so werde ich nicht mehr bei euch sein.«

Jakob-Muffel-Auge: Gemeint ist das Gemälde von Albrecht Dürer. In Wirklichkeit: »Jacob«.

Sowieso: Anspielung auf Alfred Leobold. Lattern kommt ja aus Seelburg.

Ihr aber ... folgt mir nicht nach: Umkehrung des bekannten Jesus-Appells.

368 *Feliciter ... ferociter:* Glücklich – wild.

Seelburg ... Teppichhändler ... Doschke: Natürlich der Teppichhändler Duschke aus ›Geht in Ordnung‹.

369 *Sternsteinhöhle:* Bei Sulzbach-Rosenberg.

Felsbrocken vorgeschoben: Umkehrmotiv aus dem Bericht von Jesus' Auferstehung.

Ist es ruhiger geworden: Topos aus den Märchen der Brüder Grimm.

In Seelburg gebrüllt wird: Vgl. Duschkes Statement im 1. Teil von ›Geht in Ordnung‹: »Wer brüllt, der lebt!«.

Didderln: Titten, Brüste.

371 *Der Bischof ... sexualer Mann:* Deutlichere Rundung hin zum Romantitel. Vgl. ›Geht in Ordnung‹, 2. Teil.

Jure divino: Nach göttlichem Recht. Begriff aus der katholischen Kanonik.

Ganz-Anderem: Volkstümlich für »der Teufel«. Vgl. E. H., ›Wie Max Horkheimer einmal sogar Adorno hereinlegte‹, wo das Adorno-Horkheimerisch »Andere« auch mit dem Teufel identifiziert wird.

Ich bin die Wahrheit und das Leben: Wörtliches Jesus-Zitat.

372 *Habemus Papam – gehabt ... Ein neuer Papst:* Tatsächlich erweist sich Lattern bzw. sein Autor hier als Seher. Der Roman erschien im Oktober 1978. Dieser Passus spielt Weihnachten 1977. Er stand schon in der im Winter 1977/78 abgeschlossenen Rohfassung des Romans. Bekanntlich starb Papst Paul VI. dann im August 1978 – längst nach Drucklegung des Romans. Daß freilich gleich drauf noch ein Papst sterben sollte, das ahnte weder Lattern noch der Autor.

Das Konklave: Die bischöfliche Papst-Wahlmännerversammlung.

Die Lateranverträge: Zwischen dem faschistischen Italien und dem Vatikan von 1929.

Am Brunnen … Rote Rosen … Sul mare lucica: Das erste von Schubert – das zweite ein Topschlager der frühen Nachkriegsjahre – das dritte das italienische Volkslied ›Santa Lucia‹, das bereits in ›Die Vollidioten‹ fungiert.

Natura nihil … supervacaneum: Zitat aus Schopenhauers ›Welt als Wille und Vorstellung‹.

Bewirke: Ein katholisches Codewort im Zusammenhang mit »Wun- 373
der«.

O würde doch der Mensch …: Vermutlich Zitat, möglicherweise aus dem Schopenhauer-Umfeld.

Einstein: Albert. Steht hier allgemein für »Relativität«.

Der Himmel taute: Anspielend aufs Adventslied ›Tauet, Himmel, den Gerechten!‹

Holde Winke blauten: Assoziationen an mehrere klassisch-romantische Gedichte, z. B. Goethes »Holde Träume, kehret wieder!«

Regina Coeli, Laetare! Laetare!: Himmelskönigin, Freude! Freude! Zitat des Beginns eines gleichnamigen Chors von Mozart, KV 276 – dessen Melodie und quirliger Schwung hier – wie vorne beim ›Jubilate, jubilate‹ – gleichsam mitzudenken sind.

Ich fror wie ein Schullehrer: Bayrisch sprichwörtlich. 374

Der große Jäger … Beteigeuze: Sterne.

Mozart … maustot umsinken: Der Gedanke kehrt sehr ähnlich wieder im 5. Teil von ›Dolce Madonna Bionda‹.

O Ewigkeit, du Donnerwort: Choral von Bach.

Sancta Maria, Mater Dei: Kleine Chormusik von Mozart, KV 273.

Ich künde dir … etwas mit Kümmernis: Umkehrung der Marienverkündigung durch den Engel: »Ich künde dir große Freude.«

NPD-Leute: Die NPD war 1976–78 schon wieder so gut wie ver- 375
schwunden.

Ich werde observiert: Motiv-Konklusion: Auch die Iberer werden ja 376
observiert – vom Erzähler.

377 *Botwinnik ... Kortschnoj:* Botwinnik war Schachweltmeister bis 1963. Viktor Kortschnoj war in der Romanzeit 1976–78 Vizeweltmeister hinter Karpov.

In der Nacht ... Schumann: Siehe Anm. zu S. 289.

378 *In der Nacht sind alle Katzen:* Diesen Spruch hat auch Kloßen in den ›Vollidioten‹ drauf.

Mutatis muta: Streibl bringt das korrekte »mutatis mutandis« nicht raus.

Die unendliche Melodie: Mit dieser Metapher beschrieb man zuzeiten R. Wagners Opernmusik – ein weiterer Ansatz, Streibls Redeweisen musikalisch zu deuten.

Synopisch: Natürlich kein Druck-, sondern ein Redefehler Streibls.

Er meint aber korrekt: zusammenschauend.

Tatjana ... Tschaikowski: Tatjana ist Heldin von Tschaikowskis Oper ›Eugen Onegin‹ nach Puschkin. Eine andere »Tatjana« wird relevant auf S. 436, 3 als »Titania«.

379 *O Mensch, gib acht:* Ein Gedicht Nietzsches, vertont in Mahlers 3. Sinfonie.

380 *Der jüngere Bruder ... nossackischen:* ›Der jüngere Bruder‹, ein Roman von Hans Erich Nossack (1958).

Post ... Postbote: Vgl. den Schluß der Erzählung ›Die Gage‹, in: ›Frau Killermann greift ein‹, 1985.

Firenze-Firlefanz: Das Wortspiel weist voraus auf das abschließende 5. Kapitel des Romans.

Herzeleid: Zitat aus Heyses ›Mädchenlieder‹-Lyrik.

Alle Menschen ... Tagebuch: Eine Idee, über die Italo Svevo einmal geschrieben hat.

381 *Theodizee:* Spezielle Gotteswissenschaft aus der Zeit der frühen Aufklärung. Ihr Hauptthema: Warum läßt Gott Böses zu?

Hölzenbein: Bernd. Fußballnationalspieler von der Frankfurter Eintracht. Vgl. ›Die Vollidioten‹, Schluß des 5. Tags.

Nil inultum remanebit: Requiemtext der katholischen Liturgie: Nichts Unbilliges wird übrigbleiben.

Ich bin ein armer Mensch: Zitat-Reminiszenz an Herrn Jackopp aus dem 382
6. Tag der ›Vollidioten‹ – auch an Palestrinas Monolog-Apotheose »voll Angst, ich armer Mensch« in Pfitzners Oper ›Palestrina‹.

Und war doch einst …: Wieder Zitat-Reminiszenz an Gretchen in Goethes ›Faust I‹.

Winterreise: Natürlich anspielend an Müller-Schuberts Liederzyklus – möglicherweise auch schon an Gerhard Roths Roman ›Winterreise‹, der im gleichen Jahr, 1978, erschien.

Träum' ich, wach' ich?: Zitat aus Lortzings Oper ›Der Wildschütz‹.

Axel-Paulsen: Schlittschuh-Kunstfigur.

Alwin Candidus Parzival: Alwin und Candidus bedeuten das nämliche: der Reine, Weiße. Gleichzeitig Rundung zu Herrn Jackopp aus den ›Vollidioten‹, der mit dem gleichfalls »reinen Toren« Parzival am 2. Tag der ›Vollidioten‹ in Verbindung gebracht wird.

De profundis: Aus der Tiefe. Katholischer Liturgietext.

The Merry Moggers: Siehe Anm. zu S. 284. 383

Ffft: Kindlich für »weg«.

Möchte Liebe weinen: Verändertes Zitat aus Chamisso-Schumanns ›Frauenliebe‹: »Möchte lieber weinen …« Vgl. Anm. zu S. 446 ff.

»Das« Vroni: Wahrscheinlich angeregt durch Gottfried Keller oder 384
die Dorfgeschichten von Auerbach. Wiederum das Motiv der Geschlechtslosigkeit. Die folgende kurze Szene zitiert verschiedene altdeutsche Tonfälle.

Bilderverbot: Weiteres Stichwort für den romanlichen Motivnexus von Idolatrie, Bildersucht, Voyeurismus.

Bananenrepublik: Schon seit den mittleren 70er Jahren wurde die Bundesrepublik wiederholt mit einer Bananenrepublik verglichen – bis Helmut Kohl der Sache als Kanzler dann Einhalt gebot. Vgl. E. H., ›Helmut Kohl – Biographie einer Jugend‹, 1985.

Den Einfall: Etwas Ähnliches veranstalteten 1976 in Nördlingen tat- 385 sächlich einmal drei alte Herren, z.T. Modelle für Freudenhammer, Bäck und Kuddernatsch; sowie Eckhard Henscheid. Zwei Tage später erschien darüber ein Kurzbericht in den ›Rieser Nachrichten‹.

386 *Heilignüchtern ... Männerbund:* Das »heilignüchtern« verweist auf Hölderlins Gedicht ›Hälfte des Lebens‹. Der schon vorher mit Mozart und den Freimaurern verquickte »Männerbund« bringt hier die drei Alten auch mit Hegel, Schelling, Hölderlin zusammen.

O solitaire, o solidaire: Aufgreifend das Wortspiel aus Camus' Erzählung ›Jonas‹ (Schlußzeile).

Nachbarin ... Fläschchen: Gretchen-Zitat aus Goethes ›Faust‹.

Werner-Syndrom: Das Folgende entnommen einem Zeitungsbericht von 1978.

Aufrecht untergehen: Halbzitierend ebenso Blochs »aufrechten Gang« – wie auch das Brentano-Gedicht ›Einsam will ich untergehen‹.

Konsumtionszwang: Als »Konsumzwang« ein beliebtes Reiz- und Kampfwort der 70er Jahre.

387 *Du nach jedem dritten Wort:* Über die ›Du-Pest‹ der 70er und 80er Jahre vgl. auch E. H.: ›Er Hundsfott, halt er's Maul‹, in: ›Frau Killermann greift ein‹, 1985; sowie das entsprechende Stichwort in E. H. u. a.: ›Dummdeutsch‹, 1985.

Hielt ich Gerichtstag: Zitiert das berühmte Ibsen-Wort vom »Gerichtstag halten« durch das Theater.

Democrazia Cristiana: Vorverweis auf die Italien-Thematik des Romanschlusses.

388 *Zum Deutschen gar:* Vgl. E. H. u. a.: ›Dummdeutsch‹, 1985.

Kathi Landsherr-Eralp ...: Weitgehende Entschlüsselung der bis hierher angesammelten Roman-Verschlüsselungen motivlicher und symbolischer Art. Das Thema »Alpenraum« prägt das Finale des Buchs (vgl. S. 512).

389 *Geibere:* Meint: Ge-Ibere, das Gemache mit den Iberern.

Dr. Hammer: Vorahnung der Hauptperson Dr. Bernd Hammer des Romans ›Dolce Madonna Bionda‹, 1985. Beide gehen zurück auf den langjährigen Eintracht-Mittelfeldregisseur Bernd Nickel – wegen seines scharfen Schusses genannt »Dr. Hammer« und als solcher verewigt z. B. auch in einer Zeichnung von F. K. Waechter. Vgl. Anm. zu S. 117. Hier im Roman auch Engführung zum Hammer-Motiv von S. 246.

Onkel Simon: Statt »Siegmund«. Der Sprechfehler des kleinen Streibl verweist über ›Simon von Cyrene‹, den Kreuzträger Christi, voraus auf die Kreuzes-Thematik vor allem des Roman-Finales (S. 495 und 502).

Heimatblatt ...: Ein entsprechender Bericht erschien 1978 im ›Amberger Volksblatt‹ – inklusive des »Prost vobiscum«.

Nein, sagte der alte Mann ...: Natürlich Stilparodie von Hemingways ›Der alte Mann und das Meer‹.

Makartartig: Abgeleitet vom Maler Makart.

Streibl: Max. Bayerischer Umweltminister zur Romanzeit. Ein ent- 391
sprechender Text erschien 1978 in der Presse.

Zäh wie Kruppstahl: Hitlers Forderung an die Nazi-Jugend.

Allzumal ... Dämmergr –: Diverse poetische Assonanzen. Die »laue Luft« geht auf Eichendorff (siehe 2. Romankapitel) und Heine zurück.

Der lyrische Quell ist versiegt: Parodie der Biografienparodie ›Die Wahrheit über Arnold Hau‹, herausgegeben von Waechter, Gernhardt und Bernstein, den drei Illustratoren der ersten Trilogie-Ausgabe.

Matratzen ... Mater Coeli: Weitere etymistische und motivische Verrätselung des Mätressen-Themas. Vgl. S. 374 und S. 491.

Zerstoben. Zerstiebt? Zerstoben: Vgl. die analoge Stelle im 5. Kapitel von 392
›Dolce Madonna Bionda‹, 1983.

Einsiedel, das war mißgetan: Zitat aus der 6. Strophe von Victor von Scheffels Frankenlied »Wohlauf, die Luft«.

Der kalte Bauernmond: Eine kleine Hommage an Arno Schmidt – an- 393
gespielt wird in der Folge von Latterns »Wichser« natürlich auch auf die Thematik Onanie.

Ich trau mich nicht, ich trau mich nicht: Zitat aus Karl Valentins ›Schwie- 394
rige Auskunft‹.

Eskapismus: Vgl. ›Die Vollidioten‹, 4. Tag.

Sprechfunkgerät: Das amerikanische CB (Citizen Band)-Funkwesen erreichte ab 1975 massiert Deutschland.

Brandt … Guillaume: Die bekannte Spionageaffaire von 1974.

Frei, aber einsam: Die berühmte F-A-E-Mystifikation rund um den Kopfsatz von Brahms' 3. Sinfonie.

Wallfahrtskirche Maria-Grein bei Knittlingen: Als Hauptmodelle für die im folgenden beschriebene Kirche dienten die Mariahilfbergkirche bei Amberg und die St. Anna-Kirche bei Sulzbach-Rosenberg. Knittlingen, eine vermeintliche Erfindung des Autors, stellte sich – kollektives Unbewußtes? – später als eine schwäbische Stadt heraus, in der Dr. Faustus geboren wurde und die heute ein Faust-Museum beheimatet. Womit die Faust/Mephisto-Verschränkung von Streibl/Landsherr metaphysisch abgesegnet wird.

395 *Albinus:* Am 1. März ist Albinus-Namenstag. Vgl. Anm. zu S. 382.

Barcarolerhythmus: Gedacht ist hier vor allem an die Barcarole von Offenbachs ›Hoffmanns Erzählungen‹.

Der Kommunistischen Partei: Es gab natürlich 1978 in Deutschland mehrere. Die im folgenden erwähnten und von beiden Romanfiguren kräftig durcheinandergeschüttelten Parteien bzw. Gruppierungen DKP, KPD, KPD/ML usw. bestanden nebeneinander, waren zum Teil nur von Fachleuten voneinander abzugrenzen und sind heute schon weitgehend Historie.

396 *Wollack Walter:* Ehem. Fußballer des 1. FC Amberg.

397 *Bleicher Sultan:* Ehemaliger Amberger DKP-Funktionär mit Spitznamen »Sultan«.

398 *Bach-Air:* Gemeint ist v. a. die Air aus der 3. Orchester-Suite von J. S. Bach.

399 *Accelerando:* Beschleunigend bzw. beschleunigt.

Scheidung der Guten und Bösen: Analog zum Thema Katholizismus – Kommunismus – und parallel zur Beschreibung des Deckenfreskos S. 277.

Unsere Liebe Frau: Maria. Beschreibung weitgehend nach der Bergkirche bei Amberg.

Ave Maria, mundi spes: Gegrüßt seist du, Maria, Hoffnung der Welt.

Zwei Sibyllen: Weissagerinnen. Katholische Halbheiligenfiguren.

Spartakist: Zurückdatierend auf frühere Streibl-Landsherr-Kommu- 400
nismus-Gespräche – und natürlich Unfug wie der »Stalinist« Herr Jackopp aus den ›Vollidioten‹ (6. Tag).

A la Caravaggio: Der italienische Maler Merisi, genannt Caravaggio.

Jenem kleinen Elefanten: Vgl. Anm. zu S. 339. Eine Art Vorahnung oder 401
ein Vorplan der Geschichte ›Der kleine Elefant‹ von 1985 in: ›Frau Killermann greift ein‹.

Patrona … Josef wirkte reichlich müde: Weitere Engführung und Enigmatisierung des Bischofs- mit dem Josefs-Motiv der Geschlechtslosigkeit.

Harburg: Kleine Stadt bei Nördlingen alias »Dünklingen«.

Das Kommunistische Manifest: Von Marx. Hier wie im folgenden ge- 402
mischt wahre und getürkte Zitate bzw. Zitatbehauptungen von beiden Seiten.

Siehe Lenins Aprilthesen: In diesem Zusammenhang so oder so Unfug; und von seiten Landsherrs dezidierter Nonsens. Item »Der Zar mußte weg«.

Christus … Meister: Von seinen Jüngern wird Christus als »Meister« 403
apostrophiert.

Meliter in modo, fortiter in re: Weich in der Methode, hart in der Sache.

Mondrian? James Gogol?: Gemeint ist der Maler. Gogol hieß Nicolai. Alles bewußtes Nonsens-Geschwätz.

Keller »Segen der Erde«: Hier bringt Streibl offenbar Gottfried mit Paul Keller und diesen mit Hamsun durcheinander.

Malstrom: Anspielend auf E. A. Poes Geschichte. 404

Kerenskij: Alexander. Russischer Justizminister, 1917 Ministerpräsident, von Bolschewisten gestürzt.

Benedictus aus KV 317: Mozarts Krönungsmesse. Benedictus ist natürlich auch anspielend gemeint auf das Wohlgerede der beiden Helden.

Helmut Schön: Bis 1978 Trainer der deutschen Fußball-Nationalmannschaft. Vgl. Intermezzo über Fußball ›Zwischenbilanz‹ in den ›Vollidioten‹.

Madame Pompary: Natürlich hat Maupassant keine ›Madame Pompary‹ geschrieben – aber auch Flaubert nicht.

Hemingway war Heide: In diesem Satz kulminiert quasi so ziemlich das gesamte Motiv- und Symbolgewusel des Romans: West–Ost, Kommunismus–Katholizismus–Kapitalismus, Christentum–Heidentum usw.

Winnetou: Anspielend auf Karl May, Winnetou, Band 3, mit der pathetischen Christwerdung des Indianers. Vorausahnung des ähnlich angelegten großen nächtigen Dialogs zwischen Kafka und Knitter in ›Franz Kafka verfilmt seinen Landarzt‹ in ›Roßmann, Roßmann …‹, wo Knitter und Kafka einmal analog dem Brüderpaar Winnetou und Shatterhand gesehen werden.

Kerwenski: Offenbar kennt Streibl Kerenskij nicht. Und ebenso wenig weiß er etwas von Trotzki – der Passus ist natürlich Nonsens.

Der MAD: Der deutsche »Militärische Abschirmdienst«.

405 *Schon zu Toscas Zeiten:* Der 1. Akt von Puccinis Oper ›Tosca‹ spielt in einer römischen Kirche.

406 *KBW:* Kommunistischer Bund Westdeutschland. Zur Zeit des Romans noch sehr aktiv. In der folgenden Zeile verwechselt Streibl die Initialen: »KWB«.

Eine Heilige Familie selbdritt: Anspielung auf das Gemälde ›Die hl. Anna selbdritt‹ von Leonardo da Vinci – und gleichzeitig weitere Engführung des Josef-Maria-Kind-usw.-Themas.

407 *Religion ist … Opium:* Ergänze: für das Volk. Das bekannte Marx-Zitat.

Dämmerung … Flug … Grau in Grau: Sehr schlampig – aber auch irgendwie visionär – zitiert hier Streibl Hegels berühmte Definition der Philosophie. Daher Landsherrs Frage, ob nicht tatsächlich »der Weltgeist« aus Streibl rede.

Mühlen Minervas: Kunstvoll-unfreiwillige Kontraktion Streibls. Er meint: »Gottes Mühlen mahlen langsam« – zitiert abermals bruchstückhaft die besagte Hegel-Stelle.

Eurokommunismus: Begriff der mittleren 70er Jahre. Vgl. Verona-Passagen gegen Ende des Romans.

Volksfront: Hier nonsenshaft anspielend auf die SPD/KPD-Koalitio- 408
nen gegen den Faschismus in den 30er Jahren.

Die Kreuzwegstationen: Signalhafte Vorwegnahme der Kreuzes-Thematik des Romanschlusses.

Bayernpartei: Bestand nach dem Krieg in Bayern. Streibls Angaben über sie sind nicht sehr korrekt.

Britzelmeier … Nennstil: Der erstere erfunden – der andere ein Amberger DKP-Funktionär.

Kyrie – ee – … leison: Aus der vorher erwähnten katholischen A- 409
cappella-Messe ›Missa de Angelis‹. Vgl. das Engel-Motiv von S. 511.

SPD-Mitglied: Autor E. H. war ab 1967 kurzzeitig SPD-Mitglied. Vgl. Anm. zu ›Die Vollidioten‹.

Strauß … Woll Eberhard: Letzterer Redakteur in Regensburg und 410
1968/69 Arbeitskollege des Autors. Ihm stellte Strauß einst die historisch gewordene Frage: »Sind Sie überhaupt Abitur?«

Dolos: Von Streibl natürlich unsinnig gebrauchter Begriff aus der Rechtsprechung. Ebenso die folgende und korrekt gebrauchte »Contradictio in adjecto«.

Der Kampf … aufzuhalten: Linke Phraseologie insbesondere auch der 70er Jahre.

Kampffront Rote Erde: Offensichtlicher Nonsens. 411

Egredietur virga de radice Jesse: Vgl. S. 343: »Es ist ein Ros entsprungen aus einer Wurzel zart, wie uns die Alten sungen, von Jesse kam die Art« – weitere Entfaltung der Kind-Erlöser-Thematik.

Der Holdgewaltige: Wagnerismus.

412 *Weh! Schwager! Weh!:* Auch unfreiwillige Anspielung Streibls auf den Namen »Siegmund« seines Schwagers: Siegmund nennt sich im 1. Akt von Wagners ›Walküre‹ »Wehwalt«. Siehe auch weiter unten: »Weh! Siegmund!«

Wie der Beichtvater Antonius: Bei Wilhelm Busch.

Der klassische Paranoiker: Von Streibl unfreiwillig quasi falsch und richtig zugleich gebraucht. Streibl meint, Landsherr sei ein Verfolgungswahnsinniger, der sich verfolgt fühle – in Wahrheit verfolgt ja Landsherr gleichsam paranoisch andere – die Brüder. Vgl. Streibls Brief S. 421.

413 *Schleyer:* Hanns Martin. Der deutsche Arbeitgeberpräsident wurde im September 1977 – ein halbes Jahr vor der entsprechenden Romanzeit – von der RAF ermordet.

414 *Die historischen Beschlüsse…:* Natürlich Unfug.

415 *Konvergenztheorie:* Formel für den Wandel durch Annäherung von Ost und West und speziell der Bundesrepublik und der DDR seit den 60er Jahren.

416 *Ein Gerät:* Das Folgende nach dem Modell der Bergkirche bei Amberg.

Alles, alles wieder still: Topos aus Eichendorffs Prosa.

Prächtige Donner, charmante Blitze: Halbzitat aus der Reisebeschreibung der vierjährigen (!) Dorothea Schlözer von Göttingen in die hohenlohische Heimat: »… wenn es so prächtig donnert, und so charmant blitzt!« Cit. nach Peter Lahnstein, ›Report einer guten alten Zeit‹, S. 431.

Eichbäume: S. Anm. zu S. 278.

Wie harmreich harmlos … Kommunisten: Analoges wird über den »Kapitalismus« in Form des ANO-Teppichladens gesagt in ›Geht in Ordnung‹, (2.Teil). Beide Zitate gehen zurück auf das Geschäftseröffnungskapitel in Svevos ›Zeno Cosini‹: »Geschichte eines Handelshauses«.

417 *Geschäftsreise nach Brügge und Malmedy:* Im Januar 1978 unternahm der Verfasser zusammen mit dem Figurenmodell seines »Landsherr« eine Reise nach Brügge und Malmedy.

Das Rettende ist allzeit nah: Hölderlin-Zitat, leicht verändert.

98 Meter: Höhe des »Daniel«-Kirchturms in Nördlingen.

Man divergiert … ganz allein: Zitat, nicht mehr verifizierbar.

Gleißenberg: Bei Furth, Bayerischer Wald. Geburtsort der Großmut- 418
ter von E. H.

Folgen später Bruderschaft: Bezieht sich auf ein Zitat der Schwiegermutter, S. 299ff.

Charly-Mä … Stupsi: Das Kindermotiv, hier gleichsam zur Androgyni- 419
tät bzw. Geschlechtslosigkeit erweitert.

Supermarkt … Center: Vgl. die entsprechenden Stichwörter in: E. H. u. a.: ›Dummdeutsch‹, 1985.

Ein Kälblein … Augen sehen: Vgl. die Kuhbegegnung im 3. Kapitel von 420
›Dolce Madonna Bionda‹, 1983.

Grenzwertsituationismen: »Situationismen« ist gedachtes Zitat Latterns.

Syndroms … hypoplastisch … zum Kreißen (partus) geeignet: Natürlich me- 421
dizinischer Unfug.

Oper Tannhäuser: Von Wagner. Darin zentral das Romanmotiv der Keuschheit und spiritualisierten Entsagung.

Eigenwilligen Paranoia-Begriffs: Siehe auch S. 412.

Fehlprojektionslegasthenie: Natürlich begrifflicher Eigenbau. 422

Der Blick zum gestirnten … die vierfache Wurzel …: Zitate Kant bzw. Schopenhauer.

Einnahme des Gifts: Hier ist Landsherr fehlinformiert. Hitler erschoß sich.

Vergnügtheit im Herrn. Biblisch-katholischer Topos. 423

Neger … Frauen: Vgl. E. H., ›Der Neger (Negerl)‹, 1982, Kapitel ›Geschlechtsbarkeit und Pflöckeln‹.

Bin ich denn Nabokov: Anspielung auf Vladimir Nabokovs unvergleichliche Metaphern-Originalität. Vgl. des Autors Aufsatz über Nabokov im Bayerischen Rundfunk 1977.

Nur ein schlichter Heiliger: St. Josef. Gleichzeitig Assonanz an F. W. Bernsteins ›Mangold-Gedicht‹: »Ich bin nur ein schlichter Mann«.

423f. *Drohenden Hundegeblaffe:* Anspielung auf Schubert-Müllers ›Winterreise‹ mit ihrem Motiv der bellenden Hunde.

424 *Zwei alte Männer … Mondregenbogens:* Zitatanspielung auf C. D. Friedrichs bekanntes Gemälde.

Schönes Tier: Reminiszenz an Bartmanns Nietzsche-Ausführungen S. 364.

Karajan: Herbert von. Dirigent.

Fra Diavolo: Oper von F. Auber.

Toréador … Rubinstein: Salonstück der Jahrhundertwende.

Götterdämmerungs-Potpourri: Vgl. Anm. zu S. 319. Die erwähnte »Wälsungenliebe« meint die von Bruder und Schwester.

425 *Frühlingsstimmen-Walzer:* Von Johann Strauß.

Das Leben hat uns wieder: Trivialisiertes Zitat aus ›Faust II‹: »Die Erde hat mich wieder«.

Systole – Diastole: Ein spezifisch goethisches Begriffspaar. Vgl. ›Geht in Ordnung‹, 3. Teil.

426 *Wesentlichen … Unseren:* Das »Wesentliche« spielt vor allem auf die deutsche Mystik an – das »die Unseren« auf Dostojewskis ›Die Dämonen‹.

O Veilchenhauch, o Fliederweh: Allgemeine Zitatreminiszenzen an klassisch-romantische Lyrik.

De aquel majo … memoria: Vorne schon – verkürzt – zitierter Text aus einem spanischen Lied von E. Granados.

Gräfin im Spessart: Offenbare Reminiszenz an Käutners ›Wirtshaus im Spessart‹-Film der mittleren 60er Jahre. Das »Cherubinische« bezieht sich auf den Cherubino in Mozarts ›Figaros Hochzeit‹. Die »trockenen Blumen« auf Schuberts Klavier-Flötenvariationen über sein eigenes Lied »Ihr Blümlein alle« aus der ›Schönen Müllerin‹.

Inter natos mulierum: Wieder Marien-Anspielung, wieder über ein gleichnamiges kleines Kirchenchor-Stück von Mozart, KV 72.

Das Fressen beim Fernsehen … Maul: Der Titel ›Beim Fressen beim Fernsehen fällt der Vater dem Kartoffel aus dem Maul‹ eines Romans von E. H. aus dem Jahr 1981 stand zeit der ›Mätresse‹ von einer Vorfassung aus dem Jahr 1970 her längst fest.

Laudate dominum: Bekanntes Sopransolo von Mozart aus den ›Vesperae solennes de confessore‹ KV 339. Schon vorne zitiert.

Wolfsschlucht-Kruditäten: Der 2. Akt von Webers ›Freischütz‹ spielt in der »Wolfsschlucht«. 427

Gram-Diem: Reminiszenz an »Charly-Mä«, S. 357.

Kultur … Triebverzicht: Ein Zentral-Motiv von Freud u. a.

Purgatorismus: Eigenbau aus »Purgatorium«, Fegefeuer.

Orte … dem schönen: Der »schöne Ort«, die katholische Übersetzung des alten Topos vom locus amoenus, liegt gleichsam neutral zwischen Himmel, Hölle und Fegefeuer. Er ist vorgesehen u. a. für ungetaufte Christenkinder, die vom »schönen Ort« aus freilich Gott nicht schauen dürfen.

Schäferin: Anspielung auf den amoen-rokokohaften Zug des Romans. 428 Das Omnibus-Unternehmen ›Schäferin‹ existiert in Wirklichkeit allerdings in Frankfurt.

Nach Paris … Ins Puff!: Möglicherweise Quelleinfall für die spätere Erzählung ›Im Puff von Paris‹ aus dem Jahr 1983, wiederabgedruckt in ›Frau Killermann‹, 1985.

Notre Dame … Vroni … Kind … Verona: Weitere Engführung des Motivsyndroms Maria–Verona–Geschlechtslosigkeit. Vgl. S. 269 f. und 502 ff.

Bischof … episcopos … Aufseher: Zusammenführung des romanzentralen Bischofs- und des analogen Voyeursmotivs.

Goetheklaren Auges: Goethe wurde besonders auch wegen seiner eindrucksvollen Augen gerühmt. Vgl. die Zusammenstellung in Bernstein/Henscheid, ›Unser Goethe‹, 1982.

Oder Verona: Siehe Anm. S. 269. 429

Echter Rittersinn: Topos der frühen Romantik, korrespondierend dem anti-philiströsen »Davidsbündlerischen« von Teil 1.

D'accord … point d'honneur: Einverstanden – Ehrensache.

Hard-Rock-Band: Solche gab es um 1975 auch schon in der Provinz. Hier natürlich im ironisch-übertragenen Sinn.

Verknittelte: Hier auch schon Reminiszenz an das »Knittlingen« von S. 439.

430 *Tumor oder rumor cordalis:* Herztumor bzw. -rumor. Mehr oder weniger lateinischer Eigenbau.

Schopenhauers Preisschrift: ›Über die Grundlage der Moral‹ – schon zweimal indirekt im Roman erwähnt im Zusammenhang der sentimentalen Elefantengeschichte.

Sicherung durch Weizenbier: Der Weizenbierkonsum speziell in Bayern nahm vor allem ab 1975 sichtbar und deutlich zu.

431 *Zimmermanns-Ehe:* Meint: Josefs-Ehe, d. i. im katholischen Vokabular die geschlechtslose Ehe meist älterer Ehepartner. Abermals Motivrundung zu Josef und Maria hin.

St. Neff: Eben Josef. »Hebräisch«: Natürlich Unsinn.

Der kleine Elefant: Aus Schopenhauers erwähnter Preisschrift. Vgl. Anm. zu S. 339. Der kleine Elefant wird hier also neben Stupsi und »Charly-Mä« als drittes Kind-Teil statuiert – das Kind (Jesus) bildet sich als eine Art Triptychon.

Aus dem Geschlechte Davids: Jesus. Vgl. S. 411 und 431.

Primum vivere: Zuerst wird gelebt. Ergänze beim lateinischen Sprichwort: Deinde philosophari – dann erst wird philosophiert.

Mitra: Kopfbedeckung des Bischofs.

432 *Zu sterben vor Verlassenheit:* Das Elefantenmotiv von S. 339.

Erzherzogtrio Beethovens: Bereits S. 39ff. bei der Vorstellung Streibls thematisiert. In der Durchführung des 1. Satzes kommt es zu virtuosen Pizzicato-Effekten.

Dernier cri: Letzter Schrei.

Weizenbier: Siehe Anm. zu S. 430.

433 *Völker höret … Warnung:* Parodie der sozialistischen Internationale.

Der verfluchten Terroristen: Der Schleyer-Mord liegt hier ein halbes Jahr zurück.

Auf der Autobahn ...: Zeitungsbericht vom Mai 1978.

Per saecula saeculorum: Von Ewigkeit zu Ewigkeit. Katholischer Litur- 434
gietext.

Wie ein Marienkäfer: Natürlich wiederum Madonna-Bezug. Vgl. den 435
Marienkäfer gegen Schluß von ›Dolce Madonna Bionda‹.

Die Weisheitslehre dieser Knaben ... Sei ewig mir ins Herz gegraben: Taminos Rezitativ aus Mozarts ›Zauberflöte‹.

Ein Schubert-Andante: Vgl. die Funktion des Schubert-Andantes im Trio ›Notturno‹ am Schluß der Titelerzählung von ›Roßmann, Roßmann ...‹, 1982.

Schubert ... Cello ... zirpten die Begleitung: Wahrscheinlich ist hier schon an das besagte Trio-Notturno gedacht; oder aber an die langsamen Sätze der beiden großen Klaviertrios.

Lohnsummensteuer: Terminus, der ca. 1978 publik wurde. 436

Polonaisenhaft ... Titania ... fille de l'air: Gemeint ist die Polonaise Koloraturarie »Je suis Titania« aus der Oper ›Mignon‹ von Thomas. Vgl. E. H., ›Tips für anspruchsvolle Nerven‹, in: ›Verdi ist der Mozart Wagners‹, 1979.

Mein Gott ... Wickel: Travestie von Jesus' Wort am Kreuze: »Mein Gott, 437
warum hast du mich verlassen«.

Die Welt geht baden: Travestie von »Die Welt ist aus den Fugen« aus 438
Shakespeares ›Hamlet‹.

Graue Botin: Anspielend auf den »grauen Boten« bei der Geschichte des Requiems von Mozart. Das Motiv findet sich stark erweitert in der Figur des Horst Tempes in ›Dolce Madonna Bionda‹.

Demonstration deutsch oder amerikanisch: Vgl. die Satire ›Großwildshoo- 438f.
ting auf Elephants‹ in ›Frau Killermann greift ein‹, 1985.

Vielleicht gern ein Kind: Weitere Engführung des Hl.-Familie-Themas; 439
auch das Schwiegerliche wird jetzt inkludiert.

Sommerfäden ... kein Blitz fährt drein ... rauscht der Hain: Kleine Zitat- und Topoi-Montage aus diversen Quellen (Tieck, Brentano, Oper).

Ewig: Sehr leise, aber deutlich anspielend auf das »Ewig, ewig ...« 440 von Gustav Mahlers ›Lied von der Erde‹, mit dem schon der 4. Tag der ›Vollidioten‹ schließt.

Una voce poco fà: Frag ich mein beklomm'nes Herz. Arie der Rosine aus Rossinis ›Barbier von Sevilla‹.

Ich sehe dich, Alwin: Hymnenrhetorik-Parodie. Im folgenden Halbzitate und Tonfälle aus Goethe, Hölderlin, Wagner usw. Vgl. dazu die Erweiterung durch die ›Hymne auf Bum Kun Cha‹ in ›Ein scharmanter Bauer‹, 1980. Gleichzeitig Analogie zum Gedicht im Roman auf S. 288 f.

441 *Versöhnung:* Das Stichwort Hölderlins aus dem Schluß von ›Hyperion‹, das schon in den ›Vollidioten‹ zitiert wird.

Aut prodesse … poetae: Die Poeten wollen sowohl nützen als erfreuen. Das Zitat ist auch verwendet in E. H., ›Helmut Kohl‹, 1985.

Sub specie aeternfernalis: Verballhornung und Eigenbau: Im Angesicht der ewigen Verdammnis.

WM in Argentinien: Synchron zur Romanzeit und zur Zeit der Roman-Endniederschrift begann im Juni 1978 die Fußball-Weltmeisterschaft in Argentinien.

Anführungszeichenfidel: Bezieht sich darauf, daß Graf »Stauber« den ganzen Roman über eigentlich nur in Anführungszeichen real ist.

442 *Wahnwehreich … Weltschmerz:* Das erstere ist ein wagnerianischer Eigenbau à la »Wehwalt« und »Wahnfried« – der Weltschmerz zitiert gleichsam nochmals Schopenhauer.

Medias in res: Scharf zur Sache.

Elfenhaft geschminkte Sopran: Erinnerung an das Elfen-Sopran-Solo in Mendelssohns ›Sommernachtstraum‹.

Sine qua: Erg.: non: Ohne die nichts …

443 *Weben … Wahns:* Angelehnt an Wagners »Waldweben« aus der Oper ›Siegfried‹ und an den »Wahn«-Monolog aus den ›Meistersingern‹.

Salemasimsala: Kontraktion aus »Salem alaikum« und »Simsalabim«.

444 *Orientalen … dolle Gesellschaft:* Zitat aus Th. Fontanes ›Der Stechlin‹. Vgl. S. 227.

Handel im Wandel: Dieses großartige Wortspiel erschien 1978 tatsächlich als Überschrift eines Leitartikels im Wirtschaftsteil der FAZ.

Culpa in contrahendo: Juristenbegriff. Hier unsinnig. 445

Prozeßverschleppung: Das Zentralthema von Kafka, ›Der Prozeß‹.

Ein Igel ist eingetroffen: Die folgende absurde Geschichte ist weitgehend in Montagetechnik übernommen aus Dostojewskis Roman ›Der Idiot‹, wo das Geschenk eines Igels eine ähnlich undurchschaubare Nonsens-Rolle spielt. Vgl. Bernd Eilert/Eckhard Henscheid: ›War dieser Gekreuzigte ein ganz großer Humorist‹, in Frankfurter Rundschau, Nov. 1971, erweitert als Funkessay 1974 im Bayerischen Rundfunk.

Was bedeutet der Igel: Das Folgende bis »aller Beleidigungen« wörtliches 446
Zitat aus dem Dostojewski-Roman.

Schumanns ›Frauenliebe und Leben‹: Liedzyklus nach Gedichten von Chamisso.

Kathleen Ferrier: Englische Altistin.

Du Ring an meinem Finger: Hier auch leise Querbezüge zur Ring-Frauen-Siegmund-Siegfrieds-Thematik in Wagners ›Ring‹ – inklusive des Vergessens und des Verrats am Ring, an der Ehe.

Igel … Alwin: Erweiterung des Kind-Motivs Stupsi-»Charly-Mä« – Elefant um den ähnlich kindlich besetzten Igel. Gleichsam gibt Alwin sein achtes Kind dem kinderlosen Landsherr ab.

Proustsche ›Madeleine‹-Erfahrung: Der bekannte Erinnerungs-Projek- 447
tions-Mechanismus aus Prousts ›A la recherche du temps perdu‹, welcher ja betontermaßen schon auf S. 8 der ›Mätresse‹ zitiert wird – ja seine Variante hätte sogar beinahe den Roman-Titel ergeben.

Was ist das für ein Geheimnis: Wieder Zitat aus der Igel-Geschichte in Dostojewskis ›Der Idiot‹.

Einfach nur ein Igel?: Gleichfalls Zitat aus Dostojewskis Igel-Geschichte.

Was ein Symbolsalat: Spätestens an dieser Stelle scheinen sowohl Landsherr als auch der Verfasser Mühe zu haben, die von ihnen ja selbst – genüßlich und freihändig – angeleierten Symbolkreuzungen noch zu überschauen.

448 *Schnauze zu Schnauze:* Travestie von Siegfried und Brünnhildes »Mund an Mund« aus dem Finale der Oper ›Siegfried‹ von Wagner. Das Schnauze-zu-Schnauze-Motiv kehrt erweitert wieder in E. H., ›Ein dummer Hund‹, in: ›Ein scharmanter Bauer‹, 1980.

Verwichste Heiligenbande: Diese, nämlich das Bild der katholischen Himmelshierarchie, ist freilich längst und deutlich strukturbildend für den Roman ›Die Mätresse des Bischofs‹ geworden.

Bischof, hab acht: Möglicherweise Travestie-Parallele zu der vorne zitierten Nietzsche-Zeile »O Mensch, gib acht«.

Ständer: Natürlich vulgo Phallus.

O Wollust, o Himmelsqual: Umkehrung des Schopenhauer-Worts »O Wollust, o Höllenqual!«

Igel … Charly-Mä: Siehe Anm. zu S. 446.

Dritte Welt: Politisches Allerweltsschlagwort der 70er Jahre.

449 *Pro domo … pro gromo:* Für die eigene Sache – das zweite ist eine Streibl parodierende Kalauer-Verdrehung.

Nicht rot! Nur human!: Vgl. die Auflösung S. 506.

Magna voce: Mächtig laut.

Animalischen Humanität … ›Ich liebe dich‹: Vgl. die nicht unverwandte Passage in ›Geht in Ordnung‹, 3. Kapitel.

450 *Die Rolle des Igels in der Weltliteratur:* Darüber veröffentlichte E. H. bereits 1975 in der ›Deutschen Zeitung‹ eine kleine Glosse, brachte es da aber nur auf ca. drei Belegstellen.

Comme un petit idiot: Wie ein kleiner Idiot.

Das Mystisch-Mysteriöse …: Ähnlich überkandidelt wie Landsherr erörterte Goethe gegenüber Eckermann die Unerklärlichkeit des offenen Geheimnisses des Kuckucks – worauf diese Passage anspielt.

Wolken zieh'n wie schwere Träume: Zitat aus dem Eichendorff-Gedicht ›Zwielicht‹, aus dem eine andere Zeile – die Reimzeile zu dieser – als Motto des Romans ›Geht in Ordnung‹ zitiert wird.

Auf den Autobahnen lebhafter Verkehr: Standard-Satz der Autofahrer-Funksendungen. Der ganze Passus wurde sehr ähnlich wiederverwendet in der Erzählung ›Scho‹ in: ›Ein scharmanter Bauer‹.

Bleicher … Grün … Wollack: Ominös-Figuren, deren Alwin Streibl in der großen Kirchenszene S. 394 ff. Erwähnung getan hatte.

Ob in der Herberge Platz: Zitat aus dem Weihnachtsevangelium.

Gasthof Sperber: Real in Sulzbach-Rosenberg.

Mutter muselmanisch: Verklammerung des Mutter- und des Türkenmotivs zu einem höheren »Katholischen«, d. h. Weltumfassenden. 451

Sehr nahe: Reminiszenz des Hölderlin-Zitats: »Nah ist, doch schwer zu fassen …«

Spitzbübisch: Als »spitzbübisch« wird auch die Kathi-Reinkarnation in ›Die Lieblichkeit des Gardasee‹ und in der Titelgeschichte von ›Roßmann, Roßmann …‹ beschrieben. 452

Bu iyi … Ben … cokiji: Türkisch für »Ich weiß es, das ist alles sehr gut«. Die quasi-türkische Eichendorffübersetzung des ›Taugenichts‹-Schlusses. Vgl. Anm. zu S. 512.

Konus Aynur: Türkisch für »Sprich, Aynur«. Der Name »Aynur«, der ihres früheren türkischen Mannes, spielt auf den Mond, türkisch »Ay«, an.

Wie viele Engel … Nadelspitze: Theologische Streitfrage der Scholastiker. 453

Gelangweilt … Spott … linste amüsiert: Ähnlich den Kathis aus den beiden Erzählungen.

Zimmermann: St. Josef.

Regina! Tu pia! Mater misericordiae: Königin! Du fromme! Mutter der Barmherzigkeit. Katholischer Liturgietext.

Kathis Hand war kalt: Anspielung auf das »eiskalte Händchen‹ aus Puccinis ›Bohème‹. Vgl. auch die Darstellung Kathis in ›Roßmann, Roßmann …‹

Ausgesorgt: Zentralmotiv von Kafkas ›Amerika‹-Roman und in der Folge auch von ›Roßmann, Roßmann …‹. Die »Vernichtung der Sorgen« (so ein Romantitel von W. Genazino) ist freilich auch ein durchgehendes Thema der Roman-Trilogie. 454

Der Igel bedeutete … Gnade, Vergebung …: Wieder Zitat aus der Igel-Geschichte in Dostojewskis ›Der Idiot‹.

455 *Unia mysticus:* In Wahrheit natürlich »unio mystica«.

Die drei Superklasse-Alten: Freudenhammer, Bäck und Kuddernatsch, die natürlich in dieser katholischen Über-Symbol-Familie auch die Hl. Drei Könige bilden. Siehe S. 385: 6. Januar ist Hl.-Drei-Königs-Tag.

Geld spielt keine Rolle: Landsherr zitiert hier quasi bewußt »Herrn Kloßen« aus den ›Vollidioten‹; in gewisser Weise auch Alfred Leobold aus ›Geht in Ordnung‹, der ja unter ähnlichen Gesinnungsvoraussetzungen nach Italien »brummt«.

456 *Archivdirektor:* Der höhere Zufall wollte es, daß das Figurenmodell für »Streibl« drei Jahre nach Veröffentlichung der ›Mätresse‹ kurzzeitig Anstellung in einem Stadtarchiv fand. Vgl. dazu die Streibl-äquivalente Figur des Erwin Wehmeier aus ›Roßmann, Roßmann …‹, der bei seiner Wiederkehr im Roman ›Dolce Madonna Bionda‹ (1983) bereits von gewissen Archiv-Tätigkeiten unkt.

Opernfestspiele in Verona: Bezug zu S. 269 und Vor-Vision des sehr »opernhaften« Romanschlusses.

Transalpinische: Kommendes Motiv des Romanschlusses.

457 *Ring an meinem Finger:* Der Schumannsche Liedtitel von S. 446.

Wer in die Fremde … gehn: Travestierter Text des Gedichts von Eichendorff, vertont von Hugo Wolf: »Wer in die Fremde will wandern, der muß mit der Liebsten gehn«. Mit der Schlußzeile dieses Gedichts, »Grüß dich, Deutschland, aus Herzensgrund!«, endet der Roman.

General Krakau: Ab jetzt verschärfter Bezug zu diversen Dostojewski-Generälen.

Geht in Ordnung: Selbstzitat des Titels des 2. Trilogieromans.

458 *Gradewohl:* Absichtlich statt »Geratewohl«.

Vieni … aspettano: Zitat aus dem 2. Akt von Puccinis ›Bohème‹: Komm, die Freunde warten schon.

458 f. *Anekdote … Eisenbahncoupé … Bologneserhündchen:* Die folgende Anekdote findet sich, weitgehend wörtlich so, in Dostojewskis Roman ›Der

Idiot‹ – auch dort erzählt sie ein reichlich dubioser General – auch er wird am Ende entlarvt: Er hat die Sache nämlich in der Zeitung gelesen und gibt sie, wie General Krakau, als eigenes Erlebnis aus.

Frisch-Center: Vgl. E. H. u. a.: ›Dummdeutsch‹, Stichworte »Frisch« und »Center«. 459

Der Zug raste weiter ... ich war im Recht: Zitate aus der Dostojewski-Episode aus ›Der Idiot‹. 460

Habe ich eine ganz ähnliche ... Dostojewski: Siehe Anm. zu S. 458 ff.

Der General ... rot geworden: Zitat aus der analogen Entlarvung bei Dostojewski.

Parole d'honneur: Ehrenwort. 461

Land des Lächelns: Operette von F. Lehár. Meint natürlich China. Obwohl der General unfreiwillig auch wieder nicht ganz unrecht hat. In den Büchern der Trilogie und anderen Büchern von E. H. wird Italien mit dem Motiv des Lächelns häufig zusammengesehen, z. B. im Titel-Lied des Romans ›Dolce Madonna Bionda«: »la fa sorridere«. 462

Ecco la primavera ... che bella cosa: Das erste Zitat bezieht sich bereits auf eine Zeile des Tangoliedchens, das dann dem Roman ›Dolce Madonna Bionda‹ den Titel gab: Sieh her, der Frühling. Das zweite Zitat wurde bereits in ›Die Vollidioten‹ verwendet.

Crème de l'horreur à la Tchibo: Eigenbau. Etwa: Horror-Spitzenmannschaft.

Iwan ... Tschebutykin: Offenbar eine Dostojewski-Figur. 463

Per sempre addio ... mai più: Vorverweise auf die Italienfahrt via die Oper. »Per sempre addio« ist ein italienischer Opern-Topos, hier speziell gedacht ist an das Finale aus Verdis ›Ein Maskenball‹; vgl. dazu E. H.: ›Das 13. Addio war tödlich‹, ursprünglich ein Funk-Musik-Essay für den WDR, wiederabgedruckt in ›Verdi ist der Mozart Wagners‹. »Mai più, mai più« ist gleichfalls Topos – hier aus der Oper ›Aida‹ von Verdi, die im Roman S. 499 ff. traktiert wird.

Et pereat mundus: Und die Welt möge untergehen.

Der General: Siehe Anm. zu S. 458 ff.

Seiner Mätresse: Definitive Auflösung der Mätresse-Mystifikation. 464

Evviva: Er lebe hoch. Italien-Anspielung auf die seinerzeitige Parole »Evviva Verdi«.

465 *Hunde … Katzen:* Vgl. E. H., ›Ein dummer Hund‹ und ›Über die Uninteressiertheit unserer Katzen am Fernsehen‹, beide in: ›Ein scharmanter Bauer‹, 1980.

Gotterneuerndes: Das geheime »theosophische‹ Zentralthema des Romans.

Auf eine bekannte Melodie: Der von ›Santa Lucia‹.

Erzbischof Clemente: Basierend auf einer Zeitungsmeldung des Jahres 1978.

466 *Wonnig schunkelnd:* Halbzitatanspielung auf Helenas »Noch trunken … regsamem Geschaukel« aus Goethes ›Faust II‹ (Süden-Italien-Motiv).

Eine auserkorne: Meint Bethlehem. Vgl. die Bethlehem-Anspielungen im Weihnachts-Kapitel, S. 359 ff. u. a.

Am stillen Herd … reinster Glaube: Das erste aus Walters Auftrittslied in Wagners ›Meistersingern‹ – das andere aus der Gralserzählung aus ›Lohengrin‹.

Huldreichster Tag … Nur eine Waffe taugt: Das erste aus dem Preislied aus den ›Meistersingern‹ – das andere Parsifals Schlußgesang aus Wagners ›Parsifal‹.

Pub-Deckel: Nach einem Modell-Lokal in Amberg.

Wiegten … und sahen behaglich …: Halbzitat aus Eichendorffs Gedicht ›Zwei Gesellen‹, breiter thematisiert in E. H., ›Helmut Kohl – Biographie einer Jugend‹, 1985. Der »Lindenbaum« meint natürlich den Müller-Schubertschen.

467 *Hoppa:* Dieser Hoppa rundet den Beerdigungsberichtsbogen zurück zum einleitenden Karl Hopp von S. 91.

Eine Beat: Meint: Beat-Gruppe.

Nolite temere: Seid nicht furchtsam. Vgl. die Mozart-Arie ›Non temer amato bene‹ im Zusammenhang mit Alfred Leobolds Ableben in ›Geht in Ordnung‹.

Der Neger Leroy: Von Seite 289.

Der Vorhang reißt: Anspielung sowohl auf die Metapher des Neuen Testaments anläßlich Jesus' Tod – als auch auf die Chamisso-Schumannsche Wendung »Der Schleier fällt« aus dem Liederzyklus von S. 446.

Come uno tramonto: Wie ein Sonnenuntergang. Noch dominanter als 468
in diesem Roman wird das Sonnenuntergangs-Motiv in ›Dolce Madonna Bionda‹, wo das Motto ›Il bel sole volgeva al tramonto‹ aus einem italienischen Auswandererlied als Motto dem 5. Kapitel vorangestellt ist. Vgl. auch: ›Mein Lieblingswort‹, in: ›Ein scharmanter Bauer‹, 1980.

Regenbogigkeit: Spielt nochmals auf Caspar David Friedrich und mehrere seiner Gemälde an. Vgl. dazu S. 424.

Übers schauernde Land: Reminiszenz ans »Schaurige« in Eichendorffs Gedicht ›Zwielicht‹ und an seine Zeile »übers stille Land« im Gedicht ›Im Abendrot‹, das gleichfalls mehrmals in der Trilogie zitiert wird.

Hüte Kathi fein: Zitatreminiszenz an das Volkslied bzw. Brentanos »Hüt dich, schön's Blümelein!«

20 Jahre Tropen: Zitat von S. 358.

That's my last word: Zitat von S. 323ff. 469

Killermann: Vorahnung der Titelheldin von ›Frau Killermann greift ein‹, 1985.

Dorme, Firenze: Zitat aus einer italienischen Canzone, schon verwendet in ›Geht in Ordnung‹ (Epilog). Hier Vorverweis auf das Florenz-Finale des Romans.

Radikalenerlaß ... Berufsverbote ... Numerus clausus: Zentrale Themen der mittleren 70er Jahre.

Hüt dich, fein's Blümelein: Siehe Anm. zu S. 468.

Meilleur des mondes possibles: Die beste aller Welten. Zitat aus Leibniz' Philosophie. Vgl. das Zitat der Frau Mendelssohn von S. 317.

Plakat ... Schwerverbrecher Deutschlands. Die RAF. Das Plakat wurde in 471
der Folge der Schleyer-Ermordung vom September 1977 publiziert.

Ich breche die Herzen ...: Deutscher Schlager.

472 *Warum?:* Das ›Warum‹-Motiv vor dem Hintergrund der Schumannschen Klavierkomposition wird durchgehend thematisiert im Roman ›Dolce Madonna Bionda‹, der auch mit dessen Notenfolge anhebt.

Edelverzwickt: Anspielend auf den Elsässer Wein »Edelzwicker«.

In süßer Ruh: Zitat aus Kerners Gedicht ›Der Wanderer an der Sägmühle‹: »Saß ich in süßer Ruh«.

473 *Caroline ... Junot:* Caroline von Monaco. Die Datumsangabe ist korrekt.

Ob das gut ging?: Es ging nicht gut; wie Landsherr richtig ahnt.

Käthchen von Tharau: Mehrfache Motivverschlüsselung. Das Volkslied ›Ännchen von Tharau‹ steht später auch in dem motivverwandten Roman ›Dolce Madonna Bionda‹ zentral, besonders sein Schlüsselwort »Verknotigung«, das aber auch schon die ›Mätresse‹ sehr bestimmt. Das Kleistsche ›Käthchen von Heilbronn‹ seinerseits wird expressis verbis zitiert in der Erzählung ›Die Lieblichkeit des Gardasee‹, in der Kathi, die Reinkarnation der Kathi aus der ›Mätresse‹, in einem quasi somnambulischen Zwiegespräch das Modellgespräch aus dem Kleistschen Stück teilzitiert.

474 *Stürben sie ...:* Zitat-Assonanzen von R. Wagner sowie Ruth 1.11.14.

Ein Steinalter ... ›Gaha‹ gesagt: Der Kellner Anton aus ›Geht in Ordnung‹, 1. Teil.

Wollüstig stöhnte fort der Hain: Leicht verändertes Zitat aus einem Eichendorff-Gedicht.

475 *KV 388:* Die Serenade c-moll von Mozart. Vgl. dazu Wolfgang Hildesheimers Mozartbuch.

Wir sehen jetzt ...: Im folgenden zitiert Freudenhammer, immer wieder unterbrochen, den Schluß des Paulus-Briefs an die Korinther, dessen Beginn er S. 270 vor ähnlichem Publikum aufsagte. Die Brahmssche Vertonung in den ›Vier ernsten Gesängen‹ ist beim Lesen gleichsam mitzuhören.

476 *Es flüsterte ein Flöten ...:* Das Folgende nachgebildet den Lautquatschgedichten von Clemens Brentano.

Stammheimer Unsinn: Die RAF-Häftlinge saßen ein im Gefängnis Stuttgart-Stammheim.

Und war doch, ach, so schön: Wie schon vorne Assonanz an die Zeilen Gretchens in Goethes ›Faust I‹.

Cheerio, children! Cheerio, teacher: Ade, Kinder! Ade, Lehrer! Meint 477
Streibls Frau, eine Lehrerin – allerdings der Lateinischen.

Ich und doch Nicht-Ich: Zitatanspielung auf das Gedicht »Identität – ja oder nein?« von F. W. Bernstein, in ›Welt im Spiegel‹, 1979.

Wolken … spielt leise der Abendwind: Halbzitat bzw. Zitat aus dem Küchenlied ›Mariechen saß weinend im Garten‹.

Allvergehen der Äonen: Bezogen auch auf die Einleitungssätze von ›Geht in Ordnung‹ mit dem Goethe-Äonen-Zitat. Das »Allvergehen« ist wagnerisch-tristanhaft.

Schmach des Kerkers: Vgl. das Nachwort zu E. H., ›Helmut Kohl, Bio- 478
grafie einer Jugend‹, 1985.

Minervas eulenhaftem Flug im Dämmer: Angezwitschert-verballhorntes Hegel-Zitat und Rückbezug zu Streibls Kirchenmonolog S. 407.

Wie die Moral: Nochmals leiser Bezug zu Schopenhauer, seiner Schrift ›Über die Grundlagen der Moral‹.

Das Positive ist der Schmerz: Ein Grundgedanke Schopenhauers.

Die Tiere sind die Brüder: Umkehrung und Zirkelschluß der vorhergehenden Beobachtungen, daß den (Iberer-)Brüdern etwas Tierhaftes aneigne; wie ja auch alle Hauptfiguren des Romans mit Tiervergleichen versehen werden. Gleichzeitig anspielend auf Schopenhauer und seinen Hund.

Die Ichsucht … Drang zum Dasein … Erdgeist: Alles Schopenhauersche Grundkategorien – die Vokabel »Erdgeist« kommt aus Goethes ›Faust‹.

Die erste Grenze: Vgl. den Grenzübertritt Österreich – Italien in ›Franz 479
Kafka verfilmt seinen Landarzt‹ in ›Roßmann, Roßmann …‹.

Olympia-Schanze: Bei Innsbruck.

Frisch nach Italien hinein: Zitat aus Eichendorffs ›Taugenichts‹. 480

Igls: Stadt bei Innsbruck. Vgl. S. 258.

Loy Egon: Langjähriger Torwart von Eintracht Frankfurt. Jugendidol des Autors.

Die Autostraßen kurviger: Darüber klagt auch Knitter in der Erzählung ›Franz Kafka verfilmt seinen Landarzt‹.

Biermann, Wolf: Ein offenbarer Lügenverdenker Streibls.

Von Innsbruck herauf … schöner: Zitat aus Goethes ›Italienischer Reise‹.

481 *Metz, Babist:* Gemeint ist offensichtlich der katholische Theologieprofessor Johann Baptist Metz, aufgewachsen in Sulzbach-Rosenberg. Nicht undenkbar, daß dieser tatsächlich einmal die Bahnen des realen »Streibl« gekreuzt hat.

Campill … Frau Pizei: Das Folgende vielfach Reminiszenzen bis hin zum Selbstzitat aus dem 3. Teil von ›Geht in Ordnung‹ (3. Teil).

Die Tiroler sind ein Volk, so gerade vor sich hin: Zitat aus Goethes ›Italienischer Reise‹.

Que asciutto … Campill: Wie trocken ist dieses Campill!

482 *Bruderschaft:* Das Brüder- und Hl.-Familie-Motiv jetzt quasi ins Absurde pervertiert.

Vor fünf Jahren: Siehe Anm. zu S. 481. ›Geht in Ordnung‹ entstand 1975–76, also nur zwei Jahre vor der ›Mätresse‹.

Von einem der viere: Arthur Mogger aus ›Geht in Ordnung‹. Die drei anderen waren Alfred Leobold, Alois Sägerer und der Erzähler »Moppel«. Von dem Abenteuer Moggers, von dem Frau Pizei berichtet, wird allerdings in ›Geht in Ordnung‹ keine Erwähnung getan.

483 *Viola d'amore:* Altes Saiteninstrument. Eine von vielen Musikmetaphern, Streibls Stimme bzw. Sprechkunst auszudrücken.

Dolomitenzeitung … Herbert Rosendorfer aus Bozen: Die zwei folgenden Zeitungsberichte entstammen tatsächlich der ›Dolomiten-Zeitung‹ vom April 1974, freilich lautete der Name des Pfarrers anders. Herbert Rosendorfer, Schriftsteller und Autor u. a. des ›Ruinenbaumeisters‹, kam deshalb in den Roman, weil er in Bozen gebürtig ist und die Arbeit an der ›Mätresse‹ gesprächsweise begleitete. Dies hatte allerdings zutiefst ominöse und unerklärliche Folgen. Nicht nur geriet umgekehrt Autor E. H., ohne daß es dahin irgendeine Absprache gegeben hätte, in Rosendorfers gleichzeitig mit der ›Mätresse‹ entstehenden Roman ›Das Messingherz‹ (S. 104) – die Sache zeitigte auch sonst metaphysischste Folgen: Wiederum ohne wechselseitige Absprache heißt Rosendorfers Held Albin, hat mit dem Kommunismus und Spionage zu tun und ist ein unsteter Charakter. Von der Assonanz Mätresse/Messingherz zu schweigen, zählt Rosendorfers Roman exakt wie die ›Mätresse‹ (in der Erstausgabe) 571 Seiten! Obwohl er ursprünglich – nach Nummernmaßgabe des Mozart-Köchelverzeichnisses – 625 kriegen sollte.

Gib Bussi: Vgl. den modellidentischen Erwin Wehmeier im Finale von ›Dolce Madonna Bionda‹.

Ditschen: Bayerisch für stehlen. 483f.

Culpa in contrahendo: Juristenbegriff. Hier Unfug, aber ein quasi tiefsinniger: Die Schuld einer weltgeistlichen Figur wie Streibl zieht sich gleichsam zusammen bzw. löst sich in sich selber und in nichts auf. 484

Viola pomposa: Altes Instrument.

Musikobservatorium: Versprecher Streibls – wieder ein ungewollt tiefsinniger. Landsherr ist ja Episcopos, Voyeur, Observateur.

On a broken heart … Anglikanischen: Mi einem gebrochenen Herzen. Das »Anglikanische« ist abermals ein tiefsinniger Versprecher Streibls: Er meint vermutlich das Anglo-Amerikanische – spielt aber unfreiwillig auf das Katholisch-Engelhafte des Romanmilieus bzw. des liturgiehaften Dialoggeredes an. 485

Wird alles gut: Zitat aus dem Schluß von Eichendorffs ›Taugenichts‹. Vorwegnahme des Romanschlusses, der das Motiv einerseits bestätigt, andererseits umkehrt. 487

Hämaphro –: Streibl will auf »schwul« hinaus, gerät aber sinnigerweise auf den Hermaphroditen, also gleichfalls auf das Romanmotiv der Geschlechtslosigkeit.

Wie die Alpen wackelten: Schlager-Motiv aus dem Alpenbereich, z. B.: »Die alten Karawanken, die wanken und die schwanken«.

A dirty old man: Von Charles Bukowski und seinem Romantitel ›Notes Of A Dirty Old Man‹ redete Streibl bisher nie. Es ist also zu unterstellen, daß er diesen Titel telepathisch gefunden hat. Vgl. auch E. H.: ›Aufzeichnungen eines sehr schmutzigen alten Mannes‹ in: ›Ein scharmanter Bauer‹ – eine Art Bukowski-Dostojewski-Gogol-Münchhausen-Parodiensymbiose.

Baby: Offensichtlich von Kojak aus der amerikanischen TV-Krimi-Serie übernommen.

488 *Son of a bitch:* Hundesohn.

Swaz hie gat umbe: Etwa: Was geht hier vor. Zitat aus den ›Carmina burana‹ in der Vertonung von Carl Orff.

Hier galt es der Kunst: Abgewandeltes »Meistersinger«-Zitat (Eva, 2. Akt).

Aynur: Vgl. S. 452.

Ménage à trois: Dreierwirtschaft.

489 *Luis Trenker:* Wird schon im Tirol-Kapitel von ›Geht in Ordnung‹ erwähnt.

Mussolini ... ›L'amante del cardinale‹: Der junge Mussolini schrieb wirklich einen Roman dieses Titels, was E. H. bei der Festlegung seines Romantitels allenfalls und allerdings möglicherweise unbewußt wußte. Er erfuhr es per Zufall gegen Ende seiner Arbeit am Roman – und arbeitete den Zufallsfund noch ein. Bei einer ins Auge gefaßten Übersetzung des Romans ins Italienische würde sich die Übersetzerin Silvia Bortoli allerdings für die Rückübersetzung ›L'amante del vescovo‹ entscheiden.

Ein prächt'ger Morgen: Eichendorff-Topos.

490 *Vor dem Fenster ... flockiger Sommertag:* Anspielung auf die Wetter-Parallele in ›Geht in Ordnung‹, 3. Teil.

Merci: Vgl. Streibls Romanreinkarnation Wehmeier in Bergamo in ›Dolce Madonna Bionda‹ sowie Knitter in Riva in ›Franz Kafka verfilmt seinen Landarzt‹.

Matratzenhändler: Vorne schon angedeutete etymistische nochmalige Entfächerung des Mätressen-Motivs.

Die Alten von den Jungen ausgenommen … umgekehrt: Eine der wenigen und 491 löblichen Ausnahmen bildet abermals jener Dostojewskische General, der im ›Idiot‹ die Lügengeschichte vom Bologneserhündchen (s. S. 458 ff.) erzählt.

Er erhob sich, wackelte …: Das Folgende angelehnt an den tumb-frauenfrohen Bauernsohn am Ende von Gottfried Kellers ›Das Fähnlein der sieben Aufrechten‹.

Gegendarstellung: Siehe Anm. zu S. 483. 492

Ein Genosse: Böll war nie Kommunist. 493

Rosengarten: Hochgebirge bei Bozen. Kleine Anspielung auf Marias Rosenhag von S. 259 (s. Anmerkung).

Bei heiter'm Himmel … Wohlbehagen … breite Kiese: Zitate aus Goethes 494 ›Italienische Reise‹.

Adige: Etsch.

Kurz vor Trient … Kathi begegnet: Vgl. den Beginn der Erzählung ›Die Lieblichkeit des Gardasee‹ in ›Ein scharmanter Bauer‹, 1980.

Bischöfe neue Kirchenmusik: Beim Konzil von Trient 1545–63.

Augstein und Nannen: Rudolf Augstein vom ›Spiegel‹; Henri Nannen vom ›stern‹.

Winkler Gerd: In Amberg aufgewachsener und in Frankfurt lebender Multi-Media-Künstler, Filmer, Schriftsteller. Bereits in den ›Vollidioten‹, 1. Tag, erwähnt. Nicht undenkbar, daß das Real-Modell »Streibls«, ähnlich wie im Fall Johann Baptist Metz, ihn gekannt hat.

Ein Kämpferherz zum Fechten: Zitat aus dem Gedicht Eichendorffs »Studieren will nichts bringen«; aus dem Umfeld der vor allem im 2. Romanteil thematisierten Eichendorff-Lyrik.

In Verona wird das Volk sich selbst zur Zier: Zitat aus Goethes ›Italienische 495 Reise‹.

Grande e maestoso: Zitat aus Mozarts ›Don Giovanni‹ (Leporellos Registerarie).

Schöne Liebesfantasien: Zitat aus Tieck-Brahms' »Ruhe, Süßliebchen«. Vgl. Anm. zu S. 119ff. u. a.

Historischer Kompromiß: Italienisches Schlagwort der 70er Jahre für das Koalieren von Christdemokraten und Kommunisten.

Tor zum Süden: Schmuckname Veronas.

Kreuz des Südens: Himmelserscheinung in Afrika. Hier auch weitere Engführung der Italien- und der Kreuz-Motivik.

Panis et circe ...: Eigentlich »Panem et circenses« – Brot und Spiele. Unbeabsichtigt schlägt hier Streibl nochmals das Circe-Motiv des Schweinischen an – und das Motiv des Zirkus dazu.

496 *Volk rührte ... des Daseins:* Zitate aus Goethes ›Italienische Reise‹.

Contraflexio in affexo: Natürlich Unfug und Etymspielerei. Vgl. S. 410.

Làgrimae: Tränen. Vgl. Lacrimosa in ›Geht in Ordnung‹, 3. Teil.

497 *Vermessend dich mit meiner Braut:* Verballhorntes Zitat aus dem Ende des 1. Akts von Wagners ›Götterdämmerung‹ – aus dem später wiederum das Bruder-Treuebruchs-Motiv von S. 295 ff. hervorgeht.

Ledig der Logik, an Liebe mächtig: Verballhorntes Zitat aus dem 1. Akt der ›Götterdämmerung‹ von Wagner: »An Liebe reich, doch ledig der Kraft«. Jetzt wird also Streibl gleichsam Siegfried, ergo Siegmunds (Landsherrs) – Sohn.

Tag des Schreckens: Übersetzung des Requiem-Texts »Dies irae«.

498 *Griechenland ... Türkei-Krise:* Spannungen zwischen Griechenland und der Türkei hielten die gesamten 70er Jahre an. Die »Türken-Krise« ist hier ebenso symbolisch gemeint wie das geistesgeschichtliche Stichwort »Griechenland«.

499 *Kaffee ... schau mir alles an ... Goethe ... Puccini:* Das Kaffeehaus bezieht sich auf Puccini (Lucca, Café Momus in ›La Bohème‹); das Schauen auf Goethe.

Coretto mit Orvieto: Orvieto: ein italienischer Weißwein. Coretto nennt man das italienische Espresso-Grappa-Gemisch, das schon in ›Geht in Ordnung‹, 3. Teil, belobigt wird.

O terra addio … pianti: Leb wohl, o Erde, Tal der Tränen: Final-Duett aus Verdis ›Aida‹.

Wetterleuchtend: Eichendorff-Zitat, aus dem Gedicht »Schweigt der 500
Menschen laute Lust«.

Porca misero: In Wahrheit »porca miseria« – Sauerei.

Luciano Pavarotti: Nach Placido Domingo in den ›Vollidioten‹ (3. Tag) und Carlo Bergonzi in ›Geht in Ordnung‹ (1. Teil) wird mit Pavarotti der dritte der führenden italienischen Tenöre der 70er Jahre eingeführt.

Radames: In Wirklichkeit sang Pavarotti den Radames erstmals 1983.

Caro Alwinetto: Anspielung auf N. Ginzburgs Novelle ›Caro Michele‹ – aber auch auf ›Don Giovanni‹: »Caro Leporello mio – o Don Giovanino mio«.

Come to … for you!: Kommen Sie nach Deutschland! Wir alle warten auf Sie! – Pavarotti parierte Streibl.

Brigate rosse: Die Aktivitäten der italienischen Terroristengruppe 501
›Rote Brigaden‹ erreichten im Romanjahr 1978 ihren Höhepunkt.

Ave verum: Chorsatz von Mozart KV 618.

Mitleid: Nochmals Bezug zu Schopenhauers Philosophie.

Similis simili gaudet: Soviel wie eben »Pack schlägt sich, Pack verträgt 502
sich«.

Simmel: Johannes Mario. Trivialromanschriftsteller.

Die Wiederaufrichtung des wahren Kreuzes: Bild von Piero della Francesca. Nochmalige Verdichtung des Kreuz-Motivs des Romans.

Knarzen, Tappen, Grunzen …: Vgl. das Finale von ›Dolce Madonna Bionda‹ mit dem erotischen Handgemenge zwischen Wehmeier (Streibl) und »Bürstl Karin«.

Berlinguer: Enrico. Chef der italienischen Kommunisten zur Romanzeit.

Per chi suona la campana: Italienischübersetzung von Hemingways Roman ›Wem die Stunde schlägt‹.

503 *Caro mio figlio:* Italienisch-Kurzform des Bibelzitats: »Dies ist mein geliebter Sohn« – ergänze: »an dem ich mein Wohlgefallen habe«.

Kinder: Unfreiwillige Weiterverwirrung des Eltern-Kind-Motivs.

Fielen … Orkus: Anspielung auf Schillers Gedicht ›Nänie‹.

Ah, que' sublimi cantici: Ah, welch hehre Gesänge – Zitat der Leonora aus G. Verdis Oper ›Macht des Schicksals‹.

504 *Pietà! Pietà!:* Gnade, Gnade! – Zitat aus ›Macht des Schicksals‹ oder auch ›Don Carlo‹.

No! No! L'inferno non trionfi: Die Hölle soll nicht siegen – Zitat aus dem Duett Alvaro-Carlo aus Verdis ›Macht des Schicksals‹.

505 *Genossen Wallraff … schmachtet dort:* Tatsächlich, wenn auch weit vor der Romanzeit, veranstaltete der Journalist Günter Wallraff eine Protestdemonstration gegen die griechische faschistische Regierung, indem er sich in Athen selber ankettete.

Siamo in tre: Wir sind zu dritt. Analog zu Puccinis ›Bohème‹ 1. Akt: »Siamo in due«.

506 *Mut'gen Auges lichter Schein:* Das schon im 2. Romanteil (S. 181 ff.) verballhornt zitierte und später wieder erwähnte Eichendorff-Gedicht ›Blaue Luft kommt lau geflossen‹.

Cordiali saluti: Herzliche Grüße.

Much many … in Hellas: Viel Spaß in Griechenland – so etwa.

Cheerio, Car-Dealer … Sweetheart: Wiedersehen, Autoverkäufer, ade, Herzliebster. Rekurs auf S. 477.

Goethe selber: Anspielung darauf, daß Goethe Griechenland im ›Faust II‹ zwar »mit der Seele suchte«, leiblich aber nicht in Griechenland war.

507 *Der Tod ist Licht:* Das Folgende eine freie und leicht absurde Paraphrase des Goethe-Wortes aus der ›Pandora‹: »Das Erleuchtete zu sehen, nicht das Licht«.

Land der Türken … schnuppernd: Verballhornung der »Iphigenie«-Metapher »das Land der Griechen mit der Seele suchend«.

Name … päpstlich: Kathi – Katholische Kirche.

Leben auf der Anderen Seite: Zitatanspielung weniger auf A. Kubins Roman ›Die andere Seite‹ – als auf Horkheimers späte Kategorie des »Anderen«.

Standhalten: Nochmals Rückbezug zum Adorno-Zitat aus den ›Vollidioten‹, 5. Tag.

Stiefel aller Stiefel: Italien.

Durchstreiften ... die Toscana: Wie Bernd Hammer im 3. Kapitel von ›Dolce Madonna Bionda‹, 1983.

Im Widerschein sich ähnlich sein: Wiederaufnahme des Zitat-Motivs von S. 280.

Le temps découvre la vérité: Die Zeit offenbart die Wahrheit – französisch-sprichwörtlich.

Lang ist die Zeit, es ereignet sich aber das Wahre: Zitat aus Hölderlins 509
spätem Gedicht ›Mnemosyne‹.

Manetto ... Santa Maria del Fiore ...: Die Lokalbeschreibungen in Florenz sind weitgehend korrekt. Florenz bringt hier erstmals schon dezidiert das Fiore-Motiv, das in ›Dolce Madonna Bionda‹ dominierend werden soll.

Ah, tu sol commandi, amor! Ah, du allein, Liebe, hast das befohlen – Zitat aus dem 1. Akt von Puccinis ›La Boheme‹. Das Zitat, übersetzt, kommt schon in den ›Vollidioten‹, vor. Selbstverständlich ist Puccini über seine Geburtsstadt Lucca ins Toscana-Schlußtableau involviert.

O meraviglia! O sogno! O divina bellezza: Zitat aus Puccinis Oper ›Turandot‹ – Kalaf sieht erstmals die Prinzessin. Das Zitat findet sich auch in E. H., ›Die wundersame Straßenfegerin in der Via Porta rossa‹ (in: ›Ein scharmanter Bauer‹, 1980); die Erzählung spielt gleichfalls in Florenz.

Vorahnung gesehen ...: Nochmalige Rundung zu Proust hin über ein 510
Quasi-Déjà-vu-Erlebnis.

Campanile: Glockenturm.

Andreotti: Italienischer Regierungschef zeit der ›Mätresse‹.

Soli Deo gloria: Gott allein die Ehre. Ehedem gebräuchliche Widmung bzw. Absegnung von Kunstwerken, z. B. bei J. S. Bach.

Ach, dieser Wurzen Zauberblick: Abgewandeltes Zitat aus Verdis ›La Traviata‹: »Ach, ihres Auges Zauberblick!«

511 *Facciamo amore con gran' allegria:* Wir machen Liebe mit großer Ausgelassenheit. Den italienisch synchronisierten Streifen Alois Brummers gibt es in der beschriebenen Weise tatsächlich – der Verfasser sah ihn allerdings in einem großen römischen Filmtheater.

Franz Muxeneder: Bayerischer Klamaukschauspieler.

Engelchen ... Angiulillo 'n croce: Zitat aus der neapolitanischen Canzone »Chiove« (Regen), die schon im 3. Teil von ›Geht in Ordnung‹ teilzitiert wurde.

Patate Grande Brillante: Eigenbau: Hl. Maria von den großen und brillanten Kartoffeln.

Ragazzi ... Fratelli ... Il Vescovo ... holleri: Brave Burschen, treue Brüder. Und ein Bischof war da, der gab allen seinen Segen. Das letztere Zitat ist Beschluß eines italienischen sehr schnaderhüpfelhaften Emigrantenlieds aus Genua, das die Bischofsthematik gleichsam definitiv beschließt.

Der Igel ...: Letzter und eher verwirrender Klärungsansatz gleichsam aller Motive und Symbole des Romans.

La lotta continua: Der fortwährende Kampf – Parole der italienischen Linken.

Majas Schleier: Klassisch-romantischer Topos für das Unerklärliche, verhüllt Bleibende.

Treue Liebe dauert lange: Zitat aus Tieck-Brahms' ›Magelone‹-Zyklus. Vgl. S. 120 ff.

512 *Caffè lungos:* Gestreckter Espresso.

Prega, Maria, per me: Maria, bitte für mich! Zitat aus Verdis Oper ›Simone Boccanegra‹ – gemeint ist dort allerdings nicht die heilige, sondern offenbar eine profane Maria.

Wonnegraus: Wortschöpfung aus dem Schlußbild von Goethes ›Faust II‹.

Beatifikation: Seligsprechung.

Advocatus Dei: Der Advokat Gottes – Funktionär der katholischen Heilig- und Seligsprechungsprozedur.

Con gran' allegria tedesca: Mit großer deutscher Fröhlichkeit. Eigenbau.

Band … geflattert: Halbzitat aus Mörikes Frühlingsgedicht »Frühling läßt sein blaues Band«.

Gebrummt: Letztmalige Adaption des Alfred Leoboldschen grenzüberschreitenden »Brummens« aus ›Geht in Ordnung‹, 3. Teil.

Und alles, alles …: Umkehrung von Eichendorffs ›Taugenichts‹-Schlußsatz: »Alles, alles war sehr gut.«

Grüß dich, Deutschland, aus Herzensgrund: Auch dieses Romankapitel schließt – wie alle, außer dem vierten – mit einem Zitat aus einem Eichendorff-Gedicht: aus dem schon vorher zitierten »Wer in die Fremde will wandern« (vgl. S. 457).

Finis operis – laus Deo: Ende des Werks – Gottlob. Ähnlich wie »Soli Deo gloria« Widmungsmotto vor allem in musikalischen Werken.

EDITORISCHE NOTIZ

Der abschließende dritte Roman der schon in statu nascendi – im Entstehen eben dieses Finalromans – vom Autor und von engsten Beratern sogenannten Trilogie des laufenden Schwachsinns bringt, wie es in der Presse staunend hieß, das »Kunststück« fertig, damit gleichzeitig eine damals noch ungeschriebene zweite, eine »Marientrilogie«, zu eröffnen: dem dicksten aller Henscheid-Romane, 1977/78 niedergeschrieben, im Herbst 1978 veröffentlicht, folgten im akkuraten Fünf-Jahres-Rhythmus im Herbst 1983 »Dolce Madonna Bionda« und im Herbst 1988 »Maria Schnee«. Übers Kunststück hinaus – mit fünf Romanen zwei Trilogien zu schaffen – also ein wirkliches Wunder. Schon von ihm, dem wesentlich Maria verdankten, her, möchte sich der freundliche Befund des *Schwarzwaldboten* beglaubigen, bei diesem Autor handele es sich um den »Trilogienkönig der deutschsprachigen Literatur der Gegenwart«.

Entstanden die »Vollidioten« zu Beginn in Frankfurt, wurden in Levanto (Italien) weitergewirkt und in Frankfurt und Amberg zum Abschluß gebracht, so die beiden anderen Trilogie-Romane so gut wie exklusiv in der oberpfälzischen Geburtsstadt ihres Verfassers; dort, wo er nach einem ersten Zwischenspiel in Frankfurt (1969–71) von 1972–81 auch weitgehend aufhältig war.

Der strukturell komplexeste, wohl auch am schwierigsten zu lesende, im Kommentarband mit Abstand am umfänglichsten erläuterungsbedürftige Roman der Trilogie ist für Kurt Scheel (in der *Frankfurter Rundschau,* 2001) der erheblichste und beste, »wirklich sehr, sehr wundersam – diese Verbindung, Vermischelung bzw. Verschwurbelung von Heterogenstem, von großem Unheil und Preis der Schöpfung«. Und Kurt Palm ergänzt 1994 in der Wiener *Presse:* »Die Iberer-Brüder als Zentrum des Universums – wer das nicht komisch findet, der soll halt weiterhin Thomas Mann lesen.«

Das taten denn auch die meisten, auch fortan.

»Dünklingen«, soviel wurde den findigeren Lesern rasch einleuchtend, ist ein mixtum compositum aus dem bekannten Dinkelsbühl und dem nahen und kaum weniger pittoresken Nördlingen, da, wo der Roman, seinen geschilderten Lagen und Lokalitäten nach, zumeist »spielt« und angesiedelt ist. Aber natürlich trägt dies Dünklingen auch wiederum Züge von Amberg und darüber hinaus Sulzbach-Rosenberg. Und, in einem Punkt, Regensburg als »Seelburg«: die über den Roman leitmotivisch und temposteuernd verstreuten kleinen Beerdigungsfeuilletons »Wir standen an offenen Gräbern« des Lokal- und Beerdigungsreporters »Alois Freudenhammer« haben bzw. hatten ihr veritables Pendant in den gleichnamigen Texten des Beerdigungsreporters Alois Huber der Regensburger *Mittelbayerischen Zeitung* – sie standen dort im Lokalteil der 60er und frühen 70er Jahre – weil manche Leser, inklusive des Romanautors selber, von diesen Petitessen und Pretiosen gar nicht genug kriegen konnten, erweiterte und vervollständigte der nämliche Autor sie 1988 in einem gleichnamigen Bändchen mit 120 Nachrufen (im Roman sind es erst 31); Genaueres über die Zusammenhänge und speziell die stark changierenden Textauthentizitäten bzw. -erfindungen erfährt man in dessen Nachwort.

Die im Schlußteil des Romans einmal kurz anthematisierte Koinzidenz mit dem Romantitel »L'Amante del Cardinale« des jungen Benito Mussolini von 1908 ist wohl ganz zufällig; und auch psychologisch, unbewußt, mnemotechnisch nicht weiter erklärlich. Richtig ist andererseits, daß seit dem Romanjahr 1978 (in diesem spielt er auch) im Schnitt mindestens einmal pro Jahr Berichte und vor allem prächtige Überschriften über gefallene Frauen und vom Weg abgekommene Geistliche in der Zeitung standen, Texte wie der: »Frau gesteht im Rundfunk: ›Ich war Mätresse des Bischofs‹« (1992). Oder: »Ex-Geliebte des Mainzer Weihbischofs« (2000). Oder: »Der sündige Bischof nahm Abschied von seiner Frau« (*Bild* 31.8.2001). Oder: »Ich, die Geliebte des Bischofs: ›Sein wildes Stöhnen wird mir immer in Erinnerung bleiben‹« (*Bild* 3.5.1993) – elektrisierende Titel und Berichte, mit denen weder der Roman von 1908 noch der von 1978 ganz mithalten kann; allerdings: Bischof und Mätresse sind beim späteren Kunstprodukt für genaue Leser halt ja keineswegs so chimärisch und »Lesertäuschung«, wie das Eingangskapitel das suggerieren möchte.

Obschon es sich bei der MÄTRESSE DES BISCHOFS (von Anfang an mit Zeichnungen von F. W. Bernstein) thematisch, atmosphärisch, auch gewissermaßen stilistisch um einen (Vor-)Greisenroman handelt und, trotz des sowohl nonsensikalen als dann doch wieder sinnigen und eingelösten Titels, wesentlich um einen von Männern und Männerbünden – trotzdem waren, wohl vor dem Hintergrund der zentralmotivischen hl. Maria, die drei vielleicht besten Leser Leserinnen. In einem Fall führte das zu einem großen Essay; im zweiten Fall sogar zu einer nach 22 Jahren offenbar noch immer beständigen Ehe (des Autors); im dritten immerhin noch zu einer so wohlklingenden wie wohlbedachten Werkausdeutung durch die Schriftstellerin Brigitte Kronauer:

»Ein melodisches, Zeitgeist-Sprechweisen mit einzigartiger Hellhörigkeit registrierendes und archivierendes Gegenwartsepos ... ein Abschnitt ungeheuer komplexer Gegenwart voller Komik und Finsternis ist ohne Gewichtsverlust, ohne Verlust an Gegenständlichkeit und Aktualität verwandelt in die Leichtigkeit der sich selbst genügenden Gestalt ... Es gilt für dieses Meisterwerk, was Flaubert über eben diese sagte: Sie wirkten ›ruhig wie die Produkte der Natur, wie die großen Tiere, wie die Berge‹, wie eine elliptische, aus einiger Entfernung betrachtete felsige, von Urwald bedeckte Insel.«

Dergleichen hören und lesen Amanten-Autoren von Mussolini bis Henscheid gerne – und vor allem ab ca. 1990 wurde mit Superlativen wahrlich nicht gespart: »Eine wortmächtige, komisch-paradoxe lyrische Prosa«, bewundert Heiko Arntz im neuen Reclam-Romanführer, »die in der deutschsprachigen Literatur einzig dasteht.« Und für die Trilogie insgesamt faßt Kronauer so hochgemut (denn sie ist ja immerhin Konkurrierende) wie gutgelaunt nach und zusammen: »Mir war auf Anhieb klar, daß es sich für mich um das große Romanwerk nach dem 2. Weltkrieg handelte« (*Literatu-*

ren, 2001). Gustav Seibt war 1997 im Radio etwas später bzw. früher dran und macht es dankenswerterweise dafür wenigstens etwas halblänger (einbeziehend die beiden Folgeromane der Marien-Trilogie): »Eines der überragenden Romanwerke der Bundesrepublik« – wenn also damit schon leider nicht des ganzen Jahrhunderts und mithin »Deutschlands« (Joseph von Eichendorff).

E. H.

Für Sie gratis: Unser beliebtestes Taschenbuch.

Jedes Jahr verteilen wir Millionen dieses Büchleins (zahlreiche Bilder, ca. 250 Seiten, Bibeldünndruckpapier, Format 11 x 19 cm, Broschur), das sich in aller Bescheidenheit als »Heft« bezeichnet: Das Merkheft, der Katalog von Zweitausendeins mit allen Büchern, CDs, DVDs und Softwaren, die es bei uns gibt.

Manches gibt es nur bei uns, und das meiste gibt es so billig auch nur bei uns. Wenn Ihnen dieses Buch gefallen hat, können wir versprechen: Im Merkheft finden Sie noch viel mehr Dinge, die Ihnen gefallen.

Und wo gibt es das Merkheft? Nur bei uns. Wir schicken es Ihnen kostenlos und ohne Verpflichtungen. Einfach im Internet bestellen unter www.Zweitausendeins.de/Merkheft oder mit diesem Coupon anfordern. *Die gespeicherten Adressen unserer Kund/inn/en werden nicht weitergegeben.*

Hiermit wird bestellt:

Einsenden an
Zweitausendeins, Postfach, 60381 Frankfurt am Main

Telefon 069-4208000, Telefax 069-415003.

Bitte senden Sie das kostenlose Merkheft und den Newsletter Merkmail an diese Adresse:

Name, Vorname

Straße, Nummer

Postleitzahl, Ort

E-Mail

Datum, Unterschrift